Dagmar Seifert

Ich bin du und du bist tot

Dagmar Seifert

Ich bin du und du bist tot

Roman

Langen*Müller*

Besuchen Sie uns im Internet unter
www.langen-mueller-verlag.de

Umschlaggestaltung: Atelier Sanna, München
Umschlagbild: CondeNast/Corbis, Düsseldorf
Herstellung und Satz: VerlagsService Dr. Helmut Neuberger
& Karl Schaumann GmbH, Heimstetten
Gesetzt aus der 10,5/13,2 Punkt GaramondBQ Regular
Druck und Bindung: GGP Media GmbH, Pößneck
Printed in Germany
ISBN 978-3-7844-3131-4

I am he as you are he as you are me
and we are all together …

John Lennon

Inhalt

Im 1. Kapitel

*endet bereits alles an einer Badewanne –
saugen zwei Rüssel einem Zimmer die Luft ab –
nimmt ein Krokodil eine Schlüsselstellung ein –
und sind nach einigen Jahrtausenden völlig
neue Perspektiven zu erkennen*

Der Tag, an dem ich ermordet wurde, sah bezaubernd aus: Frühling, Sonne und pastellblauer Himmel. Ich fuhr über eine großzügig gebogene Landstraße, nicht schneller als die erlaubten 80 km/h. Auf der Weide am Straßenrand rupften Kühe das frische neue Gras.

Gut, ich hätte nüchterner sein können. Drei große Glas Kirschwasser auf fast leeren Magen machten selbst meiner trinkfesten Natur ein wenig zu schaffen. Außerdem war ich wütend über eine Szene, die ich gerade erlebt hatte, mir zitterten noch die Hände. Meine Vergangenheit, meine Zukunft, meine gesamte Existenz kamen mir ziemlich widerwärtig vor.

Vor mir zuckelte ein Traktor und weil ich es aus Prinzip und Gewohnheit eilig hatte, überholte ich ihn flott. Als ich gleich danach auf meine Spur zurückwollte, ließ sich das Steuer nicht mehr drehen, als sei es plötzlich eingerastet. Ich sauste weiter auf der linken Spur dahin, auf einen entgegenkommenden Kleinwagen zu. An dieser Stelle bemerkte ich auch das Versagen der Bremsen und mir ging durch den Kopf, dass Udo, der Autoschrauber, dem ich gerade entkommen konnte, viel gefährlicher war, als ich dachte.

Ich bemühte mich verzweifelt, das Steuer zu bewegen, den Fuß auf die tote Bremse gepresst. Ganz kurz erkannte ich das Gesicht einer Frau mit weit aufgerissenen Augen in dem Auto mir gegenüber. Sie wich natürlich nach links aus – leider kam ihr da der Traktor entgegen.

Weil die Straße, wie gesagt, gebogen war, ich jedoch nur noch geradeaus fahren konnte, verließ ich sie ganz kurz vor dem Zusammenstoß. Mein Wagen sauste dicht an einer hohen alten Birke vorbei, mangelte durch ein Gatter, verfehlte knapp eine Kuh, die sich mit einigen entsetzten Hüpfern in Sicherheit brachte, und knallte an eine Badewanne, die dort wohl als Tränke stand. Der Airbag öffnete sich, während mein Schädel gegen die Kopfstütze krachte und ich hörte, wie mir der Hals brach.

Ich glaube, das Letzte, was ich dachte, waren eine Handvoll Flüche. Und Erleichterung, dass es vorbei war. Jetzt gab es keine Zukunft mehr.

Der Inschrift auf dem Grabstein – Ilka Harders, ein Sternchen mit dem Geburtsdatum und ein Kreuzchen mit dem Todestag – ist zu entnehmen, dass ich etwa siebenunddreißig Jahre gelebt hatte.

Ich war die zweite Tochter von Klaus-Peter und Heidemarie Harders, ja, genau, *Harders Exklusive Inneneinrichtung*. Mein Großvater ist Möbeltischler gewesen und gründete nach dem Krieg in Hamburg eine kleine Fabrik für Kommoden und Wandklappbetten. Mein Vater studierte sowohl Innenarchitektur als auch Betriebswirtschaft, aber die wirklich treibende Kraft, die dem Unternehmen zu großem Erfolg verhalf, war meine Mutter. Sie war immens tüchtig und besaß einen unfehlbar guten Geschmack. In einer Zeit, in der die Leute sich knallbunte großblumige Tapeten an die Wände klebten zu braunen Teppichböden und braunen Cordsofas, begann sie schon mit edlem weißem Landhaus-Stil.

Meine große Schwester Annika hat Mamis energische Oberlippe und ihre Tüchtigkeit geerbt sowie später natürlich den Betrieb. Dafür bekam ich Papas berühmte türkisblaue Augen und seinen unwiderstehlichen Charme.

Mein Vater starb sehr zeitig, genau wie später ich, aber nicht durch einen Unfall, sondern durch eine kurze, schwere Krankheit, denn damals glaubte man noch nicht, dass Kettenrauchen tödlich sein könnte.

Mami, sobald sie spürte, dass sie das Joch nun allein ziehen musste (und ihr niemand mehr reinredete), legte sich mit Begeisterung ins Zeug. Von da an machte das exklusive Einrichtungshaus erst richtig Umsatz. Sie musste ein paar Kämpfe mit Onkel Hajo ausfechten, Papas jüngerem Bruder, der sich einbildete, er könne die Firma übernehmen. Stattdessen wurde er nach Jahren juristischen Gemetzels höchst bescheiden ausbezahlt.

Zur Seite stand unserer Mutter in dieser Schlacht Anwalt Woltermann, den Annika und ich Onkel Martin nannten. Später arbeitete er nur noch für das Möbelhaus Harders und unterstützte unsere Mutter in jedem denkbaren Lebensbereich, was wir mit zunehmendem Alter mehr und mehr begriffen. Nach einer Weile zog Onkel Martin dann in die kleine Einliegerwohnung unten in unserem Haus in Sasel.

Dort hatte bis dahin eine etwas seltsame Tante meines Vaters gewohnt, Annette oder lieber: Nettchen. Meine Mutter quartierte sie gnadenlos in ein Zimmer mit Familienanschluss bei Bekannten in Bramfeld ein, wo sie gar nicht hin wollte. Tante Nettchen fügte sich allerdings, nachdem ihr mit einem Heim gedroht wurde, obwohl unklar blieb, was für eins das wohl sein sollte; sie war zu alt für ein Kinder- und zu jung für ein Altersheim. Sicher klang unterschwellig der Begriff Anstalt durch.

Martin Woltermann war ein hagerer Mann mit faltigem Gesicht, zu großem Mund, zu großen Zähnen und einem völlig unmöglichen, winseligen Lachen. Trotzdem wirkte er interessant und zweifellos sehr sexy. Das ist mir erst viel später klar geworden. Ganz nebenbei schleppte Woltermann sein Söhnchen mit: Der Anwalt war Witwer und betätigte sich als alleinerziehender Vater.

Als der kleine Boris uns präsentiert wurde, bot er einen kläglichen Anblick, kurz für seine neun Jahre und schmächtig. Sein geradezu asiatisch schwarzes Haar stand zerrupft um seinen Kopf. Annika und ich glotzten ihn erstaunt an. Er sah aus wie ein Rabenküken, das man aus dem Nest gezerrt hat. An seinen Knien pappten schmutzige alte Pflaster, sein rechtes Auge verklebte ein schneeweißer Wattebausch, da war er am gleichen Morgen »geschnitten« worden, erzählte man uns. Seine Strickjacke mit Reißverschluss saß zu eng, dabei war er doch sowieso nur eine halbe Portion. Annika, die Tatkräftige, fragte, ob er Kakao wolle. Den konnte sie nämlich schon zubereiten.

Boris nickte verschüchtert, sein Vater grinste breit mit seinem ausufernden Mund und unsere Mutter sah auch zufrieden aus: Die Kinder verstehen sich!

Annika war ein Jahr älter als der kleine Woltermann und ich ein halbes Jahr jünger. Jeder erwartete, dass wir herrlich zusammen spielen würden.

Gleich nachdem wir Boris kennengelernt hatten, träumte ich nachts von ihm und seinem Vater. Ich sah sie hinter der großen Fensterscheibe unseres Wohnzimmers im Garten stehen, nebeneinander, den schlaksigen Mann und den kleinen Jungen. Sie kamen näher und guckten beide in den Raum, musterten den Kamin und die große Schrankwand und die Sofaecken. Dann begannen sie, die Fensterscheibe zu küssen. Ihre Münder – der große, wulstige des Anwalts und der kleine Kindermund – saugten sich am Glas fest wie Rüssel, ich konnte sie schlürfen hören. Sie saugten sich durch die Scheibe hindurch und schienen die Luft des Zimmers auszutrinken, die Vorhänge und die Fransen der Lampe flatterten in ihre Richtung. Schließlich gab es keine Luft mehr im Raum, ich glaubte zu ersticken, wachte auf und hustete krampfhaft.

Früher, wenn ich schlecht geträumt hatte, wanderte ich im Nachthemd gern zu meiner Großtante. Sie nannte mich Möppchen oder Möppel (vermutlich, weil ich als Kleinkind rundlich aussah), nahm mich in den Arm, stopfte mir Marzipan in den Mund, ohne daran zu denken, dass ich mir doch schon die Zähne geputzt hatte (obwohl sie dabei immer murmelte: »Ungesund, dieser Zucker, aber hin und wieder …«) und ließ mich alles erzählen, egal, wie lang und absurd und verworren es war. Meine Mutter wachte meistens gar nicht erst auf, die brauchte ihren Schlaf für einen langen Arbeitstag, und Annika strampelte mit den Beinen unter ihrer Decke und zischte: »Hör bloß auf! Ich will so was nicht hören!«

Jetzt hausten die beiden Luftabsauger in Tante Nettchens Wohnung im Souterrain, ausgerechnet sie.

Diesen Traum muss ich in den Ferien gehabt haben, denn direkt am nächsten Morgen fuhr ich mit dem Fahrrad nach Bramfeld. Die Tante wohnte in ihrem Zimmer bei einer Familie, mit der sie sich siezte und die sie nicht leiden konnte. Ihre Katze Lizard Queen hatte sie natürlich mitgenommen. Das Tier war einäugig, fett und viereckig, wie schlecht ausgestopft, mit nicht gerundetem, sondern plattem Rücken, auf dem man eine Tasse hätte abstellen können.

Nettchen Harders fungierte jahrzehntelang als schwarzes Schaf der Familie, bis später ich diese Rolle übernahm. Ihre frühe Jugend fiel noch in den Weltkrieg, danach verhielt sie sich zunehmend unbürgerlich, sehr zum Kummer ihres Bruders, des aufstrebenden Möbeltischlers.

Sie hätte Lehrerin werden sollen, kellnerte jedoch in Kneipen, lief barfuß und in Nietenhosen über die Straße, trug ihr dunkles Haar lang wallend, spielte Gitarre und trieb sich – nach Aussage von Großvater Harders – mit fusselbärtigen Steineschmeißern herum. Was wohl bedeutete, dass sie politisch interessiert war.

Später reiste sie jahrelang mit einem Rucksack durch Indien und lebte eine Weile in London mit einem langhaarigen Musiker. Der kam wegen Drogenbesitzes in den Knast und Tantchen, immerhin fast vierzig, mit dickem Bauch nach Hause. Als ihr Baby kurz nach der Geburt starb, stürzte sie in eine tiefe Depression, die sich erst aufhellte, als ich geboren wurde. Damals zog sie zu uns, benahm sich meinen Eltern gegenüber neutral, war ganz nett zu Annika und vergötterte mich, aus welchem Grund auch immer.

Nettchen wusste viel über Naturheilkunde, verachtete Ärzte und nahm uns Kindern gern die verordnete Medizin weg, wenn es niemand merkte, weil sie die Ansicht vertrat, sie schädige die Leber.

Sie trug lange, sehr bunte Gewänder und viele silberne Ringe, ließ das inzwischen grau gesträhnte Haar lose über den Rücken fallen, umrandete ihre hellen, schwachen Augen rabenschwarz und duftete immer etwas nach Räucherstäbchen. Auf der Straße zeigte sich meine Mutter nicht so gern mit ihr.

Als ich damals, vor dreißig Jahren, zu ihr fuhr, um meinen Traum loszuwerden, konnte Tante Nettchen noch einigermaßen gucken, wenn auch durch eine sehr dicke Brille. Sofort wurde ich meine nächtliche Saugrüssel-Geschichte los. Die Tante hielt, im Gegensatz zu meiner Mutter, sehr viel von Träumen, sie meinte: »Die wollen uns immer was sagen.«

Was uns der Traum von den aus unserem Haus die Luft ablutschenden Woltermanns sagen wollte, lag ja nun auf der Hand. Dass Nettchen dem Anwalt und seinem Spross nicht grün sein konnte, nachdem man sie ihretwegen aus dem Haus gejagt hatte, war ebenso klar. Ich bekam dicke gelbe Ingwerbonbons und den Ratschlag, mich vor den beiden in Acht zu nehmen. Das wollte ich sowieso tun. Darüber hinaus versprach sie, für mich zu beten, noch mehr als sonst: Tante Nettchen glaubte fest und unbeirrt an einen nicht besonders christlichen, aber väterlichen Gott, der Wohlwollen für uns empfand und uns bei Bedarf zur Seite sprang.

Auf meinen dringlichen Wunsch holte sie die Gitarre von der Wand und trug Lizard Queen und mir etwas vor. Mit ihrem dünnen und schwankenden Sopran sang sie: *We shall overcome!* – wobei sie der Katze und mir jeweils den Anfang der nächsten Strophe zuwarf, obwohl wir nicht mitsangen.

Ihre Anteilnahme und das Lied machten mir Mut. Ich fuhr gewappnet und auf alles gefasst nach Hause. Wenn Woltermann jetzt einen teuflischen Plan offenbart hätte, der darauf hinauslief, meiner Familie das Haus und die Firma wegzunehmen, oder veranlasst hätte, Annika und mich in ein strenges Internat zu schicken; oder uns gemein behandelt und seinen Sohn deutlich vorgezogen – dann wäre ich nicht weiter erstaunt gewesen. Mir kam sogar die Idee, mich an Onkel Hajo zu wenden als an einen ebenfalls Enttäuschten, der uns vielleicht hätte helfen können.

Doch Martin Woltermann blieb fortgesetzt friedlich, lachte sein unmögliches winseliges Lachen, war freundlich zu Annika und mir und brachte unsere Mutter in eine gleich bleibend gute Laune, die sie früher nur bei steigenden Verkaufszahlen gezeigt hatte. Jetzt gähnte sie manchmal am Frühstückstisch, streckte sich und lächelte den Anwalt schläfrig an, zufrieden wie eine satte Riesenschlange.

Der Einzige, der gemein von Onkel Martin behandelt wurde, war Boris; er fing sich Ohrfeigen für schlechte Schulleistungen ein oder nur, weil er sich krumm hielt oder schmutzige Fingernägel hatte. Uns Mädchen machte dieser antike Pädagogikstil sprachlos, meine Mutter äußerte (zumindest am Anfang) meist wohlwollend: »Lass doch, Martin!«

Woltermann nahm sich in Acht, uns mehr sehen zu lassen. Er war kein öffentlicher Wüterich.

Boris selbst schien noch ungefährlicher. Klein und schüchtern, stieß er ständig irgendwo an, stolperte oder tat sich sonst wie weh, sein Verbrauch an Pflastern war enorm. Er besuchte inzwischen dieselbe Schule wie Annika und ich, saß in meiner Parallelklasse und ließ sich selten blicken, weder auf dem Schulweg noch auf dem Schulhof. Wenn sein Vater ihn schlug, hielt er schützend die Arme vors Gesicht und weinte. Wenn andere kleine Jungen herausfinden wollten, ob er ein Kerl sei, rannte er weg. Damals hatte er sehr wenig für Gewalt übrig, da er ständig derjenige war, der sie abbekam.

Auf diese Art verlor ich nach und nach die Wachsamkeit. Die Zeit dehnte sich wie eine ausgeleierte Ziehharmonika, nichts Schlimmes passierte, Martin und Boris Woltermann gehörten irgendwann zum alltäglichen Leben. Es wäre albern gewesen, sie zu fürchten.

An einem warmen Sonntagnachmittag lag ich auf der Terrasse vor dem Haus und erkannte zufällig aus den Augenwinkeln, dass Boris ins Wohnzimmer gekommen war. Er huschte auf eine Art umher, die mir verdächtig vorkam, griff etwas vom Tisch, steckte es in die hintere Jeanstasche und verließ das Zimmer genauso geduckt und heimlich, wie er gekommen war. Ich stand von meiner Liege auf und flitzte auf nackten Füßen ums Haus. Ich wusste ja, welches der beiden Zimmer der Souterrainwohnung Boris bewohnte, wenn ich es auch nie von innen gesehen hatte, seit er im Haus war.

Ich schlängelte mich durch den kratzigen Ginster und blickte ganz vorsichtig von der Seite her nach unten durchs Fenster. Der Moment war goldrichtig gewählt: gerade kramte Boris etwas aus der hinteren Hosentasche, warf sich vor seinem Bett auf den Bauch, zog ein Holzkästchen darunter hervor, schloss es mit einem Schlüsselchen auf und warf das Ding, das er vom Wohnzimmertisch genommen hatte, hinein. Er schloss gleich wieder zu, schob das Kästchen zurück und steckte den kleinen Schlüssel tief in das halb geöffnete Maul eines Plüschkrokodils, das oben auf dem Bett lag. Ich beeilte mich, wieder auf die Liege zu kommen, wo ich mit wild klopfendem Herzen – mehr vom Rennen als vor Aufregung – liegen blieb.

Nicht viel später wollte Onkel Martin uns drei Kinder zur Tennisstunde fahren. Ich erklärte, dass mir sehr übel wäre und dass ich glaubte, ich müsse mich vielleicht übergeben.

Meine Mutter legte mir eine Hand auf die Stirn, nickte und sagte: »Die Hitze, kein Wunder. Ihr anderen zwei, verausgabt euch bloß nicht so! Und denkt daran, viel zu trinken ...«

Dann fuhren sie ab. Meine Mutter duschte und fönte ihr Haar, sie wollte am Abend mit Woltermann ins Theater. Ich schlich inzwischen über die kalte Marmortreppe nach unten, in Boris' Zimmer, holte das Schlüsselchen aus dem Rachen des Krokodils, öffnete die Holzkiste unter dem Bett und klappte sie auf. Da lagen eine kleine Anstecknadel, in die ein Hakenkreuz eingeprägt war, mehrere alte oder ausländische Münzen, ein Geduldsspiel aus Plastik, eine zugespitzte Kugel für einen Revolver oder eine Pistole (so was kannte ich nur aus dem Kino) und Mamis großer Ring mit dem ovalen Türkis. Den hatte ihr mein Vater zum ersten Hochzeitstag geschenkt und sie trug ihn fast täglich. Allerdings nahm sie ihn nach Feierabend häufig ab, dann lag er im Badezimmer oder, seltener, auf dem Wohnzimmertisch.

Ich klaubte den Ring aus dem Kästchen, nach kurzem Nachdenken auch die Pistolenkugel. Das Geld, die Nadel mit dem Hakenkreuz und das Geduldsspiel ließ ich darin, schloss wieder ab, fütterte das Krokodil mit dem Schlüssel und ging in mein Zimmer. Den Ring und die Kugel versteckte ich oben auf meinem Kleiderschrank.

Danach begab ich mich zurück auf die Terrasse, las in einem Buch und erfreute meine Mutter am frühen Abend mit der Nachricht, dass es mir jetzt schon viel besser ginge.

Bald darauf kam der Anwalt mit Annika und Boris vom Tennis zurück. Er hielt seinem Sohn gerade eine kleine Predigt darüber, wie viel besser Annika den Schläger hielt als er – »Wenn du dich nur mal ein kleines bisschen konzentrieren würdest, junger

Mann!« – als meine Mutter lautstark den Verlust ihres Türkisrings meldete.

Sie erinnerte sich genau, ihn auf den Tisch im Wohnzimmer gelegt zu haben. Wir krabbelten allesamt hinter den Sofas und unter den Sesseln umher, drei von uns suchten ernsthaft. Schließlich richtete Woltermann sich zu seiner vollen Größe auf und begann, Boris streng zu verhören. Könnte es vielleicht sein, dass er aus Versehen den Ring genommen hätte?

Mami wandte ein, aus Versehen nehme man gar nichts weg. Im Übrigen konnte sie sich beim besten Willen nicht vorstellen, dass Boris so etwas machen würde. Was sollte ein kleiner Junge mit einem Ring?

»Du tust ihm unrecht Martin, lass ihn doch!«, verlangte sie.

Er blickte sie nicht einmal an, fixierte nur seinen Sohn, der mit niedergeschlagenen Augen, klein und jämmerlich, vor ihm stand und verlegen den Schorf von einem Ellbogen pulte.

Meine Mutter verbreitete sich über ihre Theorie von einem unbekannten Dieb, der über die Terrassentür ins Haus gekommen sein mochte. Annika verschwand taktvoll in der Küche, um für uns Kinder Kakao zu machen. Sie rief nach meiner Mutter, weil sie die Sahne nicht fand.

Sobald beide verschwunden waren und vielleicht weil er mich tatsächlich übersehen hatte, begann Onkel Martin, Boris' Ärmchen zu verdrehen. Dem stürzten die Tränen aus den Augen und kollerten über sein Gesicht.

»Wo hast du ihn?«, fragte Woltermann leise. »Sag mir auf der Stelle, wo du ihn versteckt hast, oder du wirst es bitter bereuen, mein Lieber.«

Ich sprang hoch und hielt Woltermanns Arm fest, wahrscheinlich schrie ich dabei, denn meine Mutter und Annika stürzten zurück ins Wohnzimmer. Es entstand einiger Trubel und allgemeines Gerangel, vielleicht hatte Mami sogar befürchtet, *mir* sei Schmerz zugefügt worden.

Schließlich bewegten wir uns alle zusammen in sehr gereizter Laune die Treppe hinunter in Boris' Zimmer. Sein Vater verlangte energisch, Boris solle sofort alles wieder rausrücken, was er gestohlen hätte.

»Wo ist deine Schatztruhe, verdammt?«, brüllte der Anwalt. Im Übrigen fand er das Holzkästchen schnell, sehr raffiniert war das Versteck ja wirklich nicht. Er verlangte nach dem Schlüssel – Boris heulte nur, inzwischen auch ziemlich laut.

Woltermann wurde immer zorniger. Er stemmte seinen kräftigen Daumennagel unter den Deckel der Kiste und brach sie ganz einfach auf – das kleine Schloss war sofort kaputt. Wir starrten gemeinsam in das Kästchen, als der Deckel gehoben wurde.

Boris öffnete zweimal völlig verblüfft den Mund, dann wischte er sich mit dem Ärmel über sein nasses Gesicht und sagte halblaut und trotzig: »Siehst du!«

Wir alle sahen erstaunt aus. Ich hoffe zumindest, dass es mir gelang, erstaunt auszusehen. Da aber niemand auf mich speziell achtete, war es auch nicht so wichtig.

Onkel Martin hob die Anstecknadel mit dem Hakenkreuz hoch und murmelte entgeistert: »Vaters Orden! Wo hast du *den* denn her?«

»Den hat Opa mir mal geschenkt!«, behauptete Boris frech, der wohl zu Recht glaubte, jetzt könne man ihm nichts mehr nachweisen.

»Jedenfalls ist mein Ring nicht hier«, sagte meine Mutter zum Abschluss. »Ich sage dir, jemand ist ins Haus gekommen, als Ilka auf der Terrasse geschlafen hat und ich unter der Dusche war. Schade drum, ich hab sehr an dem Türkis gehangen.«

»Er hatte genau Papas Augenfarbe«, sprach Annika leise vor sich hin, ohne Mami oder Woltermann anzusehen. Manchmal konnte sie sehr impertinent sein.

Wir aßen alle hastig zu Abend, denn jetzt wurde die Zeit knapp. Die Erwachsenen fuhren schleunigst ins Theater, in einen leisen Streit verwickelt; Mami meinte, Woltermann müsse sich bei seinem Sohn entschuldigen. Er war ganz anderer Meinung.

Annika telefonierte endlos mit einer Freundin.

Ellen, Köchin und Wirtschafterin in einer Person, bügelte in der Küche.

Ich setzte mich auf die Schaukel im Garten. Boris kam nach einer Weile dazu und lehnte sich an den Baum, an dem die Schaukel befestigt war. Er schaute mich durchdringend aus seinen tief liegenden hellen Augen an, die so merkwürdig zwischen den rabenschwarzen, dichten Wimpern saßen.

»Was!«, rief ich schließlich, aber ich musste schon lachen.

»Ja, was wohl …« murmelte er und lachte auch. Er hatte ein schiefes Lachen, das sich weit nach links zog und ziemlich unzuverlässig wirkte.

»Ich weiß gar nicht, was du meinst.«

»Natürlich weißt du das. Außer dir kommt keiner infrage, Ilka.«

»Sei doch froh!«, empfahl ich.

»Bin ich auch. Ich könnte mich geradezu bedanken. Wo hast du – das Zeug?«

»An einem sicheren Ort«, sagte ich. Ich war so vergnügt, dass ich wild strampelte.

Boris hielt meine Beine fest. »Den Ring wollte ich dir sowieso schenken«, behauptete er.

»Du lügst«, antwortete ich ganz überzeugt. Bis zu diesem Abend hatten wir uns nie umeinander gekümmert.

»Doch. Ganz bestimmt. Aber die Pistolenkugel – die muss ich wiederhaben.«

»Wo hast du die überhaupt her?«

»Das war ein Beweisstück in einem Kriminalfall. Ein Freund von meinem Vater – Onkel Gerhard – macht Strafrecht«, erklärte Boris altklug. »Gibst du mir die Kugel wieder?«

»Mal sehen«, sagte ich versonnen. »Was dein Vater wohl gesagt hätte, wenn ich sie dagelassen hätte?«

»Ach, zur Hölle, er hätte mich umgebracht.«

»Übertreib nicht. Er gibt doch nur Klapse.«

»Mein Vater«, sagte der kleine Boris durch die Zähne, »mein Vater ist ein Schwein. Das kannst du mir glauben. Ihr kennt den nicht.«

Ich überlegte eine Weile, ob ich den Ring nicht zufällig im Wohnzimmer finden und meiner Mutter wiedergeben sollte, aber wir hatten so gründlich danach gesucht, dass es unglaubwürdig gewirkt und mich verdächtig gemacht hätte. Ich behielt ihn also, gewissermaßen als Vorgriff auf meine Erbschaft. Die Pistolenkugel gab ich Boris zurück.

Von da an waren wir Freunde. Vielleicht ist das auch nicht das richtige Wort. Jedenfalls spielten wir viel zusammen.

Annika, die Boris kaum ein Jahr voraus hatte, schien bedeutend erwachsener als wir und hatte ganz andere Interessen.

Ich fand, dass dieser schüchterne kleine Junge eine ungewöhnliche Phantasie besaß. Er sprang als Pirat, ein Obstmesser zwischen den Zähnen, an Bord meines Schiffes und nahm mich gefangen, um Lösegeld von meinem Vater, dem reichen Kaufmann, zu erpressen. Er kam als Detektiv mit hochgeschlagenem Kragen, um einen Kriminalfall zu lösen, in dem ich das Opfer war. Manchmal spielten wir auch Friseur: Boris stülpte mir einen Papierkorb als Trockenhaube über den Kopf, plauderte weibisch, kämmte mir nasse Locken in die Stirn und küsste vor Entzücken seine eigenen Fingerspitzen.

Natürlich spielten wir auch Doktor. Boris fand fast immer einen Weg, um zu erreichen, was er wollte.

Meine Gefühle für ihn waren damals zwiespältig. Oft hatte ich ihn richtig lieb: wenn ich seinen verrückten Geschichten zuhörte (er erzählte mir gern, was er alles erlebt hatte und was er noch erleben wollte, beides klang gleich phantastisch), wenn wir in seinem oder meinem Zimmer oder im Garten aus Decken eine Höhle gebaut hatten und darin dicht zusammensaßen, wenn er mir die Arme um den Hals legte und in mein Ohr flüsterte, dass ich seine schöne Braut wäre und der einzige süße Mensch auf der Welt und später, als wir in unserer Eichhörnchenwelt lebten. Ich spielte immer seltener mit Annika oder meinen Freundinnen. Mit denen war es vergleichsweise langweilig.

Wir teilten viele Geheimnisse, mit der Zeit wurden es immer mehr. Von Boris lernte ich, wie man auf Lunge raucht, ohne zu husten, und wie man die Unterschrift der Eltern fälscht für Schulentschuldigungen. Wir klauten gemeinsam in Warenhäusern und schauten mit dem Fernglas durch Fenster anderer Leute. Von Boris lernte ich, perfekt zu lügen. (Ein gewisses Talent dafür schien ich zu besitzen.)

Die Familie machte sich auf gutmütige Weise lustig über unsere Freundschaft, das ständige Separieren und Miteinandertuscheln.

Woltermann traute dem Frieden in unseren Höhlen als Einziger nicht und kam hin und wieder nach kurzem Anklopfen sofort ins Zimmer gestürmt, um eine oder mehrere Decken wegzuziehen und uns wie die Maulwürfe ins Licht blinzeln zu lassen. »Was soll das eigentlich? Weshalb müsst ihr euch dauernd verstecken? Seid ihr nicht zu groß für solche Spiele?«, fragte er ärgerlich. »Was macht ihr da im Dunkeln?«

Sein Sohn lächelte ihn dann spöttisch an. »Ich erzähle Ilka Geschichten. Was hast du denn gedacht?!«, fragte er, während ich blütenweiße Unschuld auf mein Gesicht legte. Jetzt stand der Anwalt da als einer, der unreine Gedanken hegte. Die verbotenen Dinge, die wir anstellten, verbargen wir geschickter.

Das war die eine Seite.

Andererseits schämte ich mich, mit Boris zusammen zu sein. Die vielen reizvollen Sünden belasteten mein Gewissen, ich kam mir schmuddelig vor.

Bis zur Pubertät war er unbeliebt; andere Kinder verdrehten bei seinem Anblick die Augen, er wurde in keine Volleyballgruppe gewählt, man vermied geradezu, in seiner Nähe zu sitzen.

Wäre ich wirklich seine Freundin gewesen, hätte ich wahrscheinlich zu ihm halten müssen. Dadurch wäre ich jedoch ebenfalls auf der Außenseiterspur gelandet und da wollte ich nicht hin. Ich war daran gewöhnt, beliebt zu sein und dazuzugehören. Um das nicht aufgeben zu müssen, verleugnete ich Boris, sobald andere Kinder dabei waren, bestritt, mit ihm befreundet zu sein, pflichtete bei, wenn schlecht über ihn gesprochen wurde, und verdrehte wie jeder andere die Augen bei seinem Anblick.

War ich mit den anderen zusammen, bemerkte ich, wie mickrig und unsicher er aussah, und empfand, ganz wie die anderen, dass so etwas Kränkliches wie er mir vom Leibe bleiben sollte.

Waren wir allein miteinander, faszinierte er mich und ich ließ ihn viel zu nahe an mich heran. Er stellte so etwas wie ein geheimes Laster dar, ich mochte ihn ebenso wenig aufgeben wie mich zu ihm bekennen.

Als ich vierzehn war, passierte in unserer Nachbarschaft eine unschöne Geschichte. Ein junges Mädchen bekam ein Kind von ihrem sehr viel älteren Onkel, wie auch immer das zugegangen war.

Meine Mutter ereiferte sich beim Abendessen über den Fall und erklärte vor allem Annika und mir nachdrücklich, wie wichtig es sei, dass eine Frau das erste Erlebnis in Liebe und Vertrauen haben könnte.

Boris stieß mich unter dem Tisch an, während er auf seinen Teller schaute. Ich hatte mein erstes Erlebnis bereits hinter mir. In Sachen Liebe und Vertrauen war ich mir nicht so sicher; jedenfalls hatte es Spaß gemacht.

Gleichzeitig fiel mir auf, dass Annikas Mundwinkel eigenartig verkrampft aussahen. Ihr Blick huschte ganz schnell zu Boris hin. Anstatt unter den Tisch zu gucken, trat ich instinktiv zu und erwischte seinen zweiten Fuß am Bein meiner Schwester. Daraufhin starrten wir uns alle drei abwechselnd erschrocken an, während meine Mutter weitersprach, ohne etwas zu merken.

Ich versuchte gleich nach dem Essen, mit Annika zu reden, doch ich kam nicht weit.

»Ich weiß gar nicht, was du willst, lass mich in Ruhe!«, verlangte sie. Sie tupfte sich eine weiße Paste auf irgendwelche Pickelchen im Gesicht.

»Was hast du mit Boris? Das ist doch eine ganz klare Frage!«, fand ich.

»Was soll ich denn mit ihm haben? Das ist ein kleiner Junge, der wird gerade mal fünfzehn!«, murmelte Annika.

»Erstens ist er im letzten Jahr ganz schön gewachsen. Und zweitens kenn ich ihn gut genug, um zu wissen …«

Annika schraubte das Cremedöschen zu und fragte grimmig: »Ach ja? Was weißt du denn so genau? Was ist denn zwischen euch Gören passiert?«

Darauf warf ich ihr nur einen wütenden Blick zu und verließ das Badezimmer.

Natürlich hätte ich Boris fragen können.

Aber der log sowieso.

Übrigens war er wirklich gewachsen, fast fünfzehn Zentimeter in wenigen Monaten und von da an langsamer, aber immer weiter. Er veränderte sein Aussehen überhaupt ganz gewaltig, das struppige schwarze Haar fing an zu glänzen, seine Nase formte sich sehr hübsch, die hellblauen Augen glitzerten herausfordernd und sein schiefes linksseitiges Grinsen wirkte inzwischen recht kleidsam. Neuerdings galt es nicht mehr als peinlich, mit Boris zusammen zu sein. Plötzlich kamen dauernd Mädchen aus meiner und auch aus Annikas Klasse zu Besuch, um sich ein Buch zu leihen oder nach Schularbeiten zu fragen, und wenn sie Boris zufällig begegneten, drehten sie sich kichernd wie die Zicke am Strick und waren kaum noch aus dem Haus zu bekommen.

Eines dieser Mädchen bekam einen Schock, als es Anwalt Woltermann sah: »*Das* hässliche Stück ist der Vater von Boris? Kann ich kaum glauben. Muss der eine hübsche Mutter gehabt haben …«

Ich gab die Frage weiter und erfuhr: »Meine Mutter war der schönste Mensch, den ich je gesehen habe.«

Sofort wurde ich eifersüchtig. »Ach. Hast du ein Foto von ihr?«

»Natürlich. Das zeige ich dir bloß nicht. Das zeige ich keinem, nie«, sagte Boris triumphierend.

»Dann beschreib sie mir doch mal.«

Boris legte den Kopf in den Nacken und kniff die Augen zusammen, um zu verdeutlichen, dass er sich das Bild seiner Mutter ins Gedächtnis rief. »Also, sie hatte natürlich ganz lange Läufe – wie eine Antilope …«, fing er an, weil er wusste, wie sehr mich meine eigenen, zu kurz geratenen Beine ärgerten. »Sie war schmal wie eine Gazelle und hatte riesige braune Augen wie ein Reh.«

»Und du hast sie bei Hagenbeck besucht!«, höhnte ich, woraufhin er mir ein Buch an den Kopf warf und ich mit einer zusammengerollten Zeitschrift auf ihn eindrosch.

Prinz Hamlet von Dänemark fragt sich bekanntlich lang und breit, ob nach dem Tod alles ausgeknipst sei, völlige Bewusstlosigkeit herrsche oder ob man etwa noch träumt. Sein oder Nichtsein?

Ich kann das jetzt ohne Weiteres beantworten; nach meinem Tod an diesem frischen Frühlingstag, nachdem ich mein Auto an die Wiesen-Badewanne geknallt hatte und mir mit so einem hässlichen Geräusch das Genick brach, träumte ich.

Keine Träume der Art, wie ich sie früher kannte, wenn ich einfach schlief. Auch keine Gerichtsverhandlung, bei der aus meinem Sündenregister vorgelesen wurde. (Erfreulicherweise; da wäre einiges zusammengekommen.)

Stattdessen schwamm ich umher in einem unbekannten Bereich aus Farben, die ich noch nie gesehen hatte, und Formen, die ich für unmöglich halten musste: bunte, sich verteilende Wirbel, als ob ein riesiger Aquarellpinsel in einem gigantischen Wasserglas ausgeschlagen wird.

Ich bewegte mich durch eine Werkstatt, in der Maschinen arbeiteten, und zitterte im Rhythmus irgendwelcher Kolbenschläge.

Ich wusste, ohne zu denken. Ich verstand viel, vielleicht alles, und ich trauerte und hoffte ohne jede Leidenschaft.

Überall klang etwas wie Musik die ganze Zeit. Sie füllte alles aus, sie rauschte und orgelte und wisperte, war außerhalb und war in mir.

Das dauerte Jahrtausende.

Schließlich landete ich auf einer Wiese – im weitesten Sinne. Es handelte sich um eine Landschaft, die ich nicht beschreiben will, weil ich sie nicht beschreiben kann.

Neben mir war ein anderes Etwas, so wie ich. Wir sprachen nicht miteinander, wir unterdachten uns.

Das andere Etwas dachte: Willst du denn wirklich wieder los?

Ich dachte: Ja, ich will! Ich bin völlig sicher.

Es dachte: Fürchtest du dich nicht? Du weißt doch, dass es wehtut? Schmerzen – erinnerst du dich?

Allerdings war es lange her, dass ich Schmerzen empfunden hatte, wie gesagt Jahrtausende. Doch ich erinnerte mich. Damals hatte ich sie gefürchtet. Jetzt dachte ich: Warum nicht? An Schmerzen merke ich, dass ich lebe. Es prickelt und es beißt oder es brennt, unterschiedlich schlimm … Ich kann darauf atmen. Ich kann es ergründen. Ich kann übrigens auch eine Pille schlucken, das ist erlaubt, dann wird es weniger. Vielleicht tu ich das nicht, um es nur deutlich zu spüren. Aber nicht bloß Schmerzen, nicht wahr, auch Behagen. In der Sonne sitzen zum Beispiel oder gestreichelt werden. Diese ganzen Nerven unter lebendiger Haut und was sie alles wahrnehmen! Wärme und Kälte, schmecken, riechen, sehen! Hunger fühlen und ihn stillen …

Es dachte: Bedenke, du wirst hilflos sein, grenzenlos ausgeliefert. Du wirst zunächst nicht sprechen können, dich nicht wehren.

Ich dachte: So sind die Regeln. Das gehört dazu. Natürlich, es erfordert Mut, aber es lohnt sich! Jajaja, ich will leben. Ich will es diesmal besser machen. Ich werde vorsichtiger mit mir umgehen. Ich werde mich bemühen, alles zu verstehen. Ich werde mich bemühen, alles und jedes lieb zu haben, jetzt weiß ich ja, das ist das größte Geheimnis. Ich werde mein Ich lieben und andere Menschen und Tiere und Pflanzen und sogar Gegenstände. Ich werde alles, was ich tue, mit Liebe tun. Ah, und Abstand. Ich werde mich um Abstand bemühen, um klar zu erkennen und klar zu entscheiden.

Es dachte: Und wenn sie auftauchen, die Lektionen, die Probleme – wirst du nicht jammern?

Ich dachte ganz überzeugt: O nein, nie wieder! Ich werde die Probleme lösen, nach Möglichkeit. Oder hinnehmen, was nicht zu ändern ist. Bestimmt nicht jammern, du wirst sehen … Aber wirst du mich denn sehen?

Es seufzte.

Dann dachte es: Ja. Ich werde bei dir sein. Die Frage ist, wirst du mich hören? Du weißt, wir vergessen schnell, wenn wir auf der anderen Seite sind.

Ich dachte: Das als Einziges wünsche ich mir anders. Ich will nicht vergessen. Das ist meine Bitte.

Ich kam sehr langsam zu mir und sofort spürte ich tatsächlich Schmerzen. Ich brauchte lange, bis ich sie einigermaßen definieren und auseinanderhalten konnte. Mein Kopf tat weh, mein Magen, mein Hals. Im Hals steckte ein Schlauch, der offenbar bis in den Magen führte. Aus der Nase ragten Schläuche. Mein rechter Arm schmerzte und, etwas weniger, auch der linke.

Nach einigen Minuten begriff ich und es überschwappte mich wie eine mächtige heiße Welle: Ich lebte wieder! Ich lebte wirklich und wahrhaftig wieder, die Schmerzen, die ich mir auf der anderen Seite gewünscht hatte, durfte ich jetzt genießen. Darüber musste ich lachen und daran erstickte ich beinah. Ich gab Geräusche von mir und versuchte, die Augen zu öffnen, was nur sehr unzureichend gelang.

Eine Stimme sagte: »Moment mal, ich glaube, sie kommt zu sich.«

Irgendwer lief über den Boden und beugte sich über mich, atmete in mein Gesicht.

Früher hätte ich das lästig gefunden, jetzt konnte ich es zutiefst genießen. Ich merkte, dass ich angeatmet wurde. Das bedeutete, die Nerven in meiner Haut funktionierten! Das bedeutete, ich war lebendig! Wie überwältigend köstlich!

Ich blinzelte mühsam durch die geschwollenen Augenschlitze, die mir nur zur Verfügung standen. Das hier mochte vielleicht eine Schwester sein oder eine Ärztin im offenen grünen Kittel. Sofort empfand ich große Liebe für sie. Ich versuchte, um den Schlauch in meinem Mund herum dankbar zu lächeln.

Eine zweite Figur in Grün trat an mein Bett und bestätigte: »Die Kleine weilt wieder unter den Lebenden, hurra!«

Treffender hätte ich es auch nicht ausdrücken können. Ich war vor Glück so überwältigt, dass ich zu weinen begann. Das tat in meinem Hals noch viel mehr weh als das Lachen. Aus meinen geschwollenen Augen sickerten Tränen und liefen mir über die Schläfen. Ich lebte. Ich konnte sogar weinen!

Vielleicht war ich ein ganz, ganz – wirklich *ganz* kleines bisschen enttäuscht, nicht vollkommen von vorn anzufangen als nagelneuer Säugling. Vielleicht hatte ich das erwartet. Nun gut, ich befand mich in meinem Körper und damit mehr oder weniger in meiner alten Situation. Vielleicht wurde ich ja von jetzt an besser damit fertig.

Nun fiel mir auf, dass es neben mir piepste. Da lief irgendeine Maschine, um mir ins Diesseits zurückzuhelfen. Was für beruhigende Töne. Ich schlief wieder ein und war mir sicher, dass es sich dabei um normalen Schlaf handelte, um leibhaftigen Schlaf, und dass ich lebendig wieder aufwachen würde.

Als ich das nächste Mal zu mir kam, hörte ich leises Gemurmel in meiner Nähe.

»Hat sie es geschafft? Wird sie überleben?«, fragte Annika mit gedämpfter Stimme.

Ich blinzelte durch meine wässrigen Augenschlitze. Da stand sie im Zimmer in ihrem schwarz-weißen Jackenkleid und blickte prüfend zu mir hinüber. Hinter ihr, dicht bei der Tür, stand Boris. Ich konnte sein schwarzes Haar erkennen und das hellgrüne Seidenshirt, das er trug. (Das hatten wir zusammen gekauft.) Er hielt sein Jackett an einem Finger über der Schulter, wiegte sich unbehaglich auf den Füßen hin und her und wollte gern nach Hause. Ich wusste, dass er Krankenhäuser hasste.

»Komm jetzt«, bat er leise und zupfte Annika am Ärmel.

Sie machte eine schnelle Bewegung mit der Schulter, um seine Hand loszuwerden. »Was ist denn alles kaputt an ihr?«, fragte sie. Meine Schwester wollte es immer gern genau wissen.

Ein Mensch weiter hinten im Raum antwortete: »Sie hat ein Schädelhirntrauma, Contusio cerebri zweiten Grades, schwere Prellungen vor allem im Gesicht. Sie war nicht angeschnallt und wurde gegen die Frontscheibe geschleudert, deshalb … Brüche im vorderen Rippenbereich, über dem Herzen, da hat sie richtig Glück gehabt. Der rechte Arm ziemlich kompliziert gesplittert, der linke nur geprellt. Sie war klinisch tot, als der Rettungswagen kam, musste reanimiert werden, lag dann zwanzig Stunden lang im Koma. Wir hatten erwartet, dass sie viel länger braucht. Alles in allem kann sie wieder ganz gesund werden.«

Warum erwähnte er nicht, dass mein Genick gebrochen war? Das hatte ich ganz bestimmt gehört und gemerkt.

»So«, sagte Annika knapp. Sie klang unzufrieden.

Mir wurde plötzlich bewusst, wie selten ich sie umarmt hatte, früher. Ich hatte meine Schwester so furchtbar lieb. Sobald mir kein Schlauch mehr im Hals steckte, würde ich ganz offen über alles mit ihr sprechen. Endlich die Wahrheit sagen. Und dann ganz neu anfangen. Mir das Rauchen abgewöhnen, keinen Alkohol mehr trinken. Höchstens vor dem Essen einen Aperitif. Die Finger von Männern lassen, die mir nicht gehörten.

Tatsächlich war meine Bitte erfüllt worden und ich erinnerte mich an meine Erlebnisse auf der anderen Seite. Ich wusste, was ich mir vorgenommen hatte: alles mit Liebe zu tun und so weiter.

Es schien einfach zu werden. Ich platzte fast vor Liebe.

Was die anderen Vorsätze anging, so sollte ich wohl nicht alles auf einmal in Angriff nehmen, sondern hübsch nach und nach.

Eine dreiviertel volle Zigarettenpackung musste in meiner Handtasche stecken. Schlanke, runde Zigaretten mit angenehmem Filtermundstück. Ich konnte richtig spüren, wie das weiche, dünne weiße Papier den goldgelben, duftenden Tabak umschloss und wie der Filter sich an der Zungenspitze trocken und weich anfühlte. Ich rauchte, seit ich zwölf war. Immer hatte es mich beruhigt und getröstet. Ich war nicht einfach nikotinsüchtig, ich liebte den Geruch und den Geschmack von Tabak. Vielleicht sollte ich es nicht ganz aufgeben, sondern nur deutlich reduzieren. Auf jeden Fall würde ich die restlichen Zigaretten aus meiner Handtasche rauchen, es wäre schade darum.

Ich versuchte, aus den Augenwinkeln zu erkennen, wo die Tasche liegen mochte, sah aber nur undeutlich weiße Geräte. Annika und Boris schienen inzwischen gegangen zu sein, ohne mit mir zu sprechen. Gut, solange ich mit Gummischläuchen verstöpselt war, konnte ich sowieso weder rauchen noch reden.

Es fühlte sich widerlich an, als sie mir die Schläuche aus dem Magen und aus der Nase zogen. Ich schnappte nach Luft, würgte und japste – und ich lachte. Ich war immer noch glücklich zu leben. Ich wollte an allem Spaß haben, was passierte. Ich wollte alles genießen, sehr bewusst.

Durch diesen Vorsatz wurde ich ganz gut damit fertig, dass ich mich zwei Tage lang nur übergeben musste, sobald ich versuchte, etwas zu essen. Als sie erwogen, mich wieder durch den Schlauch zu ernähren, blieb es endlich drin.

Zuerst hatte ich befürchtet, sie würden Annika nicht von meinem Genickbruch erzählen, um sie nicht zu bekümmern. Doch bald wurde mir klar, dass ich keinesfalls vom Hals an gelähmt sein konnte, denn ich hatte überall Schmerzen, konnte die Füße bewegen und spürte die leichte Decke auf meinen Zehen.

Ich schlief immer noch viel. Es war herrlich einzuschlafen und es war herrlich aufzuwachen. Manchmal standen Ärzte neben mir, glaube ich – oder war es nur einer? –, die mir Fragen stellten, aber es gelang mir nicht, mich darauf zu konzentrieren, und ich schlief wieder ein.

Einmal, noch ganz am Anfang, saß ein Mann neben mir, den ich noch nie im Leben gesehen hatte, ein Mann mit einem langen, kantigen Gesicht und ganz hellgrauen Augen, in denen das Weiße rot geädert war, weil er weinte. Er saß neben mir, knirschte dumpf mit den Backenzähnen, schluchzte krampfhaft und sagte ab und zu: »Trixi! Ach, Trixi, verdammt noch mal!«

Er tat mir schrecklich leid. Ich wünschte, eine Krankenschwester würde kommen und ihn auf seinen Irrtum aufmerksam machen.

Kein Wunder, dass mich jemand verwechseln konnte, mein Gesicht trug Verbände und war immer noch dick geschwollen. Was ich übrigens nicht begriff: Erstens schnallte ich mich grundsätzlich an, zweitens wusste ich genau, dass ich nach hinten geschleudert wurde, nicht einmal gegen den Airbag und erst recht nicht gegen die Frontscheibe. Wie kam ich zu den Schädelverletzungen und den Prellungen im Gesicht?

Der weinende Mann, der mich für Trixi hielt, ging dann.

Die Schwestern waren nett zu mir. Sie redeten nicht viel, weil ich selbst kaum sprechen konnte, aber sie lächelten, gaben mir Spritzen und fütterten mich. Eine kleine asiatische Schwester flüsterte mir zu, ich brauche mir keine Sorgen zu machen, ich sei nicht schwanger gewesen. Was sie damit meinte, war allerdings völlig unklar.

Bald rollte man mich in ein anderes Zimmer, in dem sich zwei weitere Betten befanden. Das wunderte mich; ich war Privatpatientin und hatte bisher immer erster Klasse gelegen, also in einem Einzelzimmer.

Von den beiden anderen Betten war nur eins belegt von einer Frau mit einem Gipsbein, die nachts stöhnte und oft eine Schwester herbeiklingelte, um Wasser oder Trost oder die genaue Uhrzeit zu bekommen.

Eines Tages nannte mich die nette Schwester Moni Frau Sievert. Ich dachte zuerst, sie hätte sich geirrt, doch bevor sie ging, sagte sie es noch einmal, und später sprach mich die Nachtschwester ebenfalls mit diesem Namen an. Verwechselten die mich etwa auch? Warum hatten dann Annika und Boris an meinem Bett gestanden?

Irgendwann nässten meine Augen nicht mehr so stark und begannen, langsam abzuschwellen. Ich konnte immer mehr erkennen. Ich sah das Krankenzimmer mit der anderen Patientin, die eine altmodische glatte Frisur mit Seitenscheitel trug und mindestens ebenso viel schlief wie ich.

Immer noch empfand ich große Dankbarkeit dafür, wieder zu leben. Manchmal lag ich einfach da und beobachtete, wie die eingeatmete Luft kühl und weich durch die Nase in meinen Körper floss und gleich darauf etwas wärmer wieder ausgeatmet wurde. Ich lauschte meinem Herzen, das zuverlässig und ziemlich regelmäßig klopfte unter den zusammenheilenden Rippen.

Die Frau im Bett gegenüber klagte über die Krankenhauskost, ich liebte sie. Welche Wonne, das Essen zu riechen, zu schmecken, vorsichtig zu kauen und zu schlucken! Kartoffelbrei erschien mir als eine göttliche Speise.

Durch das Fenster konnte ich einige Blätter sehen, die sich im Wind bewegten. Hin und wieder liefen Regentropfen über das Glas. Manchmal schien die Sonne ins Zimmer und auf mein geschwollenes, lächelndes Gesicht.

Und dann die Geräusche auf dem Krankenhausflur: Schritte verschiedenster Art, rasche, geschäftige, langsame, schlurfende, die Geschichten erzählten. Zuweilen ertönten Stimmen, sogar Gelächter. Ich langweilte mich keine Minute.

An der Decke über der Tür entdeckte ich eine kleine Spinne mit einem kugeligen Körper, die dort still saß und nachdachte. Ab und zu krabbelte sie ein Stückchen hin und her, schien ihre Beine zu sortieren – oder zu massieren? –, dann saß sie wieder reglos. Ich beobachtete das kleine Wesen einen ganzen Tag lang bis zum Abend und liebte es, weil es auch lebendig war.

Am nächsten Morgen freute ich mich, die hübsche kleine Spinne wieder zu entdecken, diesmal fast genau über dem leeren Bett mir gegenüber.

Leider folgte die Schwester meinem Blick, nahm ein Papiertuch, kletterte auf einen Stuhl und zerdrückte die Spinne an der

Decke mit einer einzigen energischen Bewegung. Das Tuch warf sie in den Papierkorb, lächelte mich an und verließ das Zimmer. Das ging so schnell, dass ich nicht einmal Luft holen konnte, um zu protestieren.

Früher hätte ich es kaum registriert. Inzwischen wusste ich, wie kostbar Leben ist, und weinte ein bisschen um die kleine Spinne.

Meinen eigenen Körper betrachtete ich auch, so weit ich ihn sehen konnte, zum Beispiel meinen völlig eingegipsten rechten Arm. Der linke war nur im unteren Teil weiß umwickelt, die Fingerspitzen guckten vorn aus dem Verband. Ich hob diesen beweglicheren Arm mühsam ein Stück hoch. Da bemerkte ich etwas so Seltsames, dass ich eine Weile die Augen schloss, um mich von dem Schreck zu erholen.

Nach einer Minute ungefähr traute ich mich, noch einmal hinzuschauen. Ich sah wieder dasselbe.

Meine Fingerspitzen und meine Nägel sahen fremd aus.

Ich hatte, sehr zu meinem Missvergnügen, mein Leben lang breite, flache Nägel besessen, nicht sehr weiblich, wenig attraktiv. Dagegen ließ sich natürlich etwas unternehmen, ich besuchte alle drei Wochen ein Nagelstudio, in dem man mir künstliche Nägel aus Plastik formte und lackierte.

Jetzt plötzlich glaubte ich längliche, schmale, leicht gewölbte Nägel zu erkennen, die nicht lackiert waren, nicht verlängert, nicht verdickt, die vielmehr zartrosa und völlig echt wirkten, etwas geriffelt.

Wie war das möglich?

Ich überfiel die Schwester, sobald sie durch die Tür kam: »Meine Nägel sehen ganz anders aus!«, brachte ich mühsam hervor.

Sie lächelte so nett wie immer und tätschelte meine Fingerspitzen. »Wir haben den Lack entfernt«, sagte sie, als ob das alles erklärte.

Ich sagte nichts mehr, wackelte mit den Fingern und staunte sie an. Es waren meine und doch nicht meine.

Wenige Tage später wurde mir der Katheter entfernt sowie der Verband um den linken Arm abgenommen und durch einen viel kleineren ersetzt, der nur noch das Handgelenk schützte. Ich schaute misstrauisch und verständnislos auf die ausgewickelte Hand. Schlank, mit langen, schmalen Fingern, hübsch zweifellos. Ich hätte schwören können, dass meine Hände früher ganz anders aussahen.

»Jetzt können Sie wieder selbst zur Toilette gehen, Frau Sievert!«, sagte eine Schwester, die ich noch nicht kannte.

»Ich bin nicht Frau Sievert«, nuschelte ich.

Die Frau im anderen Bett hob den Kopf und sah mich an. »Ich bin die Janne!«, meinte sie. »Ich finde, wir sollten du sagen, wenn wir hier so nahe beieinanderliegen. Wie heißt du?«

»Ilka.«

Die Schwester runzelte die Stirn. »Echt?«, sagte sie. »Putzig. Weil Ihre Unfallgegnerin heißt genauso. Glaube ich. Ist ja nicht so 'n häufiger Name.«

Meine Unfallgegnerin? Richtig, die Frau, die mir in dem Kleinwagen entgegenkam.

»Liegt die auch hier? Wie geht es ihr denn?«

Die Schwester senkte die Augen und die Stimme: »Ganz schlecht. Ganz schlecht. Also, offen gestanden, die stirbt, glaube ich. Die ganze Zeit im Koma, überhaupt nicht wieder zu sich gekommen und jetzt ist es wohl bald vorbei. Aber sie war ja auch stark angetrunken, nicht.«

Ach – die auch?

Später stand ich wirklich zum ersten Mal auf, mithilfe zweier Schwestern. Ich torkelte und taumelte und musste lachen, weil ich mir vorkam wie auf Stelzen. Irgendwie hatte alles eine andere Perspektive, mein Kopf schien höher zu sitzen als früher, dadurch wurde mir schwindelig. Ich ging auf weichen, unsicheren Beinen, mit meinem linken Arm an eine Schwester geklammert, rechts von der anderen gestützt.

»Das liegt daran, dass Ihr Kopf verletzt ist, das sind neurologische Störungen«, erklärte Schwester Moni. »Spätestens in einem Monat hat sich das zurückgebildet.«

Ich konnte wirklich allein auf die Toilette gehen, nach drei Tagen sogar ohne die Hilfe der Schwestern, langsam zwar, aber immerhin.

Am dritten Tag betrachtete ich mein Gesicht im Spiegel über dem Waschbecken. Es war ein wenig abgeschwollen, immer noch saßen Verbände rundherum. Ich beugte mich weiter vor und starrte mich an, ganz fassungslos.

Denn meine Augen, bekanntlich von auffallend hellem Blaugrün wie die meines Vaters – meine Augen waren auf einmal tiefbraun ...

Im 2. Kapitel

erfahren wir mehr über Frau Sievert und darüber, wer eigentlich Schuld hat – begegnen Ilka wieder – und betrachten die Angelegenheit durch Affenaugen

Mein Geschrei drang bis auf den Krankenhausflur, mehrere Schwestern stürzten herbei und halfen mir zurück ins Bett.

»Das sieht bloß jetzt noch so schlimm aus, das bessert sich mit jedem Tag«, tröstete mich Schwester Tatjana, die sich immer so anhörte, als wäre ihre Nase verstopft. »Passen Sie mal auf, später haben Sie ganz Ihre Augen von früher wieder.«

Genau daran hegte ich inzwischen massive Zweifel. »Und die Farbe? Kann sich denn durch den Unfall die Farbe geändert haben?«, fragte ich misstrauisch. Immerhin konnte ich inzwischen wieder recht gut sprechen, leise und etwas undeutlich, aber flüssig und ohne Schmerzen.

»Ja, natürlich. Das wird alles wieder«, versicherte die Schwester, die so klang, als sei sie in Gedanken ganz woanders. Statt mir auf den Rücken zu klopfen, was nicht möglich war, weil ich schon wieder lag, klopfte sie mir ersatzweise beruhigend auf den Magen. Das tat meinen zusammenheilenden Rippen weh.

»Aua!«, sagte ich zimperlich und sie murmelte zerstreut: »Tut mir leid!«, bevor sie das Krankenzimmer verließ.

Mein Herz paukte gegen die schmerzenden Rippen, als ob es sie von innen wieder aufbrechen wollte. Jetzt musste ich sehr darum ringen, glücklich zu sein und alles schön zu finden. Wo war ich eigentlich gelandet und was war mit mir los?

»Ich glaube, ich bin nicht mehr richtig ich«, sagte ich zu der Patientin mit dem zarten, traurigen Gesicht, die Janne hieß. »Ich bin irgendwie jemand anders, seit ich aus dem Koma erwacht bin. Ich versteh das alles nicht …«

Janne richtete sich raschelnd auf, ließ mit dem Schalter ihr Kopfende ein Stück hochfahren und schaute mich durch leicht vorstehende, mitfühlende Augen an. »Erkennt dich deine Familie denn wieder?«, fragte sie.

»Ich weiß nicht genau. Einerseits – meine Schwester und mein Schwager haben mich am Anfang besucht, das stimmt schon. Andererseits war da ein ganz fremder Mann – ich dachte, das wäre eine Verwechslung. Warum nennen die mich immer Frau Sievert?«

Janne, deren rechtes Bein in Gips steckte, kam mühsam hoch, fingerte eine Brille von ihrem Nachtschrank, setzte sie auf, rutschte vom Bett und humpelte zum Schrank in der anderen Zimmerecke. Sie öffnete die Tür und guckte hinein. »Sind das deine Klamotten?«, fragte sie und hielt mir einen blassrosa Mantel auf einem Bügel hin, unter dem ein geblümtes hellgrünes Kleid hing. Beides sah billig und geschmacklos aus, außerdem schien es zu lang für mich.

»Meine?! Um Gottes willen, nein!«, sagte ich entrüstet.

»Aber dies?« Jetzt bot sie mir einen dünnen Frotteemorgenrock in schrillem Pink an.

»Auch nicht. Nie gesehen.«

»Aha. Und ist das hier deine Handtasche?«

Janne hatte aus dem Fach oben im Schrank eine große hellbraune Ledertasche geangelt.

»Nicht, dass ich wüsste.«

»Na, es *muss* ja deine sein. Sie liegt schließlich in deinem Schrank.«

»Zeig bitte mal …«

Sie humpelte zu meinem Bett und kippte den Inhalt der Tasche auf meine wimmernden Rippen. »Aua.«

»Schuldigung.«

Wir kramten in der Tasche herum, fanden mehrere zerknautschte Tempotücher, eine nagelneue Puderdose von Dior, eine kleine Haarbürste, in der sich ein paar halblange Haare verfangen hatten, dunkelblond oder hellbraun, etwas gelockt. Doch, das konnten meine sein. Ein Kamm. Ein blaues Handy, seinerseits im Koma. Ein kleiner Taschenkalender mit Werbeaufdruck von einer Kosmetikfirma. Eine Nagelfeile im Etui. Ein zerknitterter Einkaufszettel in einer mir fremden Schrift: Brot, Milch, Haferflocken, Waschpulver, Tomaten. Einige Wattestäbchen, einige abgebrochene Salzstangen. Wollflusen.

Ein knallbuntes Kosmetiktäschchen. Ich wunderte mich über den üppigen Inhalt: Shiseido-Kajalstifte in Braun und Grün, zwei Luxus-Lippenstifte in Orange und bräunlichem Rot, ein Rouge-Döschen von Lancôme, Wimperntusche von Chanel, eine Tube Foundation von Estée Lauder sowie eine kleine Puderdose von Clarins. Das Schminksortiment musste, soweit ich's beurteilen konnte, mehr gekostet haben als Handtasche, Kleid und Mantel zusammen.

Ein Futteral mit Brille. Ich nahm sie heraus und setzte sie auf. Erstaunlicherweise konnte ich das gegenüberliegende Fenster und die Baumwipfel dahinter jetzt weitaus schärfer erkennen als vorher. Bisher hatte ich die Tatsache, dass alles in einiger Entfernung Liegende ein wenig verschwommen aussah, auf meine noch nicht verheilten Augen geschoben. Ich nahm die Brille wieder ab und starrte Janne an. »Ich glaube, ich bin etwas kurzsichtig.«

»Okay. Ich auch. Und?«

»Das war ich vorher nicht.«

»Vielleicht bist du's geworden, weil du an die Windschutzscheibe geklatscht bist?«

»Dann hab ich ja wahnsinnig Glück, dass in dieser Handtasche bereits eine Brille steckt, die das genau ausgleicht.«

Janne reichte mir ein blauweißes Pappschächtelchen. »Hier, das kenn ich. Das hab ich mir auch mal in der Apotheke besorgt.«

»Was ist das?«

»Ein Schwangerschaftstest. Noch nicht benutzt. Du wolltest wissen, ob du schwanger bist.«

Ich drehte das Schächtelchen in den Händen, öffnete es, las die Gebrauchsanweisung und packte es wieder zusammen. »Das ist albern. Ich kann keine Kinder bekommen, schon lange nicht mehr. Aber jetzt versteh ich zumindest, was diese asiatische Schwester meinte, die mich beruhigen wollte. Die dachte wohl, ich hätte Angst, dass ich durch den Unfall mein Kind verloren haben könnte. Sie müssen meine Handtasche durchsucht haben …«, fing ich an und dann stockte ich, weil dies hier doch schließlich gar nicht meine Handtasche war.

»Kannst du ihnen nicht verdenken. Sie mussten ja rauskriegen, wer du bist«, fand Janne.

Sie reichte mir ein hellgraues Portemonnaie und sah neugierig zu, wie ich es aufklappte.

Wie viel Geld darin steckte – einige kleine Euroscheine –, interessierte mich wenig. Ich holte den Personalausweis hervor, immerhin gab es einen, und las:

Name
SIEVERT
geb. FÜRST

Vornamen
BEATRIX ANGELINA MARIE

Beatrix Sievert war Deutsche, am 18. Oktober in Pinneberg geboren und neunundzwanzig Jahre alt. Die Unterschrift sah ziemlich kleinmädchenhaft aus und stimmte mit der Schrift auf dem Einkaufszettel überein.

Ich drehte den Ausweis um und erfuhr auf der Rückseite:

Gegenwärtige Anschrift:
Pandersen
Am Ploog 8
(Wo war das denn?)
Größe:
175 cm

Augenfarbe:
BRAUN

Inzwischen studierte Janne das einprägte Foto auf der Vorderseite und erklärte: »Das könntest du durchaus sein, wenn ich mir den Verband und die Schwellungen wegdenke. Doch, du, ich glaube, das bist du!«

Ich guckte mir das Foto gründlicher an. Undeutlich genug, diese fälschungssicheren Bilder. Ein ovales Mädchengesicht schaute wie durch Maschendraht, weil die Prägung Karomuster zeigte. Riesige dunkle Augen, eine dünne Nase mit einem Knick, ein schmaler, ziemlich breiter Mund. Hübsch, verträumt, von lockigem Haar umgeben.

Ein Führerschein befand sich auch im Portemonnaie. Beatrix Sievert fuhr seit nahezu zehn Jahren Auto und Pandersen lag offenbar im Kreis Pinneberg. Auf dem Führerscheinfoto lächelte Beatrix zurückhaltend. Sie musste wirklich sehr gut aussehen, wenn sie schon auf diesen grausigen Ausweisbildern attraktiv wirkte.

Kreis Pinneberg? Dort irgendwo könnte der Unfall stattgefunden habe. Ich war von einem kleinen Ort, Groß Moorgraben oder so ähnlich, Richtung Autobahn gefahren.

»Du heißt nicht Ilka. Du heißt Beatrix. Ich glaube, du hast dein Gedächtnis verloren«, merkte Janne an, mit viel Verständnis in der Stimme. »Das ist gar nicht so selten bei einer Schädelverletzung. Ich bin Arzthelferin, weißt du? Zurzeit zwar nur bei einem Hals-Nasen-Ohren-Doktor, aber ich hab schon Ahnung. Mein Papa war früher auch Arzt.«

Wenn ich etwas verloren habe, dann auf keinen Fall mein Gedächtnis, dachte ich. Vermutlich war ich durch ein Versehen mit meiner Unfallgegnerin verwechselt worden, beide bis zur Unkenntlichkeit angeschwollen und eingewickelt, gleich nach dem Unfall im Koma, weiblich, etwa zwischen dreißig und vierzig, mit ungefähr der gleichen Haarfarbe und der gleichen Haarlänge, da konnte so etwas doch passieren?

Obwohl es in keiner Weise erklärte, warum ich neuerdings über braune Augen und schmale Fingernägel verfügte.

Janne packte die Tasche wieder in den Schrank. Ich wollte nicht weiter mit ihr über die Sache reden (ich bereute schon, viel zu viel gesagt zu haben), deshalb fragte ich, was eigentlich mit ihrem Bein passiert wäre.

Janne berichtete in allen Einzelheiten, wie sie ihren Exfreund besuchte und ihre Sachen packte und noch mal auf den Balkon ging und wie sich der Balkon verabschiedete. Im zweiten Stock. Eigentlich hätte sie tot sein müssen.

»Alfi hat sich das gewünscht, das weiß ich. Er kam auch nicht mit raus, er blieb im Zimmer stehen. Und dann hör ich so ein Bröseln und Knackseln und plötzlich kracht alles runter.«

»Du meinst, er hat seinen Balkon angesägt?«

»Nein, nein. Er hat sich nur gewünscht, dass ich tot bin. Wobei, wahrscheinlich nicht bewusst …«, meinte Janne. »Und nun bin ich gar nicht tot. Aber besucht hat Alfi mich noch kein einziges Mal.«

Sie weinte sehr diskret in ihr Kopfkissen. Eine Weile später hörte ich sie ruhig und gleichmäßig atmen. Ich blinzelte mit meinen neuerdings etwas kurzsichtigen Augen zu ihr hinüber und sah, dass sie schlief.

Die Sonne schien warm durch das Fenster, von draußen kam herrlich duftende Luft herein und Vogelgezwitscher. Wenig Autolärm, wenn, dann weit entfernt. Dieses Krankenhaus lag bestimmt nicht in Hamburg, sondern irgendwo außerhalb.

Aber ich wollte nicht nachdenken. Jannes gleichmäßiges Atmen wirkte ansteckend, ich schwamm ebenfalls in den Schlaf hinüber.

Als ich aufwachte, saß jemand neben meinem Bett, ein Mann, ein fremder Mann schon wieder. Weißhaarig, stocksteif und aufrecht hockte er da, beide Hände um den Griff eines Spazierstocks geklammert. Er musterte mich streng und beleidigt.

An seiner Schläfe saßen Narben, die gut Schmisse sein konnte. Seine messerscharfen Lippen wirkten besonders breit. Der Großvater von Beatrix Angelina?

In der Tür stand eine Person und sagte leise: »Komm, Werner!«

In diesem Moment bemerkte er, dass ich nicht mehr schlief, und öffnete den Briefkastenschlitz in seinem Gesicht, um mich grämlich anzunörgeln: »Hab ich dir nicht immer gesagt, du sollst dich anschnallen?«

Ich sah keinen Sinn darin, das zu bestreiten, und nickte also, wie schuldbewusst.

Er seufzte, schüttelte den Kopf und starrte vor sich hin. Die fremden Männer, die mir Besuche abstatteten, waren nicht übertrieben geschwätzig.

»Ich geh dann wieder«, teilte er mir endlich mit und stemmte sich an seinem Stock hoch. »Wenn du was brauchst, sag Bescheid.«

»Ja. Bitte …« Ich räusperte mich, um schnell noch loszuwerden: »Schickst du bitte eine Schwester zu mir?«

Er würdigte mich keiner Antwort, schritt steif zur Tür, mit kerzengeradem Rücken, nahm diesen anderen Menschen, der dort stand, am Arm und verließ das Zimmer.

Bald darauf trat Schwester Moni ein: »Sie brauchen was?«

»Ja. Danke. Also …«

Sie blieb am Fußende meines Bettes stehen und betrachtete mich mit wohlwollendem Lächeln, sehr um Geduld bemüht. Ich merkte ihr an, wie gern sie schon wieder weitergeeilt wäre. Schwester Moni war von dynamischer Natur.

»Als ich damals wieder zu mir gekommen bin, in den ersten Tagen …«

»Na?«

»Da haben mich eine Frau in einem schwarz-weißen Kostüm und ein Mann besucht – oder hab ich das geträumt? Wer waren die eigentlich? Was wollten die bei mir?«

Jetzt müsste die Schwester lachen und rufen: »Natürlich, Frau Harders, das waren doch Ihre Schwester und Ihr Schwager, wissen Sie das etwa nicht mehr?«

Doch Schwester Moni lachte und rief: »Natürlich, Frau Sievert, das war die Familie der Frau, die den Unfall verursacht hat. Die haben sich sehr dafür interessiert, wie es Ihnen geht, ist ja auch klar.« Sie trat einen Schritt näher, beugte sich über mich und sagte viel leiser: »Die haben Schiss, dass sie ordentlich blechen müssen, wenn bei Ihnen bleibende Schäden festgestellt werden. Das sind die Inhaber vom Möbelhaus Harders, wissen Sie? Die sind gut betucht, da ist ordentlich was zu holen. Und die Frau Harders, die schuld ist, dass Sie in den Trecker geknallt sind, die war alkoholisiert. Aber ich hab nix gesagt …« Sie richtete sich wieder auf und lachte mich an.

Ich lachte nicht mit.

Mir war übel.

Ich hatte Angst.

Ich verstand nicht, was los war.

»*Werde* ich denn bleibende Schäden behalten?«, flüsterte ich.

Schwester Moni lachte noch viel vergnügter. »Also, ich möchte mal denken, ich hab einige Ahnung, und ich sage: nein. Sie sind bald wieder ganz in Ordnung. Sie haben sich sowieso viel schneller erholt, als alle erwartet haben, das geht bestimmt so weiter. Sie werden hier schon in einigen Wochen rauskommen, dann noch ’n bisschen Reha und Sie sind wie neu, Frau Sievert.«

»Und – die Frau, die den Unfall … verursacht hat?«

Das Lachen der Schwester war jetzt wie ausgeknipst. Sie blickte betont seriös. »Die wird es leider *nicht* schaffen, sagt Doktor Schalkmann. Und ich glaube, da hat er recht. Die Frau Harders war praktisch schon nicht mehr richtig am Leben, als sie eingeliefert worden ist, zwei Nackenwirbel gebrochen unter anderem. Ist nicht mehr aufgewacht, seit über vier Wochen im Koma. Die ganze Zeit auf der Intensiv. Ich darf Ihnen das natürlich nicht erzählen …« Diesmal kam sie noch näher, beugte sich zu mir herunter und flüsterte: »Die Verwandten wollen wohl die Maschinen abschalten lassen. Das hat ja keinen Zweck mehr …«

Die Maschinen abschalten?! Mein Herz fing schon wieder an zu rasen, in Todesangst. Abstand, sagte ich mir. Ich hatte mir doch vorgenommen, immer alles mit Abstand zu betrachten.

Nachdem Schwester Moni gegangen war – Janne schlief nach wie vor –, hob ich meine Decke hoch, zog mein Hemd nach oben und betrachtete voller Entsetzen meinen Bauch. Abgesehen von der Tatsache, dass er so flach war, wie ich es noch durch keine Diät erreicht hatte, so flach, dass man den Bauchnabel deutlich erkennen konnte, abgesehen davon fehlte meine große Narbe! Stattdessen fand ich eine sehr kleine, neckische Zwei-Stich-Narbe ganz unten rechts. Der Blinddarm?

Dieser Bauch sah so fremd aus, dass ich unwillkürlich mit zwei Fingern hineinpiekte. Es tat ganz normal weh.

Ich stand umständlich auf (wobei mir zum ersten Mal bewusst auffiel, was für riesige Füße ich neuerdings besaß, Größe fünfundvierzig oder so) und schlurfte los. Kein Wunder übrigens, dass ich mich beim Laufen besonders unsicher fühlte und wie auf Stelzen, ich schien mindestens zehn Zentimeter größer zu sein als früher. Falls etwas so Absurdes möglich war.

Ich fragte mich zur Intensivstation durch. Das war ein weiter Weg, ich musste durch viele Gänge und sogar mit dem Fahrstuhl fahren.

Doch ich fand, was ich suchte. Ich öffnete die richtige Tür, mehr aus Versehen.

Niemand hielt mich auf. Keiner war bei mir – ich meine, bei ihr.

Der Anblick schockierte mich so, dass sich mein Magen hob (oder vielmehr Beatrix' Magen) und ich fürchtete, mich mitten im Flur übergeben zu müssen. Also schlurfte ich zurück zu den hölzernen Sesseln vor dem Fahrstuhl, setzte mich hin und rang nach Luft.

Nach einer langen Zeit kratzte ich allen Mut zusammen und schlich noch einmal ins Krankenzimmer.

Das Gesicht der Frau auf dem Bett war nicht annährend so geschwollen wie das von Beatrix Sievert. Jeder Irrtum konnte ausgeschlossen werden: Da lag Ilka Harders.

Da lag ich!

Das hellbraune Haar fettig, seltsam dünn und glanzlos auf dem Kissen ausgebreitet. Die Augen geschlossen, aber nicht ganz fest, unter den Wimpern schienen sie einen winzigen Spalt weit offen zu stehen. Um die Augen lagen dunkle Ringe, wie ich sie noch nie an mir gesehen hatte, auch nicht nach einer durchsumpften Nacht. Die Lippen wirkten trocken und rissig, die Vorderzähne schimmerten blauweiß und kränklich ein bisschen hervor.

Ich trat einen Schritt näher zum Bett und berührte ganz sachte die leicht gekrümmte, kurze, kräftige Hand mit den sorgfältig gestylten Nägeln. Einer war abgerissen, da schaute mein breiter Fingernagel hervor. Auf dem Handrücken klebte ein Pflaster.

Es dauerte eine ganze Weile, bis mir auffiel, wie kalt sich diese Hand anfühlte.

Bis ich mir bewusst machte, dass ich an keine Maschine, an keinen Tropf angeschlossen war.

Bis ich feststellte, dass ich – die auf dem Bett – nicht atmete.

Ich – die vor dem Bett – atmete dagegen sehr heftig. Meine Familie hatte mir den Stecker gezogen!

Ich weinte mehr oder weniger leise, ich schluchzte und zog die Nase hoch und wischte ab und zu mit dem verbundenen linken Handgelenk in meinem Gesicht und unter meiner Nase herum.

Warum saß niemand bei mir, wenn ich schon tot war? Hätten sie nicht hier stehen und ebenfalls weinen müssen und sich gegenseitig versichern, was für ein netter Mensch ich gewesen sei, selbst, wenn das nicht stimmte? Warum ließ man mich allein und ungeschützt, sodass sogar eine wildfremde Person wie ich hereinkommen konnte?

Weil ich dringend Beistand brauchte, drehte ich unwillkürlich meinen bandagierten Kopf hin und her und murmelte leise: »Hilfe!«

Da fiel mir plötzlich mein Gefährte ein aus der Zeit zwischen den Leben, das Geschöpf, das mir versichert hatte: Ich werde bei dir sein.

Ich versuchte, ihm alles auf einmal zu zeigen, zu klagen, zu jammern. Tatsächlich empfand ich etwas wie eine liebevolle Gegenwart und den Satz: Alles ist gut!

Obwohl mir das in Anbetracht der Umstände sehr gewagt zu sein schien, beruhigte es mich doch.

Und dann sah ich meinen Kamelhaarmantel über einer Stuhllehne neben der toten Ilka. Der Mantel war am Kragen etwas blutig. Ich schob ihn vorsichtig beiseite und entdeckte darunter auf dem Stuhl eine weiße Plastiktüte, in der meine Schuhe steckten sowie meine Wildledertasche. Als ich die Tasche sah, fiel mir wieder ein, was sich alles darin befunden hatte, und ich griff danach. Das war ja wohl der Gipfel des Leichtsinns und der Lieblosigkeit. Meine Tasche einfach so liegen zu lassen im offenen Zimmer.

Ich öffnete sie und stöberte hastig darin herum, sehr kompliziert mit nur einer brauchbaren Hand, dazu noch der linken, zumal ich die ganze Zeit heulte und mir die Tränen abwischen musste. Hinter der Innentasche für die Puderdose gab es eine weitere, geheime Öffnung, da war das Futter etwas eingerissen. Ich tastete und fand, was ich suchte: einen kleinen, flachen Schlüssel.

Außerdem nahm ich, wie ich es mir seit Wochen gewünscht hatte, die angebrochene Zigarettenpackung und mein silbernes Feuerzeug aus der Tasche. Dann schloss ich sie wieder und legte sie in die Tüte auf den Stuhl zurück, etwas bedeckt vom Mantel.

Jetzt hörte ich Schritte und Stimmen auf dem Gang. Ich flüchtete mich hinter die Tür, in der Hoffnung, nicht gesehen zu werden, wenn man sie öffnete. Wie hätte ich begründen sollen, dass ich meine eigene Leiche bestahl?

Unerwartet erblickte ich mein Spiegelbild über einem Waschbecken und fuhr erschrocken zusammen, weil ich mich zuerst nicht erkannte. Ich war zum großen Teil weiß umwickelt wie eine Mumie und meine Augen standen weiter auseinander als früher.

Die da draußen gingen vorbei.

Trotzdem, höchste Zeit, zu verschwinden.

Bevor ich ging, warf ich einen verabschiedenden Blick auf meinen armen toten Körper. Das grüne, grobe Krankenhaushemd war ein wenig von Ilkas linker Schulter gerutscht und zeigte den Ansatz der kleinen rotbraunen Tätowierung, die ich mir im nächsten Monat hatte entfernen lassen wollen. Na gut, das war jetzt überflüssig.

Tante Nettchen hatte immer gesagt, wenn man lange genug wartet, lösen sich die meisten Probleme ganz von selbst.

Schwester Tatjana mochte nicht recht einsehen, weshalb ich dringend mit einem Arzt sprechen musste. Hatte ich Beschwerden?

Nein. Angst.

Wovor denn?

Das wollte ich gern einem Arzt mitteilen. Überhaupt, sagte ich – ich war furchtbar nervös und gereizt und vorübergehend weniger liebevoll –, wollte ich endlich mal mit einem Arzt reden.

Die Schwester zog ihren Kopf mit einem Ruck zurück wie eine beleidigte Taube. »Ich weiß nicht, was Sie meinen, Frau Sievert. Ärzte haben ja wohl dauernd mit Ihnen gesprochen, nicht. Nehmen Sie nur mal Doktor Göttlicher, der hat immer wieder versucht, Ihnen Fragen zu stellen …«

Ich erinnerte mich undeutlich: »So ein semmelblonder mit einem ganz breiten Gesicht, als ob man sich in einer Thermoskanne spiegelt?«

Schwester Tatjana ruckelte noch zweimal mit dem Kopf. »Doktor Göttlicher ist in der Tat hellhaarig, ganz recht. Und er hat ein etwas kräftiges Gesicht, das stimmt auch.«

Sie betrachtete mich ohne jedes Wohlwollen, kniff den Mund zusammen und verschwand. Schon tat es mir leid, sie gekränkt zu haben. Hoffentlich wiederholte sie dem Arzt gegenüber meine Beschreibung seiner Person nicht.

Zwanzig Minuten später kam eine ältere Frau im blauen Kittel herein, ohrläppchenlanges, strähniges graues Haar, Stethoskop um den Hals, beide Hände in den Taschen. »Frau Sievert? Ich bin Doktor Kluge. Was zwickt Sie denn?«

Ich stellte mein Bett etwas höher, um sie besser sehen zu können.

»Ich würde gern mit Ihnen unter vier Augen sprechen, Frau Doktor.«

Sie blickte kurz zu Janne hinüber. »Die Patientin schläft. Wir sind praktisch unter uns, Frau Sievert. Sie haben Angst, meinte die Schwester? Ich bin Psychologin, also …«

»Es geht damit los, dass ich nicht Frau Sievert bin …« fing ich an.

Frau Dr. Kluge blickte mich aus kastanienbraunen, unendlich gescheiten Affenaugen an und hörte zu. Sie setzte sich auf den Rand meines Bettes, die Hände immer in den Kitteltaschen, und baumelte ein wenig mit ihren kurzen Beinen.

Nachdem ich alles losgeworden war, sagte sie: »Das ist ja eine hochinteressante Geschichte.«

Gut, dachte ich, sie hält mich für durchgeknallt. Das war zu erwarten.

Sie fuhr fort: »Ich weiß nicht, ob Sie damit bei mir an der völlig richtigen oder an der völlig falschen Adresse sind. Zunächst mal: Achtundneunzig Komma fünf Prozent meiner Kollegen würden Ihre Erlebnisse unter ›Bewusstseinsstörung nach Schädelhirntrauma‹ verbuchen. Da stimmt alles Mögliche überein. Dass Sie glauben, jetzt größer zu sein, dass Ihnen beim Gehen schwindelig ist, sogar, dass Ihre Augen anders aussehen, Pupillendifferenzen nennt man das. Nach einer Gehirnprellung sind Persönlichkeitsstörungen oder Erinnerungslücken nicht selten. Was mich angeht, ich bin geneigt, Ihre Schauergeschichte zu glauben. Warum denn auch nicht? Ich hab so viel erlebt und gehört in meinem Leben, es gibt wirklich Dinge zwischen Himmel und Erde …

Der Punkt, auf den ich Sie aufmerksam machen möchte, Frau … wie auch immer, ist folgender: Sie werden kaum einen Menschen treffen, der auf das Thema gleichmütig reagiert. Kurz gesagt werden Sie, sobald die Sache publik wird, alle, die davon erfahren, auf der Stelle in zwei große Gruppen spalten – jene, die beweisen wollen, dass das alles stimmt, und jene, die beweisen wollen, dass alles gelogen ist. Sie werden stärkste Emotionen aufrühren. Eine Art Krieg wird ausbrechen, mit wilder Inbrunst verfochten von Ihren Anhängern und von den Zweiflern. Man wird Sie viel höher verehren, als Sie es gern hätten, und viel leidenschaftlicher hassen, als Sie sich vorstellen können. Sie werden mit größter Wahrscheinlichkeit berühmt, Sie kommen in die Presse und ins Fernsehen, umso schlimmer, je weniger die Leute sich gerade gegenseitig abschießen oder irgendwelche Katastrophen toben. Sind Sie darauf gefasst, bis in den letzten Winkel durchleuchtet zu werden, immer wieder von vorn, damit man Sie schließlich als Lügnerin entlarvt?«

»Warum sollte ich mir denn so was Irres ausdenken?«, fragte ich entsetzt.

Die Ärztin lächelte und ihre Affenaugen verzogen sich auf nette Art. »Um ein Star zu werden, zum Beispiel. Um etwas Wirbel zu veranstalten. Um abzukassieren. Die Harders' sind bekanntermaßen wohlhabende Leute. Nun kommt da jemand, der von ihrer Verwandten über den Haufen gefahren wurde, und behauptet: ›Ich bin nicht nur das Opfer, ich bin gleich selbst eure verstorbene Schwester und Nichte, nur im Körper des Opfers!‹ Das klingt doch, als wollten Sie wenigstens einen Anteil der Firma als Ihr rechtmäßiges Erbe, oder?«

Ich schwieg erschrocken.

»Sie waren klinisch tot, meine Liebe, erwiesenermaßen, nur kurz zwar …«

»Nein, nicht nur kurz. Mehrere Jahrtausende lang«, widersprach ich leise. »Ich weiß inzwischen mehr über Zeit.«

Frau Dr. Kluge nickte. »Gut, mehrere Jahrtausende lang. Und dann sind Sie wieder hier gelandet, allerdings nicht ganz punktgenau, will mir scheinen. Ich hab mal vor Jahren etwas Ähnliches gelesen, fällt mir ein, ich glaube, im *Readers Digest*. Da waren ebenfalls zwei junge Frauen in einen Unfall verwickelt, beide für eine Weile im Koma und später hat jede behauptet, sich im Körper der anderen zu befinden. Fast ein handfester Beweis für die Existenz der menschlichen Seele und ihrer Wanderlust.«

Ich fuhr so schnell hoch, dass es überall wehtat. »Und, was ist daraus geworden?«

Sie zuckte die Schultern. »Das kann ich Ihnen nicht sagen. Das ist doch auch unwichtig. Wichtig ist: Was wird aus Ihnen?«

Ich ließ mich wieder zurücksinken.

»Ja, was wird aus mir? Ich fühle mich ganz verloren. Ich meine, ich bin schließlich heute gestorben ...«

»So kommen Sie mir aber gar nicht vor«, widersprach die Ärztin heiter. »Gerade Sie sollten den Tod eigentlich nicht so ernst nehmen. Wollen Sie meine Lebensphilosophie hören? Die ist ganz einfach und lautet: Mach das Beste draus! Jammern hat noch nie etwas genützt, in keiner Lebenslage. Das Vernünftigste, was man tun kann ist, Bilanz zu ziehen, wo man steht und was zu tun ist, und das dann möglichst tatkräftig und gut gelaunt zu erledigen.«

»Gut gelaunt?! In dieser merkwürdigen Situation?«, widersprach ich.

»Wieso sollte eine merkwürdige Situation es rechtfertigen, Trübsal zu blasen? Dafür sind Sie bestimmt nicht durchs Totenreich gewandert und hier wieder aufgetaucht«, gab Frau Dr. Kluge zurück.

Sie hüpfte mit ihren kurzen Beinen von meinem Bett und ging zur Tür. »Das ist meine Meinung. Sie dürfen ja gern viele weitere einholen. Ich würde das an Ihrer Stelle allerdings nicht tun. Je mehr Sie darüber sprechen, je mehr Menschen von Ihrer sogenannten merkwürdigen Situation erfahren, desto größer ist die Gefahr, dass alles an die große Glocke kommt. Wenn Sie's da haben wollen – bitte sehr. Jeder, wie er mag. Vielleicht ist es ja Ihre Mission, wie die zweifelhafte verlorene Zarentochter Anastasia immer wieder Verhöre über sich ergehen zu lassen, bei denen Sie beschreiben, was auf Ihr erstes Sabberlätzchen gestickt war und wie Ihr erster Teddybär hieß. Damit dann sofort jemand auftaucht, der erklärt, wie Sie sich diese Kenntnis aneignen konnten. Haben

Sie eigentlich Gründe, unbedingt da weiterzumachen, wo Sie in Ihrer vorigen Existenz aufhörten? Standen Sie kurz vor der Hochzeit mit einem reizenden Menschen oder so was?«

Ich schüttelte den Kopf. »Im Gegenteil. Ich kann eigentlich froh sein, dass ich mir entkommen bin. Mein ganzes Leben war derart grässlich …«

»… dass man fast glauben könnte, Sie hätten den Unfall mutwillig verursacht?«

»Nein. Das war nicht meine Art. Ich hätte schon weitergemacht, wenn auch ungern und verbissen und bösartig.«

Die Ärztin griff nach der Türklinke. »Umso mehr sollten Sie aus der Chance, die Sie jetzt haben, das Beste machen. Nicht das Sensationellste. Sehen Sie zu, dass Sie mal ein Segen sind für andere und für sich selbst.« Sie öffnete die Tür und sprach schon über die Schulter: »Wenn ich zu Hause darüber nachdenke, wird es mir immer unwahrscheinlicher vorkommen. Heute Abend werde ich Ihnen schon nicht mehr glauben. Morgen werde ich es hoffentlich vergessen haben …«

Damit ging sie.

Das 3. Kapitel

beschreibt eine ganz neue Art, sich etwas abzugewöhnen – kramt in Erinnerungen – lässt einen kleinen Woltermann verschwinden – und rechnet Gewinn und Verlust gegeneinander auf

Das ist ja wohl mit Abstand die irrsinnigste Geschichte, die ich je gehört habe«, versicherte mir Janne aus ihrer Ecke. Sie klang hellwach. »Deine Seele ist in einen anderen Körper gewandert? Wie verrückt ist das denn? Ich kann's nicht glauben.«

»Sollst du auch nicht. Vergiss es gleich wieder«, riet ich ihr. »Du hast das geträumt, du schläfst doch so viel ...«

»Wie kann ich das vergessen? Die Ärztin hat dir geglaubt. Es muss ja stimmen. Dein alter Körper ist gerade gestorben, nicht? Hat's euch bei dem Unfall durcheinandergeschüttelt? Ihr seid beide im Koma gewesen und dann in den falschen Körper zurückgekommen, oder? Ist jetzt die Seele von der echten Beatrix tot? Oder wie?«

»Ich habe keinen Schimmer, Janne«, sagte ich. »Wahrscheinlich gibt es keinen Menschen, der das alles beantworten kann. Und ich möchte auch nicht gern mit dir darüber reden.«

»Das musst du aber!«, fand Janne und setzte sich aufgeregt im Bett hoch. »Hör mal, wenn du nicht mit mir darüber sprichst, dreh ich durch! Ich hab's nun mal belauscht, ich bin sozusagen dein Mitwisser.«

Ich stützte mich vorsichtig auf meinen linken Ellbogen und lächelte sie kühl an. »Ich möchte dich warnen, Janne. Weißt du, in meinem gerade vergangenen Leben hatte ich schon mal einen Mitwisser, dem ist das gar nicht gut bekommen ...«

»Hast du ihn umgebracht?«, fragte Janne. Ihr Haar bäumte sich vom Liegen um ihren Kopf, als stünde es vor Entsetzen zu Berge.

»Ich hab, glaube ich, eine Körperverletzung begangen. Gleich danach bin ich abgehauen.«

»Vielleicht ist es daran gestorben, dein Opfer?«, fragte Janne. Sie sperrte ihre ohnehin runden Augen auf wie eine Micky-Maus-Figur.

»Glaub ich nicht.«

»Was hast du demjenigen denn getan?«

»Ich hab ihm mit einer Gabel die Hand am Tisch festgenagelt.«

»Was?«, schrie Janne so laut, dass ich wütend zischte: »Sei bloß still!«

Nach einer Weile flüsterte sie: »Du hast *was* mit *was*…?«

»Mann! Da lag so eine zweizinkige Fleischgabel auf dem Tisch, die hab ich durch seine Hand gestoßen. In die Tischplatte. Es war ein hölzerner Küchentisch. Ziemlich weiches Holz, sonst wäre das nicht gegangen.«

Mehrere Minuten lang herrschte tiefes Schweigen im Zimmer. Die Vögel im Klinikgarten sangen, wie sie es nur an Frühlingsabenden tun.

Dann sprach Janne vor sich hin: »Das ist typisch für mich. Erst bricht der Balkon mit mir ab und dann legt man so was wie dich zu mir in ein Zimmer.«

»Tut mir leid«, sagte ich leise. Ich zog mir die Decke über den Kopf und versuchte, mich etwas bequemer auf Ilka Harders' knisternde Zigarettenpackung zu legen. Von meinem Handtaschenraub hatte ich der Ärztin lieber nichts erzählt. Hoffentlich zerquetschte ich die Zigaretten nicht zu sehr.

Jemand zog mir die Decke vom Gesicht. Es war ein Gefühl wie damals, wenn Woltermann Boris' und meine Höhle aufdeckte.

Ich blinzelte ins rötliche Licht der Abendsonne, die mir direkt in die Augen schien.

Janne war zu meinem Bett gehumpelt und balancierte auf ihrem nicht eingegipsten Bein, während sie mich bekümmert anschaute. »Warum?«

»Warum was?«

»Warum hast du das getan, das mit dem Mann und der Fleischergabel?«

»Es war keine Fleischergabel, es war eine kleine Bratengabel, verstehst du.«

»Sie muss ja groß genug gewesen sein, um durch eine Männerhand hindurchzuflutschen und im Tisch stecken zu bleiben. Warum hast du bloß sowas Schreckliches gemacht? War das Notwehr? Was hat der Mensch dir denn getan?«

»Ich sage ja, er war ein Mitwisser. Außerdem wurde er auch noch zudringlich. Und er hat mich natürlich erpresst.«

»Womit?«

»Warum willst du das alles wissen? Ich hatte ein Verhältnis mit meinem Schwager und war finanziell abhängig von meiner Schwester.«

»Du hattest ein Verhältnis mit deinem …? O nein, o nein!«

»Du weißt nicht, wie das alles zusammenhängt. Dazu müsstest du die ganze Geschichte kennen!«

»Fang an.«

»Ach, bitte. Das ist eine sehr lange Geschichte.«

»Wie alt bist du geworden?«

»Siebenunddreißig.«

Sie setzte sich auf mein Bett. »So viel Zeit hab ich.«

»Warum soll ich einem fremden Menschen mein Leben erzählen, zumal es nicht mehr meins ist?«

»Um dein Herz zu erleichtern.«

Ich zog die knisternde Zigarettenpackung unter meinem Rücken hervor und suchte unter der Decke nach dem Feuerzeug. »Danke, mir ist leicht genug ums Herz«, behauptete ich.

»Um einen Komplizen zu haben. Vielleicht kann ich dir helfen, alles zu sortieren. Deine Situation ist doch verzwickt. Du erinnerst dich an ein vergangenes Leben, aber das brauchst du nicht mehr. An dein Leben als Beatrix Sievert hast du keine Erinnerungen, oder?«

Ich schüttelte den Kopf. (Ich schien das Feuerzeug verloren zu haben.)

»Du brauchst eine Freundin. Warum nicht mich? Das Schlimmste weiß ich jetzt sowieso schon: dass du nicht du bist.«

Während ich ohne viel Hoffnung mit den Fingern meiner linken Hand auf dem Laken herumtastete, ließ ich mir dieses Argument durch den Kopf gehen. Doch, Janne hatte recht. Ich brauchte irgendeinen Menschen, der meine Situation kannte und der zu mir hielt.

Aber würde sie auch zu mir halten? Sie hockte mit hochgezogenen Schultern auf meiner Bettkante und guckte mit leicht vorquellenden Augen wie ein besorgtes Fischlein. Dieser Eindruck wurde dadurch verstärkt, dass ihre Oberlippe keinen Einschnitt besaß, sondern genauso gerade und glatt geformt war wie die Unterlippe. Wenn sie ihren runden Mund, wie jetzt, ein wenig vorschob, sah es aus, als ob sie Blubb sagen wollte.

Die Tür wurde aufgerissen und das Deckenlicht angeknipst, woran wir erst merkten, wie dämmerig es schon war. Die neue Schwester mit den dünnen Augenbrauen servierte uns das Abendessen und meinte heiter, bald dürften wir unseren Fernseher einschalten.

Gleich darauf brachte eine andere Schwester uns die abendliche Pillensammlung, wünschte Gute Nacht und verhieß, am nächsten Tag würde man uns in den Klinikgarten legen, laut Wetterdienst sollte es so schön warm bleiben.

Kaum war sie draußen, erwischte ich unverhofft das Feuerzeug mit den Zehen.

»Janne, ich muss jetzt mal eine rauchen.«

Meine neue Vertraute war gerade damit beschäftigt, alle Pillen in ihrer Handtasche zu verstecken. Das machte sie jeden Abend, sie sagte, sie traue der Chemie nicht über den Weg – in dieser Beziehung ähnlich wie Tante Nettchen. Was mich anging, ich hatte ein bisschen das Gefühl, unsterblich zu sein, und schluckte alles, was sie mir gaben.

Janne fuhr hoch. »Bist du verrückt? Die Schwestern killen dich! Du warst letzte Woche noch am Tropf …«

»Ich weiß. Ich werd in den Toilettenraum gehen und aufpassen, dass mich niemand erwischt.«

Ich verbarg Zigaretten und Feuerzeug im Nachthemdärmel und schlurfte los in den Waschraum am Ende des Flurs.

Der Filter fühlte sich auf meiner Zungenspitze nicht so himmlisch an, wie ich es mir vorgestellt hatte. Ich machte erwartungsvoll den ersten Zug, dann den zweiten und dann schaute ich mir die Zigarette an, weil ich bezweifelte, dass es sich um die richtige Sorte handelte. Doch, das war meine Lieblingsmarke. Schmeckte sie nicht mehr, weil sie fast sechs Wochen alt war? Ich nahm einen weiteren tiefen Zug und wurde mit leichter Übelkeit belohnt.

Auf der einen Seite der Packung stand in ernsten schwarzen Buchstaben:

**Rauchen kann
tödlich sein**

Auf der anderen:

**Rauchen in der
Schwanger-
schaft schadet
Ihrem Kind.**

Was das betraf, schien ja hinreichend geklärt, dass ich mir keine Sorgen zu machen brauchte.

Ich ließ einige Zeit vergehen und schaute zu, wie sich die Zigarette mit leisem Knistern selber rauchte, bis ich ohne jeden Appetit noch einen Zug versuchte. Der schmeckte nach verbranntem Hamster.

Seufzend versenkte ich die Zigarette im Klo und warf die Packung sowie, nach kurzem Zögern, auch das Feuerzeug in den Müll, in zwei Hygienetüten verpackt.

Endlich mal eine wirksame Methode, sich das Rauchen abzugewöhnen. Schade, dass man sie nicht weiterempfehlen konnte.

Im Krankenzimmer war es inzwischen stockfinster, vor allem im Vergleich zu dem beleuchteten Korridor.

»Stell dir vor, dieser Körper möchte nicht rauchen. Mir ist schlecht davon geworden.«

»Gut für dich«, bemerkte Jannes Stimme aus dem Dunkeln. »Das hätte mich auch echt deprimiert, wenn du das Leben in Beatrix' Körper damit anfängst, dass du ihn vergiftest und süchtig machst.«

Nachts wachte ich auf, weil mein rechter Arm wehtat. Meine Rippen schmerzten auch. Erstaunlicherweise plagte mich mein Kopf, der doch am meisten verletzt sein sollte, kaum jemals.

Ich lag im Dunkeln und dachte über die eigenartigen Geschehnisse des Tages nach. Es machte mich nervös und verzagt, dass

Frau Doktor Kluge mir glaubte. Wenn sie mir bewiesen hätte, dass ich mir alles nur einbildete, hätte ich mich besser gefühlt. Sie konnte doch wohl nicht ernsthaft annehmen, dass eine Seele in den Körper eines anderen Menschen sprang? Wie kam sie als Wissenschaftlerin dazu?

»Nach einer Gehirnprellung sind Persönlichkeitsstörungen oder Erinnerungslücken nicht selten«, hatte sie immerhin gesagt. Das war doch schon einmal ein guter Ansatz. Ich litt an einer schlichten Persönlichkeitsstörung, ganz klar. Ich war erwiesenermaßen Beatrix Sievert und was meine Vergangenheit anging, so klaffte da einfach eine Erinnerungslücke.

Ich wusste ja auch nur noch ganz undeutlich, was sie in den ersten Tagen im Krankenhaus mit mir angestellt hatten. Zum Beispiel waren mir die Fragen von Dr. Göttlicher völlig am Ohr vorbeigegangen.

Dummerweise erinnerte ich mich glasklar an das Leben von Ilka Harders. Ich hätte lückenlos ihre Memoiren schreiben können. Ob sich das durch eine Persönlichkeitsstörung erklären ließ?

Ich erinnerte mich an den regnerischen Sonntagnachmittag, als Tante Nettchen mit Annika und mir Kekse backen wollte, wobei zu wenig Zucker im Haus war und meine Schwester losradelte, um an der Tankstelle welchen zu kaufen. Und wie meine Mutter sich aufregte, als herauskam, das Rezept (aus London) beinhalte eine kleine Prise Haschisch. (»Aber, Heidemarie, ich sag doch nur, das steht im Rezept. Ich würde den Kindern doch nie – ! Oh Herr Jesus, ich hab zurzeit gar kein …«)

Ich erinnerte mich an das ansteckende Lachen meiner Mutter, an ihr weiß-grün geblümtes Sommerkleid, an den etwas bitteren Duft ihres Parfums und wie tröstlich es war, auf ihrem Schoß zu sitzen, wenn sie sich mal zu Hause und nicht im Betrieb befand.

Ich erinnerte mich an Weihnachten mit den Woltermanns: Onkel Martin schenkte Mami eine kleine rote Reiseschreibmaschine und Boris und ich schnipselten in der Küche heimlich Fetzen vom Putergerippe ab, um sie auf der Fensterbank zu verstecken für eine nächtliche Orgie – denn die Haushälterin Ellen war natürlich zu Hause bei ihrer eigenen Familie. Später spielten wir allesamt Monopoly und Boris bekam Streit mit seinem Vater, weil er beim Würfeln schummelte.

Und wie lebhaft erinnerte ich mich an den Ausdruck in Boris' Gesicht, als ich ihm sagte, dass wir ein Baby bekämen.

»Aber wir haben doch aufgepasst!«, meinte er bodenlos erstaunt.

»Offenbar nicht genug«, erwiderte ich verstört.

Wir waren beide sechzehn und die freudige Botschaft kam, gelinde gesagt, ungelegen, zumal sowieso gerade überall Katastrophen tobten. Meine Versetzung in die nächste Klasse schien gefährdet; ein Konkurrent wollte Möbel-Harders aufkaufen und just in dieser Zeit stolperte Martin Woltermann auf der Marmortreppe ins Souterrain und brach sich Knie und Fußknöchel. Das war übrigens weder Ungeschicklichkeit noch ein unglücklicher Zufall, sondern der Anfang seiner schweren, unheilbaren Krankheit, wie wir später merken sollten.

»Was willst du tun?«, fragte Boris, womit er mir die gesamte Verantwortung zuschob.

Ich brachte das Thema in aller Unschuld hier und da zur Sprache, erfuhr etwas über Sprünge aus größerer Höhe oder lange heiße Bäder, bekam es mit der Angst und vertraute mich lieber meiner Mutter an. Trotz der angespannten Geschäftslage nahm sie sich mehrere Stunden frei. (Ich werde ihr das nie vergessen, auch nicht, wenn plötzlich die gesamte Biografie von Beatrix Sievert in meinem Kopf auftauchen sollte.)

Mami und ich setzten uns in ein Café an der Alster und aßen Schwarzwälder Kirschtorte, während ich beichtete. Mittendrin wurde mir übel, ich musste die gute Torte in der Café-Toilette wieder von mir geben und wankte, hellgrün im Gesicht, zurück an den Tisch. Mami guckte mich mitleidig an und tätschelte seufzend meine Hand. »Meine arme Kleine. Mach dir keine Sorgen. Wir finden einen Weg ...«

Dieser Weg führte uns zu einer Beratungsstelle, die ganz neutral blieb und trotzdem durchblicken ließ, ich sollte das Kind vielleicht lieber bekommen. Mami sah das anders: »Du verdirbst dir dein gesamtes Leben, Ilka, glaub mir.«

Ich persönlich hatte eigentlich keine Meinung, ich wäre nur gern die ständige Übelkeit losgeworden.

Eine Woche später wurde ich alles miteinander los, die Übelkeit und den kleinen Woltermann, in einer eleganten Privatklinik bei Hannover. Der leitende Arzt war ein Studienfreund und Verehrer meiner Mutter und die schulfreie Woche, in der mein Problem gelöst wurde, tat mir ausgesprochen wohl.

Martin Woltermann ging, als er von der Sache erfuhr, weniger großmütig mit seinem Sohn um. Er trug nach seinem Sturz einige Monate lang einen schweren schwarzen Krückstock bei sich und den benutzte er, um Woltermann junior zu züchtigen, mitten in unserem Wohnzimmer. Ich befand mich gerade im Krankenhaus und bekam die Szene später nur von Annika und Boris geschildert. Und ich sah noch den kaputten Fernseher, der dokumentierte, dass Boris die Geistesgegenwart besessen hatte, rechtzeitig auszuweichen.

Meine Mutter war nicht entzückt, es gab eine Szene zwischen ihr und ihrem Anwalt. Doch dann wurde alles wieder gut: Die beiden versöhnten sich, Onkel Martin kaufte einen neuen Fernseher, schaffte es irgendwie, den Möbel-Konkurrenten zu verscheuchen, und ließ sich sogar auf ein brummeliges Mann-zu-Mann-Gespräch mit Boris ein, bei dem er eigentlich nichts Neues von sich gab; dass sein Sohn sich zusammenreißen solle und dass man bei seinem Charakter die größten Bedenken hegen müsse, was die Zukunft anging, hatte er seit jeher beklagt. Dass Boris vom nächsten Monat an in ein Internat geschickt wurde, um sein Unwesen in Zukunft lieber fern von daheim zu treiben, kam ganz nebenbei raus. Am Ende des Gesprächs überreichte Woltermann Boris eine Familienpackung mit Präservativen, als seien die gerade frisch erfunden worden.

Boris hasste die Dinger und feuerte sie unter sein Bett, zumal ich ihm am Telefon erzählt hatte, dass mir der Arzt in Hannover ein Rezept für Antibabypillen mitgeben würde.

Mami holte mich an einem Samstag zurück nach Hause. Ich hatte am Tag vorher ein nettes Schuhgeschäft in der Nähe der Klinik entdeckt und zerrte sie dorthin, bevor wir losfuhren. Ich erinnere mich noch genau an die süßen marineblauen Pumps mit

Schleifchen, die sie mir kaufte. Sicherlich hatte sie oft ein angespanntes Gewissen, weil sie uns so viel allein ließ.

Zu Hause hatten sie mit dem Essen auf uns gewartet und saßen am gedeckten Tisch, Woltermann ernst und leicht vorwurfsvoll, Annika verlegen (oder neidisch?).

Bei meinem Anblick biss sich Boris auf die Unterlippe und lächelte dann auf seine süße schiefe Art – was meine Mutter dazu brachte, sein schwarzes Haar zu verwuscheln. Dir kann man einfach nicht böse sein, sagte diese Geste. Nicht jeder stimmte damit überein.

Einige Bekannte meiner Mutter hielten ihr vor, viel zu liberal agiert zu haben.

Jetzt klingelte Janne und bat um etwas zu trinken – ihre Kanne mit Früchtetee war leer.

Ich atmete ruhig und gleichmäßig, bis die Schwester wieder verschwunden war, tat ganz geschickt so, als schliefe ich tief und fest. Als ich aufwachte, schien bereits die Sonne.

Zuerst fühlte ich mich so glücklich wie jeden Morgen, seit ich wieder lebte. Ich genoss es, die Zehen zu strecken und meine einzelnen Körperteile zu begrüßen, festzustellen, was noch sehr weh tat und was besser wurde, und ich freute mich, nicht tot zu sein. Dann fiel mir allerdings ein, dass ich am vergangenen Tag schon wieder gestorben war – zumindest mein Körper. Oder besser: mein früherer Körper.

Janne teilte mir noch vor dem Frühstück mit: »Ich hab die ganze Nacht über dich nachgedacht. Komisch, dass du dich nicht an Beatrix' Vergangenheit erinnerst. Wo du doch ihr Gehirn im Kopf hast. Sogar Leute, die bloß irgendein Organ bekommen haben, erinnern sich oft an das Vorleben ihres Spenders. Ich glaube nämlich, Körperzellen speichern irgendwie Erinnerungen, verstehst du?«

»Durchaus. Aber ich erinnere mich trotzdem nicht.«

»Und Träume? Vielleicht erinnert sich dein Unterbewusstsein?«

Ich wollte erwidern, dass auch in meinen Träumen nichts aus Beatrix' Vergangenheit auftauchte, holte aber nur Luft und schwieg dann nachdenklich.

»Ist dir gerade was eingefallen?«

»Ja. Ich weiß nicht. Nein. Ich glaube, ich hab von diesem Mann geträumt, der ganz am Anfang mal bei mir saß ... Der hat geweint.«

»In deinem Traum?«

»Nein. Im Traum hat er mit mir Tischtennis gespielt. Geweint hat er neulich in Wirklichkeit.«

»Dein Ehemann natürlich«, erklärte Janne ganz ruhig.

»Hör auf! Wie kommst du denn darauf?«

»Denk mal nach. In deinem Ausweis steht doch was von ›Geborene Sowieso‹. Du bist verheiratet, meine Liebe.«

»Schon wieder? Ich wollte auf keinen Fall noch mal heiraten ...«

»Tja!«, machte Janne mitleidslos.

Ich schaute argwöhnisch meine eingegipste rechte Hand an. »Aber in der Handtasche war kein Ehering, oder?«

Das musste Janne zugeben.

»Vielleicht ist Beatrix Sievert glücklich geschieden«, sagte ich hoffnungslos.

Gleich nach dem Frühstück kam Dr. Göttlicher mit breitem Gute-Laune-Lächeln in seinem quadratischen Gesicht, ließ sich von einer eifrigen kleinen Ärztin erzählen, wie es um uns stand, und freute sich darüber. Sowohl Janne als auch ich würden sehr bald von unserem Gips befreit, verkündete er. Noch ein, zwei Wochen, dann könnten wir uns in der Reha erholen, während andere Menschen arbeiten müssten.

Er drückte und schob an meinem Gesicht herum und erklärte mir, ich hätte unverschämtes Glück gehabt, kein Zahn kaputt und die Nase nicht gebrochen, ich würde so hübsch sein wie vorher. Und ich sollte mich in Zukunft doch lieber anschnallen.

Meine Gedächtnislücken interessierten ihn, er ließ sich auf der Bettkante nieder.

»Kennen Sie das heutige Datum?«

»Ende Mai. Warten Sie, ich glaube, der dreißigste!« (Das hatte eine Schwester erwähnt. Wobei mir einfiel, dass Boris vor zwei Tagen Geburtstag hatte.)

»Erinnern Sie Ihren Namen?«

»Beatrix. Beatrix Angelina Sievert.« (Ich brauchte ihm ja nicht zu erzählen, dass ich das nur vom Ausweis wusste.)

»Prima. Geburtsdatum?«

»Ähm … Oktober, glaub ich. Ich bin neunundzwanzig, oder?«

»Wissen Sie Ihre Adresse?«

»Hm … Pander … Panderdings. Irgendwo im Kreis Pinneberg?«

Dr. Göttlicher machte ein Pokergesicht, um nicht zu verraten, ob ich den Preis gewonnen hatte.

»Beruf?«

»Keine Ahnung.«

»Kinder?«

»Hmmm …«

»Wissen Sie sonst noch was über sich? Fällt Ihnen irgendetwas ein?«

»Ich bin Nichtraucherin.«

Darüber musste sogar die nervöse kleine Ärztin lachen. Dr. Göttlicher tätschelte mein Knie, bevor er ging, und versicherte mir, das werde schon alles wiederkommen, nur Geduld.

An diesem Vormittag legten sie uns wirklich in den Klinikgarten unter blühende Bäume. Die Luft war ganz milde und es flatterten viele Schmetterlinge umher.

Ich versuchte, Bilanz zu ziehen. Meine Mitwisserin lieh mir dafür einen Schreibblock und einen ihrer bunten Gelstifte. Sie löste ständig Sudokus und brauchte dafür viele Stifte.

Ohne genau zu wissen, was ich vorhatte, zog ich erst mal Linien. Janne war völlig einverstanden: »Wir müssen da irgendwie Ordnung reinkriegen! Was wissen wir über Beatrix Sievert?«

»Sehr wenig, nur ein paar Daten. Sie hat was winziges Blaues gefahren, Fiat oder so. Sie hatte *keinen* guten Geschmack, wenn ich mir ihre Handtasche und ihre Kleider so angucke …«

»Sicher hatte sie einfach nicht viel Geld«, bemerkte Janne spitz.

»Du hast gut reden, du gehörst zu den reichen Harders. Übrigens reden wir dauernd in der Vergangenheitsform von ihr, als ob sie tot wäre.«

»Das ist sie doch auch.«

»Aha. Und wer liegt hier neben mir? Denk mal dran, was die

Ärztin gestern zu dir gesagt hat. Entweder veranstaltest du einen Riesenwirbel und kriegst einen Haufen Ärger. Oder du findest dich damit ab, dass du jetzt Beatrix bist. Dann solltest du mal trainieren, auf den Namen zu hören.«

»Gut. Bitte nenn mich von nun an ständig Beatrix.«

»Gern, Beatrix. Ob dein Gedächtnis wirklich nach und nach wiederkommt?«

»Mein Gedächtnis ist großartig! Ich erinnere mich beispielsweise genau an den Unfall und alles, was vorher passiert ist.«

»Dass du irgendeinen armen Kerl an einen Tisch gegabelt hast.«

»Das war kein armer Kerl, Janne. Ich glaube, das war mein Mörder.«

»Ich dachte, dein Erpresser?«

»Das auch. Aber jemand muss an meinem Wagen rumgefummelt haben, sowohl die Bremse als auch das Steuer waren kaputt, sonst wäre dieser Unfall nie passiert. Wer, wenn nicht er? Schließlich ist er Automechaniker. Ich hab den Mann an diesem Morgen besucht – er heißt übrigens Udo ...« Ich verstummte und dachte nach. »Allerdings frage ich mich, wann er das gemacht haben soll. Als ich zu ihm fuhr, war noch alles in Ordnung. Ich bin ziemlich sicher, dass er die ganze Zeit mit mir zusammen war, bis auf ungefähr zwei Minuten, und da war er im Nebenzimmer oder so, er ist nicht mal die Treppe runtergegangen.«

»Vielleicht ein Komplize?«, schlug Janne vor.

»Sehr wahrscheinlich. Aber warum überhaupt? Er wollte Geld von mir, eine ganze Menge ...«

»Wie viel?«

»Hunderttausend Euro.«

Janne verdrehte die Augen. »Allerdings, eine ganze Menge! Die hattest du so einfach in der Handtasche, was? Oder hast du schnell einen Scheck ausgeschrieben?«

»Blödsinn. Was denkst du eigentlich? Ich hab zur Familie Harders gehört, nicht zur Familie Hilton. Ich musste Aktien verkaufen und ... Ach, egal. Was ich eigentlich sagen wollte: Dieser Udo, dieser Mechaniker, war scharf auf das Geld und was schlimmer ist, er wollte vielleicht noch mehr. Warum zum Geier sollte er mich umlegen, bevor er auch nur die hunderttausend erhalten hat?«

Janne dachte nach. »Außer Mordlust fällt mir da auch nichts ein.«

Ich schraubte den Stift auf. »Schön, darum geht's jetzt nicht. Zurück zu Beatrix. Also, abgesehen von der Tatsache, dass niemand weiß, wie alt wir beide jeweils geworden wären, hab ich ungefähr acht Lebensjahre hinzugewonnen. Ich bin jetzt acht Jahre jünger und dreizehn Zentimeter größer als vorher. Wie ein Leuchtturm rumzulaufen ist allerdings kaum ein Gewinn. Ich war immer ganz zufrieden, eher mittelgroß zu sein. Ich hab mir jetzt schon ein paarmal den Kopf gestoßen. Es ist merkwürdig und mühsam, in einem neuen Körper zu sitzen, wenn man an den alten gewöhnt ist. Je mehr alles abheilt, desto mehr merke ich, wie ungewohnt es sich anfühlt. Das macht mich ganz nervös!«

»Inwiefern?«

»Ich huste anders als früher. Meine Zähne sind anders, es kaut sich ganz fremd. Mir ist nie bewusst gewesen, wie unterschiedlich Körper gebaut sind. Überall. Als ob du ein neues Auto hast oder einen neuen Computer – du musst erst mal rauskriegen, wie der Mechanismus läuft, was wofür ist und so. Allein auf dem Klo, also wirklich. Ich weiß gar nicht, wie das werden soll, wenn ich eines Tages wieder Sex habe …«

Nach einigen Sekunden begann meine Mitwisserin leise zu kichern.

»Freut mich, wenn's dir Spaß macht. Also weiter. Auf der Habenseite: einen Uterus, falls man einen braucht, sowie Eierstöcke.« Ich notierte. Es war sonderbar, meine alte Ilka-Schrift aus der großen, schmalen Beatrix-Hand fließen zu sehen. »Minus einen Blinddarm. Ich – ich meine Ilka – hatte ihren noch.«

»Sei froh, dass er draußen ist«, riet mir Janne. »Und dann noch schmerzlos. Meiner war vereitert, ich kann dir sagen …«

»In Ordnung, dann bin ich froh darüber. Gewonnen hab ich superlange und ganz hübsch geformte Beine. Etwas zu dünn für meinen Geschmack. Meine Gesundheit ist jetzt hoffentlich besser. Ilkas Leber war schon angegriffen von Schnaps und Pillen. Einen schmerzlichen Verlust muss ich aber beklagen: Ich hab keinen Busen mehr!«

»Nanu?« Janne schielte auf mein Hemd.

»Jedenfalls keinen erwähnenswerten. Das ist tragisch. Der Busen war der Stolz meines Lebens. Schier makellos. Ich hatte den zweitschönsten Busen von Hamburg!«

»Ach was. Und wer hatte den schönsten?«

»Keine Ahnung. Das hat mir der junge Sachverständige nicht verraten. Allerdings ist das auch schon ein paar Jahre her. Vermutlich war ich seitdem auf der Skala ein bisschen nach unten gerutscht, so drei bis vier Plätze. Mehr aber bestimmt nicht! Ich hab Sport-BHs getragen und kalt gebürstet und Ampullen einmassiert und so was. Und ich hatte ein geniales Bindegewebe, obwohl ich gern etwas zu mollig geworden bin. Kein bisschen Orangenhaut, nirgends! Das wird jetzt alles beerdigt. Beatrix' Oberschenkel sind zu mager und trotzdem schon ganz leicht geriffelt, und das in ihrem Alter ...«

»Hör auf zu jammern. Besser geriffelt als tot. Wobei, mit dem Schmerzensgeld von Möbel-Harders kannst du dir Brustimplantate einbauen lassen.«

»Igitt, steife Pampelmusen ohne jeden Schwung! Dann lieber platt. Außerdem fragt sich sehr, ob ich wirklich Geld von den Harders bekomme. Mein Schwager ist Mitinhaber und Firmenanwalt ...«

»Der, mit dem du – ?«

»Richtig. Aber das hat sich schließlich erledigt. Er wird nichts rausrücken, fürchte ich.«

»Schade. Ich hätte so gern mal eine reiche Freundin gehabt. Hatte ich noch nie.«

»Reiche Weiber sind meistens unangenehm. Oberflächlich und egoistisch. Ich hab das Gefühl, ich bin jetzt schon viel netter, als Ilka jemals war«, tröstete ich Janne.

Sie blickte gerade nach oben. »Guck, da malen sie wieder.«

Ich legte ebenfalls den Kopf zurück. Im zartblauen Himmel entstanden zwei weiße Linien dicht nebeneinander. »Kondensstreifen.«

»Das denkst du. Das denkt jeder. Das sind aber keine. Das ist irgendwelche Chemie, die von Flugzeugen gesprüht wird, um das Wetter zu ändern oder die Klimakatastrophe zu verhindern oder so was.«

»Und wer soll das machen?«

»Weiß nicht. Die Mächtigen. Die Bösen. Alfi sagt, das ist die CIA. Jedenfalls die Amerikaner. Die streuen da so was aus, das Wärme reflektiert. Damit sie weiter mit Öl rumaasen können.«

»Ich glaub nicht an Verschwörungstheorien«, sagte ich gelangweilt. »Außerdem ist das Öl sowieso irgendwann aufgebraucht.«

Die weißen Linien quollen auf und bekamen seitlich kleine Zacken.

»Umso mehr müssen sie gucken, dass sie noch dran verdienen«, murmelte Janne. Dann fügte sie in anderem Ton hinzu: »Mensch, das hier ist die richtige Haltung, um in den Himmel zu gucken! Wir hätten uns auf den Rücken legen sollen, mein Freund und ich. Letzten August, weißt du. Da waren solche Sternschnuppenschwärme …«

»Die Perseiden.«

»Richtig. Ich wollte so gern, dass wir zusammen eine sehen und uns was wünschen. Ich wusste, Alfi wollte sich von mir trennen. Und wir haben gewartet und gewartet und keine Sternschnuppe wollte fallen. Da ist er so böse geworden! Er hat geschimpft, weil ihm der Nacken wehtat vom Hochgucken, und ist wütend gegangen. Wobei, als er weg war, fiel natürlich so ein blödes Ding.«

»Wer weiß, ob ihr euch dasselbe gewünscht hättet«, gab ich zu bedenken.

Nun stapfte ein klotziger blonder Mensch über den Gartenweg auf uns zu, bog nicht ab, hatte kein anderes Ziel, wollte zu uns, trat aus dem leichten Nebel meiner neuen Kurzsichtigkeit – hockte sich neben mir hin und lächelte zärtlich.

»Hallo, Spätzchen!«

Diese Beatrix, so viel stand fest, nannte einen beachtlichen männlichen Bekanntenkreis ihr Eigen.

»Hallo …«, murmelte ich zurückhaltend. Die allgemeine Liebesbereitschaft in mir trat ein Schrittchen zurück. Der Mann war zu groß, zu blond und zu sehr überzeugt von seinem gespaltenen Kinn. Falls das hier Herr Sievert sein sollte, würde ich mich bei nächster Gelegenheit scheiden lassen.

»Die eine Schwester sagt, du kannst dich an nichts mehr erinnern«, erläuterte der Mann. (Die eine Schwester sollte sich um etwas mehr Diskretion bemühen!) »Aber wer ich bin, weißt du doch?« Er schaute mich von der Seite an, ein wenig lauernd, wie es mir vorkam.

Ich schüttelte vorsichtig meinen bandagierten Kopf.

»Nee, echt nicht? Aber ich bin Chris. Chris! Christoph. Ich bin der Bruder von deiner besten Freundin Carmen. Hm? Ich bin dein Chef, unter anderem. Und ich bin …« Er beugte sich näher und wisperte heiß an mein weiß umwickeltes Ohr: »… dein Liebster …«

Jedenfalls nicht mein Mann, Gott sei Dank. Alles andere war leichter loszuwerden.

Ich lächelte blass und zuckte mit den Schultern. »Tut mir leid … Chris.«

»Also, dass du mich nicht mehr erkennst!«, brummte er. »Spätzchen! Na, das kommt schon alles wieder, was? Schöne Grüße jedenfalls von Carmen. Die Blumen hab ich oben den Schwestern gegeben, damit sie gleich in die Vase kommen, was sollst du hier damit?«

Das war ja immerhin praktisch gedacht.

Irgendwie wirkte er erleichtert, weshalb auch immer. Im Übrigen hatte er offensichtlich nicht erwartet, dass ich noch so bandagiert, schwach und schonungsbedürftig sein würde. Er schien zu kalkulieren, ob es schon eine Stelle an mir gab, die man küssen könnte, kam zu einem negativen Ergebnis, richtete sich auf, nickte Janne zu, schaute sich, auf den Fußsohlen wippend, den Klinikgarten an, über den er einige anerkennende Worte äußerte, und meinte nach einem Seufzer, er käme bestimmt bald wieder. Worauf er ging.

Wir guckten ihm hinterher.

»Superkinn«, urteilte Janne.

»Zu dünne Lippen«, gab ich zurück.

»Den hättest du mal aushorchen sollen über Beatrix, was sie macht und so.«

»Ach nö, den nicht! Vielleicht erinnert er mich auch zu sehr an meinen mutmaßlichen Mörder. Das war genauso ein blonder Riese.«

»Was hat er dir ins Ohr geflüstert?«

»Dass er mein Liebster ist. Kannst du dir das vorstellen?«

Janne dachte nach. »Rein äußerlich passt ihr jedenfalls gut zusammen.«

»Danke schön. Aber innerlich nicht mehr. Entweder betrüge ich mit dem meinen Mann, was eigentlich bedeuten müsste: Mein Mann ist noch schlimmer. Falls ich jedoch wirklich glücklich geschieden bin, dann ist das wohl mein fester Freund. Oder vielmehr, ist es gewesen … Also –« Ich notierte: »Verhältnis mit Riesenblondling Christoph, genannt Chris, Bruder von Freundin Carmen. Flugs beenden.« Und schraubte den Stift zu. »Was es wohl heute zu Mittag gibt?«

»Hast du schon wieder Hunger?«, fragte Janne bewundernd.

»Immer.«

»Wie kann man so viel futtern und so dünn sein?«

Ich betrachtete meinen superflachen Bauch unter der Decke. »Gib mir ein paar Wochen …«

Im 4. Kapitel

kommt die Vergangenheit zu Besuch – wittern wir Räucherware – wird Gedächtnisverlust mit Mord in Verbindung gebracht – worauf sich die Polizei einschaltet

In den ersten Tagen und Nächten dieses Lebens schlief ich viel und fest und genussvoll. Ich fühlte mich unbeschwert wie ein neugeborenes Baby. Ilkas Probleme hatte ich hinter mir, Beatrix' Sorgen kannte ich noch nicht.

Schwester Monis Stimme weckte mich am Nachmittag: »Besuch für Sie! Herr Harders …«

Ich kämpfte mich durch Schlafschichten nach oben und sah Boris' kleines schiefes Lächeln.

Was hatte ich geträumt?

Er trat auf mich zu: »Entschuldigen Sie, wenn ich störe, Frau Sievert …«

Ich schaute ihn an aus Schwellungen, Bandagen und einem fremden Gesicht. »Macht nichts.«

Er zog sich einen Stuhl dicht an mein Bett und setzte sich. In den Händen hielt er einen dicken Strauß aus zartrosa Pfingstrosen und weißen Freesien. Boris schenkte gern Blumen und hatte Spaß daran, Sträuße zusammenzustellen. Weil ich ihn darum bat, quetschte er die Blumen (nur ungern und mit gequälten Falten auf der Stirn) in die unmögliche Tonvase auf meinem Nachtschrank, in der sich bereits der geschmack- und phantasielose knallbunte Strauß meines Liebsten Chris befand.

»Mein Name ist Harders, ich bin der Schwager der Frau, mit der Sie in diesen schrecklichen Unfall verwickelt waren, und bin gleichzeitig der Anwalt der Familie. Ich wollte doch mal sehen, wie es Ihnen geht.« Seine hellblauen Augen, umgeben von den rußschwarzen Wimpern, blickten neutral in mein Gesicht, sein schön geschwungener Mund lächelte höflich, leicht nach links verzogen. »Die Ärzte sagen, Sie machen große Fortschritte. Das freut mich sehr. Sie haben vielleicht gehört, dass meine Schwägerin gestern …«

»Oh! Ja, richtig. Mein Beileid, Herr Harders.«

»Ich danke Ihnen«, murmelte er, die Wimpern niederschlagend. Ich hätte mich gefreut über etwas wie Schmerz oder aufrichtiges Bedauern, konnte jedoch nichts in der Art wahrnehmen. Andererseits war es absurd, von Boris Aufrichtigkeit zu erwarten. Wer weiß, vielleicht beweinte er mich, wenn er alleine war. Vielleicht jammerte und fluchte und strampelte er wie damals, als kleiner Junge, wenn ihm etwas wehtat.

Komisch, ich hatte erwartet, ihm gegenüber distanzierter zu sein, denn ganz allgemein lag viel mehr Abstand in meiner Betrachtung als vor meinem Tod. Doch er rührte noch immer alle möglichen Emotionen in mir auf. Ich erkannte die kleine Narbe vor seinem Ohr – da hatte ich mal mit einem Lineal auf ihn eingeschlagen. Wie viele Narben wir uns gegenseitig verpasst hatten, äußerliche und innere.

Die Gedenkminute war vorüber, Boris schlug die Augen zu mir auf und räusperte sich. »Ich weiß nicht, wie weit Sie in der letzten Woche in der Lage gewesen sind … Hat die Polizei Sie eigentlich schon vernommen?«

»Die Polizei? Nein.«

»Dann werden die das sicher noch tun. Haben Sie Zeitung gelesen oder Nachrichten gesehen? Wissen Sie, was über den Unfalltod von Ilka Harders berichtet worden ist?«

Ich schüttelte erstaunt meinen umwickelten Kopf. »Kein bisschen!«

»Nun. Bei Unfällen dieser Art kümmert sich die Haftpflichtversicherung des Verursachers darum, alles genauestens zu untersuchen. Es gab in diesem Fall zwei Schwerverletzte, inzwischen ja zudem einen Todesfall. Der Mann auf dem Traktor, in den Sie gefahren sind, hat immerhin eine Gehirnerschütterung und einen Schock erlitten. Drei Fahrzeuge wurden beschädigt, die beiden Autos hatten praktisch Totalschaden …«

Totalschaden! Mein schöner Audi, kaum ein Vierteljahr alt! Aber er hätte mir ja sowieso nicht mehr gehört.

»Dann geht es um Nachfolgeschäden und so weiter ... Also, es wurde gründlich geforscht, Sachverständige der Polizei waren am Werke. Und dabei ist jetzt entdeckt worden, dass wohl letztlich keiner der Beteiligten ein schuldhaftes Verhalten gezeigt hat. Vielmehr ist der Wagen meiner Schwägerin sachkundig manipuliert worden, sowohl die Bremse als auch die Steuerung waren im Moment des Unfalls absolut defekt.«

»Ach! Dann war das ...?«

»Mord«, sagte er leise. »Das kann man schon so nennen.« Er zog seine Hosen am Knie etwas hoch, um die Bügelfalte zu schonen. »Und mit ein bisschen Pech hätte der Täter Sie gleich mit umgelegt. Oder den Treckerfahrer.«

Ich begriff durchaus, worum es ging. Dass Ilkas Alkoholspiegel etwas höher gepegelt hatte als gewöhnlich, tat nichts mehr zur Sache. Günstig für die Firma Harders, dass irgendjemand an meinem Wagen herumspielen musste.

»Aber wer?«

»Ja!« Boris seufzte und schaute aus dem Fenster in den Klinikgarten. Hier im Raum gab es keine Frau, die das Flirten wert schien, nur zwei zimmerbleiche Kranke, lädiert, eingegipst und ungeschminkt. Es lohnte sich für ihn eigentlich nicht mal, schief zu lächeln.

»Ja, Frau Sievert, das ist einstweilen ein Rätsel. Wer macht so etwas und warum? Tatsächlich wissen wir noch nicht einmal, was die Schwester meiner Frau eigentlich ausgerechnet in diesem Nest Groß Moorgraben wollte. Etwas Privates? Etwas Geschäftliches? Wen kann sie dort gekannt haben? Oder fuhr sie nur durch den Ort durch, weil sie aus dem Norden kam und zurück nach Hamburg wollte? Das ist ein Geheimnis, das sie wohl mit ins Grab nimmt.«

Wusste Boris wirklich nicht, wen die Schwester seiner Frau in dem Nest Groß Moorgraben besucht haben könnte? Schließlich hatte er selbst mir Udo Butendiek vorgestellt. Andererseits kannten die beiden sich wohl wirklich nur flüchtig. Durchaus denkbar, dass der eine nicht wusste, wo der andere wohnte. Es sah ganz so aus, als sollte mein Mörder ein für alle Mal unentdeckt bleiben.

»Und wer bezahlt mir mein Schmerzensgeld?«, fragte ich mit sympathischer Offenheit.

Wupps, kriegte mein Exschwager sein charmantes Lächeln ins Gesicht, schiefer und unwiderstehlicher denn je. »Das kann ich Ihnen leider Gottes auch nicht sagen, Frau Sievert. Da werden sich die Experten wohl noch eine Weile streiten.«

Was so viel bedeutete wie: von uns jedenfalls nicht. Da hatten wir denn wohl den Hauptgrund für seinen Krankenbesuch. Wie kam er zu so spießigen Floskeln wie »leider Gottes«? Das Geschäftsleben verdarb wirklich den Stil.

»Wann ist übrigens die Beerdigung?«, erkundigte ich mich.

Boris stand auf und stellte den Stuhl wieder zurück: »Am Donnerstag nach Pfingsten. Morgens um zehn.«

»Das ist ja noch eine Weile hin.«

Boris stand schon an der Tür. Sein Lächeln war flüchtig und beinah symmetrisch: »Stimmt. Über die Feiertage sind einige unserer Bekannten verreist, deshalb haben wir alles ein bisschen nach hinten geschoben. Es wollen ja viele Menschen an der Beisetzung teilnehmen.« In seinem Ton lag eine ganz leichte Ungeduld. Das mit dem Geld war geklärt, er musste jetzt gehen.

Er nickte mir und Janne zu, dann klappte die Tür.

»Danke für die Blumen«, fiel mir noch ein. Das hörte er nicht mehr. Er hatte sie sowieso von der Steuer abgeschrieben.

»Wie super sah der denn aus?«, freute sich Janne. »Wie Alain Delon, als er jung war.«

»Nein, wie der doch nicht! Aber hübsch ist er schon. Du hättest ihn mal als kleinen Jungen sehen sollen. Klein und murkelig und der absolute Tollpatsch. Ist ständig über seine eigenen Füße gestolpert. Das war mein Schwager.«

»Der war das? Aber – wieso heißt der denn auch Harders?«

»Weil er bei der Hochzeit mit Annika unseren Namen angenommen hat. Damit jeder klar sieht, wem das exklusive Einrichtungshaus des Nordens gehört, verstehst du?«, sagte ich. Dann lag ich da und kämpfte mit den Tränen, ohne genau zu wissen, was mich traurig machte.

Als eine Weile später die Schwester kam, um den Abendpuls

zu messen, schaute sie mich besorgt an. »Alles in Ordnung, Frau Sievert?«

»Klar.«

»Vielleicht war das zu viel für Sie, schon im Garten zu liegen. Oder hat der Herr Harders heute Nachmittag Sie aufgeregt?«

»Ja, ein bisschen«, gab ich zu. »Meinen Sie, ich kann zur Beerdigung seiner Verwandten gehen?«

Die Schwester richtete sich auf und machte ein kompetentes Gesicht. »Das halte ich für unwahrscheinlich. Ich glaube, dem sind Sie noch nicht gewachsen. Weder körperlich noch seelisch. So eine Feier ist ja anstrengend. Warum wollen Sie da überhaupt hin? Aber Sie können ja mal einen der Ärzte fragen«, meinte sie abweisend und sah mich an, als hätte ich gerade eine perverse Neigung offenbart.

»Hast du ihn geliebt?«, wollte Janne wissen, nachdem die Schwester gegangen war.

»Geliebt und gehasst. Ich hatte ihn oft satt bis obenhin, so, wie man sich selber satt haben kann. Wir kannten uns viel zu gut. In gewisser Weise war das Inzest, was wir betrieben haben, von Kindheit an. Wir wussten zu genau, wo wir uns wehtun können. Manchmal haben wir uns richtig gehauen. Wir hatten enorm viel gemeinsam. Aber sag mal: Wie wirkt er auf dich, abgesehen von seinem guten Aussehen?«

»Geheimnisvoll. Ist er Skorpion?«

»Nein, Eichhörnchen. Geheimnisvoll? Der Mann steckt bis zum Kragen voller Geheimnisse. Einige hab ich geteilt. Es gibt aber bestimmt auch viele, die nicht mal ich kenne. Er war nie sehr mitteilsam.«

Es war warm im Zimmer und Janne schlug ihre Decke zurück, um ihr Gipsbein zu lüften. »Wie bist du eben auf Eichhörnchen gekommen?«

»Wir waren welche, er und ich. Das ist, nebenbei gesagt, ein besonders großes Geheimnis, eines unserer ersten und wichtigsten. Ich hab damals mit meinem Blut schwören müssen, niemals jemandem etwas davon zu verraten. Boris hat ebenfalls mit seinem Blut geschworen, das will was heißen: Er ist schrecklich wehleidig und kann eigentlich kein Blut sehen, schon gar nicht sein eigenes.«

»Dann darfst du mir nichts davon erzählen?«, fragte Janne enttäuscht.

Ich streckte mich und lächelte entspannt. »Doch. Es ist ja nicht mehr *mein* Blut, mit dem ich geschworen habe.«

Wir waren ungefähr elf und zwölf, als die Eichhörnchengeschichte anfing. Inzwischen saßen wir beide in derselben Klasse. Annika, mit ihren aufsehenerregenden Geistesgaben, besuchte jetzt eine andere Schule, das GOA: Gymnasium Oberalster. Ich weiß nicht, ob es sich wirklich so verhielt, aber wir glaubten alle drei – mit den entsprechenden Emotionen garniert –, das GOA sei eine Eliteschule für Eliteschüler. Was bedeutete, Boris und ich waren die Versager der Familie.

Wir nahmen im Biologieunterricht gerade *Sciurus vulgaris* durch und hörten uns gegenseitig für die Arbeit ab, die wir demnächst darüber schreiben mussten. So saßen wir also nach dem Abendessen zusammen auf dem Baum, an dem unsere Schaukel hing; ein alter Walnussbaum, durch die tief angesetzten, breiten Äste ganz leicht zu erklettern. Boris ließ seine dünnen, mit Pflastern beklebten Beine baumeln und fragte, die Zigarette im Mundwinkel: »Ordnung?«

Ich wedelte eine Mücke beiseite und antwortete: »Nagetiere.«

»Familie?«

»Hörnchen.«

»Ernährung?«

»Nüsse, Bucheckern, Fichtenzapfen, Kleintiere, Jungvögel.«

»Vogeleier hast du vergessen.«

»Richtig, Vogeleier.«

»Natürliche Feinde?«

»Greifvögel, vor allem Habichte. Ach, und der Baummarder! Wie hieß der noch?«

»*Martes martes*. Sicher, mein Alter ist der typische Baummarder, Martin Martin. Vielleicht heißt er einfach Mordmord. Frisst kleine Eichhörnchen wie uns. Aber nur, wenn er uns erwischt! Wir sind nämlich schnell und schlau. Ich bin der Eichhörnchenprinz, ich heiße – warte mal …« Boris guckte in das Schulbuch auf seinem Schoß. »Prinz Skia-Orus. Und du bist Prinzessin Skuri-Ola. Unser Schlachtruf lautet: tschuk, tschuk, tschuk! Hier auf dem Baum ist unser Schattenkobel, unser Zweitnest. Unser richtiger Kobel, unser geheimes Schloss, ist in der Ruine …« Boris grinste mich schief an. Ich guckte in den Abendhimmel und tat harmlos. In die Ruine zogen wir uns neuerdings zurück, wenn wir absolut unbeobachtet sein wollten.

Am anderen Ende unserer Straße befanden sich die verkohlten Reste einer alten Villa, in der es vor etwa einem Jahr gebrannt hatte. Das Mauerwerk war stehen geblieben, die Türen verbrannt und die Fenster gesprungen. Es wurde getuschelt, ein böser alter Mann sei den Flammen zum Opfer gefallen – dabei wusste im Grunde jeder, dass das nicht stimmen konnte, denn das Haus stand schon vor dem Brand leer, ohne Möbel, ohne Bewohner. Es hatte ein Erbschaftsstreit darum getobt. Der Brand schien die Erben zu inspirieren, sie stritten munter weiter und die Ruine blieb derweil stehen. Meine Mutter bezeichnete sie als Schandfleck, dabei konnte man sie von der Straße aus gar nicht sehen, so dicht wucherten Bäume, Büsche und Unkraut. Vielleicht regte Mami ja auch nur dieser verwilderte Garten auf.

Das Tor zur Garageneinfahrt war mit einer rostigen Kette gesichert und neben dem Eingang warnte ein sauberes, amtlich aussehendes Schild vor dem Betreten: Eltern haften für ihre Kinder!

Verbotene Dinge reizten Boris.

Wer weiß, ob er die Ruine ohne dieses Schild überhaupt geentert hätte?

Wir kletterten auf eine Buche, die vor dem Zaun stand, sprangen über den Maschendraht, zwängten uns durch stachelige Brombeersträucher und stachelige Weißdornsträucher und stachelige Disteln auf das Haus mit den leeren Augenhöhlen zu. Die Ruine zeigte sich gastfreundlich wie ein Dornröschenschloss: Wenn man bei ihr ankam, hatte man überall blutige Kratzer.

»Das riecht irgendwie nach Sommerparty«, bemerkte ich leise und Boris flüsterte zurück: »Na sicher, hier ist alles gegrillt.«

Da auch die Treppe verbrannt war, mussten wir bei unserem ersten Besuch im Erdgeschoss bleiben. Wir bestaunten einen feuchten, schmuddeligen Schlafsack in einer Ecke des größten Raums, vermutlich früher das Wohnzimmer, daneben leere Flaschen, kaputte Flaschen und weiße Plastikbecher. Es schien schon mal jemanden gegeben zu haben, der sich nicht um das Verbotsschild kümmerte.

Als wir nach diesem ersten Ausflug in der Ruine nach Hause kamen, waren unsere Eltern nicht da und Annika empfing uns mit den Worten: »Wo wart ihr denn? Ihr riecht nach Schinken!«

Boris erfand in diesem Augenblick ein großartiges Alibi, indem er antwortete: »Wir waren bei einem Jungen aus meiner Klasse, sein Vater ist Schlachter und räuchert selbst.«

Den imaginären Schlachtersohn tauften wir später Egbert. Nach einigen Monaten war die ganze Familie im Bilde, wenn sie uns beim Nachhausekommen entgegenschnupperte: »Ah, ihr kommt von Egbert!«

Ich wusste nie, inwieweit sie wirklich darauf hereinfielen.

Boris organisierte eine alte Holzleiter, die wir unter schrecklichen Mühen über den Zaun und in die Ruine quälten. Nun gelangten wir auch ins obere Stockwerk, das wir nach und nach mit Decken ausstatteten. (Martin Woltermann suchte monatelang voller Wut nach dem schönen neuen Plaid aus seinem Auto.) Wenn wir die Leiter nach uns hochzogen, fühlten wir uns vollkommen sicher in unserem Kobel, unserem geheimen Schloss: Prinz Skia-Orus und Prinzessin Skuri-Ola. Hier würde uns der blutrünstige Marder nie erwischen.

Lange nachdem im Biologieunterricht kein Wort mehr über *Sciurus vulgaris*, das gemeine Eichhörnchen, fiel, beschäftigten wir uns immer noch damit.

»Und später«, erzählte ich Janne, »haben wir uns dann kleine Eichhörnchen tätowieren lassen. Das von Boris sitzt auf dem Rücken, ganz oben rechts. Meins hab ich hier …«

Ich zog mein Hemd von der linken Schulter und hielt sie Janne hin.

Sie blickte meine Schulter an und dann blickte sie mich an. Sie lächelte milde.

»Ach, stimmt ja …«, sagte ich und zog das Hemd wieder zurecht.

In den nächsten Tagen ging es steil mit uns bergauf. Die Sonne schien fortwährend, es wurde immer wärmer. Janne und ich bekamen unseren Gips abgenommen und ich außerdem den Kopfverband. Eine Schwester half mir, mein Haar zu waschen und zu fönen. Bald darauf schwoll mein Gesicht fast vollständig ab, es ging ganz schnell.

Den ganzen Tag hielt ich Beatrix' Puderdose in der Hand, guckte in den Spiegel und teilte Janne mit, wie schön ich wurde.

»Sei nicht so eitel!«, warnte sie mich. »Du weißt doch, dass es vor allem auf die inneren Werte ankommt?«

Theoretisch wusste ich das, im Moment aber schaute ich einfach beglückt zu, was für ein hübsches Gesicht ich bekam, schmal, zart und interessant. Die Augen wurden immer größer und größer, länglich, fast mandelförmig, glänzend, von ganz dunklem Braun mit kleinen goldenen Sprengseln und auch noch durch lange Wimpern geschmückt. Auf keinen Fall hätte ich sie jetzt noch gegen meine türkisfarbenen eintauschen wollen.

Ich probierte sie sofort aus, indem ich Dr. Göttlicher klar machte, wie wichtig es für mich sei, zu Ilka Harders' Beerdigung zu gehen.

»Seelisch brauche ich das irgendwie!«, beteuerte ich und blickte ihn groß und kindlich an. »Ich will ja auch nicht an der ganzen Zeremonie teilnehmen, zum Beispiel würde ich nicht in die Kapelle gehen. Man müsste doch erfahren können, wann der Gottesdienst etwa vorbei ist, bis dahin könnte ich im Auto sitzen …«

Dr. Göttlicher wusste nicht so recht.

Ich klapperte zweimal mit den Wimpern nach. »Und sobald der Sarg unten ist, fahre ich bestimmt sofort wieder zurück …«

Dr. Göttlicher überdachte den Fall.

Ich zog die Brauen hoch, um meine Bambiaugen noch größer und bittender zu machen: »Und ich rege mich auch kein bisschen auf, bestimmt nicht! Ich möchte ihr nur so gern diese Ehre erweisen, verstehen Sie? Weil ich doch am Leben geblieben bin …« Fast hätte ich hinzugefügt »durch solche Ärzte wie Sie«, verzichtete jedoch darauf, weil ich fürchtete, das könnte sogar ihm zu viel werden.

»Na, meinetwegen! Aber es muss natürlich jemand bei Ihnen sein und aufpassen, dass Sie sich auf den Beinen halten können«, bestimmte er. »Vielleicht hat Ihr Mann ja Zeit?«

Ich hielt das für den ganz falschen Augenblick, ihm anzuvertrauen, dass ich keine Ahnung hätte, mit wem ich verheiratet war. Also lächelte ich nur beruhigend und versicherte: »Natürlich, auf jeden Fall.«

Pfingsten im Krankenhaus war gar nicht übel. Sie servierten uns exzellenten Spargel mit Kalbfleisch sowie durchaus genießbaren Schokoladen-Nuss-Pudding. Mir schmeckte sowieso immer noch alles wie Ambrosia. Janne dagegen meckerte ständig.

Auf jeden Fall zeigte sich das Krankenhauspersonal besonders nett, weil wir armen Würmer, statt die Feiertage im Familienkreis zu genießen, hier ausharren mussten.

Leider stürmte es, am Himmel jagten dicke graue Wolken vorbei. Kein Wetter, um im Garten zu liegen. Dafür kamen viele Besucher, überall Getrappel und Gerede und Gelächter rundum.

»Wenn doch mal irgendwer zu mir kommen würde!«, wünschte sich Janne. Sie versuchte, mit ihrem zusammengerollten Sudokuheft eine Fliege auf ihrer Bettdecke zu erlegen, was misslang, und fuhr fort: »Genauer gesagt, wenn Alfi doch mal käme. Aber der kommt bestimmt nicht. Der ist fertig mit mir. Und meine Eltern wissen nicht einmal, dass ich mit dem Balkon abgebrochen bin. Wobei … die genießen ihren Lebensabend an der Costa Brava und wollen nichts Böses mehr hören. Ich hab deshalb auch verhindert, dass sie informiert werden, es sei denn, ich sterbe.«

Zunächst einmal bekam *ich* Besuch.

Der alte Herr mit dem breiten schmalen Mund und den Schmissen im Gesicht tauchte auf mit Tulpen, einer gigantischen Pralinenschachtel und der Behauptung, er sei mein Vater. Neben ihm schritt, rotwangig, grauhaarig und energiegeladen, eine handfeste alte Dame, die mir mehrere Küsse auf die Wange pflanzte. Natürlich ging ich davon aus, meine Mutter vor mir zu haben. Das beleidigte meinen Vater, er fragte mehrmals ärgerlich: »Wie kommst du darauf? Wie kommst du darauf, Frau Grosskurt könne deine Mutter sein?« Weil er beim Sprechen den Mund kaum öffnete, knurrte er seine Worte hervor. Das klang besonders grimmig.

Frau Grosskurt sah das viel entspannter. Sie besänftigte ihn: »Werner! Sie hattoch das Gedächtnis verlorn! Sie weiß gor nich, wer wir sind, verstehssu das nich?«

Mein neuer Vater kniff seinen Strichmund noch fester zusammen und schüttelte eigensinnig den weißhaarigen Schädel. »Wenn sie alles vergessen hat, warum kann sie dann sprechen?«

Irgendwie sah er trotzdem lieb aus, vielleicht wegen der Fältchen unter den Augen. Ich freute mich, zur Abwechslung mal wieder einen Vater zu haben, und streckte die Arme nach ihm aus, worauf er mich auch gleich innig umarmte. Na also.

»Ist meine Mutter tot?«, fragte ich.

Beide antworteten gleichzeitig. Er sagte: »Darüber will ich nicht reden«, und sie: »Nein, nein, Beatrixchen, bloß abgehauen issie, vor lange Zeit schon.«

»Erinnerst du dich wirklich an nichts, Goldkind?«, fragte mein Vater. Das bekam ich später, in Variationen, ständig zu hören. Keiner schien es sich vorstellen zu können.

Keiner außer Frau Grosskurt: »So was kommt doch andauernd vor!«, rief sie lebhaft. Wahrscheinlich zeigte mein Gesicht nicht die gewünschte Bestätigung, weshalb sie sich an Janne im Bett gegenüber wandte, die uns interessiert beobachtete, sogar mit Brille. »Is ja schon fast normal, so 'n Gedächtnisverlust, finn Sie nich?«

Janne nickte sofort. Sie war ein verträglicher Charakter.

»Wieso? Wer leidet denn sonst noch daran?«, fragte mein Vater gereizt.

»Ach, neulichs erst, in diesen Krimi, den wir gesehen ham, war das nich letzten Sonnamd? Der Mann da, der von Dach stürzt und hinterher weiß er gar nix mehr und denn verliebter sich in die Frau, die ihn umbring will, aber in letzten Moment erinnerter sich noch, so 'n Glück! Ja, oder der ganz reiche Amerikaner, der auch in Krankenhaus zu sich kommt und hat keine Ahnung, wer er is, und denn tut der andere, der Blonde, so, als wär er sein Freund, dabei isser sein Mörder, also wär er gewesen, wenn's geklappt hätte, und zum Schluss kommt auch noch raus, in Wirklichkeit is der ohne Gedächtnis selber der Mörder!« Frau Grosskurt sah meinen Vater triumphierend an. »Weißt das nich mehr? Na, und der wenich ansehnliche junge Mann, also ich find ihn nich sehr hübsch, aber er is trotzdem Geheimagent, wenn die auch meissens besser aussehn, den ganzen Rücken voll mit Narben und denn ohne jede Erinnerung, bissas so nach und nach wiederkommt, als alle andauernd versuchen, ihn zu erschießen. Ach ja, und denn hab ich neulichs ein Buch gelesn über 'ne junge Frau mit Kind, die plötzlich auftaucht in eine Stadt. Die weiß nich mehr, wer sie is oder ob das Kind ihr eigenes is und so. Die verliebt sich in den Mann, der sacht, er ist ihr Freund. Natürlich is das gelogen …«

»Er ist ihr Mörder?«, schlug ich vor.

Frau Grosskurt strahlte. »Kenns das Buch, Beatrixchen?«

»Keine Ahnung«, sagte ich. »Falls ich es mal gelesen hab, erinnere ich mich nicht mehr. Ich dachte nur, weil alle Personen mit Gedächtnisverlust von Mördern umzingelt zu sein scheinen, nach dem, was Sie eben erzählt haben, Frau Grosskurt.«

Und letztendlich, fügte ich im Stillen hinzu, bin ich ja tatsächlich ermordet worden.

Im Übrigen war ich all den Drehbuchautoren und Krimischriftstellern, die gern auf das interessante Motiv der verschwundenen Erinnerung zurückgriffen, ausgesprochen dankbar. Ohne sie wäre es mir schwerer gefallen, in meiner sonderbaren Situation zurechtzukommen.

»Erzählt mir doch ein bisschen was über mich«, bat ich. »Bin ich nett?«

Das fanden sie komisch.

»Du bis 'n feines Mädchen, wars du immer!«, versicherte Frau Grosskurt. 'ne lütte Bangbüx, aber 'n feines Mädchen.«

Mit seiner langen, schmalen tätschelte mein Vater bestätigend meine lange, schmale Hand. Sehr ähnliche Hände, die eine alt, die andere jung. Ich guckte auf diese fremden Finger, davon fünf am Ende meines eigenen Arms. Was ich erlebte, war viel grotesker als die Filme von Frau Grosskurt.

»Fein, aber manchmal etwas trotzig«, meinte der alte Herr. Er lächelte mit seinem lippenlosen Mund und zwinkerte mir zu.

»Bin ich verheiratet? Hab ich Kinder? Was bin ich von Beruf?«

»Du bist Verkäuferin, Goldkind. In einer Parfümerie.«

Das fand ich ganz gelungen. Den größten Teil ihres Lebens hatte Ilka, sofern sie berufstätig gewesen war, irgendwas verkauft.

»Kinder hassu keine. Und verheiratet …« Frau Grosskurt seufzte und tauschte einen Blick mit meinem Vater. »Verheiratet bis du – gerade noch«, informierte sie mich.

Er setzte hinzu: »Leider steht ihr kurz vor der Scheidung. Ja, das ist ein Jammer … Schade.«

»Wer ist denn mein Mann? Warum ist unsere Ehe gescheitert, wisst ihr das?« Vielleicht ahnten sie nichts von meinem Liebsten Chris.

Die beiden alten Leute vor meinem Bett rangen um taktvolle Worte. Eigentlich überflüssig, da ich in völlig emotionsloser Neugier vor ihnen saß. Das Leben von Beatrix Sievert betraf mich zwar zwangsläufig (ich würde es demnächst weiterführen müssen), machte mich jedoch einstweilen kaum betroffen.

»Eike Sievert is viel älter wie du. Und er is schwierig …«, fand Frau Grosskurt.

Mein Vater widersprach: »Wieso denn? Schwierig … ich weiß nicht. Verschlossen vielleicht. Ja. Nicht so herzlich. Und *viel* älter … Das kannst du nicht sagen, Waltraut. Eike ist vielleicht zehn Jahre älter als Trixi. Oder elf, von mir aus. Wenn du bedenkst, ich war dreiundzwanzig Jahre älter als Trixis Mutter.«

Das erklärte vieles. Zum Beispiel, dass ich ihn anfangs eher für meinen Großvater gehalten hatte. Und vielleicht auch, weshalb meine Mutter vor langer Zeit ausgerückt war.

»Eike war schon ma verheiratet und hat 'n Kind. Du bis seine zweite Scheidung.« Frau Grosskurt wackelte vielsagend mit den Augenbrauen.

»Was macht er denn beruflich? Wie lange hat unsere Ehe gedauert?«

Ich erfuhr, mein schwieriger oder verschlossener beinah schon Exmann arbeite »was mit Computern«.

Verheiratet waren wir seit sieben Jahren. Nein, seit sechs Jahren. Nein, seit sieben!

Die Art, wie mein Vater und seine Freundin miteinander stritten, ließ auf eine langjährige Partnerschaft schließen. Alles in allem klang es jedoch, als kämen sie gut miteinander aus. An irgendeinem Punkt des Gesprächs begriff ich: Frau Grosskurt war seine Nachbarin. Aha. Und beide wohnten im Nachbarort von Pandersen. Also in der Nähe von Beatrix.

Bevor sie gingen, stellte ich ihnen Janne vor. Aus Überzeugung sagte ich, sie sei inzwischen eine richtig gute Freundin von mir geworden. Mein Vater reckte ihr aus steifkreuziger Haltung seine Hand hin und schnarrte: »Fürst!«

Frau Grosskurt stellte sich auch noch einmal vor. Janne schüttelte alle dargereichten Hände und behauptete, sie sei Marianne Broth, wie das gebackene, aber mit h dahinter.

Das war auch mir neu.

Nachdem meine – mehr oder weniger – Familie gegangen war, äußerte ich mich zu diesem Namen: »Klingt altmodisch, durch das H.«

»Was heißt klingt? Das H hörst du ja nicht«, wandte Janne ein. »Aber mit altmodisch hast du natürlich recht. Wobei Brot nie mit h geschrieben wurde, sondern mit d hinten, soviel ich weiß. Mein Name sieht nur gut aus in alter Druckschrift, Fraktur heißt die, glaub ich. So wird das mal auf meinem Grabstein stehen.«

Und sie guckte trübe unter ein paar Haarsträhnen hervor in die grauen Regenwolken vor dem Fenster, als könne sie ihr Grab bereits vor sich sehen.

Das brachte mich auf die Idee: »Ich möchte bei der Harders-Beerdigung schwarze Kleidung tragen. Wo krieg ich die her?«

»Musst du nicht unbedingt, so als entfernte Bekannte der Verstorbenen.«

Ich setzte mich im Bett auf. »Entschuldige, ich finde, ich bin mehr als eine entfernte Bekannte der Verstorbenen!«

Das gab Janne zu. »Gut, wenn es dir ein Bedürfnis ist … Du wirst doch in diesem Pandersen irgendwelche schwarzen Klamotten haben!«

»Sicherlich. Nur – wie komm ich da ran?«

Ich holte mir Beatrix' Handtasche aus dem Schrank und suchte in dem kleinen Taschenkalender nach Telefonnummern. Die meisten der Namen im Adressenanhang sagten mir natürlich noch nichts, außer denen von Chris und seiner Schwester Carmen.

Vorn im Kalender gab es einen Vordruck: Falls ich einen Unfall habe, benachrichtigen Sie bitte … Da stand Beatrix' Adresse, die ich schon aus ihrem Ausweis kannte. Und außerdem ihre Telefonnummer samt Vorwahl, säuberlich in dieser nach links fallenden, trotzigen Kleinmädchenschrift. (Musste ich die in Zukunft kopieren? Oder würde sich niemand wundern, dass ich mit einer neuen Handschrift aus dem Koma auftauchte?)

Gleich darauf geschah das gänzlich Unerwartete: Jannes Alfi trat ein, den plastikumwickelten, platten Blumenstrauß einer Tankstelle in der Hand.

Während sie flockig errötete – da sie seit Langem nicht mehr mit ihm gerechnet hatte, war sie ungeschminkt geblieben –, zog ich mir Beatrix' dünnen pinkfarbenen Morgenrock über und ging, die Handtasche unter dem Arm, aus dem Zimmer und die Treppe hinunter. In der Halle gab es einen Münzfernsprecher, den wollte ich benutzen, um mal ein wenig mit meinem Mann zu plaudern.

Ob er Pfingsten zu Hause saß? Oder hatte er bereits eine neue Gefährtin, bei der er die Zeit bis zur Scheidung verbrachte?

Ich war beinah aufgeregt, als ich die Nummer der Familie Sievert wählte. Dreimal Klingeln, dann wurde abgehoben.

»Sievert«, sagte eine korrekte, kühle Stimme.

Beatrix' Herz klopfte stärker, als ob es diesen Mann kannte.

»Eike? Ich bin's …«

Einundzwanzig, zweiundzwanzig, dreiundzwanzig, vierundzwanzig …

Er war noch dran, ich hörte ihn atmen.

Dann räusperte er sich. »Geht's dir wieder besser?«

»Es wird langsam. Und wie geht es dir?«

Er holte zweimal tief Luft, räusperte sich noch einmal und entschloss sich zu der Auskunft: »Danke.«

In der Tat ein verschlossener Mensch.

»Hat man dir gesagt, dass ich das Gedächtnis verloren habe?«

»Ja. Darüber bin ich informiert. Kannst du dich an überhaupt nichts erinnern?«

»Nein. An gar nichts.«

»Mein Gott. Auch nicht an mich?«

»Nein. Von meinem Vater, der mich heute besucht hat, weiß ich nur, dass … Wir hatten wohl Probleme, oder?«

»Kann man so sagen«, bestätigte er.

Es gab eine längere Pause, dann fragte er noch einmal nach: »An *nichts*? Du erinnerst dich an keine Minute unserer Ehe?«

»An keine Sekunde.«

»Beneidenswert!«, murmelte er.

Ich stand in meinen weißen Klinikschläppchen auf den Fliesen und betrachtete die länglichen Zehen meiner neuerdings so riesigen Füße. »Tja. Wir wollten uns also scheiden lassen?«

»Der Termin war vor einigen Tagen. Ich hab bereits einen neuen beantragt.«

»Fast hätten wir das einfacher haben können. Dann wärst du jetzt Witwer«, fiel mir ein.

Dazu äußerte er sich nicht. Vielleicht fand er's geschmacklos. Dass ihm seine Gefühle die Stimme verschlugen, hielt ich für eher unwahrscheinlich. Er klang nicht so, als hätte er welche.

Ein Arzt trat schwungvoll aus dem Fahrstuhl und lief mit wehendem Kittel zur Flügeltür, die sich spontan öffnete, als wolle sie ihn umarmen. Noch bevor er draußen war, zündete er sich eine Zigarette an. Der Duft des frisch brennenden Tabaks umschmeichelte meine Nasenlöcher. Ich hätte die Packung und das Feuerzeug nicht wegwerfen sollen.

»Wie lange bleibst du noch im Krankenhaus?«

»Nicht mehr lange. Danach wollen sie mich zwei Wochen oder so an der Ostsee aufpäppeln, glaube ich. Eilt es denn mit der Scheidung?«

»Du hattest es eilig. Mir ist es ziemlich egal.«

»Gut. Da ich nicht mehr weiß, weshalb ich es eilig hatte, ist es mir inzwischen auch egal.«

Er machte ein komisches schnaubendes Geräusch, fast, als ob er lachte.

»Du, Donnerstagvormittag ist die Beerdigung der Frau, die auch in meinen Unfall verwickelt war …«

»Die ihn verursacht hat, denke ich?«

»Inzwischen heißt es, sie konnte nichts dafür«, verteidigte ich mein altes Ich. »Irgendwer hat ihren Wagen kaputt gemacht, die Bremsen und die Steuerung. Es sieht so aus, als ob jemand sie umbringen wollte.«

»Nicht zu fassen«, sagte Eike Sievert. Er klang keineswegs besonders bestürzt. »Und was ist mit ihrer Beerdigung?«

»Ich möchte daran teilnehmen.«

»Dann tu das doch.«

»Ja, also … Mein Arzt meint, ich wäre noch zu schlapp, um allein hinzufahren. Er schlug vor, mein Mann solle mich begleiten.«

Sein Tonfall rutschte in den Tiefkühlbereich. »Du weißt doch, dass ich tagsüber arbeite. Und, nebenbei bemerkt, zurzeit auch abends.«

»Hast du eine Idee, wer sonst mit mir hinfahren könnte?«

»Nein«, war die gleichgültige Antwort.

Als ich vorwurfsvoll schwieg, fügte er hinzu: »Da wird sich schon jemand finden.«

»Vielleicht. Auf jeden Fall brauche ich schwarze Kleidung. Könntest du mir die bringen?«

Er stieß ein strapaziertes Stöhnen aus. »Du meinst hoffentlich nicht, dass ich dir was zusammensuchen soll? Lass das jemand anders machen.«

»Mal sehen«, sagte ich. Ich fing an zu begreifen, weshalb Beatrix es eilig gehabt hatte, sich von diesem Mann scheiden zu lassen.

Die großen Flügeltüren schwangen schon wieder auf und einige Leute mit Blumensträußen marschierten lebhaft plaudernd in die Halle. Ein Krankenpfleger mit schwermütigem Gesicht schob eine Liege vorbei.

»Ist sonst noch was?«, fragte mein Mann mit leichter Ungeduld.

»Nein, das war alles. Tschüss.«

»Weiter gute Besserung!«, meinte er ohne jede Herzlichkeit und legte auch schon auf.

Ich holte den kleinen Kalender hervor, suchte vergeblich unter P wie Papa und fand erfreulicherweise eine Telefonnummer unter V: »Väterchen«.

Am anderen Ende meldete sich Frau Grosskurts deftige

Stimme: »Bei Fürst?« (Sie musste in extrem dichter Nachbarschaft zu meinem Vater wohnen.)

»Ich bin's«, sagte ich ein weiteres Mal. Ich verspürte Hemmungen, einfach zu behaupten: Hier ist Beatrix. Vielleicht gewöhnte ich mir das ja eines Tages noch an. »Schön, dass ihr schon wieder zu Hause seid. Ich hab gerade mit Eike gesprochen. Er meint, dass er Probleme damit hat, schwarze Sachen zusammenzusuchen und sie mir zu bringen. Vielleicht könnten Sie oder mein Vater mir dabei helfen, Frau Grosskurt?«

»Na klor. Is Eike jetzt zu Hause? Ich fahr gleich ma rüber und leech was zurecht. Aber bring kann er dir das ja wohl. Seh ich gar nich ein! Noch seid ihr verheiratet. Der soll nich so ungefällich sein.«

»Das ist ganz lieb von Ihnen. Danke schön. Ist mein Vater auch da?«, fragte ich etwas ungeschickt. Immerhin war es wohl seine Telefonnummer.

Frau Grosskurt reichte den Hörer weiter mit der Bemerkung: »Für Väterchen!«

Also stand diese Bezeichnung ganz zu Recht so in Beatrix' Kalender.

»Na, mein Kind?«

»Würdest du mich am Donnerstag zur Beerdigung der Frau bringen, die mit mir den Unfall hatte?«

»Ich fahre nicht mehr Auto, Goldkind. Im Gegenteil, du hast mich häufig gefahren, weißt du. Oder Frau Grosskurt bringt mich. Pass auf, die fährt dich bestimmt«, verhieß er und reichte den Hörer wieder zurück.

Tatsächlich wollte seine Nachbarin mich am Donnerstagvormittag abholen. Kein Problem. Aber die schwarzen Sachen sollte mir trotzdem Eike bringen. Da wäre er bestimmt nicht mit überfordert, meinte sie.

Ich nahm den Fahrstuhl nach oben, meine Knie fühlten sich inzwischen etwas kraftlos an. Neben mir stand ein Ehepaar. Sie, viel größer und dicker als er, wickelte gerade einen Margeritenstrauß aus dem Papier.

»Hoffentlich sieht sie heute etwas besser aus. Letztes Mal hätte man sie schon für tot halten können«, nuschelte ihr Mann und ließ seine Augen hilflos und ängstlich auf dem Fahrstuhlboden herumhuschen. Er tat mir leid. Ich hätte ihn gern geknuddelt.

Sie drückte ihm das Blumenpapierknäuel in die Hand und straffte energisch ihre Kinne. »Tu so, als ob dir das nicht auffällt«, riet sie ihm. »Tu so, als ob sie prächtig aussieht.«

Der Fahrstuhl hielt und wir stiegen alle aus. »Ich kann das nicht!«, nörgelte der kleine Krankenbesucher den Flur entlang. »Nächstes Mal komm ich nicht wieder mit …«

Vorsichtig öffnete ich die Tür des Zimmers, das in meinem neuen Leben bisher mein Zuhause darstellte. Ob Janne gerade ihrem Alfi in den Armen lag?

Zu meiner Überraschung war sie schon wieder allein.

»Das war aber ein kurzer Besuch«, bemerkte ich, während ich Beatrix' Morgenrock in den Schrank hängte.

»Was sollte er groß rumreden. Es ging um seine Versicherung, weißt du. Weil doch der Balkon runtergeknallt ist«, berichtete Janne missmutig. »Dafür kriegt er Geld.«

»Warum er? Warum nicht du?«

»Weil er versichert war und nicht ich. Ich will dir was sagen: Ich bin fertig mit den Männern. Restlos«, verkündete sie. »Wo bist du gewesen?«

»Ich hab Beatrix' Mann angerufen. Er wird nicht mit mir zur Beerdigung fahren, weil er arbeiten muss. Und Kleider kann er mir sowieso nicht raussuchen.«

»Auch nicht sehr hilfsbereit. Klingt er unfreundlich?«

Ich streckte meine langen Beine unter der Bettdecke aus. »Eiskalt klingt er. Na ja, eben wie ganz, ganz am Ende einer Ehe.«

Einen Tag später, am Abend des Pfingstmontags, kam Eike Sievert in unser Krankenzimmer, über dem Arm etliche schwarze Kleidungsstücke, in der Hand ein Paar schwarze Pumps von monströser Größe, über dem Arm eine eckige schwarze Handtasche.

Beatrix' Mann war etwas mehr als mittelgroß und schlank, mit langem, kantigem Gesicht ohne jedes Lächeln und seltsam bleichen, ausdruckslosen Augen.

Er schien übrigens wirklich derjenige zu sein, der an meinem

Bett gesessen und geweint hatte, obwohl ich das jetzt nur schwer glauben konnte.

»Hallo«, sagte er obenhin. Janne nickte er ganz kurz zu. Mich betrachtete er ebenfalls nicht besonders sorgfältig.

Er kippte mir die Klamotten und die Tasche auf den Bauch, stellte die Schuhe neben mein Bett und verschränkte die Arme vor der Brust. »So. Hier sind die Sachen. Frau Grosskurt hat aus ihrem eigenen Fundus eine schwarze Strumpfhose dazugepackt, sie hofft, die passt. Brauchst du sonst noch irgendwas?«

»Danke, nein.«

Er nickte, schaute einmal kurz und uninteressiert mit seinen farblosen Augen im Zimmer herum und war auch schon wieder draußen.

»Wie arrogant ist der denn?«, bemerkte Janne. »Was magst du dem getan haben …?«

»Nicht ich«, wehrte ich mich.

»Der fährt jedenfalls nicht mehr auf deinen Bambiblick ab. Ist schon etwas älter, was? Bei so dunkelaschblonden Leuten sieht man nie, ob ihr Haar grau ist oder nicht, weil die gewissermaßen von Anfang an grau sind.«

»Er dürfte ungefähr ein oder zwei Jahre älter sein als Boris, so um die vierzig«, überlegte ich. »Aber er wirkt viel erwachsener. Weder verspielt noch charmant.«

Janne war noch mit seinem Aussehen beschäftigt: »Den in Farbe zu fotografieren wäre reine Verschwendung. Der ist in jeder Beziehung blass. Als ob er nie spazieren geht und ein Solarium nur von außen kennt. Graue Haare, bleiche Haut und die Augen blassgrau wie … wie …«

»Beton. Warum Beatrix den wohl geheiratet hat?«

»Ist dir mal aufgefallen, wie oft man sich das bei anderen Leuten fragt? Was mögen die aneinander gefunden haben oder weshalb bleiben die bloß zusammen. Das macht dieser Rausch, der durch die Verliebtheit entsteht. Der vernebelt die Sinne und die Berauschten merken es nicht. Sie glauben, sie sind einfach ganz normal glücklich. Sie denken, sie befinden sich in der Realität und haben einen wunderbaren Menschen gefunden. Dabei kann das ein Monster sein. Jeder sieht es, bloß sie selbst nicht, weil sie völlig knülle sind durch irgendwelche Hormoncocktails. Letztendlich dient das alles nur der Fortpflanzung, so einfach ist das!«, urteilte Janne, die Winkel ihres Fischmäulchens bitter heruntergezogen. »Dabei ist die Erde sowieso schon total übervölkert.«

Ich guckte mir meine Trauerkleidung an. Eine Bluse, ein Faltenrock, ein Blazer mit goldenen Knöpfen. Die verschiedenen Schwarztöne – teils bräunlich, teil eher bläulich – harmonierten durchaus nicht miteinander.

Die Strumpfhose steckte in der Handtasche. Und die Schuhe – ich beugte mich aus dem Bett und hob einen hoch – waren ganz erstaunlich hässlich. Wie konnte ein Mensch, der ohnehin mit Riesenfüßen gestraft war, sich auch noch derart lange, spitze Treter kaufen? Hatte Beatrix voll Fatalismus etwa gemeint, auf weitere fünf Zentimeter käme es jetzt auch nicht mehr an?

Ich musste mir schleunigst andere anschaffen, bei nächster Gelegenheit. Doch zur Beerdigung würde ich leider in diesem Schuhwerk auftreten müssen.

Kurz vor dem Abendbrot erschien der letzte Pfingstbesuch in unserem Zimmer. Die Tür flog auf, eine ausführlich geschminkte Frau mit kastanienbraunem Fransenhaar schaute uns schelmisch an und schnarrte im Ton eines Mainzelmännchens: »Gunaaaaamd!«

Mir kam ihr gespaltenes Kinn bekannt vor und ich rief wagemutig: »Carmen!«

Sie lief lachend auf mein Bett zu, umarmte mich und hüllte mich in dichte Schwaden von Diorissimo. »Und der Chris sagt nun, du hast dein Gedächtnis verloren und nun erkennst du niemanden! Männer!« Sie untersuchte mein Gesicht mit duftenden Händen, an denen sich grabschaufelförmige, geblümte Nägel befanden. »Die Wimpern müssen wir bald mal nachfärben. Schnuckelchen, gut siehst du aus! Besser als vorher. Wie von der Schönheitsfarm. Als hätte es dir mal richtig gutgetan …« Sie sprach, mit einem Blick auf Janne, leiser weiter: »…so lange von Eike Sievert getrennt zu sein. Oder hat dich dein werter Gatte etwa besucht?«

»Nein, nein.«

Ich hielt es nicht für nötig, Carmen von den schwarzen Kleidern oder der Beerdigung zu erzählen, ebenso wenig von dem Gespräch mit meinem Mann. Nicht, bevor ich sie näher kannte. Und dann vielleicht immer noch nicht.

Sie drückte mir eine eckige Parfümerietüte in die Hand: »Hier. Statt Blumen. Und wie geht es dir? Wie ist das denn nun wirklich mit deinem Gedächtnis?«

»Ich weiß nichts über meine Vergangenheit. Komplett nichts. Wie ausradiert.«

Carmen schüttelte den Kopf und verteilte noch mehr Duft im Zimmer. »Wie ist so was möglich? Das kommt mir alles so unwahrscheinlich vor. Schließlich siehst du aus wie immer!«

»Nur besser!«, erinnerte ich sie. Sie lachte sofort los, so breit, dass man sämtliche Backenzähne sah.

»Carmen, du musst mir eine Menge erzählen, bitte. Du weißt doch bestimmt viel über mich.«

»Da gibt es nichts, was ich nicht wüsste! Also, wir beide sind seit mehr als zehn Jahren befreundet, haben viel zusammen erlebt, von Abschwofen bis Urlaub auf Ibiza. Wir kennen uns aus unserer Parfümerie in Elmshorn, Parfümerie Brecker, die gehörte früher unseren Eltern, jetzt Chris und mir ... Erst warst du Kundin, später Verkäuferin bei uns. Damals hattest du einen sehr netten Freund, den Rolf. Dann warst du gerade eben ein bisschen mit Chris zusammen und da musste dir nun dieser Herr Sievert begegnen. Vor mehr als sieben Jahren hast du ihn kennengelernt, auf einem Gartenfest. Hochnäsig wie sonst was, aber du bist auf ihn abgefahren. Ich weiß noch, ihr habt den ganzen Abend Tischtennis gespielt.«

Ich tauschte einen schnellen Blick mit Janne. Das fiel Carmen auf, sie drehte sich erst zu ihr um und dann zurück zu mir. Ihre großen Augen zwischen den dick getuschten Wimpern funkelten neugierig.

»Davon hab ich kürzlich geträumt, von Tischtennisspielen mit einem Mann«, erläuterte ich.

Carmen schüttelte den Kopf. »Ausgerechnet! Kannst du nicht was Netteres träumen als noch mal die Pleite, dem Kerl zu begegnen? Ich war dann später eure Trauzeugin. Ihr musstet ja unbedingt heiraten. Kein Mensch heiratet heutzutage mehr, total uncool, aber bei euch musste das unbedingt sein. Dabei hat Eike Sievert schon eine Ehe vermasselt und einen kleinen Jungen, den Fabian. Das Kind lebt aber bei der Mutter. Ihr wärt ja inzwischen auch geschieden, wenn du nicht deinen Unfall gehabt hättest.«

»Woran ist meine Ehe eigentlich kaputtgegangen?«

»Ja, meine Zeit, woran! Er hat dich vernachlässigt, wie Männer so sind, immer nur im Job gesessen, abends noch Fortbildung und solcher Krempel. Eike Sievert ist ehrgeizig, der will hoch hinaus. Zu wenig Spaß und Ausgehen für 'ne junge Frau. Er ist nun mal nicht der Spaß-Typ. Eisig und langweilig. Du hast ihn nach Hamburg mit ins Musical genommen und er ist beim *König der Löwen* eingepennt. In den letzten Jahren habt ihr euch nur noch gezofft. Ihr hattet eben von Anfang an nicht viel gemeinsam, nicht mal 'ne Tischtennisplatte. Du wolltest auch immer Kinder und er nicht. Er hatte ja schon eins. Das war auch so 'n Streitpunkt. Und dann hast du wieder was mit Chris angefangen. So letzten Herbst, glaube ich. Ihr seid auch mal verreist gewesen, Chris und du. Eike Sievert hast du erzählt, du bist mit mir unterwegs.«

»Eike weiß nichts von meiner Affäre mit deinem Bruder?«

»Ich glaub nicht. Du hattest immer Schiss vor einer Aussprache. Außerdem wolltest du nach der Scheidung ja schließlich Geld von deinem Mann. Da sind die Chancen besser ohne so was.«

In diesem Moment brachte Schwester Tatjana auf einem Rollwagen unser Abendbrot. Sie sagte nichts, musterte Carmen nur eindringlich.

Die sprang auf, verkündete: »Ich gehe, ich gehe! Ich ruf dich an, Trixi!«, zwinkerte Janne und mir noch einmal zu und verließ das Zimmer.

In der Kosmetiktüte befanden sich eine Nachtcreme von Rubinstein und goldbrauner Lidschatten. Die Lösung des Rätsels, weshalb Beatrix so teure Kosmetik besaß.

Den ganzen Abend, während Janne und ich aßen und uns unterhielten, duftete es nach Maiglöckchen.

Am Dienstagmorgen erfuhr Janne von Dr. Göttlicher, dass ihr Bein nun leider doch ein weiteres Mal operiert werden musste. Ich saß auf ihrer Bettkante, sprach beruhigend auf sie ein, als sie weinte, und fütterte sie aus der Pralinenschachtel, die mein »Väterchen« mir mitgebracht hatte.

»Ich dachte doch, wir kämen zusammen in die Reha!«, jammerte sie.

Das hatte ich auch gehofft.

»Wir werden dauernd telefonieren. Und wenn es irgendwie geht, besuche ich dich«, versprach ich.

Zunächst jedoch bekam ich selbst schon wieder Besuch. Diesmal von der Pinneberger Kripo, Boris hatte es ja angekündigt. Ich zog den rosa Morgenrock über und folgte den beiden Beamten ins Schwesternzimmer, das wir nutzen durften.

Der ältere Polizist mit Brille und nervösem Zucken im linken Augenlid stellte sich als Kommissar Petzhack vor, der andere hatte keinen Namen und guckte sich so gelangweilt um wie Eike. Vielleicht war er nur anwesend, um den Kommissar vor etwaigen Angriffen zu beschützen.

»Sie haben das Gedächtnis verloren, Frau Sievert?«, fragte der Kommissar. Es war exakt wie im Sonntagabendkrimi. »Vermutlich erinnern Sie sich nicht mehr an den Unfallhergang?«

»Doch, daran schon. Nur an nichts, was vorher war.«

Kommissar Petzhack nahm seine Brille ab und massierte sich die Nasenwurzel. »Das ist aber ungewöhnlich«, bemerkte er vorwurfsvoll.

Ich zuckte mit meinen rosa Frotteeschultern.

»Schön. Würden Sie bitte den Hergang schildern, soweit Sie sich erinnern.«

»Gerne. Ich fuhr also die Landstraße hoch – ich kam aus Richtung Bookstedt …«

»Wo wollten Sie hin?«

»Keine Ahnung.«

»Wo kamen Sie denn her?«

»Daran erinnere ich mich ja gerade nicht!«

»Hmhm«, machte der Kommissar unzufrieden. »Schön. Also Sie fuhren die Landstraße entlang?«

»Ja. Und von vorn kam ein Trecker. Der wurde von einem silbernen Audi TT überholt. Am Steuer des Audi saß eine Frau. Statt sich nach dem Überholen vor den Trecker zu setzen, fuhr sie dann plötzlich weiter geradeaus, direkt auf mich zu! Ich hab natürlich gebremst, aber ihr Wagen wurde nicht langsamer. Ich dachte zuerst, sie ist verrückt oder sie will mich umbringen – oder will sich selbst umbringen auf diese Art. Dann aber hab ich ihr Gesicht gesehen, ganz erschrockene Augen, und mir wurde klar, dass sie nichts dafür konnte. Sie wollte das nicht. Ihr Wagen hat ihr nicht gehorcht …«

»Das haben Sie gesehen? Dass der Wagen ihr nicht gehorchte?«

»Sie sah so aus. Und dann hab ich versucht, links an dem Trecker vorbeizukommen. Und dann hat's geknallt …«

Kommissar Petzhack nickte. Sein Kollege kratzte sich am Kinn. Es klang nach eisenharten Bartstoppeln.

»Sie haben sofort erkannt, dass es sich um einen Audi TT handelte? Verstehen Sie viel von Autos? Es ist doch ungewöhnlich, dass eine Frau …«

»Ich weiß nicht, ob ich was von Autos verstehe, weil ich mich an mein komplettes Leben vor dem Unfall nicht erinnere«, sagte ich geduldig. »Was den silbernen Wagen angeht, den hatte ich etwa eine halbe Stunde vorher schon mal gesehen. In Groß Moorgraben.«

»Moment mal! Sie haben doch gesagt, Sie erinnern sich an nichts, was vor dem Unfall war?«

»Daran eben doch. Das ist wie ein Inselchen im Vergessen.« Ich schenkte dem zweiten Polizisten ein kleines Lächeln, weil sein Blick gerade auf mich fiel. Er kratzte sich unbeeindruckt die Nase und betrachtete anschließend seine Fingernägel.

»Schön, Sie haben den Wagen also vorher gesehen. Wieso gerade eine halbe Stunde vorher? Wie kommen Sie darauf?«

»Ich weiß nicht. Das ist mehr ein Gefühl.«

Der Kommissar seufzte. Er schien schlechte Erfahrungen mit Gefühlen zu haben.

»Ich war vielleicht auf dem Hinweg zu Was-auch-immer. Und später, beim Unfall, auf dem Rückweg. Also, beim Hinweg fuhr ich an einer Autowerkstatt vorbei. ›Butendiek‹.«

»In Groß Moorgraben sagen Sie? Kennen Sie die Werkstatt?«

»Ich weiß nicht. Ich glaube nicht.«

Der Kommissar schien auch wenig vom Glauben zu halten.

»Und auf dem Hof der Werkstatt stand dieser Wagen.«

»Saß die Frau darin?«

»Nein. Der Wagen war leer. Ich hab auch sonst niemanden gesehen. Ich fand nur, es war ein hübsches Auto. Und mir fiel das Hamburger Kennzeichen auf. Daran erinnere ich mich. Aber sonst an nichts.«

Ich war sehr zufrieden mit dieser Schilderung. Selbst wenn sie mich für eine sehr fragwürdige und unzuverlässige Zeugin hielten, würden sie diesem Hinweis hoffentlich nachgehen und den schönen Udo mal unter die Lupe nehmen. Vielleicht würden sie fragen, was denn mit seiner linken Hand passiert sei. Vielleicht würden sie DNA-Spuren von Ilka Harders finden. Vielleicht würden sie Udos Nase zwirbeln, bis er zugab, mich erpresst und ermordet zu haben.

Die Polizisten bedankten sich, wünschten mir gute Besserung und verschwanden. Ich sah ihnen lächelnd nach. Kommissar Petzhack ging mit den Fußspitzen nach innen, sein schweigsamer Kollege hatte X-Beine. Ich fand beide ungemein liebenswert, weil ich immer noch jedes Lebewesen liebte, das ich zu Gesicht bekam.

Das 5. Kapitel

sagt über die Toten nur Gutes –
zeigt die Relativität von Lieblingsliedern –
sowie die Anwendung von Schlaftabletten –
und rettet beinah eine Maus

Gleich nach Pfingsten, sobald normale Menschen wieder arbeiten mussten, traute sich die Sonne hervor und es wurde wärmer.

Der Tag meiner Beerdigung war so strahlend schön wie mein Todestag.

Schwester Moni half mir, die Haare zu waschen und zu fönen, und ich schminkte mein hübsches neues Gesicht mit Beatrix' teuren Stiften.

»Wo wird denn die Beerdigung sein?«, fragte Janne.

Sie lag seit zwei Tagen erneut flach auf dem Rücken, das Bein nach der Operation in einer Schlinge hochgezogen. Dr. Göttlicher hatte versprochen, sie ihr noch an diesem Tag abzunehmen.

»Ganz bestimmt in Volksdorf. Da ist unser Familiengrab«, sagte ich und tupfte etwas Lidschatten auf. Ich trug schon die verschieden schwarzen Sachen, an den Füßen die spitzen Schuhe, die an venezianische Gondeln erinnerten, vor allem in der Größe.

Im Spiegel über dem Waschbecken betrachtete ich Beatrix, fertig für Ilkas Begräbnis, und zupfte noch ein wenig an unserem Haar herum. Ich gefiel mir sehr und hatte große Lust, mich der Öffentlichkeit zu präsentieren.

Frau Grosskurt erschien pünktlich, in Schlabbershirt und Jeans. »Ich bring dich ja nur, Beatrixchen, ich nehm ja nich teil anne feierliche Handlung«, erklärte sie.

Sie hakte mich schön fest ein und half mir so tatkräftig die Treppen hinunter, dass sie mich auf der einen Seite fast anhob.

Ich verließ zum ersten Mal in meinem neuen Leben den Krankenhausbereich und war ziemlich aufgeregt.

Frau Grosskurt setzte mich auf den Beifahrersitz eines kleinen Lieferwagens mit der Aufschrift *Elektrobetrieb Grosskurt.* Als ich sie danach fragte, erklärte sie, ihr verstorbener Mann hätte den Betrieb gegründet und ihr Sohn führe ihn fort.

»Seit wann sind Sie denn mit meinem Vater befreundet?«

»Befreundet? Seit dreißich Jahre oder länger. Seitdem wir nebenander wohn. Aber zusamm sind wir seit etwa zwanzich Jahre. Werner hat sich um mich gekümmert, wie Alfred gestorbn is«, erzählte Frau Grosskurt, während wir über eine kleine Allee vom Krankenhausgelände rollten und uns auf die Landstraße einfädelten.

Wir fuhren über die Autobahnen 23 und 7 und durch den Kronstiegtunnel Richtung Sasel. Die Strecke war mir sehr vertraut: In Sasel war ich zu Hause gewesen und bei der A 23, in Halstenbek, lag die sogenannte Wohnmeile mit einem Möbelgeschäft neben dem anderen, natürlich auch dem exklusiven Inneneinrichter Harders.

Frau Grosskurt musste nicht lange im Stadtplan blättern: »Friedhof Volksdorf? Da liecht 'ne Freundin von mir.«

Sie kurbelte ihr Fenster ein wenig runter, fragte rücksichtsvoll, ob es auch nicht zöge, setzte sich eine Sonnenbrille auf die Nase und schaltete das Radio lauter, weil da etwas über Kaninchenzucht erzählt wurde. Frau Grosskurt besaß nämlich mehrere Zwergwidder, »ganz seute lütte Pluschtiere«.

Inzwischen liebte ich durch das Fenster alle Menschen. Ich sah ihre Haarwuschel, ihre Brillen, ihre Ohren, ihre ganz verschiedenen Nasen und liebte sie. Früher wären sie mir auf die Nerven gegangen oder ich hätte mir boshafte Gedanken über sie gemacht. Jetzt erregten sie meine Zärtlichkeit wie ein Korb voller Welpen.

Ich liebte die kleine alte Frau an der Bushaltestelle, die ihre Tasche mit beiden Armen fest umkrampfte, ich liebte den dicken Mann, der vor dem Zebrastreifen stand und an einem Apfel kaute, ich liebte die lachenden Jungen mit ihren Fahrrädern, die beiden ernsthaften Geschäftsleute mit Aktentaschen und Krawatten und die drei Freundinnen, die sich vor einem Schaufenster über die ausgestellten Schuhe unterhielten und sich gegenseitig hin und her schubsten.

Ich liebte auch den gefleckten Hund, der neben einem Rad hertrabte und über irgendetwas vor sich hin wedelte, die Bäume mit ihrem gelblichen Frühsommergrün, die Petunien und Margeriten in den Balkonkästen, die Tauben auf dem Bürgersteig.

Wir fuhren nicht am Elternhaus von Ilka Harders vorbei, denn das lag in einer Nebenstraße.

Der Parkplatz vor dem Friedhof war voller Wagen. »Es wollen ja viele Menschen an der Beisetzung teilnehmen«, hatte Boris gesagt.

Frau Grosskurt fand noch ein schattiges Plätzchen am Rande. Nachdem ich versichert hatte, ich könne ohne Hilfe allein zur Kapelle gehen, kramte sie ein Taschenbuch aus dem Handschuhfach und wünschte mir (wahrscheinlich ohne groß über den Sinn ihrer Worte nachzudenken) viel Spaß.

Es war inzwischen schon kurz nach zehn. Ich schritt eilig durch das schnörkelige Eisentor und über den asphaltierten Friedhofsweg. Einige Nachzügler hasteten mir voraus Richtung Kapelle. Kannte ich die? Von hinten schwer zu sagen.

Beide Türen der Kapelle waren offen und würden auch nicht geschlossen werden, denn die gut hundert Leute – allesamt um Längen eleganter als ich – hätten selbst mit Gewalt nicht hineingepasst. Mindestens ein Viertel der Trauergemeinde stand sich im und vor dem Eingang die Beine in den Bauch.

Ich marschierte auf meinen schwarzen Riesenkähnen ganz frech an ihnen vorbei in das kleine Gebäude. Wenn ich mich schon hierherbemüht hatte, wollte ich nicht am Rande stehen bleiben.

Vorn in der Mitte befand sich der Sarg, in dem ich lag, während ich andererseits rechts dicht davor stehen blieb.

Aus den Augenwinkeln nahm ich Annika wahr in einem bildhübschen neuen schwarzen Sommermantel und mit breitrandigem schwarzem Strohhut. Sie starrte mich irritiert an und flüsterte Boris neben ihr etwas zu. Offenbar war sie mit seiner Antwort zufrieden, denn gleich darauf berührte sie leicht meinen Arm und zog mich neben sich in die Bankreihe, ein kleines wehmütiges Lächeln um die Mundwinkel. Es schien sie zu rühren, dass die Überlebende des Unfalls hier aufkreuzte.

Ich lächelte bescheiden zurück.

Den lackschwarzen Sarg bedeckte eine solche Fülle von gelben Rosen, dass man ihn kaum noch erkennen konnte. Überall rundum Gestecke und Kränze gelber Rosen, aber auch andere Zusammenstellungen mit bunten Blumen von Leuten, die meine Vorliebe für Teerosen nicht gekannt hatten.

Vor der ersten Bankreihe standen zwei Rollstühle. In einem hing das sabbernde Wrack, das von Rechtsanwalt Woltermann übrig geblieben war. Im anderen saß meine blinde Tante Nettchen, in seriöses Schwarz gekleidet, das wirre weiß-grau gescheckte Haar manierlich am Hinterkopf zusammengesteckt, die milchigen, schwarz umrandeten Augen hinter einer Sonnenbrille verborgen. Ich glaubte, den leichten Duft von Räucherstäbchen aufzufangen, als ich sie anschaute. Sie reckte aufmerksam den Kopf, um alles zu hören. Sehen konnte sie nicht mehr.

Hatte jemand Billy Lee Tyler informiert oder zur Beerdigung eingeladen? Dann hätte er hier vorn stehen müssen, als ehemaliger Ehemann von Ilka. Ich entdeckte ihn aber nirgends. Dafür die gesamte Belegschaft der hardersschen Möbelhäuser und ganz viele alte Bekannte. Ein paar weibliche Trauergäste weinten. Jetzt schon?

Unauffällig versuchte ich, Boris zu beobachten. Wirkte er erschüttert?

Auf jeden Fall sehr blass und ernst, das ließ sich nicht bestreiten.

Neben ihm stand seine Tochter Adele, meine vierzehnjährige Nichte, spindeldürr, aber entzückend in einem schwarzen Kostümchen, die hellbraunen Locken der Harders kringelten sich über ihren Rücken.

Nun trat ein fülliger Pastor vors Mikrofon und sprach mit fettiger Stimme, als hätte er Butter geschluckt, einleitende Worte.

Tantchen wurde etwas zur Seite gerollt, bekam ebenfalls ein Mikrofon vors Gesicht gehalten und sang zu Orgelmusik schrill, dünn und zittrig: *Swing Low, Sweet Chariot.* Sofort heulte ich meinerseits los und tupfte vorsichtig, um mein Augen-Make-up nicht zu ruinieren.

Dem folgten zwei Kirchenlieder. Ich beruhigte mich wieder, sang tapfer mit und dachte mit Zuneigung an mein altes Ich. So übel war es letztendlich auch wieder nicht gewesen.

Das ging gleich darauf aus der Predigt hervor. Der Pastor schilderte mich als die Heitere, Unbeschwerte der Familie. Er ließ all meine Verzweiflung, den fortgesetzten Ehebruch mit meinem Schwager sowie die Abtreibung, die Fehlgeburten und den zunehmenden Alkohol- und Pillenkonsum unter den Tisch fallen. (Allerdings war auch nicht anzunehmen, dass er etwas davon ahnte.)

Die Ilka Harders, von der die Rede war, schien kaum Probleme gehabt zu haben.

Der Pastor suchte in den Notizen in seinem Kopf herum und relativierte ein wenig: »Geliebt von ihren Verwandten, in großer finanzieller Geborgenheit aufgewachsen, blieben dennoch auch ihr Trauer und Leid nicht vollständig erspart. Da wäre zunächst der so frühe Tod des Vaters, als sie noch ein Kleinkind war, zu nennen. Der spätere Gefährte der Mutter von Frau Harders, Herr Woltermann« – der Pastor machte eine schnelle kleine Kopfneigung zu der schlaffen Figur im Rollstuhl, darauf berechnet, nicht zu viele Blicke auf sie zu lenken –, »...tat gewiss das Seinige, um diese Lücke zu füllen. Dadurch wurde auch ein Pflegebruder gewonnen, der sich später noch enger in die Familie Harders fügte und sogar ihren Namen annahm ...« Die Verbeugung vor Boris kam forscher und Boris nickte kurz dazu.

Wenn ihr wüsstet!

Was wohl passieren würde, wenn ich neben den Pastor trat, das Mikrofon eroberte und die Trauergemeinde darüber aufklärte, dass nur meine Hülle in dem schwarzen Luxussarg lag wie die leere, leichte Puppe einer Seidenraupe, während mein Ich hier ganz gesund und frisch vor ihnen stand?

Es hatte keinen Zweck, die Wahrheit zu sagen. Sie war zu unglaublich.

Auch wenn eigentlich Beatrix gestorben war – wenn es eigentlich nicht meine, sondern ihre Grabrede hätte sein sollen; wenn doch statt Annika, Boris und einigen der feineren Leute aus Hamburg in edlem Schwarz hier das militärische alte Väterchen hätte stehen sollen neben der schluchzenden Frau Grosskurt und einem gelangweilten oder peinlich berührten Eike Sievert –, so würden sie dennoch, wenn sie den Sarg öffneten, nur Ilka Harders sehen, blass und mausetot, mit einem abgeplatzten Fingernagel und nicht vollständig geschlossenen Augen.

Deshalb war es schon richtig, wenn der Pastor fortfuhr: »Sie ging als junger Mensch, recht spontan, wie es ihre Art war, nach Amerika, lebte dort etliche Jahre, heiratete. In diese Zeit fiel der ebenfalls viel zu frühe Tod ihrer Mutter infolge eines tragischen Unglücksfalls, der Ilkas eigenen Tod vorwegzunehmen und jedenfalls anzumahnen schien. Sie kam zurück in die Heimat, arbeitete schließlich mit Schwester und Schwager im Familienbetrieb, eine schöne, vitale junge Frau, temperamentvoll und lebenslustig. Wir alle vermögen nicht zu sagen, weshalb es dem göttlichen Ratschluss gefiel, Ilka Harders so plötzlich und ganz unerwartet, fast noch in der Jugendblüte, aus dem Leben zu reißen. Wir können nur darauf vertrauen, dass alles seinen Sinn hat, auch wenn wir ihn nicht verstehen. Dass alles gut ist, weil ER ist …«

Der Pastor neigte sein Gesicht aufs Beffchen, er wirkte ergriffen.

Hatte ihn niemand informiert, dass ich weniger durch rätselhaften göttlichen Ratschluss als vielmehr durch heimtückischen Mord umgekommen war? Oder fand er es degoutant, so etwas zu erwähnen?

Nach der Predigt sprachen wir alle das Vaterunser. Dabei rollten mir ganz unerwartet schon wieder Tränen übers Gesicht, ich konnte sie kaum schnell genug wegwischen.

Anschließend knackselte es in den Lautsprechern und plötzlich erklang ein fröhliches, frivoles, völlig unpassendes Schlagzeuggetapper und Klaviergeklimper, gefolgt von einer hohen, gepressten Männerstimme: »*He came from somewhere back in her long ago* …«

Ich war hochgezuckt und bestimmt nicht ich allein. Viele Gesichter wirkten milde schockiert.

Annika, neben mir, neigte den Kopf zu meinem Ohr und wisperte: »Das ist *What A Fool Believes*, das war das Lieblingslied meiner Schwester.«

»Ach?«, flüsterte ich skeptisch, aber sie blieb dabei: »Ja. Seit sie ein kleines Mädchen war.«

Leider konnte ich schlecht damit herauskommen, dass ich es besser wusste.

Ich warf einen Blick auf Boris, der seinen süßen kleinen Mund schmerzlich zusammenpresste. Kein Wunder: *Sein* Lieblingslied war das seit jeher gewesen. Ich selbst hatte wenig angenehme Erinnerungen daran.

Der Pastor rieb sich sachte die Hände und lächelte gelinde.

Er nahm wohl nur den Refrain wahr: »Was ein Narr glaubt, kann kein weiser Mann hinwegdiskutieren«, und schien sich einzubilden, dieses Lied sei eine Hymne auf den alles überwindenden Glauben.

In Wirklichkeit handelte es von einem Holzkopf, der partout nicht einsieht, dass seine alte Liebe nichts mehr mit ihm zu schaffen haben will.

Im Prinzip ein hübscher kleiner Song.

Nur bei Ilka Harders' Beerdigung ziemlich verfehlt.

Gut eine Stunde nach Beginn der Vorstellung erschienen sechs würdevolle Männer in roten Seidenmänteln mit schwarzen Dreispitzen, entfernten etwa zwei Blumenläden vom Sarg und luden ihn sich auf die Schultern, was dem ältesten, kleinsten (und niedlichsten) unter ihnen ziemlich zu schaffen machte. Wo er anfasste, ganz hinten rechts, hing der Sarg deutlich durch. Womöglich verrutschte ich jetzt.

Wir anderen Lebenden schlichen in ritueller Zeitlupenbewegung aus der Kapelle und hinterher.

Annika ging ein Stückchen vor Boris und ihrer gemeinsamen Tochter neben mir – seltsam, plötzlich einen halben Kopf größer zu sein als sie – und griff nach meinem Arm. »Wie lieb von Ihnen, dass Sie gekommen sind!«, sagte sie leise. »Sind Sie nicht eigentlich noch im Krankenhaus?«

»Doch. Aber der Arzt meinte, es gehe schon. Mein herzliches Beileid, Frau Harders. Ich weiß nicht, ob Sie das verstehen – ich fühle mich Ihrer Schwester irgendwie ganz stark verbunden ...«

Sie drückte meinen Arm und nickte, ob sie es nun wirklich verstand oder nicht. Dann blickte sie mit schwimmenden Augen auf. »Meine kleine Schwester!«, sagte sie undeutlich, Tränen im Hals.

Na na, übertreib bloß nicht, dachte ich.

»Frau Harders, stimmt es, dass Sie ... dass Ihre Familie darum gebeten hat, die lebenserhaltenden Maschinen abzuschalten?«

Annika blieb so plötzlich stehen, dass Adele ihr in die Hacken trat. »Nein. Wie kommen Sie darauf? Ich glaub es nicht, jetzt gehen solche Gerüchte los! Erst soll ihr Wagen manipuliert worden sein und dann haben ihre Verwandten ihr die lebenserhaltenden Maßnahmen verweigert! Ich fass es nicht! Frau …«

Ich überlegte eine Sekunde, bevor mir einfiel: »Sievert.«

»Frau Sievert, ich schwöre beim Leben meiner Tochter: Wir haben nichts dergleichen getan! Die Ärzte meinten allerdings, in einem halben Jahr könne man anfangen, daran zu denken. Sie haben uns wenig Hoffnung gemacht, dass meine Schwester je wieder zu sich kommt. Ich glaube übrigens trotzdem nicht, dass ich mich dazu hätte durchringen können. Es wäre darum gegangen, die Magensonde zu ziehen. Sie wäre anschließend verhungert. Ich bitte Sie – würden Sie einem geliebten Menschen so etwas antun? Ich wüsste doch nie, ob sie gelitten hätte!« Annika betupfte sich aufgeregt den Mund mit ihrem Stofftaschentuch. Das war noch eins von Mami, ich erkannte den hellblauen Druck. »Nein, nein, am neunundzwanzigsten Mai ist Ilka ihren schweren Verletzungen erlegen. Ihr Herz hat versagt, ganz von alleine, glauben Sie mir.«

Ich glaubte ihr und es erleichterte mich tatsächlich. Ich lächelte sie an, worauf Annika zu meiner Überraschung gleich einen Arm um meine Schulter legte, so groß ich war. »Sie sagten, Sie fühlen sich meiner Schwester verbunden. Sonderbarerweise empfinde ich Ihnen gegenüber auch eine ganz starke Nähe«, vertraute sie mir an.

Das konnte schwerlich die Stimme des Blutes sein. Vielleicht war's die Stimme des Geistes.

»Wir hatten keine ganz ungetrübte schwesterliche Beziehung, wissen Sie. Ilka und ich waren völlig unterschiedlich, das ging eben auch sehr schön aus der Predigt hervor. Sie war die Glücklichere, seit jeher. Hübscher als ich und mutig und frech und guter Laune. In der Familie hieß es immer, sie hätte Vaters Charme geerbt. Sie besaß ja auch diese wunderschönen türkisgrünen Augen, einmalig«, schilderte Annika, in meine großen braunen Augen blickend. »Natürlich hatte ihre impulsive Art auch Schattenseiten. Trotzdem, ich hab Ilka die ganze Zeit beneidet, mein Leben lang.«

Das war mir neu. Ich hatte gedacht, meine Schwester hielte mich für etwas beschränkt, vielleicht sogar für eine Art gescheiterte Existenz.

»Aber, Frau Haders, Sie sind immerhin diejenige, die das Möbelgeschäft leitet, soviel ich weiß. Sie sind verheiratet und haben eine Tochter. Man sollte denken, Sie sind die Beneidenswerte …«

Deutlicher konnte ich nicht werden, ich durfte ja nicht zuviel über die Harders wissen. Beispielsweise konnte ich nicht sagen: Sie haben das offizielle Besitzrecht über den Mann da hinten, ob es nun ein Segen ist oder ein Fluch, mit ihm zusammen zu sein.

Annika lächelte mich nur wieder an, benutzte das kleine blaue Taschentuch, um sich dezent die Nase auszuschnauben, und lieh ihr Ohr jetzt Ilkas Patenonkel, dem kleinen dicken Herrn Farkel, Hugo Farkel, der ihr irgendetwas zu sagen hatte.

Wie lebhaft ich mich daran erinnerte, auf Onkel Hugos Schoß zu sitzen, während er mir Goethes *Reinicke Fuchs* vorlas! Er pflegte uralte Schokolade zu verschenken, die bereits weiße Ränder angesetzt hatte und muffig roch. Ein liebenswerter alter Geizkragen. Ich hätte ihn beerbt, wäre ich nicht zuerst gestorben.

Vor der ausgebuddelten Grube am Familiengrab hatte der Pastor Aufstellung genommen und sprach noch einige gut gebutterte Worte: »Erde zu Erde, Asche zu Asche, Staub zu Staub …«

Da stand Ellen, unsere alte Haushälterin, bestimmt auch schon siebzig. Ich glaubte zu erkennen, wie sie ihre große Nase rümpfte bei all den Begriffen von Schmutz, die gerade genannt wurden. Erde, Asche und Staub erregten bei Ellen das Bedürfnis nach einem tüchtigen Staubsauger.

Als sie mich zufällig anguckte, lächelte ich unwillkürlich. Ich mochte Ellen immer gern. Vor langer Zeit hatte ich sie möglicherweise mal davor behütet, unter Mordanklage zu geraten, das ahnte sie bloß nicht. Sie grinste ein bisschen verlegen zurück, nur mit den Mundwinkeln.

Der anthrazitfarbene Mantel, den sie trug, war viel zu warm für diesen Tag und sicher von ihrer Schwester geliehen. Nach der Entgleisung des Lächelns am Grabe sammelte sie sich und legte wieder Traurigkeit auf ihr Gesicht. Das sah nach echtem Kummer aus.

Einigen der eleganteren Erdeschmeißern mangelte es daran. Ich nahm es ihnen nicht übel. Viele hatten mich nicht näher gekannt, weshalb sollten sie tief erschüttert sein, weil es mich nicht mehr gab?

Schäufelchen für Schäufelchen flog der dunkle Friedhofssand auf den Sargdeckel. Ich stellte mich in die Reihe und ließ es ebenfalls rieseln.

Gute Nacht, Ilka.

Boris war nach seinem Erdwurf dicht am Grab stehen geblieben und zog mich am Blazerärmel ein Stückchen zu sich heran. »Ich danke Ihnen, dass Sie meiner Schwägerin die letzte Ehre erweisen, Frau Sievert. Ich hätte Sie übrigens kaum erkannt …«, sagte er leise und schaute mir direkt in die Augen. Die befanden sich neuerdings beinah auf einer Ebene mit seinen.

Bei diesem Blick verging mir das Herzliche Beileid. Der Mistkerl flirtete an meinem offenen Grab bereits mit der nächsten Frau!

Ich wurde derart wütend, dass ich nur schwer den Impuls niederringen konnte, ihn in die Grube zu schubsen. Stattdessen schüttelte ich seine Hand ab – sowieso eigenartig, wie mich meine Exfamilie ständig angrapschte – und trat mit meinen ungeschlachten Gondelfüßen in das weiche, wohlbepflanzte Grab hinter mir.

Vielleicht sah es aus, als ob ich taumelte, denn sofort stützte mich von der anderen Seite Annika: »Ist alles in Ordnung?«

Als sie noch meine Schwester war, hatte sie sich weniger um mich gekümmert.

»Entschuldigung. Ich bin ein bisschen außer mir«, flüsterte ich. Dann wurde mir klar, was ich da gerade gesagt hatte, und ich musste fest in meinen Fingerknöchel beißen, um nicht nervös zu kichern.

Sobald ich wieder aufsah, erblickte ich Jörn Tander in schwarzem Mantel und überdies mit rabenschwarzer Krawatte, wie er Boris umständlich die Hand schüttelte.

Was machte ausgerechnet Jörn Tander auf meiner Beerdigung?

Hatte Boris Annika eingeredet, er wäre mein Schulfreund gewesen, so, wie er ihr weisgemacht haben musste, *What A Fool Believes* sei mein Lieblingslied?

Von außen betrachtet knautschte Jörn sein Gesicht in gesellschaftlich korrekte Tragikfalten, während er auf den Sargdeckel starrte, dessen schöner schwarzer Lack sich allmählich immer mehr mit Sand bedeckte.

Woran jedoch erinnerte er sich?

Dieser Mann wusste mehr von mir, als mir lieb war.

Doch er war in unsere Klasse gegangen. Nein, mein Freund war er nie gewesen. Er hatte weniger Berechtigung hier zu stehen als Egbert, der imaginäre Schlachtersohn.

Boris pflegte seine Schandtaten gut zu planen.

Er sagte das häufig: Bevor man irgendwas macht, muss man planen!

Damals, wir waren ungefähr vierzehn und fünfzehn, schenkte er mir gleich nach der Schule eine große Tüte mit besonderen Kartoffelchips, einfach so: »Hier, Skuri-Ola. Die sind wahnsinnig lecker. Hab ich extra für dich gekauft.«

Es spricht für meine Beschränktheit, dass ich nicht misstrauisch wurde, als er kaum mitnaschte.

Ein heißer Sommertag, Durst hatte ich sowieso, durch die salzigen Chips wurde er noch schlimmer. Boris, mein Eichhörnchenprinz, holte eine Plastikflasche voll Wasser aus der kleinen Tasche an seinem Radsattel.

Wieder fiel mir nichts auf. Ich nehme an, ich vertraute ihm.

Wie konnte ich das tun, obwohl ich ihn doch kannte?

Ich trank die Flasche ganz alleine aus, den Rest schon in unserem Kobel, der verräucherten Ruine. Warm war das Wasser, etwas trübe und süßlich. Boris erklärte, er hätte Zucker und Natron reingeschüttet.

Wir legten uns auf unsere Decken. Am kaputten Fenster summten Fliegen. Ich wurde unglaublich müde. Ich erinnere mich genau: Mir wurde fast übel vor Müdigkeit. Ich hörte die Fliegen und Boris' Stimme mal etwas lauter und mal etwas leiser, als ob alle Geräusche in großen Kreisen um mich herumschwangen.

Während Boris mein ärmelloses Hemd aufknöpfte, fielen mir die Augen zu. Als ich sie mühsam wieder öffnete, hatte ich schon nichts mehr an. Boris sprach mit mir, doch mir entrutschte der

Sinn seiner Worte. Kurz bevor ich in den ganz tiefen Schlaf stürzte, sah ich plötzlich Jörn Tanders rotes, neugieriges, schwitzendes Gesicht.

Das verpasste mir einen derartigen Adrenalinschub, dass ich nahezu wach wurde. Ich setzte mich auf und schrie. Unsicher und ohne zu treffen, schlug ich nach Boris – Jörn war verschwunden, sicher einfach ins Nebenzimmer –, riss meine Jeans und mein Hemd an mich, kümmerte mich nicht weiter um meine Unterwäsche und schaffte es tatsächlich irgendwie, mich anzuziehen, noch dazu in Rekordgeschwindigkeit.

Anschließend fiel ich die Leiter ins Erdgeschoss hinunter. Ich glaube, ich versuchte, kopfüber nach unten zu klettern wie eine Katze, und das ging daneben. Ich krabbelte auf allen vieren in den Garten und schaffte es durch das Gestrüpp und über den Maschendraht bei der Buche. Mein Rad ließ ich einfach stehen, sollte Boris sich darum kümmern, und lief barfuß, in Schlangenlinien, mich hier und da festhaltend, nach Hause, wo ich mich in meinem Zimmer einschloss.

Boris brachte wirklich mein Rad mit sowie meine Turnschuhe und Söckchen und meinen geringelten Baumwollschlüpfer. Es dauerte mehr als eine Woche, bis ich wieder mit ihm redete. Er ließ sich geduldig ohrfeigen, mehrmals.

Von da ab kam ich nie wieder mit in die Ruine. Übrigens wurde das kaputte Haus sowieso kurze Zeit später abgerissen, der ganze verwilderte Garten gerodet und ein Bungalow mit Flachdach darauf gebaut.

Jörn Tander verprügelte ich auf dem Schulhof. Auch er wehrte sich nicht. Das wertete ich als schlechtes Zeichen. Er musste sehr zufrieden sein mit dem, was er erhalten hatte, um so zahm zu reagieren.

Später erklärte mir Boris, er sei Jörn leider etwas schuldig gewesen. In der Wasserflasche hätten sich aber nur zwei Schlaftabletten befunden, das wäre bestimmt nicht schädlich.

Ende dreißig ist ein komisches Alter. Manche Leute sehen damit noch ganz jung aus, manche schon sehr alt. Jörn Tander hatte das Pech, dass sein Haar rapide ausging, die Schläfen saßen weit hinter den Ohren, der Haaransatz fusselte hauchfein auf seinem Scheitel. Alles in allem hätte er sich bei einem Casting für die Rolle des totalen Verlierers melden können.

Ich beschloss, ihn einfach auch lieb zu haben.

Erleichtert wurde mir diese Absicht dadurch, dass Jörn letztendlich nichts von mir wusste. Er kannte höchstens einige der Geheimnisse des armen Mädchens da unten im Sarg.

Boris war hinter mir hergekommen, trampelte nun auch auf dem fremden Grab herum. »Würden Sie uns die Freude machen, am Leichenschmaus teilzunehmen, Frau Sievert?«

Natürlich handelte es sich um die gebräuchliche Bezeichnung für das Essen nach einer Beerdigung, so viel wusste ich auch. Trotzdem mochte ich das Wort nicht. Für mich klang es immer so, als würden die Trauergäste über den Toten herfallen, um ihn zu verspeisen.

»Danke. Ich muss gleich zurück ins Krankenhaus, das hab ich dem Arzt versprochen.«

»Schade. Aber wir werden uns bestimmt wiedersehen. Ich hoffe, ich kann Ihnen doch noch irgendwie behilflich sein, eine gewisse Entschädigungssumme zu bekommen, über unsere Versicherung«, lockte Boris.

Vor einigen Monaten hatte ich mir gewünscht, er würde mich mal wieder derart sehnsuchtsvoll und verliebt angucken. Leider ließ es mich inzwischen immer noch nicht kalt.

Natürlich, ich entsprach jetzt ganz genau seinem Typ. So antilopenbeinig und rehäugig hatte er ja damals seine Mutter beschrieben. Dazu kam meine plötzliche Jugend. Ilka war ihm in letzter Zeit zu alt geworden.

Er konnte nicht weiterbalzen, weil immer noch irgendwer seine Hand schütteln und ihm kondolieren wollte.

Ich trat aus der lockeren Erde zurück auf den Weg und stand nun hinter Tante Nettchens Rollstuhl. Die erkundigte sich gerade bei Annika: »Wer ist denn eigentlich gestorben, Kindchen?«

Annika lächelte mich schmerzlich an, beugte sich herab und zupfte der Tante den Dutt zurecht: »Ilka, Tantchen. Ilka ist verunglückt. Das hab ich dir doch gesagt.«

»Ilka? O Herr Jesus, dummes Zeug. Mein Möppchen ist nicht tot«, versicherte Tante Nettchen energisch. »So ein Unsinn. Das würde ich merken, wenn mein Möppel tot wäre, das kannst du mir glauben. Ilka lebt!«

Ich hätte sie gern umarmt und geküsst, nahm mir jedoch nur vor, sie bei nächster Gelegenheit im Heim zu besuchen. Da war sie nämlich schließlich doch gelandet.

Endlich bewegten sich die Trauergäste, der Pastor voraus, weg von der Grabstätte der Familie Harders. Jetzt war die allgemeine Gangart etwas lebhafter.

Ich hörte, dass zwei Trauergäste vor mir meinten, es sollte ein mehrgängiges Menü geben. Was genau, wollte ich lieber nicht wissen. Vielleicht waren sie so geschmacklos, meine Lieblingsspeisen zu servieren, obwohl ich nicht mehr mitessen konnte.

Die hübsche kleine Adele trat auf ihren superdünnen Storchenbeinchen zu Boris und fragte: »Papi, muss ich bei dem Essen dabei sein?«

»Natürlich«, erwiderte er kurz und schob sie beiseite, um noch etwas zu mir zu sagen. Ich tat so, als bemerke ich es nicht, und drängte mich neben Annika, die mir sofort einen Arm um die Taille legte. »Ich hab gehört, Sie müssen gleich zurück, Frau Sievert. Bitte, melden Sie sich doch, wenn Sie wieder ganz gesund sind, ja? Ich würde mich nämlich sehr freuen, Sie irgendwann mal wiederzusehen.«

Ich hätte sagen können: Wie gut sich das trifft, Ihr Mann hat diesbezüglich ganz dieselben Absichten –, aber ich nickte nur freundlich.

Seit Annika nicht mehr meine Schwester war, gefiel sie mir viel besser.

Die Sonne wärmte meinen Rücken und mein Haar, über mir sang eine Drossel in einem Baum.

Ich fühlte mich lebendiger als jemals zuvor.

Frau Grosskurt hatte die Autotür geöffnet, sonnte ihre Schienbeine, rauchte ein Zigarillo und wunderte sich, dass die Beerdigung schon vorbei war.

Ich setzte mich auf den Beifahrersitz und registrierte, wie frisch ich mich noch fühlte. Nachdem Ärzte und Schwestern so große Bedenken gegen meinen Ausflug hegten (es war erwogen worden, mich im Rollstuhl zu transportieren, dann wäre ich mit Woltermann und Tantchen im Konvoi gerollt), hatte ich erwartet, schnell viel schlapper zu werden.

Da zeigte sich plötzlich direkt neben mir schon wieder Boris' Gesicht – ich zuckte heftig zusammen, zuerst hielt ich es für eine Vision oder so was. Er klopfte an die Scheibe, ich fand nach längerem Suchen die Fensterkurbel, weil Frau Grosskurt sie mir zeigte.

Warum tust du das?, dachte ich wütend. Was soll Annika denken– was die anderen Leute? Hat dich jemand hinter mir herlaufen sehen? Oder hast du es wieder mal geschafft, allen zu verheimlichen, was du vorhast?

So hatten wir aufgehört. Mussten wir jetzt so wieder anfangen?

Sicher sah ich gereizt und ungeduldig aus, denn Boris entschuldigte sich sofort: »Bitte, seien Sie mir nicht böse, Frau Sievert, ich wollte vor den anderen und während der Trauerfeier nicht darüber sprechen. Die Polizei hat mich davon informiert, dass Sie den Wagen meiner Schwägerin vor dem Unfall in Groß Moorgraben gesehen haben, vor einer Werkstatt, ist das richtig?«

Das konnte ich schlecht leugnen, also nickte ich.

Boris sprach weiter: »Ich bin gefragt worden, ob ich da einen Zusammenhang sehe. Das ist nicht der Fall. Trotzdem würde ich mich bei Gelegenheit gern mit Ihnen darüber unterhalten. Ob Sie mir vielleicht Ihre Telefonnummer geben könnten?«

Natürlich log er, wenn er sagte, dass er keinen Zusammenhang sah. Spätestens als die Polizisten ihn gefragt hatten, ob er die Autowerkstatt Butendiek in Groß Moorgraben kannte, musste ihm klar geworden sein, was ich – was Ilka – dort gesucht hatte. Andererseits konnte ich verstehen, dass er seine Bekanntschaft mit Udo leugnete, vor allem unter diesen Umständen.

Womöglich flirtete er also doch nicht mit mir, sondern wollte nur mehr über Ilkas Tod herausfinden.

»Es hat einstweilen wenig Sinn, Herr Harders, Ihnen eine Telefonnummer zu geben. Erst mal bin ich noch eine Weile im Krankenhaus und dann in der Reha.« (Und überhaupt muss ich mich zunächst mit mir selbst und meinem neuen Leben zurechtfinden, möglichst ohne so ungesunde Bestandteile des alten wie ausgerechnet dich.)

»Haben Sie denn kein Handy?«

»Nein, leider nicht«, sagte ich. Zum Trost schenkte ich ihm ein nettes Lächeln, während ich das Fenster schon wieder hochkurbelte.

Er lächelte seinerseits, sehr schräg und sehr charmant. Dann drehte er sich um und bahnte sich einen Weg durch die parkenden Wagen.

»Wasn hübschn Mann aber auch!«, urteilte Frau Grosskurt. »Wie Elvis Presley so 'n büschen, nech?«

»Elvis Presley? Nicht doch …«

»Na, wie er jung war, mein ich. Wers das denn?«

»Ein Verwandter der Verstorbenen«, murmelte ich.

Wir blickten ihm beide nach. Für einen Moment humpelte er und ließ müde die Schultern hängen und mein Herz krampfte sich zusammen vor plötzlichem Mitleid. Irgendwo tief in diesem selbstsicheren, blendend aussehenden Mann steckte noch der winzige, ängstliche, ungeliebte kleine Boris. Schon stieg mir wieder das Wasser in die Augen. Entweder war Beatrix ein leicht zu rührender Mensch oder der Aufenthalt im Jenseits hatte mich weich gekocht.

»Hinkter so 'n büschen?«

»Ja. Nur etwas und nicht immer. Da hat ihm sein Vater mal …«, fing ich gedankenlos an und stockte dann, während mir Beatrix' Blut in Beatrix' Kopf rauschte.

»Hattin was?«

»Ähm … keine Ahnung. Vorhin war die Rede davon. Irgendjemand hat gesagt, Herr Harders hinkt manchmal etwas, weil sein Vater ihn mal verletzt hat. Vor langer Zeit, glaube ich …«

Ich kurbelte das Fenster wieder nach unten, weil ich ins Schwitzen geriet.

Frau Grosskurt war mit der Auskunft zufrieden, merkte jedoch tadelnd an: »Über was Leute bei sonne Beerdigung reden, is ja auch pijetätlos! Die solln trauern und nich tratschn!«

»Da haben Sie recht, Frau Grosskurt«, bestätigte ich bereitwillig.

Schade, dass ich ihr nicht tratschen konnte, wie das damals passiert war.

Wobei ich in letzter Konsequenz ja selbst nicht wusste, was genau Onkel Martin eigentlich mit Boris' Zeh angestellt hatte.

Mit der Gelbhalsmaus fing es an.

Boris fand sie im Gebüsch, als wir von der Schule nach Hause gingen. Er mochte Tiere gern, vor allem kleine, wilde Tiere wie Eichhörnchen oder Mäuse. Er beobachtete sie durchs Fernglas oder fotografierte sie. Deshalb wusste er auch, dass dies eine Gelbhalsmaus war, mit verklebten Augen und zu benommen, um zu flüchten.

»Die hat was – die ist nicht in Ordnung!«, stellte er fest und nahm das kleine Geschöpf hoch. »Fahr allein nach Hause, ich bring sie erst mal zum Tierarzt.«

»Das gibt Ärger«, kündigte ich an. Da unsere Eltern extra mittags zum Essen nach Hause kamen, wurde es nicht gern gesehen, wenn wir Kinder fehlten.

Boris untersuchte vorsichtig die Maus und antwortete geistesabwesend: »Ja, ich weiß.«

Ich fuhr also nach Hause und berichtete, weshalb Boris heute später kommen würde.

»In Ordnung. Macht nichts. Dann bekommt er nachher was von Ellen«, entschied meine Mutter und warf ihrem Lebensgefährten einen warnenden Blick zu. »Ich finde das schön, wie Boris sich um Tiere kümmert.«

Woltermann lächelte mit seinem großen Mund und meinte nur: »Hauptsache, er schleppt das Geziefer nicht ins Haus.«

Als Boris am späten Nachmittag kam, hatte er einen alten Vogelkäfig dabei. Im Käfig war Heu und eine runde Holzschachtel mit Loch. In der Holzschachtel konnte man, wenn man sich bückte, eine kleine Fellkugel atmen sehen: Da schlief die Gelbhalsmaus.

Boris stellte den Käfig auf den Küchentisch und erzählte Ellen, Annika und mir ganz glücklich, dass die Maus vom Tierarzt eine Spritze bekommen hatte. »Die Spritze war größer als die Maus.

Die braucht jetzt Ruhe und Schlaf und gutes Futter, sagt der Tierarzt, dann kann sie's schaffen.«

»Wie hast du den Doktor bezahlt – und den Käfig?«, fragte ich erstaunt.

Seine Augen funkelten richtig. »Der Arzt hat nichts genommen, weil er sagt, wilde Tiere behandelt er gratis. Und der Mann von der Tierhandlung war absolut nett, der hat mir den alten Käfig und das Heu und die Schachtel geschenkt. Gekauft hab ich nur etwas Körnerfutter.«

Annika schüttelte sich und nörgelte: »Die Maus stinkt!«

Ich widersprach, schon aus Prinzip.

Boris stellte den Käfig in seinem Zimmer auf den Boden beim Fenster. Ich setzte mich dazu. Wir überlegten gerade, wie die Maus heißen sollte, als Martin Woltermann die Tür aufriss. Er guckte kaum richtig hin, sagte nur: »Boris, das Tier kommt aus dem Haus.«

Boris sprang auf. Damals war er noch ziemlich klein und schmächtig. »Warum?«, rief er empört.

»Weil so was Krankheiten überträgt, zumal, wenn es schon krank ist. Du kippst die Maus jetzt sofort in den Garten. Auf der Stelle!«

Ich stand ebenfalls auf und protestierte, aber mir hörte der alte Woltermann auch nur zu, wenn meine Mutter daneben stand. Und die war jetzt leider nicht im Haus.

»Wenn ich die Maus in den Garten setze, dauert es nicht lange und Pucki holt sie sich«, erklärte Boris aufgeregt.

Pucki war der Kater unserer Nachbarn.

»Gut. So ist es von der Natur auch vorgesehen. Was zu krank ist, um sich verteidigen oder weglaufen zu können, das wird gefressen.«

»Außer, jemand anders verhindert das!«, rief Boris. Er kämpfte schon mit den Tränen.

»Ich glaube, Mami hätte auch gern, dass die Maus am Leben bleibt«, sagte ich.

Woltermann schenkte mir nicht mal einen Blick.

Er marschierte selbst zum Käfig, hob ihn auf und ging damit aus der Tür. Boris lief hinter seinem Vater her und trat ihm mit dem linken Fuß kräftig in die Kniekehle. Woltermann knickte ein und musste sich am Treppengeländer festhalten, um nicht zu fallen. Er drehte sich langsam um und starrte Boris drohend an.

»Welcher Fuß war das?«, fragte er ganz leise.

Boris antwortete nicht.

Woltermann nickte trotzdem.

Er ging mit dem Käfig die Treppe hoch und durch die Terrassentür in den Garten. Ich rannte auch die Treppe rauf, aber andersherum, zur Haustür hinaus. Vorsichtig schielte ich um die Hausecke und beobachtete, wie er den Käfigboden herausriss, woraufhin Heu und Holzschachtel samt Maus ins Gras fielen und das Heu vom Wind umhergeweht wurde. Die Käfigteile versenkte der Anwalt anschließend in der Mülltonne und bemühte sich voller Wut, den Deckel zuzudrücken.

Sobald er im Haus verschwunden war, suchte ich auf der Wiese nach der Holzschachtel. Ich fand sie auch – nur leider ohne Maus. Die musste aufgewacht und geflüchtet sein.

Woltermann hatte seinen Sohn offenbar inzwischen in sein Zimmer beordert, denn beide waren weder zu hören noch zu sehen. Ich machte alleine Schularbeiten, konzentrierte mich, so gut ich konnte.

Als meine Mutter am Abend nach Hause kam, erzählten Annika und ich ihr, was passiert war. Mami stand etwas unschlüssig da und zupfte an einem ihrer Ohrringe. Sie überlegte wohl, inwieweit sie sich einmischen sollte.

Da kam Boris über den Flur gehumpelt, damals humpelte er noch deutlich, vielleicht übertrieb er etwas. Er trug keine Schuhe, und sein linker Socken hinterließ dunkle Abdrücke auf dem Parkett.

»Was ist denn mit deinem Fuß, Junge?«, fragte meine Mutter.

Boris blieb stehen, schaute Mami groß an und presste die Lippen zusammen. Ich kniete mich vor ihn und zerrte seinen Socken vom Fuß. Dann kreischten wir alle drei, Mami, Annika und ich.

»Hast du dich geschnitten?«, rief meine Mutter entsetzt. Boris' großer Zeh blutete so stark, dass tatsächlich schwer zu erkennen war, was er sich getan hatte. Mami fuhr mit ihm ins Krankenhaus und kam erst Stunden später wieder zurück. Boris trug einen weißen Verband um die vordere Fußhälfte und wirkte nicht mehr so trotzig und verzweifelt wie vorher.

»Ich werde das Kind ein paar Tage lang zur Schule fahren«, kündigte Mami an.

»Was ist denn eigentlich mit seinem Fuß passiert?«, wollte Annika wissen.

Meine Mutter tat so, als hätte sie die Frage nicht gehört, weshalb meine Schwester die nächste stellte: »Soll ich dir Abendbrot warm machen?«

Mami schüttelte den Kopf: »Boris und ich haben eben noch schnell im Blockhaus gegessen. Er hatte ja auch noch nichts gehabt.«

Annika und ich guckten uns neidisch an – dass Boris mit Mami allein ins Restaurant gehen durfte! –, während meine Mutter ihm durch die Haare wuschelte und sagte: »Jetzt schlaf gut, Kleiner, und mach dir keine Sorgen. Pucki kriegt so viel Katzenfutter, der ist kein guter Jäger. Wahrscheinlich versteckt sich deine Maus und wird ganz schnell wieder gesund.«

In der Nacht wachte ich auf, weil Boris zu mir ins Bett kletterte. Mir blieb fast das Herz stehen vor Schreck. Er klammerte sich an mir fest.

»Bist du verrückt? Denkst du nicht an Mordmord?«, zischte ich. Das war unsere Bezeichnung für seinen Vater.

»Ich denke an nichts anderes. An den ist noch nie so viel gedacht worden, das sag ich dir«, knirschte Boris in der Dunkelheit an meinem Hals. »Dem müssen die Ohren klingen wie Kirchturmglocken.«

»Was hat er eigentlich mit deinem Fuß gemacht?«

»Mir den Zeh abgehackt, mit einer Axt. Nein, mit seinem Taschenmesser. Nein, stimmt nicht. Ist ja auch egal.«

»Was hast du meiner Mutter gesagt? Und denen im Krankenhaus?«

»Dass ich im Garten in Scherben getreten bin.«

»Haben sie dir das geglaubt?«

»Der Arzt hat gesagt, das müssen ja merkwürdige Scherben gewesen sein. Deine Mutter hat so getan, als ob sie mir glaubt. Ist ja auch einfacher für sie. Dann muss sie sich nicht mit Mordmord streiten. Hätte sowieso keinen Sinn.«

Boris stieß mit dem bandagierten Fuß aus Versehen gegen

mein Bein und zog zischend die Luft ein. Als er wieder sprechen konnte, flüsterte er: »Ich bring den Kerl um, Ilka, ich kill ihn.«

Jetzt knipste er zu meinem Entsetzen auch noch die Nachttischlampe an, um mir eindringlich in die Augen zu sehen: »Skuri-Ola, du hilfst mir doch? Du hast geschworen, dass du zu mir hältst …«

»Ja«, flüsterte ich unsicher. »Aber ich bin nicht sehr stark. Also gegen deinen Vater komm ich nicht an.«

»Wer sagt denn, dass du dich mit ihm hauen sollst?« Boris legte seinen schwarzen Schopf auf mein Kissen. »Das machen wir anders. Bevor man was macht, muss man planen! Ich hab schon eine Idee …«

Boris' Ideen waren meist phantasievoll, ausführlich und bis in die letzte Kleinigkeit ausgearbeitet. Was keineswegs bedeutete, dass sie funktionierten.

In diesem Plan spielte ich schmeichelhafterweise vor allem eine wichtige Rolle.

»Du musst einfach heimlich Vaters Glaskaraffe mit dem silbernen Stöpsel, die auf der Wohnzimmerkommode steht, zerteppern. Dann denkt er, Ellen hat das Ding kaputt gemacht, und sie bekommt Ärger mit ihm. Vielleicht droht er ihr mit Kündigung oder so. Richtig rausschmeißen kann er sie nicht, erstens arbeitet sie streng genommen nicht für ihn, sondern für euch, und zweitens brauchen unsere Eltern sie viel zu dringend. Es wird also beim Schimpfen bleiben. Wenn er ein paar Tage später stirbt, ist sie die Hauptverdächtige. Die Polizei fragt hinterher immer, wer mit dem Ermordeten Streit gehabt hat.«

»Aber wie soll sie denn …«

»Zur Hölle, hör doch erst mal zu! Wie tötet eine Köchin?«

»Mit Gift?«, flüsterte ich.

»Oder so ähnlich. Wir machen Glas ganz klein und mischen es in sein Essen. Seit er den Herzanfall vor drei Jahren hatte, schluckt er Pillen, die das Blut verdünnen. Wenn er sich innerlich schneidet, verblutet er. Du musst ihm das Glas ins Essen tun, wenn du in der Küche hilfst.«

Nachdem so Hauptverdächtige und Täterin ausgemacht waren,

zerkleinerte Boris immerhin selbst am nächsten Tag ein Likörgläschen meiner Mutter in einem Kupfernapf mit Stößel, beides Dekorationsgegenstände aus einer Vitrine im Esszimmer.

Er füllte die kleinen Glassplitter in ein leeres Kapernglächen und gab es mir: »Wenn Ellen die Teller in der Küche auffüllt und du sie reintragen hilfst, dann rührst du ungefähr einen Teelöffel davon in die Sauce auf Mordmords Teller!«

Ich nickte und steckte mir das Röhrchen in die Hosentasche. Doch bei nächster Gelegenheit rannte ich zur Toilette, schüttete die Hälfte der Glassplitter ins Klo und schraubte das Gläschen wieder zu.

Zum einen mochte ich Ellen gern, zum anderen verspürte ich eine deutliche Abneigung dagegen, irgendjemanden zu ermorden, sogar den alten Woltermann.

Pro forma rührte ich jedoch in der Sauce auf dem Teller des Anwalts herum, bevor ich ihn reinbrachte, in der Hoffnung, dass Boris die Stelle bemerken und die Tat für vollbracht halten würde.

Nach dem Essen verbuddelten wir das Kapernglas mit den restlichen Splittern im Unkrautgarten der Ruine, wo wir auch schon den Kupfermörser entsorgt hatten.

Bereits der Versuch, Ellen die kaputte Karaffe in die Schuhe zu schieben, ging daneben: »Wir wollen gar nicht groß nachfragen, wer das war, die betreffende Person schämt sich sowieso, und das ist Strafe genug«, bestimmte meine Mutter. Sie hatte öfter solche pädagogischen Einfälle. Onkel Martin, obwohl die Karaffe doch ihm gehört hatte, widersprach nicht.

Irgendwann später wurden dann das Likörgläschen und der kupferne Mörser vermisst, doch das geriet schnell wieder in Vergessenheit.

Woltermann, natürlich, griff sich keineswegs nach der Mahlzeit erbleichend an den Magen, um dann polternd vom Stuhl zu fallen. Er lebte einfach fröhlich weiter.

»Du hast doch wirklich das Glas in sein Essen gemischt?«, fragte Boris mich streng. »Gib mir dein Eichhörnchen-Ehrenwort und schwöre bei Gott!«

Ich gab mein Ehrenwort und hob die Hand zum Schwur, Boris groß und offen in die Augen blickend.

Er bedachte nicht, dass er selbst mein Talent zum Lügen in den letzten Jahren nach Kräften gefördert hatte. Der Eichhörnchen-Eid schien mir, da selbst erfunden, nicht sonderlich bindend. Und der liebe Gott, so wie ich ihn mir vorstellte, fand einen falschen Schwur sicher weniger schlimm als einen echten Mord.

Hin und wieder, im Lauf der Jahre, sah ich diesen abgeheilten Fuß, an dem wirklich ein Stück der linken großen Zehe fehlte. Die Narbe spaltete den Fußnagel bis zur Hälfte. Je älter Boris wurde, desto heikler stellte er sich damit an. Er lief kaum je barfuß, behielt selbst am Strand nach Möglichkeit seine Schuhe an.

Und immer noch, sechsundzwanzig Jahre später, hinkte er dann und wann, weil es manchmal noch wehzutun schien. Vielleicht hatte Martin Woltermann damals irgendeinen Nerv getroffen, der keine Ruhe gab.

Diese Geschichte konnte ich doch wahrhaftig weder Frau Grosskurt noch sonst wem erzählen: dass ein zwölfjähriger kleiner Junge den Mord an seinem eigenen Vater plante und ihn – ohne meine Sabotage – auch durchgeführt hätte.

Mir fiel auf, dass es in meinem vergangenen Leben vieles gegeben hatte, das ich verheimlichen und verschweigen musste.

In meinem neuen Leben ging es damit übrigens munter weiter.

Wie günstig, dass ich so eine talentierte Lügnerin war. Ein durch und durch wahrheitsliebender Mensch wäre in meiner Situation wahrscheinlich durchgedreht.

Im 6. Kapitel

geht die ruhige Phase zwischen den Leben vorbei –
tauchen neue Schauplätze auf –
erleben wir Geschmacksverirrungen –
sowie Geschmacksveränderungen

Wir verließen den Friedhofsparkplatz und ich blickte zufällig nach oben und sah die vielen weißen, zerfaserten, sich überkreuzenden Bänder am blauen Himmel.

»Sagen Sie mal, Frau Grosskurt, kommt es Ihnen auch so vor, als gäbe es neuerdings mehr Kondensstreifen als früher?«

Die alte Dame warf einen Blick über ihre Sonnenbrille. »Mach sein. Es sind ja auch immer mehr Flieger unterweechs, nech?«

Das war eine einleuchtende Erklärung für das Gekritzel da oben.

Den Rückweg nutzte ich, um Frau Grosskurt alle möglichen Fragen zu stellen, zum Beispiel: »Warum nenne ich Sie eigentlich Frau Grosskurt, wenn Sie schon so lange mit Väterchen befreundet sind?«

Sie schmunzelte. »Das musstu dich selber fragen. Mein Alfred is gestorben ungefähr um dieselbe Zeit wie deine Mutter abgehauen is. Da warst du acht, glaub ich. Du hast dein Vater übel genomm, dass er sich mit mir zusammgetan hat. Und da mochtes du nur immer ›Sie‹ zu mir sagen und ganz strenge tun. Vorher war ich Tante Waltraut für dich, nachher immer nur Frau Grosskurt. Aber weiß was? Das tut nix. Böse wars du mir schon lange nicht mehr. Wir ham uns gut verstann, du und ich.«

Das glaubte ich ihr ohne Weiteres. »Soll ich dann weiter Frau Grosskurt sagen? Mir ist das egal.«

Sie zwinkerte mir zu. »Bleib man dabei, Beatrixchen.«

Außerdem wollte ich wissen: »Sie haben doch die schwarzen Sachen aus unserem gemeinsamen Haus geholt? Also mein Mann wohnt da und ich wohne da?«

»Stimmt, da wohnt ihr alle beide. In eine Wohnung.«

»Aber Eike hat gesagt, wir hatten schon einen Scheidungstermin, kurz nach meinem Unfall. Da hätten wir doch seit einem Jahr getrennt leben müssen?«

Frau Grosskurt kratzte sich mit dem Ringfinger in ihrem kurz geschnittenen grauen Haar. »Da hassu recht. Is ja gediegen. Weiß ich auch nich, wie das funktioniert …«

Ich dachte eine Weile gründlich nach, während wir uns von der einen Autobahn auf die andere einfädelten.

»Würden Sie mir einen großen Gefallen tun? Es ist doch noch ziemlich früh, noch nicht mal zwölf, und ich fühl mich prima. Könnten Sie vielleicht ganz kurz an dem Haus vorbeifahren, in dem Eike und ich wohnen?«

Frau Grosskurt musterte mich neugierig von der Seite. »Du wills gucken, ob du dich erinners, nech?«

Wir fuhren also noch ein Stück weiter über die Autobahn, als wir zum Krankenhaus gebraucht hätten, anschließend über gewundene Landstraßen und durch nette kleine Ortschaften. Vor einem großen Gartencenter saßen einige königsblaue Plastikschafe sowie ein Plastiklämmchen auf Liegestühlen und genossen die Sonne.

Als wir über das kurze Stück der 80-km-Strecke brausten, auf der ich verunglückt war, heute in entgegengesetzter Richtung, bekam ich heftiges Herzklopfen.

Tatsächlich, in der Badewanne, aus der sich gerade eine Kuh mit einem Schluck bediente, saß eine dicke Beule! Da hatte sich mein schönes neues Auto die Nase eingequetscht.

Jetzt bemerkte ich erst, dass ich mir die Stelle für den Durchbruch offenbar sorgfältig ausgewählt haben musste; weil da das Gatter lag – das alte hatte ich damals zerkleinert, dies dort musste neu sein –, gab es nur hier eine Verbindung zwischen Straße und Weide. Wenige Meter links und rechts daneben klaffte ein tiefer Graben, in den ich sonst gefahren wäre. Hätte mir das genutzt oder geschadet? Schwer zu sagen.

Wir fuhren durch einen weiteren kleinen Ort, über eine Landstraße ohne Geschwindigkeitsbegrenzung (Frau Grosskurt fuhr beharrlich höchstens achtzig, sollten die anderen sie doch überholen!) und halb um einen Kreisel.

Die Landschaft wurde immer weiter, immer einsamer. Felder und Wiesen, ein paar Büsche und Bäume, weit hinten einige Windanlagen und unendlich viel Himmel. Der sah inzwischen nicht mehr sehr blau aus, die Kondensstreifen hatten sich verschmiert und ineinander verwischt zu einem dunstigen Hellgrau, fast wie Eike Sieverts Augen. Selbst die Sonne trug einen Schleier, durch den sie in matten Regenbogentönen hindurchschien.

»Wo sind wir hier eigentlich?«, fragte ich.

»Inne Marsch. Bald bei euch. Erinners du dich kein büschen?«

Mir wurde sehr beklommen. In dieser Einöde sollte ich wohnen?

Wir bogen in eine Art Feldweg zwischen Kornfeldern. Am Rand saß ein Raubvogel, naschte an einem platt gefahrenen Igel und würdigte uns keines Blickes.

Noch um eine weitere Ecke: tatsächlich, da standen einige Häuser an der Straße, ungefähr acht oder neun in großen Abständen zueinander.

»Das da inne Mitte – guck, das mit den dunklen Dach. Da oben in ersten Stock wohnt ihr, Eike und du«, erläuterte Frau Grosskurt. »Und? Klingelt bei dir da was?«

Keineswegs. Keine einzige Zelle in Beatrix' Körper schien sich zu erinnern.

Was mich selbst anging – der Stadtmensch in mir entsetzte sich vor dieser Totaleinsamkeit.

Die gute Frau Grosskurt brachte mich anschließend zurück zum Krankenhaus und ich erhielt dort sogar noch ein Mittagessen.

In meiner Abwesenheit war das dritte Bett im Zimmer belegt worden. Eine Frau Lackschmidt erholte sich, spitznasig und bleich, von ihrer Unterleibsoperation.

Sie konnte ja wirklich nichts dafür, doch sie war hinderlich, wenn man über nicht ganz alltägliche Themen sprechen wollte.

Da Janne wieder humpeln konnte, verließen wir das Krankenzimmer und setzten uns in den Aufenthaltsraum.

Ich schilderte mein Begräbnis, das Interesse der Hinterbliebenen an Beatrix sowie die Wüstenei, in der ich demnächst wohnen sollte.

»Eike hat mich neulich gefragt, ob ich es mit der Scheidung immer noch so eilig habe. Beatrix wollte ja wohl so schnell wie möglich in die Arme dieses Chris – ausgerechnet. Da hab ich noch gesagt, es muss nicht sofort sein, weil ich dachte, ich hab im Haus der Sieverts einen Rückzugsort und kann mich dort in Ruhe ein bisschen sortieren. Aber wenn du das gesehen hättest, diese Marsch oder wie das Ding heißt! Das halte ich keine sechs Stunden aus, ohne einen Präriekoller zu kriegen«, klagte ich.

»Könntest du nicht bei dem alten Herrn wohnen, deinem Väterchen? Der muss doch irgendwo in der Nähe sein, mit seiner Nachbarin.«

»In der Nähe ist schon schlecht, das heißt, der Blick aus seinem Fenster ist genauso öde und leer. Und außerdem glaube ich …«

Hier unterbrach uns Schwester Tatjana, die ihre verstopfte Nase in den Aufenthaltsraum steckte und vorwurfsvoll bemerkte: »Frau Sievert, Frau Broth, Sie sollten sich beide schleunigst hinlegen! Die eine hat heute schon einen Ausflug hinter sich und braucht Ruhe und die andere ist vor drei Tagen operiert worden und braucht erst recht Ruhe! Nun mal los – Sie dürfen überhaupt zurzeit nur aufstehen, um auf die Toilette zu gehen.«

Wir wanderten also zur Toilette, schlossen uns in je einem Kabinchen ein, setzten uns auf die Deckel und fuhren leiser, Wand an Wand, fort: »… also ich glaube, wenn Väterchen und Frau Grosskurt ein Plätzchen für mich übrig hätten, dann würde ich längst bei ihnen wohnen, mit meiner kaputten Ehe. Das kommt nicht infrage, fürchte ich.«

»Tja. Wenn ich gesund wäre, könntest du zu mir nach Ottensen kommen. Ich hab eine kleine Zweizimmerwohnung, das ginge sehr gut. Wenn du aus der Reha raus bist und willst nicht mehr mit deinem Mann zusammenziehen bis zur Scheidung …«

An dieser Stelle wurde die Toilettentür aufgerissen und Schwester Moni dröhnte: »Meine Damen, nun ist aber Schluss! Raus da und ab ins Bett! Sie sind ja wie die Schulmädchen, alle beide. Sie können auch mitnander schnattern, wenn Sie im Bett liegen!«

Wir legten uns ergeben in unsere Betten, warteten zwei Kontrollbesuche der Schwestern ab – sie meinten es ja nur gut – und führten unser Gespräch schließlich flüsternd zu Ende, während ich auf Jannes Bettkante saß.

Frau Lackschmidt gewann zweifellos einen höchst befremdlichen Eindruck von ihren Mitpatientinnen.

»Das ist lieb von dir, mal sehen, vielleicht komme ich wirklich darauf zurück«, wisperte ich. »Für lange wäre es sowieso nicht, ich will auf jeden Fall ganz weg von Hamburg.«

»Wohin denn?«, flüsterte Janne erschrocken.

»Keine Ahnung. Weg. Vielleicht noch mal nach Amerika. Da bin ich ganz gut zurechtgekommen. Ich hab schon direkt vor dem Unfall erwogen, einfach abzuhauen, alles hinter mir zu lassen, als ich noch …«

»Als du noch Ilka warst«, hauchte Janne mit einem Seitenblick auf Frau Lackschmidt.

»Ja. Ich wollte raus aus meiner Situation. Gewissermaßen raus aus meiner Haut.«

»Das hat doch bombig geklappt. Fühlst du dich eigentlich inzwischen schon mehr als Beatrix oder immer noch mehr als Ilka?«

Ich warf einen Blick über die Schulter auf unsere neue Mitpatientin und flüsterte: »Ich weiß nicht. Irgendwie bin ich zurzeit weder die eine noch die andere. Eher so eine Art Ilkatrix.«

Janne kicherte. »Klingt wie jemand aus dem kleinen gallischen Dorf.«

Dann kam sie auf die Finanzen zurück: »Wenn du demnach ein kleines Vermögen zur Verfügung hast, heißt das doch, du brauchst weder deinen Vater noch deinen Mann noch mich. Du kannst dir selbst eine Wohnung mieten, irgendwo …«

»Im Prinzip schon. Ich fürchte nur, es wird schwierig, an das Geld zu kommen, weil …«

Gerade jetzt klingelte Frau Lackschmidt nach einer Schwester und ich schlurfte eilig zu meinem Bett zurück.

Janne und ich hatten uns nie bewusst gemacht, wie problemlos wir uns unterhalten konnten – bis das nicht mehr möglich war.

Beim Abschied von der Klinik bekam ich wie eine entlassene Strafgefangene meine Wertsachen ausgehändigt: eine Armbanduhr, einen Ehering, in den nur der Name Eike graviert war, und ein Schlüsselbund mit dem Buchstaben B, auf Leder geklebt.

Ich band mir die Uhr ums linke Handgelenk und steckte nach kurzem Nachdenken den Ring an meine rechte Hand. Warum nicht? Noch war ich schließlich verheiratet.

Die nächsten zwei Wochen verbrachte ich an der Ostsee, lag wenig in der Sonne und viel im Schatten, spazierte am Strand umher, betrachtete jede Art von Kondensstreifen und nahm bei wunderbarem Essen vier Kilo zu. Beatrix' Körper erhielt ein dralles Bäuchlein, rundere Waden und einen etwas ansprechenderen Busen. Ich telefonierte hin und wieder mit Janne und machte mir manchen Gedanken um meine Vergangenheit und viele um meine Zukunft.

An einem Wochenende besuchten mich Frau Grosskurt und mein Väterchen und versorgten mich mit etwas Bargeld.

Da die beiden zum Zeitpunkt meiner Entlassung in Österreich Urlaub machten und mich deshalb nicht abholen konnten, bestieg ich an einem Freitag Ende Juni den Zug und kam spätnachmittags in Elmshorn an. Für das letzte Stück nach Pandersen nahm ich mir ein Taxi.

Zum zweiten Mal fuhr ich durch die weite, öde Einsamkeit bis zu dem schmucklosen Einzelhaus mit dunklem Dach.

Diesmal sah alles noch um hundert Prozent trostloser aus, weil es Bindfäden regnete, die Kühe sich schutzsuchend zusammendrängelten und auf den Weiden große Pfützen standen. Die Windanlagen ragten steif und still in den Himmel, ohne sich zu drehen.

Ich stieg aus, die Plastiktasche mit Beatrix' Kleidern und Badeanzügen in der einen, den Schlüsselbund mit dem B in der anderen Hand und marschierte auf großen Füßen über den Gartenweg zur Haustür.

Neben der Tür gab es zwei Klingelschildchen: E. Sievert stand auf dem einen, Klaas Sievert auf dem anderen.

Ach so. Lebten Eike und Beatrix hier also zusammen mit Verwandten, Eikes Bruder etwa oder seinen Eltern?

Durch die Milchglasscheiben konnte ich ein wenig in den Hausflur gucken und erkannte undeutlich eine Hängelampe und im Hintergrund eine Treppe.

Sollte ich klingeln oder einfach aufschließen und hineingehen?

Letzteres wäre wohl natürlicher und normaler gewesen, kam mir jedoch ganz unmöglich vor. Alles war viel zu fremd.

So klingelte ich zunächst bei E. Sievert, dreimal, mit längeren Abständen. Als nichts passierte, versuchte ich es mit dem zweiten Klingelknopf.

Darauf klappte fast augenblicklich im Haus eine Tür und eine schmale Figur kam auf mich zu, um zu öffnen. Eine ältere Frau mit kurzem weißem Haar in einem schmuddeligen Trainingsanzug.

»Guten Tag, bitte entschuldigen Sie …«, sagte ich unwillkürlich, obwohl ich fast gleichzeitig wusste, dass ich mich vollkommen blödsinnig verhielt. Ich lächelte sogar. Ich hätte genauso gut in einen Kühlschrank lächeln können.

»Ja. Beatrix«, erwiderte die Frau ruhig. Sie besaß schmale, argwöhnische blaue Augen. »Hast dein Schlüssel vergessen, oder was?«

»Oh – nein. Das nicht …« Immerhin hielt ich den offensichtlich in der Hand.

»Ich wusste bloß nicht … Ich erinnere mich an nichts.«

»Ja. Hab ich gehört«, meinte die Frau.

Ihre Stimme und ihr Blick sagten: Du erwartest doch wohl nicht, dass ich sowas glaube?

»Also …« Ich lachte nervös. »Wer sind Sie oder wer bist du, bitte?«

Während sie sich schon umdrehte, um wieder zu verschwinden, antwortete sie halb in meine Richtung: »Ich bin Hilke Sievert. Deine Schwiegermutter, solange noch, bis ihr geschieden seid.«

»Moment mal, bitte! Wie nenne ich dich? Und wo wohne ich? Ich meine – soll ich hier die Treppe raufgehen?«

Eikes Mutter blieb stehen. »Nenn tust du mich Hilke. Und du wirst schon die Treppe nehm müssen, das' richtig. 'n Fahrstuhl ham wir in der Zwischenzeit nicht eingebaut.«

Jetzt prasselten harte Krallen über den Boden, ein draller, karamellfarbener Spaniel hatte sich durch den Türspalt gezwängt und schoss auf mich zu, um mit eisiger neugieriger Nase meine Waden und Knöchel zu umschnüffeln.

»Lass das, Finchen! Beatrix kann Hunde nicht verknusen«, rief meine Schwiegermutter schroff und zerrte den Hund am Halsband mit sich.

Schade. Ich fand den kleinen Köter ganz putzig.

Die Küchen- oder Wohnzimmertür klappte hinter Hilke Sievert zu, bevor ich sie damit überraschen konnte, wie sehr ich mich durch den Unfall verändert hatte.

Das war wohl auch besser so. Bis sich diese Tatsache allzu deutlich bemerkbar machte, war ich hoffentlich längst weg aus der Norddeutschen Tiefebene.

Ich stieg also die knarrende Holztreppe hoch und schnupperte den Geruch eines ganz fremden Hauses mit völlig fremden Bewohnern.

Im ersten Stock gab es vier Türen und eine lang gestreckte Garderobe samt Spiegel und Schirmständer.

Nacheinander öffnete ich die Türen und entdeckte ein reizendes blau gekacheltes Badezimmer mit besonders hübscher Eckwanne sowie eine mittelgroße Küche mit Sitzecke für drei Personen. Über einem der Küchenstühle hing eine schwarze Wildlederjacke.

Durch die dritte Tür guckte ich in ein Arbeitszimmer mit PC und Regalen voller Bücher und Aktenordner.

Die vierte führte in eine Art kleinen Zwischenflur. Von hier aus kam man links ins Wohnzimmer und rechts ins Schlafzimmer. Das waren die beiden größten Räume, beide mit Riesenfenstern auf die Marsch. Durch die Regenschlieren sah man Felder und Wiesen, dahinter noch mehr Felder und Wiesen, unendliche Weiten, alles gut durchweicht. Ganz hinten am Horizont deuteten Stahlträger und elektrische Leitungen darauf hin, dass es hier irgendwo auch Menschen gab.

Ich riss meinen Blick von der Landschaft los und betrachtete die Einrichtung. Sie war nicht so schrecklich, wie ich anhand der geschmacklichen Verirrungen von Beatrix' Kleidern befürchtet hatte.

Schlicht, zweckmäßig, phantasielos. Die Sofas mochten bequemer sein, als sie aussahen, für ihr trübes Braunrot konnten sie ja nichts. Viele Bücher überall, das heimelte mich an.

Weshalb hier Bilder hingen, die öde, einsame Flachlandschaften zeigten, erschloss sich mir nicht. Es reichte doch wirklich, wenn man die aus dem Fenster sah.

Ich wanderte von Raum zu Raum, ich hatte ja Zeit.

Am Schlafzimmer bemängelte ich, dass höchstens anderthalb Schläfer in das Doppelbett passten. Wie hatten Eike und Beatrix das gemanagt, als ihre Ehe noch florierte? Sicher, beide waren sehr schlank (gewesen; Beatrix fing gerade an, aus dem Leim zu gehen) – doch ich schätzte trotzdem, dass auch ein krankhaft abgemagertes Pärchen hier nur supereng umklammert liegen könnte, ohne seitlich über die Kante zu kippen.

Wie günstig, dass diese Ehe schon in Scherben lag, als ich in ihr auftauchte. Man stelle sich vor, ich hätte mich mit einem anschmiegsamen Ehemann auseinanderzusetzen, der wild darauf wäre, meinen lange entbehrten Körper zu umarmen!

Insofern nahm ich durchaus billigend zur Kenntnis, dass auf dem schmalen Sofa im Arbeitszimmer Bettzeug lag, einigermaßen glatt gestrichen, und ein Schlafanzug. Hier schien Eike also selbst dann zu nächtigen, wenn seine Frau sich im Krankenhaus und in der Kur befand. Hier hielt er sich offenbar am meisten auf. Neben dem Computer auf dem überfüllten Schreibtisch standen zwei leere Kaffeetassen und ein Butterbrotteller voller Krümel. Ich guckte mir neugierig einige der Notizen an, die herumlagen oder an der Pinnwand hingen. Eikes Schrift sah genauso schmal und kantig aus wie er selbst, ich konnte sie kaum entziffern.

Als Nächstes öffnete ich den großen Kleiderschrank im Schlafzimmer und regte mich ein weiteres Mal über Beatrix' Geschmack auf. Vor allem die Schuhe auf dem Boden des Schrankes waren unsäglich. Die musste ich so schnell wie möglich loswerden. Die Unterwäsche gefiel mir schon besser, nur würden die winzigen BHs nicht mehr passen.

Eikes Jacken wirkten viel schicker. Warum hatte er Beatrix in Sachen Kleiderkauf nicht beraten? War es ihm egal, wie seine Frau herumlief?

Die beiden Telefone, eins im Wohnzimmer und eins im Arbeitszimmer, jodelten und zirpten im Kanon. Ich zuckte vor Schreck zusammen und mir wurde bewusst, wie unendlich fremd ich mich in dieser Wohnung fühlte.

Vielleicht wollte tatsächlich irgendwer speziell mit mir sprechen – vielleicht rief ja Hilke, meine charmante Schwiegermutter, von unten an, um zu fragen, ob ich Butter leihen könnte. Oder um mich zu bitten, nicht so viel hin und her zu laufen, weil sie Kopfweh hätte.

Trotzdem schaffte ich es nicht, einen der Hörer abzuheben, ich blieb still stehen, wie ein ängstlicher Einbrecher, bis der Anrufbeantworter ansprang und Eikes Stimme sagte: »Hallo. Wir sind im Moment nicht zu Hause, aber wir rufen bestimmt zurück!«

Anderthalb Sekunden später piepste es und eine Männerstimme, die brav auf das Signal gewartet hatte, murmelte: »Ach so. Na gut. Ich ruf wieder an.«

Auf einem Tischchen im Wohnzimmer standen drei gerahmte Familienfotos. Hier grinste Schwiegermutter Hilke, noch nicht weiß-, aber schon kurzhaarig, den Betrachter an. So sah sie also aus, wenn sie gute Laune hatte. Neben ihr ein markanter Friesenkopf (jedenfalls stellte ich mir den so vor) mit hellem Schnauzbart und langem Kinn. Der ähnelte Eike, bestimmt sein Vater. Klaas, oder? Ob er noch lebte? Vor ihnen saß der Sohn als Vierzehn- oder Fünfzehnjähriger mit Wallehaar bis auf die Schultern. Eike hatte schon damals auf einen liebenswürdigen Gesichtsausdruck verzichtet.

Auf dem zweiten Bild sah man ihn und Beatrix vor einigen Jahren, als sie noch gutwillig ihr schmales Ehebett geteilt hatten. Da lachte er mal, er besaß tatsächlich Zähne, sogar recht gesunde. Beatrix blickte träumerisch drein, an seine Schulter gekuschelt. Eine wirklich hübsche Frau war das – war ich.

Das dritte Foto zeigte einen kleinen Jungen mit Brille, der furchtbar unglücklich in die Kamera guckte. Das musste wohl das Kind aus Eikes erster Ehe sein.

Ob er sich wegen Beatrix hatte scheiden lassen?

Und, falls das so war, bereute er es inzwischen?

Ich studierte die Bücherrücken im Wohnzimmer. Der Literaturgeschmack der Bewohner war sehr unterschiedlich, um es vorsichtig auszudrücken. Wie sah es denn mit Videos oder DVDs aus? Beide Geräte vorhanden, doch Filme fand ich keine.

Dafür umso mehr Musik: Irgendwer hörte hier gern Billie Holiday, Ella Fitzgerald, Artie Shaw und Big-Band-Swing. Kein Wunder, dass Eike beim *König der Löwen* entschlummert war.

Was mochte ihn an einem lieben kleinen Ding wie Beatrix gefesselt haben? Als ich aufschaute, erblickte ich zufällig mein Spiegelbild durch die offene Schlafzimmertür. Ich trug eine leidlich nette gestreifte Bluse, die ein bisschen über meiner neuen Fülle strammte, ein paar Locken fielen mir in die Stirn. Unwillkürlich lächelte ich mir zu. Doch, selbst wenn die junge Frau Sievert wirklich strohdämlich gewesen sein sollte, entschädigte ihr Anblick immer noch für vieles.

Mein Magen grummelte, den Kaffee hatte ich schon ausgelassen, inzwischen war Abendbrotzeit. Ich begab mich in die Küche und befragte den Kühlschrank.

Als ich es mir gerade in der Küchenecke bequem machte mit einigen belegten Broten, drei Tomanten und einem eiskalten Bier, öffnete sich die Tür und der Herr des Hauses trat ein.

Es wirkte, als hätte seine Mutter ihn nicht vorgewarnt, denn bei meinem Anblick fuhr Eike ordentlich zusammen.

»Oh! Du bist wieder da?«

Ich nickte und biss in mein Brot.

»Schön, dann … will ich dich nicht stören.«

Er wollte die Küche wieder verlassen (gehörte es zu den Vereinbarungen dieser Rest-Ehe, dass man sich nur getrennt in den verschiedenen Räumen aufhielt?), aber dann fiel ihm noch eine wichtige Frage ein: »Bleibst du über Nacht?«

Ich vergaß vor Schreck zu kauen. »Wo soll ich denn sonst hin?!«

»Das weiß ich doch nicht.«

»Ich schon gar nicht. Ich weiß ja nicht mal mehr, wen ich überhaupt kenne.«

Eike blickte genauso argwöhnisch wie vorher seine Mutter. »An Chris und Carmen wirst du dich wohl gerade noch erinnern?«

»An die ja. Aber nur, weil sie mich beide im Krankenhaus besucht haben. Ich fand sie übrigens nicht besonders sympathisch. Ein bisschen gewöhnlich und ziemlich aufdringlich. Mit denen sind wir hoffentlich nicht eng befreundet?«

Eike kam langsam zum Küchentisch zurück und setzte sich mir gegenüber auf den Stuhl mit der Lederjacke. Seine grauen Augen waren so weit geöffnet, dass man oben und unten das Weiße sah. »Die Breckers sind seit langen Jahren deine allerbesten Freunde. Du kennst sie länger, als du mich kennst. Du vergötterst sie. Es sieht so aus, als würdest du Chris heiraten, sobald wir geschieden sind. Ich glaube, ihr hattet ein Verhältnis.«

»Er hat so was angedeutet, aber ich hab's bezweifelt«, beruhigte ich ihn, trank mein Glas aus und wischte mir mit dem Zeigefinger etwas Schaum von der Oberlippe.

Er beobachtete mich mit einer Art fasziniertem Grauen, als wäre ich eine Vogelspinne, die Kunststücke macht.

»Das ist übrigens Bier, was du da trinkst.«

»Ja, und zwar gutes«, sagte ich anerkennend.

»Du hasst Bier.«

Ich kippte den Rest der Flasche in mein Glas. »Vielleicht hab ich's früher gehasst. Das hab ich vergessen.«

Eike schüttelte den Kopf. »Tut mir leid, ich kann mir das mit deinem Gedächtnisverlust einfach nicht vorstellen. Es ist so – melodramatisch.«

»Ich weiß. Vor allem ist es unpraktisch. Vor mir liegt eine ganze Batterie von Fettnäpfchen. War ich eigentlich schuld daran, dass du dich von deiner ersten Frau getrennt hast?«

Er stützte den Kopf auf und musterte mich misstrauisch.

Ich seufzte. »Dass du schon mal geschieden bist und einen Sohn hast, haben mir mein Vater und Carmen unabhängig voneinander erzählt. Oder warte mal, es war nicht mein Vater selbst, sondern seine Nachbarin und offenbar neue Lebensgefährtin, diese Frau Grosskurt.«

»Lisa hat sich von mir scheiden lassen, bevor ich dich kannte. Sie ist inzwischen mit einem ihrer Kollegen verheiratet, der war schuld daran, zumindest vordergründig, dass meine erste Ehe kaputt ging. Nicht du.«

»Oh.« Ich stützte auch den Kopf auf und guckte mir diesen farblosen Menschen an, der mir gegenübersaß. Eigentlich hatte er ein ganz nettes Gesicht, vom blasierten Ausdruck mal abgesehen. »Du hast nicht besonders viel Glück in der Liebe, oder?«

»Sieht so aus«, erwiderte er kurz. Es hörte sich an, als gebe es sowieso nichts, das ihn weniger interessierte. »Oh, nebenbei: Unser neuer Scheidungstermin ist am zwölften Juli. Im Amtsgericht Elmshorn.«

»Sag mal, ist dieser Chris deiner Ansicht nach auch bloß vordergründig schuld, dass wir uns scheiden lassen wollen? Steckt in Wirklichkeit was anderes dahinter?«, fragte ich wissbegierig.

Eike schob seinen Stuhl zurück, ein widerliches Geräusch auf den Küchenfliesen. »Bitte nicht. Darüber haben wir ewig geredet, du und ich. Du kannst dir nicht vorstellen, wie satt ich das habe.«

»Was bist du eigentlich von Beruf?«, schob ich schnell hinterher.

Er hatte schon wieder die Türklinke in der Hand. »Das hat dir keiner verraten?«

»Doch. Sie haben alle gesagt, du machst was mit Computern.«

Wie ich gehofft hatte, musste er darüber kurz grinsen. »Ich bin Systemadministrator.« Und auf meinen Gesichtsausdruck: »Ja. Du hast noch nie begriffen, was das ist.«

»Ach komm, das ist nicht fair! Du willst doch nicht im Ernst behaupten, dass alle anderen Menschen, denen du dieses Wort hinwirfst, gleich wissen, was du machst?«

»Die wenigsten.«

»Und womit beschäftigt sich nun ein Systemadministrator?«

Eike kaute an seiner Unterlippe. Statt zu antworten, murmelte er: »Das ist das erste Mal in sieben Jahren, dass du's richtig aussprichst.«

»Man soll die Hoffnung eben nie aufgeben. Was tust du also und wo?«

»Ich betreue Netzwerke in einem Industriebetrieb in Pinneberg, der Metallteile herstellt. So langweilig ist das.«

»Langweilt es dich selbst?«

»Keineswegs«, erwiderte er. Er hielt immer noch die Türklinke in der Hand und ging immer noch nicht hinaus. Stattdessen starrte er mich mit einigem Interesse an. »Ob du nun unter Amnesie leidest oder nicht – du wirkst irgendwie verändert. Vor allem drückst du dich völlig anders aus als früher. Wie erklären deine Ärzte denn das?«

»Überhaupt nicht. Sie ahnen ja nichts davon.«

Es behagte mir gar nicht, dass Eike auffiel, wie wenig Beatrix in mir steckte. Andererseits war's nicht wichtig; in einigen Wochen würden wir geschieden sein und ich aus seinem Leben verschwinden.

»Außerdem scheinst du dich in der Kur gut erholt zu haben. Du siehst voller aus ...«

Ich sammelte ein paar Krümel von meinem Teller und lächelte ihn an. »Ich weiß, meine Röcke zwicken in der Taille. Ich glaube, ich muss mir eine komplett neue Garderobe anschaffen.«

Dazu guckte er nur angewidert, bevor er endlich aus der Küche verschwand.

Weil er, genau wie Boris, was gegen dicke Menschen hatte? Oder weil er befürchtete, ich würde mir noch mehr geschmacklose Kleider anschaffen?

Ich knipste mich im Wohnzimmer durch einige Fernsehprogramme, sah den Anfang einer politischen Dokumentation, den Rest eines Krimis und verschwand dann im Schlafzimmer, in einem von Beatrix' unkleidsamen Nachthemden. Für mich allein war das Bett in Ordnung. Wie schön, dass Eike bei seinem Computer nächtigte.

Vor dem Einschlafen hörte ich noch den Regen gegen die Scheiben prasseln. Als ich aufwachte, kämpfte sich Sonnenlicht durch den Gardinenspalt. Ich zog die Vorhänge zurück und musste mir eingestehen, dass die grüne Weite der Marsch im Morgensonnenschein durchaus einen gewissen Charme besaß. Zwei halbwüchsige Kaninchen tanzten auf der löwenzahngesprenkelten Wiese, die quer über die Straße dem Haus gegenüber lag, hopsten übereinander und kullerten im Gras herum, bis eine schlanke schwarze Katze mit einigen langen Sätzen auf sie zujagte. Da verschwanden sie blitzschnell seitwärts im niedrigen Gebüsch. Die Katze tat so, als wäre es ihr nie drauf angekommen, und verließ die Wiese. Ein Hahn, der klang, als würde er seine Freizeit in Kneipen verbringen, gab undeutlich die Tageszeit bekannt, ganz in der Nähe.

Ich bediente mich widerstrebend aus Beatrix' Kleiderschrank, zog eine graurosa Scheußlichkeit an, schlich in die Küche und kam zu dem Schluss, dass dringend jemand den Kühlschrank auffüllen sollte. Nicht mal Kaffee konnte ich finden.

Eike schlief noch auf seinem Behelfsbett im Arbeitszimmer (ich öffnete die Tür ganz leise einen Spalt und erblickte nur Decken, aus denen ein gesträubter grauer Schopf hervorguckte). Vielleicht hatte er ja keine Lust aufzuwachen, um mir nicht zu begegnen.

Aber wo erhielt man in dieser Einöde ein Frühstück?

Schlenderte man mit einer leeren Milchkanne auf eine der Wiesen, bis man einer Kuh begegnete? Durchsuchte man irgendeinen Stall nach frischen Eiern?

Auf dem kleinen Regal unter dem Spiegel im Flur lag ein Autoschlüssel. Ich kam mir immer noch vor wie Goldilock bei den drei Bären oder Schneewittchen im leeren Zwergenhaus. Gestern hatte ich von Eikes Tellerchen gegessen und aus seinem Gläschen getrunken. (Womöglich das letzte Bier, auf das er sich gefreut hatte.) Jetzt nahm ich dreist sein Auto. Schließlich waren wir immer noch miteinander verheiratet.

Vor dem Haus standen ein älterer blauer Ford und ein neuerer schwarzer Mercedes. Der Schlüssel gehörte zum Ford. Ich bemerkte erfreut, dass es sich um einen Automatikwagen handelte – daran hatte ich mich in Amerika gewöhnt und fuhr nur noch ungern Handschaltung – schob ein wenig am Sitz herum, verstellte die Spiegel und erinnerte mich rechtzeitig, Beatrix' Brille aus der Handtasche zu kramen und aufzusetzen. Dann fuhr ich erwartungsvoll los, die leere, schmale Straße hinunter, an Pferdeweiden und Kuhställen vorbei, um den Kreisel herum in den nächsten kleinen Ort. Pottschrapels war größer als erwartet und erstaunlich elegant. Ich parkte hinter einer Fußgängerzone, entdeckte im Handschuhfach ein Einkaufsnetz und enterte einen schmalen Bäckerladen, um duftende frische Brötchen zu kaufen. Gleich daneben holte ich Kaffee, im Billigsupermarkt schräg gegenüber Käse, Aufschnitt und Bioeier.

Eigentlich wollte ich mit meinen Einkäufen schon zum Auto zurück, doch dann entdeckte ich die Boutiquen. Hier gab es für jeden Geschmack etwas, selbst für meinen. In »Elins Laden« entschied ich mich für ein süßes Sommerkostüm, violett-grün-blau kariert. Das zog ich gleich an, Beatrix' graurosa Geschmacksverirrung stopfte ich in die Tüte.

Da ich es für möglich hielt, dass Eike Sievert nach Kaffee lechzte oder seinen Wagen brauchte, verzichtete ich darauf, mir passende Schuhe anzuschaffen oder in der großen Parfümerie zu stöbern. Stattdessen fuhr ich zurück in die Marsch.

Ich hatte noch nicht richtig vor dem Haus geparkt, da schoss mein Ehemann schon aus der Gartentür auf mich zu. Er trug schwarze Jeans und einen hellgrauen, dünnen Pullover mit weitem Halsausschnitt. Sein Haar hatte er offenbar nur oberflächlich mit den Händen gekämmt.

Er sah unglaublich wütend aus und riss die Wagentür mit einem Ruck auf, um mich anzufahren: »Sag mal, hast du nicht nur dein Gedächtnis verloren, sondern gleich deinen kompletten Verstand? Was fällt dir eigentlich ein, einfach mein Auto zu nehmen? Erstens kannst du's nicht fahren und zweitens darfst du's nicht fahren, versicherungstechnisch, verdammt noch mal! Ich fass es nicht!« Und schlug dem armen Ford seine Faust auf die Schnauze.

Dass so viel Temperament in einem so farblosen Mann stecken konnte!

Ich versuchte es mit einem strahlenden Lächeln (schließlich besaß Beatrix Sievert sehr hübsche Zähne). »Guten Morgen!«, sagte ich, während ich das volle Einkaufsnetz und die Tüte aus der Boutique vom Beifahrersitz nahm und ausstieg.

Mein Lächeln bewirkte, dass Eike noch grimmiger guckte.

»Tut mir leid. Woher sollte ich wissen, dass ich dein Auto nicht fahren darf? Fahren *können* kann ich's bestimmt«, versicherte ich.

Er grunzte nur zornig. Ich drückte ihm das Netz in die Hand und ging zum Haus.

»Was ist da in der Papptüte?«

»Ein hässliches altes Kleid, das ich mir früher mal gekauft haben muss. Guck, dies hab ich eben gefunden.«

An der Haustür blieb ich dicht vor ihm stehen und gönnte ihm einen Blick auf mein neues Kostüm.

»Was hat das gekostet?«, schnaubte er.

»Nicht viel. Neunundachtzig neunzig. Dabei ist es reine Baumwolle.«

Das schien ihn auch nicht aufzuheitern. »Wenn du meinst, dass du dir das leisten kannst …«, murmelte er finster. »Soviel ich weiß, ist dein Gehalt bei den lieben Breckers die ganze Zeit eingefroren.«

»Warum denn das?«, fragte ich empört.

»Frag sie doch selber. Du hattest übrigens vor deinem Unfall sowohl bei mir als auch bei meinen Eltern Schulden. Und bei deinem Vater ja wohl sowieso.«

Was für trübe Nachrichten auf nüchternen Magen!

»Wie viel?«

»Bei deinem Vater? Weiß ich nicht. Bei meinen Eltern etwa fünfhundert. Und bei mir … Ach, ist ja egal. Wenn du es vergessen hast, kann ich es auch vergessen.«

»Danke«, erwiderte ich niedergeschlagen. Geld zurückzuzahlen, das man nicht einmal selber verprasst hatte, macht keinen Spaß.

Inzwischen waren wir in unserer Wohnung im ersten Stock angekommen und ich packte in der Küche meine Einkäufe aus.

»Du hast Kaffee gekauft?«, fragte Eike.

Ich ließ die Schultern hängen. »War noch welcher da?«

»Ich glaube nicht. Trixi, die Sache ist die: Du magst keinen Kaffee. Du bist überzeugter Teetrinker. Fürs Kaffeetrinken bin ich zuständig.«

»Oh.« Ich drehte das Paket mit dem frisch gemahlenen, duftenden Pulver in den Händen. »Aber das Bier hat mir gestern doch auch geschmeckt?«

»Hast du im Krankenhaus Kaffee getrunken?«

»Im weitesten Sinne schon. Der war aber ziemlich dünn und bestimmt koffeinfrei«, erklärte ich.

Eike nahm mir das Paket aus der Hand. »Ich schütte ihn einfach in die Maschine und du probierst ihn. Falls du ihn nicht magst, kannst du dir Tee kochen«, sagte er. »Pass auf, ich erklär dir jetzt mal was: Vor ungefähr einem Dreivierteljahr stimmten wir darin überein, dass unsere Ehe auf den Müll gehört. Vor einer Scheidung kommt ein Trennungsjahr, so will es das Gesetz. In dem Jahr lebt ein Ehepaar ›getrennt von Tisch und Bett‹. Verstehst du? Das bedeutet nicht zwangsläufig, dass einer wegziehen muss. Wir müssen nur darauf achten, dass wir in dieser Wohnung getrennt leben, getrennt einkaufen, kochen, essen und schlafen natürlich. Das reicht juristisch aus.«

Ich sah mich um. »Gibt es Überwachungskameras? Merkt denn jemand, dass du den Kaffee kochst und trinkst, den ich gekauft hab?«

Eike lachte ein bisschen. »Du hast natürlich oft bei Chris übernachtet. Ihr wolltet eigentlich längst zusammenziehen. Ihr habt nur nicht die richtige Wohnung gefunden.«

»Was für ein Glück«, murmelte ich, während ich die Brötchen aufschnitt.

Eike schaute mich neugierig an. »Dein Märchenprinz scheint sich dramatisch verändert zu haben, seit du aus dem Koma zurück bist. Sieht er aus wie ein Frosch?«

Ich zuckte mit den Schultern. »Vielleicht tue ich ihm unrecht. Ich hab noch nicht viel mit ihm geredet. Ich meine: seit ich wieder da bin.«

»›Ein bisschen gewöhnlich‹ und ›ziemlich aufdringlich‹ hast du gestern über Chris und Carmen gesagt. Irgendwas ist mit deinem Geschmack passiert, scheint mir.«

Die Kaffeemaschine begann zu schnorcheln und der Duft verbreitete sich in der Küche.

»Hab ich mich verguckt oder warst du eben im Wagen angeschnallt?«, wollte Eike wissen.

»Ich glaube schon«, antwortete ich. Um zu erklären, weshalb Beatrix in dieser Beziehung ihre Gepflogenheiten verändert hatte, fügte ich hinzu: »Ich musste es dem Arzt versprechen. Und Väterchen meinte auch, er hat's ja immer gesagt. Schließlich haben sie recht, oder?«

Er stimmte nicht zu, schaute mich nur wieder so nachdenklich an. Wahrscheinlich sein ganz gewöhnlicher Blick.

Sobald das Frühstück fertig war, lud er sich seinen Teil auf ein Tablett und verschwand damit im Arbeitszimmer. Gab es tatsächlich Überwachungskameras? Oder schlug ihm mein Anblick auf die Verdauung?

Ich blieb allein in der Küche und versuchte herauszufinden, ob Kaffee mir nun eigentlich schmeckte oder nicht. So was ist sehr schwierig, wenn man von vornherein Zweifel hat.

Durch das Küchenfenster blickte ich in den Garten hinter dem Haus. Da liefen tatsächlich Hühner umher sowie ein angeschmuddelter weißer Hahn mit recht kläglichen Schwanzfedern und anmaßendem Getue. Bestimmt der Vogel mit der Whiskystimme. Der gehörte also auch zu Familie Sievert.

Von einem hohen Baum am Ende des Gartens wuselte ein roter Blitz hinab, blieb mit erhobenen Vorderpfoten in Bitte-Bitte-Haltung stehen, machte einen Luftsprung und hetzte in großen Spiralen einen anderen Baumstamm hinauf, bis er im Blattwerk verschwand. Prinz Skia-Orus persönlich, diesmal im roten Gewand.

Nirgends ließ er mich wirklich ganz in Ruhe.

Im 7. Kapitel

wird viel über königliche Eichhörnchen berichtet –
ein Plüschteddy zweckentfremdet –
Boris durch einen Schlüssel geärgert –
und eine Tochter aus dem Haus gejagt

Boris spielte gern. Vielleicht hätte er Schauspieler werden oder beruflich Spiele entwickeln sollen.

Keiner lernte neue Spielregeln so schnell wie er. Keiner konnte so schnell und geschickt Karten mischen oder ein Riesenblatt in (vergleichsweise schmalen) Händen halten und sortieren. Er dachte sich Rollenspiele aus oder Phantasiespiele. Und er schummelte genial. Eine Weile besaß er einen dunkelblauen Würfel, den er an Familienspieltagen benutzte und von dem er behauptete, der bringe ihm Glück. Bis Onkel Martin auffiel, dass sein Sohn praktisch nur noch Sechsen zustandebrachte. Worauf er das dunkelblaue Stück beschlagnahmte.

Boris ging in Spielhallen und stand unter Geklingel und Gepiepse an großen Geräten, um sein Taschengeld aufzubessern. (Manchmal allerdings musste er mich hinterher um meins anpumpen, weil das Glück sich ihm verweigert hatte.)

Er wettete jederzeit mit jedem um alles. Wenn er damals gesagt hatte, dass er Jörn Tander etwas schuldig war, dann meinte er das wortwörtlich.

Die Eichhörnchen-Saga begann, nach dem ersten Einfall beim Hausaufgaben machen, ebenfalls als Spiel. Boris zeichnete dazu einen Parcours, auf dem man durch Würfeln weiterkam. Die ursprüngliche Geschichte war noch ziemlich simpel. Später dichtete er immer mehr dazu, zum Schluss hätte sie mehrere dicke Bücher umfasst.

Wenn wir in einer unserer Decken-Höhlen lagen oder (vor dem Sündenfall mit besagtem Jörn) in unserem Räucherkobel, wenn wir im Schwimmbad eine Wolldecke und die letzte heimliche Zigarette teilten, dann brauchte ich bloß zu bitten: »Erzähl was von den Eichhörnchen!«, und schon legte Boris los.

Vor Zeiten, so fing es an, lebte Eichhörnchenkönig Sobalsky der Fünfte mit Königin Feh in seinem großen Eichenwald.

Dem Marder Mordmord hatte der edle König dereinst das Leben gerettet, indem er den Urfeind geschickt aus einer Falle befreite. Vorher nahm er ihm den Schwur ab, ihm zu dienen. Seither lebte Mordmord am Hofe des Königs als Majordomus und Lehrer des einzigen Sohnes, Prinz Skia-Orus, der, ein Erbe seiner Mutter, kohlschwarzes Fell besaß, welches er jedoch bei Bedarf in leuchtendes Rot verwandeln konnte.

Der Prinz zeichnete sich überhaupt durch spezielle Fähigkeiten aus, die ihm allerdings erst später bewusst wurden. So schob er, wenn nötig, weite Hautfalten aus seinen Armen und flog dadurch fast wie ein Vogel, er hypnotisierte die anderen Geschöpfe des Waldes mit seiner weichen Stimme und materialisierte, wenn er sich fürchterlich konzentrierte, wichtige Gegenstände wie Tannenzapfen, Dolche und Fernrohre sowie winzige Zigaretten für nikotinsüchtige Eichhörnchen.

Leider wurde Sobalskys des Fünften Aufmerksamkeit nahezu vollends von seinen Staatsgeschäften aufgeschluckt. Deshalb entging ihm, wie Mordmord dem Schwarzen Prinzen zu schaden versuchte.

Der Marder verheimlichte Skia-Orus seine besonderen Talente und redete ihm zunächst erfolgreich ein, dumm, plump, langsam und ungeschickt zu sein. Der arme Prinz glaubte diese Lügen anfangs so sehr, dass er kaum mehr klettern konnte und hin und wieder vom Baum fiel.

Bald darauf wurde Königin Feh, die Schwarze, vom Habicht Terzel entführt und, bevor die Lösegeldverhandlungen richtig in Schwung gekommen waren, verspeist.

Der König heiratete noch einmal, Königin Weißlätzchen, die ihre beiden Töchter mit in die Ehe brachte: die liebliche Skuri-Ola und die ernsthafte, fleißige Skiri-Kri-Kri.

Natürlich plante Mordmord nur Übles, er intrigierte gegen den König, zettelte einen Krieg an, den er auch gewann – wobei der

König starb –, und übernahm die Herrschaft im Eichenwald sowie Königin Weißlätzchens in einem Rutsch.

Der Prinz, eingekerkert vom bösen Stiefvater und wegen seiner Plumpheit vom ganzen Wald verlacht, bekam Trost und Unterstützung von der jüngsten Prinzessin, seiner Stiefschwester. Sie öffnete den Käfig und half ihm, seine wunderbaren Fähigkeiten zu entfalten.

Von da an ging es richtig los, mit Tausenden von Verwicklungen, endlos.

Boris pappte alles in die Geschichte, was uns wirklich passierte, häufig urkomisch, für mich manchmal eher ärgerlich.

Im Lauf der Zeit änderten sich die handelnden Personen beziehungsweise Tiere und auch der gesamte Ton. Ursprünglich märchenhaft wurde die Saga düster-symbolisch, immer hintergründiger und manchmal deftig sexuell. Ein Psychoanalytiker hätte seine helle Freude daran gehabt.

Mir kam es vor, als ob der Erfinder des Schwarzen Prinzen Skia-Orus in seiner Geschichte eine Möglichkeit fand, die Wahrheit zu sagen – jenseits all seiner alltäglichen Lügen.

Hätte ich gründlicher zugehört und es mir mehr zu Herzen genommen, wäre mir mancher Schock erspart geblieben. Vielleicht hätte ich auch hin und wieder rechtzeitig eingreifen können.

Beispielsweise, als Boris mir aus dem Internat schrieb, in das er nach unserem verunglückten Familiengründungsversuch gesteckt wurde.

Ich hockte damals, sofern ich nicht selbst in der Schule saß, gelangweilt und missmutig zu Hause, schluckte überflüssigerweise die Antibabypillen, die der Arzt in Hannover mir gegeben hatte, und ging dreimal am Tag an den Briefkasten, obwohl die Post nur einmal geliefert wurde.

Boris schrieb mir mindestens jeden zweiten Tag, manchmal auch täglich. Wann er für die Schule arbeiten mochte, blieb mir ein Rätsel. Fast immer bestanden einige Seiten aus Skia-Orus- und Skuri-Ola-Geschichten. (So scharf war ich darauf gar nicht, über konkrete Schilderungen seines Lebens und vor allem Komplimente und heiße Beteuerungen seiner Leidenschaft hätte ich mich mehr gefreut. Mit siebzehn sind Liebesbriefe noch der Knüller.)

Da stand dann unter anderem, der kluge Eichhörnchenprinz beschaffte sich die Einnahmen für den Endloskrieg gegen Mordmord dadurch, dass er im Wald eine Spielbank gründete und alle Tiere, vom Bären bis zum letzten Karnickel, um ihr gehortetes Gold erleichterte.

Ich, für mein Teil, fühlte mich erleichtert, solange von keiner neuen potenziellen Prinzessin an Skia-Orus' Seite die Rede war. Nix von schlanken Gazellen, zarten Rehen oder weichen Häschen. Er schien mir treu zu sein.

Anwalt Woltermann hatte über seinen Sohn nichts Gutes zu sagen.

Kam der mit einem fabelhaften Zeugnis nach Hause, fand Onkel Martin, es hätte besser sein müssen; machte meine Mutter dem Jungen ein Kompliment über sein gutes Aussehen, fiel der Vater ihr ins Wort und erklärte, für einen richtigen Kerl sei er viel zu weibisch-hübsch. Woltermann ertrug es nicht, Boris einmal zufrieden mit sich selbst oder sogar stolz zu erleben. In so einem Fall sah er sich gezwungen, wortreich alles niederzumachen, bis das Lächeln aus dem Gesicht seines Sohnes verschwand und seine Augen nicht mehr leuchteten.

Deshalb wunderten Annika, Mami und ich uns nicht wenig, als dieser gnadenlose Kritiker eines Tages beim Wochenendfrühstück trocken bemerkte: »Der Bengel macht sich recht gut, wie mir scheint.«

Offenbar hatte er mit der Schulleitung telefoniert.

Meine Mutter, die Harmonie liebte, strahlte richtig.

Von ihr kam auch der Vorschlag, wir alle sollten Boris am nächsten Tag im Internat besuchen.

Meine Schwester hatte schon etwas vor, aber wir anderen drei fuhren tatsächlich hin.

Das war das erste und einzige Mal, dass ich die Internatsschule sah, ein ehemaliges Schloss im nördlichen Westfalen. Viele Nebengebäude, alles etwas schäbig, dunkel und eng zusammengeschoben.

Boris, den wir überraschen wollten, musste zunächst einmal gesucht werden. Sein Zimmerkamerad, ein langer, weißblonder Kerl mit übergroßen, vorquellenden Augen, die aussahen, als hätte man ihm bemalte Eier ins Gesicht gedrückt, meinte mit anzüglichem Grinsen, da Sonntag sei, wäre Boris wohl in der Kirche.

Doch plötzlich stand er vor uns, erschrocken, nervös und bemüht, erfreut auszusehen. »Was macht ihr denn hier?«

Eine durch und durch peinliche Situation.

Meine Mutter umarmte ihn überschwänglich.

Onkel Martin hatte sein bisschen Wohlwollen längst wieder abgestreift und ich hielt mich sowieso lieber im Hintergrund: Schließlich war ich an allem schuld, mit der Schwangerschaft und so. Von Boris' guten Schulleistungen, dem eigentlichen Grund unseres Überfalls, sprach niemand mehr.

Nach einigem Hin und Her fuhren wir mit ihm in das nahe Städtchen zum Kaffeetrinken. Hier verhörte Woltermann ihn harsch, mit der Kuchengabel auf den Tisch klopfend, unterstellte ihm plötzlich jedes mögliche Fehlverhalten.

Herzlich, aber ungeschickt übernahm meine Mutter seine Verteidigung. Auf Boris musste es wirken, als wären wir angerückt, um ihn eines Verbrechens zu überführen. Im Gang vor den Klos konnten wir uns kurz umarmen und hastig flüsternd die Lage erkunden.

»Was soll das? Was hat der Alte jetzt wieder vor?!«

»Eigentlich hat Mordmord gestern gesagt, du machst dich gut. Deshalb sind wir überhaupt hergekommen. Inzwischen hat er seine Meinung aber wohl wieder geändert.«

»Absolut verrückt«, urteilte Boris. »Schön, dich zu sehen«, fügte er hinzu, biss mich in den Nacken und schob beide Hände unter meinen Pulli. Gleich darauf mussten wir auseinanderzucken, weil andere Gäste zur Toilette trampelten.

Als wir durch die Dämmerung zurückfuhren, weinte ich heimlich, hinten im Auto.

Ich weinte selten, nachdem Annika mir mal aus irgendeiner Frauenzeitschrift vorgelesen hatte, das schade den Wimpern, doch jetzt empfand ich tiefe Traurigkeit, weil Boris zurückblieb, verwirrt statt gelobt und geliebt. Weil wir so jung waren und so machtlos. Und weil am nächsten Tag eine neue Woche begann mit einer Physikarbeit in den beiden ersten Stunden.

»Jetzt hast du ihm gar nicht richtig gesagt, wie du dich über seine Leistungen gefreut hast, Martin«, fiel schließlich auch meiner Mutter auf, während wir über die Elbbrücken rollten.

Woltermann antwortete nicht. Er schaltete stattdessen das Radio ein, um zu hören, wie der HSV gespielt hatte.

Einige Monate später kam ein sehr dicker brauner Brief, in dem die Internatsleitung genauestens darlegte, dass Boris in der Schule eine Art private Spielbank begründet hatte, in der sich einige Schüler weit über die Höhe ihres Taschengeldes verausgabten, woraufhin ein paar Verzweifelte einen nächtlichen Einbruch bei einer Buchhandlung im nächsten Ort starteten und dabei erwischt wurden.

Onkel Martin sagte kein einziges Mal etwas wie: »Ich hab's ja gewusst« – doch er wirkte auf grimmige Art zufrieden.

Im Übrigen klärte er die Sache bis in den letzten juristischen Winkel, stellte fest, dass Boris mit dem Einbruch selbst nichts zu tun hatte, beteiligte sich an den Kosten einer neuen Gymnastikhalle auf dem Schulgelände, damit niemand auf die Idee verfiel, den Spielbankbetreiber des Instituts zu verweisen, hackte seinem Sohn auf der Maschine einen Brief voll strenger Mahnungen und düsterer Prophezeiungen für seine Zukunft und ließ es dabei bewenden.

Sein Weltbild war wieder zurechtgerückt.

Das Einzige, womit er wirklich nicht fertig geworden wäre – dass Boris etwas richtig machte –, lag ein für alle Mal im Bereich des Unmöglichen.

Ich trank den letzten Schluck Kaffee und beschloss, es am nächsten Morgen einfach mal mit Tee zu versuchen. Eike kam zurück in die Küche, um sein Frühstücksgeschirr eilig und routiniert in die Spülmaschine einzuräumen.

»Weißt du noch, wie du mit dem Ding umgehen musst?«

»Nein.«

Er drehte sich zu mir um, das lange, blasse Gesicht ausdruckslos, der Blick skeptisch: »Du kannst plötzlich meinen Wagen fahren, weißt aber nicht, wie unser Geschirrspüler funktioniert?«

»Ich werde es schon herausfinden.«

»Falls nicht, frag meine Mutter.«

»Falls nicht, wasch ich mit der Hand ab.«

Darauf zuckte er mit den Schultern.

Plötzlich ertönte eine reichlich laute Sirene, ganz in der Nähe. Ich fuhr hoch: »Was ist das?«

»Probealarm. Jeden Samstag kurz nach zwölf in der Marsch.«

Ich lauschte. Nachdem die eine Sirene leiser wurde, jaulte eine andere los, weiter weg.

»Jede Woche? Wieso kurz nach zwölf?«

»Keine Ahnung. Das war schon immer so.«

»Immer?«

»Solange ich mich erinnern kann. Und wenn du dich erinnern könntest, würdest du dasselbe sagen. Wir sind schließlich beide in der Gegend aufgewachsen.«

Er griff sich die Lederjacke, die über dem Stuhl hing, und zog sie an. »Ich fahr jetzt nach Hamburg. Bin Sonntagabend wieder da.«

»Das heißt, du schläfst heute Nacht nicht hier?«

»Richtig.«

Wir starrten uns schweigend an. Dann drehte Eike sich um und verließ die Küche. Ich hörte ihn die Treppe hinuntergehen: weder schnell noch langsam, ganz normal und kontrolliert.

Schließlich konnte es mir vollständig egal sein, wo dieser fremde Mensch sich nachts herumtrieb.

Ich packte mein Geschirr ebenfalls in die Maschine, fand Spültabletten und drehte den Einschaltknopf. Das hätte jeder Zweijährige gekonnt.

Hinterher wagte ich mich an eines der Telefone. Da mir allmählich dämmerte, dass ich im Arbeitszimmer nichts zu suchen hatte, nahm ich natürlich das im Wohnzimmer.

Ich rief Janne an. Das letzte Mal hatten wir telefoniert, bevor ich aus meiner Erholungskur nach Pandersen abreiste.

»Mein Ilkatrix! Wie passend ist *das* denn? Ich hab mir die ganze Zeit gewünscht, du sollst anrufen, weil ich doch deine Nummer da in der Heide verloren hab. Du, ich bin vorgestern noch mal operiert worden! Diesmal am Hüftgelenk. Es ist zum Verrücktwerden. Jetzt muss ich zwei weitere Wochen hier liegen bleiben. Das dauert alles … Kommst du mich besuchen?«

»Deshalb ruf ich an. Wenn du möchtest, würde ich schon heute Nachmittag …«

»Nein. Heute will endlich mal mein Boss vorbeikommen, du weißt schon, der HNO-Doktor. Weiß nicht genau, wann er kommt. Auf jeden Fall musst du den nicht unbedingt kennenlernen. Der ist so langweilig, von dem kriegt man Brandblasen.«

»Ich verstehe. Soll ich morg …«

»Nein. Morgen kommen nämlich meine Eltern. Die haben leider doch erfahren, dass ich mit dem Balkon abgeschmiert bin, haben ganz hektisch angerufen und einen Flug gebucht. Meine Mutter hat geheult wie eine Hyäne, unwahrscheinlich laut. Sie sind natürlich böse, weil ich's ihnen verheimlichen wollte. Und jetzt kommen sie. Morgen. Also, da könnten wir uns auch nicht gut unterhalten.«

»Montag?«

»Sehr gerne. Morgens sind noch Untersuchungen bei Göttlicher, das dauert aber bestimmt nicht lange. Wenn du vielleicht um zehn rum kommen könntest? Ich freu mich auf dich!«

Bis dahin, dachte ich, muss ich rausfinden, wie ich mich bewegen kann.

Ich fuhr Auto, seit ich achtzehn war, und fuhr gerne (solange niemand meinen Wagen manipulierte). Ohne Auto zu sein, zumal in dieser Wüstenei, störte mich daher empfindlich.

Eigentlich müsste die Versicherung nach dem Unfall der Familie Sievert doch Geld für einen neuen Wagen gegeben haben? Hatte Eike das kassiert und spontan für andere Zwecke ausgegeben?

Um ihn das zu fragen, musste ich wohl bis Sonntagabend warten.

Ich fühlte mich plötzlich behindert, benachteiligt und festgebunden. Was tat ich eigentlich in diesem wildfremden Haus bei Menschen, die mich nicht leiden konnten und die mir misstrauten?

Und was tat ich eigentlich in diesem fremden Körper?

Ich ging in das nette blaue Badezimmer, betrachtete ihn im Spiegel und kam zu dem Schluss, dass ich etwas für ihn tun könnte, wenn ich schon mal drinsteckte. Also duschte ich ausgiebig und putzte meine Zähne mit der rosa Zahnbürste, die ja wohl hoffentlich mir gehörte. Außerdem lackierte ich mir die Zehennägel mit einem altrosa Lack, den ich im Badezimmerschränkchen fand.

Das Karokostüm zog ich gleich wieder an, schließlich handelte es sich um das einzige schicke Stück im Haus.

Dann stöberte ich ein wenig in Beatrix' Sachen herum. Dabei musste ich mir alle paar Minuten selbst versichern, dass ich dazu berechtigt war.

Hinter Schals und Halstüchern fand ich in einer Kommodenschublade einen Packen Briefe. Gleiche Umschläge, gleiche Schrift, alle an dieselbe Adresse gerichtet (bis auf einen), und zwar an Beatrix Sievert in einem Hotel in Berlin. Alle Briefe waren aufgeschlitzt und bestimmt nicht nur einmal gelesen.

11. Januar

Mein kleiner Spatz,
es macht mich ganz verrückt, dass du nicht mit mir reden willst. Ich hab die ganze Nacht nicht geschlafen und so seh ich jetzt auch aus. Also man sieht das. Warum bist du weggefahren. Ich versteh das nicht. Man kann doch in Ruhe darüber reden. Einfach wegfahren ist keine Lösung. Bitte ruf mich an. Wir brauchen nichts zu erklären, ich weiß genau, wie dir zumute ist. Ich will nur deine Stimme hören.
Ich liebe Dich.

Chris
(mit Schnörkel am s)

12. Januar

Hallo Spätzchen,
es hat doch keinen Sinn, wenn du jetzt rumschmollst. Ich weiß nicht, was ich tun soll. Carmen macht sich schon Sorgen und sagt, ich seh alt aus. Du fehlst uns beiden, also auch im Laden. Aber

sowieso. Ich will nicht sagen, dass du keinen Grund hast zum Bösesein, aber irgendwann ist doch mal gut. Du kannst doch jedenfalls mit mir reden. Ich glaube, ich kann dir alles erklären. Du darfst nicht vergessen, dass das Körperliche für Männer einen ganz anderen Stellwert hat als für Frauen. Nämlich gar keinen. Das läuft so unter: wenn man viel getrunken hat, da macht sich der Körper sozusagen selbstständig. Das hat gar nichts zu sagen und ist am nächsten Tag vergessen. Und mit dir hat das schon gar nichts zu tun, weil ich dich liebe.

Chris
(etwas bescheidenerer Schnörkel am s)

13.Januar

Trixi,
du bist es mir schuldig mit mir zu sprechen. Das sag ich zum einen als dein Vorgesetzter und zum anderen als der Mann, den du ja heiraten wolltest.
Was soll denn jetzt werden, wie soll es weitergehen, frage ich dich. Wenn du so gar nichts von dir hören lässt. Man macht sich schon Sorgen, ob alles in Ordnung ist. Eike hat bei Carmen angerufen und gefragt, ob wir wissen, wo du bist. Ob du bei uns bist. Weil dein Koffer weg ist und viele Klamotten und weil du dein Handy dagelassen hast. Was das angeht, wundert mich jetzt nichts mehr. Hat er jetzt die ganzen Anrufe und SMS von mir gekriegt oder wie. Eike macht sich Sorgen, weil du ja gefährdet bist und so weiter. Carmen hat gesagt, du bist auf einer kosmetischen Schulung in Berlin und so weit alles in Ordnung. Was macht denn das für einen Eindruck.
Ich verlange jetzt, dass du mit mir sprichst. Ruf mich an sobald wie möglich. Oder geh ans Telefon. Das mit Nadine war nur eine Nacht! Noch nicht mal, nur vielleicht zwei Stunden. Und sie ist entlassen! Fristlos, schon weg. Ich sehe sie nie wieder. Das war schon etwas schroff, aber für dich mach ich mich auch zum Affen. Carmen sagt, ich soll ganz lieb grüßen und du sollst ganz schnell zurückkommen.

Chris
(Riesenschnörkel)

16. Januar

Mein Spätzchen,
worauf wartest du noch. Komm schnell nach Hause. Nach unserem Gespräch ist doch jetzt alles klar. Ich warte auf dich und Carmen auch. Ich tipp mir hier die Finger wund mit einer SMS nach der anderen und du lässt dein Handy zu Hause. Na warte. Trixi, wenn du noch was besprechen möchtest, dann ruf du aber bitte bei uns an. Ich will nicht noch mal mit diesem Hirnlosen in deinem Hotel reden, ob er mich vielleicht gnädigerweise durchstellt. So was macht dem doch Spaß.
Ich denke, nach dieser Krise ist unsere Beziehung gefestigt. Durch so was muss man auch gemeinsam durch.
Ich warte auf dich und zähle die Stunden.

Chris
(mittlerer Schnörkel)

Und der letzte Brief, ohne Datum:

Hallo Spätzchen,
dreh jetzt bloß nicht wieder durch! Nadine war nur ganz kurz hier, weil ich mit ihr noch was wegen der Januar-Lieferung von Haarspray zu besprechen hatte. Sonst nichts.
Trixi, du musst mir auch vertrauen, sonst taugt unsere Beziehung nichts.
Ich hab mich einmal vergessen, ein einziges Mal in unserer ganzen Zeit und da war auch noch Alkohol im Spiel. Das war das erste und letzte Mal, da kannst du drauf bauen.
Ich würde es wirklich begrüßen, wenn du in solchen Fällen nicht immer dein Mobiltelefon liegen lassen würdest und man dich nicht erreichen kann.
Wie soll ich dir was erklären, wenn du nicht zu sprechen bist.
Carmen sagt, sie versteht mich. Die versteht auch, ehrlich gesagt, etwas mehr von Männern. Dass man sich mal vergessen kann, ein Mal!
Ich kannte mal einen Mann, der war zwar Perser, aber trotzdem, der hat gesagt, wenn ein Mann immer nur treu ist, dann ist der kalt.

Dass ich nicht kalt bin, weißt du.
Aber es passiert bestimmt nie wieder, das kann ich dir praktisch in die Hand versprechen.
Ich liebe dich.

Dein Christoph
(ohne jeden Schnörkel)

Ich versuchte, das Datum des Poststempels auf dem letzten Umschlag zu entziffern: der 23. oder 26. April schien das zu sein.

Am sechsundzwanzigsten April war der Unfall passiert. Wurde vielleicht nicht nur Ilka durch ein kaputtes Auto behindert, sondern auch Beatrix – weil ihr die Hände zitterten?

Wie nervös musste sie sein, wenn sie auch noch einen einstweilen unbenutzten Baby-Test in der Handtasche herumtrug?

Immerhin begriff ich jetzt, weshalb Chris Brecker mich so von der Seite belauert hatte und warum ihn die Information erleichterte, dass ich mich an nichts erinnern konnte.

Hatte er diesen letzten Brief vergessen?

Oder hoffte er, Beatrix hätte ihn gleich nach dem Lesen zerrissen?

Nadine – das klang nach einem sehr jungen Wesen, vielleicht Lehrmädchen in der Parfümerie. Celine war der Name des letzten sehr jungen Wesens dieser Art, das auf meinen Nerven Harfe gespielt hatte, nach der Melodie: *What A Fool Believes* …

Die Erste hieß Isabell. Ich glaube, die war sogar etwas älter als ich.

Und wenn ich mich daran erinnere, beißt der Schmerz genauso scharf wie damals, im ersten Augenblick.

Irgendwann brachten wir alle unser Abitur zustande, Annika natürlich früher und mit Auszeichnung. Sie zog für einige Semester nach Göttingen und stürzte sich sofort auf die Betriebswirtschaft, während Boris von seinem Vater und den Umständen gezwungen wurde, Jura zu studieren und ich mich mit immer neuen Ausreden vor dem Innenarchitekturstudium drückte: Ich hatte keine Lust darauf. Eigentlich hatte ich zu gar nichts Lust.

Seit einem Jahr volljährig und endlich aus der Schule, war ich wild darauf, jeden Zwang abzuschütteln. Leider gab es kaum Zwang; meine Mutter ließ mir meine Freiheit, Onkel Martin war ich mehr oder weniger egal, Annika maulte zwar, doch der hörte niemand wirklich zu.

Mit einem Mädchen, das früher auch in Sasel wohnte und dem ich in einer Diskothek wiederbegegnet war, zog ich spontan in eine nette kleine Wohnung an der Sternschanze.

Das Mädchen hieß Britt, Britt Haubach, war zierlich und krausköpfig und ein Hosentyp, der gern den Kobold spielte und über Unmengen von guter Laune verfügte. Wir hatten vergleichsweise wenig miteinander zu tun; sie studierte engagiert Pharmazie und schlief häufig nicht in der Wohnung, sondern bei ihrem Freund. Im Übrigen tolerierte sie sehr geduldig meine Schlampigkeit.

Mami zahlte mir ein großzügiges Taschengeld und erklärte, sie hätte sich damals vor ihrem Studium auch gern erst mal ein wenig im Leben umgesehen. Sie schien keinen Gedanken an das warnende Beispiel von Tante Nettchen zu verschwenden.

Also sah ich mich im Leben um, was bedeutete, dass ich meist nachts unterwegs war und weit in den Tag hinein schlief, dass ich reichlich trank und mir eine Zigarette an der anderen ansteckte, dem Schicksal meines Vaters zum Trotz.

Weil ich nichts wirklich Befriedigendes tat, legte ich mir eine gelangweilte und blasierte Attitüde zu. Der Spaß als solcher machte mir nach einiger Zeit keinen besonderen Spaß mehr.

Boris wohnte zunächst in einer großen Wohnung in Eppendorf zusammen mit drei jungen Männern und einem hübschen Mädchen – Letzteres ein unendlicher Streitpunkt zwischen uns. Er studierte, sofern er dazu kam. Schließlich musste er mir ja helfen, mich im Leben umzusehen.

Im Prinzip hätte es wahrscheinlich auch andere Männer gegeben, die sich für mich interessierten, doch mein Ziehbruder und ich waren so miteinander verflochten, dass niemand sich durch dieses Gestrüpp hindurchtraute.

Als Britt mit ihren Eltern ziemlich plötzlich nach Amerika auswanderte, zog Boris in der Sternschanze ein.

Sein Zimmer in der Wohnung mit den jungen Männern und dem (immer noch viel zu) hübschen Mädchen behielt er vorsichtshalber als Hauptadresse bei und das war klug von ihm, da wir uns etwa alle zwei Monate für immer trennten, nach einem heftigen Streit oder einer endlosen Aussprache.

Vor und nach diesen Trennungen lebten wir im gemeinsamen Haushalt, Prinz Skia-Orus und Prinzessin Skuri-Ola. Unsere Unordnung, unsere Verrücktheiten, unsere ständigen Spiele: gelebter Surrealismus, auf die Dauer furchtbar anstrengend. Da wir uns in jeder Beziehung gehen ließen, waberte und schäumte auch unsere Leidenschaft wild umher. Wir liebten und hassten uns abwechselnd oder gleichzeitig.

Ich merkte, was für ein Unbehagen mir die Erinnerung an diese Zeit verursacht. Sie dauerte nicht einmal lange, kaum ein Dreivierteljahr.

An einem sonnigen Nachmittag fuhr ich nach Eppendorf, um etwas aus der Gemeinschaftswohnung zu holen; Handtücher, glaube ich. Boris, das wusste ich genau, war zwar in der Uni und ich hatte keinen Schlüssel. Ich ging jedoch davon aus, dass irgendeiner der Mieter schon da sein und mir öffnen würde.

Wirklich kam Jonas, einer von Boris' Mitbewohnern, zufällig im selben Augenblick an wie ich. Wir gingen durch das dunkle Treppenhaus nach oben, Jonas schloss auf, während er mir lang und breit von seiner Katze erzählte, die kein Katzengras fressen mochte.

Während wir auf dem langen Flur standen, öffnete sich die Tür zu Boris' Zimmer ein kleines Stückchen und ging gleich wieder zu.

Ich blieb stehen und starrte die Tür an. Jonas hatte nichts gemerkt und begab sich in die Küche, um das Katzengrasproblem zu lösen.

Jetzt drückte ich die Klinke nieder und trat ein. Das Zimmer sah unordentlich aus und so weit ganz normal. Schmutziges Geschirr hier und da, Zeitschriften und Bücher auf dem Boden. Das Bett zerwühlt, natürlich.

Boris' Plattenspieler drehte sich mit einem ganz leisen, scharrenden Geräusch. Er war auf Dauerbetrieb gestellt, doch der Arm hatte sich verschoben und hakte in der Mitte der Schallplatte fest.

Ich hob den Arm ab und nahm die Platte hoch. Das war *What A Fool Believes*, Boris' Hintergrundmusik für erotische Momente. Erstaunlicherweise schien er zwei Exemplare davon zu besitzen!

Ich weiß nicht, wie ich auf die Idee verfiel; jedenfalls schob ich meine Hand unter die Bettdecke. Da spürte ich ganz deutlich Wärme, so als hätte eben noch jemand hier gelegen.

Ich schaute unter das Bett, hinter einen Vorhang – dann öffnete ich den Schrank. In dem saß das hübsche Mädchen (Isabell hieß sie) splitternackt auf dem Boden, mit weit aufgerissenen Augen.

Warum log sie mir nicht irgendeine Geschichte vor? Es hätte doch ein oder zwei harmlose Gründe dafür geben können, dass sie hier am Nachmittag in Boris' Zimmer schlief.

Ich bin mir ziemlich sicher, dass ich ein bisschen auf sie einprügelte, mit einem Plüschbären übrigens, den ich Boris mal geschenkt hatte. Isabell hielt die Arme über den Kopf und quiekte.

Dann verließ ich das Zimmer, die Wohnung, den Stadtteil.

Ich fuhr nach Hause und tobte, zunächst allein. Ich schwankte zwischen den Möglichkeiten, Isabell umzubringen, mich umzubringen oder Boris umzubringen. Bei all unseren Streitereien und Machtkämpfen hatte ich mir doch die ganze Zeit eingebildet, dass es so etwas wie Vertrauen oder eine unzerstörbare Verbindung zwischen uns gab.

Ich demolierte einige Gegenstände, an denen ihm viel lag. Natürlich auch seine Lieblingsplatte; die besaß er ja noch mal.

Kurz vor Feierabend rief ich den Schlossernotdienst an, faselte etwas von einem verlorenen Schlüssel und irgendwelchen Bedrohungen und brachte den braven Mann dazu, mir in aller Eile ein neues Schloss an die Tür zu montieren.

Er war kaum weggefahren, da parkte Boris vor dem Haus.

Ich stand zitternd hinter der Tür und hörte zu, wie er sich abmühte, den Schlüssel verfluchend, der doch nichts dafür konnte.

Irgendwann begann er zu klingeln – er hatte mein Auto vor der Tür gesehen und musste sicher sein, dass ich zu Hause war.

Ich saß tränenüberströmt da, den Rücken gegen die Tür gelehnt.

Boris ging zu Klopfen und Rufen über. Der Nachbar rechts neben uns hatte allmählich einige Einwände. Also rannte Boris die Treppe hinunter. Fünf Minuten später rief er an, aus einer Kneipe.

Ich nahm den Hörer auf und sagte: »Hallo Boris. Isabell hat mir alles erzählt.«

Das stimmte so zwar nicht ganz, aber es reichte.

Er schwieg lange. Dann kam er mir mit der Geschichte vom männlichen Organismus, der nun mal so beschaffen sei, vor allem unter Alkoholeinfluss. Und dass das alles mit uns nichts zu tun hätte.

»Weil wir gerade so nett miteinander reden – was war eigentlich mit Annika?«, fragte ich.

Das wollte ich seit Langem wissen. Andererseits hatte ich's auch wieder nie so genau wissen wollen.

»Mit Annika?«

»Das ist meine Schwester.«

»Ich weiß nicht …«

»Doch. Du weißt.«

»Was soll das jetzt? Das ist fünf Jahre her und war nur ein einziges Mal. Ich wollte wissen, ob ich sie dazu kriege. Ich hab sie dazu gekriegt. Das war auch schon alles. Ein einziges M …«

Ich legte auf.

Er ließ nichts mehr von sich hören. Immerhin gab es ein weiteres Bett für ihn in dieser Stadt, sogar mit einem hübschen Mädchen drin.

Nachts um zwei fuhr ich nach Sasel. Gegen halb drei weckte ich meine Mutter, Woltermann kam dazu.

Sie saßen mir im Wohnzimmer blinzelnd gegenüber, sie im schneeweißen, er im braun gestreiften Bademantel, während ich, laut weinend, Boris anklagte.

»Wieso wohnt ihr denn zusammen? Ich dachte, bei dir wohnt diese Britt Wie-heißt-sie-noch?«, fragte meine Mutter.

»Die ist ausgewandert«, schluchzte ich.

»Wer hat euch eigentlich erlaubt, zusammenzuziehen?«, knurrte Woltermann.

»Weshalb brauchen wir dazu eine Erlaubnis? Warum können wir nicht machen, was wir wollen? Wir sind erwachsen!«, rief ich empört.

»Solange wir euch die Miete zahlen, nicht. Solange wir euch monatlich hohe Summen zum Leben auszahlen, so lange geht uns euer Leben etwas an!«, zeterte der Anwalt. »Selbst bestimmen könnt ihr, sobald ihr euch selbst ernährt!«

»Dann mach ich mich jetzt selbstständig. Ich komme alleine für mich auf, du widerlicher Schinder!«, heulte ich.

»Sprich nicht so zu Onkel Martin, das ist sehr ungezogen!«, rief meine Mutter, bemüht, etwas Kultur in das Gespräch zu bringen.

Der Effekt war leider gegenteiliger Natur. Woltermann und ich spuckten uns einige entfesselte Emotionen und Beleidigungen ins Gesicht. So hatte ich mich noch nie einem »Erwachsenen«, einer Respektsperson gegenüber aufgeführt. Hauptsächlich beschuldigten wir uns gegenseitig, meine Mutter finanziell auszubeuten. Endlich fing diese ebenfalls an zu weinen.

»In diesem Ton darfst du nicht mit dem Mann reden, den ich liebe«, verlangte sie von mir.

»Und wieso darf dieser Kerl dann so mit *mir* reden?« Ich stampfte mit dem Fuß auf.

Im Grunde war ich entsetzt über mich selbst. Wer seine Eltern schlägt, hatte ich als kleines Mädchen gelernt, dem wächst die Hand aus dem Grab. Würde mir nach diesen Frechheiten eines späten Tages die Zunge aus dem Grab wuchern?

Plötzlich begann der Anwalt zu gähnen. Er gähnte sehr laut und ausgedehnt, es sah so aus als würde er sich den Kiefer verrenken. Dieses Gähnen nahm kein Ende, ein Luftholen mit weit geöffnetem Mund ging ins andere über.

Meine Mutter und ich starrten ihn verblüfft an. Zunächst hatte es noch so ausgesehen, als wäre er halt müde (kein besonderes Wunder um diese Zeit), doch nach und nach wirkte es bestürzend krankhaft.

»Martin? Martin – was ist mit dir?«, rief meine Mutter und rüttelte an seinem Arm.

Vielleicht dadurch hörte das Gähnen auf – und ging in Lachen über. Das winselige Gelächter Woltermanns hatte seit jeher sonderbar geklungen. Jetzt hörte es sich einfach nur gruselig an. Es schien genauso wenig abzustellen wie vorher das Gähnen, verzerrte sein Gesicht, erschütterte seinen mageren Körper.

Unwillkürlich beteiligte ich mich daran, den Mann zu schütteln, um ihn wieder zur Vernunft zu bringen. Das Lachen veränderte sich langsam und wurde zum Weinen. Martin Woltermann, etwas kahlköpfig, lang und sehr schmal in seinem eleganten braun gestreiften Bademantel, heulte wie ein kleines Mädchen, verzerrte den großen Mund, verkrampfte die Augenbrauen.

»Siehst du, was du ihm angetan hast!«, schrie mich meine Mutter an. Sie zeigte mit ihrem gepflegten Zeigefinger auf die Wohnzimmertür und sagte ebenso schlicht wie melodramatisch: »Verlass mein Haus! Geh mir aus den Augen!«

Ich stolperte gehorsam über den Teppichboden von dannen, zutiefst beleidigt. Trost und Zustimmung hatte ich erhofft und von Onkel Martin, dass er Boris (endlich mal völlig zu Recht) verurteilte.

Stattdessen wurde ich weggejagt. Und das bloß, weil der alte Woltermann gerade endgültig überschnappte.

Es dämmerte schon, als ich nach Hause zurückkam und an meinem nagelneuen Türschloss herumfummelte, während drinnen das Telefon klingelte. Sobald ich endlich in der Wohnung war hechtete ich zum Hörer. Wer sollte mich morgens um halb fünf anrufen, wenn nicht Boris, völlig zerknirscht, voller Reue?

Stattdessen meldete sich Britt aus Baltimore, nur wenig zerknirscht, da ihr zu spät eingefallen war, dass wir in Europa sechs Stunden später lebten und ich eventuell gerade schlief. Diesbezüglich beruhigte ich sie. Dass ich zum Frühaufsteher geworden war, hätte sie mir nicht abgekauft; dass ich gerade ins Bett gehen wollte, glaubte sie gern.

Sie vermisse mich und »unser Gelächter«, erklärte sie.

Ich konnte mich eigentlich nicht erinnern, dass wir besonders viel zusammen gelacht hätten. (Hatte Britt nicht meistens allein gekichert?) Doch, einmal, als der Ablauf der Duschwanne verstopft war und wir beim Versuch, das zu beheben, gemeinsam fast ertranken.

Vom Gelächter mal abgesehen bekam ich den Eindruck, diesen Anruf schickte mir der Himmel.

Tatsächlich hatte ich auf der Heimfahrt darüber nachgedacht, wie ich meine Lieben strafen könnte, indem ich von heute auf morgen unauffindbar verschwand. Die Frage schien beantwortet, ich steuerte das Gespräch, ohne etwas von meinen Kümmernissen zu verraten, in die Richtung: Ich beneide dich, wie interessant muss Baltimore sein, ach, könnte ich doch auch mal nach Amerika!

Nach sechs Minuten hatte ich eine Einladung, oder doch beinah. Sie würde natürlich ihre Eltern fragen müssen und die waren gerade für drei Tage verreist. Im Übrigen schien alles sehr unproblematisch, es gab mehrere Gästezimmer im Hause Haubach.

»Brauche ich denn kein Visum?«, fragte ich.

»Soviel ich weiß, darfst du ohne so was drei Monate lang bleiben«, sagte Britt. Dann kicherte sie und meinte: »Vielleicht heiratest du ja bis dahin und bleibst ganz hier!«

Das würde meiner Sippe nur recht geschehen, dachte ich.

Bevor Britt auflegte, bat ich geistesgegenwärtig um ihre Telefonnummer, weil ich demnächst nicht mehr hier zu erreichen sein würde.

Dann überlegte ich, wo ich mich in den nächsten drei Tagen verstecken konnte, als sei ich bereits weit, weit weg.

Ich packte einen Koffer, räumte gründlich auf –, beispielsweise sammelte ich die Scherben der Gegenstände zusammen, an denen Boris hing und die ich deshalb kaputt gemacht hatte – ich putzte sogar ein bisschen (nicht gerade meine Spezialität) und entfernte persönliche Dinge wie Fotos und meine Lieblingstopfpflanze.

Zum Schluss sah alles sauber und glatt und beängstigend anonym aus, genauso, dass man sich entsetzt fragen musste: Was ist hier passiert? Wo ist Ilka?

Gegen elf, gerade als ich die kleine Wohnung an der Sternschanze verließ, klingelte das Telefon. Ich blieb stehen und hörte zu. Diesmal war ich vollkommen sicher: Der Anrufer ist Boris.

Es klingelte und klingelte und klingelte. Ich hörte es noch, leise, als ich den Karton mit einigen Lebensmitteln und der schwankenden Topfpflanze die Treppe hinuntertrug.

Ich fuhr nach Bramfeld, wo Tante Nettchen inzwischen in einer eigenen, winzigen Einzimmerwohnung mit Kochnische wohnte, nachdem sie den »Familienanschluss« nicht mehr ertragen hatte.

Ich wusste im Voraus, dass sie sagen würde: »Gerne, mein Möppchen, jederzeit!«, wenn ich fragte, ob ich ein Weilchen bei ihr Unterschlupf finden könnte.

Zwar gab es kein zweites Bett, nicht einmal ein Sofa, doch auf einigen übereinandergelegten Decken auf dem Teppich schlief ich wunderbar, bis Britt am Telefon verlangte, ich solle so schnell wie möglich kommen und so lange wie möglich bleiben.

Inzwischen sang die Tante mir und ihren beiden aktuellen Katern, dem blondgetigerten Sonny und dem schwarzen Tubbs, Gospel oder Lieder von Johnny Cash vor und ich sah fasziniert zu, wie sie morgens mit einem Kajalstift ihre nahezu blinden Augen umrahmte, ohne dabei in einen Spiegel zu blicken.

Ich heulte Tante Nettchen meinen ganzen Kummer an ihren nach Räucherstäbchen duftenden Busen: wie Boris mich im Stich gelassen und wie mich dann auch noch meine Mutter weggejagt hatte, weil der alte Anwalt ihrem Herzen näherstand als ich.

»Gut, dass du wegfliegst, bevor dir etwas wirklich Schlimmes passiert. Von diesem Boris und seinem Vater geht so was wie eine tödliche Gefahr aus, ich übertreibe nicht! Gewarnt warst du schon durch deinen Traum, gleich als die Woltermänner zu euch gezogen sind und ich rausgeschmissen wurde«, meinte die Tante, mir Cognacbohnen in den Mund schiebend. »Diese Männer sind ungut, ganz schlechte Energie, ganz schlechtes Karma. Aber irgendwie müssen die Harders mit ihnen verflochten sein, sonst würde das nicht so viele Jahre andauern. Und du hättest dich nicht in diesen Bengel verguckt, nachdem deine Mutter sich schon mit dem Alten zusammengetan hat. Schicksalhaft und bedrohlich sind sie, alle beide, und das wird noch schlimmer werden, glaub es mir, ich spüre das.«

Vor dem Gespür der Tante hegte ich großen Respekt, aus lauter Angst wurde mir ganz schlecht. Oder von den Cognacbohnen. Eventuell war ich auch einfach krank: Unter meinen blaugrünen Augen saßen braungrüne Ringe, mein berühmter Appetit ließ mich im Stich, immer wieder kämpfte ich mit Übelkeit.

Tante Nettchen mutmaßte, ich hätte etwas Falsches gegessen. Ich musste ihr schon wieder recht geben. Vor einigen Wochen gab es in einem italienischen Restaurant irgendetwas, was mir so wenig bekam, dass ich es einige Stunden später wieder von mir gab.

Dadurch, wusste die kluge Tante, könnte man sich natürlich einen empfindlichen Magen einhandeln, so was hielte wochenlang an. Wichtig sei vor allem, nicht zum Arzt zu gehen, der therapiere daraus womöglich etwas wirklich Schlimmes.

Sie spürte zwar viel, aber eben auch nicht alles. Weder sie noch ich kamen darauf, dass eine Antibabypille nur wirkte, wenn man sie nicht sofort wieder von sich spuckte und dass sich bei mir die anderen Umstände schon einmal durch ständige Übelkeit angekündigt hatten.

Einstweilen flog ich ohne derartige Bedenken nach Baltimore, mit einer herzlichen Einladung von Britts Eltern.

Im 8. Kapitel

nehmen wir im Garten Platz –
wandern durch die Marsch –
machen eine Busfahrt zum Oval Office –
und frühstücken mit alten Freunden

Ich hatte die Briefe von Chris Brecker längst wieder verstaut und mir eine Menge tiefsinniger Gedanken über meine verschiedenen Existenzen gemacht, als ein unwiderstehlicher Duft durchs Haus zog, der mich daran erinnerte, dass seit dem Frühstück eine Menge Zeit vergangen war.

Im Garten der Familie Sievert lag, über die Äste zweier Bäume gezogen, ein Balken, an dem eine schaukelnde Holzbank hing, halb im Schatten und halb in der Sonne. Davor standen ein Tisch und zwei Stühle. Den Tisch deckte Hilke Sievert mit Tellern und Tassen für zwei Personen. Schließlich stellte sie eine dicke Teekanne dazu. Nun kam, etwas steifbeinig, aber würdevoll, ein schmaler älterer Herr, stieg vorsichtig um die hier und da scharrenden Hühner herum und setzte sich auf die Holzbank, gefolgt von dem dicken Spaniel, der sich hechelnd darunterlegte.

Der alte Herr blinzelte in die Sonne, in die Stachelbeerbüsche und zum Haus hinauf. Sobald er mein Gesicht hinter dem Fenster bemerkte, lächelte er erfreut: »Trixchen ist wieder da! Machst nicht runterkommen und ein Schluck Tee mittrinken? Hilke hat Apfelkuchen gebacken!«, rief er mir zu und, ohne meine Antwort abzuwarten, laut ins Haus: »Hilke, tu man noch ein Teller und ’ne Tasse dazu, Trixchen trinkt Tee mit uns.«

Ich konnte mir die helle Freude im Gesicht meiner Schwiegermutter vorstellen. Schon deshalb kämmte ich mich schnell und ging erwartungsvoll die Treppe hinunter. Ein bisschen Bosheit war anscheinend, trotz all der neu erblühten Menschenliebe, in Ilkatrix stecken geblieben.

Im Garten warf Hilke mir einen kurzen, scharfen Blick zu, muckte jedoch nicht auf, sondern deckte noch einen Teller mit Kuchengabel und eine Tasse für mich.

»Hallo«, sagte ich freundlich zu dem alten Herrn, während ich mich neben ihn setzte. »Entschuldige, ich kann mich nicht mehr an dich …«

»Hab ich schon gehört. So was! Dann könn' wir uns noch mal ganz von vorn kenn' lernen – ist ja auch reizvoll!«, fand Eikes Vater. Er hatte ein langes, schmales Gesicht, eine lange, schmale Nase wie sein Sohn und diese auffallend hellen, fast farblosen Augen. Übrigens auch ziemlich langes weißes Haar und ziemlich lange Zähne. Trotzdem: ein gut aussehender alter Herr und sehr sympathisch.

»Ich bin dein Schwiegervater, aber das hast dir schon gedacht, was? Sach man Klaas zu mir, hast du immer gemacht«, empfahl er und tätschelte freundlich meine Hand.

Finchen schnuffelte an meinen Knöcheln herum.

»Lass mal, Josefine –«, meinte Klaas und zog sie sachte am Halsband zurück. Im Unterschied zu seiner Frau am Vortag sagte er das ohne eingebauten Vorwurf.

Hilke erschien mit dem Kuchen und einer Schale mit geschlagener Sahne, setzte sich uns gegenüber und goss den duftenden rotbraunen Tee in die Tassen. »Machst du denn Apfelkuchen? Ich glaub ja, den machst du gar nicht«, überlegte sie. »Du bist ja immer so 'n büschen krüsch, ne?«

»Danke, ich nehme gerne was davon«, widersprach ich.

Das fehlte noch, dass ich hier nichts abbekam, bloß weil Beatrix rumgezickt hatte!

Zur gelindern Verwunderung meiner Schwiegermutter verschlang ich zwei Stück vom noch warmen Kuchen mit viel Sahne.

Klaas freute sich: »Dass' gut, dass du mal Appetit hast, mein Lütten.«

Die Sonne wurde durch das Laub der Bäume angenehm gefiltert, die Hühner glucksten um uns herum. Erstaunlicherweise tat Finchen so, als gebe es das Federvieh nicht. Nur wenn der weiße Hahn anfing, sich in der Nähe des Teetischs wichtig zu machen, knurrte sie leise, bis er wieder mehr Abstand nahm. Ich konnte den Hund verstehen; die Hühner an sich störten mich weniger, aber dieser gezierte Macho, der seinen labberigen Kamm eitel hin und her schüttelte wie eine Tolle, ging mir auch auf die Nerven. Irgendwie konnten wir uns gegenseitig nicht leiden: Er starrte mich aus seinen bösen, runden kleinen Augen an, ich guckte aus meinen Rehaugen zurück und wir wünschten uns gegenseitig aus dem Garten. Du wirst gewinnen, dachte ich. In nicht allzu langer Zeit verschwinde ich hier.

Darüber schien auch Eikes Vater nachzudenken. Er hatte sich eine Zigarre angezündet, schaukelte leise mit unserer Bank und fragte: »Lässt du dich jetzt immer noch von Eike scheiden, trotzdem du nicht mehr weißt, weswegen du ihm böse bist?«

Hilke murmelte, den Mund am Tassenrand: »Das wird sie wohl noch wissen.«

»Wenn ich ehrlich bin, weiß ich's wirklich nicht mehr«, sagte ich. »Aber Eike erinnert sich ja noch und einen neuen Termin haben wir auch schon.«

Finchen hatte sich heimlich wieder an mich rangeschnüffelt und schob nun die Schnauze auf mein Knie. Bevor jemand sie zur Ordnung rufen oder wieder wegziehen konnte, streichelte ich ihren Madonnenscheitel und die gewellten langen Ohren. In Amerika hatte ich mal einen Hund gehabt, an den erinnerte mich dieses kleine Spanielmädchen. Sie wedelte gutmütig mit ihrem lockigen Stummelschwänzchen und roch so nett nach warmem Fell.

In Finchens inneren Augenwinkeln saß ein wenig gelblicher Glibber, den ich vorsichtig mit beiden Daumen zur Schnauze hin entfernte. Weil ich nicht wusste, wohin mit dem Zeug, wischte ich es innen in meinen Rocksaum. Als ich aufsah, merkte ich, dass Hilke mich anstarrte, als habe sie eine Halluzination.

Klaas zeigte sich ebenfalls beeindruckt: »Dass' ja gediegen! Hast nicht früher so Allergien gegen Hunde gehabt?«

»Nicht leiden können hat sie Hunde!«, rief Hilke empört.

»Das hat sich irgendwie geändert. Wie das mit dem Apfelkuchen«, bemerkte ich.

»Jetzt machst du Finchen? Würdest du gern 'n büschen mit ihr rumgehen?«, wollte Klaas wissen.

»O ja! Dann kann ich mich auch gleich mal etwas in der Gegend umgucken. Ist hier nicht irgendwo die Elbe?«

Hilke schnaubte spöttisch. »Das glaub man. Gehst einfach stracks nach Westen, nach ’ner Zeit macht das platsch und du bist da.«

Klaas griente mit seinen langen Zähnen. »Da musst du aber ’ne Weile laufen, Trixchen. Guck, da hinten, wo die Bäume sind, da kannst ab und an die Queen Mary oder andere große Pötte vorbeifahren sehn, wenn die Hamburg anlaufen oder zurückfahrn. Das sieht ganz gediegen aus, wenn die Lichter so hinter den Bäumen langschiebn, wie wenn die Dampfer an Land unterwegs sind.«

Meine Schwiegermutter stand auf und verschwand im Haus, um gleich darauf mit der Hundeleine zurückzukommen. »Hier! Denn sieh man zu. Wenn du hier auf den Straßen bleibst, da fährt kaum was, da brauchst keine Leine. Sie hört auch gut. Weißt noch, wie wir für sie pfeifen?«

Ich schüttelte den Kopf und die beiden alten Sieverts pfiffen synchron, kurz, scharf und hell. Finchen sprang dabei mit allen vier Pfoten hoch. Sie wurde ganz quirlig, seit die Leine aufgetaucht war, die ich jetzt in der Hand hielt. Als ich aufstand, drehte sie ihren drallen kleinen Körper aufgeregt um mich herum.

»Wirst allein nach Hause finden? Geh man nicht zu weit weg«, empfahl Hilke, die mir allmählich zu glauben schien, dass sich in meinem Kopf dies und das verändert hatte. Sie schickte mir, bevor sie sich wieder zu ihrem Mann an den Tisch setzte, ein schmales kleines Lächeln hinterher. Das erste, seit ich sie kannte. Vielleicht sogar das erste, seit Beatrix sie kannte?

Wir spazierten zuerst über die asphaltierte Straße, die am Haus vorbeiführte, nach rechts. Einige ähnliche Häuser wie das der Sieverts standen in einigen ähnlichen Gärten mit hohen, alten Obstbäumen und viel Gesträuch. Dann kamen mehrere Bauernhäuser nebeneinander auf beiden Seiten der Straße, von pittoresk-schmuddelig bis superproper, von ziemlich antik mit »Gott schütze dieses Haus«-Spruch unter dem Reetdach bis zu Beton und Plastik. Alle wurden gleichermaßen verschandelt durch riesige, folienbedeckte Hügel, bepackt mit dicken Autoreifen. Gab es denn wirklich keine attraktivere Art, das Grünzeug für den Winter aufzubewahren?

Wir passierten noch zwei große Kuhställe sowie einen Pferdestall mit kleinem Auslauf, in dem sich ein dickes gescheckte Pony mit einer weißblonden Stute stritt, dass der Staub wölkte. Bald darauf war die Straße zu Ende. Sie führte auf eine etwas breitere Landstraße.

Finchen und ich kehrten um, gingen diesmal linksherum am Haus vorbei, an einem Garten mit schrill kläffendem Hund, den wir gemeinsam absichtlich nicht beachteten, an einer verlassenen Busstation mit hölzernem Wartehäuschen und zwischen mehreren Weiden voller Kühe hindurch. Sie trabten zum Zaun und staunten uns, gemächlich kauend, mit ihren schönen großen Augen an, obwohl sie uns doch vielleicht hätten kennen sollen.

Ich blieb stehen, während Finchen zwischen Löwenzahn und Hahnenklee herumschnupperte, sah mich um und erkannte, dass ich wie auf einem leicht nach außen gerundeten Tablett stand. Vier Fünftel der Landschaft bestanden aus Himmel. Über mir wölbte er sich pastellblau, wolkenlos, wie die Glaskuppel eines Briefbeschwerers. Ich drehte mich langsam im Kreis. Nirgends wurde mein Blick aufgehalten, kein großes Haus, kein Wald, schon gar keine Berge. Überall war Ferne, meilenweit. Ich schmolz zu Millimetergröße zusammen, als könnte ich mich selbst von weit oben sehen. Im Augenblick empfand ich es nicht als beängstigend, nur als Ehrfurcht gebietend.

Bevor es mich überwältigen konnte, legte ich mir die Hundeleine um den Hals, steckte beide Hände in die karierten Rocktaschen und pfiff Finchen, um weiter in die Marsch hineinzuwandern.

Dufte man über so eine Wiese gehen oder kam gleich ein wütender Bauer, der einen verjagte? Ich riskierte es und schlurfte durch das hohe Gras. Weder ich noch der kleine Hund würden hier viel verderben.

Ich zog die Jacke aus und band mir die Ärmel lose um die Taille, denn die Sonne heizte ganz ordentlich. Angenehm, dass es auf dieser ebenen Fläche ständig einen sachten Wind gab, der zurückhaltend säuselte und meine Stirn kühlte.

Finchen schoss mit flatternden Ohren an mir vorbei, schnappte ein bisschen überdreht nach einer Hummel, warf die Hinterbeine in die Höhe wie ein bockender Esel und galoppierte durch das Gras voran. Teilweise konnte ich nur an den bewegten Büscheln sehen, wo sie herumhopste.

Dann plötzlich, sie musste ganz dicht am Rand der Wiese sein, hörte ich ein schmerzliches Jaulen.

»Finchen!«, rief ich erschrocken. Ich ließ Beatrix' lange Beine gehörig arbeiten, auf die Stelle mit dem Schmerzensschrei zu.

Inmitten hoher Unkrautbüschel klaffte hier tückischerweise ein Loch, in dem der Hund mit beiden Vorderpfoten hing, während er mit den Hinterpfoten hilflos herumstrampelte. Ich riss Finchen am Nackenfell hoch und nahm sie auf den Arm. Ihr Herz jagte wild. Ich untersuchte sie vorsichtig und konnte keine Verletzung entdecken, bloß ein bisschen Schlamm und Dreck. Es sah so aus, als hätte sie sich nur furchtbar erschrocken.

Ich begutachtete die Öffnung im Boden: eine gemauerte Röhre von vielleicht achtzig Zentimeter Durchmesser, auf die eigentlich ein Steindeckel gehörte, doch den hatte irgendwer nahezu vollständig beiseitegeschoben. Ziemlich gefährlich, vor allem, weil alles so dicht umwachsen und dadurch verborgen lag. In etwa anderthalb Metern Tiefe sah ich trübes, schleimiges Wasser mit Blasen auf der Oberfläche. Dadurch konnte man nicht erkennen, wie tief es hinunterging. Zwar hatte jemand wohlmeinend ein rotweißes Fähnchen neben diese Falle in den Boden gesteckt, doch der Warnhinweis verschwand ebenfalls im hohen Gras und war zumindest von Weitem nicht zu erkennen.

Ich kletterte, Finchen auf dem Arm, mühsam die kleine Böschung hoch, gelangte auf eine andere Straße und nahm mir vor, in Zukunft lieber doch nicht über fremde Wiesen zu laufen. Das sollte mir leichtfallen, da der Drang, Verbotenes zu tun, in mir nie so heftig getobt hatte wie in Boris.

Während ich weiterging, dachte ich darüber nach, dass kein Tag, eigentlich kaum eine Stunde verging, in der ich nicht in irgendeinem Zusammenhang an diesen Menschen erinnert wurde. Überall war er zutiefst in mein Leben, in mein Bewusstsein eingewachsen. Das hatte auch nicht mit dem Ende meines Lebens aufgehört.

Hätte ich mir vielleicht lieber wünschen sollen, die Erinnerung zu verlieren?

Dann wäre ich wie neugeboren in Beatrix' Körper aufgetaucht.

Unbelastet.

Und ungewarnt.

Boris und ich waren uns ja wiederbegegnet, das ließ sich nicht vermeiden.

Ohne meine Erinnerung hätte ich mich vielleicht ganz einfach in ihn verliebt, in sein reizendes Gesicht, in seinen schmalen, anmutigen Körper, in sein schiefes Lächeln, in seinen Charme, ohne Bedenken, ohne Vorsicht. Ich hätte jede Enttäuschung neu erleiden müssen. Nein, danke.

Da schleppte ich doch lieber mein Gedächtnis mit mir herum.

Ich setzte mich auf eine rustikale Bank, schaute Finchen zu, die hektisch ihre Vorderpfoten abschleckte, mit denen sie in dem heimtückischen Gully gesteckt hatte, und erinnerte mich.

Beispielsweise an meine Reise nach Amerika und mit welch kummervollen Gedanken ich sie antrat.

Die Topfpflanze blieb damals bei Tante Nettchen, mein Auto ließ ich einfach in Fuhlsbüttel am Flughafen stehen. Ich fand, für maximal ein Vierteljahr wäre das in Ordnung und, falls ich in Amerika blieb, sowieso egal.

Während ich über den Atlantik flog, gab ich mir Mühe, mich auf meine interessante Zukunft zu freuen.

Ich würde viele nette Amerikaner kennenlernen, den nettesten vielleicht wirklich heiraten und meine Familie nach dem Happy-End in einem kurzen Brief davon unterrichten. Oder so ähnlich.

Übrigens, fiel mir ein, hatten an der Schule einige Mädchen für Britts Vater geschwärmt. Hieß er nicht Gregor? Von dem wurde behauptet, er hätte ein Profil wie ein römischer Gladiator, weil er über dunkle Kringellocken und eine kleidsam gebrochene Nase verfügte.

Der Gladiator holte mich am Flughafen ab, denn sein Betrieb lag dort in der Nähe und er hatte gerade Feierabend.

»So hübsch hatte ich Sie gar nicht in Erinnerung«, rief er.

Und das, nachdem ich im Flieger zwei Tüten vollgespuckt und fast mein ganzes Make-up weggeheult hatte!

Er trug ein weißes Polohemd, das seine braune Haut betonte, fuhr ein cremefarbenes Cabrio, in dem seine Kringellocken wehten, und brachte mich betrübtes Bündel bereits auf der Fahrt nach Hause ein paarmal zum Lachen. Nicht, weil er besonders witzig oder intelligent gewesen wäre. Allein dass jemand etwas Positives zu mir sagte und mich bewundernd anschaute, tat mir wohl. So tief war meine Stimmung inzwischen gesunken. Lachend betraten wir das lang gestreckte Haus der Haubachs, lachend fiel mir Britt um den Hals. Die hatte mich ja schließlich ausdrücklich nach Baltimore bestellt, um mit mir zu lachen.

Ihre Mutter Margitta wirkte dagegen leicht verbittert. Sie beschäftigte sich damit, gesellschaftliche Kontakte zu knüpfen und zu pflegen, was eine ernsthafte und langwierige Angelegenheit zu sein schien und viele Telefonate erforderte. Auf mich wirkte es ein wenig, als hätte sie den Daumen nach unten gehalten, was meine »herzliche Einladung« anging, sei jedoch überstimmt worden.

»Wie geht es Boris?«, rief Britt als Erstes. Ich murmelte etwas Undeutliches und sie berichtete ihrer Mutter: »Ilka hat einen toll hübschen Freund, der ist irgendwie gleichzeitig ihr Stiefbruder. Sieht aus wie Tony Curtis, als er jung war!«

Ich wollte protestieren (wie Tony Curtis sah Boris bestimmt nicht aus), aber Frau Haubach sagte derart unbeeindruckt: »So«, dass ich es nicht für der Mühe wert hielt.

Ich bekam ein kleines, aber komfortables Gästezimmer zugewiesen. Britt half mir auspacken und überschüttete mich mit Informationen über ihr neues Leben. Einen neuen Freund besaß sie auch schon, einen Brian, der mit ihr an der Johns Hopkins Universität studierte, ich würde ihn ja kennenlernen.

Margitta Haubach brachte uns geblümte Bettwäsche, musterte mich kritisch und fragte: »Warum wollen Sie ein Vierteljahr hier Urlaub machen? Das ist doch Zeitverschwendung. Warum fangen Sie nicht in Deutschland an zu studieren?«

Darüber wollte Britt sich ausschütten (wenn ich's mir recht überlegte, hatte sie wirklich immer überdurchschnittlich viel gelacht), während ich so tat, als wäre ich überhaupt nicht beleidigt.

Im Ganzen blieb ich knapp fünf Wochen in Baltimore, fast zwei Monate weniger als geplant.

Ich schaute mir ein wenig die Stadt und den Hafen an und besichtigte das Grab von Edgar Allan Poe, der hier verzweifelt und elend gestorben ist.

In dieser Zeit schickte ich eine bunte Ansichtskarte an meine Familie, auf der ungefähr stand, ich würde mir jetzt auch in Amerika das Leben angucken, sie sollten sich keine Sorgen um mich machen, ich käme »vielleicht irgendwann« zurück.

Oft ging ich mit Britt und ihrem Brian aus (viel Gelächter und viel Langeweile, mir wurde klar, weshalb wir in Hamburg so wenig miteinander zu tun gehabt hatten). Da beide jedoch tagsüber emsig studierten, blieb mir zuviel Zeit zum Nachdenken. Ich schwamm im Gartenpool der Haubachs und trank ein wenig aus ihrer Hausbar, um meinen armen Magen zu beruhigen.

Hin und wieder ließ ich mich von einem gesichtslosen Jem, einem Studienkollegen von Brian, ausführen und trank, bis ich mich neben dem Auto übergeben musste. Danach fuhr ich fort zu trinken und wunderte mich, dass Jem dies nicht zu stören schien: Er baggerte weiter, erfolglos, und spendierte mir weitere Drinks, um meinen armen Magen zu beruhigen.

Morgens schlief ich lange meine verschiedenen Kater aus, stand gegen Mittag auf, bummelte ein wenig herum und kaufte mir überflüssige Dinge, bevor ich mit Britt und Brian oder Jem oder allen zusammen ausging. Britt und ihr Freund tanzten gern. Ich pflegte still an der Bar zu sitzen und meinen Magen zu beruhigen. Sehr ruhig wurde er bei alldem nicht.

Nachdem ich Amerika ungefähr eine Woche auf diese Art kennenlernte, kam Gregor Haubach eines Tages schon am frühen Nachmittag aus seinem Betrieb nach Hause, fand mich im Bikini am Pool, halb verkatert und halb schon magenberuhigt. Er brachte mich väterlich dazu, ein Kleid überzuziehen, und lud mich in ein Restaurant ein.

Eigentlich erwartete ich eine mehr oder weniger taktvolle Moralpredigt, vielleicht persönliche Fragen, was mich denn so traurig mache oder dergleichen. Ich wappnete mich innerlich dagegen und sammelte Ausflüchte.

Zu meiner Überraschung predigte Britts Vater nicht im Mindesten. Stattdessen blitzte er mit den Zähnen, zeigte sein Gladiatorenprofil, erging sich in Scherzchen und Komplimenten und gab mir einen Dry Martini nach dem anderen aus.

Je mehr Olivenkerne sich im Aschenbecher vor mir sammelten, desto besser gefiel mir Gregor Haubach. Diesen Effekt hatten die Martinis bei Jem nie gehabt.

Beim ersten Mal nahmen wir ein Zimmer für eine Nacht in einem Mittelklassehotel in der City. Britts Vater holte eine lederne Reisetasche aus seinem Kofferraum (was zeigte, dass er gut vorbereitet war), bezahlte im Voraus und erzählte dem Portier, wir müssten eventuell sehr schnell wieder abreisen. Tatsächlich blieben wir zwei Stunden.

Die Cocktails hatten sich bereits verflüchtigt, ich verlor im letzten Augenblick fast den Mut und suchte nach Ausreden, was nicht einfach ist, wenn die eigenen Kleider in einem Knäuel auf dem Boden liegen und der Mitspieler bereits eindeutig seinen Verstand abgeschaltet hat.

Dann dachte ich an Boris und wurde wütend, dachte an meine Mutter und den übergeschnappten Woltermann und wurde noch wütender. Zum Schluss fiel mir ein, wie miesepetrig Margitta Haubach mich über ihre Teetasse hinweg anzublicken pflegte und dass sie am Vortag mit spröder Stimme meinte, mein Gesicht werde bereits aufgeschwemmt und es sei erstaunlich, was junge Leute manchmal für einen Lebenswandel pflegten.

So viel Wut machte mich sinnlich, ich verbiss mich in Gregor Haubachs Unterlippe und begann, seinen Rücken zu zerkratzen, woran er mich jedoch hinderte, wegen der Nahkampfspuren.

In den folgenden Wochen wurde die Eintönigkeit meines Urlaubs wiederholt durch erotische Stunden unterbrochen, inzwischen nicht mehr im Hotel, sondern im Appartement eines guten Freundes von Haubach. Dadurch gewannen sie leider nicht an Qualität. Ich brauchte nach wie vor viel Alkohol, um einigermaßen in Stimmung zu kommen, und die konnte plötzlich umschlagen: Zweimal heulte ich meinem Liebhaber nach vollbrachter Tat die Brust nass. Er begann schon fast, an seinen Fähigkeiten zu zweifeln.

Nach und nach dämmerte mir auch, was mit meinem Körper los war. Wen hätte ich eher ins Vertrauen ziehen sollen als den feurigen Gladiator?

»Schwanger?«, fragte er, zutiefst geschockt. »Aber doch nicht von mir?«

»Natürlich nicht«, antwortete ich ungeduldig.

Darauf schob er mich ein Stück von sich weg, als hätte er Angst, sich anzustecken. »Und was willst du jetzt tun?«

»Ich dachte, du könntest mir helfen.«

Er wanderte im Zimmer umher, dachte nach und warf mir Blicke ohne jede Innigkeit zu. Allmählich guckte er so ähnlich wie seine Frau, die auch immer nachzudenken schien, wie man mich am schnellsten wieder loswerden könnte.

»Ich werd' mir was überlegen«, versprach er endlich düster.

Am nächsten Tag klaubte er mich bereits vormittags vom Gartenpool, half mir packen, brachte mich zu einer Bushaltestelle, drückte mir einen Umschlag voller Dollars und eine Adresse in die Hand und verabschiedete sich so eilig, dass er glatt den Abschiedskuss vergaß. Er brauste davon, bevor der Bus abfuhr.

Neben meinem Fenster lieferte ein junger Mann eine ältliche Blondine ab – seine Mutter? Ich sah seinen Kopf nur von hinten, pechschwarzes, glänzendes Haar. Ein Asiate oder Indianer. Oder ein Boris.

Meine Wut schien aufgebraucht und abgenutzt, darunter arbeitete sich die Sehnsucht hervor.

Der schwarzhaarige Junge küsste die Blondine – nein, sie war bestimmt nicht seine Mutter – und schob sie in den Bus.

Sie kletterte durch den Gang, grinste mich mit schlechten bräunlichen Zähnen an und setzte sich neben mich. Ihr junger Mann (tatsächlich eine mandeläugige Rasse) winkte ihr durchs Fenster zu.

Der Fahrer ließ den Motor an, das ganze Gefährt schaukelte und ich begann hektisch, nach einer Spucktüte zu suchen. Die Frau neben mir sah erschrocken zu. »Ist Ihnen schlecht?«

»Noch nicht«, murmelte ich kläglich. »Wohin fahren wir eigentlich?«

Sie zeigte wieder ihr braunes Gebiss. »Nach Washington D.C. Wir besuchen Ronnie im Oval Office!«

Ich legte den Kopf zurück, um die Tränen am Überlaufen zu hindern, und versuchte mir einzureden, dass ich keine Angst zu haben brauchte. Was sollte so viel schlimmer daran sein, nach Washington zu fahren, als nach Baltimore, das mir doch ebenso fremd gewesen war?

Aber hier hatte ich gewusst, ich wurde erwartet und würde Unterkunft bekommen. In Baltimore gab es immerhin Leute, die ich kannte.

In Washington war tatsächlich Ronald Reagan der einzige Mensch, von dem ich wenigstens schon einmal gehört hatte.

Finchen versuchte mit klappenden Kiefern, Fliegen zu fangen, seufzte tief auf und blinzelte mich auffordernd an.

»Du hast recht. Lass uns nach Hause gehen«, stimmte ich zu.

Wir verließen die Holzbank in der Marsch und schlenderten über die Straße zurück nach Pandersen.

Komisch, dachte ich, schon damals war es so: Irgendwann ließ meine Wut auf Boris nach, egal, was er mir angetan hatte, und die Sehnsucht blieb zurück. Wie das Wort sehr richtig sagte, hatte das was mit Sucht zu tun.

Wie praktisch wäre es gewesen, wenn Beatrix Sievert an diesem Mann ebenso wenig Geschmack gefunden hätte wie an Zigaretten.

Am späten Sonntagmorgen, als ich gerade mein Haar bürstete und zwischen der Kaffeemaschine und der Teekanne schwankte (der Tee bei meinen Schwiegereltern hatte mir wirklich sehr gut geschmeckt), klingelte es an der Wohnungstür.

Ich eilte die Treppe hinunter und öffnete den Geschwistern Brecker, die mich sonnig anlächelten mit ihren schmalen Mündern über ihren gespaltenen Kinnen.

»Wir haben versucht, dich anzurufen, aber dein Handy ging schon wieder mal nicht!«, rief Carmen. Maiglöckchenduft umwölkte sie. Schade, früher mochte ich diesen Geruch ganz gern.

»Dein Handy geht ja beinah nie«, fügte Chris kopfschüttelnd hinzu.

»Wieso habt ihr nicht unsere Festnetznummer angerufen?«

»Da hätte ja Eike Sievert drangehen können«, antwortete Carmen mit einem Schaudern. Die Art, in der sie seinen ganzen Namen aussprach, statt einfach Eike oder dein Mann zu sagen, wirkte merkwürdig befangen. »Wo hast du denn das süße Kostüm her, Schnuckelchen? Bestimmt aus Hamburg oder aus der Kur, was?«

»Hier um die Ecke gekauft. Zurzeit das Einzige, was ich trage. Alles andere mag ich nicht mehr.«

»Ich mochte deine Klamotten noch nie«, erklärte Carmen mit plötzlicher Brutalität, was ihr Bruder etwas abmilderte: »Wieso? Trixi sieht doch immer hübsch aus!«

Die beiden steckten übrigens deutlich in ihren Sonntagssachen, Leinen und Seide in Creme und Gold.

»Wir sehen ja so flott aus. Was haben wir denn vor?«, erkundigte ich mich.

»Wir wollten dich abholen und irgendwo mit dir frühstücken«, verriet Chris.

»War das etwa verabredet? Hat mein Kurzzeitgedächtnis auch schon Lücken?«

»Nein, nein, das ist ganz spontan.«

»Dann müsst ihr euch einen Augenblick in die Küche setzen, bis ich mich angemalt habe«, bat ich.

»Eike Sieverts Wagen steht nicht vorm Haus. Ist er nicht da?«, fragte Carmen, während wir die Treppe hochgingen.

»Im Moment nicht.«

Das schien Chris zu freuen: »Hat er nicht hier geschlafen?«

Ich tat so, als hätte ich die Frage nicht gehört, und verschwand im Badezimmer, um mich schnell zurechtzumachen. Nachdem ich damit fertig war, studierte Carmen mein Gesicht. »Das hast du früher aber ganz anders gemacht. Ganz anders«, versicherte sie.

Wenn sie erwartete, dass ich widersprach, enttäuschte ich sie.

Chris fuhr natürlich ein Cabrio, noch dazu ein rotes. Er gönnte dem Publikum viel von seinem Anblick. Ich durfte nach vorn, Carmen stieg hinten ein und wir brausten los. Wie immer in

Cabrios sah ich nichts von der Landschaft, weil mein Haar meine Augen zuwedelte. Ebenso wenig hörte ich, durch Fahrtwind und Motorengeräusche in den Ohren, vom Gespräch der Geschwister – möglicherweise ein Vorteil.

Wir setzten uns in ein reizendes Café in Pottschrapels, einem Kino und einer Buchhandlung schräg gegenüber.

Da die Geschwister Kaffee tranken, entschied ich mich nun für Tee. Der war exzellent, kein Papierbeutel, sondern echte Teeblätter im Sieb in gläserner Kanne. Dazu gab es verschiedene frische Vollkornbrötchen, phantasievollen Aufschnitt mit frischen Sprossen und Obstsalat. Chris lud uns zu einem Glas Prosecco ein. Vielleicht enthemmte mich der Alkohol, ich fühlte mich richtig beschwipst von dem einen Glas. (Beatrix schien nicht sehr trinkfest zu sein.) Jedenfalls sprang ich mitten in ein heikles Thema: »Eike hat gesagt, ihr habt mein Gehalt eingefroren?«

»Was hat der sich denn da einzumischen!«, schnappte Carmen.

»Er hat mich nur informiert. War das denn gelogen? Bekomme ich mein Geld weiter?«

»Guck mal, Spätzchen, das hat schon seine Richtigkeit. Wir hatten das vorher abgemacht, du und ich … oder vielmehr Carmen und ich und du …«

»Bitte? Wir haben vor meinem Unfall abgemacht, dass ich kein Gehalt mehr bekomme, falls ich demnächst in einen Trecker fahre, ins Koma falle und mein Gedächtnis verliere? Habt ihr das zufällig schriftlich?«

»Sei doch nicht so giftig, Trixi, meine Zeit! So hab ich dich ja noch nie erlebt, in so einem Ton. Mensch, du warst doch nie geldgierig, das war dir immer ziemlich egal«, sagte Carmen aufgebracht.

Mir fielen so viele Antworten auf einmal ein, dass ich erst mal den Mund hielt.

Chris massierte meinen Arm. »Mein Spatz, pass mal auf … Wir hatten da immer so eine Sonderregelung. Im Prinzip bekommst du nämlich kein richtiges Gehalt, weißt du. Wir haben das immer so *arrangiert* …« Er machte kleine zupfende Handbewegungen in der Luft, um das Arrangement zu verdeutlichen, räusperte sich, rückte etwas näher und sprach diskreter: »Aus steuerlichen Gründen, schon seit deiner Lehrzeit. Das war in dem Sinne deshalb keine richtige Lehrzeit, verstehst du …«

»Nein, versteh ich nicht. Hab ich denn von euch keine Bescheinigung, dass ich ausgelernt hab?«

Jetzt rückte Carmen näher und sprach ebenfalls leiser: »Nicht so richtig. Das war immer eine Vereinbarung zwischen uns …«

»Moment mal. Wie viele Jahre hab ich in eurem Laden gelernt?«

Chris hauchte, als ob das Finanzamt am Nebentisch säße: »Zwei Jahre. So ungefähr. Wir haben das terminlich nämlich nicht so genau …«

»Und da gibt es nichts Schriftliches? Ich hab, so gesehen, offiziell keinen Beruf gelernt?«

»Könntest du bitte etwas leiser sprechen?«, quetschte Carmen zwischen den Zähnen hervor. Sie hob den Blick, um mich drohend anzusehen, und konnte es nicht fassen: »Trixi! Wie guckst du mich denn an! Ich kenn dich ja gar nicht wieder. Wir haben uns doch immer verstanden. Wir waren immer so großzügig dir gegenüber …« Sie klopfte vorwurfsvoll mit ihren riesigen dicken Fingernägeln an mein leeres Sektglas.

Chris studierte das Tischtuch, spielte mit Krümeln und war auch beleidigt.

Ich überschlug kurz im Kopf, wie sinnvoll es war, mich jetzt und hier mit den beiden zu streiten. Gar nicht, im Gegenteil. Was die Bescheinigung meiner Lehrzeit anging: die würde mir wenig nützen. Zwar könnte ich darauf bestehen, dass die großzügigen Breckers mir schriftlich gaben, was ich alles bei ihnen gelernt hatte. Deshalb hatte ich immer noch keine Ahnung vom Fach Kosmetikverkäuferin.

Ich brachte ein scheues, hoffentlich trixihaftes Lächeln zustande. »Tut mir leid, ich weiß gar nicht, was in mich gefahren ist.« (Meine Vertraute Janne hätte sich über diesen Satz kaputtgelacht.)

»Eike Sievert hat dich aufgehetzt!«, wusste Carmen.

War sie mal verschossen in ihn gewesen und er hatte das nicht entsprechend gewürdigt?

Chris knautschte meine auf dem Tisch liegende Hand, schüttelte den Kopf und schwieg ergriffen. Den gefühlvollen Augenblick nutzend, fragte ich mit gewinnender Schüchternheit, ob die beiden mir ein bisschen die Gegend zeigen könnten: »Als ob ich hier neu wäre. Ich weiß, man kann sich das schwer vorstellen, aber ich hab wirklich nicht die geringste Erinnerung. Wenn ihr die etwas auffrischen könntet?«

Chris zahlte, wir bestiegen wieder das offene Auto und machten eine Trixi-Gedächtnis-Tour.

»Hier sind wir damals immer zusammen ins Kino gegangen, meistens freitagabends, noch mit deinem Rolf – in diesem Fitnessclub hatten wir alle mal ein Abo, im Sommer haben wir da Grillpartys gehabt, das war Wahnsinn – in der Kneipe da drüben ist Chris mal von einem Kerl angegriffen worden, den hat er astrein zusammengehauen!«

Und Chris, bescheiden abwehrend: »Na ja, damals hatte ich noch Kondition, da war ich noch jünger ...«

Ich erfuhr viel aus Beatrix Sieverts und noch mehr aus Beatrix Fürsts Leben, alles stark eingefärbt durch die breckersche Brille.

Auf dem Weg nach Elmshorn passierten wir ein Schild, das auf besichtigungswürdige Kalkgruben hinwies.

»Das ist da wildromantisch – da hat Chris dich zum ersten Mal geküsst!«, wusste Carmen und rollte mit den Augen, als sei sie dabei gewesen. Was sie möglicherweise ja auch war.

In Elmshorn steuerte Chris uns an der geschlossenen Parfümerie Brecker vorbei. »Erinnerst du dich jetzt, Spätzchen? Nein? Wie kann das angehen!«

»Müsste dir nicht allmählich so nach und nach einiges wieder in Erinnerung kommen?«, fragte Carmen.

Ich schüttelte den Kopf. »Das kann sogar für immer wegbleiben, weil es physische Gründe hat. Weißt du, in Büchern und Filmen ist ein Gedächtnisverlust fast immer psychologisch bedingt und muss deshalb im dramaturgisch günstigen Moment auch wieder verschwinden ...«

Carmen blickte verwirrt drein und ich begriff, dass Trixi so nicht redete.

Also fügte ich hinzu: »Bei mir ist was im Gehirn kaputtgegangen, nicht im Gemüt. Körperlich, nicht seelisch. Das heilt vielleicht nie.«

»Meine Zeit! Das ist ja schrecklich.«

Gegen Mittag erklärte Chris, dass er gleich nach Hamburg fahren müsse. Leider.

»Wo willst du denn genau hin?«, fragte ich.

»Zum Flughafen. Und in die Gegend da.«

»Oh – würdest du mich bitte mitnehmen?«

Das Heim, in dem Tante Nettchen inzwischen wohnte, befand sich in Fuhlsbüttel.

Chris bekam sein Chef-Gesicht. »Das geht nicht. Das ist geschäftlich.«

Das mir, die ich auf ganz besonders privater und vertrauensvoller Basis in der Parfümerie arbeitete! Wen wollte er denn sonntags geschäftlich treffen – irgendeine Nadine?

»Ich möchte ja nur ins St.-Annen-Heim. Da wohnt eine alte Dame, die Tante dieser verunglückten Frau …«

»Die deinen Unfall verursacht hat?« Carmen guckte ganz aufmerksam. »Auch eine von den Möbel-Harders? Glaubst du, die zahlen dir was, Trixi?«

»Das will ich eben rauskriegen. Ich war doch auf der Beerdigung dieser Frau …« Die Geschwister schauten mich erstaunt an, aber ich tat so, als sei das allgemein bekannt und völlig natürlich, »…und da hab ich mich ein bisschen mit ihrer alten Tante angefreundet. Die hat gesagt, ich solle sie doch mal im St.-Annen-Heim besuchen. In Fuhlsbüttel.«

»Ach so. Eine reiche alte Tante?« Das leuchtete Chris ein.

Wir setzten Carmen vor ihrer Wohnung in Klein Moorgraben dicht bei Elmshorn ab und fuhren über die Autobahn Richtung Flughafen.

Unterwegs fielen mir wieder die Streifen am Himmel auf. Mehrere Tage lang hatten sie ihn in Ruhe gelassen, ungestörtes, wolkenloses Blau. Seit heute Morgen gingen sie wie mit Stopfnadeln auf dieses Blau los und webten es zu.

»Guck mal, Chris, da oben. Eine Mitpatientin von mir war der Meinung, die Flugzeuge versprühen irgendwelche Chemie und dadurch bewölkt sich der Himmel.«

Chris lachte. »Aber das glaubst du jetzt nicht, oder?«

»Ich weiß nicht.«

»Ach, komm. Wer sollte denn so was machen? Das würde man doch sofort entdecken und verbieten.«

»Wer – ›man‹?«

»Der Staat. Die Polizei von mir aus.«

»Ich glaube, diese Frau meinte, der Staat selbst macht das.«

»Was? Wolken? Wozu?«

Ich versuchte, mich zu erinnern, was Janne gesagt hatte. »Um die Klimakatastrophe zu verhindern. Oder zu vertuschen.«

»Und dazu sprühen die ausgerechnet über Eidelstedt?«

»Nein, nicht nur. Als ich an der Ostsee in meiner Kur war, hab ich das auch gesehen.«

Chris lachte noch mehr. »Also immer da, wo du gerade bist? Verfolgen die dich?«

Er bog von der Autobahn ab und zwinkerte mir zu. »Das ist so Wasser auf deine Mühle, Spätzchen. Wieder mal was, wovor du Angst haben kannst.«

Chris, der Großzügige, kaufte galanterweise einen Rosenstrauß, den er in Folie wickeln und mit bunten Bändern bekleben ließ. »Hier. Für die alte Tante. Wenn man was haben will, muss man investieren.«

Er setzte mich vor dem Seniorenheim ab, versprach, in einer Stunde an derselben Stelle auf mich zu warten, verfehlte meinen Mund, als er mich küssen wollte, da ich ausgerechnet in diesem Moment den Kopf wegdrehte um meine Handtasche zu schließen, und brauste davon, mit flatternden Haaren.

Das 9. Kapitel

schenkt Rosen –
gibt Informationen über ein Stiefmütterchen –
duftet nach Maiglöckchen –
und frustriert eine Liane

Ich kannte das St.-Annen-Heim gut. Tante Nettchen wohnte hier seit etwa acht Jahren, seit sie richtig blind war. Ich hatte das Heim damals für sie ausgesucht.

Ich klapperte auf Beatrix' braunen Sandaletten – die einigermaßen zu meinem neuen Madras-Kostüm passten – in die kühle Eingangshalle, während ich mich fragte, ob ich meiner geliebten Tante alles beichten sollte. Oder wäre das ein Schock, der ihr schaden könnte? Wahrscheinlich. Ich sollte es dabei belassen, die nette Frau Sievert zu mimen. Vielleicht könnten wir mit der Zeit so etwas wie eine nähere Bekanntschaft aufbauen.

Schwester Bertie kam mir entgegen. Normalerweise begann sie zu strahlen, sobald sie mich erkannte. Das war jetzt ja nicht möglich, also fragte sie recht kühl und geschäftsmäßig, was sie für mich tun könne.

»Ich möchte gern Frau Harders besuchen«, sagte ich und zeigte den großen Rosenstrauß zum Beweis meiner friedlichen Absichten.

»Kennt Frau Harders Sie?«

»Ja. Wir haben uns bei der Beerdigung ihrer Nichte kennengelernt und sie hat mich gebeten, sie zu besuchen«, wiederholte ich. Je öfter ich es behauptete, desto wahrer klang es. Hoffentlich widersprach Tante Nettchen nicht.

»Ach ja, die Beerdigung. Die Großnichte ist gestorben. Die jüngere, nicht? Als die ältere ihr das gesagt hat, hat sie geweint. Jetzt meint sie schon wieder, die junge Frau wäre gar nicht tot«, erzählte Schwester Bertie nun bereits vertraulicher.

»Bei so alten Leuten ...«, fing ich an.

Schwester Bertie unterbrach mich: »Nee, nee, Frau Harders ist nicht dement, nicht die Bohne. Dass Sie das nicht denken! Würde ja naheliegen. Aber die alte Dame ist völlig klar im Kopf. Wenn wir unser Nettchen Harders nicht hätten, ich kann Ihnen sagen! Die ist so lieb und klug und hilfreich. Wenn einer mal das Elend hat, ob Bewohner oder Personal, der fällt immer das Richtige ein. Und dann weiß sie so viele wunderbare Naturrezepte … Nein, das mit ihrer Großnichte verdrängt sie nur. Weil ihr das zu weh tut, will sie's nicht wahrhaben. Das ist alles. Ich weiß nicht, ob es gut ist, wenn Sie jetzt noch mal mit dem Thema kommen …«

»Ich kann ja von was anderem reden«, schlug ich vor.

»Ja, das wäre vielleicht günstiger. Vielleicht …«

Schwester Bertie wurde durch das Piepsgerät in ihrer Brusttasche unterbrochen. Sie angelte es heraus, betrachtete es und begann zu laufen.

Über die Schulter teilte sie mir mit: »Entschuldigen Sie, ich muss … Nehmen Sie doch bitte einen Moment Platz, hier rechts. Ich komme gleich wieder!«

Weg war sie.

Ich beschloss, keineswegs auf sie zu warten, sondern diesen glücklichen Zufall zu nutzen und auf der Stelle zur Tante vorzudringen, nahm, wie immer, die Treppe, weil der Fahrstuhl schwerfällig und langsam war und ständig in irgendeinem Stockwerk feststeckte.

Gleich darauf lief ich Frau Senator Siel in die hageren Arme. Die alte Dame hatte dasselbe wie ich: keine Ahnung. Keine Erinnerung. Im Gegensatz zu mir noch nicht mal die einer Verstorbenen. Etwas jünger als Tante Nettchen, lief sie umher und fragte jeden, dem sie begegnete, Dinge wie: »Wo sind wir denn hier? Wo ist das hier?« oder: »Was ist denn heute für 'n Tag? Wann ist denn Donnerstag?«

Diesmal überraschte sie mich mit der Frage: »Wo ist denn nun die junge Kaiserin? Kann man sie mal sehen?«

Ich dachte an Romy Schneider und wollte Frau Senator Siel gerade raten, eine Schwester um das Fernsehprogramm zu bitten, als sie, weiterschlurfend, murmelte: »Der Schah steht immer davor. Ich kann man nix erkennen …«

Zum Zimmer der Tante waren es hinter dem Flur im ersten Stock noch einmal fünf Stufen, die sprang ich gewohnheitsmäßig in zwei Sätzen hoch.

Schon vor der Tür duftete es nach Räucherstäbchen.

Ich klopfte viermal kurz und trat ein.

Die Tante drehte sich mitsamt ihrem Rollstuhl zu mir um, den Kopf lauschend erhoben. Sie trug indische Hosen unter einer indischen Bluse, viele hölzerne Klimperketten und immer noch etliche silberne Ringe an den Fingern. Ihr weiß gesträhntes Haar kringelte ihr bis auf die Knie. Irgendwie sah sie aus wie ein alter blinder Indianer. Auf ihrem Gesicht breitete sich ein zärtliches Lächeln aus.

»Möppchen? Bist du das? Du klingst so komisch, dein Gang … Hast du zugenommen? Also bist du nicht tot, hab ich doch gleich gesagt«, rief sie, energisch auf mich zurollend.

Dabei hatte ich noch kein Wort von mir gegeben!

Ich umarmte sie erst mal.

»Du fasst dich so anders an, Möppchen? Hast du mir etwa abgeschnittene Blumen mitgebracht? Du weißt doch, dass ich die nicht … was ist denn mit dir?«

»Also, das ist nicht ganz einfach zu erklären.« Vorsichtshalber schloss ich zunächst die Tür. »Ich bin zwar Ilka. Aber ich bin wirklich gestorben. Jedenfalls mein Körper. Deshalb stecke ich jetzt in einem anderen Körper, weißt du …«

»Ach du Schreck«, sagte die Tante in einem Ton, als hätte ich ihr mitgeteilt, mir sei ein Absatz abgebrochen. »Wie kam das denn? Das musst du mir erzählen, Möppel. Kannst du Kaffee machen? Ich hab wunderbare Kekse, mit Trüffelfüllung, oben rechts in dem Fach, wo meine Kekse immer sind, du weißt schon! Ist zwar ungesund, dieser ganze Zucker, aber ab und zu …«

Während ich von meinem Unfall, der unendlichen Reise durch das Jenseits und dem Entschluss, wieder im Diesseits aufzutauchen berichtete, filterte ich einen furchtbar dünnen Kaffee, wie die Tante ihn liebte, und verteilte die Kekse auf Tellern.

»Wie wundervoll! Das ist endlich der Beweis, dass es eine lebendige Seele gibt!«, jubelte sie. »Revolutionär, Möppchen. Bisher haben sie nur rausgekriegt, was das Ding wiegt. Weil der Mensch leichter wird, wenn sie entfleucht. Immer nur einige wenige haben drüber geschrieben und davon gelesen. Dein Fall wird durch alle Medien gehen, aufsehenerregend! Bücher werden sie drüber schreiben und endlich wird man …«

»Nein.«

»Nein?«

»Lieber nicht. Im Krankenhaus war eine Ärztin, Frau Doktor Kluge, die hat mich gewarnt. Sie meinte, ich könnte wilde Emotionen auslösen, viele Menschen würden versuchen, mich zu widerlegen, und das vielleicht auch schaffen.«

»Wie sollen sie das denn schaffen, wenn du immer die Wahrheit sagst?«

»Die Wahrheit ist keine Grundvoraussetzung dafür, recht zu bekommen«, gab ich zu bedenken.

Die Tante schwieg enttäuscht.

»Darüber hinaus: Wer immer mich beiseiteschaffen wollte, der hat sein Ziel nicht völlig erreicht. Ich bin vielleicht noch in Gefahr, wenn ich mich auch in einem exzellenten Versteck befinde. Es könnte unklug sein herauszuposaunen, dass es mich irgendwie noch gibt.«

»O Herr Jesus.« (Das sagte die Tante, seit sie vor langer Zeit mit einem englischen Hippie zusammengelebt hatte.) »Du hast recht. Wer hat denn nur dein Auto kaputt gemacht?«

»Am wahrscheinlichsten dieser Mechaniker, Udo Butendiek heißt der. Oder einer seiner Angestellten. Ich hab allerdings nie welche gesehen und weiß nicht mal, ob er überhaupt welche hat.«

Tante Nettchen hielt ihr rundes, faltiges Gesicht mit den unregelmäßig ummalten milchigen blauen Augen in die Sonne. »Ich kann mir nicht helfen, ich argwöhne, das war wieder einer dieser Woltermanns.«

»Also der alte Woltermann sitzt im Rollstuhl wie du, nur kann er sich noch viel weniger bewegen.«

»Ja, dann Boris.« Tantes neue, noch sehr junge Katze Penelope sprang ihr mit einem Schnurrlaut auf den Schoß und kniff ihre Augen gegen die Sonne zusammen. »Der ist böse, der Boris.«

»Er ist alles Mögliche, unter anderem auch böse«, gab ich zu. »Aber er ist doch kein Mörder.«

Leider fiel mir, sofort nachdem ich das gesagt hatte, die Sache mit dem gemahlenen Glas ein.

»Zumindest, seit er erwachsen ist …«, fügte ich hinzu.

Dann erinnerte ich mich, dass er als Erwachsener sehr wahrscheinlich versucht hatte, meinen amerikanischen Ehemann beiseitezuschaffen. Deshalb verbesserte ich: »Jedenfalls würde er *mich* niemals umbringen. Boris und ich waren so verbunden … Genauso gut hätte er sich selbst töten können.«

»Aber viele Menschen *töten* sich selbst«, sagte Tante Nettchen. Sie kraulte den Kopf der Katze mit ihren beringten Händen und lutschte Kekskrümel aus ihrem Gebiss. »Wofür das wohl alles gut ist, dass du jetzt in jemand anders steckst?«

»Vielleicht für nichts. Womöglich war es ein Versehen, so eine Art kosmischer Irrtum?«

»Dummes Zeug. Gott ist doch kein vertrottelter Verwaltungsbeamter. Irgendein Sinn muss dahinter sein.«

Ich überlegte. »Diese Ärztin meinte, ich sollte jetzt lernen, ein Segen zu sein. Vielleicht ist das der Sinn dahinter.«

»Wieso musst du das lernen, das warst du doch schon immer«, fand die gute Tante.

Doch das wusste ich besser. Ich seufzte reuevoll.

»Und wer war dieser Freund, den du im Jenseits bei dir hattest? War das dein Schutzengel? Oder Heidemarie – also deine Mutter? Oder vielleicht die andere, die richtige Beate?«

»Beatrix hieß sie. Ich weiß nicht, wer es war, Tantchen. Inzwischen kommt es mir manchmal vor, als hätte ich einfach geträumt. Alles etwas blass und weit weg und so total absurd …«

Tante Nettchen rollte zu mir, betastete mit zarten, zitternden Händen meine Gesichtsform, Stirn, Nase und Kinn, Hals und Schultern, meine linke Hand. Dann schüttelte sie den Kopf: »Das war kein Traum, Möppchen. Du bist einerseits du und andererseits steckst du in einer anderen Haut. In ein paar Jahrhunderten ist die Menschheit weiter, dann weiß sie, wie so was kommt. Im Moment darfst du es wohl wirklich noch niemandem sagen.«

»Nein, lieber nicht.«

»Der liebe Gott denkt sich was dabei, mein Möppel. Ich bete für dich. Das tu ich sowieso immer. Aber jetzt noch mehr!«, versicherte die Tante gerade, als Schwester Bertie die Tür aufriss, ohne anzuklopfen. Sie starrte mich böse an. »Frau … ähm … So geht das aber nicht! Sie können doch nicht einfach …«

»Ach, Schwester Bertie, das ist doch mein Möppchen!«, widersprach meine Tante und tastete nach meiner Hand.

»Ach so?«, meinte die, etwas gebremst. »Also Sie kennen die Dame wirklich, Frau Harders? Trotzdem, sie hätte sich … Sie hätten mich erst …«

»Nächstes Mal!«, sagte ich. »Nächstes Mal bestimmt.«

Denn dann konnte ich mich einfach als Tantes Möppchen anmelden. Das gab hoffentlich keine Missverständnisse.

Chris sammelte mich, wie verabredet, vor dem Heim wieder auf und brachte mich zurück. Inzwischen sah man kaum noch blauen Himmel, nur noch hellgrau-gelbliche Schlieren, ein Gekritzel aus geraden, ineinander verschwimmenden Strichen: Linienwolken. Links und rechts neben der verschleierten Sonne saßen wie kleine blasse Regenbögen zwei seltsam opalisierende Flecken.

»Siehst du, es hat sich einfach bewölkt. Das hatten sie ja auch im Radio angesagt«, erklärte Chris. Er kraulte mit der rechten Hand meinen Nacken oder befummelte mein Knie, sofern er sie nicht zum Schalten brauchte. »Lange her, dass wir allein waren, mein Spatz. Kommst du noch mit zu mir?«

Ich hielt mit beiden Händen mein Haar fest. Zum normalen Fahrtwind kamen noch »starke Böen«, die hatten sie auch im Radio angesagt.

»Nein, Chris. Ich möchte direkt nach Hause, wenn du so nett wärest.«

Jetzt benutzte er seine rechte Hand nur noch zum Schalten. »Hätte ich mir denken können. Du weißt ja, dass du mich durch diese Art zu manchen Sachen treibst, die du mir dann vorwirfst?«

»Ich bin schuld? Ich dachte, das sei eine Sache von Schnaps und männlicher Natur?«

Aber Chris belehrte mich wortreich (es klang so, als hätte er kürzlich viel über das Thema gelesen oder gehört), meine ›mangelnde und schwache Libido‹ sei für einen Vollblutmann eben schwer erträglich, der müsse sich dann Ersatz besorgen. Schon aus gesundheitlichen Gründen. »Sonst platzt mir nämlich auf die Dauer der Kopf.«

»Solange es nur der Kopf ist …«, murmelte ich in den Fahrtwind.

Darin also lag der Unterschied. Beatrix trieb ihren Liebsten (und vielleicht auch ihren Ehemann?) durch mangelnde und schwache Libido in fremde Arme. Ilka, in dieser Beziehung weder schwach noch mangelhaft, war trotzdem betrogen worden, weil Boris seinem verängstigten Innenleben hin und wieder die eigene Unwiderstehlichkeit beweisen musste.

Chris hielt mit kreischenden Bremsen vor dem Sievert-Haus in Pandersen und grummelte: »Wir hören voneinander.«

Ich sagte nicht einmal Danke. Dafür warf ich die Autotür mit aller Kraft zu und ging zum Haus, ohne mich umzusehen.

Ich brauchte dringend ein eigenes Auto.

Und einen neuen Job.

Ich hatte geglaubt, allein zu sein, denn nicht nur Eikes, auch der Wagen der alten Sieverts fehlte. Doch Finchen trappelte mir wedelnd um die Hausecke entgegen und lockte mich mit aufgeregtem Getänzel in den Garten.

Auf der Schaukelbank saß ein dünner junger Mann mit Brille. Er sprang auf und umarmte mich.

»Stiefmütterchen! Freu! Manno, ham wir uns lange nicht gesehen! Ich hätte dich im Krankenhaus besuchen sollen, schäm. Meine Mutter war nicht so dafür, aber trotzdem, hätt ich tun sollen«, versicherte er.

Nach längerem Suchen entdeckte ich in seinem schmalen Gesicht einige Reste des traurigen kleinen Jungen vom Foto in Sieverts Wohnung. Inzwischen war er mindestens fünfzehn.

»Du bist wohl Eikes Sohn?«

»Ach richtig, kopfkratz, du weißt ja nicht mehr, was abgeht und wer hier wer ist. Totaler Festplattenabsturz, was? Ja, ich bin Fabian.«

Ich staunte. »Wie alt bist du denn?«

Er grinste und zog dabei, genau wie sein Vater, auf nette Art die schmale Oberlippe von den Zähnen. »Alt genug für dich, Stiefmütterchen. Wir können endlich together throughburnen. Das wollten wir sowieso, du erinnerst dich bloß nicht mehr daran! Komm, setz dich. Omi und Opi sind nach Seester gefahren zu Bekannten, die kommen erst abends wieder. Meine Schuld, ich bin unangemeldet mit dem Rad gekommen, da wollten sie gerade weg. Zum Trost haben sie mir Finchen dagelassen. Omi hat so 'n bisschen rumgegiftet, du wärst mit deinem Zukünftigen unterwegs. Möchtest du etwas kalten Kaffee?«

Er bot mir gastfreundlich den Rest aus seiner Tasse an, wir setzten uns auf die Schaukelbank und ich fing an, ihn über seinen Vater, seine Mutter und mich selber auszuhorchen.

Fabian war alles andere als der verschlossene, wortkarge Typ. Eike hätte, soviel er wusste, »eine Art« Freundin. »Liane oder so. Ganz niedliche Schnepfe. Aber die hat er erst seit Neuestem. Du hast angefangen mit Untreusein, das wollen wir doch mal festhalten!« Er zwinkerte mir zu. Seine Augen waren graublau und wirkten schon dadurch viel freundlicher als die eisgrauen seines Vaters.

»Was glaubst du – warum hab ich das getan?«

»Fremdgehen? Ich schätze, du hast dich gelangweilt und nicht genug geliebt gefühlt, wie Prinzessin Diana. Mein Dad hatte keine Freundin, aber seinen Job. Den liebt er. Er liebt Computer. Für ihn sind die Lebewesen. Wir haben mal einen Film gesehen, in dem jemand durchdreht und seinen Monitor aus dem Fenster schmeißt. Eike Sievert ist zusammengezuckt und ganz blass geworden. Das ist für ihn wie für jemand anders, wenn 'n Tier oder 'n Kind gequält wird. Er kommt da nicht gegen an. Na, dir hat wohl die Romantik gefehlt, Komplimente und Rosen. Und Ausgehen. Mein Dad ist kein Partyhengst. Da ist dieser Chris Dingsbums angewalzt, dein Parfumhöker, und hat sich in die Lücke geschmissen. Vielleicht wolltest du auch mehr Geschnatter. Mein Vater kann ganz schön ruhig sein. Silence in the woods oder die Stille des Meeres. Das hat dir bestimmt Angst gemacht. Du hast sowieso immer Angst gehabt. Schlotter.«

Arme Beatrix. »Wovor denn noch?«

»Wovor noch?« Fabian putzte seine Brille mit seinem Sweatshirt, setzte sie wieder auf und starrte nachdenklich in die Wolken. »Grübel. Vor leeren Parkhäusern, vor Wespen, Mücken und

Mäusen, vor Im-Tiefen-Schwimmen, vor zu vielen fremden Menschen, vor Allein-nach-Hamburg-Fahren, vor Omis Hahn, vor dem dicken Finchen …«

Er unterbrach sich, starrte auf meine Hände, mit denen ich gerade vorsichtig eine aufgeblähte Zecke aus dem Ohr des Hundes löste, und fuhr fort: »Und vor ekligen Insekten und so was hast du eigentlich Angst, insbesondere vor Zecken. Insbesondere sagt immer mein Mathelehrer. Omi hat schon bemerkt: Beatrix hat sich bannig verändert. Konnte ich mir gar nicht vorstellen.«

Ich legte die runde graue Zecke auf Fabians Untertasse und stellte mit Nachdruck seine Tasse obendrauf. Ein bisschen Blut sickerte unter der Tasse hervor.

»Igitt«, sagte er bewundernd.

»Und was ist deine Mutter so für ein Mensch?«

»Mam? Nett, eigentlich. Omi mag sie genauso wenig wie dich. Man darf nicht vergessen, dass Dad ihr Einziger ist«, bemerkte Fabian weise. »Omi und Opi sind furchtbar stolz auf ihren Sohn. Sie waren einfache kleine Leute und er macht Abitur auf dem zweiten Bildungsweg und so und lernt noch immer weiter, Abendkurse noch und nöcher.«

»Wo will er eigentlich hin, weißt du das?«

Fabian schüttelte den Kopf. »Vielleicht weiß er das selber nicht. Vielleicht will er gar nicht unbedingt die große Knete verdienen, sondern einfach immer mehr wissen. Weil's ihn interessiert.«

»Magst du deinen Vater?«, fragte ich. Inzwischen hatte ich das Gefühl, dieser Junge würde ganz unbekümmert auf schlichtweg jede Frage antworten.

Er lächelte. »Ich liebe ihn!«

Seine Ehrlichkeit machte mich ein bisschen verlegen. Irgendwie war es nicht fair von mir, so etwas wissen zu wollen. Letztendlich war ich für diese Familie eine Fremde. Ich suchte nach oberflächlicheren Themen.

»Bist du mit dem Rad von Hamburg gekommen?«

»Manno, seh ich aus wie 'n Sportler? Nee, mit der S-Bahn. Ich hab Freunde in der Gegend von früher, als wir noch in Pinneberg wohnten.«

»Habt ihr nicht hier im Haus gelebt?«, fragte ich überrascht.

»Meine Mam wollte nicht so die Tuchfühlung mit Omi und Opi. Wir haben bis zur Scheidung in einem gemieteten Bungalow gewohnt.«

»Wie alt warst du, als …«

»Nicht ganz sieben.«

»Sind deine Eltern noch befreundet?« (Oder war das auch schon wieder zu intim?)

Fabian schob die Unterlippe vor. »Nicht wirklich. Sie sind sich nicht böse, aber sie haben kaum noch was gemeinsam. Wenn sie miteinander reden, geht's um mich. Irgendwas Sachliches, wie letztes Jahr wegen meiner Konfirmation.« Er warf mir einen kurzen, schrägen Blick zu. »Da warst du übrigens dabei.«

»Ich kann mich nicht erinnern.«

Fabian streckte beide Arme in die Luft und zog sie wieder ein. »Ja. Ja, ja. Das sag ich mir dauernd. Trotzdem kaum zu glauben. Da sitzt du und fragst mich aus und hörst mir zu, als wärst du ganz neu hier – krass. Ich komm mir die ganze Zeit völlig verarscht vor. Weil du aussiehst wie immer …« Er brach ab und musterte mich durchdringend, plötzlich seinem Vater sehr ähnlich. »Dabei stimmt das so nicht. Du siehst eben *nicht* aus wie immer – sondern irgendwie anders … Glotz …«

Wahrscheinlich hätte ich darüber hinweggehen sollen, aber ich war neugierig: »Inwiefern?«

»Schwer zu sagen. Klar, du hast zugenommen und bist nicht mehr so blass wie sonst und dein Haar ist länger. Das mein ich aber nicht. Vielleicht der Ausdruck, die Art, wie du guckst.«

Ich geriet in Verlegenheit, wurde jedoch dadurch gerettet, dass etwas wie ein Orchester mit beträchtlicher Lautstärke losblökte und Fabian hochschoss und in seiner Jeanstasche nach dem Handy wühlte.

»Ja? Oh – hi, Gody! Nee, bin bei meinen Großeltern im Garten. Mein Dad ist unterwegs. – – – – – Na super, kann ich verstehen, dass du – – – – – Klar, cool – – – – – –« Fabian schaute auf seine riesige, sportliche Armbanduhr. »Wenn ich gleich losfahre, schaffe ich das. Wo treffen wir uns? – – – – – – – Kommt sie auch mit, du weißt schon, wie heißt sie, Kim? – –« Er schnitt eine kleine Grimasse in meine Richtung. »Cool. Bis dann«, knipste sein Telefon aus und grinste mich an. »Ich muss dich alleine lassen, Stiefmütterchen. Oder vielmehr, du bist ja nicht alleine, du hast ja Finchen. Kannst ihr noch mehr Zecken raussammeln und zerdetschen. Die Pflicht ruft, verstehst du.«

Ich konnte mir zwar ziemlich genau vorstellen, was er vorhatte, fragte jedoch trotzdem: »Welche Pflicht denn, Stiefsöhnlein?«

Fabian wanderte schon mit seinen langen dünnen Beinen über den Gartenweg. »Du weißt doch«, rief er, »jung und unbeschwert und glücklich sein und diese Sachen!«

Er schwang sich auf sein Rad wie auf ein bockendes Vollblut und verschwand um die Hausecke.

Finchen sah ganz bekümmert aus und ich fand's auch schade. Ein netter Kerl, der jüngste Sievert.

Der Wagen von Hilke und Klaas fuhr erst spät in der Nacht vor, da lag ich schon im Bett. Von Eike hörte ich nichts. Vielleicht schlief er ein weiteres Mal in Hamburg bei Liane, der niedlichen Schnepfe, obwohl er ja behauptet hatte, er würde Sonntagabend wieder nach Hause kommen.

Am Montagmorgen erwachte ich kurz nach sechs, weil der Hahn im Garten heiser rumtrompetete. Ich hatte noch nie zu den Frühaufstehern gehört, doch jetzt fühlte ich mich, weil ich so zeitig zu Bett gegangen war, ganz munter.

Ich spazierte in das reizende hellblaue Bad und bekam große Lust, endlich mal in der Eckwanne zu baden. Also ließ ich mir Wasser einlaufen, goss aus einer Plastikflasche Maiglöckchenduft dazu (ein Geschenk von Carmen?), band mein Haar auf mit einem Samtgummi, das bestimmt zu diesem Zweck an einem Haken hing, und setzte mich ins heiße Wasser.

Man muss natürlich nicht tot gewesen sein, um die Wonne einer heißen Wanne auskosten zu können. Aber es erhöht den Faktor des bewussten Da-Seins doch beträchtlich, wenn man zwischendurch mal weg gewesen ist. Früher hatte ich beim Baden nicht so verzückt gelächelt. Ich genoss das genau richtig temperierte Wasser um mich herum, das spürbar machte, wo meine Haut mich begrenzte.

Die Wanne hielt, was sie versprochen hatte, als sie mir einladend zublinkte: Selbst ein so sperriger Körper wie der von Beatrix passte gut hinein und wurde vollkommen von Wasser bedeckt, ohne dass Knie oder Zehen herausguckten. Ein weiterer Vorteil war das große Klarglasfenster. Da keine Gefahr bestand, dass irgendwer hineinschaute, verdeckte nur ein halbes Spitzengardinchen den Ausblick auf weite grüne Wiesen und das volle Tageslicht badete mit mir.

Die Tatsache, dass es immerhin eine Wanne gewesen war, durch die ich kürzlich verendete, trübte in keiner Weise mein Vergnügen.

Nach ungefähr zwanzig Minuten voll entspanntem Wohlgefühl und als ich gerade aus der Wanne klettern wollte, ging die Tür auf und Eike Sievert trat ein, um sich zu rasieren. Ich hätte beinah laut gekreischt.

Er trug eine gestreifte Schlafanzughose und hatte die Augendeckel halb geschlossen. Vielleicht, um mich nicht zu sehen, vielleicht auch, weil er hundemüde war; er musste sehr spät nach Hause gekommen sein.

Sofort verschränkte ich die Arme. Ein bisschen Schaum hatte das Maiglöckchenzeug im Wasser verursacht, das bedeckte meine schlimmste Blöße. Beatrix mochte ja von mir aus sieben Jahre mit diesem Menschen verheiratet gewesen sein – deswegen war's mir trotzdem peinlich.

»Tut mir leid«, brummelte er. »Ich muss mich fertig machen, ich muss ja gleich los.«

»Hauptsache, du erzählst es nicht dem Scheidungsrichter, sonst können wir noch mal ein Jahr warten«, sagte ich und darauf grinste er ein bisschen.

Er verteilte aus einer Dose Schaum in seinem Gesicht. »Übrigens, Ömchen hat am kommenden Sonntag Geburtstag. Sie wird neunzig, das gibt eine riesige Feier. Die Sieverts werden von allen Ecken und Enden der Welt zusammenströmen …«

»Viele?«

»Na ja. Ungefähr zwölf Leute oder so.«

»Ömchen ist deine Großmutter?«

»Richtig. Sie wohnt mit Tante Gesche an der Ostsee, in der Nähe von Haffkrug. Gesche ist die Schwester meines Vaters.«

Ich fand es sonderbar, dass sich dieser »Sohn von einfachen kleinen Leuten«, wie Fabian gesagt hatte, im gewöhnlichen Gespräch mit seiner Frau morgens im Badezimmer eines gepflegten Genitivs bediente.

»Gut, sie hat also Geburtstag. Warum erzählst du mir das?«

Eike rasierte sich gründlich. Das Badewasser wurde immer kälter. Ich hätte natürlich heißes Wasser dazulaufen lassen können, doch dann wäre es nötig gewesen, erst mal den Stöpsel zu ziehen, damit nichts überschwappte.

»Weil ich dich bitten möchte, zu dieser Feier mitzukommen. Ömchen hatte dich immer ganz gern. Sie weiß nicht, dass wir uns scheiden lassen, und wir wollen es ihr lieber auch nicht erzählen. So was macht sie traurig. Komm einfach mit, gutes Essen und einigermaßen nette Leute, ein kleines Wochenende an der Ostsee ist doch nichts Arges, oder?«

Als hätte ich wild protestiert!

Ich wurde misstrauisch.

»Willst du damit irgendwie unsere Ehe retten oder so was?«, fragte ich.

Er drehte kurz seinen Oberkörper ein Stückchen zu mir herum, ohne mich anzusehen, und schabte neben seinem Mundwinkel, weshalb er aus nur halb geöffnetem Mund hervorquetschte: »Vergiss es!«

Danach drehte er sich wieder zum Waschbecken.

Ich begann zu frieren. Eike befreite seine gestreckte Kehle so konzentriert von Stoppeln, dass er sich gar nicht umdrehen konnte. Außerdem würde ihn der Anblick seiner beinah schon Geschiedenen nach einer halben Nacht mit der niedlichen Liane sowieso nicht interessieren.

Ich erhob mich also plätschernd, wickelte mich in das große Badetuch, stieg aus der Wanne und freute mich über seine Diskretion, bis ich merkte, dass er mich im Spiegel anstarrte.

»He!«, rief ich empört.

»Was – he?«, fragte er und spülte Schaum von der Klinge. »Du hast wirklich zugenommen, muss ich sagen.«

»Bist du hier reingekommen, um dir das anzusehen?«

»Nein, weil ich mich rasieren musste.«

Ich stand wütend und hilflos da, ins Badetuch gewickelt, senkte den Blick und schaute dadurch unvermeidlich auf meine riesigen nackten Füße auf dem kleinen plüschigen Badeläufer. Eike wischte sein Gesicht mit einem Handtuch ab, trat zu mir und betrachtete ebenfalls diese Füße. Für ihn waren sie natürlich weniger neu und erschreckend als für mich. Seine eigenen Füße sahen kaum größer aus. Sie hatten nur keine lackierten Nägel.

»Guck sie dir an – sie sind so riesig!«, sagte ich verlegen.

»Das waren sie doch schon immer«, tröstete er mich. Und fuhr ganz nett fort: »Außerdem aber sind sie wunderschön, und das waren sie auch schon immer. Schlank, mit hohem Spann, langen Zehen und perfekt geformten Nägeln. Wie die Füße von den Statuen der griechischen Göttinnen. Die hatten übrigens auch solche gewaltigen Treter. Das ist ein Schönheitsideal.«

»Wirklich?«, fragte ich erstaunt.

»Absolut. Das hab ich dir früher schon immer gesagt. Hat dich aber auch nicht aufgemuntert«, berichtete Eike. Er patschelte sich Rasierwasser ins Gesicht und verließ das Badezimmer, steckte jedoch gleich darauf seinen Kopf noch mal durch die Tür: »Ach so, das wollte ich noch sagen: Wäre ganz nett, du würdest dieses teure karierte Dings anziehen zu Ömchens Geburtstag. Das, was du dir am Sonnabend angeschafft hast.«

Wer hätte das erwartet?

»Ich dachte, du findest es unmöglich, dass ich mir das gekauft hab!«

»Find ich auch. Aber deswegen sieht es trotzdem gut aus. Und wenn du das Geld dafür nun schon mal rausgeschmissen hast, kannst du's ja auch am nächsten Wochenende tragen«, sagte er und verschwand wieder.

Ich zupfte eine braune Scheußlichkeit aus Beatrix' Schrank, zog sie seufzend über und kämmte mich, als das Telefon klingelte. Da ich nicht sicher war, ob Eike die Wohnung nicht schon verlassen hatte – wäre er in seinem Arbeitszimmer gewesen, hätte er den Hörer ja wohl aufgenommen? –, meldete ich mich. Ganz unwillkürlich mit: »Bei Sievert?«

Am anderen Ende schnaufte jemand erschrocken auf und dann

sagte eine Mädchenstimme: »Wieso? Wer ist denn da? Ist Eike nicht – wer sind Sie denn?«

Mir fiel absolut nicht ein, was ich ihr antworten sollte. Wer, zum Kuckuck, war ich denn eigentlich? Und wie fasste ich das am besten zusammen?

In diesem Augenblick erschien Eike kauend aus der Küche und erkannte meinen verzweifelten Blick durch die offene Tür zum Flur. Er trat schnell zu mir und ich streckte ihm erleichtert den Hörer hin.

»Sievert? – – – Ach – – – – – – Nein, natürlich nicht. Ich bitte dich!«, schnauzte er ärgerlich. »Trixi. Beatrix, meine Frau! Ich hab dir doch erzählt, dass sie aus der Kur zurück – – – – – – – – – Ja, sicher. Wo soll sie denn sonst wohnen? – – – – – – – – – O Mann, das hab ich dir doch alles – – – – Nein. Weder heute noch morgen. Ich hab viel zu viel – – – – – – – Bestimmt, Ende der Woche oder so. Ich melde mich. Bis dann.« Und legte den Hörer auf. Besonders zärtlich hatte er nicht gerade geklungen.

»Das war Liane, oder?«, fragte ich, obwohl es mich nichts anging.

Eike sah nicht sehr glücklich aus. Die Frau am Telefon war ihm schon auf die Nerven gegangen und jetzt machte die Frau im Wohnzimmer weiter.

»Wirst du auf einmal von Erinnerungen heimgesucht?«, erkundigte er sich gereizt.

»Nein. Fabian war gestern hier und hat mir … Also, er hat mir gesagt, dass du …«

Eike sprach zwar ruhig und nur halblaut, doch seine hellen Augen wurden vor Zorn ganz milchig. »Was fällt dem denn ein? Wie kommt er dazu, herumzutratschen?«

Das musste ich natürlich richtigstellen. »Ich fürchte, ich hab ihn ausgefragt. Nicht so gezielt, ich meine, ich hab nicht direkt gefragt, ob du eine Freundin hast, aber … Irgendwie … Ich weiß. Ich hätte überhaupt nicht fragen sollen. Tut mir leid.«

Eike warf mir einen Blick zu, der vor Kälte knisterte, nahm seinen Aktenkoffer und verließ die Wohnung. Er war zu beherrscht, um die Tür hinter sich zuzuknallen, aber mir war auch so klar, dass er mich gern an die Wand geklatscht hätte.

Im 10. Kapitel

wird ein Magen beruhigt –
die Qualität von Eiswaffeln erläutert –
verschwindet schon wieder ein kleiner Woltermann –
während ein Trugbild auftaucht

Als ich damals, vor achtzehn Jahren, nach Washington kam, fühlte ich mich so schrecklich, dass ich erst mal in ein wirklich nettes Hotel ging.

Im Bus hatte ich das Geld von Britts Vater durchgezählt: 500 Dollar steckten in dem Milde-Gabe-Umschlag. Deshalb kam ich mir zunächst ziemlich reich vor.

Das Ramada Renaissance lag in der Innenstadt. Ganz sicher gab es noch viel luxuriösere Hotels in Amerikas Hauptstadt. Da wäre ich dann womöglich mein gesamtes Kapitel für eine einzige Übernachtung losgeworden.

Ich fragte nicht nach dem Preis, aß auf meinem Zimmer, duschte endlos und schlief bald, ohne nachzudenken, hundemüde. Morgens frühstückte ich im Bett. Dann wurde mir wieder mal übel, was mich ganz allgemein ernüchterte. Ich packte, checkte aus und stellte entsetzt fest, dass ich bereits mehr als zwanzig Prozent meiner Dollars losgeworden war.

Also machte ich mich auf Zimmersuche.

Was ich fand, war ein *Backpacker-Hostel* mit Zimmern, die mich an Boris' Internat erinnerten samt der Etagenbetten. Ich teilte den Raum mit drei Mädchen und hatte damit Glück; es gab auch Zimmer für zwölf Leute. Die Waschräume für alle lagen auf den Gängen, wenig angenehm für eine Person mit nervösen Organen. Richtig ärmlich war die Gegend nicht, aber laut: drei Milliarden Autos vor den Fenstern, ein Avis-Autoverleih gleich nebenan.

Als Erstes räumte ich meinen Koffer wieder aus und legte mich erneut ins Bett. Irgendwie hegte ich wohl die Hoffnung, mein weiteres Schicksal einfach verschlafen zu können. Das war nicht im Sinne des Hostels. Bald wurde ich misstrauisch beäugt, dann kam die Frage, ob ich etwa krank sei.

Ich murmelte etwas von einem verdorbenen Magen, sah jedoch ein, dass ich aufstehen und wandeln musste und wandelte gleich zu der Adresse, die Gregor Haubach für mich notiert hatte: *Planned Parenthood* in der 16th Street, nicht unähnlich der Familienplanungsstelle, in die mich einige Jahre zuvor meine Mutter geschleppt hatte.

Eine Untersuchung plus Beratungsgespräch kostete fünfzig Dollar. Dafür war die Ärztin nett und milde. Sie wies darauf hin, dass es in so einem Fall viele verschiedene Blickpunkte gäbe, und ermahnte mich, alle zu bedenken.

Anschließend lief ich mir Blasen an beiden Füßen, kreuz und quer durch die überfüllte Touristenstadt, bemüht, sämtliche Blickpunkte zu bedenken.

Ein netter Würstchenverkäufer riet mir, auf den *Pencil* zu steigen, um die Stadt anzuschauen. Er meinte damit den weißen Obelisken in der Mitte der *National Mall*. Oben angekommen gab es noch mehr Blickpunkte: etwa das Weiße Haus und das Pentagon. Beides beeindruckte mich unglaublich wenig. Ich war zu sehr mit meinem Schicksal beschäftigt.

Mein Triumphplan schien gescheitert. Es sah nicht so aus, als sollte ich in nächster Zukunft zum neidischen Ärger meiner Widersacher (Boris und der Rest meiner Familie) einen echten amerikanischen Millionär heiraten. Eher wirkte es so, als würde ich, elend und allein, eine Abtreibung durchstehen müssen und anschließend demütig nach Hause fliegen. Oder, alternativ, hochschwanger und ebenso demütig auf der Fußmatte meiner Mutter stehen, die mich doch mit spitzem Zeigefinger des Hauses verwiesen hatte.

Ich betrachtete gründlich den Blickpunkt eines Boris-Babys mit rabenschwarzem Haar und blauen oder türkisgrünen Augen. Das war ein netter Gedanke. Doch wie passte er zu dem gerade eben begonnenen Studium des jungen Vaters – ich selbst hatte ja noch nichts anderes getan, als mir aus Leibeskräften das Leben anzuschauen.

Es war nicht zu erwarten, dass Mami oder Onkel Mordmord jetzt dem Gedanken, durch Boris und mich Großeltern zu werden, viel aufgeschlossener gegenüberstanden als vor drei Jahren. Das Argument, dass ich mir damit mein junges Leben ruinierte, stimmte nach wie vor.

Also Abtreibung?

Als meine Mutter mich nach Hannover in die nette kleine Klinik schickte, hatte das mein Gewissen in keiner Weise belastet; da handelte es sich irgendwie nicht um meine eigene Entscheidung. Mami wusste, was für mich das Beste war. Eigentlich ging es mich nicht viel an.

Diesmal trug ich die Verantwortung. Das war etwas ganz anderes.

Ich humpelte, als ich das *Backpacker-Hostel* wieder erreichte. Eine Entscheidung brachte ich nicht mit. Vielmehr, in meiner Handtasche versteckt, eine Flasche aus dem *liquor store.*

Vielleicht hätte mir die Ärztin von *Planned Parenthood* doch nicht raten sollen, über alles gründlich nachzudenken. Vielleicht wäre es besser gewesen, einfach zu handeln. In den kommenden zwei Wochen konnte ich mit dem Nachdenken gar nicht mehr aufhören, kam jedoch zu keinem Entschluss. Ich aß wenig. Dafür war ich bald gut Freund mit Micky, dem Kassierer im *liquor store.* Micky war's auch, der mir das Rückflugticket abkaufte, als meine Dollars zur Neige gingen.

Schließlich äußerte die Leitung des Hostels Unwillen. Ich stellte weder eine Touristin noch eine Studentin noch sonst etwas Frisches, Normales überzeugend dar. Stattdessen hing ich verkatert oder angesäuselt herum, mit finsterer Miene, um ab und zu in die Waschräume auf dem Gang zu stürzen. Meine Augenringe wurden täglich tiefer und dunkler. Als ich nicht mehr zahlte, war Schluss.

Ich ließ mich keineswegs sanftmütig abschieben, ich spektakelte und schimpfte und versicherte, eben Geld von der Bank zu holen, kein Problem. Meinen Koffer und alle Sachen ließ ich da.

Von meinem guten Freund Micky, dem Schnapskassierer, stammte der Tipp, meine Armbanduhr zu verkaufen. Seinem Rat folgend, begab ich mich deshalb nach *Mount Pleasant*, eines der romantischeren Stadtviertel Washingtons. Hier lebte eine Mixtur aus armen Latinos, Schwarzen und Koreanern plus einer Handvoll wagemutiger, etwas wohlhabenderer Weißer, die damit anfingen, die schönen alten Häuser aufzukaufen und zu renovieren.

Ich wurde wirklich meine Uhr los und setzte mich mit den neuen Dollars in eine Kneipe, um Gin auf meine Probleme zu gießen. Aus irgendeinem Grund kam es mir so vor, als würde ich Boris und meine Familie umso mehr bestrafen, je gemeiner ich mich selbst behandelte.

Ich weiß noch, dass ich einige exotisch aussehende Burschen, die meiner Ansicht nach frech wurden, zurechtwies und, als mir die Beschimpfungen ausgingen, mit einem schweren, vollen Aschenbecher nach ihnen warf. (Meine Menschenliebe war damals noch etwas weniger ausgeprägt.)

Ich kam zu mir, weil mich jemand mit tiefer, heiserer Stimme fragte, ob ich noch lebe.

Dann spürte ich auch schon die Schmerzen, die mit jeder Sekunde schlimmer wurden und mich unterhalb der Rippen und oberhalb der Beine zu zerreißen schienen.

»Ist das hier etwa alles dein Blut?«, fragte dieselbe Stimme aus der Dunkelheit.

Ich wurde unter den Achseln hochgezogen und schrie – jede Bewegung tat weh.

»Du darfst nicht schreien, Honey, sonst kommt die Polizei«, warnte mich die Stimme. Ich wusste nicht, wie ich es aushalten sollte, ohne zu schreien. Dann verlor ich wieder das Bewusstsein, sicher eine gute Methode, ruhig zu sein.

Anschließend lag ich fünf oder sechs Tage in einem wildfremden Bett in einem wildfremden Zimmer und wurde vom Besitzer der heiseren Stimme betreut. Zweimal kam ein Arzt, der mich oberflächlich untersuchte und in einer fremden Sprache (spanisch?) murmelnde Gespräche führte.

Nach dieser knappen Woche fing ich an, mich besser zu fühlen. Mir wurde ziemlich schnell klar, dass ich aufhören konnte, darüber nachzugrübeln, ob ich mein Kind behalten wollte oder nicht. Das Thema hatte sich gerade erledigt.

Es hätte nahegelegen, mir vorzumachen, dass mich keine Schuld traf; doch bei allem Talent zum Lügen fühlte ich mich stets gezwungen, mir selbst gegenüber ehrlich zu sein. Weshalb ich zugeben musste, die Prügelei in oder vor oder hinter der Kneipe selbst angezettelt zu haben, mit allen möglichen Konsequenzen.

Solange ich halb tot herumlag, fütterte mein Retter mich löffelweise mit Fleischbrühe und flößte mir Wasser ein, wofür mein armer Magen sehr dankbar zu sein schien. Nachdem es mir besser ging, polterte der Samariter in seiner Kochecke herum und briet Hackfleisch mit viel Knoblauch an.

Ich beobachtete ihn vom Bett aus und versuchte herauszufinden, ob es sich um ein Männchen oder ein Weibchen handelte. Der Mensch war um die dreißig, sein Gesicht zeigte unter strähnigem, langem schwarzem Haar eine sehr kleine Nase, funkelnde schwarze Augen, scharfe Züge um den Mund und ein monumentales Kinn.

Mir fiel auf, wie groß er war, und ich dachte: gut, es ist ein Mann. Dann bemerkte ich, dass er eine Art Kleid trug, schwarz und knöchellang, dazu an beiden Ohren goldene Ringe, und ich sagte mir: nein, doch eine Frau.

Sie grinste mich über die Schulter an und rief: »Das Nachthemd, das du anhast, hat meiner kleinen Liebsten gehört, ihre Schuhe passen dir bestimmt auch, du hast so kleine Füße.«

Okay, also ein Mann.

Er füllte mir dampfendes Essen auf einen Teller, knallte mir das Tablett auf den Busen und sprach: »Du musst essen, Honey, das tut dir gut! Geht es dir besser? Du hast so gestöhnt die letzten Tage … Ah, ich hab auch mal ein Kind verloren, da war ich aber erst vierzehn und ich bin vergewaltigt worden, also war ich ganz froh.«

Um die Frage ein für alle Mal zu klären, fragte ich: »Wie heißt du?«

»Consuelo. Consuelo Delgado«, sagte mein Gastgeber.

Ich verschluckte mich an einem Happen aus scharfem Reis mit roten Bohnen, hustete und keuchte. »Ist das ein Männer- oder ein Frauenname?«

Darauf lachte es scheppernd.

Consuelo (wie sich schließlich herausstellte, war es ein Frauenname) stammte aus El Salvador und befand sich illegal in den Vereinigten Staaten, unterstützt von Heerscharen guter Kumpel. Der Arzt, der mich untersucht hatte, war gar keiner gewesen, bloß ein väterlicher Nachbar, Onkel Anselmo. Er hatte mal in einem Krankenhaus gearbeitet, zwar nur als Heizungsmechaniker, aber seitdem galt er als medizinischer Sachverständiger.

Später fand ich Arbeit als Verkäuferin bei Consuelos Freund Santiago, der einen Lebensmittel- und Allerleiladen, einen *mercado*, besaß. Das war ein großer Segen, denn ich hätte keinen legalen Job bekommen, da meine Aufenthaltserlaubnis abgelaufen war. Zwar gibt es keine Meldepflicht in Amerika, doch ich befand mich definitiv ebenso schwarz im Land wie Consuelo und war damit gewissermaßen kriminell. Im folgenden halben Jahr entwickelte ich eine Art Paranoia, sobald ich von Weitem einen der dunkel uniformierten Cops erblickte. Ich begann auf Zehenspitzen zu schleichen und verhielt mich schrecklich korrekt und bescheiden. Schnappten sie mich, drohte mir die Abschiebung und vorher vielleicht Gefängnis, wer weiß?

Keine Ahnung, was ich ohne Consuelo gemacht hätte. Sie ließ mich weiter bei sich wohnen und fütterte mich mit enorm scharf gewürztem Fleisch und Gemüse, denn sie arbeitete abends bei einem Mexikaner in der Restaurantküche und brachte häufig Reste mit. Sie marschierte zum Backpacker-Hostel, zahlte, was ich schuldig war, und erhielt daraufhin meinen Koffer samt Inhalt. Sonst hätte ich weder Kleidung noch Schuhe noch sonst was gehabt – mal abgesehen von den paar Sachen, die jene verflossene und entschwundene »kleine Liebste« hinterlassen hatte.

Damals schrieb ich einige lange Briefe an meine Mutter, in denen ich ihr alles schilderte, was mir passiert war. Vielleicht hoffte ich sogar, sie könne Gregor Haubach irgendwie vor Gericht zerren. Ganz bestimmt wünschte ich mir, sie möge Geld schicken oder ein neues Rückflugticket. Oder sie würde selbst auftauchen, mich aufgeregt umarmen und versichern, jetzt werde alles wieder gut. Hatte nicht sie Wert darauf gelegt, dass ich mich im Leben umschaute? Und war es nicht genau das, was ich getan hatte?

Leider schien Mami nach wie vor böse auf mich zu sein, denn ich erhielt nie eine Antwort. Nach wochenlangem Warten hörte ich auf, Briefe zu schreiben. Es hatte keinen Sinn.

Consuelo zwang mich, ihr meine Geschichte zu erzählen, und gab freimütig zum Besten, was sie davon hielt. Dass ich mich von Boris getrennt hätte, wäre ein Segen, der sei der Teufel selbst und dank himmlischer Gnade hätte ich sein Kind verloren. Alkohol verbot sie mir in Bausch und Bogen, seit ich mit ihr zu tun hatte, gab es nur noch Wasser (was mir sicherlich guttat). Mit weniger Erfolg versuchte sie, mir das Rauchen abzugewöhnen und mich zum Katholizismus zu bekehren. Ich qualmte im Treppenhaus und auf dem Klo, kam zwar manchmal mit in die Kirche, konvertierte jedoch nie, sondern vertröstete Consuelo auf die Zukunft.

Da sie hin und wieder ihre verflossene kleine Liebste erwähnte, nahm ich zunächst an, sie liebe Frauen mit allen Konsequenzen, doch das schien ein Irrtum zu sein.

»Sexualität«, verkündete Consuelo, während sie energisch in einem Topf mit Bohnen rührte, »Sexualität ist immer Sünde. Immer. Und schmutzig und verderblich. Das sieht man schon daran, wo die Organe dafür sitzen, verstehst du, Honey? Sexualität ist was für Männer.«

Nach ihrer Definition war beispielsweise Boris ein Mann und damit böse, während Leute wie Santiago, Onkel Anselmo oder Herr Chien Thang aus dem dritten Stock Freunde darstellten und damit die Guten.

»Ohne Sexualität würden wir aussterben. Was ist mit ›Seid fruchtbar und mehret euch‹?«, erkundigte ich mich.

»Wir haben uns genug vermehrt«, erwiderte Consuelo schnippisch. »Der Planet leidet unter Übervölkerung, oder etwa nicht? Man kann sich auch ohne diese Schweinereien lieb haben, und zwar viel besser. Lieben sollten sich die Seelen zweier Menschen, nicht die Ausscheidungsorgane.«

Hai, die Schwester von Herrn Thang, ein hübsches, verkichertes Mädchen, das uns ab und zu besuchte, zweifelte diese These genauso an wie ich. Sie interessierte sich absolut und ununterbrochen für Männer im bösen Sinn und redete von nichts anderem. Gern auch von Ausscheidungsorganen. Als wir zum ersten

Mal miteinander sprachen, fragte sie sofort: »Die europäischen Männer sind nicht beschnitten wie die Amerikaner, oder?«

»Wen interessiert das?«, brüllte Consuelo heiser und rollte ihre schwarzen Augen.

»Mich«, erwiderte Hai. »Es ist ein großer Unterschied, vom Gefühl her. Ich hab bisher nur mit drei Amerikanern geschlafen und alle drei waren beschnitten. Dadurch werden sie rau und hart, weil sie gewissermaßen eintrocknen an der Spitze. Und sie brauchen unendlich lange, bis sie ...«

»Nur mit drei Amerikanern!«, heulte Consuelo. »›Nur‹, sagt sie! Sie ist siebzehn, das Mädchen. Weiß dein Bruder davon, Hai?«

»Er will es nicht wissen«, erwiderte die hübsche Kleine. Mir erklärte sie: »Ich schlafe lieber mit unbeschnittenen Männern. Das hat mehr Qualität. Ich esse mein Eis ja auch lieber mit Waffel.«

Worauf wir beschimpft wurden: »Ekelhaft! Ihr seid Phallus-Anbeter!«

Wenn Hai gegangen war, hatte Consuelo meistens Kopfschmerzen und ich die falschen Gedanken.

Eines Abends, als es mir keine Ruhe ließ, wählte ich Boris' Telefonnummer. Wenn sich jetzt die schöne Isabell gemeldet hätte, wäre vieles vielleicht ganz anders gelaufen.

In Hamburg war Nacht, seine Stimme kam aus tiefstem Schlaf: »Hallo ...?«

»Hallo«, sagte ich leise. Mein Herz klopfte so stark, dass ich kaum etwas anderes hören konnte.

»Skuri-Ola!«, flüsterte Boris. Er klang überwältigt, sehr glücklich und sehr wach. »Meine Prinzessin, meine Liebe. Ich habe von dir geträumt, eben gerade. Ich habe dein seidenweiches Fell gestreichelt und es hat geknistert ... Du, ich hab gewusst, dass du dich heute melden würdest! Jonas wollte, dass ich mit zu einer Geburtstagsfeier komme, und hat wie wild auf mich eingeredet, und ich hab die ganze Zeit gesagt, nein, ich will nach Hause und ins Bett. Deinetwegen war das, sonst hättest du mich nicht erreicht. Daran merkt man, wie verbunden wir sind.«

»Wie geht es dir?«, fragte ich.

»Du fehlst mir schrecklich. Ich kann nur kriechen, weil mir die Beine fehlen, und ich kann nicht greifen, weil mir die Arme fehlen, und essen und trinken kann ich auch nicht, weil mir das ganze Gesicht fehlt.«

»Dafür kannst du aber ganz geschmeidig reden.«

»Das klingt nur so. Du hörst meine Gedanken. Ich höre deine ja auch. Ich brauch dich nicht zu fragen, wie es dir geht. Ich weiß, dass es dir gut geht.«

»Ach ja?«

»Ja. Weil du jetzt endlich wieder mit mir sprichst.«

Das Fatale war: Er hatte recht. Ich fühlte mich über alle Maßen gut, weil ich wieder mit ihm redete.

»Und was machst du so?«, fragte ich.

»Das Übliche. Von Ast zu Ast springen. Mordmord bekämpfen. Er ist krank und das ist nicht mal meine Schuld – wenn du von meinen bösen Wünschen absehen willst.«

Es entstand eine Pause.

Schließlich fragte ich: »Wie geht es Isabell?«

»Wer ist das?«

»Deine neue Freundin. Wohnt in deiner Wohnung, schläft in deinem Bett«, erinnerte ich ihn. Das hatte ich eigentlich nicht sagen wollen. Ich merkte, wie meine Stimme unangenehm wurde.

»Oh, die. Die ist abgestürzt.«

»Was ist sie? Wieso?«

»So was passiert, wenn ein Lämmchen versucht, auf einen hohen Baum zu klettern. Sie trat aus der Tür meines Kobels – also des Palastes –, drehte sich zu mir um, sagte: ›Vergiss nicht, dass du neue Bucheckern besorgen musst‹ – und fiel metertief hinunter. Den Schrei hat der ganze Wald gehört.«

»Soll das heißen, sie ist ausgezogen?«

»Ach, Skuri-Ola«, sagte Boris weich, »warum bist du nicht bei mir? In den letzten Minuten sind mir neue Arme und Beine gewachsen, um dich zu umklammern, und ich habe ein neues Gesicht bekommen, um an dir zu schnuppern und zu knabbern … Wann bist du wieder bei mir?«

»Das kann dauern«, sagte ich. Ich wartete die ganze Zeit darauf, dass er fragte, wo ich so lange gesteckt hätte, was passiert sei, wo ich mich jetzt aufhielte – doch er schien es nicht wissen zu wollen.

Nach einer Weile begriff ich, wie tief mein plötzliches Verschwinden ihn verletzt hatte. Seine Beteuerung, ohne mich nur noch halb zu existieren, verstümmelt zu sein, betrafen, auf einer anderen Realitätsebene, den Eichhörnchenprinzen. Vielleicht glaubte Boris, dadurch, dass er *nicht* fragte, würde er mich zwingen, von selbst Auskunft zu geben.

Da kannst du lange warten, dachte ich und erkundigte mich stattdessen: »An was für einer Krankheit leidet denn Mordmord?«

»Hat den Drehwurm. Irgendwelche Parasiten sind in sein Gehirn gekrochen.«

»Und wie geht es Königin Weißlätzchen?«

»Sie macht sich Sorgen um ihren Gefährten, glaube ich. Sonst geht es ihr gut.«

Und ich?, dachte ich. Macht meine Mutter sich denn keine Sorgen um mich? Tue ich ihr nicht leid, so einsam und illegal im fremden Land und immer noch ziemlich schlapp nach der Fehlgeburt? Wo sind bloß ihre Mutterinstinkte geblieben? Sie hat mich doch immer lieb gehabt …

Ich war so frustriert, dass ich einfach den Hörer auflegte, ohne mich zu verabschieden.

Aber am nächsten Abend gegen neun (drei Uhr morgens in Hamburg) rief ich wieder an. Boris freute sich immer aufs Neue, Nacht für Nacht. Er beklagte sich nicht, dass ich seinen Schlaf störte. Er stellte keine Fragen und wich meinen aus, sobald sie konkret wurden. Immer rief ich an. Nie fragte er nach meiner Telefonnummer.

Wir unterhielten uns auf der Eichhörnchen-Basis, in einem erotischen Märchenland, als ob es keine Wirklichkeit gäbe. Trotzdem freute ich mich den ganzen Tag auf diese Gespräche und wartete darauf, dass Consuelo zu ihrem Arbeitsplatz im Restaurant verschwand. Ich schob sie geradezu aus der Tür.

»Hast du einen Freund? Besucht dich jemand? Gehst du weg?«, fragte sie misstrauisch mit ihrer tiefen, heiseren Stimme.

Ich schaute ihr groß in die Augen. »Glaubst du das?«

»Nnnein …«, sagte sie, nicht sehr überzeugt.

Drei Wochen später, als sie die Telefonrechnung bekam, brüllte sie wie ein angestochener Tiger und bewarf mich mit Auberginen und Nudelpackungen, die gerade neben ihr lagen. Nicht so sehr, weil ich unser Geld verschwendete, sondern weil sie sofort wusste, mit wem ich so kostspielig telefoniert hatte. Mit dem Teufel persönlich.

Und dann verliebte sich Consuelo. Eine blonde Frau mit Zopffrisur aß beim Mexikaner und schaute die Bedienung aus dunklen Augen so geheimnisvoll an, dass diese stolperte und den Begleiter der Blondine um ein Haar in scharfer Bohnensuppe ertränkt hätte.

Vier Nächte lang (in denen ich nur sehr viel kürzer als sonst mit meinem Eichhörnchenprinzen telefonieren konnte) wurde mir der blonde Traum aus jeder Perspektive geschildert, als käme es nicht nur auf eine schöne Seele und einen bemerkenswerten Charakter an, wie Consuelo stets postuliert hatte, sondern durchaus auf ein rundes Hinterteil und lange Beine. Ich hätte die Dame auf der Straße erkannt, falls sie mir begegnet wäre – sie musste aussehen wie Evita Perón am Anfang ihrer Karriere, aber schon blondiert.

In der fünften Nacht kam meine Freundin nicht nach Hause. Sie erschien erst am frühen Abend des nächsten Tages, um zu duschen und sich umzuziehen, ein Lächeln tief in den Mundwinkeln.

»Dawn und ich werden zusammenziehen. Möchtest du in der Wohnung bleiben?«, fragte sie. »Die meisten Möbel kannst du behalten, Honey.«

Ich nahm dankend an. Die Miete konnte ich erschwingen, Essen würde ich mir weitgehend abgewöhnen. Ein bisschen Geld brauchte ich für Zigaretten und Schnaps. Wovon ich allerdings die langen Auslandsgespräche bezahlen sollte, blieb mir ein Rätsel.

Beim nächsten Telefonat mit Boris verlangte ich deshalb: »Wähl mal folgende Nummer …«, und nannte sie ihm. Dann legte ich auf. Zwölf Sekunden später rief er zurück. Nachdem er mir alle möglichen Abenteuer der deutschen Eichhörnchen erzählt hatte, fragte er kurz: »Morgen um dieselbe Zeit?«

Ich antwortete: »Versuch es einfach.«

Obwohl er jetzt also ganz klar und deutlich wusste, dass ich mich in den Vereinigten Staaten befand, sagte er niemals auch nur einen Satz dazu.

Einige Monate später verlor ich meinen Job in Santiagos Laden, weil mein Boss erschossen wurde. Ein Fünfzehnjähriger hatte mit der Kasse abhauen wollen und weil Santiago Einwände äußerte, bekam er von dem nervösen jungen Dieb einen Bauchschuss verpasst. Ich hatte gerade Würstchenbüchsen aus dem Lager geholt und trat fast auf den armen, blutenden, jammernden Mann am Boden, rief den Rettungsdienst an und versteckte mich anschließend in meiner Wohnung, halb verrückt vor Angst, denn natürlich würden sie von mir als Zeugin die Personalien wissen wollen.

Offenbar hielten alle, die mich hätten verraten können, dicht. Doch ich traute mich nicht mehr in die Nähe des *mercado* und erfuhr erst Tage später, dass Santiago noch in der Nacht gestorben war.

Das war ausgerechnet am Ende der Woche, ich hätte abends meinen Lohn bekommen sollen und saß nun völlig auf dem Trockenen. Einige Tage lang aß ich, was sich noch im Kühlschrank befand, und versuchte, Bekannte anzupumpen, und vor allem, einen neuen Job zu ergattern. Consuelo und Dawn schienen verreist zu sein, Onkel Anselmo lud mich zu einem Hamburger ein. Herr Thang und seine heißblütige kleine Schwester Hai konnten mir in keiner Weise helfen, weil ihnen aufgrund von Mietschulden gerade die Wohnung gekündigt worden war und sie ihren Krempel zusammenpackten, um in Zukunft irgendeinem Verwandten auf der Pelle zu sitzen. Micky, der Schnapsverkäufer, schenkte mir immerhin fünf Dollar und versicherte mir, er würde für mich beten.

Das zeigte durchschlagende Wirkung; am folgenden Tag zog ein neuer Mieter in die Wohnung der Thangs. Über ihn ist nicht viel zu sagen, umso mehr über einen seiner Freunde und Umzugshelfer, der mir auf der Treppe begegnete, eine Teppichrolle auf der Schulter balancierend. Er war groß und breit, hatte gewelltes rotes Haar und knallblaue Augen, kam aus Arkansas und hieß Billy Lee Tyler. Als er mich sah, warf er den Teppich von sich, der sich träge über den Treppenstufen entrollte und Mrs. Witchappel aus dem zweiten Stock daran hinderte, in ihre Wohnung zu kommen.

Billy Lee war optimistisch und menschenfreundlich, fröhlich und laut, patent und friedlich. Er hatte riesige, stets angenehm warme Hände, eine schöne Singstimme, ein dröhnendes Lachen und einen unerschütterlichen Glauben an den Herrn, obwohl er erstaunlich viel fluchte, in aller Treuherzigkeit. Als er mir gestand, dass seine Liebe für mich alles bisher Gefühlte weit übertraf, rief er zur Bekräftigung: »God is my fucking witness!« – was keinen sexuellen Zusammenhang besaß, sondern einfach hieß: »Gott ist mein verdammter Zeuge«, eine gar nicht so seltene Floskel. Mich verdutzte sie trotzdem.

Vier Monate später war ich Mrs. Tyler. Ich musste keine nervösen Zuckungen mehr bekommen, wenn ich einen Polizisten sah; ich musste nicht mehr jeden Cent umdrehen, bevor ich entschied, wofür ich ihn ausgab. Denn wenn mein Mann auch keineswegs der typische amerikanische Millionär sein mochte, so verdiente er doch als Metalworker gutes Geld und besaß noch dazu Ersparnisse.

Doch, Billy Lee gefiel mir sehr. Ich glaube, ich war zunächst richtig verliebt in ihn. Dass er keine besondere Bildung besaß und aus einem recht simplen Umfeld stammte, verwischte sich dadurch, dass wir sowieso aus ganz verschiedenen Kulturen kamen. Er las nun mal keine Bücher, sondern die Fernsehzeitung und ein Sportheft sowie hin und wieder die Bibel. Ins Kino ging er nicht so gern, dafür grillte er tadellose Steaks, konnte schlichtweg alles reparieren, was im Haushalt kaputtging, und roch gut, wenn er schwitzte.

Billy Lee Tyler war der dritte Mann, mit dem ich ins Bett ging, und allmählich dämmerte mir, dass Boris Woltermann ein erotisches Naturtalent war – oder zufällig derjenige, der bei mir jeden Nerv genau traf. Außerdem musste ich meiner vietnamesischen Exnachbarin recht geben, was die Sitte der Beschneidung anging; der Hygiene mochte das ja dienen (allerdings hätte es energisches Waschen vielleicht ebenso getan), doch den Genuss minderte es entschieden, zumindest meinen. Ich aß mein Eis auch lieber mit

Waffel. Indessen scheint das eine Sache der individuellen Vorliebe zu sein, ich habe in meiner Zeit in Amerika die unterschiedlichsten – weiblichen – Meinungen über diesen Punkt gehört.

Wir blieben kaum ein halbes Jahr in Washington. Mein Mann hatte ein hervorragendes Angebot von einer großen Autofirma in Windsor in Ontario bekommen – er arbeitete dort als *foreman* (was wohl so etwas bedeutete wie Vorarbeiter), weshalb wir uns ein winziges Häuschen mit Wänden wie aus starker Pappe anschafften und Kanadier wurden.

Ich trug damals eine Dauerwelle und etwa sechs Kilo Übergewicht. Billy Lee fand, an einer richtigen Frau müsse was zum Anfassen dran sein. Im Übrigen spielte ich Hausfrau. Das war nicht schwer: Die paar Zimmer einigermaßen sauber zu halten machte wenig Mühe und im riesigen, rund um die Uhr geöffneten Supermarkt, dessen Klimaanlage mich im Sommer mit den Zähnen klappern ließ, gab es haufenweise Fertiggerichte jeder Art. Ich musste nur die jeweilige Packung öffnen oder unserem elektrischen Dosenöffner eine Büchse ans Maul halten, eventuell etwas Wasser hinzufügen oder beim Erwärmen umrühren und schon war das Essen fertig. Die Steaks grillte, wie gesagt, sowieso mein Mann.

Abends gingen wir mit Nachbarn zum Bowling oder luden sie zum Kartenspielen ein. Manchmal nahm Billy Lee seine Gitarre, stimmte sie sorgfältig und sang mir Lieder aus seiner Heimat vor. Einmal, noch ziemlich am Anfang unserer Ehe, fuhren wir zu den Niagarafällen, die in den kitschigsten Farben beleuchtet wurden, und ließen uns nass sprühen.

Das war alles nett, aber ein bisschen eintönig. Nach einem Jahr hatte ich das Gefühl, den größten Teil meines Lebens als Mrs. Tyler verbracht zu haben und in Langeweile zu ersticken. Ich bemerkte, dass meine Rs immer stärker rollten und dass ich unwillkürlich anfing, Slang zu sprechen und christlich zu fluchen.

Ein glücklicher Faktor, der mich vor der Verblödung bewahrte, war die Witwe Joleene Parker, die zwei Papphäuser weiter wohnte. Joleene, ein reizendes Lamagesicht mit sanften braunen Augen und bemerkenswert großen Zähnen, hatte ein College besucht und englische Literatur studiert. Mit ihr zu sprechen und zuzuhören, wie sie sich über die Einwohner unserer Straße, den Pastor und Mr. Hyram, den Friseur, mokierte, machte riesigen Spaß. Ihr schilderte ich mein Leben farbig und naturgetreu. Was Billy Lee anging, der ahnte wenig von irgendwelchen Eichhörnchenprinzen und auch die Anekdoten um Familie Haubach in Baltimore und Consuelo Delgado hatte ich ihm komplett vorenthalten.

Kurz vor meiner Heirat schickte ich einige weitere Briefe an meine Mutter, die wieder nicht beantwortet wurden. Ich hätte mir Sorgen gemacht, wenn ich nicht durch die Gespräche mit Boris gewusst hätte, dass Mami am Leben und bei Gesundheit war.

Die nächtlichen Telefonate allerdings hatte ich eingestellt, nachdem ich Billy Lee kennenlernte und er mir gleich zu Anfang klarmachte, wie ernst es ihm war. Ich legte ganz einfach abends den Hörer neben das Telefon, solange ich noch unter der Boris bekannten Nummer erreichbar war. Ich hatte mir vorgenommen, meinem Mann gegenüber treu und anständig zu sein. Außerdem fühlte ich mich nicht verpflichtet, Boris mit irgendwelchen Tatsachen und Fakten zu kommen. So was interessierte ihn ja anscheinend ohnehin nicht, solange er im Märchenwald von Baum zu Baum hüpfen konnte.

An einem besonders heißen Augusttag wanderte ich langsam über den Parkplatz des Supermarktes zu meinem Auto, einem gebraucht gekauften Chevy. Es war selbstverständlich, dass ich einen eigenen Wagen besaß. In Kanada ging man so wenig zu Fuß wie in Amerika. Vor hundert Jahren hatten sich die Siedler, um die sechs Schritte vom Brunnen zum Zaun zu bewältigen, aufs Pferd geschwungen. Inzwischen kletterte man in sein Auto, um ein paar Meter zum Briefkasten zu fahren.

Ich wurde von einem Jüngling begleitet, der an der Kasse meine Einkäufe geschickt und in rasender Eile in braune Papiertüten gepackt hatte und diese Tüten jetzt in meinen Kofferraum stellte, ein selbstverständlicher Service. Genauso selbstverständlich gab ich ihm ein Trinkgeld. Während ich mein Portemonnaie in die Handtasche steckte, wunderte ich mich, dass der junge Mann immer noch schräg hinter mir stand. Ich drehte mich um – und dann lehnte ich mich gegen den von der Sonne zu Bügeleisentemperatur erhitzten Wagen, ohne auch nur zusammenzuzucken. Ich brauchte dringend einen Halt.

Vor mir stand keineswegs der Einpack-Boy, sondern eine Illusion, ein Trugbild schlimmster Sorte, schwarzhaarig, blauäugig, mit offenem Hemd über gebräunter Brust. Er trug eine enge blassblaue Jeans und hochgerollte Ärmel, ganz leger. Eine andere Einkäuferin, die neben uns zu ihrem Auto ging, konnte den Blick gar nicht abwenden und verhakte sich in ihrem Seitenspiegel.

Das 11. Kapitel

lässt ein Wasserbett schaukeln –
einen Iren verhaften –
eine Idylle platzen –
und ärgert Boris ein weiteres Mal durch einen Schlüssel

Ich streckte die Hand aus und tippte die Illusion an: »Boris?« Sie schien aus einigermaßen festem Material.

Also zerrte ich den Mann schleunigst um den Chevy herum und schubste ihn ins Auto, rannte zurück zur Fahrerseite, stieg ein und fuhr vom Parkplatz und die Straße hinunter, dass die Reifen quietschten. Ich wollte auf keinen Fall, dass ihn die liebe Nachbarschaft entdeckte, fuhr und fuhr, viel zu schnell. Ich wollte vor allem aus der Stadt kommen.

»Wie hast du mich gefunden?«, schrie ich nervös. »Und was willst du hier? Was fällt dir ein, einfach …« Dann parkte ich in einer Seitenstraße und brach in Tränen aus.

Boris griff mit beiden Händen in meine Dauerwelle und murmelte Liebeserklärungen von Eichhörnchen zu Eichhörnchen. Es war unglaublich schön, seine Stimme wieder zu hören und seine Hände zu spüren.

»Lass das, lass mich los«, sagte ich müde, ohne mich zu wehren. »Das geht jetzt nicht mehr.«

»Warum nicht?«

»Weil ich verheiratet bin.«

»Das weiß ich. Das hat nichts zu bedeuten«, behauptete er.

»Was heißt das? Was meinst du damit?«

»Du hast geheiratet, weil du Geld brauchtest und weil du illegal im Land gewesen bist.«

»Wer sagt so was –?!«

»Micky McCall. Kleiner Knubbel mit Sommersprossen, sitzt in einem Schnapsladen in Washington und weiß alles über dich«, meinte Boris.

Dann erklärte er mir, wie er mich aufgestöbert hatte. Nachdem ich telefonisch nicht mehr zu erreichen war, fand er zunächst heraus, aus welcher Stadt meine Anrufe gekommen waren. Er musste offenbar einige Widerstände überwinden – an erster Stelle seinen störrischen Vater –, doch endlich flog er in den Semesterferien nach Amerika, angeblich, um einen ehemaligen Lehrer aus dem Internat zu besuchen.

Ich konnte es nicht fassen: »Wie hast du's geschafft, in einer Riesenstadt wie Washington meine Spur zu finden?«

»Sehr einfach. Ich hab Jugendherbergen und so weiter kontaktet und dann in den *liquor stores* in der Umgebung rumgehorcht und ein Foto von dir gezeigt. Micky hat sich gefreut, dem Bruder von Ilka aus Germany zu begegnen. Ich hab ihm gesagt, du bist ausgebüxt und hast nur mit mir telefoniert, ohne zu verraten, wo du steckst. Er fand es rührend, dass ich dich suche, und hat mir erzählt, dass du irgend so einen muskelbepackten Schwachkopf geheiratet hättest und Tyler heißt und dass ihr nach Windsor gezogen seid. Der Rest hat kaum zwei Tage gekostet.«

Ich war beeindruckt. Trotzdem: »Lass mich los, Boris. Micky hat keine Ahnung. Billy Lee ist durchaus kein muskelbepackter Schwach…«

Boris amüsierte sich: »Billy Lee? Heißt der etwa so? Was für ein Karikaturenname! Grillt er samstagabends auch mit nacktem Oberkörper und nennt dich Baby und spielt Wildwest-Songs und zupft dazu an der Klampfe?«

Ich konnte gegen keinen dieser Vorwürfe Einspruch erheben.

»Das verstehst du nicht. Ich liebe ihn und …«

»Schwachsinn!«, sagte Boris. Sein Gesicht war schmaler als früher, mit ziemlich scharfen kleinen Falten um die Mundwinkel, vor allem um den linken, mit dem er immer lächelte. Jetzt lächelte er nicht und seine blauen Augen funkelten böse. »Du liebst mich. Wir gehören zusammen. Dagegen kannst du nichts machen. Dagegen kann niemand was machen.«

Ich hatte mir wirklich vorgenommen, meinem Mann gegenüber treu und anständig zu sein. Aber wer rechnete denn mit derartigen Störfaktoren? Boris hatte recht. Dagegen konnte niemand was machen.

Als ich fast drei Stunden später nach Hause kam, hatte sich die Butter in der braunen Einkaufstüte verflüssigt und den Steaks traute ich auch nicht mehr. Ich versteckte sie lieber unterm Küchenschrank. Glücklicherweise saßen in unserem Garten mehrere Besucher – einige Nachbarn, darunter Joleene – und Billy Lee glaubte ohne Weiteres die Geschichte, dass ich eine alte Freundin aus Washington getroffen und mit ihr stundenlang Kaffee getrunken hätte. Ich hielt dauernd ganz unauffällig die Hand über einen Knutschfleck am Hals. Joleene war die Einzige, die es bemerkte, und grinste beifällig mit ihrem Lamagebiss. Aus irgendeinem Grund mochte sie Billy Lee nicht besonders.

Die Semesterferien waren ja nicht unbedingt kurz. Boris blieb also wochenlang in einem preiswerten Motel in relativer Nähe unserer Wohnung und ich bekam vor Nervosität Nesselfieber.

Abends, wenn ich das Heimchen am häuslichen Grill oder auf dem Fernsehsofa mimte, spielte mein Eichhörnchenprinz in irgendwelchen Kasinos, ich glaube, in Detroit, der amerikanischen Nachbarstadt des kanadischen Windsor. Dabei gewann er scheinbar ganz gewaltig, denn er bekam zunehmend gute Laune.

»Lass jetzt den Schwachsinn mit Mrs. Tyler und komm mit mir zurück«, verlangte er eines Vormittags, als wir in seinem Motel auf der geriffelten Tagesdecke des Wasserbetts lagen. »Was glaubst du denn, warum ich so eine Weltreise gemacht hab? Um mir Amerika anzugucken? Ich bin hier, um dich nach Hause zu holen, das ist doch wohl klar!«

»Ich bin verheiratet«, beharrte ich.

»Dann lass dich scheiden. In Las Vegas geht das ganz flink.«

»Das kann ich Billy Lee nicht antun. Er war immer nur gut zu mir.«

»Ich verstehe, im Gegensatz zu mir. Deshalb siehst du jetzt auch so wohlgefüttert aus.«

Ich ließ resigniert den Kopf sinken und schloss die Augen. Mit Joleene hatte ich über jeden denkbaren Aspekt der Situation diskutiert. Sie fand unbedingt, ich müsste mit Boris durchbrennen: »Das ist ein richtiger Heathcliff-Lover, die einzige, wahre, romantische Leidenschaft!«

Doch die literarische Sicht der Dinge nützte mir nichts. Ich lebte mit Billy Lee immerhin in einer gewissen Geborgenheit. Er war bedingungslos treu. Es gibt tatsächlich Menschen, die so veranlagt sind, sogar Männer. Was mich an ihm und der Situation störte, war bloß die Langeweile, der mangelnde Tiefgang.

Boris, selbstverständlich, lieferte ständige Spannung, das konnte ich nicht bestreiten. Ich hatte schon ganz zerkratzte Hüften, nicht von seiner Leidenschaft, sondern aufgrund meines Nesselfiebers. Unter anderem pflegte er alle Fragen zu ignorieren, ich wusste immer noch nicht, was meine Familie eigentlich machte.

»Wenn du diesen Cowboy nicht verlässt, muss ich dich wohl zur Witwe machen«, drohte er und hielt meine Handgelenke links und rechts neben meinem Kopf auf der leise glucksenden Unterlage fest.

Natürlich gab es eine Klimaanlage im Motelzimmer, doch die hatten wir sehr milde eingestellt, damit das Wasser im Bett nicht gefror. Insofern wurde uns bald ziemlich heiß, wir warfen auch die leichte Decke auf den Boden und schliefen einfach so ein, in der Hoffnung, dass der Schweiß auf unseren Körpern von selbst trocknen würde.

Ich wachte auf, weil Boris leise wimmerte, mit geschlossenen Lippen. Seine Augen blieben ebenfalls zu, er schlief mit verzerrtem Gesicht und diesem kleinen Gejammer in der Kehle. Ich rüttelte ihn leicht, er fuhr unter Geglucker hoch – das Wasserbett schwabbelte wie Gelee –, keuchte, als wäre er gerannt, und krallte sich in meine Schulter, dass ich quiekte. Dann stand er auf und trank den guten Jim Beam aus der Flasche in einigen tiefen Zügen.

»Ein Traum?«

»Grauenhaft. Hab ich schon zwei-, dreimal geträumt in der letzten Zeit. Ich plumpse in einen Brunnen und stürze kopfüber in einen engen, schwarzen, schleimigen Schacht und falle und falle, endlos!«

»Das solltest du vielleicht mal Sigmund Freud erzählen«, schlug ich vor und darüber konnte er schon wieder lachen.

Kurz darauf kam Billy Lee mit blutigem Gesicht nach Hause. Er war von zwei Männern attackiert worden, als er in sein Auto steigen wollte. Sie hatten auf ihn eingeprügelt, einer von ihnen mit einem Baseballschläger! Glücklicherweise kam Billy Lees Kollege Vince dazu, ein richtiger Bulle, er selbst war ja auch kein Schwächling, da flohen die beiden Angreifer. Er hatte sie noch nie gesehen und konnte sich nicht vorstellen, weshalb ihm jemand was anhaben wollte.

Ich konnte mir dagegen sehr wohl vorstellen, dass Boris etwas von seinem Spielbankgewinn nutzte, um irgendwelche Düsterlinge für solche Praktiken zu bezahlen, und konnte mir auch ausmalen, dass er, nachdem dies missglückt war, einen Schritt weiterging und das nächste Mal einen Mann mit Flinte mietete.

Ich bekam eine Riesenwut auf Boris, tröstete Billy Lee, verarztete sein armes Gesicht und erfreute ihn mit der Nachricht, dass ich nicht mit Joleene ins Kino gehen würde, sondern lieber bei ihm bleiben.

Ich rief mein Alibi an und sagte ab.

»Wieso?«, wollte Joleene wissen. »Habt ihr euch gestritten, dein Heathcliff-Lover und du?«

Das konnte ich schlecht erklären, mit meinem Mann im Sessel neben mir, also sagte ich nur liebenswürdig: »Geh allein, meine Süße, und recht viel Spaß!«

Worauf sie erwiderte: »Würde ich glatt machen, wenn ich nicht wüsste, dass er mich gleich wieder rausschmeißt!«, und den Hörer auflegte.

Ich wusste, dass Boris auf mich wartete, das war ja Sinn und Zweck der Kino-Ausrede. Gegen elf Uhr abends rief er bei uns an. Ich hatte so etwas geahnt und hechtete zum Telefon, bevor Billy Lee rangehen konnte.

»Ich warte auf dich!«, zischte Boris. Er klang sehr zornig.

Ich schwieg.

»Hast du dich verspätet, weil du dich um die Beerdigung von deinem Cowboy kümmern musst?«

Ich sagte kein Wort.

»Ach, komm schon, was soll das Theater? Gib ihm den Hörer, falls er noch lebt, dann sag ich ihm, wer ich bin, und vor allem, wer du bist …«

Ich legte auf.

»Wer war das denn?«, fragte Billy Lee uninteressiert.

»Ein Verrückter«, erwiderte ich wahrheitsgemäß.

Am nächsten Morgen rief ich aus einer Telefonzelle anonym bei der Polizei an und erklärte, ich sei wiederholt von einem Touristen belästigt worden. Ich schämte mich zu sehr, um meine Personalien anzugeben. Soviel ich wüsste, sei der Mann in folgendem Motel abgestiegen …

Ich lieferte auch noch eine recht gute und korrekte Beschreibung von Boris Woltermann, obwohl mir dabei auffiel, so, wie ich ihn schilderte, war eher anzunehmen, ich hätte ihn vergeblich belästigt, als umgekehrt.

Daraufhin hörte ich lange nichts von ihm. Als ich das nächste Mal an seinem Motel vorbeifuhr, stand sein Leihwagen nicht mehr davor.

Etwa eine Woche später traute ich mich, die Motelbesitzerin zu fragen. Sie schilderte ganz drollig Boris' Verhaftung durch zwei Polizisten. Doch, bezahlt hätte er und später auch ordnungsgemäß ausgecheckt. Ein Ire sei das gewesen, beteuerte sie. Die wären alle so schwarzhaarig und blauäugig. Ein sündhaft schöner Kerl und was er nun eigentlich Kriminelles gemacht hätte, wusste sie auch nicht.

Mein schlechtes Gewissen bescherte Billy Lee Tyler in den nächsten Jahren eine wunderbare Ehefrau. Er wurde wirklich verwöhnt. Nicht, dass ich kochen lernte – das hätte er vielleicht auch gar nicht zu schätzen gewusst, er war an Junkfood gewöhnt –, aber es gab ja noch andere Möglichkeiten, einen Ehemann bei guter Laune zu halten. Ich blieb stets froh und heiter, widersprach aus Prinzip nicht und versicherte meinem Mann auf jede Art, er sei ein perfektes, göttliches Wesen. Er war so nett und gesund, dass ich ihn damit noch nicht einmal verzog. Er gab Berge von Liebe zurück. Obwohl dem allen die Leidenschaft fehlte (Joleene beklagte, ich hätte eine echte Romanze zerstört), hatten Billy Lee und ich eine gute Zeit miteinander.

Sonntags begleitete ich meinen Mann in die Kirche und als uns der krummbeinige, stummelohrige Buster zulief, der sich sofort in Billy Lee verguckte, schaffte ich mir ebenfalls einen kleinen

Hund an, die sanfte goldbraune Flo. Zu viert drehten wir frühmorgens im Park unsere Runden. Gehen war zwar verpönt, aber laufen durfte man, vorausgesetzt, man trug kurze Nylonhosen und ein Stirnband aus Frottee.

In dieser Zeit unterhielten wir uns ab und zu, Billy Lee und ich. Es war natürlich nicht der pure Tiefsinn, doch auf jeden Fall mehr als Hast du meine grünen Socken gewaschen?.

Den Gedanken an Boris trat ich, sobald er sich schüchtern aus irgendeiner Ecke in mein Bewusstsein wagte, auf der Stelle platt. Wobei ich zugeben muss, dass es Tage gab, an denen ich mehrmals in der Stunde herumtrampeln musste. Am besten ging es immer, wenn ich daran dachte, dass er meinen Mann wahrscheinlich wirklich hatte umbringen wollen.

In meinem fünfundzwanzigsten Lebensjahr wurde ich schließlich noch mal schwanger. Ich wollte es lange nicht wahrhaben.

Diesmal war mir keine Sekunde übel. Stattdessen bekam ich häufig Bauchkrämpfe und schwoll sonderbar an, besonders an den Armen und Beinen.

Der Doktor machte sich Sorgen um mich und untersuchte mich mindestens einmal pro Woche. Er erklärte mir, ich hätte nach meiner Fehlgeburt unbedingt zum Arzt gehen müssen. »Hatten Sie denn keine Beschwerden in den letzten Jahren?«, fragte er ärgerlich.

Doch, ziemlich oft. Ich pflegte so etwas zu ignorieren.

Auf meinem Nachtschrank stapelten sich Pillenschachteln, ich plagte mich damit ab, das Rauchen zumindest zu reduzieren, und ertrug geduldig die ständigen Blutabnahmen.

Billy Lee platzte fast vor Glück. Er vertraute mir an, dass er schon an sich gezweifelt hätte, und machte Pläne für das Baby, bis hin zu dessen Lebensabend.

Ich war auch froh. Zwar bedeutete Tyler junior, dass ich ein für alle Mal in dieser Spießeridylle bleiben würde – aber warum eigentlich nicht?

Den vierten Monat verbrachte ich nahezu ausschließlich im Bett, danach ging's mir besser. Wenn wir's über den sechsten schafften, wären wir auf der sicheren Seite, meinte der Arzt.

So rief ich Anfang des siebten Monats in Hamburg-Sasel an.

Diesmal schrieb ich keinen Brief. Sollte meine Mutter doch, sobald sie meine Stimme erkannte, den Hörer aufknallen, dann wusste ich Bescheid.

Sie meldete sich tatsächlich selbst.

»Mami?«, sagte ich und sie schrie meinen Namen, mehrfach, schrill, und begann zu weinen.

»Wo bist du – wie geht es dir? Geht es dir gut? Ach, meine Süße, dass du dich endlich mal meldest! Ich wusste ja nie – wo bist du denn?«

»Ich bin in Kanada. Warum hast du denn bloß meine Briefe nicht beantwortet?«, fragte ich vorwurfsvoll.

Doch meine Mutter rief nur: »Du hast uns geschrieben? Hier ist noch nichts angekommen, Liebling. Aber die Post kann Tage dauern. Wann hast du den Brief denn abgeschickt?«

Es klang vollkommen aufrichtig.

»Ach, das ist schon lange her. Mami, ich bekomme ein Baby!«, rief ich. Und als sie eine Sekunde ruhig blieb: »Ich bin verheiratet. Seit über vier Jahren. Ich heiße Tyler, mit Ypsilon. Wir haben ein kleines Haus und zwei Hunde und zwei Autos und mein Mann ist wahnsinnig lieb …«

Sie versprach, mich zu besuchen. Sie wollte alle Termine kippen und den nächsten Flug buchen. Wir hätten uns doch so viel zu erzählen.

Eine halbe Stunde später rief sie mich zurück und informierte mich, dass ihre Maschine am kommenden Vormittag auf dem Michael Berry Terminal landen würde, worauf ich Joleene mobilmachte, damit sie mir half, das Haus zu wienern. Billy Lee schickte ich nachmittags, als er vom Werk kam, noch zum Friseur.

Am nächsten Tag zog ich mein hübschestes Umstandskleid an, steckte mir die Haare hoch und fuhr durch einen schwülwarmen Julitag zum Detroit Metro Airport. Durch die seltsamen Wasseransammlungen in meinem Körper war ich viel dicker, als ich Anfang des siebten Monats hätte sein dürfen, doch mein Gesicht glühte vor Glück und ich gefiel mir gut.

Während der Fahrt sang ich die Radiomusik mit. Ich freute mich über alle Maßen auf meine Mutter. Sie würde mir bestätigen, dass mein Leben gut und richtig war.

Das Flugzeug landete pünktlich, doch Heidemarie Harders stieg nicht aus. Sie war, wie ich nach langem Hin und Her erfuhr, nicht an Bord gewesen.

Ich fuhr ratlos nach Hause, ich begriff das nicht.

Als ich auf die Einfahrt rollte, kam mir Billy Lee schon aus unserem Haus entgegen. Er nahm meine Riesenmassen behutsam in die Arme. »Deine Schwester hat angerufen, Baby. Es tut mir so leid. Deine Eltern hatten einen Unfall. Deine Mutter ist tot.«

Ich stürzte weinend ins Haus und zum Telefon. Annikas Stimme klang so spröde, so tonlos, so verzweifelt …

Woltermann hatte meine Mutter gestern zum Flughafen fahren wollen. Er litt, erklärte Annika, seit etlichen Jahren an irgendeiner seltsamen Krankheit, nervlich, sei deswegen auch in Behandlung, keiner wüsste so recht, was es sei, die Ärzte seien sich nicht einig. Auf jeden Fall beeinträchtige sein Leiden unter anderem auch seine Bewegungsfähigkeit.

»Eigentlich hätten sie ihm längst den Führerschein wegnehmen müssen, das hab ich die ganze Zeit gesagt, Ilka. Aber auf mich hört ja keiner, Mami nicht und Onkel Martin schon erst recht nicht. Sein blöder BMW war sein ganzer Stolz, das hat er jetzt davon … Jedenfalls hat er wohl plötzlich die Gewalt über sein Auto verloren und ist gegen den Pfeiler einer Autobahnbrücke …« Annika schluckte und sprach undeutlich weiter. »Unglücklicherweise hat Mami sich gerade in dem Augenblick die Kostümjacke ausgezogen, es ist zurzeit sehr warm hier. Sie muss praktisch sofort tot gewesen sein. Auf der Stelle. Lange bevor der Rettungswagen da war.«

Wir weinten beide in den Hörer.

Dann schrie meine Schwester plötzlich: »Was musst du auch abhauen? Wenn sie nicht zu dir gewollt hätte …«

Flo leckte hilfsbereit mein nasses Gesicht ab. Billy Lee schob mir ein Gläschen mit Schnaps hin. (Das wollte was heißen; normalerweise hätte er eine Heidenangst gehabt, dass Tyler jr. dadurch beschädigt würde.)

Ich kippte den Alkohol und wartete, bis Annikas Schluchzen etwas abebbte.

Endlich sagte sie sanfter: »Sie hat sich so über deine Schwangerschaft gefreut. Du weißt doch, wie sehr Mami immer an dir gehangen hat. Dagegen komm ich nie an, und wenn ich zwanzig Kinder hätte. Du ahnst ja gar nicht, was du ihr angetan hast mit deinem jahrelangen Verschwinden. Richtig depressiv ist sie geworden. Wir mussten alle darunter leiden …«

»Und Onkel Martin?«, lenkte ich ab. »Was hat der bei dem Unfall abbekommen?«

»Ach, der!«, rief Annika, schon wieder wütend. »Dem ist absolut nichts passiert. Er kann nur nicht aufhören zu lachen. Furchtbar!«

»Zu lachen?«, fragte ich entsetzt.

»Ja. Das gehört irgendwie mit zu seiner Krankheit. Manchmal gähnt er auch oder heult. Aber zurzeit lacht er, passenderweise. Sitzt da und jault vor sich hin, du weißt ja, wie er lacht. Man könnte glatt denken, er freut sich, dass er Mami erledigt hat!«, giftete Annika. Dann wollte im Hintergrund irgendjemand irgendetwas von ihr und sie fragte nur noch kurz: »Kommst du zur Beerdigung?«

»Natürlich«, sagte ich, ohne nachzudenken.

Doch in der folgenden Nacht wachte ich auf, weil ich glaubte, ich läge mit Boris in seinem Motelzimmer und das Wasserbett sei geplatzt.

Überall um mich herum war Nässe. Je mehr ich zu mir kam, desto merkwürdiger erschien mir die Sache. Die Fruchtblase? Jetzt schon? Ich drehte den Lichtschalter an und sah fassungslos, dass meine Bettdecke rot war, so rot wie die Hälfte des Lakens unter mir – und dann stieß ich einen gellenden Schrei aus. Billy Lee neben mir schoss hoch, blinzelte verwirrt um sich und röhrte: »Oh, my God, oh, my God!«

Seltsamerweise verspürte ich einstweilen keine Schmerzen. Ich fror nur und fühlte mich zu schlapp, um den Kopf zu heben.

In dieser Nacht wurde ich stundenlang operiert. Zeitweilig sah es so aus, als sollte, entgegen den Wünschen von Boris Woltermann, nicht ich verwitwet werden, sondern Billy Lee.

Wirklich auf der Strecke blieben indessen nur Tyler jr. und ein großer Teil meiner weiblichen Organe sowie meine amerikanische Ehe. Die überdauerte die Katastrophe auch nicht.

Als ich nach mehr als sechs Wochen aus der Klinik kam, sehr blass und dünn und wackelig, war alles anders. Vor allem Billy Lee. Der hatte sein freundliches, friedliches Wesen völlig eingebüßt.

Dass er mich so gut wie nie im Krankenhaus besucht hatte, war mir noch nicht besonders aufgefallen, weil ich mich in einer Art geistesabwesender Trauer befand und sehr wenig mitbekam. Nun registrierte ich, dass meinem Mann in der Zwischenzeit ein zotteliger rostbrauner Schnauzbart gewachsen war, über den er mürrisch hinwegstarrte und unter dem er griesgrämig hervornuschelte.

Statt in die Kirche ging er neuerdings dauernd in die Kneipe, litt morgens an einem Brummschädel und schnauzte die Hunde und mich an.

Vielleicht hatte er mich nach den Erfahrungen der letzten dreieinhalb Jahre, in denen ich, schuldbewusst wegen meines Ehebruchs, das liebevolle Weib gespielt hatte, wirklich für eine sanftmütige Person gehalten.

Diesen Irrtum stellte ich jetzt in aller Eile richtig.

Sehr bald saßen die Hunde zitternd unter dem Küchentisch, während mein Mann und ich uns mit kräftiger Stimme darüber ausließen, was wir voneinander hielten, durchaus begleitet von herzhaften Würfen mit Haushaltsware.

Meine Geduld war zentimeterkurz geworden. Den Betrug hatte ich meiner Meinung nach abgearbeitet. Diesem ungepflegten, polternden Kerl war ich nichts mehr schuldig.

Er seinerseits warf mir vor, ich wäre »keine richtige Frau mehr«. Aus seiner Perspektive hatte er damit vollkommen recht.

Vielleicht hätten wir noch jahrelang so weitergemacht, denn an Gemeinschaften wie diese kann man sich schrecklich leicht gewöhnen. Aber dann überfuhr Billy Lee, voll bis obenhin, in der Auffahrt aus Versehen meine Flo.

Daraufhin reichte ich die Scheidung ein. Sie ging in der Tat sehr schnell, da hatte Boris recht gehabt.

Ungefähr ein halbes Jahr nach Mamis Tod fuhr Joleene Parker mich zum Flughafen, knuddelte mich unter Tränen und versprach, immer zu schreiben. (Vielleicht glaubte sie selbst daran.)

Ich hatte so viel wie irgend möglich von meinem Eigentum verkauft und mich vom Erlös neu eingekleidet, richtig elegant und ganz passend zu meiner neuen, dünnen Figur, guckte melancholisch aus dem Plüschkragen und rollte das R bereits viel weniger.

Bevor ich abflog, rief ich in Sasel an und sprach auf den Anrufbeantworter, dass ich zurückkäme und wann ich landen würde. Seit dem Gespräch mit Annika nach Mamis Tod hatten wir nichts mehr voneinander gehört. Weshalb ich nicht zur Beerdigung erschienen war, ahnte meine Familie nicht.

Spätabends brummte die Maschine tief über einige Felder und Waldstückchen, dann konnte ich die Lichter von Hamburg sehen. Über allem lag eine dünne Schneedecke.

Ich wusste nicht genau, ob ich mich freute oder entsetzlich traurig war. Nach mehr als fünf Jahren im Ausland kehrte ich zurück, definitiv nicht als Millionärsgattin, mit äußerst begrenzten finanziellen Mitteln und ohne in der Zwischenzeit etwas Vorzeigbares gelernt zu haben, nicht mal kochen, nur im Büchsenöffnen war ich firm. Mein Englisch allerdings durfte sich hören lassen, vor allem, wenn ich darauf achtete, den amerikanischen Akzent zu unterdrücken.

Mit den anderen Passagieren trabte ich durch endlose Gänge zum Ausgang. Der Flughafen Fuhlsbüttel war sehr leer um diese Zeit.

Als wir endlich die Ankunftshalle erreichten, umarmten sich einige Leute, andere verkrümelten sich in Richtung Taxistand. Ich hatte mich noch nicht entschlossen, ob ich tatsächlich in mein Elternhaus fahren sollte – war ich dort überhaupt erwünscht?

Dann sah ich ihn. Er lehnte an einer Säule, den Kragen seines dicken Wintertrenchcoats hochgeschlagen, geschmolzene Schneeflocken im Haar und blickte mir ernst entgegen.

Ich ließ meinen Koffer fallen und rannte, warf mich in seine Arme und schrie seinen Namen. Er umklammerte mich, schloss die Augen und biss in meine Mantelschulter. Vielleicht hätte er sonst auch geheult.

Boris' Auto stand – sehr verboten – direkt vor dem Terminal. Wir fuhren ein kurzes Stück zu einem der kleineren Hotels in der Nähe. Hier hatte er ein Zimmer bestellt, offenbar am Vortag, nachdem er meine Nachricht auf dem Anrufbeantworter gehört hatte.

»Möchtest du noch etwas essen?«, fragte er im Fahrstuhl und das war so ungefähr das Erste, was er sagte.

Ich schüttelte den Kopf, viel zu froh, um hungrig zu sein. Ich war angekommen. Jetzt wusste ich endlich genau, wo ich hingehörte.

Wie immer wollte er nichts Konkretes wissen, auch nicht, was aus Billy Lee Tyler geworden war. Das Schicksal meines Kindes konnte er sich ausmalen, sobald er später die riesige Narbe auf meinem Bauch sah.

In dieser Nacht war ich lange Zeit zu glücklich, um einzuschlafen, das weiß ich noch genau. Ich kuschelte mich an Boris, hörte, wie er atmete und fühlte mich geborgen. Plötzlich glaubte ich nicht mehr an seine Unzuverlässigkeit oder gar Gefährlichkeit. Niemand auf der Welt war mir so vertraut wie er. Jetzt würden wir für immer zusammenbleiben, so viel stand fest.

Irgendwann gegen Morgen schlief ich endlich ein, wachte aber bald wieder auf, weil mir die Sonne durch einen Vorhangspalt ins Gesicht fiel. Wintermorgensonne in warmem Orange warf einen Streifen auf unser Bett und in diesem Lichtstrahl funkelte der Ring an Boris' rechter Hand.

Ich starrte ihn minutenlang an, bevor es mir dämmerte. Dann schnappte ich nach dem Ring, versuchte, ihn dem schlafenden Mann vom Finger zu ziehen. Dabei wachte er natürlich auf.

»Du bist verheiratet?«, flüsterte ich.

In die Enge getrieben, wurde Boris aggressiv. »Ja, warum denn nicht? Wieso soll ich nicht auch mal verheiratet sein?«, meinte er, entriss mir seine Hand und verschwand im Bad.

Ich legte mich auf den Rücken und starrte an die Zimmerdecke.

Wie war es möglich, dass ich den Ring am Abend und in der Nacht weder gesehen noch gespürt hatte?

Weil ich so gar nicht damit rechnete.

Natürlich, dachte ich, wird er freiwillig nichts erzählen, das tut er ja nie. Ich sprang hoch, verschloss die Zimmertür, zog den

Schlüssel ab, schob ihn hinter das kleine Fernsehgerät und legte mich wieder aufs Bett.

Irgendwann kam Boris aus dem Bad und kleidete sich hastig an, ohne sich nach mir umzuschauen. Als er fertig war, sagte er nur: »Ich hab jetzt keine Zeit mehr, ich muss los. Du kannst in Ruhe frühstücken, die Rechnung ist bezahlt.«

Ich sagte nichts. Ich wartete, bis er sich mit der Tür anlegte und anschließend wütend und fahrig nach dem Schlüssel suchte, auf der Fensterbank hinter der Gardine, unter dem Bett, selbst in meinem Mantel und in meiner Handtasche, die er klimpernd auf den Teppich ausleerte. Hinter den Fernseher schaute er nicht.

Nach einigen Minuten des Suchens verlangte er: »Gib ihn sofort her! Wo hast du den verdammten Schlüssel hingetan?«

Ich richtete mich auf. »Gleich. Setz dich bitte erst mal und beantworte mir ein paar Fragen, dann lass ich dich raus.«

Er setzte sich auf den einzigen Sessel.

»Mit wem bist du verheiratet?«

Er verdrehte ungeduldig die Augen, als sei das eine besonders blöde Frage. Ich schaute wieder an die Zimmerdecke und wartete.

»Mit Annika. Ich bin mit Annika verheiratet. Du hättest es ja sowieso erfahren. Warum musst du uns damit den Morgen versauen?«

»Mit – wie bitte? Nicht etwa …«

»Doch.«

»Seit wann?«

»Seit etwa anderthalb Jahren. Na und? Du guckst, als wäre das verboten. Du wolltest doch bei diesem Kerl da drüben bleiben. Du hast mich ja wohl angezeigt, um mich auf charmante Art aus dem Weg zu räumen, oder? Ich hab eine Nacht im Knast geschlafen deinetwegen, danke schön! Wusstest du, dass die kanadischen Polizisten die schlimmsten der Welt sind?«

»Ich hab davon gehört«, bestätigte ich. »Vielleicht hättest du nicht versuchen sollen, Billy Lee zu killen.«

Boris' Augen, blau und klar, blickten mich verständnislos an. »Was meinst du damit?«

»Ach, schon gut«, sagte ich resigniert. »Und als du dann nach Hause kamst, hast du dich auf einmal in meine Schwester verliebt?«

Er zuckte mit den Schultern. »Wir verstehen uns ganz gut. Es lag irgendwie einfach nahe – mein Vater hat es angeregt und deine Mutter hat sich schließlich ebenfalls gefreut, obwohl sie natürlich auch an dich gedacht hat. Aber es sah ja wirklich so aus, als würdest du nie zurückkommen, da meinten wir eben alle, besser Annika und ich als Annika und jemand anders. So bleibt irgendwie alles in der Familie, verstehst du?«

Ich nickte. »Versteh' ich. Mordmord hatte ja wohl schon lange solche dynastischen Pläne. Der wollte natürlich immer lieber, dass du die Kronprinzessin nimmst, die Tüchtige, diejenige, die das Sofaimperium erbt. Besser als so was wie mich.«

»Kann sein. Gesagt hat er das nie, aber … Ja, kann sein. Bei der Hochzeit hat er mich umarmt. Sensationell, so was hat er noch nie gemacht, solange ich ihn kenne. Ich hab euren Namen angenommen, ich heiße jetzt Boris Harders. Das vereinfacht vieles. Im Moment bin ich Referendar, nächstes Jahr werd ich Anwalt sein, dann übernehme ich die juristischen Belange der Firma. Gegenwärtig haben wir eine Vertretung. Mein Vater ist schon seit ein paar Jahren zu kaputt dazu, der sitzt nur noch im Rollstuhl und braucht eine Pflegerin. Annika leitet natürlich die Firma, seit dem Tod eurer Mutter. Das ist, obwohl wir ein Au-pair haben, gar nicht so einfach mit dem Kind …«

»Mit dem …«

»Wir haben eine Tochter. Adele.«

»Ah ja. Wie alt ist die?«

»Vierzehn Monate.«

»Wie süß.«

Er schüttelte den Kopf. »Nein. Sie ist nicht süß. Ich hab leider keinen Sinn für Babys. Das Kind ist laut und unappetitlich und eine Nervensäge.«

»Unappetitlich?«

»Sie sabbert rum und ihre Windeln stinken. Vielleicht wird es besser, wenn sie älter wird.«

»Das wollen wir doch hoffen. Du hast niemandem erzählt, dass du mich in Kanada besucht hast?«

»Nein, wozu? Du hattest nach deinem Verschwinden mal eine Postkarte geschrieben, dass du dir in den USA das Leben anguckst oder so ähnlich. Das hat den Harders gereicht. Musste ja wohl auch.«

»Ich hab Mami eine ganze Menge Briefe geschrieben.«

»Umso besser. Davon hat sie uns nie was verraten. Ilka, ich bin rübergeflogen und hab versucht, dich zurückzuholen. Das wolltest du nicht. Da ging das Leben eben ohne dich weiter – was hast du denn erwartet?«

»Ich hab nichts erwartet, jedenfalls nicht, bevor ich dich im Flughafen gesehen hab. Wie konntest du ein Hotelzimmer für uns nehmen und die Nacht mit mir verbringen? Als Mann meiner Schwester und mit gemeinsamem Baby?«

Boris senkte den Kopf. »Ich weiß auch nicht. Ich hab dich auf dem Anrufbeantworter gehört …«

»Und schnell gelöscht, bevor Annika es erfährt.«

»Selbstverständlich. Verstehst du das nicht – das mit dir läuft auf einer anderen Ebene. Das hat nichts mit der Realität zu tun.«

»Den Eindruck hab ich auch«, sagte ich erschöpft. »Gut, danke. Der Schlüssel liegt hinter dem Fernseher.«

Er holte ihn sich, ging zur Tür und schloss auf. Von dort sagte er leise: »Ich liebe dich.«

Dann verließ er das Zimmer.

Ich blieb lange liegen und versuchte, das alles zu verdauen.

Und ich zerbrach mir den Kopf, wo ich hinsollte. Auf keinen Fall nach Sasel, um Himmels willen, zu dem tüchtigen jungen Ehepaar mit Baby, Au-pair und Woltermann im Rollstuhl samt Pflegerin!

Vielleicht hätte ich doch lieber auf der anderen Seite des Atlantiks bleiben sollen. Leider fehlte mir schon wieder das Geld für ein Flugticket.

Ich griff zum Telefon, wählte und sagte: »Hallo! Hier ist Ilka …«

Die Stimme am anderen Ende freute sich: »Mein Möppchen! Bist du wieder zurück?«

Das 12. Kapitel

enthält einen Krankenbesuch mit humoristischer Einlage –
eine theologische Frage –
Küchengesang –
sowie ein unvorteilhaftes Foto

Ich ergänzte den unschicken braunen Fummel von Beatrix widerstrebend um eine ausgeleierte rosa Strickjacke mit ekligen, unregelmäßig kantigen Knöpfen, zählte das letzte Geld von Väterchen, dachte sehnsüchtig an die Konten und Kreditkarten von Ilka Harders und gab mir zum Ausgleich große Mühe mit Make-up und Frisur.

Dann lief ich die Treppe hinunter und strahlte meinen Schwiegervater an, der gerade mit einem wedelnden Finchen aus dem Wohnzimmer der Familie Sievert kam: »Guten Morgen, Klaas! Ich wollte dich fragen, ob du zufällig irgendwohin fährst, wo es eine Bahnstation gibt, von der aus ich nach Hamburg komme?«

Hilke grummelte von drinnen, durch die halb offene Tür: »Wenn du zur Dorfstraße läufst, keine Viertelstunde, da gibt das 'ne Bushaltestelle, von da kann man mit Umsteigen überallhin.«

Klaas zog sich schon die Jacke über. »Komm man mit, Trixchen, ich bring dich nach Bookstedt und setz dich da in die S-Bahn. Findst dich denn in Hamburg alleine zurecht, so ohne dein Gedächtnis?«

»Bestimmt!«, sagte ich überzeugt. Schade, dass ich Klaas nicht mit der Bemerkung beruhigen konnte, dass ich mich an jeden Winkel der großen Stadt erinnerte.

Die S-Bahnfahrt dauerte mehr als eine halbe Stunde. Um zum Krankenhaus zu gelangen, musste ich sogar noch zwei Stationen mit einem Bus fahren. Später bekam ich mit, dass Hilke völlig recht gehabt hatte und es nur mit dem Bus viel schneller und direkter gegangen wäre.

Es war fast halb elf, als ich den Krankenhausflur entlanghastete.

Ich hatte mich seelisch auf die Gegenwart von Frau Lackschmidt eingerichtet, doch in ihrem Bett lag eine sehr alte Patientin, die schlief und ziemlich laut atmete, während im Bett gegenüber ein Mädchen mit Glitzerknopf im Nasenflügel in einer Illustrierten las und mir nur einen kurzen, gelangweilten Blick zuwarf.

Janne verzog ihr Fischmündchen, beleidigt und traurig: »Ich dachte schon, du kommst gar nicht mehr!«

»Halb elf ist doch fast noch um zehn rum«, tröstete ich sie. »Guck mal, ich bin wirklich so schnell wie irgend möglich zu dir gekommen, das merkst du schon daran, dass ich dir weder Schokolade noch Blumen noch neue Sudokus mitgebracht hab!«

Das überzeugte sie. Jetzt wollte sie wissen, was ich inzwischen alles erlebt hatte. »Denn hier passiert nichts weiter, außer, dass sie an mir rumsägen.«

»Deine Eltern und dein Chef haben dich doch besucht?«

»Das war auch nicht der Rede wert. Meine Mutter hat gejammert, mein Vater genörgelt und mein Boss geschimpft, weil ich ihm in seiner dusseligen Praxis fehle. Dein Schicksal ist viel interessanter. Du siehst nebenbei ganz anders aus als früher!«

»Wem sagst du das?«

»Nein, ich meine, noch anders als vor zwei Wochen, als ich dich zuletzt gesehen hab. Du bist irgendwie …«

»Dicker.«

»Das ist es nicht.« Janne putzte extra ihre Brille, um mich besser anstarren zu können. »Dein Gesicht ist nicht nur voller, sondern auch kantiger. Du hast mehr Kieferpartie, glaube ich, und mehr Kinn. Und deine Augen … Wo hast du denn Bambi gelassen? Das sind keine Rehaugen mehr, eher so was wie Tiger oder Puma.«

Dem Mädchen im Bett gegenüber stand schon der Mund offen vor Neugier. Ich rückte viel näher, das eignete sich alles nicht für fremde Ohren, und flüsterte: »Glaubst du, ich verwandle mich äußerlich jetzt wieder in Ilka Harders zurück?«

Janne wisperte: »Vielleicht ein bisschen. Macht ja auch Sinn, das Äußere soll doch das Innere spiegeln. Hast du schon rausgekriegt, wer dich ermordet hat?«

Ich hing halb über ihrem Bett, stützte mich mit dem Ellbogen auf ihr Kopfkissen und hauchte: »Nein, wie denn? Zurzeit versuche ich, einigermaßen mit der Familie von Beatrix klarzukommen.«

»Wie sind die so?«

»Ganz nett, vor allem der Hund. Meine Schwiegermutter mag mich nicht, aber das liegt noch an der echten Trixi, sagt mein Stiefsohn. Vielleicht findet sie mich ja auch schon etwas netter, weil ich neuerdings ihren Kuchen esse und ihren Hund kraule. Mein Schwiegervater ist goldig, den würde ich gern behalten.«

»Und dein Gatte mit den Betonaugen?«

»Nicht so schlimm, wie ich dachte. Vielleicht ist er sogar ganz in Ordnung.«

»Oh! Vielleicht lässt du dich doch nicht scheiden?«

»Auf alle Fälle. Den Termin haben wir schon und Eike ist grimmig entschlossen. Außerdem hat er eine Freundin, die rief ihn vorhin erst an und hat sich fürchterlich erschrocken, als sie meine Stimme hörte. Ach, was rede ich denn da – als ob ich, ganz egal, wie's aussieht, bei den Sieverts in ihrem klein' Häuschen in der Pampa bleiben würde! Was soll ich da?«, flüsterte ich ungeduldig.

Jemand klopfte an die Tür und öffnete gleich darauf: ein junger Mann mit sehr kurzem Haar und einem hübschen Strauß aus Margeriten und Mohnblumen. Er wollte eindeutig zu meiner Freundin.

»Es ist noch nicht elf!«, pfefferte Janne ihm entgegen. Das Mädchen im Bett gegenüber fuhr zusammen und die schlafende alte Frau zuckte mit einem Schnorchler hoch, weil es plötzlich so laut wurde nach unserem vorherigen diskreten Gehauche.

»Tut mir leid. Dann geh ich draußen noch etwas rum«, sagte der junge Mann verlegen und verschwand wieder, samt Blumen.

»Wer war das denn?«, fragte ich verblüfft.

»Jensi. Der kleine Bruder von Alfi. Der liebt mich«, teilte Janne so verächtlich mit, als sei das bereits ein Beweis für leichten Schwachsinn.

»Aha. Und was ist daran so schlimm? Ich mag dich auch. Bin ich deswegen behämmert?«

»Nein, du doch nicht. Aber dieser Jensi ...« Janne suchte vergeblich nach einem passenden Schimpfwort. Endlich fiel es ihr ein: »Das ist so ein Frauenversteher.«

»Oh, klar. Und du wirst nun mal gern missverstanden?«

»Was? Wieso – nein, so nicht. Ich finde nur, ein Mann muss doch irgendwie ...« Janne ruckelte an ihrer Brille. »Ist doch auch ganz egal. Lass uns über Wichtigeres reden.«

»Okay. Wann kommst du denn nun endlich raus hier? Was hat Doktor Göttlicher heute Morgen gesagt?«

Janne guckte noch viel trauriger als sowieso schon. »Ach, hör auf! Er ist sich nicht sicher, ob nicht noch eine OP nötig ist. Sie wollen das beobachten. Manchmal denk ich, ich lieg hier den Rest meines Lebens.«

»Blödsinn. Du besuchst mich bestimmt noch mal in Pandersen, bevor ich aus Deutschland verschwinde, und das wird vor dem Herbst sein. Verlass dich drauf!«, versprach ich möglichst zuversichtlich.

Janne seufzte völlig unzuversichtlich.

Gleich darauf platzten fünf oder sechs laute, lustige Klassenkameraden der Patientin gegenüber in den Raum, lagerten sich um oder auf ihrem Bett und erfreuten sie mit Krankenhauswitzen wie: »Herr Doktor, Herr Doktor, der Simulant von Zimmer zwölf ist gerade gestorben – jetzt übertreibt er aber!«

Die alte Frau am Tropf röchelte dagegen an.

»Kennt ihr den, Petrus liest einen guten Krimi, da klingelt es am Himmelstor. Ein Mann steht davor und sagt: Hallo, ich bin der Huuu ... und ist wieder weg. Petrus geht kopfschüttelnd und liest weiter. Wieder Klingeln, wieder der Mann, der sagt: Hallo, ich bin der Huuu ... und gleich darauf verschwindet. Petrus wird sehr böse, da kommt Jesus und sagt: Ist schon in Ordnung, Petrus, das ist der Hubert Müller, der liegt auf der A 7 und wird gerade reanimiert!«

Alle lachten, auch das kranke Mädchen. Janne und ich guckten uns bedeutungsvoll in die Augen.

Ich stand auf. »Nächstes Mal kannst du bestimmt wieder in den

Aufenthaltsraum – oder in den Garten. Dann unterhalten wir uns in Ruhe.«

Janne nickte verzagt.

Ich schrieb ihr noch mal meine Telefonnummer auf, knuddelte sie und machte, dass ich auf den Flur kam. Von hier klang der Besuch im Zimmer wie eine Büroparty.

Gegenüber der Fahrstuhltür in der großen Eingangshalle wartete der junge Mann mit dem Blumenstrauß, der sich durch sein Verständnis disqualifiziert hatte. Ich lächelte ihm aufmunternd zu.

Gleich darauf entdeckte ich durch die Glastür ein paar kurze, stämmige Beine in braunen Gesundheitssandalen, die energisch über den Parkplatz stampften und ich rannte, um die kleine Person im schlecht sitzenden Blazer zu erreichen: »Frau Doktor Kluge?«

Das strähnige, kurze graue Haar sauste herum, als sie mich scharf musterte. »Bitte?«

Sicher erkannte sie mich nicht. Als wir uns unterhalten hatten, war ich noch angeschwollen und umwickelt.

»Ich bin die Frau im falschen Körper, erinnern Sie sich?«

»Ungern. Was wollen Sie denn?«, fragte sie barsch und schloss eilig einen ziemlich dreckigen Mercedes auf.

»Oh – fahren Sie zufällig nach Hamburg? Würden Sie mich mitnehmen?«

Sie zog die Mundwinkel ausdrucksvoll herunter.

»Sie können mich ja *ungern* mitnehmen. Und wenn Sie möchten, rede ich während der ganzen Fahrt kein Wort«, schlug ich vor.

Das fand sie nun doch komisch, sie schmunzelte ein wenig und nickte zur Beifahrertür hin. Ich stieg ein.

Die Ärztin zündete sich eine Zigarette an, inhalierte so intensiv, dass beim Ausatmen kaum noch Rauch aus ihrer Nase strömte, und knurrte: »Hier drin ist Raucher, tut mir leid.« Dann ließ sie den Wagen an und rollte vom Krankenhausgelände.

Ich hatte mich darauf eingerichtet, tatsächlich still zu sein, doch nach einer geraumen Weile des Schweigens richtete sie ihre rotbraunen Affenaugen auf mich: »Und? Wie läuft Ihre Schauergeschichte? Machen Sie das Beste draus? Geben Sie sich ordentlich Mühe, ein Segen für sich selbst und andere zu sein?«

Da war ich mir nicht ganz sicher. »Ich benehme mich bestimmt liebevoller als früher. Seit ich wieder da bin, war ich noch nicht richtig gemein …«, sagte ich etwas kleinlaut.

Dr. Kluge lachte in sich hinein, die Zigarette in den Mundwinkel geklemmt.

»Hat denn nun schon jemand gemerkt, dass Sie die falsche Füllung sind? Oder haben Sie's wem anvertraut?«

»Eine Mitpatientin hatte damals zugehört, als ich Ihnen die Sache erzählt hab. Die weiß also Bescheid. Einigen Leuten bin ich bestimmt suspekt, aber die glauben, ich hätte durch den Unfall mein Gedächtnis verloren und irgendwie meine Persönlichkeit eingedellt. Ja, und meine Tante, die mit mir immer sehr verbunden war, die hat mich sofort erkannt, ohne dass ich irgendetwas gesagt habe.«

»Was? Das muss ja eine aufmerksame Person sein!«

»Tante Nettchen ist seit einigen Jahren völlig blind. Sie nahm an, ich hätte zugenommen, meine Schritte klangen schwerer. Aber sie wusste, dass ich es bin.«

Dr. Kluge hielt an einer Ampel und schaute mich interessiert an. »Wie haben Sie's ihr erklärt?«

»Genau, wie es ist. Meiner Tante kann ich so was sagen, die glaubt an alles, die erschüttert so leicht nichts.«

Die Ärztin warf ihre Zigarettenkippe aus dem Fenster. »Was Sie nicht sagen. Glaubt Ihre Tante zufällig auch an Gottvater den Herrn?«

»An den zuerst, in allen seinen Verkörperungen.«

»Und sie glaubt ganz unbeirrt und ohne Zweifel?«

»Ohne Zweifel.«

»Hmhm«, machte Dr. Kluge nachdenklich und formte ihren breiten Mund zu einem dünnen Strich, indem sie Ober- und Unterlippe nach innen zog.

»Wo wollen Sie eigentlich hin?«, erkundigte sie sich gleich darauf, denn wir fuhren schon auf den Dammtor-Bahnhof zu.

»Ganz egal, da irgendwo können Sie mich rausschmeißen«, bot ich an.

Vor dem Bahnhof war gerade ein schräger Parkplatz frei und der Mercedes schoss hinein. Ich schnallte mich ab und griff nach meiner Handtasche.

»Ganz herzlichen Dank!«

»Ja, bitte, bitte, keine Ursache. Frau – ähm –?«

»Sievert neuerdings.«

»Frau Sievert, falls Sie Ihre Tante demnächst sehen, fragen Sie doch bitte mal, weshalb Gott der Gütige es zulässt, dass es auf der Erde zugeht wie in einem Saustall. Wieso manche Menschen in Armut leben und unter Bedingungen, die es auch dem Besten nicht gestatten, jemals hochzukommen, raus aus dem Elend. Wieso Er Kriege zulässt und Kindesmisshandlungen und all diese Ungerechtigkeiten. Warum Er seinen Job so schlampig macht. Das würde mich mal interessieren. Wenn die Dame so gewieft ist, die Identitäts-Panne ihrer Nichte zu riechen, dann kann sie mir vielleicht auch solche Fragen beantworten …«

Frau Doktor zündete sich eine weitere Zigarette an. Während ich ausstieg, atmete ich das angenehme, süßliche Tabakaroma ein. Ich beugte mich noch einmal in den Wagen: »Würden Sie mir eine Zigarette geben?«

»Kaufen Sie sich selber welche. Ich versorge andere Menschen nicht mit Gift – es sei denn, beruflich«, war die barsche Antwort.

Sie knallte die Tür hinter mir zu, drehte sich mit fliegenden Strähnen um und war schon wieder auf der Straße.

Ich wanderte mit dem allergrößten Vergnügen durch meine Stadt, die ich so lange vermisst hatte, am Gänsemarkt vorbei, Richtung Große Bleichen. Vielleicht roch es nur allgemein nach Großstadt und Auspuffgasen, mir kam es vor wie eine typische Hamburger Duftnote, ich bildete mir ein, etwas wie Brackwasser zu schnuppern.

Viele elegant oder flippig oder adrett gekleidete Frauen kamen mir entgegen oder liefen neben mir. Ich erhaschte kurz mein Spiegelbild in einem Schaufenster: In so einem schlabberigen braunen Kleid und der unmöglichen Strickjacke durfte man eigentlich gar nicht über den Jungfernstieg. Andererseits freute ich mich über mein süßes Gesicht mit den riesigen braunen Augen. Ilka hatte nie halb so gut ausgesehen wie Beatrix, auch wenn sie immer viel schicker herumgelaufen war.

Wenn ich mir doch wenigstens Stoff hätte leisten können! Für Handarbeit war ich immer sehr begabt gewesen, das würde hoffentlich auch mit Beatrix' großen schmalen Händen funktionieren.

Es war richtig quälend, ohne Geld zwischen den vielen Modegeschäften herumzulaufen.

Ich konnte nicht widerstehen und schlenderte einmal kurz durch den Gudrun- Sjøden-Shop. Hier gab es genau die richtigen Kleider, ein bisschen Folklore, ein bisschen Künstlergewand, die aus einer ungeschlachten Riesenmaid eine reizvolle Frau machen würden.

Schuhe, die selbst meinen Antike-Göttin-Füßen geschmeichelt hätten, sah ich auch. Von einem cognacfarbenen Paar mit kleinem Absatz und Fensterchen für die Zehen konnte ich den Blick kaum lösen. Aber wo hätte ich schleunigst 298 Euro auftreiben sollen?

In diesem Augenblick schob hinter mir, wie ich im Schaufenster sehen konnte, ein zierlicher älterer Herr mit nettem Lächeln ein junges Mädchen (seine Tochter?) in einem Rollstuhl vorbei. Hübsch sah sie aus, mit feinem blondem Haar und ganz ohne Füße, beide Beine endeten an den Knien.

Ich begriff fast sofort, entschuldigte mich innerlich bei wem auch immer und ging ziemlich beschämt weiter.

In einem Zeitschriftenladen kaufte ich mir Zigaretten. (Wenn sogar eine Ärztin rauchte, konnte es doch nicht so gefährlich sein.) Die Schachteln strotzten allerdings vor grellen Drohungen, am besten schaute man gar nicht hin.

Während ich auf das Rathaus zuschritt, fummelte ich eine Zigarette aus der Packung und bat einen Vorbeigehenden um Feuer. Er warf mir einen entrüsteten Blick zu und stapfte weiter.

Der nächste Passant suchte tatsächlich nach seinem Feuerzeug und hielt sorgfältig mit der anderen Hand den Wind ab.

Ich saugte tief ein – und geriet jämmerlich ins Husten, wie ein Schulmädchen. Mit tränenden Augen sah ich hoch. Der nette Herr steckte sein Feuerzeug wieder ein und bemerkte halblaut: »Ich würd's mir an Ihrer Stelle nicht angewöhnen«, bevor er weiterging.

Trotzig versuchte ich noch einige Züge und merkte, dass mir übel wurde. Rauchte ich das Ding zu Ende, würde ich mich vermutlich mitten in der Innenstadt übergeben müssen.

Also schleuderte ich die Zigarette auf den Boden und trat sie mit einem meiner Riesenfüße platt.

Komisch – warum schmeckten Ilkatrix Kaffee und Bier, während sie mit Tabak nicht klarkam?

Bald darauf stand ich vor der kleinen City-Filiale von Möbel-Harders.

Das große Haupthaus befand sich ja in der Wohnmeile Halstenbek, aber in der Innenstadt gab es dieses relativ schmale, dreistöckige Geschäft, das sich vor allem auf Lampen, Stoffe und Wohnzubehör konzentrierte, obwohl immer noch einige zweisitzige Sofas, Recamieren und große Sessel dazwischen standen.

Ich war ganz unwillkürlich hier gelandet, ohne darauf zu achten, wohin ich ging. Dies war für mehr als sechs Jahre und bis zu meinem Unfall (also bis zu Ilkas Tod) mein Arbeitsplatz gewesen.

Anfangs, nach dem Schock im Flughafenhotel und dem Zwischenstopp bei Tante Nettchen, hatte ich ein bisschen gejobbt, zuerst Schuhe verkauft, später silberne Füllfederhalter und strassbesetzte Bilderrahmen in einem Geschenkgeschäft im Hanseviertel. Dort erschien eines Tages meine Schwester in einem bildhübschen zweireihig geknöpften Redingote, ein kleines Mädchen mit hellbraunen Korkenzieherlocken an der Hand. Sie erstarrte zunächst, als sie mich erkannte, kaufte dann ein Brillenetui aus Schlangenleder, ließ es nett einpacken und fauchte mich aus einem Mundwinkel an: »Was tust du hier, Ilka? Wenn du schon zurück bist, warum meldest du dich nicht bei deiner Familie? Und wenn du verkaufst, warum dann nicht in unserem Geschäft?«

Ihr Ärger kam mir verständlich vor.

Wir hatten zuletzt kurz nach Mamis Tod miteinander telefoniert, ich sagte meine Teilnahme am Begräbnis zu und blieb seitdem erneut verschollen, zumindest für Annika.

»Wie lange bist du denn schon wieder in Hamburg?«

Ich zuckte kurz mit den Schultern.

Kopfschüttelnd stand sie vor mir, ich lächelte verlegen und

bereute zutiefst, nicht nach Berlin oder Düsseldorf oder besser nach Sydney gezogen zu sein.

»Und wo ist dein Kind?«, wollte sie wissen. »Das muss doch auch schon fast drei sein!«

Mein Chef schnappte das auf und zuckte erschrocken mit seinem gepflegten weißen Schnauzbart.

Ich beugte mich vor und flüsterte eindringlich: »Annika, ich hab kein Kind – hab's verloren und will nicht darüber reden, hörst du? Nicht über meine Ehe und nicht über Amerika.«

Jetzt guckte meine Schwester weniger vorwurfsvoll, eher mitleidig. »Ich versteh' dich nicht. In deinem Leben ist immer alles so unordentlich.«

Sie bestand darauf, in meiner Pause einen Kaffee mit mir zu trinken. Hätte ich ablehnen sollen?

Voller Stolz stellte sie mir die kleine Adele vor, die mich aus Boris' tief liegenden hellblauen Augen anblickte. Und sie erzählte recht taktvoll und behutsam, mit wem sie verheiratet war. »Falls du noch nicht davon gehört hast …?«

Während ich in meinem Kaffee rührte, erklärte ich ungerührt, doch, ich hätte davon gehört.

»Es macht dir doch hoffentlich nichts aus, Ilka? Ihr beide wart ja mal … Aber ich weiß nicht, wie ernst das damals gewesen ist …«, redete Annika mit schief gelegtem Kopf weiter. Mir war früher nie aufgefallen, wie sehr sie unserer Mutter ähnelte.

Ich versicherte: »Das macht mir überhaupt nichts, keine Sorge«, und versuchte mir vorzustellen, ich hätte es wirklich nicht gewusst und würde es jetzt unvermutet von meiner Schwester erfahren. Wahrscheinlich hätte ich das gesamte noble Hanseviertel zusammengekreischt.

Annika arbeitete in ihrer unbeirrbaren Art ein paar Wochen daran, kam immer wieder in die Geschenkboutique oder rief in der kleinen Wohnung an, in die ich inzwischen gezogen war; dann hatte sie mich mürbe geklopft und ich fing im Möbelhaus Harders in Halstenbek an, zu einem mehr als anständigen Gehalt. Rein finanziell ging es seitdem mit mir bergauf.

Ansonsten bergab, denn natürlich konnte ich auf die Dauer meinem Schwager nicht ausweichen.

Zum ersten Mal begegneten wir uns bei der häuslichen Osterfeier in Sasel wieder: Onkel Martin bereits im Rollstuhl, halb erstickt von seinen Gähn- oder Weinkrämpfen, Adele abwechselnd verschüchtert oder affektiert, immer wieder ungeduldig zurechtgewiesen von ihrem Vater, Annika um Harmonie bemüht. Boris schaute mich kaum an und redete wenig. Meine Schwester entschuldigte das mit juristischem Ärger, den er auch über die Feiertage nicht aus dem Kopf bekam.

Ich vermied es ebenso, in seine Richtung zu blicken. Von Unbefangenheit konnte wirklich keine Rede sein. Wir hatten es ja immerhin redlich geschafft, uns mehr als zwei Jahre lang weder zu sprechen noch zu sehen.

Merkte Annika etwas?

Damals schon? Oder später? Oder nie?

Wollte sie es merken?

Am Dienstag nach diesem grauenhaften Ostern wartete Boris nach Feierabend im Parkhaus auf mich und wir stürzten uns in einer eigenartigen Mischung aus Glück und Verzweiflung und Wut in die Arme. Ich glaube, wir empfanden das beide so.

Ganz am Rande: Als Annika mich heim ins Familienreich holte, war ich beileibe kein Single, vielmehr schwebte so etwas wie eine offizielle Verlobung in der Luft mit einem netten jungen Mann aus recht guter Hamburger Familie, der im väterlichen Bankgeschäft arbeitete.

Das wurde schleunigst abgewürgt, Boris zeigte sich erstaunlich eifersüchtig, ganz ungeachtet der Tatsache, dass er selbst verheiratet war. Er wollte alles haben und bekam es ja auch. Trotzdem schien es nie genug zu sein. Egal, wie viel er hatte, sein Defizit wuchs mit.

Genau wie früher stritten wir uns oft.

Wenn man sich von Kind an kennt, ist vielleicht von vornherein nicht sehr viel Respekt eingebaut, wir waren daran gewöhnt, uns gegenseitig über alle Grenzen zu trampeln, schlimmer: da wir uns so oft verletzten, kam ständig das Bedürfnis auf, es dem anderen heimzuzahlen, ihn noch tiefer zu treffen, als man selbst getroffen war.

Dazu kam der Geheimhaltungsfaktor, schlimmer als jemals zuvor, der zu unromantischer Hektik zwang. Mein verbotenes Verhältnis besuchte mich normalerweise zwischen Feierabend und Familienabendbrot in meiner Wohnung oder wir ergaunerten uns eine Stunde am Wochenende. Für Finessen blieb keine Zeit.

Was hätte aus uns werden sollen, falls Annika davon erfuhr? Sie leitete das Imperium so gut wie früher meine Mutter. Sie war der Boss, da konnte der gute Boris die Hosen anhaben, soviel er wollte.

»Miteinander durchbrennen«, während meiner amerikanischen Ehe sehr aktuell, kam nicht mehr infrage.

Von den Möglichkeiten, die Boris Woltermann noch offen gestanden hatten, konnte Boris Harders nur träumen. Dafür fuhr er jetzt aber auch einen Ferrari und später seine schwarze Corvette – Autos, in denen man mäßig bequem saß und nie zum gewünschten rasenden Tempo aufdrehen konnte, weil sich stets irgendwelche trödelnden Idioten auf der linken Spur herumtrieben und es verhinderten.

Nach einigen Jahren bestimmte Annika, dass ich von nun an im Innenstadt-Geschäft verkaufte. Ich arbeitete hier mit Herrn Waechter zusammen, einem dicklichen, adretten kleinen Mann, eifrig, zuverlässig, fleißig. Wir verstanden uns recht gut, bis er eines Abends nach Geschäftsschluss Boris und mich auf dem königsblauen Ledersessel im Lager erwischte. Wer hätte damit rechnen können, dass Herrn Waechter erst eine Dreiviertelstunde nach Feierabend einfiel, wo er seinen Autoschlüssel gelassen hatte?

Er verschwand sofort taktvoll auf quietschenden Gummisohlen, gleich nachdem wir ihn bemerkt hatten, weil er leise mit dem gefundenen Schlüsselbund klimperte.

Herr Waechter äußerte sich nicht dazu, er blieb im Grunde so nett und sachlich wie vorher, schaute mir aber nie wieder ins Gesicht, wenn wir miteinander sprachen.

Macht das Leben nur Spaß, wenn man eine Perspektive hat? Irgendeine? Wäre mir in den vergangenen Jahren eine Sternschnuppe direkt auf den Kopf geknallt, hätte ich immer noch nicht gewusst, was ich mir wünschen sollte. Was keineswegs bedeutete, dass ich wunschlos glücklich war.

In den zwei Jahren, die ich allein in Hamburg lebte, ohne Kontakt zu meiner Familie, war's mir relativ gut gegangen. Jetzt fing ich wieder an, ziemlich viel zu trinken. Ich nahm Schlafpillen und Appetitzügler (Boris hasste fette Frauen) und sogenannte Anregungsmittel.

Einige Male machten wir »Schluss« miteinander.

Hin und wieder fing ich Affären mit anderen Männern an, meistens, um Boris zu ärgern.

Bei all seinem Talent zum Lügen konnte Annikas Mann auch überraschend ehrlich sein, vor allem mir gegenüber. An einem Frühlingsabend betrachtete er sich beim Anziehen im Spiegel und sagte über die Schulter: »Hättest du je gedacht, dass ich eines Tages mal relativ gut aussehen würde? Früher warst du so ein wunderschönes kleines Mädchen mit diesen türkisblauen Augen und den lichtbraunen Ringellocken. Und ich ein völlig unansehnlicher Kerl, richtig hässlich. Jetzt guck uns heute an! Deine Tränensäcke sind nicht zu übersehen und ...«

Sofort zog ich einen Schuh aus, um ihn damit zu verdreschen. Zwar hatte ich damals nur Schuhgröße 37, aber schöne hohe, spitze Absätze.

Er griff nach seinem Mantel und rettete sich lachend aus meiner Wohnung. Vielleicht fand er das Ganze wirklich witzig.

Ich blieb vor dem Spiegel stehen und musste zugeben, dass er recht hatte. Es war nicht mehr möglich, mein Leben zu überschminken. Ich rannte buchstäblich zu meiner Flaschensammlung, um alle damit zusammenhängenden Gedanken wegzuspülen.

Als das passierte, war meine Schwester gerade verreist. Im März gönnte sie sich nämlich jedes Jahr zwei bis drei Wochen Wellness-Urlaub und ließ sich auf einer Schönheitsfarm ordentlich durchkneten. Allerdings hielt sie uns und alle Mitarbeiter sowie die kleine Adele fast täglich übers Telefon auf Trab.

In dieser Zeit hätte Boris bei mir übernachten können. Die Angst, dass jemand uns verriet – Bekannte, Mitarbeiter, Adele oder vielleicht der alte Woltermann, der schließlich immer noch fähig war zu reden, wenn auch langsam und undeutlich – diese Angst ließ uns darauf verzichten. Um ganz ehrlich zu sein: Wir lebten mehr oder weniger seit zwanzig Jahren in einer sexuellen Beziehung. Unser größtes Bestreben gipfelte nicht unbedingt darin, die ganze Nacht nebeneinander zu liegen.

Am nächsten oder übernächsten Abend holte ich meinen Schwager zu Hause in Sasel ab. Das muss ein Sonntag gewesen sein, wir wollten in ein spanisches Restaurant und anschließend zum »Soul Sunday« in einem Nachtclub auf St. Pauli, ganz wie ein richtiges, zusammengehörendes Paar. Der Witz war, dass wir es Annika sogar erzählen konnten, ganz nebenbei und mit der Randbemerkung: »War nett, hätte dir vielleicht auch Spaß gemacht!«, um dann zu einem sachbezogenen Gespräch über die neuen Leinensofas überzugehen.

Adele, inzwischen dreizehn und größer als ich, saß schmollend vor dem Fernseher und nahm übel, dass wir weggingen. Adele hatte nie viel Sympathie für mich gezeigt. Vielleicht spürte sie die Art meiner Beziehung zu ihrem Vater, etwas, das Annika zu verdrängen schien.

Onkel Mordmord hing in einer Zimmerecke in seinem Stuhl. Dass er sich bewegte, uns vielleicht beobachtete, merkte man ab und zu am Blitzen der Brille. Er wurde, seit Ellen vor einigen Jahren in den Ruhestand verschwunden war, tagsüber von einer Krankenschwester betreut und sonst von wechselnden Au-pair-Mädchen. Das neueste Exemplar bekam ich an diesem Abend zu sehen, eine gewisse »Celine« mit rotblonden Locken, aber nicht, wie man denken könnte, aus Frankreich, sondern aus Dortmund.

Mir gefiel sie nicht: zu schmale Taille, zu frech hüpfender Busen, zu glänzende Augen, die sich ständig auf den Hausherrn richteten.

Boris schenkte dem Mädchen keine Beachtung, aber das bedeutete nichts; mich beachtete er auch kaum, solange Annika anwesend war.

Celine andererseits hatte immer noch eine Frage an Herrn Harders und lehnte sich zum Schluss geradezu gegen seinen Körper. Da warf er ihr einen warnenden Blick zu und sie zog sich zurück.

Adele fiel plötzlich ein, Boris noch um Geld für den kommenden Schultag zu bitten, es gab irgendetwas zu spenden. Sie zog ihn hinter sich her, die Treppe hinauf in ihr Zimmer, um ihm die entsprechende Broschüre zu zeigen.

Ich blieb im Wohnzimmer stehen und nahm mir einen großzügigen Cognac aus der Hausbar, sollte der alte Woltermann doch denken, was er wollte. Als es länger dauerte, bewegte ich mich über den dunklen Flur Richtung Küche.

Hier sang Celine leise vor sich hin. Es klang ganz zufrieden und heiter, ich hatte das Lied lange nicht gehört: *»He came from somewhere back in her long ago …«*

Das tüchtige Mädchen schien den gesamten Text zu kennen. Ich stützte meine Schulter gegen den Türrahmen und sang innerlich mit. *»She – had a place in his life …«*

Direkt hinter mir befanden sich die Garderobenhaken, an denen verschiedene Jacken und Mäntel hingen. Und neben meinem Kopf baumelte eine dickbauchige Handtasche, die fremd roch und mir unbekannt vorkam. Adele trug, soviel ich wusste, immer nur Rucksäcke. Annikas Tasche war das auf keinen Fall. Also die des musikalischen Au-pairs? Merkwürdig, wieso behielt sie die nicht lieber in ihrem Zimmer?

Ich tastete mit den Fingerspitzen darüber: Plastik, kein Leder, und der Reißverschluss in der Mitte war einladend geöffnet.

Ich fragte mich, ob vielleicht schon ein Foto von Boris in ihrem Portemonnaie steckte, ließ meine Hand in die Tasche gleiten, griff Papier, ein Handy (aha! Deshalb hing dieser Beutel hier!), einen Lippenstift und etwas, das Brieftasche oder Portmonee sein musste.

»What a foul belie- iiiieves …«, sang Celine und sortierte klirrend Besteck in die Spülmaschine.

Selbst wenn ausgerechnet jetzt ihr Handy losging, selbst wenn sie bei dieser Gelegenheit bemerkte, dass sie beraubt worden war – wer würde denn wohl im Ernst ausgerechnet mich verdächtigen?

Ich huschte mit dem Portemonnaie ins Gästeklo, schloss mich ein, machte Licht und untersuchte mein Diebesgut. Führerschein, Personalausweis mit ungünstigem Foto (Celine hätte ihr Haar nicht so straff nach hinten kämmen sollen, das stand ihr nicht. Im Übrigen hieß sie Kunze, war einundzwanzig und genauso groß wie ich), ein Batzen Kassenbons, die musste sie mit Annika abrechnen, fünf jämmerliche Euro und zwei Cent. Kein einziges Foto.

Aber vielleicht war sie auch nur vorsichtig.

Ich drückte den Spülknopf, verließ das Klo und versenkte Celines Portemonnaie in ihrer Handtasche.

Sie sang immer noch, inzwischen etwas anderes.

Da kam Boris die Treppe runter, leise mit seiner Tochter schimpfend, weil sie ihn aufhielt, weil sie nie ihre Gedanken beisammen hatte. Adele protestierte, halb weinend, woraufhin er ihr in scharfem Ton riet, sich zusammenzureißen.

Wir fuhren also beide ganz entspannt und bester Laune zum Essen, schluckten jeder einen Aquardiente und starrten ausdruckslos in die Speisekarten, bis Boris lächelte, so schief und charmant wie lange nicht, um die Stimmung zu retten.

An diesem Abend sprach er nicht von meinen Tränensäcken, sondern von meinem Geld. Er bat mich ganz nebenbei, während er einige Garnelen naschte, ich solle ihm »eine kleine Summe« zur Verfügung stellen.

»Vorübergehend natürlich nur. Ich stecke in einem Engpass …«, erklärte er.

»Und wie bist du da reingeraten?«

»Ich hab Pech gehabt in der letzten Zeit. Ungewöhnlich für mich.«

Dass Boris mindestens einmal in der Woche im Reeperbahn-Kasino oder in privaten Clubs spielte – meistens Blackjack –, ahnte Annika sicher nicht. Das war seine übliche Methode, sich mehr Taschengeld zu besorgen, als die Chefin ihm zugestand.

Ich schnappte ihm die letzte Garnele weg und steckte sie mir in den Mund. »Sehr ungewöhnlich, allerdings. Du hast doch nicht etwa zurzeit Glück in der Liebe?«, fragte ich.

Boris schlug die schwarzen Wimpern nieder. »Glück in der Liebe hab ich, seit ich dich kenne. Skuri-Ola, lass mich nicht im Stich!«

Voller, himmelblauer Blick.

»Wie viel?«

Die Frage war ihm peinlich, er fummelte an seinen Fingernägeln herum. »Schuldig bin ich ungefähr fünfzig. Ich hätte lieber hundert.«

Ich klopfte beruhigend seine Hand. »In Ordnung, das ist ja nicht so schlimm, Skia-Orus, hundert geb ich dir morgen.«

Für einen kurzen Augenblick fiel er darauf herein, sein Gesicht entspannte sich, er wollte etwas sagen – und merkte, dass ich ihn auf die Schippe nahm.

»Oder meintest du etwa hundert*tausend*? Was stellst du dir denn vor, wo ich die hernehmen soll?«

»Von deinem Konto natürlich.«

»So viel hab ich nicht. Nicht flüssig. Das lockerzumachen dauert ein paar Wochen, das muss dir doch klar sein.«

Boris war wieder mit seinen Fingernägeln beschäftigt. »Dann sei doch bitte so nett und nimm das umgehend in Angriff. Ich kann bis dahin alles irgendwie zurechtflicken mit Geldern aus dem Möbelhaus. Für ein paar Wochen merkt das niemand.«

»Was heißt, für ein paar Wochen? Spätestens wenn Annika wieder da ist, fliegt das auf. Das ist in elf Tagen. Bis dahin kann ich so eine Summe nicht flottkriegen«, stellte ich fest.

Unser Essen – Steinbutt und Seeteufel – wurde serviert. Boris kaute schweigend und verdrossen vor sich hin, spülte mit einem Schluck Rotwein nach und fragte mürrisch: »Kannst du mir vielleicht sagen, was ich machen soll?«

Ich kippte bereits das dritte Glas Wein und erwiderte kurz: »Frag doch die kleine Celine, ob sie dir was gibt.«

Boris' blaue Augen wurden ganz schmal. »Was soll denn das jetzt wieder heißen?«

Ich musterte ihn nur verächtlich, worauf er stöhnte: »Oh, ich werde wahnsinnig!«, und seine Stirn massierte.

Dann blickte er mich einige Sekunden lang durch seine Finger an, als ob er mir gern den Hals umdrehen würde. Schließlich fiel ihm wohl wieder ein, dass er etwas von mir wollte, denn sein Blick wurde milder, die blauen Augen zwinkerten, sein linker Mundwinkel kräuselte sich. Er haschte nach meiner Hand und küsste meine Fingerspitzen: »Skuri-Ola! Du glaubst doch nicht wirklich, dass mich so ein grünes Küken interessiert? Ich hab so viel verloren, weil ich so hoch gespielt hab. Was meinst du denn, wofür ich das Geld brauche?«

Woher sollte ich das wissen?

Für einen Zweitwagen? Für ein anderes grünes Küken?

Boris beugte sich nach vorn. »Für uns. Für uns beide. Ilka, ich hab das hier alles so satt – ich kann nicht mehr und ich will nicht mehr. Diese ewigen Heimlichkeiten, mehr oder weniger seit wir uns kennen, sind wir ständig in Gefahr, dass uns jemand die Decke wegzieht.«

Ich versuchte, mich auf das zu konzentrieren, was er sagte, und wünschte, ich hätte weniger getrunken.

»Was sollen wir denn ... Ich meine?«

»Ich werde mit Annika reden. Ich will die Scheidung. Und dann fangen wir beide ganz von vorne an. Vielleicht in Amerika, was hältst du davon?«

Ich saß völlig verdattert da und zuckte über Gebühr zusammen, als der Geschäftsführer breit lächelnd wissen wollte, ob wir zufrieden wären.

Wir versicherten ihm, wir wären extrem zufrieden, und warteten ungeduldig, dass er wieder verschwand.

»Du hast versucht, durch Spielen so viel Geld zu bekommen, dass wir damit ein neues Leben anfangen können?«

Boris nickte.

Ich lehnte mich zurück. »Du musst krank sein. Was für eine Art Leben schwebt dir denn vor? Willst du mit mir in so einem Häuschen wohnen, wie ich's mit Billy Lee hatte? Um uns zu finanzieren, brauchst du irgendwas Sechsstelliges. Selbst, wenn du als Anwalt da drüben arbeiten würdest – was, soviel ich weiß, sehr kompliziert ist –, damit kämen wir auch nicht hin. Weder da noch hier noch sonst wo.«

Boris verteilte den letzten Wein in unseren Gläsern und schwieg.

»Außerdem scheint mir, bevor wir in irgendeiner Weise an ein neues Leben denken können, müssen wir deine verlorene Summe auftreiben, um unser altes zu retten.«

Jetzt blickte er ziemlich verkniffen. »Richtig. Und – wirst du das tun?«

»Ich werde es versuchen«, antwortete ich bedrückt.

Übrigens war es nicht ganz so schwierig, wie ich behauptete. Aber weshalb sollte ich das zugeben?

Annika und ich erhielten jedes Jahr die Ausschüttungen aus einem bestimmten Aktienfonds, das hatte Mami testamentarisch festgelegt mithilfe ihres Notars, meines Patenonkels Hugo Farkel. Dieser spezielle Vermögensanteil stellte eine ganz besondere Sicherheit für uns dar, gewissermaßen eine kleine Altersversorgung, falls das Möbelhaus baden ging. (Sehr wahrscheinlich wusste Boris davon, warum sonst hätte er mich nach so viel Geld fragen sollen?)

Ich hatte keine Ahnung, wieweit ich berechtigt war, meine Aktien zu verkaufen und das Geld zu vernaschen. Blieb das allein meinem Ehrgefühl überlassen – oder schrillten in der Bank Alarmglocken auf, die bis zu Onkel Hugo drangen?

Am Montag darauf erkundigte ich mich bei meinem Filialleiter danach. Er reagierte ganz gelassen: In spätestens zwei Wochen könnte das Geld auf meinem Girokonto sein, wahrscheinlich eher.

Also gab ich den Auftrag. Allerdings plagten mich fortgesetzt Zweifel, ob es wirklich klug war, ausgerechnet Boris Harders, geborenen Woltermann, meine kleine Altersvorsorge in den Rachen zu stopfen. Was, wenn er sein neues Leben gar nicht mit mir, sondern mit Celine Kunze aus Dortmund begann?

Deshalb wurde ich jedes Mal sehr wortkarg, wenn er nachfragte, was ich denn nun unternommen hätte. Ich behauptete, ich würde es weiterhin versuchen, könne jedoch nichts versprechen.

Am letzten Abend vor Annikas Heimkehr aus dem kleinen Erholungsurlaub gingen wir noch einmal zu diesem Spanier. Das Essen war dort wirklich hervorragend.

Aus irgendeinem Grund holte ich wieder Boris ab statt umgekehrt. Und bevor wir losfuhren, fing ich zufällig einen kurzen Blick auf, den er mit der rotblonden Celine tauschte. Vor Gericht hätte er nicht als Beweis gegolten, mir reichte er völlig.

An diesem Abend nahm ich noch viel mehr Rotwein zu mir, der Geschäftsführer mit dem breiten Lächeln wurde schon ganz unruhig, und das zu Recht. Ich steigerte mich in immer größere Wut. Ich machte Boris mitten im Restaurant eine unmögliche, laute Szene.

Übrigens versicherte ich ihm dabei, ich hätte mich in keiner Weise bemüht, sein verdammtes Geld zusammenzukratzen, und fragte nicht nur ihn, sondern auch den verzweifelten Kellner, für wie blöde sie mich eigentlich hielten.

Bei all meinem Gelärme und Getobe blitzte es plötzlich – jemand hatte uns fotografiert!

Boris fuhr mich nach Hause. Inzwischen wäre es lebensgefährlich gewesen, mich ans Steuer zu lassen.

Während der Fahrt heulte ich laut. In meiner Wohnung schluchzte ich nur noch, soviel ich mich erinnere, entschuldigte ich mich sogar bei Boris.

Er blieb erstaunlich ruhig, zog mich aus und steckte mich ins Bett wie ein neutraler alter Onkel. Dann rief er ein Taxi und ging. Er schloss die Tür ganz leise, ganz rücksichts- und verachtungsvoll.

Ich weinte, bis ich einschlief. In der Nacht wachte ich auf und weinte weiter. Es ging mir wirklich nicht sehr gut.

Am nächsten Tag stand die Sache in einer Tageszeitung. Nicht gerade auf der ersten Seite, aber peinlich war es natürlich trotzdem.

Am schlimmsten das Foto: Meine Haare standen darauf zu Berge, meine Augen blickten richtig irre, mein Mund war zum Keifen geöffnet und ich wirkte ganz genau wie die hysterische, verwöhnte Ziege – die »Möbelhaus-Tochter«–, die der Artikel beschrieb. Wir hatten immerhin Glück gehabt, dass der Reporter so spät kam und nur wenig von dem Geschimpfe aufschnappte, sodass ihm der Grund für meinen Wutanfall verborgen blieb. Daher zitierte er nichts, was ich gesagt hatte, sondern berichtete nur, ich hätte »unartikuliert getobt«.

»Wie konnte das passieren?«, fragte Annika ärgerlich, als sie es sah. »Worüber hast du dich bloß derart aufgeregt?«

Natürlich versicherten wir ihr, alles sei völlig anders gewesen und der Reporter ein gemeines Stück, das absurde Lügen auftischte, um Kasse zu machen.

»Der Mann hat in dem Moment geknipst, als Ilka sich an ihrem Fisch verschluckt hat und schrecklich husten musste«, behauptete Boris mit seiner halblauten, aufrichtigen Stimme. Es klang so wahr, dass selbst ich begann, ihm zu glauben. Er blickte groß und ruhig in unsere Gesichter und strich das Zeitungsblatt zum Beweis ganz glatt.

Wenn man jetzt das Foto betrachtete, konnte man mich geradezu husten hören.

Annika schüttelte den Kopf, seufzte und beruhigte sich.

Boris sagte mir am Tag darauf am Telefon, er hätte Glück gehabt, es sei ihm gelungen, die Summe, die er benötigte, anderweitig aufzutreiben. Auf welche Art er das geschafft hatte, wollte er mir nicht anvertrauen.

Jetzt saß ich da mit einem Gefühl, als wäre mein Gehirn eine Großbaustelle voller Abrissbirnen, mit verkauften Aktien auf der Bank und der Zeitung mit diesem grässlich unvorteilhaften Foto auf dem Schoß.

Ich knautschte das Blatt in den Papierkorb und nahm zwei Valium plus zwei Aspirin auf einen Cognac.

Im 13. Kapitel

machen wir uns Gedanken über Gummibänder –
müssen ein weiteres unvorteilhaftes Foto betrachten –
hören Udo Butendiek brüllen –
und freuen uns über Schmerzensgeld

Um noch ein wenig bei diesem unerfreulichen Tag im April zu verweilen: Mit der Post bekam ich einen Bankauszug, der mir mitteilte, dass nach Verkauf entsprechender Aktien die Summe von einhunderttausendundneun Euro sowie achtundachtzig Cent auf meinem Girokonto lagen.

Was nun? Sollte ich Order geben, davon sofort wieder Aktien zu kaufen? Ich schwankte mühsam und stöhnend zu meinem kleinen Nussbaumsekretär, öffnete die Schublade für den Ordner und den Ordner selbst, um den Kontoauszug einzuheften – und stockte in der Bewegung wie ein gerissener Film.

Unter dem Konto-Ordner lag eine Handvoll bunter Gummibänder. An sich völlig harmlos.

Erstens war ich ziemlich schlampig und in meinen Schubladen herrschte selten Ordnung, zweitens wusste ich genau, dass dieses Bündel sich seit Längerem in meinen Schubladen herumtrieb. Ich band manchmal Belege mit einem Gummi zusammen, bevor ich sie unserem Steuerberater weiterreichte.

Drittens jedoch, und das machte mich vor Schreck plötzlich ziemlich klar im Kopf, war ich hundertprozentig sicher, dass ich am vergangenen Tag – bevor ich mich für den Abend mit Boris zurechtmachte – im Badezimmer keine Spange gefunden hatte, um mein Haar zum Duschen zusammenzustecken. Voller Ungeduld, schon ausgezogen, war ich noch mal ins Zimmer gerannt, hatte die Handvoll Gummis aus dieser bewussten Schublade gerissen, mit einem davon einen kleinen Strudel auf meinem Kopf gebunden und die anderen oben auf meinen Bankordner geworfen, bevor ich die Schublade wieder zuknallte.

Weshalb also lag das bunte Bündel nun nicht mehr auf dem Ordner, sondern darunter?

Hatte ich nachts, schlafwandelnd, an meinen Geldbelegen herumgefingert?

Oder nutzte vielmehr mein schlitzohriger Schwager, diese große Liebe meines Lebens, mein zeitweiliges Elend, nachdem er mich ins Bett gebracht hatte, um kurz zu überprüfen, wie die Aktien standen?

Wäre der Verkauf etwas schneller gegangen oder der Kontoauszug mit der Bestätigung einen Tag eher eingetroffen – hätte Boris sich dann auch selbst um das Auffüllen seiner Finanzlöcher bemüht?

Traute er mir nicht?

Und, was das anging: hatte ich Grund, ihm zu trauen?

Ich schlurfte ins Bad und betrachtete ein hellblaues Gummiband auf der Ablage vor dem Spiegel. Drei oder vier meiner Haare hatte ich mir damit ausgerupft, die ringelten sich drumrum.

Das war der Beweis.

War das ein Beweis?

Ich wollte noch einen Cognac trinken, schraubte die Flasche wieder zu und kochte mir stattdessen Kaffee.

Wie weit, fragte ich mich zum ersten Mal, wie weit hat ein Firmenanwalt eigentlich Zugriff auf die Konten der Firma? Wie weit hat ein Schwager Verfügungsrecht über das Konto seiner Schwägerin? Vor allem, wenn die einen derartigen Sprung in der Schüssel zeigte oder, korrekt ausgedrückt, so unberechenbar war, dass die Presse schon darüber berichtete?

Ich nahm meinen kleinen Konto-Ordner aus der Schublade und versteckte ihn im Kleiderschrank unten, hinter den Schuhen.

Irgendwie kam ich mir dabei vor wie ein Säufer, der Schnapsflaschen versteckt.

Eigentlich hätte es in der verbotenen Beziehung der Eichhörnchenkönigskinder nach Annikas Rückkehr eine wohltuende Pause geben müssen. Doch wie der Zufall es wollte, packte meine Schwester schon wenige Tage später erneut ihren Koffer, um übers Wochenende eine Freundin im Rheinland zu besuchen, die noch mal Mutterfreuden erlebt hatte und den kleinen Racker taufen ließ.

Boris, Adele und ich kannten die betreffende Dame gut genug, um unseren Nerven zuliebe die Mitfahrt zu verweigern.

»Nein, Mami, bitte … Allein die Stimme von der …«, protestierte Adele völlig zu Recht. Sie wollte lieber eine Schulfreundin besuchen, die nicht nur über ein angenehmes Organ, sondern auch über eine eigene Haflingerstute verfügte.

Boris und ich machten am Samstagnachmittag einen Ausflug an die Elbe. Vielleicht wäre es klüger gewesen, wenn wir, so kurz nach der Szene im Restaurant, das Wochenende brav jeder für sich allein verbracht hätten. Doch er rief mich an und überredete mich mühelos zu einem Spaziergang an frischer Luft, der würde mir gut tun.

Was mir wirklich guttat, war der Gedanke, dass Celine aus Dortmund bei Martin Woltermann bleiben und alle Gläser in der Wohnzimmervitrine polieren musste. Sie bekam nur sonntags und mittwochs frei.

Ein kalter Wind biss uns aus Westen ins Gesicht. Ich trug einen neuen schwarzen Parka über meinem dunkelroten Wollkleid, dazu neue schwarze Wildlederstiefel und fühlte mich ganz gut; seit dem Schock über die Gummibänder hatte ich nicht mehr getrunken.

Die Stimmung zwischen uns hätte schlimmer sein können. Natürlich gab es mit Boris nie so etwas wie eine Aussprache, immerhin aber gingen wir nach unserem Krach im spanischen Restaurant ein wenig vorsichtiger miteinander um.

Wir spazierten Arm in Arm durch den Elbsand, beobachteten ein urtümliches Frachtschiff, das wilde Bugwellen produzierte, und blinzelten gegen die untergehende Sonne, da meinte Boris auf einmal, nebenbei: »Ach, guck mal, Skuri-Ola, den da kenn ich irgendwoher …«

Uns kam ein sehr großer, sehr breiter, sehr blonder Mann entgegen. Er schien ebenfalls zu überlegen, wo er Boris schon mal gesehen hatte, dann lächelte er und blieb stehen: »Herr Harders? Ja klar, Ihre Corvette …«

Jetzt fiel es Boris auch wieder ein. Er stellte mir den Mann vor (ohne sich an seinen Namen zu erinnern, wofür er sich entschuldigte), der hatte mal unterwegs auf der Autobahn seinem schönen, unberechenbaren Auto wieder auf die Reifen geholfen.

»Ich glaube, Sie sagten, Sie haben eine Autowerkstatt irgendwo in Schleswig-Holstein …«

»Na ja, irgendwo. Also ein paar Minuten nördlich von Hamburg, das ist ja nun nicht so weit weg!«, sagte der Mann, der wohl fürchtete, als Hinterwäldler dazustehen. Dann nannte er seinen Namen, natürlich, Boris erinnerte sich auch daran, das war Herr Butendiek.

Herr Butendiek sah auf derbe Art auffallend gut aus. Er zwinkerte durch helle Wimpern, änderte seinen Kurs um 180 Grad, indem er neben uns hertrabte, und fing auch schon an, wie wild mit mir zu flirten. Da ich ihm als Boris' Schwägerin vorgestellt worden war, da ich keinen Ring trug und da ich ganz hemmungslos auf seinen Ton einging, musste er den Eindruck gewinnen, keinerlei Besitzrechte zu verletzen.

Ich ergriff gern jede Gelegenheit, um Boris zu beweisen, wie begehrt ich war. An diesem Nachmittag verbarg er seine Eifersucht ganz gut, wir drei lachten ununterbrochen.

Weil wir uns so gut verstanden, fuhren wir (hintereinander her) erst zum Essen und dann, einem Einfall von Udo Butendiek folgend, ins Kino.

Wir sahen einen Film über einen Countrysänger, der noch viel mehr Pillen schluckte und noch viel mehr trank als ich. So schlimm war ich also gar nicht.

Andererseits war ich auch nicht berühmt.

Nach Mitternacht landeten wir drei in meiner Wohnung, na gut, da hatte ich mir inzwischen ziemlich viel Champagner gegönnt, immer in dem Bewusstsein, gegen den Countrysänger ein Waisenkind zu sein.

Ich weiß noch, wie Udo mich umarmte und wie Boris mich umarmte, alle drei auf meiner Couch. Irgendetwas erinnerte mich an die verräucherte Ruine in Sasel, an die Szene mit Jörn Tander. Da fühlte ich mich nicht mehr so entspannt und verdarb rücksichtslos die gute Stimmung, indem ich die beiden Herren rauswarf.

Im Lauf des Abends, als wir mal miteinander allein waren, hatte Udo Butendiek mich um meine Telefonnummer gebeten. Ich dachte an das rotblonde Au-pair-Mädchen, dachte: Das geschieht Boris ganz recht! Und schrieb die Nummer auf.

Am nächsten Vormittag rief er auch schon an.

Ich hätte schwören können, dass wir beim »Sie« geblieben waren.

Jetzt kam er mir mit: »Hallo, Ilka, hier ist Udo.«

»Guten Morgen«, antwortete ich distanziert.

»Ja, war ja ’n netter Abend gestern. Schön, dass wir uns kennengelernt haben«, fuhr er fort. Wenn man sein Gesicht nicht sah, wirkte sein Tonfall überraschend primitiv.

»Ganz sicher«, sagte ich. »Herr Butendiek, ich bin etwas in Eile. Vielleicht können wir ein anderes Mal …«

»Na, denn will ich mal gleich zur Sache kommen. Ich brauch dringend einhunderttausend Flocken. So schnell wie möglich«, erklärte Udo.

Ich war so platt, dass ich überhaupt nichts sagte.

Das machte nichts, er redete weiter: »Bin leider in ’ner Zwangslage, so was kommt ja vor. Ich denke, du kannst mir da helfen. Ich mein, für dich ist so was vielleicht nicht ganz einfach, aber bestimmt nicht unmöglich.«

Inzwischen hatte ich mich so weit gefasst, dass ich möglichst gelassen erwiderte: »Ganz abgesehen davon, ob das für mich möglich oder unmöglich wäre – was gehen mich Ihre Geldprobleme an, Herr Butendiek?«

Udo lachte schnaubend in den Hörer. »Na, ich denke, wir sind inzwischen alte Freunde, so nach allem, was wir mitnander erlebt haben?«

»Was haben wir denn schon groß miteinander erlebt?«

»Ja nun, ich weiß, was läuft. Ich brauch bloß deine Schwester anrufen und ihr erzählen, dass du was mit ihrem Mann hast. Das dürfte sie ja denn wohl interessieren, denk ich mal.«

»Und wie kommen Sie auf die Idee? Mein Schwager ist mit uns aufgewachsen, der ist seit unserer Kindheit unser Freund und Bruder, ganz selbstverständlich. Meine Schwester weiß …«

»Deine Schwester weiß bestimmt nicht, wo ihr Mann seine Hände hat, wenn er neben dir aufm Sofa sitzt, denk ich mal. Und ich hab davon ’n Foto.«

Im Hintergrund hörte ich ein Knarren und Quietschen, als hätte er sich triumphierend in seinem Stuhl zurückgeworfen.

Mir wurde unangenehm heiß. »Was denn für ein Foto?«

»Ich hab so 'n kleinen Apparat, passt in jede Tasche, da kann ich eben jederzeit Fotos mit machen. Und da hab ich denn gestern Nacht eins geknipst, wie gesagt. Ist schön geworden. Hab ich hier im Computer.«

Ich öffnete mein Fenster, weil ich Luft brauchte.

Es war in der Tat fraglich, ob Annika ein weiteres Skandalfoto von Boris und mir verkraften würde. Ob ihr Mann immer noch eine harmlose Erklärung dafür finden könnte.

»Ich bin in 'ner Zwangslage, wie gesagt. Und nebenbei, ich brauch das Geld in bar«, bestellte Udo.

Natürlich wäre es das Klügste, den Kerl sofort bei der Polizei anzuzeigen. Wenn sie ihn einsperrten, konnte er Annika sein Foto nicht mehr zeigen.

Und wenn sie ihn nicht einsperrten?

»Geben Sie mir Ihre Telefonnummer, ich rufe Sie zurück!«, verlangte ich möglichst arrogant.

Den Rest des Sonntags verbrachte ich damit, Gänge in meinen Teppich zu rennen. Ich durchkämmte mein Gehirn nach einer Lösung – doch es schien keine zu geben.

Ich erwog, Boris von der Erpressung zu informieren.

Aber was hätte er tun können? Weder war er stark genug, um ein Tier wie Udo Butendiek zu erledigen (ganz abgesehen davon, dass Erpressung zwar kriminell sein mochte, jedoch bestimmt keinen Totschlag rechtfertigte), noch befand er sich in der Lage, mal eben hunderttausend Euro hinzublättern, nachdem er kürzlich noch darum gerungen hatte, etwa halb so viel für seine Spielschulden aufzutreiben.

Ich würde Boris in Panik versetzen, was eventuell meine eigene Panik etwas mildern könnte.

Andererseits – wer weiß, wie er reagierte?

Mir fiel wieder ein, was er am ersten Abend in dem spanischen Restaurant gesäuselt hatte: dass er Annika um die Scheidung bitten würde, um mit mir – ausgerechnet in Amerika! – ganz von vorn anzufangen.

Sobald ich daran dachte, bekam ich einen Brechreiz. Wir waren zu alt und zu verdorben, unsere Beziehung war zu ausgekaut, wir kannten uns viel zu gründlich, um wo und wie auch immer neu anzufangen.

Dagegen kam es mir schon fast gesund und natürlich vor, dem guten Udo das Geld zu geben, das, welch Zufall, fast genau in dieser Summe auf meinem Konto lag. Vielleicht wurde er ja glücklich damit. Vielleicht hielt er anschließend wirklich seinen großen Schnabel.

Aber in bar?

Die gesamte Familie Harders sowie das exklusive Einrichtungshaus hatte die Konten seit Jahrzehnten, noch von unseren Eltern her, bei einer großen, renommierten Bank. Wir waren zweifellos das, was man »gute Kunden« nennt, und natürlich waren wir bekannte Kunden.

Selbstverständlich lautete der zweite Vorname jedes einzelnen der Angestellten, mit denen wir häufig telefonierten und denen wir ab und zu persönlich begegneten, Diskretion.

Und doch, bei aller Diskretion konnte ich mir einfach nicht vorstellen, dass es ein Geheimnis bleiben würde, wenn Ilka Harders nicht nur ihr Sicherheitspaket verflüssigte, sondern sich kurz darauf auch noch die ganzen bunten Lappen in die Hand packen ließ und damit von dannen schritt.

Es war einfach zu interessant, zu klassisch, erinnerte zu sehr an einen Krimi. Was, würde man sich fragen, will die mit der Knete? Wo schleppt die hin mit so einer Summe, neutral verpackt und in kleinen Scheinen?

Selbst wenn ich nicht direkt im Schalterraum herumstand, um den Schatz laut murmelnd zu zählen – selbst wenn ich darum bat, mir den Betrag einzupacken (in eine Plastiktüte? Oder sollte ich vorher eine entsprechende Aktentasche hereinreichen?) – selbst wenn ich damit so unauffällig wie möglich entschwand, sah ich wenig Chancen, dass Annika nicht ziemlich schnell davon erfuhr. Falls sie nicht sowieso zufällig gerade im Moment der »Geldübergabe« aufkreuzte, um persönlich irgendwelche Überweisungen zu tätigen. Was sie gern tat, sie liebte den Kontakt mit Menschen und hasste Onlinebanking.

Während es draußen dunkel wurde, grübelte ich immer noch. Allmählich nahm so etwas wie eine Idee Gestalt an.

Ich musste das Geld überweisen, weg von dieser Bank, auf das Konto irgendeines unbedeutenden Durchschnittsmenschen, der es viel unbeachteter als die skandalumwitterte Ilka Harders abheben konnte.

Zwar war Udo Butendiek sicherlich ein unbedeutender Durchschnittsmensch, doch er mochte Gründe haben (Ärger mit dem Finanzamt?), sein Konto nicht mit großen Summen zu belasten.

Tante Nettchen saß bereits blind im Altersheim, deren Konto stand nicht zur Disposition. Wen sonst kannte ich, der mir helfen konnte?

Bei dieser Gelegenheit wurde mir schmerzlich klar, wie wenig gute Freunde und Freundinnen ich besaß. Streng genommen (seit Joleene und Consuelo) kein einziges Exemplar.

Dann endlich kam mir die Erleuchtung, mitten in meinem inzwischen stockfinsteren Wohnzimmer, in dem ich immer noch hin und her tigerte.

Klar: Meine gute Freundin Celine würde mir diesen Gefallen tun!

Beruhigt legte ich mich schlafen.

Am nächsten Morgen rief ich Herrn Waechter an und schilderte ihm in den grässlichsten Farben, wie schlecht es mir und meinem Magen in der Nacht ergangen war. Er verstand vollkommen, dass ich an diesem Tag nicht zur Arbeit erscheinen würde.

Gegen elf am Vormittag parkte ich meinen neuen Audi auf der Einfahrt der Familie Harders in Sasel.

Celine öffnete mir etwas überrascht: Herr und Frau Harders waren natürlich nicht da, Adele zur Schule, bei Herrn Woltermann sei die Therapeutin. Ich versicherte ihr, das alles wäre mir bekannt, ich müsste nur unbedingt ein bestimmtes Buch aus dem grünen Zimmer holen.

Das grüne Zimmer wurde mit Bedacht nicht »Bibliothek« genannt, weil meinen Eltern das zu hochtrabend erschien, schließlich waren wir Hanseaten und übten uns bei jeder Gelegenheit in Understatement.

Der mittelgroße Raum lag zwischen Wohn- und Esszimmer und war bis über die Türfüllungen mit Regalen voller Bücher bedeckt.

Hier trieb ich mich herum, bis ich Celine im oberen Stockwerk mit dem Staubsauger rumoren hörte. Dann griff ich mir wahllos irgendein Buch und huschte in den Flur.

Mit etwas Pech hätte Celine genau an diesem Tag ihre Handtasche neben sich oder in ihrem Schrank oder auf ihrem Bett oder sonstwo aufbewahrt. Doch das unschicke Ding baumelte wieder an der Garderobe. Ich brauchte nicht lange zu suchen: Wo sich der Personalausweis befand, wusste ich ja noch.

Weil Celine gerade den Sauger ausstellte, rief ich die Treppe hinauf: »Ich hab das Buch, ich komm nachher noch mal wieder!« – und warf auch schon die Haustür hinter mir zu.

Wie oft braucht man normalerweise seinen Ausweis? Ich hielt es für unwahrscheinlich, dass Celine, selbst wenn sie nicht im Haus blieb, sondern mit dem Rad zum Einkaufen fuhr oder Onkel Martin irgendwohin rollte, gezwungen sein würde, sich auszuweisen.

Da konnte ich ihre Papiere im Moment viel besser brauchen.

Ich striegelte mein Haar glatt nach hinten und sah sofort ebenso unattraktiv aus wie das Au-pair-Mädchen auf seinem Ausweisfoto. Genauso groß war ich sowieso. Wenn man uns nebeneinander gesehen hätte, sie mit ihren neuen Locken und ich mit dem weggekämmten Haar, hätte jeder flüchtige Betrachter sofort entschieden, das sei mein Ausweis. Bei näherem Hinschauen wäre ihm vielleicht aufgefallen, dass ich für eine Einundzwanzigjährige bedenklich reif aussah um Augen und Mund herum. Doch wer hatte schon Grund, näher hinzuschauen und mir nicht zu glauben, dass ich Celine Kunze aus Dortmund war, noch nicht hier gemeldet und zurzeit wohnhaft bei I. Harders?

Ich eröffnete bei einer kleinen Bank in Barmbek ein Konto, zahlte nicht ganz fünfhundert Euro ein, ließ mir ein Bankschließfach geben und fuhr auch schon zurück zu meinem Elternhaus. Auf der Fahrt verwuschelte ich mein Haar, dann klingelte ich ein weiteres Mal an der Tür.

Celine, der ich eindeutig auf die Nerven ging, öffnete wieder, ich steckte ganz offensichtlich das Buch zurück und ganz heimlich den Ausweis.

Wenige Tage später bekam I. Harders Post von dieser netten Bank – das heißt, eigentlich Celine Kunze c/o I. Harders. Auf jeden Fall befand sich Celines neue Bankkarte in meinen Händen. Ich warf sie auf der Stelle in den Müll, weil ich davon ausging, dass ich sie nie brauchen würde. Dass Boris sie fand, wollte ich lieber vermeiden.

Inzwischen war, zur Beruhigung von Herrn Waechter, mein Magen längst wieder in Ordnung, ich arbeitete in unserer City-Filiale und ging in der Mittagspause zu unserer Hausbank, um einfach eine Überweisung auszufüllen: Hunderttausend Euro gingen an Celine Kunze.

Was für eine geschmackvolle Erfindung ist doch der bargeldlose Verkehr!

Jetzt musste ich mir nur noch ein weiteres Mal den Ausweis borgen, um die runde Summe abzuheben, und schon konnte ich sie mit vielen guten Wünschen für seinen weiteren Lebensweg dem Erpresser geben.

Den, übrigens, rief ich in der Zwischenzeit einige Male an, um ihm zu versichern, ich wäre in seinem Sinne tätig. Glücklicherweise schien er mir zu glauben.

Wir verabredeten uns für den 26. April, sehr früh am Morgen, weil Udo behauptete, gleich danach müsse er verreisen.

Einen Tag vorher stand ich mit platt gekämmtem Haar am Schalter der kleinen Bank, hob das Geld ab und füllte es in einen Leineneinkaufsbeutel, der perfekt zu Celine und ihrem derzeitigem Job passte. Den Ausweis hätte ich dazu überhaupt nicht gebraucht, niemand wollte ihn sehen.

Ich war schon fast wieder auf der Straße, da befielen mich auf einmal riesige Bedenken.

Früher, das wusste man aus alten Kriminalfilmen, bekam der Erpresste nach Zahlung die Negative und alles war gut.

Udo hatte mir erzählt, er betrachte das schöne Foto von Boris und mir in seinem Computer. Was wollte er mir als Sicherheit geben – den Monitor?

Ich blieb stehen. Irgendwie musste der Autoschrauber mir garantieren können, dass es bei dieser Zahlung bleiben würde. Und wenn mich seine Garantie nicht überzeugte …

Ich stöckelte zum Bankschalter zurück und bat die nette Angestellte, mit mir in den Keller zu den Schließfächern zu gehen. Dafür benötigte ich den Personalausweis nun doch, wie gut, dass ich ihn bei mir hatte. Den kleinen, flachen Schlüssel für das Schließfach schob ich in ein Geheimversteck meiner Handtasche: Da war hinter der Innentasche für die Puderdose das Futter etwas eingerissen; wer es nicht wusste, sah es nicht. Natürlich gab ich Celine hinterher ihre Papiere auf die gewohnte Art zurück, ohne sie mit der Information zu belästigen, wie wohlhabend sie zwischenzeitlich geworden war.

Am nächsten Morgen, unanständig früh, fuhr ich ohne das Geld nach Groß Moorgraben. Butendiek hatte mich für halb acht bestellt, er behauptete, danach verreisen zu müssen. Hatte er einen Flug auf die Bahamas gebucht in der Hoffnung auf mein Geld?

Der Tag war strahlend schön: Frühling, Sonne und pastellblauer Himmel.

Ich wollte Herrn Waechter nicht ein weiteres Mal mit einer Krankmeldung erschrecken und beschloss, ihn einfach am Vormittag, bevor ich zurück nach Hamburg fuhr, kurz zu informieren, ich sei aufgehalten worden (von wem oder was auch immer) und käme gleich. Schließlich gehörte ich irgendwie, wenn auch nie ausgesprochen so, zu seinen Vorgesetzten.

Udo Butendiek empfing mich in der Werkstatt. Ich sah haufenweise Werkzeug, alte Reifen und Blechteile, dafür weder Mitarbeiter noch kaputte Autos. Gingen die Geschäfte derart mies, brauchte Udo deshalb Geld? Wurden alle eventuellen Mitwisser für diesen Morgen weggeschickt? Oder wollte er wirklich verreisen und hatte über seinen Betrieb bereits Ferienruhe verhängt?

Er schob mich eine steile Holztreppe hoch in seine Wohnung, die über der Werkstatt lag.

Schwarze Plastiksofas, ein weißer, riesiger Papierlampion über dem Tisch. Am Fenster ein klobiger alter Schreibtisch, davor ein

Plastikbürostuhl, sicherlich jener, der so knarrte. Leere Aschenbecher, Staubgeruch.

Ich hatte, bevor ich losfuhr, mit Mühe einen Keks verspeist, vor sieben Uhr pflegten meine Eingeweide noch zu träumen. Vielleicht, dachte ich, hat mein Erpresser warme Brötchen und weich gekochte Eier bereitgestellt?

Das war ein Irrtum; er schenkte lediglich mit gastfreundlicher Miene zwei stattliche Senfgläser randvoll mit Kirschwasser, bevor ich auch nur Platz nahm. Hatte er an unserem gemeinsamen Abend den Eindruck gewonnen, dass ich mich ausschließlich flüssig ernährte?

»Prost!«, sagte Udo Butendiek, der an diesem Tag sehr enge Jeans trug und vor Ausgelassenheit oder Nervosität ständig unterdrückt kicherte. (Vielleicht war er auch schon vor meiner Ankunft dem Kirschwasser nähergetreten.) »Und wo ist mein Geld?«

Ich holte einen Bankausdruck aus meiner Tasche, auf dem die Überweisung von 100 000 Euro von meinem auf ein anderes Konto belegt wurde. Den Namen des Begünstigten (Celine Kunze) hatte ich vorher mit meiner Nagelschere weggeschnitten.

Udo glotzte das Papier an. »Ja, und?«

»Nur um zu beweisen, dass die Summe vorhanden und für mich zugänglich ist.«

»Aber für mich nicht«, meinte Udo unzufrieden. »Wem sein Konto ist denn das?«

»Das gehört einer Freundin.«

»Ja, und …«

»Herr Butendiek, wie wollen Sie mir garantieren, dass Sie über die einhunderttausend hinaus keine weiteren Forderungen an mich stellen werden?«

Vielleicht war Udo ein durchaus redlicher Erpresser und einfach nicht besonders wortgewandt. Auf jeden Fall fiel ihm nur ein: »Na, ich garantier' dir das.« Dazu lachte er dümmlich. Ich versuchte herauszufinden, wieso ich diesen Kerl ursprünglich attraktiv gefunden hatte. Im Bemühen darum hielt ich ihm mein leeres Glas hin und er goss es sofort wieder bis oben voll.

»Tut mir leid, das reicht nicht«, sagte ich – ich meinte nicht den Schnaps.

»Sehen Sie, ich muss doch die Sicherheit haben, dass Sie nicht in einigen Monaten plötzlich wieder anrufen und mehr verlangen.«

»Nö, glaub ich nicht«, meinte er wenig überzeugend und gleich darauf, schlecht gelaunt: »Überhaupt, was heißt mehr? Sie haben mir das Erste ja noch nicht mal gegeben.«

Dass er die Summen, die er aus mir herausholen wollte, nun schon nummerierte, gefiel mir gar nicht.

Ich trank aus und stand auf. Udo, als käme es vor allem darauf an, füllte sofort nach und brummelte gemütlich: »Na, was denn nu? Nicht so hektisch, Ilka, nach allem, was wir mitnander erlebt haben. Guck mal, ich hab so 'n schönes Bild von dir und deinem Schwager …«

»Wo ist es denn?«, fragte ich ärgerlich. »Das möchte ich gern mal sehen. Vielleicht gibt es das ja gar nicht.«

Udo sprang auf und tänzelte zu einem dicken alten Monitor, der auf dem Schreibtisch stand. Er drehte ihn zu mir und ich sah, dass er das Fotoprogramm schon aufgerufen hatte.

Ja, da saß Boris in meiner Couchecke und ich lag vor ihm, mit dem Rücken gegen ihn gelehnt, wir lachten beide so ausgelassen, dass wir unsere Augen zusammenquetschten. Doch, mein rotes Wollkleid war bis zur Taille aufgeknöpft und die Hände meines Schwagers hielten den zweitschönsten Busen Hamburgs hoch wie ein Sonderangebot.

Hatte Boris den Fotoapparat nicht bemerkt?

Mir war er auch nicht aufgefallen.

Während Udo Butendiek sich eine Zigarette anzündete, überlegte er laut: »Das Bild könnte ich bestimmt genauso gut an eine Zeitung verkaufen, wenn du mir nichts dafür geben willst. Bloß, denn machen die bestimmt schwarze Balken über deine Möpse, und das wär doch schade drum!«

Ich ging schnell zum Tisch zurück und genehmigte mir das dritte doppelte Kirschwasser. Falls dieser Kerl den Nerv hatte, unsere Schande veröffentlichen zu lassen, sah Annika es auch. Und wenn Annika dieses Foto sah – o Gott, wenn sie das jemals zu sehen bekam!

Ganz plötzlich war Boris und mir die Decke weggerissen worden.

Ich hatte mich für ziemlich abgebrüht gehalten, doch jetzt schämte ich mich wie ein ertapptes Jüngferlein.

Am besten fuhr ich mit Butendiek sofort zur Bank nach Barmbek, gab ihm den Leinenbeutel voller Scheine und zwang ihn, wieder hierhin zurückzufahren und vor meinen Augen alles zu löschen, aus dem Fotoapparat, aus dem Computer.

Und wenn er das Bild irgendwo gespeichert hatte?

Was war eigentlich so gut daran, dass unsere Technologie sich ständig weiter und weiter entwickelte?

Udo kringelte Zigarettenrauch aus seinen Nasenlöchern und lächelte verträumt. Höchstwahrscheinlich malte er sich gerade aus, was er mit meiner von Mami sorgsam beiseite geschafften Altersversorgung Schönes anfangen wollte.

»Pass auf, Udo, ich hab's mir anders überlegt«, erklärte ich. »Wenn du dieses Foto an die Presse verkaufst, dann verklage ich dich. Boris Harders ist ein sehr guter Anwalt (davon war ich zwar nicht so unbedingt überzeugt, aber das wusste mein Erpresser ja nicht), der quetscht so viel Geld aus dir raus, dass dir nichts übrig bleibt.«

Udo öffnete mürrisch den Mund, doch ich sprach besonders laut und scharf weiter: »Und du brauchst dir auch keine Hoffnungen zu machen, dass ich dir Geld gebe, damit meine Schwester nichts erfährt! Pass mal auf, mein Guter …«

Ich hätte mein Handy nehmen können, doch ich fand es dramatischer, Butendieks Telefon zu benutzen, ein hässliches graues Plastikding, das neben seinem Computer auf dem Schreibtisch stand. Ich wählte hastig, wartete viermal Klingeln ab und hörte: »Harders?«

»Annika, hier ist Ilka. Ich muss dich noch heute Vormittag dringend sprechen, ich hab dir was Wichtiges zu sagen. Bist du heute in Halstenbek?«

»Ja. Ja natürlich – Ilka? Was ist denn passiert?«

»Ich muss dich über etwas informieren, was du wissen solltest.«

Ich schaute auf meine Uhr – inzwischen war es acht – und mir fiel ein, dass Groß Moorgraben ja nicht sehr weit von unserem Hauptgeschäft entfernt lag.

»So in einer Stunde – geht das?«

»Sicher. Ich beeile mich. Ilka – ist es was Schlimmes?«

»Bis gleich«, sagte ich und legte auf.

Udo Butendiek wirkte sehr beunruhigt. »Was soll denn das alles?«

Ich rupfte ihm die Zigarette aus dem Mund, zog daran und blies ihm Rauch in die Augen. »Weißt du, ich bin im Grunde ein durch und durch ehrlicher Mensch. Offenheit ist mir ein Herzensbedürfnis. Boris wollte übrigens auch Klarheit, der plant schon lange, sich von meiner Schwester scheiden zu lassen und mit mir nach Amerika auszuwandern. Du erleichterst uns das. Ich beichte ihr nachher alles. Dann kannst du sie nicht mehr mit irgendwelchen Fotos schocken. Sie behält das Möbelhaus und das Kind, mehr will sie nämlich nicht …«

Klang das nicht gut?

Schade, dass ich selbst nicht daran glauben konnte.

Udo wirkte überaus erstaunt. Dann klingelte sein Handy und er riss sich fast die Hose kaputt, weil er es nicht so schnell aus der Tasche bekam.

»Ja?«, knurrte er in das kleine Telefon und: »Okay!«

Er legte auf, schnauzte kurz in meine Richtung: »Moment mal eben!«, und verschwand durch eine Tür ins Nebenzimmer.

Ich hörte ihn dort leise reden – wahrscheinlich telefonierte er weiter. Auf jeden Fall, da bin ich ganz sicher, ging er nicht die Treppe hinunter und in die Nähe meines Wagens.

Als er wiederkam, nach kaum zwei Minuten, lächelte er verführerisch – »Ilka!« – und breitete seine langen Arme aus. »Komm mal her! Warum streiten wir uns denn? Nach allem, was wir mitnander …«

»Wir streiten uns nicht«, widersprach ich. Ich ließ mich umarmen und klopfte dem Mann möglichst unerotisch auf den Rücken. »Wir sind uns, im Gegenteil, einig, dass Schluss sein muss mit den Heimlichkeiten und dass meine Schwester alles erfahren soll.«

»Ja, aber das tut ihr doch nicht gut!«, wandte Udo ein. »Guck mal, das macht ihr doch was aus, euer Betrug und so, wie gesagt. Das glaub ich nicht, dass sie da gut mit umgeht.«

Er schob mich zurück zu seinem Sofa und setzte uns beide hin. »Möchtest du noch ’n Tropfen Kirsche?«

»Nein, danke, ich muss ja gleich fahren …« Ich drückte die Zigarette aus.

»Überleg dir das man noch mal, ob du ihr das wirklich antun willst!«, empfahl der große blonde Mann, seine ganze Stirn wie eine Jalousie in Querfalten gelegt vor Mitgefühl mit meiner Schwester.

»Entschuldige bitte, Udo, du wolltest ihr das ja auch antun!«

»Jaaaaa …«, gab er zu. Er suchte offensichtlich nach Argumenten und fand auch eins: »Das ist ja auch nicht *meine* Schwester!«

Darüber musste ich furchtbar lachen. Wahrscheinlich lachte auch das Kirschwasser aus mir. Udo lachte nach einer Weile mit, er legte seinen schweren Arm um mich und drückte meine Schulter, dann rutschte seine Hand tiefer und er drückte nicht mehr meine Schulter.

»Lass das, Udo.«

Er ließ es keineswegs, lutschte sich nur zusätzlich an meinem Hals fest.

Der Schnaps hatte mich schon ein wenig träge gemacht, für einige Minuten blieb ich einfach sitzen, schloss die Augen und stellte fest, dass mein Körper, ganz allein für sich, reagierte.

Rechtzeitig fiel mir wieder ein, wen ich hier an mir herumnuckeln ließ. Ich konnte wohl kaum etwas Dümmeres tun, als mit meinem Erpresser ein Schäferstündchen zu halten!

Ich sprang auf, um mich von den Klammerarmen zu befreien, sehr schwierig, immer wenn ich eine Hand abgefummelt hatte, grapschte sich die andere fest. Das nahm kein Ende. Irgendwann riss ich mich los, griff meine Tasche und wollte zur Tür, aber er kam hoch und verstellte mir den Weg. Also entwischte ich aus der zweiten Tür und fand mich in einer Küche wieder, in der seit der letzten Kochaktion nicht aufgeräumt worden war.

Udo trampelte hinterher. Nach der romantischen Zwischeneinlage wirkte er wieder ziemlich aggressiv, er nahm mir wohl doch ganz schön übel, seine Erpressungspläne sabotiert zu haben.

Mit einem schmerzhaften Griff hielt er mich am Haar fest, räumte mit dem anderen Arm den hölzernen Küchentisch frei, sodass eine Pfanne, ein Holzbrettchen und verschiedenes Besteck auf die Fliesen polterten, und drückte meinen Oberkörper auf die Tischplatte.

»Hier bleibst du jetzt – hier bleibst du …«, wiederholte er mehrfach, während er um mich herum griff und ungeduldig nach meinem Jeansverschluss suchte. Er schnaufte in meinen Nacken, sehr animalisch für Leute, die so was mögen.

Was hat, dachte ich verzweifelt, eigentlich sein Interesse in diese Richtung gelenkt? Bis vorhin ging's doch nur um Geld. Womöglich ist er durch dieses dusselige Foto inspiriert worden …

Das Gesicht auf den fettigen, bekrümelten Tisch gedrückt, bemerkte ich aus den Augenwinkeln die spitze zweizinkige Fleischgabel, die Udo nicht mit auf den Boden gefegt hatte, weil sie so dicht an der Wand lag. Ich verhielt mich ganz ruhig, als hätte ich mich ergeben, und wartete, bis er an seiner eigenen Hose herumfummelte und dazu die linke Hand neben meinem Kopf flach auf die Tischplatte stützte.

Als er festgenagelt wurde, brüllte Udo Butendiek wie ein Stier.

Ich hetzte, meine Jeans im Laufen schließend, die Treppe hinunter und sprang in meinen Wagen. Dann fuhr ich über die Landstraße Richtung Autobahn Hamburg, wegen des Kirschwassers so korrekt wie möglich, aber meine Hände zitterten immer noch.

So, nun war ich also mit meiner großen Schwester verabredet, erklärtermaßen, um sie über etwas Wichtiges zu informieren.

Sollte ich das wirklich tun?

Butendiek war zwar angestochen (und deshalb vielleicht noch gefährlicher als vorher), aber nicht beseitigt. Musste ich ihm zuvorkommen?

Wäre es klüger, vorher mit Boris zu beraten, was wir tun sollten?

Wäre es am klügsten, mir selbst den Leinenbeutel zu holen und damit zu verschwinden, um allein irgendwo ganz neu anzufangen?

Aber wie sollte das funktionieren? Ich war nun mal nicht mehr neu, sondern in jeder Beziehung ziemlich zerschrammt und zerkratzt, mein Arzt sorgte sich ständig um meine Leberwerte.

Ich hatte mich gerade entschieden, doch keine Beichte abzulegen (Annika würde mir den Geldhahn abdrehen, so viel stand fest, ich landete bestenfalls irgendwo neben Onkel Hajo oder Tante Nettchen auf dem Abstellgleis für unnütze oder nutzlose Verwandte) –, als mir Beatrix Sievert entgegenkam, sicherlich fahrig und unkonzentriert, den noch nicht benutzten Baby-Test in der Handtasche, Eifersucht und Liebeskummer um ihren Chris, diese Dumpfbacke, im Herzen.

Als ich den Trecker überholte.

»Frau Sievert! Das ist ja eine bezaubernde Überraschung!«, sagte Boris' angenehme Stimme. Er legte mir ganz leicht einen Arm um die Schultern.

Ich zuckte zusammen und kam in die völlig irreale Gegenwart zurück. Richtig, hier stand ich, lang, schmal und braunäugig, vor dem City-Geschäft von Möbel-Harders. Boris schaute taktvollerweise nur in meine schönen Augen, nicht auf mein geschmackloses Kleid, während er mich sanft und fast unmerklich drehte und von der Tür des Ladens wegrangierte.

»Haben Sie schon gegessen?«

»Nein.«

»Das trifft sich hervorragend, ich sterbe vor Hunger. Was essen Sie am liebsten?«

Was aß jemand gern, der in der Elbmarsch aufgewachsen war?

»Ich glaube – so Hausmannskost …«, nuschelte ich mit Bambi-Blick.

»Tatsächlich? Moment – da gibt es hier so einige Restaurants. Vielleicht Pannfisch? Nein, das ist zu derb. Oh, ich weiß, Hamburger Küche, aber ausgesprochen edel: Wir gehen ins Feuerschiff!«, bestimmte er.

Das war ein knallroter, im City-Hafen liegender Dampfer, auf dem er mich mit köstlichem Thunfisch-Carpaccio auf Pesto samt gebratenen Austernpilzen fütterte – eigentlich nicht unbedingt die typische Hamburger Hausmannskost. Er selbst speiste Labskaus mit Bismarckhering, ebenfalls mit großem Vergnügen. Zwischendurch lächelte er ein bisschen schief, schaute mich bewundernd an und redete, witzig, schillernd, leicht wie Seifenblasen. Einer schüchternen, etwas unsicheren jungen Frau hätte er auf diese Art bestimmt großes Wohlbehagen vermittelt.

Es war so schwer, mir vorzustellen, ich hätte ihn erst kürzlich kennengelernt, ich wüsste nichts über ihn.

»Schmerzensgeld!«, erwähnte er, als der Kaffee kam. »Frau Sievert, ich bin der Ansicht, wenn Sie uns verklagen würden, bekämen Sie recht – Sie wissen ja, ich bin vom Fach. Meine Schwägerin war zweifelsfrei stark angetrunken. Und wenn der Wagen noch so sehr kaputt gemacht worden ist, völlig nüchtern hätte sie eventuell doch noch anders reagieren können. Insofern ist die Firma Harders bereit, Ihnen eine angemessene kleine Summe zur Verfügung zu stellen.«

»Ich würde Sie nie verklagen«, widersprach ich bieder.

Ich stellte Beatrix sehr uncharmant dar und es ging mir etwas auf die Nerven, wie bezaubert Boris trotzdem reagierte. Ilka war dreißigmal geistreicher gewesen, merkte er das denn nicht? Und wieso ertrug er so ganz ohne Weiteres meine ausgeleierte Strickjacke? Er mit seinem erlesenen Geschmack, der mich mal angeschrien hatte: Zieh sofort dieses Kleid aus, das beleidigt meine Augen! Damals war es leider wirklich nur ums Kleid gegangen, keineswegs ums Ausziehen.

Im Übrigen war ich schon neugierig: »Wie viel hatten Sie denn gedacht?«

»Fünftausend Euro. Wenn Sie möchten, schreibe ich Ihnen einfach einen Barscheck aus.«

Ich dachte an die cognacfarbenen Schuhe mit den Zehenfensterchen, an die traumhaften Kleider und Kaftans und Jacken von Gudrun Sjøden und merkte, dass ich lächelte. »Und Ihre Frau ist auch damit einverstanden?«

»Von der stammt ja die Idee!« Boris hatte sein Scheckbuch herausgeholt und schrieb. Übrigens mit dem smaragdgrünen Füller, den ich ihm vor einem Jahr geschenkt hatte. »Meine Frau ist ganz verliebt in Sie, Frau Sievert.«

»In mich?«

Er schenkte mir einen halb verschleierten Blick, der wohl besagen sollte, in mich sei sich leicht verlieben.

»Es ist so nett, dass ich Sie zufällig getroffen habe, wir hatten gerade angefangen, Ihre Adresse zu ermitteln, um Sie zu kontakten. Sie wohnen doch in der Nähe des Unfallortes?«

»Hmhm. In Pandersen. Das ist ein Teil von Groß Moorgraben. Liegt im weitesten Sinne zwischen Elmshorn und Pottschrapels.«

»Ah. Und Sie sind verheiratet?«

»Ja.« Alles Weitere ging ihn nichts an.

»Was machen Sie beruflich, wenn ich fragen darf?«

»Ich verkaufe. Na ja, ich hab verkauft. In einer Parfümerie. Den Job hab ich aber aufgegeben, aus privaten Gründen.«

Boris faltete die Hände unter seinem Kinn. »Das passt so gut, dass ich's kaum glauben kann. Sie sind Verkäuferin und suchen zurzeit eine gute neue Stellung. Und jetzt komme ich als Märchenfee und mache Ihnen ein Angebot. Ilka – meine Schwägerin – hat hier in unserem City-Geschäft verkauft. Das Schaufenster, vor dem Sie eben zufällig standen! Hätten Sie Lust, diesen Job zu übernehmen?«

Mir blieb Beatrix' Mund offen stehen.

»Das war übrigens auch zuallererst die Idee meiner Frau«, fügte Boris lächelnd hinzu.

Und wenn er das sagte, stimmte es. Er hätte nie gewagt, so etwas ohne Annikas ausdrücklichen Wunsch einzufädeln.

»Es gibt in der City-Filiale einen sehr netten älteren Kollegen, Herrn Waechter, mit dem verstehen Sie sich bestimmt großartig. Meine Frau würde aber sicher in den ersten Tagen zumindest stundenweise hier sein, um Sie einzuarbeiten. Was meinen Sie?«

Ich fuhr mir verwirrt durch die Haare und Boris lachte, als hätte ich etwas unglaublich Anmutiges gemacht. »Ja – ich – oh, meine Güte … Das ist ein tolles Angebot.«

»Sie wissen doch noch gar nicht, was wir Ihnen zahlen wollen.

»Egal – Sie sind bestimmt großzügig. Also, ich muss mit meinem Mann sprechen. Und ein bisschen drüber nachdenken. Aber ich glaube … Also, zu siebenundneunzig Prozent sag ich schon mal Ja.«

»Dann will ich hoffen, dass die letzten drei Prozent so schnell wie möglich dazukommen. Ich gebe Ihnen hier mal unsere Karte. Rufen Sie die erste Nummer an, wenn Sie sich entschieden haben, und fragen Sie nach der Chefin. Die finanzielle Seite können Sie am besten mit meiner Frau besprechen. Soll ich jetzt Champagner bestellen, damit wir darauf anstoßen können?«

Ich schüttelte mädchenhaft den Kopf. »Noch ist es ja nicht ganz entschieden. Außerdem vertrag ich Alkohol nicht besonders.«

Boris schaute sinnend aus dem Fenster und erinnerte sich ohne jeden Zweifel daran, was Ilka so alles weggesoffen hatte. Empfand er dabei Wehmut – oder Abscheu?

Dann kehrte sein blauer Blick zu mir zurück. »Haben Sie eigentlich schon einen neuen Wagen?«

»Nein, noch nicht. Ich bin im Begriff … Also ganz bald kaufe ich mir einen.«

»Und wie kommen Sie dann jetzt nach Hause?«

»Mit der S-Bahn und dann mit dem Bus.«

Boris guckte, als hätte ich angekündigt, im Viehtransporter zu reisen.

»Darf ich Sie nach Hause fahren, Frau Sievert?«

So saß ich wieder in der unbequemen Corvette, die mit gewaltigem Dröhnen von Ampel zu Ampel brauste, bis Boris auf der Autobahn endlich etwas aufdrehen konnte – immer knapp dreißig Kilometer mehr als erlaubt.

Dann schob er plötzlich eine CD in den Player und wir hörten, sorgfältig auf Anfang gestellt, *What A Fool Believes.*

Kaum zu fassen! Lauerte dieses Lied hier im Auto auf jede zufällig mitfahrende hübsche Frau? Hielt Boris es wirklich für ein unfehlbares Aphrodisiakum?

Annika zumindest schien er es nie ins Ohr geträufelt zu haben, sonst hätte sie es nicht so treuherzig nach Ilkas Gedenkpredigt dudeln lassen.

»Ach, das Lieblingslied Ihrer Schwägerin, nicht? Seit ich das bei der Beerdigung gehört hab, macht es mich ganz traurig«, seufzte ich.

Daraufhin schaltete er wortlos den Player aus.

»Herr Harders, Sie hatten mich doch damals auf diesen Automechaniker angesprochen, erinnern Sie sich? Hat die Polizei da eigentlich was rausgefunden?«

»Man hat ihn auf Ihre Aussage hin vernommen. Wie auch immer das zusammenhängt, er kannte Ilka nicht, hat sie nie gesehen, weiß auch nichts von ihrem Auto. Ich vermute, Sie haben sich doch getäuscht, als Sie glaubten, Ilkas Wagen dort gesehen zu haben. Übrigens verfügt dieser Automensch über ein Alibi, er hatte nämlich seit dem frühen Morgen bei seinem Arzt gesessen, weil er sich beim Losschlagen einer festgerosteten Mutter selbst mit dem Schraubenzieher die linke Hand schwer verletzte. Also, der Mann hat bestimmt nichts mit dem Unfall zu tun«, behauptete Boris und bog von der Autobahn Richtung Bookstedt ab.

Sieh an. Das klang so, als hätte auch niemand das bewusste Foto in Udos Computer oder wo immer gefunden. Vermutlich hatte ja auch keiner Grund gehabt, danach zu suchen.

Ich sagte Boris, wie er fahren musste: »Hier war übrigens der Unfall. Da bin ich ... Dort ist ihre Schwägerin durch das Gatter gefahren.«

Boris guckte kaum hin. Entweder griff es ihn zu sehr an oder es interessierte ihn nicht.

Wir umrundeten den Kreisel und fuhren Richtung Marsch.

»Da hinten ist unser Haus«, zeigte ich und Boris fuhr bereits an den Straßenrand. »Also nicht unsers, es gehört meinen Schwiegereltern, die wohnen im Erdgeschoss ...«

»Dann möchte ich mich hier von Ihnen verabschieden«, sagte er leise.

Es war sehr schwer, seinen Wimpern und seinem Lächeln und seiner weichen Stimme zu widerstehen. Er griff nach meinem Kinn und sah mich an, ernst und fast etwas traurig. Ich konnte mir gut vorstellen, dass die ursprüngliche Beatrix völlig bezaubert von ihm gewesen wäre.

Merkwürdig, das fiel mir erst bei dieser Gelegenheit auf: Boris hatte Ilka kaum je geküsst, eigentlich nie auf den Mund.

Ein Kuss ist der erste Schritt zu körperlicher Nähe, er überbrückt aufs Aufregendste die Fremdheit zweier Körper. Dazu waren wir uns von Anfang an viel zu nahe gewesen.

Als er sein Gesicht über mich neigte, empfand ich deshalb mit starkem Herzklopfen, dass dies eigentlich unser erster richtiger Kuss war. Boris gab sich große Mühe, etwas Besonderes daraus zu machen, und es gelang ihm auch.

Ich weiß, ich weiß – das wäre der Moment gewesen, um entrüstet zu rufen: »Was fällt Ihnen ein!«

Oder: »Lassen Sie das!«

Oder: »Unter diesen Umständen kann ich natürlich nicht daran denken, bei Ihnen zu arbeiten!«

Oder wenigstens: »Aber, Herr Harders …«

Doch es war so spannend und faszinierend, zum ersten Mal von Boris geküsst zu werden.

Immerhin sprang ich sofort hinterher aus der Corvette (nicht gerade einfach, vor allem, wenn man sehr groß ist) und floh, ohne mich umzudrehen.

Das 14. Kapitel

zeigt verschiedene Ansichten über Beethoven – noch mal die Marsch, jetzt per Rad – ein Nudelproblem – und die ganze Wahrheit über die Anunnaki

Eigentlich wollte ich doch bald nach der Scheidung ganz weit weg. Warum also sollte ich meinen alten Job in Harders City-Filiale wieder aufnehmen?

Beispielsweise, um so dicht an meine alte Familie ranzurobben, dass ich mir ein weiteres Mal Celines Ausweis leihen und das Geld aus dem Schließfach holen konnte: Ein Neuanfang ist mit etwas Startkapital bestimmt komfortabler.

Noch am selben Nachmittag rief ich meine Schwester an. »Ich wollte mich für Ihr Angebot bedanken. Wann soll ich anfangen?«

Annika lachte erfreut und meinte, falls ich Lust hätte, schon morgen. »Nein, warten Sie – ich möchte Sie gern selbst einarbeiten, und in den beiden kommenden Tagen kann ich nicht. Also Donnerstag. Wir sind ja noch ganz am Anfang des Monats, dann rechnen wir einfach den Juli glatt für Sie.«

Ihr Gehaltsangebot war, wie ich mir gedacht hatte, großzügig, aber nicht übertrieben. Meine Schwester empfand wirklich Sympathie für diese Beatrix Sievert – bis zum Wahnsinn in sie verknallt war sie aber nicht. Immerhin fand ich es nett, mir den gesamten Juli zu bezahlen, obwohl ich eine Woche zu spät anfing.

Überhaupt schienen die ärmlichen Zeiten vorbei zu sein: Bevor Eike am Dienstag zu seinem Industriebetrieb fuhr, legte er mir einen Scheck auf den Frühstücksteller. »Hier, der ist von der Versicherung. Bring ihn zur Bank, heb das Geld ab, gib meinen Eltern die fünfhundert zurück und kauf dir vom Rest ein Auto.«

»Und was ist mit meinen Schulden bei dir?«

»Lass nur. Was muss ich auch dauernd heiraten.«

Ich starrte ihn groß an.

»Was?«

»Entschuldige … bei welcher Bank hab ich mein Konto?«

»Tut mir leid, ich vergesse dauernd, dass du alles vergessen hast. Und wenn ich dir sage, bei welcher Bank wir sind, weißt du wohl noch lange nicht, wo sie sich befindet.«

»Stimmt. Aber ich kann ja fragen.«

Er nahm den Scheck von meinem Teller. »Das zeig ich dir ein anderes Mal. Ich werd ihn in der Mittagspause einlösen und dir das Geld heute Abend geben, ja?«

»Danke. Übermorgen fange ich übrigens wieder an zu arbeiten.«

»Bei Breckers?« (Mit ein ganz klein wenig Abscheu um die Mundwinkel.)

»Nein. Bei einer Möbelfirma in Hamburg. Harders. Die Familie der Frau …«

»Ja, schon klar. Der Name Harders sagt mir inzwischen was. Wie hat sich das denn ergeben?«

»Ich bin dem Anwalt der Firma zufällig in der Stadt begegnet, seine Frau ist die Chefin. Die hatten schon versucht, meine Adresse rauszukriegen, um mir das anzubieten. Irgendwie mögen die mich.«

»Ach was …«, murmelte mein Mann skeptisch. »Und du meinst, das kannst du – Kommoden statt Lippenstifte?«

»Ich glaube schon. Die Chefin will mich selbst einarbeiten«, erklärte ich. Das musste als Argument reichen.

Jetzt schob er mir einen Zettel zu: »Übrigens: Wer hat das hier geschrieben? Du?«

Ich guckte kurz. »Ja. Ich hab nur notiert, was ich kaufen muss.«

Eike studierte noch einmal die Schrift, rollte mich mit seinen unwahrscheinlich hellen Augen an und verließ kopfschüttelnd die Wohnung.

Kaum war er aus dem Haus, rief Frau Grosskurt an, mit Väterchen aus dem Österreich-Urlaub zurück: »Also das Essen! Beatrixchen, ich sach's dir …«

Wir verabredeten uns für den folgenden Vormittag zum Autokaufen, da wollte sie mich gern unterstützen und sie konnte sich vorstellen, dass auch mein Vater mitkommen würde: »Das mach er, das liecht ihn, beraten un so, felleicht gibt er noch was dazu.« Und als ich protestierte: »Lass ihn doch den Spaß. Wenn ihn das Freude macht?«

Ich hatte kaum aufgelegt, da klingelte das Telefon schon wieder. Carmen Brecker beklagte sich: »Du wolltest dich bei uns melden, Trixi! Wann kommst du den?«

»Kommen?«

Carmen lachte glockenhell. »Ja, Schäfchen. In die Parfümerie. Wieder loslegen, verkaufen. Du willst doch Geld verdienen?«

»Ja, weißt du, ich hab ein anderes gutes Angebot und …«

»Och nee, Trixi, nicht am Telefon! Komm, ich hol dich ab, wir machen 'n kleinen Einkaufsbummel, essen ein Eis und besprechen alles …«, schlug sie vor.

Das war mir recht. Ich musste dringend einiges einkaufen. Wenn sie mich abholte, ersparte ich mir den Bus.

Wir liefen in einer Fußgängerzone umher, an deren Spitze sich ein altmodisches Warenhaus befand. Carmen hatte den Ehrgeiz, mich zu beraten: »Ist das nicht etwas langweilig? Glaubst du denn, dass du das tragen kannst?« – dabei handelte es sich nur um eine lange Leinenhose und einen Baumwollpullover, beides in einem beigegrauen Sandton, sehr edel und schlicht.

»Ja, das kann ich gut tragen«, erwiderte ich geduldig, während sie mit ihren Riesennägeln, auf denen sich heute blaue Schnörkel mit Goldstaub ballten, nach dem Preisschild angelte: »Das ist aber teuer! Du haust ja neuerdings das Geld nur so raus, Schnuckelchen!«

Weil sie nicht mehr davon anfing, schilderte ich meinen neuen Job bei Möbel-Harders.

»Möbel? So was ist doch viel zu schwer für dich.«

»Ich soll sie nur verkaufen, nicht ausliefern.«

»Was bezahlen die?«

»Etwa zweieinhalbtausend im Monat.«

Jetzt war sie deutlich beleidigt: »So viel? Für 'ne ungelernte Verkäuferin? Denk an meine Worte, da ist ein Haken dabei! Und bist du fest entschlossen?«

»Ganz fest.«

»Ja, da kann man nichts machen. Du musst es wissen. Ich meine nur: Wenn du merkst, dass die dich ausnutzen – du kannst jederzeit zu uns zurück, Trixi.«

Während wir Eis aßen, versuchte sie herauszufinden, wie lieb ich ihren Bruder noch hatte: »Wie soll das mit euch denn nun weitergehen, sag mal? Chris quält sich richtig, weißt du.«

»Das gibt sich«, meinte ich und sie: »Weißt du, ich glaube, du hast nicht nur dein Gedächtnis verloren, sondern auch dein Herz. Nein, echt jetzt. So kaltschnäuzig warst du doch früher nie.«

Ich unterdrückte jede Metapher, die mir einfiel zu Kaltschnäuzigkeit und Eisessen, ich zahlte einfach und lud Carmen ein, das beeindruckte sie genug.

Zum Schluss wollte ich Musik kaufen. Ich benötigte Pachelbels Kanon, Händels Wassermusik und das Erste Brandenburgische Konzert, das musste ich sonntagvormittags immer hören, es ersetzte mir den Gottesdienst.

Carmen suchte in Videos und Pop-CDs herum und merkte dadurch erst relativ spät: »Was hast du denn da? Beethoven!?«

Ich stand schon an der Kasse.

»Ja. Das ist die Pastorale, das Erwachen heiterer Gefühle bei der Ankunft auf dem Lande«, erklärte ich, ohne hinzuzufügen, dass ich damit meiner Liebe zur Natur etwas auf die Sprünge helfen wollte.

Darüber musste Carmen fürchterlich lachen. Dann versuchte sie, mir die CDs wegzunehmen, während sie den Jüngling an der Kasse belehrte: »Das will die Dame nicht! Das ist doch Quatsch!«

Der Jüngling wusste nicht recht.

»Meine Zeit, Trixi! Komm zu dir! Was willst du denn mit *Beethoven*?«, rief Beatrix' ehemalige beste Freundin, immer noch lachend.

Als ich auf Klassik bestand und sie bezahlte, wurde ihr Gesicht mit dem gespaltenen Kinn richtig tragisch. »Du machst mir Angst, weißt du das? Was ist bloß mit dir passiert?«

»Ich bin in einen Trecker geknallt«, erinnerte ich sie.

»Und seitdem magst du Musik für alte Leute?«

»Seitdem hat sich viel verändert. Bringst du mich trotzdem nach Hause?«

Das tat sie, aber sie schmollte während der ganzen Fahrt.

»Leb wohl, Trixi. Alles Gute für dich.«

»Gleichfalls«, sagte ich munter.

In unserer Einfahrt wendete sie energisch und brauste davon, eine Staubwolke und etwas vorwurfsvollen Maiglöckchenduft zurücklassend.

Am späten Nachmittag räumte ich ein bisschen auf, weil mich die Unordnung störte. (Und das will was heißen.) Ich räumte saubere Sachen aus dem Geschirrspüler in die Schränke, so gut ich es verstand und wie es mir logisch vorkam. Dadurch wurde das Gerät frei und konnte eingeräumt werden, was der Gesamtansicht der Küche gut tat. Zum Schluss wischte ich den Herd und den Tisch ab, richtig zufrieden mit mir, und hängte einen herumliegenden Einkaufsbeutel auf den richtigen Haken in der Speisekammer zu seinen Brüdern.

Leider fegte ich dabei ein Paket Nudeln aus dem Regal, die sich prasselnd auf den Boden ergossen.

Anschließend sammelte ich Penne Rigate aus Putzeimern und zwischen Reinigungsmittel heraus. Ich knipste das Licht in der Speisekammer an und schloss die Tür, um die letzten Nudeln aus dem Winkel dahinter zu suchen.

Da wurde die Tür so plötzlich aufgerissen, dass ich gerade noch meine Finger retten konnte. Eike starrte mich geradezu entsetzt an, zerrte mich hoch (die letzten Nudeln verteilten sich wieder auf den Fliesen) und aus der Kammer und fragte scharf: »Trixi? Alles in Ordnung?«

»Ich hab Nudeln … ich meine … Was ist denn?«

Er ließ mich los. »Du hattest die Tür hinter dir zugemacht. Deshalb. Und ich hörte dich plötzlich …« Er drückte mich auf die Küchenbank, schaute prüfend in mein Gesicht und lachte kurz. »Du hast keine Ahnung, was ich meine. Du leidest an schwerer Klaustrophobie. Jedenfalls hast du daran gelitten. Weißt du noch, was das ist?«

Ich nickte. »Natürlich weiß ich das. Ach? Deshalb das Anschnallproblem im Auto.«

Eike setzte sich ebenfalls und lehnte sich nachdenklich zurück. »Ja. Und viele andere Probleme. Wer weiß – wenn du dich angeschnallt hättest, wärst du vielleicht nicht so schwer verletzt worden. Jetzt sieht es für mich so aus, als hättest du deine Ängste gerade durch die schwere Verletzung und den Gedächtnisverlust mit einem Schlag verloren. Das ist ja fast ein Segen.«

Ja, das war ein Segen.

Wenn Beatrix sich angeschnallt hätte und vielleicht entsprechend nur leicht verletzt worden wäre, nicht klinisch tot und nicht im Koma – wo wäre dann wohl Ilka jetzt?

Der nächste Tag zeigte einen klaren blauen Himmel mit winzigen Naturwölkchen am Horizont. Keine Kondensstreifen (übrigens seit Tagen nicht. Wahrscheinlich hatte ich mir die, angesteckt von Janne, sowieso nur eingebildet), zauberhaft frische Luft. Mein letzter Ferientag erst mal. Nach dem Frühstück stromerte ich durch den Garten und wurde von Hilke, die zwischen Stockrosen Unkraut jätete, gefragt: »Machst nicht mal auf deim Fahrrad fahrn?«

»Hab ich eins?«

Sie zügelte ihre Blicke zu ganz gelinder Verachtung und schloss mir den Schuppen auf: »Das blaue. Die Reifen hat Klaas letzte Woche nachgefüllt. Fahrn kannst hoffentlich noch?«

Also schwang ich mich in meiner neuen sandfarbenen Hose auf das Rad, fuhr in die Marsch und stimmte mit Beethoven überein, denn in mir erwachten tatsächlich heitere Gefühle.

Gut gelaunt und entspannt strampelte ich über Landstraßen, zwischen verträumt kauenden Kühen hindurch, an idyllischen Ortsschildern wie Finkenburg und Klein Sonnendeich vorbei, unter einer mächtigen, feindselig knisternden Hochspannungsleitung weg, neben Feldern mit grünen Blätterpflanzen – Mais? – und gelbem Korn entlang, die von meterdicken Gürteln voll blühender, gesund duftender Kamille eingerahmt wurden.

Hier lag die Werkstatt von Herrn Maus, Antiquitäten, die Gartenpforte keineswegs von Mäusen, sondern von steinernen Doggen in Lebensgröße bewacht, die versonnen über das Kornfeld gegenüber blickten.

Bäume mit kleinen roten Pflaumen und noch unreifen Birnen, dicht an dicht, wuchsen einfach so am Straßenrand. Im Hintergrund drängte sich ein Wäldchen zusammen, drehten sich sachte die Windanlagen, blinkten irgendwelche fernen Industrieschornsteine.

Ungefähr alle zehn Minuten fuhr ein Wagen vorbei, und das auch nur auf der Hauptstraße. Menschen, jedenfalls Menschen ohne Auto drumrum, sah ich nicht.

Dafür trippelte ein größerer Vogel mit langen rotbraunen Schwanzfedern geschäftig quer über die Straße – ein Fasan? Ein Raubvogel strengte sich an, Höhe zu gewinnen, das Mittagessen in den Klauen; dieses Mittagessen zappelte herum und hielt seinerseits ein Grasbüschel mit langen Halmen fest, an dem es sich offenbar bis zuletzt festgeklammert hatte. Die Halme schwankten im Wind und der Raubvogel wirkte auf mich wie eine Hausfrau, die, mit zu schweren Tüten beladen, des Weges keucht und sich wünscht, endlich in ihrer Küche anzukommen.

Neben mir, im Graben, quakten Frösche und plötzlich fuhren zwei Enten aus dem hohen Gras und schwebten nebeneinander her in großem Bogen über die Wiese, wobei sie sich laut unterhielten.

Es war wie Urlaub. Ich konnte mich nicht dagegen wehren, eine gewisse Zärtlichkeit für die Elbmarsch zu empfinden.

Gegen zehn holten Väterchen und Frau Grosskurt, das Zigarillo im Mund, mich ab und fuhren mit mir zu verschiedenen Autohändlern in Elmshorn. Ich entschied mich schließlich für einen kleinen, kaum einjährigen grauen Automatik-Mazda und das liebe Väterchen gab tatsächlich was dazu. Anschließend setzten wir uns in ein recht unscheinbares kleines Restaurant namens Bambusgarten, in dem es hervorragendes asiatisches Essen gab. Frau Grosskurt verleibte sich eine chinesische Knusperente ein, Vater Fürst verspeiste mit unbeweglicher Miene scharfe und sehr scharfe thailändische Gerichte und ich futterte Sushi. Während wir derart angenehm beschäftigt waren, meldete ein Angestellter des Autohauses den Wagen an und ich konnte ihn nach dem Essen mit nagelneuen Nummernschildern abholen.

Am Nachmittag fuhr ich ganz glücklich mit meinem eigenen Auto auf Sieverts Einfahrt.

Eikes Wagen stand ebenfalls schon da. Mein Gatte unterhielt sich mit seinen Eltern, die auf der Gartenschaukel saßen und Tee tranken. Finchen tobte mir entgegen und ich streichelte ihre langen Ohren. Wir wirkten so idyllisch wie Margarinewerbung, bis auf den weißen Hahn, der mich heiser ankreischte.

»Du bist heute früh Rad gefahren?«, fragte Eike lächelnd. »Dazu hätte ich auch mal wieder Lust.«

Wir redeten ihm sofort von allen Seiten gut zu und er zeigte sich nachgiebig: »Ich muss mich nur schnell umziehen …«

Während wir nebeneinander die Treppe hochgingen, fragte er: »Du kommst wohl nicht noch mal mit?«

Muskelkater würde ich sowieso bekommen und das war es mir wert. So zugänglich hatte ich den eisigen Herrn Sievert noch nie erlebt.

Bevor wir losfuhren, zeigte ich ihm meinen Wagen, den er billigte. Dann sausten wir die Straße entlang. Finchen blieb mit entsagungsvollem Wedeln vor dem Haus stehen, sich allzu sehr der Tatsache bewusst, dass ihr molliges Figürchen es ihr nicht erlaubte, mitzuhalten.

Ein Trecker, der auf einem Anhänger Gestrüpp geladen hatte, tuckerte vorbei und zwang uns, hintereinander zu fahren.

Seit dem frischen Morgen war etwas mit der Natur passiert; die Luft hatte sich aufgeheizt, der Himmel graulila eingetrübt. Während der Fahrt versuchte ich allerhand über den Autokauf und den Urlaub meiner Verwandtschaft in Österreich loszuwerden, über den ich inzwischen bestens im Bilde war, aber Eike unterbrach mich: »Trixi, die Luft drückt. Siehst du, wie die Schwalben dicht über der Erde rumflitzen? Mach den Mund zu, sonst schluckst du Fliegen.«

Gehorsam verfiel ich in Schweigsamkeit, worauf jemand versuchte, in mein linkes Auge zu fliegen. Ich kniff es schnell zusammen, dadurch verhakte sich derjenige irgendwo im Außenbereich und strampelte dort herum.

Ich sprang vom Fahrrad und schrie um Hilfe. Eike drehte um, hielt neben mir an und begutachtete die Situation. Er bemerkte: »Ich fürchte, ich kann nur noch einen von euch beiden lebend retten«, und begann vorsichtig, einzelne Käferbeinchen aus meinen Wimpern zu zwicken.

Ich betrachtete derweil sein langes Gesicht mal aus nächster Nähe.

Ein hübscher Mund eigentlich, mit schmaler, herzförmig geschwungener Oberlippe und ziemlich voller Unterlippe. Zwischen Mund und Kinn saß eine tiefe, waagerechte Kerbe. Die Nase war tadellos, lang, aber fein geformt, mit hübschen Nasenflügeln. Kleine Falten in den Augenwinkeln machten den grauen Roboter menschlich.

»So, ich glaube, der Rest gehört zu dir«, murmelte er. Er entfernte ein Zweiglein aus meinem Haar, das vielleicht von dem Treckeranhänger geflogen sein mochte, und knöpfte mir auch noch einen Blusenknopf zu: »Wie läufst du denn rum!«

Dann fuhr er wieder vor mir her.

Auf einer besonders freien Fläche hielten wir an und schauten uns nach allen Seiten um.

Im Osten gab es einen Rest blauen Himmel. Von Westen her schob sich eine bedrohliche Wolkenwand näher. Dunkle Schleier zeigten, dass es etwas weiter weg schon aus ihr regnete. Außerdem hörten wir leises Donnergrollen.

»Papa meint, in der Marsch kannst du sehen, wer nächste Woche zu Besuch kommt«, sagte Eike nachdenklich, ohne mich anzuschauen. Und dann, immer noch den Blick auf die Landschaft gerichtet: »Weißt du eigentlich, dass deine Augen sich seit dem Unfall verändert haben? Die Farbe ist anders, komischerweise. Ich hätte nicht gedacht, dass so etwas möglich ist, aber ich sehe es ja selbst. Früher hattest du dunkelbraune Augen. Fast schwarz. Jetzt sind sie viel heller und teilweise grünlich.«

Ich reinigte mit meinem Daumennagel konzentriert die Ornamente auf meiner Fahrradklingel. »Das klingt doch ganz hübsch?«

»Ist es auch«, stimmte Eike zu. »Sehr hübsch. Und sehr ungewöhnlich. Komm, lass uns nach Hause fahren, sonst kriegen wir Regen ab. Man kann ihn schon riechen.«

Es war sonderbar, wieder auf meinen alten Parkplatz im City-Parkhaus zu fahren, wieder die kurze Treppe runterzulaufen und quer über die Straße zum kleinen Möbelhaus, wieder von Herrn Waechter die Tür aufgeschlossen zu bekommen. Es war sonderbar, dass er mir seine kurze, dicke Hand hinstreckte und sich umständlich vorstellte, als ob ich nicht genau wüsste, dass er Nusseis liebte und Fantasyserien und große blonde Frauen, letztere hoffnungslos.

Eigenartig, an dem Barockspiegel im Foyer vorbeizugehen, gewohnheitsmäßig einen Blick hineinzuwerfen – und Beatrix Sievert zu erblicken. Beziehungsweise Beatrix Sievert mit einem Schuss Ilka Harders, aber das machte die Situation auch nicht realer.

Dort stand immer noch die eine der beiden großen chinesischen Vasen. Im März war es mir gelungen, die andere zu verkaufen, nachdem Annika sich von der Idee verabschiedet hatte, sie nur als Paar rauszurücken.

Der sündhafte (keineswegs sündhaft teure) königsblaue Ledersessel befand sich inzwischen nicht mehr im Lager, sondern ebenfalls im unteren Verkaufsraum.

Herr Waechter wies mich ein, ich hörte kaum hin. Was er sagte, wusste ich; in den wenigen Monaten hatte sich nichts verändert. Falls er Zweifel an meiner Befähigung hegte, ließ er sich das nicht anmerken. Als die ersten Kunden auftauchten, schickte er mich gleich in die Arena: »Machen Sie mal, Frau Sievert! Wenn Sie nicht weiterwissen, komm ich dazu.«

Ich sah keinen Grund, mich zurückzuhalten, und verkaufte ein zweisitziges Sofa, einen großen gläsernen Beistelltisch, zwei dazu passende Lampen und, weil wir schon mal dabei waren, für jede Lampe noch einen weiteren kleinen Glastisch. Ich scherzte mit dem Käuferpaar wie in alten Zeiten, sie waren kaum wieder aus dem Laden zu bekommen.

Als Annika gegen halb zehn erschien, versicherte ihr Herr Waechter mit ehrfürchtig zitternden Bäckchen: »Da haben wir aber einen Fang gemacht, Frau Harders! Die junge Dame ist ein Verkaufstalent, Junge, Junge, Junge! Also fast wie Ihre Schwester früher, ungelogen!«

Für das »fast« war ich ihm dankbar.

Annika strahlte mich an und meinte, das hätte sie sich doch gleich gedacht.

Herr Waechter fuhr fort, mich zu loben, auch meine Intuition, mit der ich in schlafwandlerischer Sicherheit sofort die richtigen Lampen gefunden und die richtigen Tischchen herausgesucht hätte, als sei ich hier seit Jahren zu Hause. »Ich muss das mal loswerden«, meinte er erregt, »ich hab da drüber nachgedacht und immerhin ist ja Frau Sievert im selben Augenblick verunfallt wie die junge Frau Harders, nicht, und vielleicht hat sie daher …«

Seine leicht vorquellenden blauen Augen blickten ins Jenseits und Annika runzelte die Stirn und wechselte schroff das Thema. Für sie war das Jenseits noch nie ein vergnügliches Thema gewesen.

Ich nahm mir vor, in den nächsten Wochen meine Intuition ein wenig zu drosseln und Herrn Waechter doch ab und zu um Rat zu fragen.

Am Freitag erschien Annika erst gegen Mittag, denn: »Es ist ja eigentlich nicht nötig, dass ich Sie einarbeite, Frau Sievert. Herr Waechter hat mir gestern Abend noch am Telefon vorgeschwärmt, wie großartig Sie sich machen!«

Weil ich mich so großartig machte, wollte sie mir gern meinen Grabstein zeigen. »Sie sagten doch, Sie fühlten sich meiner verstorbenen Schwester sehr verbunden, nicht wahr? Ilkas Stein ist fertig und gesetzt worden, ich fahre nach Feierabend hin und schau ihn mir an. Ich weiß nicht … Wenn Sie Interesse haben?«

Sie kaufte einen großen Strauß gelber Rosen mit Gräsern und irgendwelchen kleinen, duftenden weißen Blümchen dazwischen und legte ihn feierlich auf mein Grab.

Neben dem schwarzen Marmorstein meiner Eltern und Großeltern befand sich jetzt also einer aus hellgrauem, glänzendem Marmor mit goldener Inschrift: Ilka Harders, ein Sternchen mit dem Geburtsdatum und ein Kreuzchen mit dem Todestag.

Darunter war noch viel Platz für Boris, Annika, eventuell Adele und wer weiß wen noch. Rundherum wuchsen die gepflegte Buchsbaumhecke, neben und zwischen den beiden Steinen weiße Rosen, auf der Fläche, unter der die Särge lagen, Kriechefeu und Begonien. Ich versuchte, mir vorzustellen, wie es meinem alten Körper inzwischen gehen mochte. Das war kein schöner Gedanken. Ich verschränkte meine festen, warmen, lebendigen Hände, diese hübschen Hände mit den schmalen Nägeln.

»Ja, in unserer Familie werden die Menschen nicht sehr alt«, plauderte Annika und zog mich mit zu einem Spaziergang auf dem Volksdorfer Friedhof. Sie kam mir blasser und zarter vor als früher und ihre Stimme klang etwas matt. Weil ich größer war, hakte sie sich bei mir ein und redete, nachdenklich und abwesend. »Mein Vater und meine Mutter sind beide jung gestorben, meine Schwester wurde nicht mal achtunddreißig …«

Ich machte ein mitfühlendes Gesicht, ich konnte ihr ja schlecht entgegenhalten, dass Großvater immerhin vierundsiebzig geworden war, Tante Nettchen mit achtundsiebzig in voller Blüte stand und Mami womöglich die hundert erreicht hätte, wenn sie sich nicht vom nervenkranken Martin Woltermann hätte zum Flughafen chauffieren lassen.

Immerhin durfte ich einwerfen: »Unfälle sind ja nicht genetisch bedingt.«

Annika starrte vor sich hin und schien mich gar nicht zu hören. »… nicht mal achtunddreißig!«, wiederholte sie. »Und ich hab manchmal das Gefühl, ich hab sie nie richtig gekannt. Wissen Sie, es gibt da einige Geheimnisse um Ilkas Tod. Etwa eine halbe Stunde bevor der Unfall geschah, hat sie mich noch angerufen. Ich hab das nie jemandem erzählt, weder meinem Mann noch der Polizei. Ilka sagte, sie müsse mich über etwas Wichtiges informieren. Seitdem zerbreche ich mir den Kopf, was das gewesen sein kann. Hing das irgendwie mit ihrem Unfall zusammen? Was wollte sie überhaupt in dieser Gegend, so früh am Morgen? Hat sie da übernachtet? Hatte sie einen Freund, von dem wir nichts wussten? Wollte sie mir von dem erzählen? Das ist alles so rätselhaft. Und auch sonst …« Annika blieb stehen und schaute weiter mit starrem Blick in die Ferne. »Kürzlich, als ich die Wohnung meiner Schwester aufgelöst habe, da ist mir der Türkisring unserer Mutter in die Hände gefallen. Sie müssen wissen, der ist Mami abhandengekommen, als wir noch klein waren, acht oder neun. Mein Mann, damals noch mein Pflegebruder, wurde seinerzeit verdächtigt, den Ring genommen zu haben. Das konnte ihm aber nicht nachgewiesen werden. Und jetzt finde ich diesen Ring bei

Ilka, in einer kleinen Schachtel in ihrem Sekretär. Den muss sie die ganze Zeit versteckt haben, fast dreißig Jahre lang! Ein kleines Mädchen, das seiner Mutter den Ring stiehlt und es den Rest seines Lebens verheimlicht! Eine Diebin – wie finden Sie das?«

Ich blickte ebenso neutral wie mitfühlend drein und zuckte mit den Schultern.

Das schien Annika völlig zu reichen. »Ja, nicht wahr? Ich war ganz erschüttert. Irgendwie ist Ilka mir immer fremd geblieben. Über ihre Jahre in Amerika weiß ich kaum etwas. Sie war ja wohl verheiratet, jedenfalls hat sie das unserer Mutter am Telefon erzählt, und damals hat sie angeblich auch ein Kind erwartet. Sie hat nie darüber reden wollen. Lebt das Kind vielleicht noch, beim Vater? Ich weiß es nicht …«

Ich suchte nach einer passenden Floskel, aber sie sprach schon weiter: »Ich hab deswegen auch nie richtig offen mit ihr sprechen können, weil ich nie ein ganz reines Gewissen hatte. Es ist nämlich so, dass sie in ihrer frühen Jugend mit meinem Mann zusammen war.«

Sie suchte in meinem Gesicht nach einer Reaktion.

Ich drückte Überraschung und Interesse aus, unter strikter Vermeidung jeder Missbilligung.

»Ja, die beiden hatten ein Verhältnis, sporadisch, glaube ich. Und als Kinder haben sie sowieso ständig zusammengesteckt, buchstäblich unter einer Decke. Sie hatten eine eigene Sprache, eine eigene Welt. Ich war immer ganz eifersüchtig.«

Wir gingen schweigend zwischen den Gräbern nebeneinander her.

Dann rutschte mir unwillkürlich heraus, was ich schon immer wissen wollte: »Warum haben Sie ihn geheiratet?«

Natürlich stellt man so eine Frage nicht.

Menschen unserer Zivilisation heiraten heute erklärtermaßen nur aus einem einzigen Grund, aus Liebe. Romantik muss sein, alles andere ist gesellschaftlich nicht akzeptabel und falls andere Gründe existieren, werden sie tunlichst verdrängt.

Darüber hinaus sollte man so was ganz bestimmt nicht von seiner Chefin wissen wollen.

Annika legte den Kopf schief, wie Mami es auch immer getan

hatte: »Er hat einen ganz ungewöhnlichen Charme, man kann ihm schwer widerstehen. Und natürlich sieht er einfach blendend aus. Ich glaube, ich fühlte mich vor allem geschmeichelt, dass er mich endlich wahrnahm. Ich war immer ein bisschen in ihn verliebt, seit der Pubertät, er hat damals … Ja, wir hatten mal einen ganz kurzen Flirt, nur eine Nacht praktisch, als Ilka bei einer Freundin schlief. Da hatten sie sich wohl vorübergehend verkracht. Danach hat er mich eigentlich jahrelang nicht mehr zur Kenntnis genommen. Und dann fragt er mich plötzlich, ob ich ihn heiraten will. Ich war ganz überwältigt. Wissen Sie, ich bin irgendwie unbeholfen in dieser Beziehung. Geschäftlich macht mir niemand was vor, da hab ich Selbstbewusstsein, aber partnerschaftlich? Ich hatte ganz wenig Erfahrung, geradezu krankhaft. Boris – mein Mann – kam mir so wenig bedrohlich vor, weil ich ihn ja mein Leben lang kannte.«

Ich wurde zunehmend verlegen. In all den Jahren als Annikas Schwester war mir nicht ein Bruchteil von dem anvertraut worden, womit sie hier hemmungslos ihre nagelneue Angestellte überschüttete.

Das schien ihr auch gerade aufzugehen: »Frau Sievert, entschuldigen Sie, ich erzähle Ihnen hier ja Sachen …« Sie drückte meinen Arm. »Ich hab mein Leben lang keine Freundin gehabt, noch nie. Ich bin es nicht gewöhnt, mich so offen auszutauschen.«

Was meinte sie mit austauschen? Ich kannte inzwischen mindestens die Hälfte ihrer intimsten Geheimnisse, sie wusste von mir praktisch überhaupt nichts.

Was vielleicht auch besser war.

Mir fiel ein, wie gern ich sie umarmen wollte, als ich noch an den Schläuchen hing, und dass ich schließlich hier angetreten war, um ein Segen zu sein. Deshalb legte ich meine Arme um sie und drückte sie von Herzen.

Das schien wirklich segensreich zu wirken; Annika knuddelte geradezu verzweifelt zurück und weinte ein bisschen an meiner Schulter.

Anschließend holte sie ein weiteres von Mamis alten Schnupftüchern aus der Jackentasche und betupfte ihr Gesicht. »Entschuldigung, tut mir leid …«

Sie hakte mich wieder ein und wir bewegten uns langsam Richtung Parkplatz. Kurz vor ihrem Wagen blieb sie stehen und krampfte eine Hand über ihren Magen.

»Haben Sie Schmerzen?«, fragte ich beunruhigt.

Zuerst konnte sie nicht antworten, nur stöhnen. Dann gab sie leise zu: »Es tut etwas weh, ja. Ich hab seit Ilkas Unfall einen nervösen Magen, ist ja kein Wunder. Häufig krampfartige Schmerzen, übel ist mir auch oft und ich vertrage kaum noch was. Gut für die Figur, ich nehme endlich mal ab.«

Das gefiel mir gar nicht. »Waren Sie schon beim Arzt?«

»Natürlich, sofort. Der hat nichts weiter gefunden. Ich sag ja, Nervosität. Das gibt sich bestimmt bald wieder. Frau Sievert, ich bin sehr froh, dass wir uns kennengelernt haben. Sie müssen uns unbedingt besuchen, ja? Bei nächster Gelegenheit.«

»Gerne«, sagte ich freundlich. Ich dachte dabei wirklich in erster Linie an meine Schwester, weniger an Celine und ihren Ausweis. Erst recht nicht an Boris. Ich hoffte im Gegenteil, er würde nicht da sein.

Nach dem abendlichen Gewitter, dem Eike und ich am Mittwoch davongefahren waren, gab es zwei Tage lang schönstes Sommerwetter, es wurde sehr warm. Samstag früh zogen dann Flugzeuge wie eifrige Weberschiffchen über den Himmel und streiften ihn zu. Ich schaute noch nach oben, als ich mir morgens von Herrn Waechter die Tür öffnen ließ.

»Ihnen fällt das auch auf, was?«, fragte er eifrig.

Ich war sehr überrascht. Dass jemand wie Herr Waechter Kondensstreifen beobachten könnte, wäre mir nie in den Sinn gekommen. »Ja. Seit einer Weile. Was halten Sie davon?«

»Junge, Junge, Junge, da kann man ja gar nicht laut drüber reden«, murmelte mein Kollege entsprechend leise. »Kommen Sie mal rein, Frau Sievert …« Und als ich im Geschäft stand und er die Tür umständlich, nach allen Seiten sichernd, hinter mir geschlossen hatte, als wären wir von feindlichen Agenten umzingelt: »Wissen Sie, es passieren ja Sachen, die haben nichts mehr mit dem zu tun, was wir Normalität oder Realität nennen.«

Wie wahr.

»Ja, und dieses Zeug, das da versprüht wird – wir sollen natürlich alle denken, das wären normale Kondensstreifen. Wird immer wieder abgewiegelt von den Regierenden, sogar von der Opposition, obwohl das für die doch ein Fressen wäre! Die Grünen machen da nichts drum her, die wären doch sonst die Ersten. Ja. Alle halten dicht. Alle halten zusammen. Und warum?«

Ich hatte nicht die leiseste Ahnung. »Alle werden gut bezahlt?«

Herr Waechter schüttelte, triumphierend, weil er es besser wusste, seinen runden Lockenkopf. »Die haben alle Angst, sofern sie Bescheid wissen. Der Rest wird dumm gehalten.«

»Und wovor haben alle Angst?« Ich wünschte, er würde es nicht so spannend machen.

»Vor den Geschuppten«, flüsterte Herr Waechter, über meine Schulter geneigt, damit die Sessel und Lampen es nicht hörten.

Ich wollte einwenden, mit dem entsprechenden Shampoo – aber seine blauen Augen schimmerten vor heiligem Ernst, deshalb verzichtete ich darauf, ihn zu veralbern. Ich wiederholte nur leise: »Vor wem?«

»Reptilienmenschen. Man nennt sie …« (ganz leise) »… Anunnaki. Sie kommen natürlich von einem anderen Planeten. Sie sind schon ganz lange auf der Erde, länger als wir. Adam und Eva hatten mit der Schlange zu tun, also das war einer von denen. Wissen Sie, Frau Sievert, wir müssen uns endlich damit abfinden, dass wir nicht die Krone der Schöpfung sind. Wir leben wie Marionetten, dazu erzogen, niemals zu hinterfragen, immer die Scheuklappen aufzubehalten.«

»Sie meinen wirklich, dass Reptilien …«

Herr Waechter nickte und legte den Zeigefinger auf seinen harmlosen kleinen Mund. »Sie sind gefährlich. Haben uns ständig unter Kontrolle und wir merken es nicht. Sie manipulieren uns. Und seit einigen Jahren werden von ihnen Chemikalien über den Himmel versprüht.«

»Zu welchem Zweck?«

»Oh, verschiedene Zwecke. Sie ändern das Wetter und reden uns ein, dass wir selbst daran schuld sind. Sie erweitern das Ozonloch, damit wir Hautkrebs bekommen. Wir werden durch das

Zeug in der Luft unfruchtbar und willenlos. Sie wissen doch, dass es immer weniger Babys gibt?«, fragte er. »Sehen Sie!«

Die Art, wie wir hier standen und miteinander wisperten, weil jeder normale Mensch, der uns hören könnte, je nach Veranlagung einen Lachanfall oder Gruselgefühle bekäme – diese Art erinnerte mich lebhaft daran, wie Janne und ich über meinen Seelensprung und seine Folgen zu diskutieren pflegten.

Doch nur, weil ich etwas erlebt hatte, das es nicht geben konnte, gelang es mir noch lange nicht, alles zu glauben, was ich zu hören bekam.

Ich warf einen letzten Blick aus dem Schaufenster zum Himmel.

»Und wie sollen wir uns am besten verhalten, Herr Waechter?«

»Liebe. Wir müssen Liebe in unser Leben bringen. Alles, was wir tun, mit Liebe tun. Untereinander liebevoll sein. Das ist die einzige Rettung«, antwortete mein kleiner korpulenter Kollege sanft.

Er hätte etwas Dümmeres sagen können.

Kurz vor Geschäftsschluss flitzte ich los und kaufte ihm in der Bäckerei nebenan zwei Mandelhörnchen. (Ich erinnerte mich noch genau, wie gern er die aß, da musste er eben wieder an meine sagenhafte Intuition glauben.)

»Hier, Herr Waechter. Ein bisschen Liebe mit Schokolade für Sie. Wir Erdlinge müssen doch zusammenhalten«, sagte ich.

Er schmunzelte vor Freude. »Das ist aber nett! Die esse ich nämlich besonders gern. Frau Sievert, Sie haben Herz!«, meinte er. »Und Herz, das ist der einzige Schutz …« Hier wurde er wieder ganz leise: »… gegen die Reptilien. Wissen Sie, die sind überall. Sie können sich tarnen. Für unsere Augen wirken sie wie richtige Menschen. Jeder, der uns begegnet, kann im Prinzip ein Anunnaki sein. Jeder Kunde, jeder, der hier reinkommt …«

Die Ladentür flog auf und Boris Harders betrat das Geschäft. Er schenkte mir ein kleines, schiefes, verschwörerisches Lächeln.

Ich sah ein, dass ich vor zwei Tagen in der Corvette doch »Aber, Herr Harders!« hätte sagen sollen.

»Wie schön, dass Sie noch da sind«, sagte nun Boris. Er meinte ausschließlich mich, Waechter schenkte er keinen Blick. »Ich komme, um zu fragen, ob Sie uns an diesem Wochenende in Sasel besuchen möchten. Meine Frau würde sich sehr freuen. Zum Kaffee oder, wenn Sie wollen, auch länger …«

Sowohl mein Kollege als auch ich blickten unwillkürlich kurz auf den königsblauen Ledersessel, obwohl da ja wirklich kein Zusammenhang bestand.

Boris lud mich eigentlich nur ganz sittsam zu einem Familienbesuch ein. Doch sein Ausdruck sagte etwas anderes.

Ganz plötzlich wurde mir klar, dass ich mich nur wenige Schritte von dem Platz entfernt befand, den ich vor einem halben Jahr eingenommen und auf dem ich mich nicht besonders wohl befunden hatte.

»Das tut mir leid, Herr Harders, danke für die Einladung, aber an diesem Wochenende haben wir eine riesige Familienfeier. Die Großmutter meines Mannes wird neunzig. Das versteht Ihre Frau bestimmt. Ganz liebe Grüße an sie«, sagte ich.

Ich zwinkerte Herrn Waechter zu, der sehr erleichtert aussah, schenkte Boris nur ein flüchtiges Lächeln – gerade lang und breit genug, um nicht unhöflich zu sein – und verließ das City-Geschäft.

Im 15. Kapitel

wird eine Geburtstagsfeier vorbereitet –
die Ostsee bei Nacht und Tag besichtigt –
eine Ehe geschieden –
und Hugo Farkel gelauscht

Ömchen Sievert hatte ein verwelktes Apfelgesicht unter weißen Löckchen und Eikes superhelle Augen ganz tief im Kopf wie zwei kleine Silberkugeln. Sie thronte schmächtig und zart auf einem Gartenstuhl unter einem Kirschbaum, umlagert von Freunden und Verwandten (entschieden mehr als die angekündigten etwa zwölf Personen), und rief mit scharfer, brüchiger Stimme: »He, nu mal her! Her zu mir!«, sobald mein Mann und Fabian und ich den Garten betraten.

Wir trabten gehorsam zum Kirschbaum. Ömchen zeigte mit einem gekrümmten dünnen Finger auf Eike und kreischte: »He! Nich sagen! Nich sagen, ich weissas … Du bis der Dings, also der … Dings.«

»Eike«, soufflierte er lächelnd.

»Richtig. Genau! Und du bis mein … Ich weissas. Du bis mein Großneffe!«

»Enkel.«

»Na, so ähnlich.«

Ömchen streckte beide Arme nach ihm aus und küsste energisch sein Gesicht. Dann wurde er beiseitegeschoben, die kleinen Silberkugeln richteten sich auf Fabian und mich. »Und ihr zwei beide … Kenn ich euch? Wadde mal … Klor. Ihr seid auch Verwandte von mir, Enkel oder so, ich weissas.«

Wir bekamen ebenfalls Küsse und gleich darauf Apfelkuchen und Kaffee von Gesche, Eikes Tante. Die hatte zwar den Tortenheber schon in der Hand, aber ihre Mutter wies sie trotzdem an: »Heini, äääh, Klaas, äääh Moni – nee, wie heissu, Gesche mein ich –, gib ma Eike und seine Familie Kuchen, nech!«

Eikes Eltern übrigens saßen etwas weiter hinten im Garten, Tassen in den Händen, Kuchenteller auf den Knien, und winkten uns zu. Finchen war sowieso als Erste auf uns zugewackelt, noch bevor wir Ömchen begrüßten.

Eike zog mich neben sich auf eine Bank am Tisch.

Wir hatten uns im Auto darauf geeinigt, nicht offiziell über meine Amnesie zu sprechen. »Dann musst du auch keine Stellung dazu nehmen. Durchsickern wird das sowieso, ich glaube nicht, dass Mama widerstehen kann, drüber zu reden. Aber das ist dann ein Geheimnis und niemand wird dich deswegen ansprechen.«

Also verzichtete Eike darauf, mich irgendjemandem vorzustellen und raunte mir nur unauffällig ins Ohr, mit wem ich es zu tun hatte: »Da hinten der Dicke ist Onkel Heini, auch ein Bruder von Papa. Der daneben ist sein Sohn Matten, mein Kusin. Der muss spätestens morgen mit dir reden oder tanzen oder beides, da kommst du nicht drumrum, der war immer verschossen in dich. Die kleine Blonde hinter ihm ist Monika, seine Frau.«

»Weiß die davon, dass ihr Mann mich mag?«

»Das weiß jeder. Das hat ja keine Konsequenzen. Hier halten sich alle an die Regeln. Nach den Regeln darf man dich hübsch finden und mit dir schäkern, mehr nicht.«

»Aber – außer Ömchen wissen doch alle, dass wir in Scheidung leben?«

Eike bog sich ein Stück zurück, um mich mit Abstand anzuschauen. »In Scheidung leben – wie sich das anhört. Ja, das wissen alle. Glaub ich zumindest. Und? Deshalb bist du noch lange nicht zum Abschuss freigegeben.«

Ein süßes kleines Ding mit einem Viertelpfund rosa Lipgloss und tausend bunten Haarklämmerchen kam angehüpft, bohrte seinen spitzen Busen in Eikes Schulter und quiekte: »Onkel Eike? Ich weiß was. Pass auf: Frage – Was ist der Unterschied zwischen einem Systemadministrator und einem Terroristen? Antwort – Mit Terroristen kann man notfalls verhandeln.«

Sie selbst lachte sich kaputt, Eike lachte etwas mit und Fabian verdrehte die Augen: »Streng-guck, Aline, wo hast du das nun wieder her?«

Inzwischen kommandierte Ömchen die nächsten Besucher zu sich, um zu raten, wer sie waren und um sie zu küssen. Dabei gerieten ihr sämtliche Namen der Verwandtschaft durcheinander, sie zählte sich gewissermaßen zum richtigen durch.

»Glaubst du, sie ist wirklich dement?«, fragte ich Eike leise.

Ich kannte ja immerhin Frau Senator Siel aus Tante Nettchens Heim. Die guckte immer aus ganz leeren Augen und schien nichts und niemanden wirklich wahrzunehmen. Ömchens Silberkugeln dagegen wirkten auf mich ausgesprochen präsent.

»Komisch, dass du das fragst. Ich bin mir nicht sicher. Manchmal hab ich den Eindruck, sie tut nur so …«

»Da kann ich euch Sachen erzählen, noch und nöcher«, mischte sich Tante Gesche ein, die hinter uns saß. »Was sich bei meine Mutter in Kopf tut, ahnt keine Sau, ehrlich. Mal denkst du, sie ist völlig matschig in der Rübe und als Nächstes ist sie voll da. Mal weiß sie nich, wo die Wohnstube liegt, und denn sagt sie dir, du musst deine Aktien verkaufen und recht hat sie. Und wisst ihr was? So war sie immer, seit jeher. Das ist nich das Alter. Das glaubt man bloß. In Wirklichkeit war sie ihr Leben lang 'ne ganz verrückte Nudel. Sie fährt ja auch immer noch Auto, nich?«

»Nein!«, sagte ich beeindruckt.

»Doch. Neulich fährt sie zur Post und wie sie wiederkommt, sagt sie: Da ist so 'n junger Mann, der hat mich die ganze Zeit belästigt und jetzt steht er aufn Hof. Da klingelt das schon, ich geh gucken und wer ist da? Iversen, kennst du auch, Eike, Jan Iversen, unser Polizist. Ömchen hat mal eben 'n Stoppschild überfahren und dadurch sind zwei andere inander geknallt, nich schlimm, nur Blechschaden, aber immerhin. Sie abgerauscht wie die Queen, Iversen hinterher, mit Blaulicht, aber das rührt meine Mutter doch nich! Die guckt ihn nich an und knallt ihm die Haustür vor der Nase zu. Eigentlich soll ihr der Führerschein abgenommen werden, aber das merkt sie und das glaub man, was sie denn für'n Spektakel macht! Jetzt versteck ich immer den Autoschlüssel, das geht. Denn denkt sie, sie hat ihn selbst irgendwo versaubüddelt und spricht nich drüber, weil ihr das peinlich ist …«

»Du hast jedenfalls gut zu tun, Tante Gesche«, vermutete Eike.

»Das kannst du singen. Den einen Tag will sie ins Heim und

ich soll sie sofortigst anmelden, nächsten Tag, wenn ich ihr damit komm, schreit sie mich zusamm, ob ich sie wegstecken will und entmündigen. Und denn kommt sie dauernd mit den Enterben von ihre paar lumpigen Kröten …«

An dieser Stelle verlangte Onkel Heini: »Gesche, mein Stern, tu dich mal in die Küche verholn, du muss da ’n büschen aufklarn, Aline soll Kaffee bring und kann nix finden.«

Woraufhin seine Schwester aufsprang und rief: »Hat die Lütte schon wieder Tomaten auffe Augen?«

Eike erklärte mir, Onkel Heini sei früher zur See gefahren – na ja, ein halbes Jahr den Nord-Ostsee-Kanal rauf und runter. Seitdem bediene er sich einer betont nautischen Sprache.

Als ich diesen Onkel später fragte, wo ich mir die Hände waschen könne, rief er dröhnend: »Backbord und denn immer piel geradeaus, mein Deern, wenn du mitte Nase drauf stößt, umdrehen und Deckel hochklappen!«

Darüber freute sich die ganze Festversammlung.

Übrigens wurde an diesem Nachmittag in keiner Weise gefeiert, das wirkte nur so. Tatsächlich bereiteten Familie Sievert und Freunde lediglich Ömchens Riesenfete am nächsten Tag vor. Die Herren hämmerten noch an Girlanden um die Türrahmen, die Damen hockten spätnachmittags in der Riesenküche beisammen und rührten Pastete oder kneteten Hefeteig.

Ich sah keine Chance, meine Hilfe anzubieten. Natürlich glaubte ich manch kurzen Seitenblick zu bemerken, der mich streifte und der besagte, Eikes Frau sei neuerdings »etwas komisch«.

Ein Familienfest dieser Art hatte ich noch nie erlebt, es kam mir eigentlich lustig vor und weniger primitiv als befürchtet. Die meisten der von Eike als einigermaßen nett Angekündigten gefielen mir richtig gut. Ich hätte vielleicht ganz gern dazugehört. Wenn ich nicht jemand völlig anderes gewesen wäre.

Im Vorbeigehen hörte ich aus der Küche Hilkes Stimme: »Und jetzt tut mir das irgendwie leid. Was sachst du dazu? Irgendwie mach ich Beatrix neuerdings.«

Eine Frauenstimme: »Aber du hast doch immer gesacht, dass du deine Schwiegertochter …«

Hilke: »Ja, das weiß ich auch, was ich immer gesacht hab. Ich bin ja nicht dusselig.«

»Ach, bist du nicht?«

Gekicher.

»Mit Lisa bin ich ja noch schlechter längs gekomm.«

Eine andere Frauenstimme: »Ja, Hilke, so issas. Die erste Schwiegertochter ist immer die schwerste. So nach und nach mit jede weitere gewöhnt man sich da an.«

Gelächter.

Und wieder Hilke, nachdenklich: »Nee. Ich weiß auch nicht. Nicht, dass sie netter wäre, das nicht. So gesehen, netter war sie früher. Jetzt gibt sie manches Mal Widerworte, richtig obsternaatsch. Aber sie kann neuerdings mit den Hund umgehen wie nix und sie guckt plietscher, nicht mehr so dösig. Schön, sie erinnert sich an manches nicht, aber das tut nix, sie lernt schnell. Früher war sie komplizierter mit ihrn ewigen Gejaule und Allergien gegen alles und Heuschnupfen hier und Hautjucken da und immer musste man Angst haben, nun tut sie sich was an. Da hat Eike bannig zu tun gehabt, manches Mal musste er gucken, dass keine Rasierklingen rumliegen und so. Als ob das weg ist seit den Unfall. Jedenfalls tut mir das jetzt manchmal fast leid mit der Scheidung, will ich mal sagen.«

»Und was sagt Eike?«

Pause.

Ich lauschte gespannt.

»Eike? Der will sich weiter scheiden lassen. Der sacht, seit den Unfall ist sie schlampig wie sonst was und kochen kann sie auch nicht mehr.«

Brüllendes Gelächter aus der Küche.

Ich huschte beschämt davon.

Abends wurden große Schüsseln mit Kartoffelsalat serviert, dazu gab es Würstchen, Frikadellen und Bowle.

Zwar stellte Nichte Aline Windlichter auf die Tische, doch streng genommen brauchte man die nicht. Ein Freund der Familie, der aus Süddeutschland kam, fand es sowieso ganz eigentümlich, wie lange es im Sommer bei uns hell blieb.

»Von Mitte Mai bis Mitte Juli kannst du bei gutem Wetter draußen bis mindestens halb elf lesen«, sagte Eike.

Der süddeutsche Mensch erklärte das für abartig, das stehe der Romantik zuwider, wie solle man denn rumknutschen bei solcher Helligkeit?

»Du kannst ja die Augen zumachen«, wurde ihm vorgeschlagen.

Nun war es noch lange nicht halb elf, sondern gerade kurz vor acht und nachdem sich der Himmel den ganzen Tag überwiegend verschleiert gehalten hatte, kam eben eine ansehnliche blaue Strecke zutage. Um sofort von emsigen Flugzeugen zugerippt zu werden.

Wir guckten, durch das vorherige Gespräch, fast alle nach oben.

»*Chemtrails*«, sagte Fabian.

»Kemm – was?«, fragte Onkel Heini.

»*Chemtrails*. Diese Streifen. Oder Gitter. Im Internet ist da haufenweise Stoff drüber.«

Kusin Matten rümpfte die Nase. »Wieso Stoff? Die Dinger gibt das, seit das Fluchzeuge gibt. Was ist da Besonderes dran?«

»Augenroll … Onkel Matten, guck doch einfach mal hin! Die düsen nicht nach Finnland oder Alaska, die jetten nicht mal nach Hannover, die fliegen bloß hin und her und vor und zurück, um so 'n Muster zu bauen.«

»Ja, und wozu?«

Fabian seufzte tief. »Also, manche Menschen glauben, die machen den Himmel dicht. Damit das mit der Klimaerwärmung nicht so schlimm wird.«

Jetzt war Kusin Matten aber wirklich entrüstet. »Und wer soll das anordnen? Da kann doch nicht einfach jeder, wie er will …«

»Ich sag's ja ungern, Onkelchen. Aber wahrscheinlich ist es mal wieder der amerikanische Präsident. Dem haben zwei Chinesen ein Patent angedreht, seitdem wird rumgedüst. Die püstern so Sachen wie Barium und …«

»Dummes Zeuch! Was das allein kosten würde. Wenn die, mal angenommen, nicht nur über Amerika rumsprühen würden, sondern auch bei uns. Milli-onen! Wenn nicht Milli-arden würde das kosten! Quatschkram. Das sind normale Fluchzeuge, die fliegen da hin und her, weil sie auf Landeerlaubnis warten, so einfach ist das. Natürlich gibt das heute ’n paar mehr als früher.«

»Wenn man auf Landeerlaubnis wartet, dann fliegt man aber Schleifen oder große Kreise, keine Gitter«, widersprach ich. »Immer rundum, dauernd wird eine Flügelseite nach unten gekippt. Nicht gut für den Magen, wenn man an Bord ist.«

»Ja, und warum haben sie nur einen Streifen am Hintern, wenn sie da am Gitter arbeiten – nicht, wenn sie dazwischen fliegen?«, fragte Alina, den Kopf nach hinten gekippt.

»Ich weiß schon, worauf ihr alle aus wollt. Kornkreise und solche Sachen …«, befürchtete Kusin Matten verärgert. »Dabei gibt es immer für alles ’ne wissenschaftliche Erklärung …«

»Räusper. Wissenschaftlich war meine Erklärung auch«, meldete sich Fabian, doch da explodierte in seiner Jeanstasche das Riesenorchester seines Handys und er sprang hoch, um danach zu angeln.

Tante Gesche griff sich ans Herz. »Ich kriech Zustände, Junge! Kannst du das nich irgendwie leiser stellen?«

Ömchen aber strahlte. »War das ’ne Fanfare für mich? Geht das jetzt los? Habt ihr daran gedacht, Musik zu bestelln?«

Onkel Heini tätschelte ihr die Hand. »Morgen, Mutter. Morgen kommt Musik und der Bürgermeister mit ’m großen Rükelbusch. Hauptsache, du wirst nich wider krötig, wenn sie dich fotografieren wollen …«

Die Sieverts gingen an diesem Abend relativ früh zu Bett. Begründung: Morgen wird ’n harter Tag!

Wir waren im Haus einquartiert, in einem Zimmer mit quietschendem Bett und tiefem, leicht nach Mottenpulver duftendem Schrank. In dem hing mein neues schottisches Kostüm.

Ich setzte mich auf das Bett und hüpfte sachte auf und ab.

»Lass das, das quietscht!«, warnte mich Eike.

»Noch sind wir doch verheiratet. Bist du müde? Ich nicht. Ich dachte irgendwie, ich seh die Ostsee! Ich wollte einen Bikini mitnehmen.«

»Und dann?«

»Und dann hab ich keinen gefunden, der mir noch passt. Aber

ich will ein bisschen an den Strand. Wo ist der? Weit, weit, weit, weit weg?«

Bei jedem »weit« hüppelte ich auf dem Bett.

Eike steckte die Hände in die Hosentaschen. »Du hast einen Schwips, Trixi. Von der Bowle.«

»Aber nur einen ganz kleinen. Ich trinke so wenig, seit … ich trinke ganz wenig.«

»Für deine Verhältnisse war das heute ziemlich viel. Gut, komm, wir gehen etwas an den Strand. Ich bin auch noch nicht müde«, entschied er.

Wir schlichen die Treppe hinunter und aus dem Haus.

»Also, ist es weit weg?«

»Keine fünf Minuten. Komisch – es kommt mir die ganze Zeit so vor, als hätte ich eine neue Freundin. Du warst schon zweimal mit mir hier, weißt du.«

»Muss ja. Sonst hättest du mir nicht eingeredet, dass Ömchen mich gern mag und über unsere Scheidung traurig wäre. Die alte Dame hat keinen Dunst, wer ich bin. Die weiß mit knapper Not, wer du bist, wenn überhaupt.«

»Das kann morgen schon wieder anders sein. Bei ihr weiß man nie. Sie hätte mich genauso gut angnegeln können, wo du denn bist und was ich mit dir gemacht hab. So, guck, hier ist die Ostsee. Da rechts, wo das Leben tobt, wo die vielen Lichter sind, ist Scharbeutz.«

»In Scharbeutz war ich als kleines Mädchen mal in den Sommerferien«, plapperte ich drauflos. Dann schwieg ich erschrocken.

Mir wurde klar, dass Trixi sich wirklich nicht den kleinsten Schwips erlauben durfte, wenn sie dadurch die Kontrolle verlor. Eike wusste ganz sicher unendlich viel mehr über die Vita von Beatrix Fürst als ich. Insbesondere, ob sie als Kind an der Ostsee war oder nicht, das lag ja nahe.

»Tatsächlich?«, erwiderte er. Und nach längerem Nachdenken: »Übrigens – woher weißt du, wie das ist, im Flugzeug Warteschleifen zu fliegen?«

»Ich glaub, das hab ich mal gelesen.«

Wir zogen die Schuhe aus und stapften über den kühlen Sand.

»Eike? Die Ostsee ist so finster.«

»Das liegt abends in ihrer Natur. Wenn du gegen Ende des Tages mehr Licht über dem Meer haben möchtest, musst du an die Nordsee reisen, die bietet Sonnenuntergänge. Das ist nämlich eigentlich die Westsee. Ganz früher hieß sie auch mal so. Die Ostsee ist dafür eine Morgenschönheit.«

Er blieb dicht vor den Wellen stehen, die uns Schaum und Seetang entgegenschoben. »Und? Willst du baden?«

Ich prüfte die Temperatur mit einem Zeh. »Nein danke, heute nicht.«

Also wanderten wir am Strand entlang, in entlegenere Gebiete ohne Strandkörbe.

»Deine Mutter hat vorhin in der Küche erzählt, dass ich früher dauernd geheult hab und Allergien hatte und selbstmordgefährdet war.«

Es dauerte geraume Zeit, bis Eike darauf antwortete.

»Es hat bestimmt wenig Sinn, wenn ich dir sage, dass sie das nicht böse meint.«

»Das weiß ich. Sie hat sogar gesagt, seit ich den Unfall hatte, mag sie mich lieber. Ach ja, und sie meinte, du beklagst dich, dass ich viel schlampiger bin als vorher und nicht mehr kochen kann.«

»Ich liebe meine Mutter. Aber sie redet ein bisschen viel.«

»Stimmt das denn?«

»Dass du schlampig bist? Schon nicht mehr so. Vorgestern hast du die Küche aufgeräumt und Dienstag auch. Donnerstag hast du den Geschirrspüler nicht nur vollgeräumt, sondern auch noch daran gedacht, ihn einzuschalten.«

»Du hättest ja auch mal …«

»Ich hab dauernd. Wenn ich nicht ununterbrochen aufgeräumt hätte und zwischendurch mit der Hand abgewaschen, hätten wir Mitte letzter Woche neues Geschirr und neues Besteck und neue Gläser kaufen müssen.«

»Oh. Früher war ich ordentlicher?«

»Ja.«

»Und ich konnte kochen?«

»Du konntest phantastisch kochen.«

Ich stapfte schweigend weiter.

Nach einer Weile sagte Eike: »Du hast wirklich keine Allergien mehr, oder? Ich hab dich nicht niesen hören, seit du aus der Reha zurück bist.«

»Keine Allergien und kein Selbstmordbedürfnis.«

»Na siehst du. Das ist doch viel wichtiger und schöner, als kochen zu können.«

»War das wirklich so schlimm mit mir?«

Eike blieb kurz stehen und blickte mit zusammengekniffenen Augen zu den letzten rosa Himmelsstreifen im Westen hinüber. Dann ging er weiter.

»Es war grauenhaft. Ich hatte ständig Angst um dich. Als man mich von dem Unfall informierte, hab ich gedacht, du wolltest ... Das sei Absicht gewesen. Wegen Chris. Oder meinetwegen. Du wolltest immer ein Baby und ich hab mich dagegen gesträubt. Unter anderem, weil ich dachte, du wärst mit einem Kind überfordert.«

»Ich kann dir versichern, mein Unfall war einfach nur ein Unfall, weiter nichts.«

»Wie kannst du das sagen? Du erinnerst dich doch an nichts?«

»Trotzdem. Das weiß ich einfach.«

Vor uns, in der Dämmerung, tauchten wieder Strandkörbe auf.

»Wir sind schon in Sierksdorf«, erklärte Eike.

Bei einem der Körbe fehlte das hölzerne Gitter, mit denen sie nachts verriegelt wurden. Wir setzten uns auf die gestreifte Plastikfläche und zogen die Fußstützen heraus.

»Jetzt ist es wirklich dunkel. Man kann nicht mal mehr erkennen, welche Farben der Strandkorb hat.«

»Deine Farben kann ich auch nicht mehr sehen. Ich dachte immer, deine Augen sind grau wie trockener Asphalt oder so was. Aber heute haben sie manchmal richtig geglänzt. Ömchen hat silberne Augen, so was hast du nicht. Deine sind höchstens wie Chrom.«

Was ich meinte, war eigentlich, dass er mir an diesem Tag gefiel. Am meisten mochte ich sein kleines Grinsen, das immer so wirkte, als käme es gegen seinen Willen, entblößte nur einen Teil der hübschen Zähne und verschwand gleich wieder.

»Oder wie Edelstahl. Na gut, polierter Edelstahl.«

»Das ist bestimmt ein Kompliment, wenn man es näher untersucht«, meinte Eike. Als er merkte, dass ich fror, legte er seine schwarze Wildlederjacke um meine Schultern. Dann nahm er meine Riesenfüße und rieb sie, steckte sie schließlich unter seinen Pullover gegen seinen Magen. Da war es warm.

»Ich weiß so wenig über dich. Dabei waren wir immerhin sieben Jahre lang zusammen«, bemerkte ich.

»Was möchtest du denn wissen?«

»Alles Mögliche. Zum Beispiel, was für eine Art kleiner Junge du gewesen bist.«

»Ich? Ich war ein lieber, braver kleiner Junge. Mama und Papa waren lieb zu mir, alle waren nett zu mir, ich hatte keinen Grund, böse zu sein.«

Ich dachte an einen anderen kleinen Jungen, der triftige Gründe gehabt hatte, böse zu sein.

»Du wirkst heute sehr entspannt.«

»Ich bin auch entspannt. Ich mag meine Verwandten. Die meisten sind völlig verrückt. Aber ich mag sie.«

»Du magst deine Verwandten, du liebst deinen Job, du bist ganz zufrieden mit deinem Leben. Bei dir scheint fast alles zu stimmen. Wieso suchst du dir eigentlich immer die falschen Frauen aus?«

Eike lehnte den Kopf zurück an den knirschenden Innenbezug des Strandkorbs. »Irgendein Problem muss der Mensch doch haben.« Dann hob er das linke Handgelenk dicht an die Augen und versuchte, seine Uhr zu erkennen. »Es ist bestimmt schon nach elf. Wir sollten zurückgehen und schlafen.«

»Ich weiß: Morgen wird ’n harter Tag! Warum schlafen wir nicht einfach hier?«

»Weil dir kalt ist und weil dir noch kälter werden wird.«

»Ich bin aber zu müde, um zurückzugehen.«

»Dann müssen wir eben rennen. Da wird uns auch warm. Komm!«

Eike sprang auf und zog mich an der Hand hinter sich her.

Wir rannten über den Sand, wo er fester war, dicht am Wasser, teilweise spritzten wir durch die Wellenspitzen, wenn wir nicht schnell genug auswichen. Meine neuen Leinenhosen wurden nass bis zum Knie.

Über Scharbeutz waren keine Sterne zu sehen, dort wurde der Himmel elektrisch beleuchtet, da war auch leise Musik zu hören.

Wir bogen vorher über die Dünen ab, setzten uns keuchend nebeneinander auf die Stufen zur Promenade und zogen unsere Schuhe an.

Dann hetzten wir im selben Tempo durch das schlafende Haffkrug, in den Garten der Sieverts, durch die Haustür und auf Zehenspitzen die Treppe hinauf.

Hinter einer der Türen machte Finchen verschlafen »Waff«.

Eike knipste in unserem Zimmer das Licht an, ich warf mich auf den Schalter und machte es sofort wieder aus: »Nein! Das Fenster ist doch offen! Die Mücken!«

Also zogen wir uns im Dunkeln aus, immer noch heftig atmend, und stiegen von zwei Seiten unter unsere Decken.

»Weiß deine Liane eigentlich, dass du heute Nacht in einem Bett mit mir schläfst?«

Darauf antwortete Eike nicht.

Er war so still – er schien kaum mehr zu atmen, nachdem er eben noch so gekeucht hatte –, dass ich neben mich tastete. Ich erwischte eine nackte Schulter und etwas Brusthaar.

»Nein, nein, Hände weg! Mitte nächster Woche müssen wir aufs Bürgerliche Gesetzbuch schwören, dass wir's ein Jahr lang nicht gemacht haben. Die paar Tage halten wir auch noch aus«, brummelte Eike und drehte sich in dem quietschenden Bett auf die andere Seite.

»Ich wollte ja gar nicht …«

»Weiß ich. Dass du nicht willst, weiß ich«, sprach Eike Richtung Zimmertür. »Ich hab auch mehr mit mir selbst geredet. Gute Nacht!«

Der Herr aus Süddeutschland hatte nicht ausdrücklich beklagt, dass es bei uns im Sommer so früh hell wurde. Für manche Menschen stellte sicher auch das ein Problem dar.

Ich erwachte überaus zeitig, wie häufig seit einigen Monaten. Allmählich keimte in mir der Verdacht, Beatrix Sievert könne eine typische Lerche gewesen sein.

Eike schlief noch fest – und vollkommen lautlos.

Ich legte eine Gedenkminute ein für den guten Billy Lee, der Nacht für Nacht derart schnarchte, dass davon die Pappwände zitterten. Vermutlich aus Überzeugung; alles andere hätte er für unmännlich gehalten.

Ich musste Janne mal fragen, ob Frauenversteher leise schliefen.

Da ich mich hellwach fühlte, zog ich mich an, kämmte mich ein bisschen und schlüpfte aus dem Zimmer. Ich erinnerte mich noch an den Weg, den wir gestern Abend genommen hatten, und stand bald wieder am Strand.

In der Tat, die Ostsee war eine perfekte Morgenschönheit!

Die Sonne spiegelte sich kaum eine Handbreit über dem ruhigen Wasser, in rosa Wölkchen jeder Schattierung geschmiegt.

Einige Möwen zogen Kreise über der See. Ein großer toter Krebs lag am Strand auf einem Haufen schwarzen Seetangs wie serviert und stank vor sich hin.

Wie gut, dachte ich, dass wir nicht im Strandkorb übernachtet haben. Jetzt war es noch viel kälter als in der Nacht. Ich schlang die Arme um den Körper und lief zurück zum Haus.

Im Garten unter dem Kirschbaum saß jemand in einer dicken bunten Wolljacke: Das Geburtstagskind blinzelte mir silberäugig entgegen, deshalb steuerte ich darauf zu.

»Guten Morgen! Meinen herzlichsten Glückwunsch zum Geburtstag, Ömchen!«

Sie fragte weder sich noch mich, wer ich war, sie zählte sich auch nicht durch die gesammelten Vornamen ihrer Familie. Stattdessen äußerte sie leise: »Danke, mein Kind, dass' lieb von dir. Tut Eike noch schlafen?«

Wirklich, eine überraschende Frau!

»Ja, der schläft noch. Ich bin so früh aufgewacht und wollte nur kurz an die See …«

Sie nickte abwesend. »So. Und ich sitz hier und warte da auf, dassi mich feiern.«

Sie klang merkwürdig traurig.

Ich setzte mich auf den Gartenstuhl neben sie und nahm eine ihrer dünnen kleinen Hände. »Was hast du?«

»Angst, mein Kind. Angst vorn Sterben hab ich. Ihr denkt alle, das is ganz normal und ich muss da mit einverstandn sein. Bin ich aber nich. Dadurch, dassas mir dicht bevorsteht, wird das nich weniger schlimm. Ich seh das auf mich zukomm, jeden Tach kann das nu sein. Aber ich bin nich bereit«, klagte Ömchen und schüttelte den kleinen Lockenkopf. »Das könnt ihr nich verstehn, die ihr jung und gesund seid.«

»Ich war kürzlich eine Weile tot«, sagte ich. »Hat man dir davon erzählt? Ich hatte einen Autounfall und mein Herz ist stehen geblieben. Sie haben von außen auf meinen Körper gedrückt, im Takt wie ein Herzschlag, das hat mir der Arzt später erzählt. Und dann ist mein Herz wieder angesprungen. Aber ich lag noch zwanzig Stunden lang im Koma. Und ich erinnere mich ganz genau daran. Ich war in einer sehr schönen Landschaft …«

Ömchen guckte mich gespannt an. »Da is was – auffe andere Seite?«

»Ganz bestimmt.«

»Sieh so. Und nu bissu wieder hier. Und wie issas jetz für dich?«

»Ich merke, dass ich gesund bin, das macht mich glücklich und dankbar. Ich schmecke und rieche und fühle intensiver. Andererseits muss ich mich manchmal anstrengen, den normalen Alltag wichtig zu nehmen. Ich guck es so von Weitem an, das ist eine Gefahr, ich denke oft: Das ist doch eigentlich alles ganz egal. Früher hatte ich ganz andere Maßstäbe. Ich wollte alles Mögliche haben, Menschen und Erfolg und Genuss. Jetzt finde ich wichtiger, was ich tue und wie ich es tue. Ich hab neuerdings große Lust dazu, mich nützlich zu machen.«

»Tussu grade. Aber wennas da schön war, in Jenseits, wieso bissu zurück gekomm?«

Fast hätte ich gesagt, ich wollte Ilkas Fehler ausbügeln.

»Ich weiß nicht genau. Vielleicht war meine Zeit noch nicht gekommen. Plötzlich bin ich in … in meinem Körper gelandet.«

Ömchen drückte meine Hand und nickte. »Weil du zu dein Mann zurückwolltest bestimmt.«

»N-ja.«

»Der is 'n feiner Kerl, der Eike. Mit den hassu Glück.«

»Ja.«

»Da sacht neulichs einer zu mir, ich soll mich da auf freun, dass ich mein Gustav wieder seh. Bloß, ich war zweimal Witwe. Bei welchen Mann lande ich denn, wennas aus is? Bei Gustav oder bei Rudolf? Und außerdem, geliebt hab ich sowieso ganz wen anders.«

»Lebt der noch?«

»Nee. Männer wern doch nich so alt.«

»Dann kommst du bestimmt zu dem, den du geliebt hast.«

»Und wenn da alle drei sitzen und sich um mich streiten?«

Ich drückte ihre Hand. »Dann kannst du dich ganz schön geschmeichelt fühlen.«

Ömchen kicherte. »Da hassu auch wieder recht.«

Ich hatte Annika informiert, dass ich am zwölften Juli vormittags zum Amtsgericht musste, ohne ihr zu verraten, dass es sich um meine Scheidung handelte.

Der Termin war schon um zehn. Gleich nach der Scheidung tranken Eike und ich Kaffee. Ich beteuerte, ich würde mir schnellstens in Hamburg eine Wohnung suchen (die Möglichkeit, mit Janne zusammenzuziehen, stand immer noch zur Diskussion).

Eike meinte, ich solle mir kein Bein ausreißen. »Such in Ruhe, bis du was Vernünftiges gefunden hast. Wir stören uns doch nicht. Übrigens, den Ring kannst du jetzt abmachen.«

Ich drehte ihn am Finger hin und her. »Ich muss aber nicht sofort, oder? Irgendwie trenn ich mich ungern von dem.«

Tatsache war: In Boris' Augen wäre ich ganz gern weiterhin verheiratet geblieben. Vielleicht erhielt er ja nicht unbedingt Einblick in den Wechsel meiner Steuerklasse.

Auch Eike drehte seinen Ring. »Wir sind nicht verpflichtet, die von uns zu werfen.«

So trugen wir unsere Eheringe beide zunächst mal weiter und blieben in derselben Wohnung. Ich behielt den Namen Sievert – warum auch nicht? Ich ging ab und zu mit Finchen spazieren, trank mit Mama und Papa Sievert Tee im Garten. Und weil das Wetter so schön wurde und wir meinten, dass es uns gut täte, fuhren Eike und ich vor dem Frühstück zusammen mit den Rädern durch die Marsch.

Samstags blätterte ich im Immobilienteil des *Abendblatts*. Um ehrlich zu sein: nicht sehr engagiert. Ich wusste nicht so recht, wo es mit mir hinging. Und bevor ich das nicht wusste, konnte ich schlecht planen.

Inzwischen hatte ich mir einige Kleider, Röcke und Hosen angeschafft sowie mehrere Paar Schuhe, die meinen Füßen schmeichelten. Nein, nicht die superteuren cognacfarbenen. Ich bemühte mich um kühle Vernunft.

Ein Geschäft in Pottschrapels namens *gib STOFF* führte bildschöne Textilien. Dort besorgte ich mir eine kleine Nähmaschine sowie feste gemusterte Baumwolle für einen Herbstrock und Samt für ein Hauskleid. Ich hätte in diesem Laden beinah Stoff für Lampenbezüge, Sofakissen und Vorhänge gekauft, wenn mir nicht rechtzeitig eingefallen wäre, dass ich ja auf keinen Fall in Pandersen und bei den Sieverts wohnen bleiben würde. Dort innenarchitektonisch zu wüten wäre albern gewesen.

Ende Juli besuchte ich nach Feierabend Tante Nettchen. Mit der Zauberformel »Ich bin Frau Harders' Möppchen« drang ich tatsächlich sofort zu ihr durch, obwohl sie bereits jemanden auf ihrem Sofa sitzen hatte: Hugo Farkel, dick und rosig, mit kleinen weißen Flauschquasten über den Ohren, sonst kahl.

Durch unwichtige Kleinigkeiten wie meinen Besuch ließ sich Onkel Hugo nicht stören. Er schaute nicht mal in meine Richtung, tunkte nur leidenschaftlich einen Keks in seine Tasse und schimpfte: »Ich hab Heidemarie immer vor diesem Schubiak gewarnt, von Anfang an, nicht wahr! Woltermann hatte einen schlechten Ruf, einen ganz schlechten Ruf, damals schon, das sagte ihr jeder. Aber sie wollte ja nicht hören, nicht wahr. Das einzig Kluge, was sie gemacht hat, war, dass sie den Kerl nicht auch noch geheiratet hat. Darauf war er ja aus, selbstverständlich!«

Inzwischen wandte mir Tante Nettchen ihre schwarz umrahmten Augen hinter der Brille zu. Ich hoffte, sie würde nichts Falsches sagen, und rief deshalb vielleicht unnötig laut: »Guten Abend, Frau Harders, ich bin's, Beatrix Sievert!«

Worauf Onkel Hugo grollte: »Die Dame ist blind, nicht taub!«

Ich flüsterte eine Entschuldigung, setzte mich bescheiden in den verbliebenen Sessel und hörte zu, wie mein Patenonkel sich weiter ereiferte. »Leider hat dann Annika, das dumme Mädchen, den Fehler gemacht, den ihre Mutter vermieden hat, und den missratenen Spross von Woltermann, diesen Schönling, nicht nur geheiratet, sondern auch noch mit ihrem Namen ausgestattet! Und Heidemarie hat nicht protestiert! So eine kluge Frau, wie ist das nur möglich. Na ja, geschehen ist geschehen.«

Tante Nettchen spielte mit einer ihrer Holzketten, klopfte sinnend damit gegen ihre Vorderzähne und sah nicht so aus, als ob sie sich im Augenblick dazu äußern wollte.

Deshalb wagte ich zu fragen: »Was meinen Sie damit, dass Woltermann so einen schlechten Ruf hatte?«

Farkel warf mir einen irritierten Blick zu.

»Ich bin eine gute alte Freundin von Nettchen«, versicherte ich.

Die Tante nahm die Holzperlen vom Gebiss und bestätigte: »Eine meiner besten und ältesten Freundinnen, in der Tat, Hugo.«

»Ach, wirklich? So alt sieht sie gar nicht aus. Martin Woltermann hat am Anfang seiner Karriere Strafrecht gemacht, nicht wahr. Da hat er sich schon mit sehr seltsamen Gestalten zusammengetan, vorsichtig gesagt. Allein Gerhard Robrein, Doktor Robrein, so ein richtiger Advocatus Diaboli! Der Mann hat Mörder verteidigt, sah selbst immer aus wie der schlimmste von denen und sitzt nun seit Jahren im Knast, weil er in einen Giftmord verwickelt war.«

Mir fiel ein, was der kleine Boris gesagt hatte über seine geklaute und gebunkerte Pistolenkugel: Das war ein Beweisstück in einem Kriminalfall, ein Freund von meinem Vater, Onkel Gerhard, macht Strafrecht.

»Um Martin Woltermann gab's ständig böse Gerüchte, die größten Schweinereien wurden dem Mann nachgesagt, krankhafte Sachen und Gelüste, Mord und Totschlag und Gift, immer ging es darum, sich zu bereichern, und nie hat's richtig geklappt, bis Woltermann die arme Heidemarie aufgegabelt hat. Und was passiert? Er fährt sie tot. Nun ja, ich will mal zugeben, das war wohl nicht seine Absicht, dabei hätte er ja selber draufgehen können. Aber es ist doch typisch! Seine erste Frau hat er in den Selbstmord getrieben …«

»Wirklich?«, rief ich erschrocken.

Hugo Farkel warf einen angewiderten Blick in seine Tasse, in der Fett und Krümel schwammen, als schaue er in Martin Woltermanns Seele.

»Auf jeden Fall hat die Ärmste sich mit Schlaftabletten vergiftet.«

»Wusste meine … Wusste Heidemarie Harders das?«

Mein Patenonkel zuckte mit den Schultern. »Kann ich Ihnen nicht sagen. Sie hat ja jedes Gespräch über den Mann verweigert.«

Er stellte die Tasse mit dem verpanschten Kaffee beiseite, angelte nach seiner Taschenuhr, klappte sie auf und nörgelte: »Ich muss gehen, Annette. Hätte schon längst weg sein müssen. Komm zu spät, nicht wahr. Na, also …« Und küsste ihre Hand.

Vor mir verbeugte er sich kurz, dann knallte er die Tür hinter sich zu.

»Tut mir leid, mein Möppel. Die Geschichten erzählt Hugo mir seit dreißig Jahren, weißt du. Fällt bei mir ja immer wieder auf fruchtbaren Boden, wahrscheinlich deshalb. Kommt selten was Neues dazu. Wie geht es dir? Und wie geht es mit dir weiter?«

»Das weiß ich eben auch nicht genau«, gab ich zu. »Es ist so verzwickt. Ich würde gern meinen Job in der City-Filiale behalten, der macht mir Spaß, das kann ich gut und da verdiene ich vernünftig. Herr Waechter tut wieder so, als wäre eigentlich ich die leitende Kraft im Geschäft, wie damals. Ich hab eine richtige Vertrauensstellung, zum Beispiel auch schon den Schlüssel zum Lagersafe. Mit meiner Exschwester würde ich gern weiter befreundet sein. Andererseits möchte ich Boris am liebsten nie wieder begegnen.«

»Hast du Angst vor ihm oder vor dir oder vor euch?«, fragte die kluge Tante.

»Schwer zu sagen. Als Team sind wir ziemlich gefährlich, vor allem für uns selber. Ich möchte das nicht mehr. Mein jetziger Mann …«

»Der, von dem du gerade geschieden wurdest?«

»Ja. An dem merke ich, wie kaputt Boris ist. Aber – wie soll ich bei Harders bleiben und Annika sehen, ohne ihm zu begegnen? Vor allem, weil er sich für mich interessiert.«

»Du hättest dich nicht von ihm küssen lassen sollen.«

»Ich weiß. Ich weiß!«

»Seid ihr euch seitdem wieder begegnet?«

»Nur einmal kurz, im Laden. Waechter war dabei, glücklicherweise. Trotzdem, Boris wird es damit nicht gut sein lassen. Ich fürchte, auf die Dauer muss ich irgendwohin verschwinden, wo er mich nie findet. Dafür würde ich gern das Geld aus dem Schließfach mitnehmen. Und dafür muss ich zu Harders nach Sasel, an die Tasche von dieser Celine.«

»Du hast aber auch immer Probleme«, bemerkte Tante Nettchen bekümmert. »Soll ich dir nicht ein bisschen Geld geben und du verschwindest gleich? Obwohl du mir ja fürchterlich fehlen wirst! Ich hab mich gefreut, dass du so schnell nach deinem Tod wieder da warst …«

»Du wirst mir auch fehlen, Tantchen. So viel Vertraute hab ich wirklich nicht auf der Welt. Ach so ja, dabei fällt mir ein, Frau Doktor Kluge lässt dich grüßen und was du ihr hast ausrichten lassen über Karma und gerechte Vergeltung im nächsten Leben reicht ihr nicht. Sie sagt, das wäre ihr zu indisch.«

Tante Nettchen verzog ungeduldig die Stirn, tastete nach ihrer Teetasse und nahm einen kleinen Schluck.

»Was soll das heißen, zu indisch? Zu buddhistisch meint sie. Sie verlangt also nicht nur einen Gottesbeweis, sie will ihn auch noch auf christlich. Sehr anspruchsvoll, die Frau. Ich soll ihr demonstrieren, dass es Gott gibt, aber er muss so aussehen, wie sie ihn sich vorstellt.«

»Sie meinte, ihre Frage bliebe: Wenn es Ihn gibt, wieso lässt Er dann so schreckliche Dinge zu?«

Die Tante knallte ihre Tasse derart gezielt auf die Untertasse, als hätte sie sehende Augen. »Es ist so entsetzlich abgekaut, Möppchen! Damit kommt absolut jeder, der meint, er hätte die Angelegenheit intellektuell gelöst. Nach Ansicht solcher Leute hat Gott die Pflicht, sozusagen zum Eigenbeweis dafür zu sorgen, dass überall nur Friede-Freude-Eierkuchen herrscht. Das ist nicht indisch, das ist kindisch. Wir sind auf der Erde, um zu lernen. Wie sollen wir denn lernen, uns zwischen Gut und Böse zu entscheiden, wenn Gott persönlich rumrennt und das Böse verhindert? Außerdem, was ist das Böse? Ich bin so viel gereist, ich hab sehr unterschiedliche Kulturen erlebt mit höchst unterschiedlichen Auffassungen davon. Die Guten erkennt man mühelos daran, dass der Herr auf ihrer Seite ist, was? Schön wär's ja. Gerade und besonders aus christlicher Sicht ist das absurd. Das Christentum beruht auf Verlierern, auf Verfolgten und Märtyrern, je mehr von Gott verlassen, desto heiliger. Bedeutet das, die Verfolgten sind gut? Wie, wenn sie zu recht verfolgt und bitterböse wären? Der alte Dessauer hat vor der Schlacht von Kesselsdorf gerufen: Gott, mir brauchst du nicht zu helfen, aber sei so gut und hilf dem Filou da drüben auch nicht.«

Sie drehte den Kopf ärgerlich in meine Richtung.

»Das Ganze läuft auf die Geschichte von den Kühen und den Fliegen hinaus. Die Kühe sagen, wenn es Gott gäbe, hätte er keine Fliegen erschaffen. Und die Fliegen sagen, wenn es Gott gäbe, hätte er den Kühen keine Schwänze gemacht.«

Das 16. Kapitel

erinnert an vergangene Zeiten –
gewährt Jensi eine kleine Chance –
löst ein Schlüsselproblem –
und gibt Herrn Waechter einen Kuss

An einem Sonntag Anfang August besuchte ich Annika in meinem alten Elternhaus in Sasel. Sie trug ein dunkelblaues Kleid mit viereckigem Ausschnitt und sah erschreckend blass und dünn aus. Ich brachte Blumen mit und bedankte mich für die nette Einladung. (Tatsächlich hatte meine Schwester geradezu gebettelt, dass ich sie endlich mal zum Kaffee besuchte.)

Fast hätte ich gefragt, was denn mit Mamis Garten passiert sei – wo waren ihre geliebten Rosenbüsche und die Hortensien? Nur ganz hinten am Rand der Hecke wuchsen noch welche. Später erzählte meine Schwester dann selbst, vieles sei nach dem Tod meiner Mutter eingegangen: »Die Blumenstauden waren eines ihrer wenigen Hobbys, sie hat da an den Wochenenden oft selbst rumgearbeitet mit Handschuhen und Strohhut. Der Rasen jetzt ist natürlich viel pflegeleichter, da kommt einmal die Woche ein Gärtner …«

Annika hatte für uns das blaugoldene Rosenthal gedeckt, unser bestes Geschirr, das wollte was heißen. Ich saß, bestimmt zufällig, auf meinem alten Platz, mit dem Blick auf die Terrasse. Wie eigenartig, wieder hier zu sein, ganz andere Beine übereinanderzuschlagen und mit einer fremden Stimme zu sprechen.

Vom Garten abgesehen schien sich wenig verändert zu haben. Die Möbel hätte ich im Stockfinstern erkannt und mich zwischen ihnen orientieren können. Da stand immer noch die Kristallvase, an der ein Füßchen abgebrochen war, als wir Kinder im Haus spielten. Annika hatte es damals wieder befestigt, mit normalem Alleskleber. Den Erwachsenen war das wahrscheinlich nie aufgefallen.

Bei den Bildern im Silberrahmen auf der Kommode gab es natürlich auch Fotos von Ilka Harders, beispielsweise ein pausbäckiges Möppchen auf dem Schoß einer sehr jungen, stark geschminkten, lachenden Tante Annette. Und das Bild aus dem Spanienurlaub! Annika in der Mitte, etwas Sonnenbrand auf der Nase, links davon ich selbst mit hochgebundenen Locken und ausgelassenem Lachen, rechts Boris, noch klein und hässlich, aber mit einem gewissen Triumph in den blauen Augen und mehreren Reihen dicker bunter Plastikketten um den Hals: Solche Plastikperlen, ineinanderzustecken, waren der Geldersatz im Ferienclub. Boris hatte an diesem Tag gerade den Hauptgewinn beim Bingo abgeräumt, ungefähr dreihundert Mark. Mami fotografierte das damals, während Onkel Martin meinte, sie solle den Bengel nicht noch darin bestärken, seine Spielernatur zu pflegen.

»Wir sind erst mal allein und können reden, wie uns der Schnabel gewachsen ist«, freute sich Annika. »Mein Mann ist mit einem Freund verabredet, meine Tochter beim Reiten.«

»Bei diesem Wetter?«

Draußen rauschte gleichmäßig der Regen, sonst hätten wir wohl auf der Terrasse gesessen.

»Sie reitet in der Halle. Das Au-pair-Mädchen hat seinen freien Tag – immer sonntags und mittwochs.«

Ich ärgerte mich. Daran hätte ich doch denken können! Natürlich nahm Celine dann ihre Tasche samt Ausweis mit.

»Ja, und mein Schwiegervater sitzt unten in seinem Zimmer vor dem Fernseher. Allerdings fraglich, ob er irgendwas mitbekommt.«

»Woran leidet Herr Woltermann eigentlich genau?« (Das hatte mir noch nie jemand richtig erklärt.)

Annika goss sich Tee ein: »Kaffee vertrage ich überhaupt nicht mehr, mein Magen spielt täglich verrückter. Ich kann leider auch keinen Kuchen essen, nur Zwieback. Was Onkel Martin genau hat? Das weiß keiner. Nach dem Unfall, bei dem meine Mutter starb, vor zwölf Jahren jetzt, da litt er hinterher an Lachkrämpfen, also schaurig, kann ich Ihnen sagen. Damals hat man ihn von oben bis unten untersucht, endlos, unter anderem auch in der Schweiz. Es gab vor allem zwei Vermutungen, zwei bekannte Nervenkrankheiten, die Symptome stimmten teilweise überein. Teilweise eben auch wieder nicht. Die Diagnose lautete auf jeden Fall: unheilbar. Kein Arzt gab ihm mehr als drei Jahre, bestenfalls. Und nun lebt er immer noch, wenn man das Leben nennen will. Es wird immer schwieriger, aber seine Organe machen alles mit. Vielleicht überlebt er uns alle.« Sie lächelte traurig in den nassen Garten. »Nachts braucht er eine Atemmaske. Immer öfter auch tagsüber. Die Pflegerin ist fast rund um die Uhr bei uns.«

»Wo ist sie jetzt?«

»Auf Abruf zu Hause. Sie kommt nachher.«

Ich nahm mir ein Schokoladentörtchen. »Warum …«

»Ich weiß, was Sie fragen wollen. Wissen Sie, mein Mann besteht darauf, dass sein Vater im Haus bleibt.«

Und Boris hatte mir immer eingeredet, dass Mordmord noch im Haus wohnte, sei Annikas Schuld!

»Hängt er so an seinem Vater?«

Annika zuckte mit den Schultern. »Wirklich verstehen kann ich's auch nicht. Früher war nicht so viel Liebe zwischen den beiden.«

»Aber Sie haben den alten Herrn sicher lieb?«, erkundigte ich mich mit der Naivität einer ganz fremden Besucherin.

»Ich?« Annikas Ausdruck wurde ganz sonderbar. »Soll ich Ihnen was sagen, Frau Sievert? Mein früherer Stiefvater – na, er war nicht mit meiner Mutter verheiratet, aber er stellte so etwas dar – also mein jetziger Schwiegervater hat mich jahrelang … Ja, wie soll ich sagen. Belästigt.«

Mir fiel die Kuchengabel auf den chinesischen Plüschteppich, ich hob sie auf und rieb an einem nicht vorhandenen Fleck, um mich zu beruhigen. Dann setzte ich mich verwirrt wieder in den Sessel. Mein Herz klopfte so stark, dass mein übergeschlagenes Bein im Takt wippte. Ich stellte beide Füße gerade nebeneinander.

Annika lachte verlegen. »Frau Sievert, Sie kriegen von mir aber auch immer Sachen zu hören! Entschuldigen Sie …«

»Ich muss mich für Ihr Vertrauen bedanken. Sie haben das wahrscheinlich noch nicht vielen Menschen erzählt.«

»Noch keiner Seele«, sagte Annika tonlos.

Schon wieder überkam mich das Bedürfnis, sie zu umarmen. Nachdem ich über siebenunddreißig Jahre meines Lebens nichts davon verspürt hatte, trieb mich neuerdings irgendetwas, meiner früheren Schwester ständig um den Hals zu fallen. Ich gab dem sofort nach, setzte mich neben sie auf das Sofa und umklammerte sie. Natürlich klammerte sie zurück, das war ja zu erwarten gewesen, und weinte meine Schulter feucht.

Ich streichelte ihr Haar und versuchte mich zu erinnern. Doch, ja, undeutlich tauchte da etwas auf: Woltermann, behaart und knochig, der das Bad nicht abschloss und dadurch den für mich ziemlich grotesken Anblick seines Körpers bot. Ich hatte damals spontan respektlose Kommentare abgegeben. Das war aber doch höchstens zwei, drei Mal passiert?

»Hat er Ihre Schwester auch …?«

»Ilka? Nein. Bestimmt nicht. Das hat er mir selbst mal erklärt, die war ihm nicht unschuldig genug, obwohl sie ja jünger war als ich. Außerdem hing meine Schwester damals, wie gesagt, ständig mit Boris zusammen, also mit seinem Sohn. Das war vielleicht auch ein guter Schutz. Ilka hat immer Glück gehabt.«

»Na, jetzt ist sie tot«, erinnerte ich sie.

Und ich dachte: Vielleicht hätte meine Mutter damals doch Onkel Hajo einfach in aller Ruhe einen Anteil an der Firma einräumen sollen, statt mit Anwalt Woltermann und seinem Sohn eine derartige Menge an griechischen Tragödien in die Familie einzuschleppen. Überhaupt, Mami! Die liebte doch ihre Kinder! Die hätte doch den Mistkerl achtkantig rausgeschmissen nach derartigen Vorfällen!

Meine Empörung wuchs mit jeder Minute.

»Haben Sie Ihrer Mutter nichts davon erzählt?«

»Vielleicht war das eine ganz besondere Art von Dummheit … Meine Mutter hat Martin Woltermann geliebt und war sehr glücklich mit ihm. Ich wollte das nicht zerstören, ganz verrückt. Dabei hab ich es ihr andererseits auch übel genommen, ich war eifersüchtig im Namen meines Vaters. Und gerade weil ich eifersüchtig war, hätte ich ein schlechtes Gewissen dabei gehabt, ihr nun so etwas über ihren neuen Partner zu erzählen, verstehen Sie?«

Nein, das verstand ich keineswegs. Typisch Annika! Irgendwelche komplizierten moralischen Bedenken, die niemandem nützten.

»So schlimm war es ja auch nicht. Also nicht schwerer Missbrauch oder so etwas. Ich glaube, er hat mir seelisch mehr getan als körperlich.«

Wie tröstlich.

»Wann hat das denn aufgehört? Mit Ihrer Ehe?«

»Nein, viel früher. Das war zwischen meinem zehnten und dreizehnten Lebensjahr ungefähr. Danach nicht mehr. Keine Ahnung, warum. Vielleicht war ich ihm dann zu alt.«

»Und Ihr Mann weiß nichts davon, Frau Harders?«

Annika zögerte. »Wir haben nie darüber gesprochen. Andererseits … Er kannte seinen Vater ja sehr gut. Vielleicht wusste er von diesen Neigungen. Hin und wieder hat er so Andeutungen gemacht, damals, als wir noch Kinder waren.«

Mir gegenüber nicht. Das nahm ich Boris übel.

»Und diesen Menschen dulden Sie noch in Ihrem Haus? Das ist doch Ihr Haus und nicht das Ihres Mannes? Entschuldigung …«

Annika schüttelte gegen meine Entschuldigung den Kopf, weil sie sich gerade die Nase putzte. »Sie haben völlig recht, es ist meins. Sie würden ihn in ein Heim geben?«

»Allerdings. Und zwar nicht übermorgen, sondern morgen.«

»Möglicherweise haben Sie recht. Ich werde mal drüber nachdenken«, sagte sie.

Weil sie sich jetzt beruhigt zu haben schien, wechselte ich wieder auf meinen Sessel zurück. Ich fragte mich, ob Annika mich deshalb so dringend hatte einladen wollen: weil sie in mir, aus welchem Grund auch immer, endlich jemanden hatte, dem gegenüber sie offen sprechen konnte.

Weil es immer stärker regnete, wurde es immer dunkler. Annika schaltete die Tischlampen an und wir unterhielten uns über die Firma. Es war mir am Freitag gelungen, den königsblauen Sessel zu verkaufen. Ich hatte ein tiefes Bedürfnis verspürt, den Sündensessel loszuwerden. Herr Waechter sagte selbstverständlich nichts, wirkte jedoch auch ganz befreit, seit das Möbelstück weg war.

Gegen halb sechs rief Adele an, um zu fragen, ob sie bei ihrer Freundin übernachten dürfe, sie würde in dem Fall nur schnell ihren Schlafanzug, ihre Zahnbürste und ihre Pickelcreme holen. Annika erlaubte es.

»Ich hoffe immer, wenn sie woanders ist, ernährt sie sich vernünftiger.«

»Ernährt Ihre Tochter sich zu Hause unvernünftig?«

»Sie nimmt praktisch nichts mehr zu sich. Sie hat einen Knall, was ihre Figur angeht. Leider hat mein Mann mal gesagt, sie hätte einen zu dicken Po, und seitdem ...« Annika lachte hilflos. »Er mag nun mal keine fülligen Frauen. Seit ich's so mit dem Magen hab und dauernd abnehme, freut er sich richtig.«

Boris war doch einfach eine Pest. Wie viele Menschen konnte dieser Mann eigentlich auf einmal unglücklich machen?

Es schloss an der Tür und die Pest kam nach Hause.

Er lächelte beglückt, als er mich sah, und wurde auf der Stelle schrecklich charmant. Ich reagierte äußerst knapp, sodass er schließlich die Frechheit besaß, sich bei Annika zu beklagen: »Frau Sievert mag mich nicht!«

Ich umarmte meine Schwester ein weiteres Mal und versicherte leise: »Sie auf jeden Fall mag ich!«

Boris stand dabei, ein etwas schiefes Lächeln im Gesicht, nicht mehr so glücklich wie bei seiner Ankunft hier. »Es ist immer klug, sich mit seiner Vorgesetzten gut zu stehen«, sagte er.

»Noch so eine Bemerkung und ich kündige«, antwortete ich. Er merkte wohl, dass ich es ernst meinte, denn er sagte nichts mehr.

Bald darauf war im Haus ordentlich was los. Adele tauchte auf, um ihre Nachtsachen zu packen, und die Pflegerin kam, um den schrecklichen alten Woltermann ins Bett zu bringen.

Danach fragte sie, ob die Franziska den Patienten am nächsten Tag zum Arzt bringen könnte, sie hätte einen anderen Termin.

»Ach, übrigens: Wir werden Herrn Woltermann nun doch bei nächster Gelegenheit in eine entsprechende Einrichtung geben«, erklärte Annika der Pflegerin, plötzlich mit ähnlicher Autorität im Ton wie Mami früher.

Boris suchte sichtlich nach Worten. Ich hätte das Ganze noch mehr genießen können, hätte ich mir nicht gleichzeitig besorgt den Kopf zerbrochen, wer »die Franziska« sein mochte. Doch hoffentlich nicht die Ablösung von Celine?

Adele sprang mit Rucksack und Leinenbeutel die Treppe hinunter. Seit ich nicht mehr ihre kaputte Tante Ilka war, lächelte sie mich sogar an. Im Übrigen hatte Annika recht, sie war mager wie ein Fakir.

Während sie eine Windjacke mit Kapuze überzog, erklärte sie: »Allegra lässt sich ein Tattoo machen, einen kleinen Drachen. Ich glaube, ich lass mir auch was tätowieren, vielleicht ein Pferd mit Flügeln …«

»Das wirst du ganz bestimmt bleiben lassen!«, schnauzte Boris. »So weit kommt's noch.«

Adele maulte nicht, sie guckte nur traurig und schloss die Haustür leise hinter sich. Zu ihrem Unglück liebte sie ihren Vater.

»Was ist gegen Tattoos einzuwenden?«, wollte ich wissen.

Da es wahrscheinlich so klang, als hätte ich selbst irgendwo eins, war Boris vorsichtig. »Nichts im Prinzip, solange derjenige, der es sich machen lässt, ein erwachsener, mündiger Mensch ist, der weiß, was er tut.«

»So wie Sie?«, fragte ich herausfordernd. Boris war kaum ein Jahr älter gewesen als Adele, da ließen wir uns die Eichhörnchen tätowieren.

Annika hielt sich schon wieder den Magen. Nun hatte sie bereits auf den Kaffee verzichtet, da bekam der Tee ihr auch nicht mehr. Die Pflegerin brachte sie ins Bett, da sie schon mal da war. Wir verabschiedeten uns vorher mit einer letzten Umarmung, darauf kam es nun auch nicht mehr an.

»Sie sind so eine süße Person, Sie muss man einfach lieb haben«, versicherte Annika mir leise. Vielleicht errötete ich daraufhin, auf jeden Fall war ich beschämt und wünschte meiner Chefin gute Besserung.

»Kommen Sie recht bald wieder!«, erwiderte sie.

Boris bot an, mich nach Hause zu bringen, aber mein Wagen stand ja auf der Straße.

»Wie heißt Ihr Au-pair-Mädchen? Ich hab den Namen nicht verstanden«, sagte ich, als wir schon im Flur standen.

»Franziska.«

»Ach. Bring ich da was durcheinander? Kann es sein, dass Ihre Frau von einem Mädchen erzählte, das Celine heißt?«

Boris' hellblaue Augen schauten mich sehr scharf und aufmerksam an.

»So hieß unser letztes Mädchen. Celine war bis Ende Mai bei uns.«

»Und was ist aus ihr geworden?«

»Sie ist, soviel wir wissen, nach Süddeutschland gezogen. Sehr plötzlich. Sehr suspekt das Ganze. Was interessiert Sie daran, Frau Sievert? Kennen Sie Celine?«

Ich war ganz erschrocken. »Wie kommen Sie denn darauf?«

»Wieso? Das könnte doch sein?«

»Aber nein«, sagte ich viel zu schroff. Ich ging auf die Haustür zu.

Wie sollte ich jetzt bloß an mein Geld kommen?

Boris trat mir in den Weg. »Sie sind so feindselig heute Abend. Als ich Sie nach Hause gefahren habe, waren Sie viel anschmiegsamer.«

»Da war ich vor allem überrumpelt. Herr Harders, ich bin glücklich verheiratet.«

»Das bezweifle ich«, sagte Boris in aller Gemütsruhe. Er traute sich wohl im Moment nicht, mich anzufassen – Annika nur eine Treppe höher, die Pflegerin bei ihr –, doch er sah meinen Mund auf eine spezielle, sehr wirkungsvolle Art an.

»Sie sind vielleicht verheiratet, aber zweifellos nicht glücklich. Mit Ihrer Ehe stimmt etwas nicht. Sie sind auf keinen Fall eine befriedigte Frau, so etwas wittere ich.« Er lächelte kurz. »Sie sind sehr aggressiv mir gegenüber heute Abend, dabei hab ich Ihnen gar nichts getan. Sie wehren sich weniger gegen mich, eher gegen Ihre eigene Phantasie.«

»Was wollen Sie damit sagen?«

Boris trat einen kleinen Schritt näher, so dicht, dass ich seinen Atem auf meiner Oberlippe spürte, während er sprach. »Sie stellen sich vor, wie es mit mir ist. Sie würden zu gerne wissen, wie ich so bin, hab ich recht?«

Bis zu diesem Punkt hatte er es wirklich geschafft, mich ein bisschen einzuschüchtern. Jetzt konnte ich lachen, nicht laut, Annika zuliebe, aber breit und vergnügt: »Sie glauben gar nicht, wie sehr Sie sich damit irren!«

Ging um ihn herum und aus dem Haus.

Gut, wäre ich tatsächlich nur Beatrix oder ein anderes armes

Weibsstück gewesen, für das er neu und unbekannt war, dann hätte er womöglich recht gehabt.

Die Ilka in mir musste ihre Phantasie nicht anstrengen. Die konnte sich bei Bedarf einfach erinnern.

Als ich Janne abends im Krankenhaus besuchte, packte sie gerade.

Dr. Göttlicher hatte nichts mehr gefunden, was sich operieren ließ. Oder er hatte die Lust verloren. Jedenfalls durfte sie nach Hause: »So plötzlich, dass ich mich nicht mal richtig freue.«

Außerdem war unklar, wohin sie in die Reha fahren sollte. In den Schwarzwald wollte sie nicht, weil sie meinte, gegen den sei sie allergisch. Eine andere Reise lehnte sie auch ab. Nun schmollte die Krankenkasse.

»Warum hast du mich nicht angerufen? Zehn Minuten später wäre ich umsonst gekommen. Und außerdem, was soll das, abends abzuhauen? Aus dem Krankenhaus wird man morgens entlassen«, regte ich mich auf.

»Ich weiß. Ich sollte morgen früh gehen, aber ich hab drauf bestanden, dass ich jetzt schon weg darf. Je eher, je lieber.«

Jensi der Versteher half Janne, alles in ihren kleinen Koffer zu stopfen.

»Er will die ersten Tage bei mir bleiben, einkaufen und im Haushalt helfen«, erklärte Janne mir leise, »weil ich noch etwas hinke und ich wohne ja im dritten Stock. Wie lieb und nett kann man eigentlich sein?«

Sie zwinkerte mir zu. Weil ich nicht reagierte, putzte sie ihre Brille, setzte sie wieder auf und betrachtete mich. »Du willst was besprechen, ja? Dann setzen wir uns noch kurz in die Cafeteria.«

Ich schaute zu dem jungen Mann hinüber und Janne kommandierte: »Pass auf, Jensi, du bringst den Koffer in deinen Wagen und dann wartest du einfach auf mich. Kann 'ne Weile dauern. Bis gleich!«

Sie schaute ihm verächtlich hinterher. »Wie ein Hündchen. Wenn du Alfi kennen würdest – also, dass die beiden Brüder sind, ist nicht zu fassen. Alfi kommandiert ständig jemanden herum.«

»Dann ist Jensi natürlich daran gewöhnt. Für meinen

Geschmack sieht er viel angenehmer aus als dieser Alfi. Er hat etwas von Tom Hanks, als er jung war.«

»Was? Überhaupt nicht.«

»Doch, bestimmt.«

Wir waren über den langen Flur gegangen und die Treppe hinunter in die Cafeteria. Die war ganz leer jetzt am Abend.

Wir setzten uns in die hinterste Ecke. »Willst du was trinken? Ich auch nicht. Wenn wir leise sind, bemerken sie uns vielleicht nicht. Grässlich, wie hübsch du bist! Warum muss ich mich mit Diäten rumquälen und mit Haarkuren, die nichts helfen? Könnte ich nicht auch einfach eines Tages in einem großen, schlanken Körper aufwachen mit einem Supertraumgesicht oben drauf?«

»Das ist ganz einfach. Du musst nur mit Volldampf in eine Badewanne knallen.«

»Ach, bei meinem Glück komm ich zu mir und stecke in einem fetten alten Glatzkopf mit Krampfadern, der Steuerprobleme hat. Da wir gerade von Problemen reden: Was ist denn los?«

»Celine ist verschwunden.«

»Wer ist Celine?«

»Meine Güte, Janne, das Au-pair-Mädchen von den Harders. Ich hab dir doch erzählt …«

»Entschuldige, entschuldige, ich weiß schon. Wohin denn?«

»Keine Ahnung. Weg.«

»Mit deinem Geld oder ohne?«

»Das genau ist die entscheidende Frage. Ende Mai, hat Boris gesagt, ist sie abgehauen. Dann hat er noch gesagt, ›sehr plötzlich. Und: Sehr suspekt das Ganze‹.«

»Das hört sich leider nicht gut an.«

»Musst du das so sagen? Du sollst mich doch beruhigen.«

»Aber es klingt, als hätte sie davon erfahren, dass eine große Summe auf ihrem Konto liegt. Und wäre damit über den Deich.«

Ich blickte aus dem Fenster in den trüben Abend. »Die Summe war ja nicht mehr auf ihrem Konto, sondern in einem Bankschließfach auf ihren Namen. Vielleicht ist die Post von der Bank irgendwie bei ihr gelandet, also in Sasel, obwohl ich mir das eigentlich nicht erklären könnte. Ich hatte als Adresse angegeben: Celine Kunze bei I. Harders und meine Wohnung in Hamburg.

Und bis zu meinem Tod hab ich ja auch Celines Kontoauszüge dorthin bekommen.«

»Du hattest doch die ganze Zeit den Schlüssel zu ihrem Schließfach?«

»Schon. Aber im Zweifelsfall nützt ihr die Tatsache, dass sie wirklich Celine Kunze ist und sich so ausweisen kann, mehr. Ich denke, wenn sie behauptet hätte, der Schlüssel sei verloren gegangen, hätte man ihr das Schließfach geöffnet.«

»Warum siehst du nicht nach, ob das Geld noch da ist?«, fragte Janne.

»Wie denn, ohne Ausweis?«

»Kindchen, du hast einen Ausweis. Sogar einen sehr schönen. Auf den völlig richtigen Namen Beatrix Sievert. Mit dem spazierst du in die betreffende Bank, eröffnest mit ein paar Mäusen ein Konto, lässt dir ein Schließfach geben samt Schlüssel und wenn du nach dem ganzen Zeremoniell im Schließfachraum alleine bist, holst du den alten Celine-Schlüssel raus und löst das Rätsel, ob das Geld noch da ist oder schon weg.«

Mir fehlten die Worte.

»Jetzt bist du aber froh, dass ich deine Vertraute bin, was?«

»Allerdings.«

»Wenn du möchtest, komm ich mit. Erstens platze ich vor Neugier. Zweitens bin ich heiß drauf, so einen Haufen Geld zu sehen, vorausgesetzt, du hast es noch. Drittens können wir zu zweit viel unauffälliger Tüten und Taschen und so was mitbringen, um die Kohle wegzuschleppen. Wann willst du hin?«

»Gleich morgen! Die Bank hat vormittags bis zwölf geöffnet und nachmittags ab drei, glaube ich. Wann passt es dir am besten?«

Janne schob das Haar hinter ihre runden kleinen Ohren. »Mir ist das gleich, ich hab Zeit. Du bist der arbeitende Teil der Bevölkerung.«

»Ich muss Herrn Waechter fragen, das ist mein Kollege. Ich rufe dich an.«

»In Ordnung.«

Ich versuchte, zum Parkplatz hinüberzugucken. »Solltest du ihn so lange warten lassen? Ich meine …«

»Ach, der kann sich still beschäftigen.« Aber als sie meinen Blick sah, schob sie ihren Stuhl zurück. »Okay. Du hast ja recht …«

Auf der Treppe blieb sie plötzlich stehen: »Tom Hanks? Ach komm … Jensi sieht doch nicht gut aus?«

»Ich finde, er sieht nett aus.«

»Nett ist er ja auch. Aber Alfi … Obwohl … Wie wer sieht Alfi eigentlich aus?«

Obwohl mir sofort eine Reihe gemeiner Vergleiche einfiel, sagte ich nur: »Weiß ich auch nicht.«

Ich wollte ja ein Segen sein.

Zwei Tage später standen wir zu zweit im Tresorraum der Bank. Der nette Angestellte hatte mit seinem Spezialschlüssel das große Gesamtschloss geöffnet und ließ uns nun höflich allein. Sobald er weg war, sperrte ich mit zitternden Händen jenes Schließfach auf, das ich im Mai mit zurückgekämmtem Haar und geborgtem Ausweis eröffnet hatte.

In einer neutralen weißen Plastiktüte hatte ich die hunderttausend Euro dort verstaut. Die Tüte befand sich auch noch darin. Ich zog sie ungeduldig heraus und riss sie auf.

»Und? – Sag schon! Zeig mal!«, verlangte Janne aufgeregt.

Ich öffnete die Tüte etwas weiter.

»Uuuuh! Sieht das gut aus! Willst du nicht nachzählen?«

Ich schüttelte den Kopf. »Das ist völlig unangetastet.«

»Komm, wir wollen das Geld schnell einstecken und weg damit.«

Wir packten die Scheine – Zwanziger, Zehner und Fünfziger – in eine Aktentasche, eine Einkaufstasche mit Reißverschluss und einen Leinenbeutel. Zwei Hände voller Zwanziger steckte ich Janne links und rechts in die Jackentaschen. »Hier. Und vielen Dank für deine Hilfe.«

Janne lächelte glücklich. »Genau was ich mir immer gewünscht hab: eine reiche Freundin. Stell dir vor, du hättest das Geld diesem Erpresser gegeben!«

»Lieber nicht. Ich glaube, ich wäre imstande, zu ihm zu fahren, ihm die andere Hand festzupieken und es ihm wieder wegzunehmen.«

»Falls er es noch hätte. Was willst du denn nun damit anstellen?«

»Ich werde wieder mal ein Konto eröffnen. Diesmal in Pottschrapels, das liegt neben Pandersen. Da leg ich es auf ein Tagesgeldkonto, das bringt gute Zinsen und ich kann trotzdem täglich darüber verfügen.«

»Gehst du dann ins Ausland?«

Ich packte die leere weiße Tüte, ordentlich zusammengelegt, in das Celine-Kunze-Schließfach und drückte die Tür dahinter zu. »Ich weiß nicht, Janne. Im Augenblick hab ich keine Idee, wie es mit mir weitergeht.«

Janne schob sich die Einkaufstasche über die Schulter. »Wie auch immer, jetzt hast du wenigstens das nötige Kleingeld.«

An einem Donnerstag im August betrat eine ganz besonders attraktive junge Frau die City-Filiale und sah sich suchend um. Sie trug ein schmal geschnittenes braunes Kleid mit aufgemalten schwarzen Blumen unter einer schwarzen Jacke und hatte ihr glattes dunkles Haar am Hinterkopf zu einem Knoten zusammengesteckt. Herr Waechter segelte auf sie zu und fragte nach ihren Wünschen.

»Ich möchte Frau Sievert sprechen«, war die Antwort.

»Ich bin Frau Sievert, guten Tag?«, sagte ich lächelnd und ging auf sie zu. Ich konnte mich nicht erinnern, ihr schon mal was verkauft zu haben, weder in dieser Verkörperung noch in meiner letzten.

»Thamms«, sagte sie ernst und schaute mich an, als sei nun alles klar. Ein ovales Gesicht mit länglichen braunen Augen, am hübschesten war ihr Mund, klein, voll und reizend geschnitten. Nein, ich war mir ganz sicher, dass ich sie nicht kannte.

Ich lächelte immer noch. »Was kann ich für Sie tun, Frau Thamms?«

»Liane Thamms«, half sie nach.

Ich brauchte einige Sekunden, bevor es mir dämmerte: »Oh, Sie sind Eikes …?«

»Ja. Und ich möchte gern mit Ihnen sprechen.«

»Gut. Wollen wir in meiner Pause irgendwohin? Das wäre in einer knappen Stunde.«

»Gerne. Ich hole Sie ab«, sagte sie. Während ich die ganze Zeit lächelte – vielleicht gewohnheitsmäßig, das war halt mein Verkaufsgesicht –, blieb sie die ganze Zeit tödlich ernst.

Vielleicht hatte sie mangelhafte Zähne.

Sie wartete vor der Tür auf mich und ich nahm sie mit unter meinen Schirm. »Gleich um die Ecke ist ein Bistro. Da geh ich mittags fast immer hin. Vorsicht, hier ist eine Stufe. Möchten Sie etwas essen?«

Wir setzten uns, ich zog meine Jacke aus und blickte sie erwartungsvoll an. Mir war immer noch unklar, was Eikes »niedliche Schnepfe« (nach Fabians Urteil) von mir wollte.

Nachdem jede von uns ein Glas Weißwein serviert bekommen hatte und ich immer noch unschlüssig in der Speisekarte blätterte, kam sie zur Sache: »Frau Sievert, ich möchte wissen, warum Sie sich so gegen die Scheidung sträuben!«

Das klang, als wäre Liane entgangen, dass der Scheidungstermin schon fast einen Monat zurücklag.

Das klang, als hätte Eike ihr nichts davon verraten.

Das klang, als würde er ihr womöglich etwas vorlügen …

Eike? Das konnte ich mir nur schwer vorstellen. Natürlich, er trug seinen Ring noch, genau wie ich. Wir wohnten immer noch zusammen. Weil das Wetter in den letzten Tagen so schlecht war, hatten wir auf das Radfahren am Morgen verzichtet. Inzwischen frühstückten wir gemeinsam in der Küche, da wir auf kein Bürgerliches Gesetzbuch mehr Rücksicht nehmen mussten. Wir teilten uns die Hausarbeit so fair wie möglich; gekocht wurde bei uns sowieso nicht, mittags aß ich in Hamburg und Eike in Pinneberg, abends machten wir uns Brote und am Wochenende waren wir bei unseren Eltern eingeladen, das heißt, Hilke kochte für ihren Sohn und Frau Grosskurt für mich.

Mein Geschiedener und ich redeten nicht übertrieben viel miteinander, doch wenn, dann freundschaftlich. Er belästigte mich nie mit der Frage, wann ich denn endlich ausziehen würde. Zweimal hatten wir schon zusammen im Wohnzimmer gesessen und ein bisschen ferngesehen, obwohl Eike abends überwiegend vor seinem Computer hockte.

Richtig, über Nacht weggeblieben war er seit ungefähr fünf Wochen nicht mehr. Darüber hatte ich nicht weiter nachgedacht. Liebe ist ja nicht zwangsläufig auf die Nacht begrenzt.

»Hat Eike gesagt, dass ich mich gegen die Scheidung sträube?«

Liane senkte ihren hübschen Kopf. »Nein. So direkt nicht.«

»Was genau hat er denn gesagt?«

»Dass es keinen Zweck hätte mit uns!« Ihre Stimme klang angestrengt. »Aber als wir uns kennengelernt haben im Februar, da war das doch die ganz große Liebe!« Sie ritzte mit einem Fingernagel Linien in das gestärkte Tischtuch. Ihre Hände waren perfekt manikürt, ihr Make-up vollendet: Es unterstrich ihre Vorzüge, milderte kleine Mängel und wirkte ganz natürlich. Sicher wollte sie den bestmöglichen Eindruck auf mich machen. Verständlich.

»Hat Eike gesagt, dass Sie seine ganz große Liebe sind?«

Sie schüttelte den Kopf. »Nein. Ich hab das so empfunden. Es war einfach wunderschön mit uns. Gesagt hat er, dass die Scheidung läuft, dass mit Ihnen alles vollkommen aus wäre. Bloß, dann hatten Sie ja diesen Unfall. Das hat ihn sehr mitgenommen, das konnte ich auch verstehen. Als ob er sich auch irgendwie schuldig fühlte. Da war er dauernd im Krankenhaus …«

Dauernd? Ich hatte ihn einmal gesehen.

»Und als Ihr Scheidungstermin war, da lagen Sie ja noch in der Klinik. Eike hat gesagt, er will sich um einen neuen Termin kümmern. Und dass er Sie schließlich nicht aus dem Haus jagen kann. Aber seitdem kam er immer seltener. Ende Juli hat er das dann gesagt, dass es keinen Zweck hätte mit uns. Seitdem hat er nicht mehr angerufen. Gestern hab ich ihn im Büro erreicht. Und da sagte er …«

Liane Thamms suchte in ihrer Handtasche herum. Ich dachte schon, sie wolle mir etwas zeigen, da klappte sie die Tasche wieder zu. Sie hatte wohl nur nach Fassung gesucht.

»Also, da sagte er, es tut ihm so leid, er hat gedacht, wir wären uns einig. Dass es aus ist. Und da wollte ich … Jedenfalls wollte ich noch mal mit Ihnen sprechen. Wie das mit der Scheidung nun ist. Ich hab …« Jetzt verhedderte sie sich. »Frau Sievert – Sie haben doch selbst einen Freund, also einen Geliebten? Ihren Chef in der Parfümerie, dachte ich?«

Ich klappte die Speisekarte zu. »Von dem hab ich mich getrennt.«

»Oh!«, sagte sie, ziemlich verzweifelt. Es klang wie ein Schmerzenslaut, als hätte ich ihr mit dieser Informationen einen Schnitt verpasst.

Ich bedauerte sie, auch weil sie so sympathisch war.

Was sollte ich jetzt am segensreichsten tun?

Müsste ich nicht sagen: Keine Sorge, wir sind längst geschieden! Keine Sorge, ich werde sowieso demnächst verschwinden! Keine Sorge, im Grunde kenne ich diesen Eike Sievert nicht sehr gut und ich will auch nichts von ihm?

Wäre es segensreich für Eike, wenn ich das alles sagte? Oder würde ich dadurch verhindern, dass er sich rechtzeitig von der dritten falschen Frau trennte?

»Frau Thamms, glauben Sie mir bitte, dass ich das Ganze aufrichtig bedauere. Manchmal ändern sich Voraussetzungen und manchmal ändern sich Gefühle, dagegen lässt sich nichts machen.«

Sie schaute mich ernst und durchdringend an. »Sagen Sie mir bitte offen: Empfinden Sie wieder etwas für Eike?«

Ich musste mich anstrengen, ihrem Blick nicht auszuweichen. »Ganz ehrlich, ich weiß es nicht.«

»Aber es könnte sein, dass Sie beide wieder …?«

»Ich will's nicht ausschließen. Ich glaube, ich kann so viel sagen: Wir verstehen uns jetzt besser als vor meinem Unfall. Was auch immer daraus wird …«

Sie ließ die Schultern hängen.

Ich sagte: »Ich weiß, dass es für Sie jetzt scheußlich ist. Aber Sie sind eine so bildschöne Frau – viel hübscher als ich. (Ich war gerade in Geberlaune.) Für Sie war das ganz bestimmt nicht die letzte Liebe, glauben Sie mir. Der ganz Richtige kommt noch, der, für den Sie die einzig Wahre sind. Sie haben es nicht nötig, an jemandem festhalten, der Sie nicht genügend zu schätzen weiß.«

Jetzt lächelte sie ein wenig, wenn auch kurz und schmerzlich. »Das Schlimmste ist, Sie sind leider nicht so unangenehm, wie ich gehofft hatte. Gut, dann … Grüßen Sie Eike, wenn Sie es für richtig halten. Ich wünsche Ihnen viel Glück.«

Sie stand schnell auf, stieß an den Tisch, raffte Tasche und Jacke und stolperte aus dem Bistro.

Ich trank meinen Wein aus – Lianes Glas stand noch dreiviertel voll da –, zahlte und ging, ohne etwas zu essen. Ich hatte keinen Hunger.

Es hatte aufgehört zu regnen.

»Was ist los mit Ihnen, Frau Sievert, Sie sind ja so fröhlich heute?«, fragte Herr Waechter kurz vor Feierabend.

»Ich? Wie kommen Sie darauf?«, fragte ich erschrocken. Ich hatte geglaubt, ich sei eher melancholisch gestimmt aus Mitgefühl für die arme Liane.

»Sie leuchten irgendwie«, erklärte mein Kollege.

»Tatsächlich? Ich wüsste nicht, warum.«

Aber kurz darauf gab ich ihm im Vorbeigehen plötzlich ein Küsschen auf seine dicke rosige Wange. Einfach so.

Väterchen Fürst und Frau Grosskurt machten Kammermusik. Er blies würdevoll auf der Oboe und sie bearbeitete recht hektisch eine Geige. Je komplizierter die Läufe waren, die sie zu spielen hatte, desto fester hakte sie ihre Füße um die Stuhlbeine. Wenn es ganz schlimm wurde, schnappte sie mit den unteren Vorderzähnen nach ihrer Oberlippe. Zurzeit spielten die beiden eine bearbeitete Version des Ännchen von Tharau.

Ich will nicht sagen, dass es besonders schön klang. Immerhin sahen beide allerliebst aus, wenn sie konzentriert in ihre Notenblätter guckten. Etwas so Nettes wurde mir am Wochenende geboten.

Hinterher gab es Hühnerbrühe mit Nudeln, Rinderrouladen mit kleinen Petersilienkartoffeln, einer herrlichen Sauce und Brokkoli sowie Himbeerquark. In meiner Serviette befand sich ein brauner Geldschein, der unter den Tisch fiel, als ich sie auseinanderfaltete.

»Bisschen Taschengeld«, knurrte Väterchen aus seinem lippenlosen Mund und blickte mich liebevoll an.

Da am Nachmittag ausnahmsweise mal die Sonne schien, fuhren wir ins Arboretum.

Dazu mussten wir an dem Gartencenter mit den blauen Schafen vorbei und sahen, dass eins der Plastiktiere sich verletzt haben musste; es trug einen weißen Verband um den Bauch.

Das Arboretum ist eine Art Riesenpark mit vielen ineinandergehenden traumhaft schönen Gärten, Teichen und Gewächshäusern, das sich vor Hamburgs Planten und Blomen wahrlich nicht zu verstecken brauchte.

Ich ging neben Väterchen, bei ihm eingehakt, und er hielt die ganze Zeit meine Hand über seinem Arm. Ich hatte nichts dagegen. Mein Vaterbedarf war noch lange nicht gestillt. Frau Grosskurt trug einstweilen den Spazierstock, den er nicht brauchte, weil er sich an mir festhielt.

Er war wirklich nicht der Gesprächigste, aber er wollte gern alles wissen, was ich so erlebte, deshalb plauderte und quasselte ich in einem fort. Ich erzählte vom Möbelverkauf, vom dicken Herrn Waechter, von ulkigen oder interessanten Kunden, von meiner netten Chefin, die leider in letzter Zeit immer kränker wurde, von Finchen und ihrer Schlacht mit dem weißen Hahn (unentschieden, weil vorzeitig getrennt), von meiner Schwiegermutter und ihrer Gemüsezucht.

»Hilke hat noch mal beklagt, dass ich nicht mehr kochen kann. Sie meint, früher hab ich besser gekocht als sie selber. Ist das nicht tragisch? Inzwischen weiß ich nicht mal mehr, woran man merkt, dass Milch kocht.«

»Das merkssu da an, dassas zischt und stinkt«, bemerkte Frau Grosskurt. »Wissu denn gerne nochma kochn lern, Beatrixchen?«

»Lust hätte ich schon. Würden Sie mir das vielleicht beibringen?«, fragte ich.

»Na klor!«, sagte die alte Dame vergnügt. »Hab ich zwar schon ma gemacht, aber könn wir gern noch ma mit anfang. Heute Abend geht das los, kommsu mit inne Küche.«

Wo sie mir zeigte, wie ich Pilze mit Zwiebelstückchen in der Pfanne schmorte, geschlagene, gewürzte Eier drüberkippte, alles mit Petersilie bestreute, stocken ließ und auf Toastscheiben servierte.

»Weissu eigntlich, wie bannig lieb dein Vater dich hat?«, fragte sie ernsthaft, während sie einen Gurkensalat schnippelte.

»Ja – ich glaub schon. Ich ihn ja auch.«

Sie nickte und warf den letzten Gurkenzipfel in den Müll. »Jo. Du bis sein Ein und Alles, Beatrixchen, denk da an. Wie er dachte, du stirbs nach den Unfall oder du bleibs kaputt in' Kopp und weiß nich mehr, wer du bis – da war so 'n dösbatteliger Dokter, der hat so was gesacht an Anfang –, da wollte Werner sich dotschießn. Mit sein altes Jachtgewehr, dasser noch in Keller hatte. Ein Glück hatti Knarre nich funktscheniert, sonst wärssu jetz 'n Waisenkind. Jo. Du bis ihn ganz, ganz wichtich ...«

Ich nickte möglichst unbefangen und trug gemeinsam mit Frau Grosskurt das Abendessen hinein. Väterchen saß vor dem Fernseher und ärgerte sich über die eklatante Dummheit der Ratenden bei einer Quizsendung.

Ich setzte mich neben ihn und legte meinen Kopf auf seine Schulter, worauf er mich sofort ganz innig umarmte.

Ich dachte: wie er wohl damit fertig wird, wenn ich plötzlich verschwinde?

Im 17. Kapitel

wird gepfiffen –
gibt es schon wieder ein Schlüsselproblem –
bekommen die Marschkühe etwas geboten –
und stehen zwei Männer zum
Vergleich nebeneinander

Anfangs hatte ich geglaubt, ich wäre einfach Ilkas Seele (oder wie immer man es nennen will) in Beatrix' Körper. Nach und nach stellte sich das als Irrtum heraus. Ich schien eine Mixtur aus beiden zu sein und hatte noch lange nicht ausgelotet, wo die eine anfing und die andere aufhörte, zumal es sich kontinuierlich verschob und weiterentwickelte.

Das galt sowohl für meine Figur als auch fürs Innere; so leicht gerührt hatte man Ilka nie erlebt, die war schnodderiger.

Da ich mir andererseits im Jenseits vorgenommen hatte, zukünftig Liebe, Nachsicht und Geduld zu verströmen, war das wohl gar kein typischer Wesenszug von Beatrix. Sondern einer von Ilkatrix.

Ich suchte nach einem System, einer Logik – was übernahm ich von welcher Frau und warum? Hatte ich mir von beiden das Beste ausgesucht oder war ich nur bestrebt, es besser zu machen?

Früher galt ich als unordentlich und schlampig, als überzeugter Nachtmensch und ich schlief gern in den Tag hinein.

Neuerdings wachte ich spätestens um sieben auf, wurde gegen zweiundzwanzig Uhr todmüde und empfand immer mehr Freude am Aufräumen und Putzen. Teilweise machte mir das derart Spaß – das hätte mal jemand Ilka Harders erzählen sollen! –, dass ich anfing, dabei zu pfeifen.

Als ich eines Abends, vergnügt vor mich hin flötend das Badezimmerwaschbecken schrubbte, guckte Eike um die Ecke: »Was ist das?«

»Scheuerpulver.«

»Nein, das Lied.«

»Ach das … Eine Kantate von Bach«, sagte ich – und dann klappte ich schnell den Mund zu, bevor ich weitere Informationen liefern konnte.

»So?«, erwiderte Eike und gab mir einen dieser nachdenklichen Blicke.

Ich polierte das Becken mit einem alten Handtuch. »Warum guckst du so? Hab ich früher beim Putzen nicht gepfiffen?«

»Doch, ständig. Nur andere Lieder«, gab er zurück.

Ich wurde also, unter anderem, immer emsiger und ordentlicher. Und trotzdem steckte noch so viel von der alten Ilka in mir, dass ich an einem Samstagvormittag in der City-Filiale entsetzt bemerkte: Ich hatte den Schlüssel zum Lagersafe zu Hause vergessen!

Unter Umständen wäre das nicht weiter schlimm, weil ich ihn an diesem Tag nicht brauchen würde. Eventuell jedoch verlangte ein Kunde nach goldenen Kerzenhaltern oder einer echten Rokokouhr. Solche Sachen wurden in dem großen, eingebauten Safe aufbewahrt, weil das versicherungstechnisch angeraten war.

Ich rief bei meiner Schwiegermutter an und erklärte ihr mein Problem: »Hilke, guck doch bitte mal auf der Kommode in unserem Schlafzimmer nach, da hab ich meine Handtasche umgeräumt, da liegt er sicher.«

»Und denn? Wenn ich ihn hab? Soll ich ihn per Post schicken?«

»Fabian wollte euch doch heute Vormittag besuchen?«

»Ja, der's hier in Garten. Tröstet Finchen. Der Hahn hat sie attackiert.«

»Vielleicht hat er Lust, mir den Schlüssel zu bringen, wenn ich ihm ein Taxi bezahle?«

»'n Taxi nach Hamburch? Bist du mall? Was das kostet!«

»Lass mal, das ist es mir wert.«

»Na, ich guck erst mal, ob der Schlüssel da liecht«, versprach Hilke.

Ich verbrachte eine ziemlich nervöse Stunde, in der ich ständig mit ihrem Rückruf rechnete. Ob sie immer noch nach dem Schlüssel suchte?

Zunächst wurde ich abgelenkt, weil Adele, tütenbepackt, vorsichtig und langsam, als wate sie in Schlamm, auf gefährlich hohen Absätzen erschien und erklärte, sie hätte geshoppt und würde hier auf ihren Vater warten, der auch in der Stadt zu tun hatte und sie mit nach Hause nehmen wollte.

Sie setzte sich sofort aufatmend auf einen der zarten schwarzen Esstisch-Stühle und fragte ganz nebenbei: »Wie finden Sie meine Schuhe, Frau Sievert?«

»Hübsch. Aber sie wirken so unbequem, dass es weh tut«, antwortete ich. Dass die Schuhe an Adeles mageren, wadenlosen Storchenbeinchen besonders unvorteilhaft aussahen, fügte ich nicht hinzu. Und wie ungünstig der superkurze geblümte Rock ihre O-Schenkel betonte. Dafür sah ihr Gesicht reizend aus, ein bisschen zurechtgemacht und von Unmengen hellbrauner Locken umrieselt. Das sagte ich ihr und sie zeigte lächelnd ihre kleinen, getrennt stehenden weißen Zähne.

Nun betraten zwei Männer das Geschäft, ein sehr junger mit Brille und einer in den besten Jahren, der eine dünn, der andere bullig, einer mit strahlendem Lachen: »Stiefmütterchen!« – der andere durch und durch beleidigt: »So, hier arbeitest du also jetzt. Na, wenn du meinst.«

Der zweite war Chris Brecker in orangeroter knirschiger Lacklederjacke und mit neuem Haarschnitt, wenig vorteilhaft.

Ich schaute Fabian konsterniert an und flüsterte bei der Umarmung in sein Ohr: »Wieso schleppst du den denn mit?«

Fabian antwortete laut: »Ja, also, Herr Brecker hier hat völlig zufällig auf der Straße vor Omis und Opis Haus gestanden in seinem Super-Cabrio und als ich das sah, dachte ich so bei mir, vielleicht will er völlig zufällig nach Hamburg ... grins ...«

Chris schob vorwurfsvoll sein gespaltenes Kinn vor. »Du hast es ja bisher nicht für nötig gehalten, mal anzurufen, oder besser gesagt, mal zurückzurufen ...«

Was hatte der Kerl überhaupt vor Sieverts Haus rumzulungern, statt in seiner Parfumerie zu stehen und Wimperntusche zu verkaufen?

Andererseits, sagte ich mir, hatte er uns natürlich eine Menge Taxigeld eingespart. Und ich rief mit allem Charme, den ich aufbringen konnte: »Das ist aber lieb von dir, Chris, dass du Fabian hergefahren hast! Habt ihr zufällig auch den Schlüssel mitgebracht?«

Ich bekam ihn von Fabian, der sich gleich darauf zu Adele an den schwarzen Esstisch setzte, um sie mit scherzhaften Bemerkungen zu erfreuen, bis sie vor Lachen quiekte.

Herr Waechter bemühte sich um einen Kunden, der einen italienischen Kronleuchter suchte, deshalb drängelte Chris mich durch den Torbogen in den zweiten unteren Ausstellungsraum und sprach voll rechtschaffener Entrüstung: »Spätzchen, was soll das denn? Was willst du hier mit Möbeln? Das entspricht doch nicht deinen Talenten. Ich hab nun so viel Geduld mit dir gehabt, aber irgendwann muss dir mal klar werden, was du mir eigentlich schuldig bist.«

»Nanu? Ich bin dir was schuldig?«, fragte ich neugierig.

Etwas an meinem Ton ärgerte Chris, er bekam böse Augen. »Ich hab dir Jahre geopfert …«

»Beruhte das nicht auf Gegenseitigkeit? Aber gut, du hast mir also Jahre geopfert. Und jetzt noch mal dreißig Minuten Autofahrt plus Parkplatzsuche. Wie kann ich das in diesem Leben je wieder gutmachen?«, fragte ich.

Wahrscheinlich funkelte ich ihn ziemlich wütend an, jedenfalls begann sein Gesicht, vor Zorn zu glühen. »Ich würde sagen, was ist bloß aus dir geworden seit deinem Unfall, aber das stimmt ja so nicht. Das ist ja so nicht richtig. Du warst immer eine Zicke, eine nervtötende Zicke mit deinen hypochondrischen oder psychosomatischen Krankheiten oder was du dir da eingeredet hast und mit deinen ewigen Selbstmorddrohungen!«, zischte er nicht sehr laut, aber inbrünstig.

Daraus, wie er die schwierigen langen Worte mühelos hervorschleuderte, schloss ich, dass er dieses Gespräch geübt haben musste. Auf jeden Fall war er's vorher einige Male im Kopf durchgegangen.

Ich erwiderte leise: »Weißt du, Chris, das Unangenehme an dir ist nicht, dass du so dumpf bist; das Unangenehme ist, dass du auch noch stolz darauf bist!«

Er machte eine Bewegung, als wollte er ausholen, und Boris rief vom Torbogen her: »Ach, wie nett, jetzt lerne ich endlich mal

Ihren Mann kennen, Frau Sievert. Sie unterhalten sich gerade angeregt?«

Er kam näher zu uns und lächelte schief.

Chris war genau der Mensch, um Boris' Anzug, seine Schuhe und seine Uhr zu würdigen. Er wurde zwar nicht direkt demütig, aber seine Schultern entspannten sich deutlich, er seufzte und blickte deprimiert zu Boden. Dann bemerkte er halblaut in meine Richtung: »Na, das war's dann ja wohl. Also, ich wünsch dir alles Gute so weit …«, drehte sich um und schritt aus dem Geschäft.

»Sagen Sie bloß, dieses ungeschlachte Blondi war tatsächlich Ihr Mann? Der, mit dem Sie angeblich so glücklich verheiratet sind? Wenn ich eben nicht dazwischengegangen wäre, hätte der Ihnen doch glatt eine gescheuert!«, stellte Boris erfreut fest.

»Dieses ungeschlachte Blondi war bis vor Kurzem mein Geliebter. Das ist nun hoffentlich endgültig Vergangenheit«, sagte ich.

Boris wirkte ausgesprochen überrascht. »Ihr Geliebter? Aber … Sie hatten doch behauptet – wie verträgt sich das denn mit Ihrer wunderbaren Ehe?«

»Gut, ich gebe Ihnen einen kleinen Hinweis, Herr Harders. An irgendeiner Stelle hab ich ein bisschen geschwindelt.«

An diesem Samstag gelang es mir nicht so recht, ein Segen zu sein. Boris guckte fast schon so wütend wie Chris gerade eben.

Er rauschte zurück in den ersten Verkaufsraum und scheuchte seine Tochter vom Esstisch und aus dem Gespräch mit Fabian: »Nimm deine Tüten und komm!«

Adele fuhr erschrocken hoch und schwankte auf ihren Absätzen herum. Fabian sprang auf, sammelte ihre Tüten ein und sprach seinen angefangenen Satz zu Ende: »… also mein Stiefonkel, ich meine, der Bruder von meinem Stiefdad, ist Pferdepfleger auf einem Reiterhof. Der freut sich bestimmt, wenn wir ihn besuchen …«

Boris blieb stehen und sah den dünnen Jungen an. »Wer bist du denn eigentlich?«

Fabian grinste zutraulich. »Ich bin der Schlüsselbringer, Fabian Sievert, das Stiefkind von Trixi. Guten Tag, Herr Harders. Außerdem bin ich der Bewunderer. Ich bewundere Ihr schönes Geschäft und Ihre schöne Tochter. Staun.«

Sinn für Humor hatte Boris immer gehabt. Er sah von Fabian zu mir und war schon besserer Laune. »Willst du Adele wirklich die ganzen Tüten zum Parkhaus schleppen? Das ist aber nett von dir.«

Er zwinkerte mir tatsächlich zu, bevor er ging. Herrn Waechter schien das nicht zu freuen und ich selbst war mir nicht sicher. Klar, Boris fühlte sich seit jeher angezogen von raffinierten Frauen. Ich hatte ihm gerade die großäugige Beatrix als lügendes und betrügendes Weib präsentiert, wie interessant.

Hoffentlich würde Fabian nicht über meine Scheidung plaudern.

Den Safeschlüssel, nebenbei bemerkt, benötigte ich den ganzen Samstag nicht.

Seit vielen Wochen herrschten in Hamburg und, um ein paar Tage verschoben, auch in Schleswig-Holstein Ferien.

In den vergangenen Jahren eine zwiespältige Zeit für mich. Die Familie Harders pflegte jeden Sommer gemeinsam zu verreisen. Je nachdem, für wie lange die Eltern sich von ihren beruflichen Verpflichtungen frei machen konnten, blieben sie zwei oder drei Wochen auf Kreta, auf La Gomera, einmal sogar auf Molokai. (»Entzückend, Ilka, ohne jeden Massentourismus!«)

Ich blieb in Hamburg, um vorzugeben, einer in der Familie hielte die Stellung. Hin und wieder erreichten mich heimliche, kurze Anrufe von Boris. Ich redete mir die ganze Zeit ein, dass es ganz erholsam wäre ohne meinen Geliebten und unsere nervenaufreibende Situation, versuchte, jeden Gedanken zu verdrängen, dass Annika und er nun viel Zeit füreinander hätten, und brauchte noch mehr Rotwein als gewöhnlich, um einschlafen zu können. Manchmal hatte ich die Situation auch genutzt, um »jemanden kennenzulernen«. Und es hinterher bereut.

In diesem Jahr verreisten die Harders nicht, weil es Annika zu schlecht ging. Sie war ständig in ärztlicher Behandlung, soweit ich beobachten konnte, ohne Erfolg, obwohl sie sich tapfer weiter zur Arbeit schleppte. Verständlich, dass sie Angst hatte, es könnte am Urlaubsort plötzlich noch schlimmer werden.

So machten sich in diesem Jahr die großen Sommerferien für mich nur dadurch bemerkbar, dass die Autobahn morgens nicht ganz so befahren war.

Normalerweise arbeitete Boris in seinem Büro in der Innenstadt. Manchmal fuhr er nach Halstenbek. Gelegentlich reiste er auch für irgendwelche Verhandlungen zu Möbellieferanten innerhalb Deutschlands oder nach Frankreich, England oder Dänemark. Auf jeden Fall hatte er nicht ständig in oder um die City-Filiale herum zu tun, deshalb wurde ich dort selten mit seiner Gegenwart konfrontiert.

Einmal glaubte ich ihn in meiner Mittagspause zu sehen, durch das Restaurantfenster hindurch. Das war an einem sehr sonnigen Tag, ich musste gegen grelles Licht blinzeln. Stand er da nicht? Die schlanke Figur mit den typischen, elegant-nervösen Bewegungen, auch die Art, wie er die Jacke an einem Finger über der Schulter hielt, ganz charakteristisch für ihn. Neben ihm, im Gespräch, ein anderer Mann, ein großer, breiter, blonder. Im allerersten Moment dachte ich: Ist Chris noch mal in die Stadt gekommen und hat sich auf meinen Chef gestürzt? Dann meinte ich eher, es könnte Udo Butendiek sein.

Gleich darauf sah ich beide nicht mehr. Wahrscheinlich hatte ich mich sowieso getäuscht.

Am selben Abend fing er mich ab, als ich in meinen Wagen steigen wollte. »Frau Sievert? Ich möchte nach Pinneberg. Nehmen Sie mich mit?«

Ich war völlig überrumpelt und wusste nicht, wie ich reagieren sollte. Da saß er übrigens bereits auf dem Beifahrersitz.

Also schob ich mein Brillenetui in die Handtasche zurück.

Während wir den Fernsehturm umrundeten, schaute er mich ständig von der Seite an. »Sie haben Ihr Haar rötlich färben lassen? Das passt wunderbar zu Ihren grünbraunen Augen und leuchtet in der Abendsonne wie Eichhörnchenfell. Ich …«

Ohne nachzudenken, unterbrach ich ihn scharf: »Hören Sie auf damit, Herr Harders! Ich hasse Eichhörnchen!«

Es entstand eine längere Pause, dann meinte er: »Was haben die armen Tiere Ihnen denn getan? Mal von einem gebissen worden?«

Mir fiel absolut keine Antwort ein. Stattdessen versuchte ich mich zu erinnern, was der Mann, den ich mittags gesehen hatte, trug – er war dunkel gekleidet, mit hellem Hemd – und ob es mit dem übereinstimmte, was Boris anhatte. Dunkler Anzug, hellgraues Hemd.

Das besagte nichts. In der City liefen zwei Drittel aller Männer so herum.

»Waren Sie heute gegen eins in der Katharinenstraße, Herr Harders?«

»Brauche ich ein Alibi? Hat dort um diese Zeit jemand ein Eichhörnchen geschändet?«

Ich verdrehte die Augen und er lachte und zündete sich in meinem normalerweise völlig rauchfreien Auto eine Zigarette an.

»Wo wollen Sie genau hin? Welche Abfahrt Pinneberg soll ich nehmen?«, fragte ich auf der Autobahn.

»Wie heißt das noch? Pandersen. Da in der Nähe.«

Also fuhr ich meinen normalen Nachhauseweg. Nachdem wir den Kreisel umkurvt hatten, tippte er mir auf die Schulter. »Fahren Sie jetzt hier weiter geradeaus! Und da hinten linksrum ...«

»Da landen wir in der Marsch. In der Einsamkeit«, machte ich ihn aufmerksam und er sagte leise: »Perfekt!«

Acht Minuten später sollte ich an den Straßenrand fahren. »Hier möchte ich etwas Landluft schnappen. Begleiten Sie mich?«

»Würden Sie mich das nächste Mal, wenn Sie merken, dass Sie solche Gelüste überkommen, morgens anrufen? Dann nehme ich vernünftige Schuhe und am besten auch lange Hosen mit!«, bemerkte ich unlustig.

Seit ich Beatrix war, gingen mir Spaziergänge immer weniger gegen den Strich. (Ilka hielt nichts davon; die ging lieber shoppen.) Tatsächlich konnte ich der Natur inzwischen viel abgewinnen. Aber auf acht Zentimeter hohen Absätzen und in einem engen Rock?

»Das Dumme ist, Gelüste überkommen mich meist ganz plötzlich«, erklärte Boris. Womit er, wie ich wusste, die Wahrheit sprach. Im Übrigen zweifelte ich an seinem Bedürfnis nach Landluft. Er ging überhaupt nicht gern spazieren. Er ging nicht mal besonders gern shoppen. Er fuhr am liebsten. In einem möglichst lauten, möglichst flachen Auto.

Er trat den Rest seiner zweiten Zigarette platt und wanderte gelassen an einer Wiese entlang, auf der, weiter hinten, Kühe ruhten und gemächlich kauend in die Abendsonne träumten. Bald darauf bog er in einen Feldweg ein, vermutlich um dichter an die Rindviecher ranzukommen.

Ich stöckelte vorsichtig hinterher, wehrte einige Fliegen ab, die sich für mein Parfum interessierten, und überlegte immer noch, ob es klüger gewesen wäre, ihm viel Vergnügen zu wünschen und im Auto auf ihn zu warten – oder nach Hause zu fahren, nachdem er ausgestiegen war. Er hatte bestimmt ein Handy bei sich und konnte sich ein Taxi bestellen, falls er nicht in der Marsch übernachten wollte.

Boris brauchte inzwischen eine weitere Zigarette. Seine feinen schwarzen Slipper waren bereits graubraun vom Staub des Weges.

»Ich kann nicht mehr!«, rief ich empört und blieb stehen.

Eine sensible Kuh erschrak über meinen Ausbruch, stemmte sich hoch, eilte ein Stück weit weg und schaute mich vorwurfsvoll von der Seite an. Die anderen verweilten in meditativer Ruhe, kauend. Nur an der Art, wie sie ihre Ohren ausrichteten, zeigte sich eine gewisse Teilnahme.

»Dann machen wir eine Pause. Kommen Sie«, erwiderte der Mann meiner Chefin. Er zog sich das Jackett aus (schwarzgraues Fischgrätmuster, fünf Ärmelknöpfe, bestimmt irrsinnig teuer), warf es nachlässig über einige Büschel Gras, Unkraut und Löwenzahn, setzte sich selbst auf die eine Hälfte und streckte mir seine Hand entgegen, um mir beim Hinsetzen behilflich zu sein.

»Was machen wir hier eigentlich?«

»Wir genießen die Natur und können endlich mal ungestört plaudern.«

Er griff sehr gezielt und sehr geschickt unter meinem Arm durch, legte mir eine Hand um die Taille, parkte sie auf meiner Hüfte und zog mich mit einem Ruck dicht an sich, wobei er klug genug war, nicht mich, sondern das Kuhpublikum anzusehen. Dadurch brauchte ich seinem Gesicht nicht auszuweichen.

»Beatrix – oder sagt man Trixi? Nein? Also Beatrix. Weißt du, was dein Name bedeutet? Die Seligmachende. Beatrix, du musst das doch auch merken.« Plötzlich konfrontierte er mich mit seinen glitzernden blauen Augen, die, zwischen den tiefschwarzen Wimpern manchmal fast wie geschminkt wirkten. »Da ist etwas zwischen uns. Da ist ja sogar was zwischen dir und Annika …« Boris schüttelte den Kopf und zog nachdenklich an seiner Zigarette. »Das war alles andere als Zufall, dass du mit Ilka zusammengeknallt bist.«

»Wir sind nicht zusammengeknallt. Wir sind beide vorher ausgewichen«, erinnerte ich ihn. Und konnte die Frage nicht unterdrücken: »Hatten Sie Ihre Schwägerin sehr gern?«

Das erschreckte ihn so, dass er seinen Arm zurückzog, den Schlips lockerte und den obersten Hemdknopf öffnete.

Vielleicht hielt er es auch für angebracht, mir jetzt sein schönes Profil mit der kleinen geraden Nase zu zeigen. »Ja. Ich hatte Ilka mehr als gern. Ich hab sie geliebt. Sie war meine Schwester und mein Kampfgefährte und meine Vertraute und meine Geliebte.«

»Ach?«, meinte ich verdutzt. Ich hätte nicht erwartet, dass er das so unumwunden zugab.

»Ja. Obwohl sie mich nie so geliebt hat wie ich sie. Sie hat nie vollkommen zu mir gehalten …«, sagte er wehmütig. Ein paar feine, kurze schwarze Strähnen fielen ihm in die Stirn. Mir ging plötzlich durch den Kopf, dass er sein Haar sicher längst färbte. Für sein Alter war es rundherum einfach zu gleichmäßig schwarz.

»Das wusstest du doch alles«, fügte er ruhig hinzu.

»Woher sollte ich?«

Boris strich mir beiläufig eine Locke aus den Augen, während er antwortete: »Weil ich glaube, ihr kanntet euch, Ilka und du.«

»Wie kommen Sie denn auf die Idee?«

»Es ist mehr ein Gefühl als eine Idee. Ich kann's einstweilen nicht begründen. Irgendwas steckt dahinter. Schön, ihr habt nicht im gleichen Wagen gesessen, dann wäre es noch deutlicher gewesen. Aber irgendeine Verbindung muss da gewesen sein zwischen euch. Vielleicht auch zwischen euch beiden und Celine.«

Ich zuckte richtig zusammen, tat jedoch unwissend: »Wer ist das?«

»Hab ich dir schon mal gesagt, du hast sogar selbst nach ihr gefragt. Unser Au-pair-Mädchen. Ilka hatte irgendwas mit ihr zu tun. Ich fand nach ihrem Tod Kontoauszüge, versteckt in ihrem Schrank, aus denen hervorgeht, dass sie dem Mädchen eine größere Summe überwiesen hat. Dafür musste Ilka vorher Aktien verkaufen. Celine hat offenbar nur für diesen Zweck ein Konto in Barmbek eröffnet. Nun frage ich dich, warum hat Ilka Celine so viel Geld zukommen lassen?«

»Woher soll ich das wissen? Vielleicht wollte sie ihr irgendwie helfen, weil das Mädchen in Schwierigkeiten steckte?«

Boris lächelte kurz. »Ilka war nicht so richtig der hilfsbereite Typ.«

»Und was ist aus dem Geld geworden?«

»Celine muss es abgehoben haben. Kurz darauf war sie weg, alles gepackt, Zimmer leer. Keine Erklärung, keine Kündigung. Ich hab das übrigens vor Annika vertuscht. Ich wollte nicht, dass sie dumme Fragen stellt. Sie weiß, das Geld ist weg. Sie weiß aber nicht, wohin. Kannst du mir zufällig sagen, wo es hingekommen ist?«

(Was für ein Glück, dass die Sache mit dem Bankschließfach nicht rausgekommen war!)

»Ich hab nicht die geringste Ahnung. Und ich kannte weder Ilka noch Celine.«

»Ach, komm. Du weißt viel zu viel. Du weißt von den Eichhörnchen, du weißt von meiner Tätowierung. Du lügst schlecht. Ilka war in der Beziehung ein Genie. Was konnte dieses Mädchen lügen!«, sprach er sehnsüchtig in den Abendhimmel.

Er tötete seine Zigarettenkippe sorgfältig an einem kleinen Stein, griff dann genauso langsam und methodisch in mein Nackenhaar und zog mein Gesicht ganz nahe zu sich. »Ich will aussteigen«, murmelte er, dicht vor meinem Mund. »Ich will weg hier. Ich hab Deutschland bis obenhin und meinen Job auch.«

»Und Ihre Familie?«

»Die erst recht!«

Aber er ließ mich los, um mit finsterer Miene Grashalme abzureißen und zu verknoten. »Es war ein Fehler, dass Annika und ich geheiratet haben. Wir sind ausgesprochen unglücklich miteinander, wenn sie wohl auch zu nobel wäre, um es zuzugeben. Ich bin ihr kein guter Ehemann. Für Ilka wäre ich vielleicht ein besserer gewesen – ich weiß es nicht. Und für meine Tochter bin ich ganz bestimmt ein Fluch. Ich wollte nie sein wie mein Vater und bin ihm doch ganz ähnlich. Ich merke es, aber ich kann nichts dagegen tun. Wir machen uns alle drei gegenseitig krank.«

Ganz sicher wirkte er auf Annika und Adele nicht gerade gesundheitsfördernd. Genauso schädlich war er für Ilka gewesen. Er verabscheute »fette Frauen« und das fing für ihn bei Größe 40 an.

Aber inwiefern machte seine Familie ihn krank? Er sah empörend frisch und vital aus, vor allem wenn man bedachte, wie ungesund er lebte.

Abgesehen davon war ich überwältigt von seiner Offenheit. Seit ich ihn kannte, fast mein ganzes (vergangenes) Leben lang, hatte er nie so aufrichtig mit mir gesprochen. Was hatte Beatrix eigentlich an sich, dass man ihr ständig intime Geheimnisse aufdrängte?

»Heißt das, Sie wollen sich scheiden lassen?«

Boris knubbelte immer noch an seinen Grashalmen herum. »Ich möchte einfach weg. Je schneller, desto besser. Nicht erst umständlich mit meiner Frau sprechen, wie wir auseinanderkommen. Wenn ich nicht mehr da bin, muss sie sich allein um das Möbelhaus kümmern oder, noch besser, einen anderen Anwalt hinzuziehen. Nach einem Jahr ist das mit der Scheidung dann nur noch Formsache. Ilka ist damals genauso einfach abgehauen, von heute auf morgen. Das ist sehr wirkungsvoll.«

»Aber feige«, wandte ich ein.

»Ja, kann sein«, antwortete er völlig unbeeindruckt. Und dann kam er zum Zweck seiner Frischluftaktion: »Du musst mit mir kommen, Beatrix.«

»Ich? Wieso ausgerechnet ich? Ich bin verheiratet und …«

»Ach bitte, das hatten wir doch schon. Ausgerechnet du, weil du der einzig mögliche Ersatz für Ilka bist.«

Dazu fiel mir nichts ein. Ob er ahnte, wie recht er hatte?

»Irgendwie bist du ihr ähnlich. Du hast ein wenig von ihrer Ausstrahlung, diese selbstbewusste Frechheit. Manchmal guckst du exakt wie sie.« Boris lächelte schief und zärtlich und meinte uns beide damit, Ilka und Beatrix.

»Und wovon sollten wir im Ausland leben?«, fragte ich nüchtern. Ich wurde das Gefühl nicht los, diese Diskussion schon einmal geführt zu haben.

»Die Frage hätte auch von Ilka kommen können!«, bestätigte er gleich ganz entzückt. »Also, ich hab ein kleines Startkapital. Das heißt, wenn alles klappt. Eine etwas gewagte Transaktion vielleicht, aber nur wer wagt, gewinnt.«

»Und wer ist der Verlierer? Ich meine, wer wird dabei geschädigt?«

»Die Harders sind mir eine Menge schuldig.«

»Was bedeutet, Sie wollen Ihre Familie nicht nur hinterrücks im Stich lassen, Sie wollen sie auch noch bestehlen?«

Jetzt wurde sein Lächeln geradezu kindlich, es erinnerte mich an den kleinen Boris, der über einen geglückten Streich stolz war: »Ja, genau.«

Er sprang auf, half mir auf die Beine, schüttelte und klopfte sein Jackett ab. Plötzlich sagte er, mehr nebenbei, mit einem Blick auf meine Schuhe: »Du hast ziemlich große Füße, was?«

Während ich das noch verdaute, zündete er sich die nächste Zigarette an.

Tante Nettchen hatte mir mal erzählt, es sei ein kosmisches Gesetz, dass jeder Täter sein Opfer warnte, ob bewusst oder unbewusst. Mir schien, das war hier gerade passiert.

Eben hatte er noch seinen Feierabend, sein feines Jackett und seine Existenz aufs Spiel gesetzt (ich konnte seine Pläne schließlich seiner Frau weitertratschen), um mich zu erobern – und nun riss er ganz nebenbei alles wieder ein, indem er eine derart taktlose, oberflächliche, impertinente Bemerkung fallen ließ!

»Besitzen Sie zwei perfekte Füße?«, schnurrte ich und wir blickten beide, synchron, auf seinen linken Schuh. Als er mich wieder ansah, war sein Gesicht leicht gerötet. »Ich sage doch, du hast Ilka gekannt!«

»Unsinn. Das hat mir Ihre Frau erzählt«, behauptete ich, doch er schüttelte den Kopf.

Wir verließen die Kühe, um zum Auto zurückzugehen.

»Wie kommen Sie jetzt nach Sasel?«

Er hielt mir die Fahrertür auf. »Wenn du richtig nett bist, setzt du mich in Elmshorn am Bahnhof ab, da, wo der Taxistand ist. Dann lass ich mich nach Hamburg bringen, zum Parkhaus.«

»Sehr umständlich«, sagte ich.

»Das bist du mir wert. Aber du würdest die Mühe krönen, wenn du dich mal zu meinen Plänen äußern würdest. Abgesehen von der Finanzfrage.«

»Dass ich gern bei meinem Mann bleiben möchte, wollen Sie mir ja nicht glauben. Vielleicht glauben Sie mir, dass ich Ihre Frau, so kurz ich sie kenne, ganz besonders gern habe. Sie ist der letzte Mensch, den ich unglücklich machen möchte. Ich nehme Annika Harders bestimmt nicht den Mann weg«, sagte ich.

Nach einer Weile antwortete er: »Wir werden sehen.«

Links von uns, Richtung Elbe, flammte der Himmel. Er flammte gestreift: Die Flieger waren unterwegs.

Als wir auf den Parkplatz vor dem Bahnhof einbogen, fragte ich: »Ist Ihr Vater eigentlich schon in ein Heim gekommen? Ihre Frau sagte so etwas, als ich neulich da war …«

»Eine sehr aktuelle Frage. Morgen wird er tatsächlich in eine Pflegeeinrichtung gebracht. Er ist nämlich gestern mit seinem Rollstuhl die Treppe ins Souterrain runtergerauscht, obwohl wir doch einen Fahrstuhl haben einbauen lassen.«

»Um Gottes willen! Ist ihm was passiert?«

»Sicher ist ihm was passiert. Er war ja nicht angeschnallt. Hoffentlich hat er sich anständig wehgetan.«

Er wandte mir sein schönes Gesicht zu, zartrötlich gefärbt durch den Sonnenuntergang, und erzählte unbefangen: »Wissen Sie, ich hasse meinen Vater von ganzem Herzen. Das war der Grund, warum ich nicht wollte, dass er unser Haus verlässt. Abends bin ich oft zu ihm nach unten gegangen und hab ihn beschimpft. Er konnte mir nicht mehr richtig widersprechen, nur noch stammeln. Das muss ihn wahnsinnig geärgert haben.«

Ich tat so, als wäre das ein ganz normales Geständnis, und erkundigte mich: »Und wo befand sich die Pflegerin, als er die Treppe hinunterstürzte? War sonst niemand im Haus?«

»Adele sollte auf ihren Großvater aufpassen«, sagte Boris, während er ausstieg. »Ich traue ihr nicht zu, dass sie das verursacht hat. Nicht Adele. Ilka und ich, wir waren solche Satansbraten, wir hätten so was eventuell gemacht.«

Er lächelte mich bezaubernd an, bevor er die Tür zuwarf. Ich beobachtete, wie er zum ersten Taxi in der Reihe ging, sehr anmutig und selbstbewusst und mit einem ganz leichten Hinken, links.

Nachdem das Taxi mit ihm verschwunden war, zog ich meine Brille aus der Handtasche, setzte sie auf und dachte auf der Nachhausefahrt über Boris' Worte nach. Hatte ich ihn wirklich nie so geliebt wie er mich? Nicht zu ihm gehalten?

Ganz früher war seine Devise: Nur wir zwei sind wichtig, soll der Rest der Welt doch unter Qualen zugrunde gehen. So sah ich das nicht. Ich brauchte den Rest der Welt, um mich zu bestätigen, um mich bewundern zu lassen, um zu flirten.

Vielleicht hatte ich Boris auch deshalb nie von ganzem Herzen geliebt, weil er zutiefst davon überzeugt war, dass niemand ihn lieben könne. Weil er selbst sich nicht liebte.

Da ich im Krankenhaus nichts mehr zu suchen hatte, seit Janne entlassen war, rief ich Frau Dr. Kluge an, um ihr von den Fliegen und den Kuhschwänzen zu erzählen.

»Meine Tante meint, Christen sind sowieso Verlierer, das liegt in ihrer Natur. Je verlorener, desto heiliger. Ich denke mir, jemand, der heilig werden möchte, müsste es Gott doch sehr verübeln, wenn er das Böse verhindert. Wo kein Tater, da kein Opfer.«

»Aber genau das meine ich ja! Wie kann das überhaupt miteinander in Verbindung gebracht werden? Wie kann ein liebender Gott seinen angeblich eigenen Sohn am Kreuz zu Tode quälen lassen?«, regte die Ärztin sich auf. »Wir sollen also am Guten und am Bösen lernen, uns zu entscheiden? Das erklärt nicht, warum die menschliche Ungerechtigkeit und Bösartigkeit derart ausufert. Irgendwann muss doch Schluss sein! Irgendwann müsste Gott doch mit seinem Donnerkeil draufhauen und verhindern, dass es immer schlimmer wird! Warum tut Er das nicht? Warum schaut Er seelenruhig zu?«

»Sie müssen eine sehr gläubige Frau sein«, sagte ich.

Dr. Kluge schnaubte vor Empörung in den Hörer: »Ich? Nicht die Spur! Wie kommen Sie denn auf so was?«

»Weil Sie so ein unbeirrbares Gottesbild haben. Weil Sie so viel von Ihm erwarten. Weil Sie so enttäuscht von Ihm sind. Das dürfte nur funktionieren, wenn Sie an Ihn glauben.«

»Gehen Sie doch zum Teufel!«

»Lieber nicht, obwohl ich gerade ein entsprechendes Angebot hab. Nein, im Gegenteil, ich soll segensreich sein, das hatten Sie mir geraten. Was stellen Sie sich eigentlich darunter vor? Wie benimmt man sich segensreich?«

Dr. Kluge dachte lange nach.

»Ich glaube, das Wichtigste ist Freundlichkeit, der kleine Bruder der Liebe. Haben Sie mal was von Piero Ferrucci gehört?«

»Nein.«

»Der hat ein sehr schönes Buch über die Freundlichkeit geschrieben. Er zitiert da, glaube ich, Buddha ...«

»Ach! Wie indisch!«

»Ich hab ja nichts gegen Buddhisten. Ich finde nur, wir hier in Europa ... Warten Sie mal: Wer freundlich ist, der schläft gut, wird von anderen Menschen und Tieren geliebt, von Engeln beschützt, bleibt von Gefahren verschont und stirbt ohne Verwirrung oder so ähnlich. Wenn sich das nicht lohnt! Aber ich will Ihnen was sagen, Frau Sievert, so verkehrt machen Sie's gar nicht. Wer nach Feierabend eine knarrige alte Ärztin anruft, um mit ihr über Gut und Böse und Kuhschwänze zu diskutieren, der muss ein freundliches Gemüt haben. Ich fürchte nur, wir kommen nicht weiter mit dem Thema. Warum? Die Frage bleibt. Ich versteh es nicht. Warum lässt Er uns so eine lange Leine? Warum lässt Er uns so viel Entscheidungsfreiheit, mit der wir so haarsträubend umgehen? Warum? Ach ja. Grüße an Ihre Frau Tante, meine Liebe! Guten Abend.«

»Nimmst du mich mit nach Hamburg?«, fragte Eike am Montagmorgen. »Ich muss zu einer Firma in Altona wegen einer neuen Back-up-software und zu einem Institut am Baumwall wegen meiner Weiterbildung in Qualitätsmanagement. Das wird womöglich den ganzen Tag dauern. Entweder nehme ich die S-Bahn und den Bus zurück oder wenn ich richtig Glück habe, dann bringst du mich auch wieder nach Hause.«

Ich fand es entspannend, dass ich in seiner Gegenwart im Auto ohne Weiteres meine Brille aufsetzen konnte. Erstens war er den Anblick gewöhnt und zweitens hielten sich seine ästhetischen Ansprüche in vernünftigen Grenzen.

Wir fuhren in der Morgensonne durch wieder dichteren Verkehr über die Autobahn (die Ferien waren vorbei) und versuchten, ein angenehmes Radioprogramm zu erwischen.

Das war nicht einfach; in einem Sender saßen zwei schelmische junge Moderatoren, die sich sehr gut kannten und sich damit neckten, was sie am Wochenende erlebt hatten. Im nächsten stritten sich sogar drei lustige junge Moderatoren. In einem weiteren befand sich eine undefinierbare Moderatorenzahl, die alle ziemlich derb miteinander umsprangen, aber ganz witzig. Vielleicht hätten wir darüber lachen können, wenn wir diese Sender täglich genossen hätten und wüssten, warum wer wen womit ärgerte. Aber so hatten wir ein bisschen den Eindruck, heimlich und ungewollt mitzuhören. Dabei war uns nur nach dem Wetterbericht, den Verkehrsnachrichten und vor allem nach Musik zumute.

»Ich glaube, es liegt daran«, erklärte Eike, »dass sie nach dem Rundfunkgesetz verpflichtet sind, soundso viele Wortbeiträge zu bringen. Wie intelligent oder wichtig diese Worte sind, ist ganz egal.«

Wir schalteten auf einen Kultursender um, doch da fand gerade ein Quiz statt, bei dem wir nicht mitraten wollten.

Also schob ich eine meiner neuen CDs ein, zufällig Beethoven.

Und es machte mich ganz nervös, dass Eike mich deswegen nicht nachdenklich anschaute.

Die Gegend, in der die Computerfirma lag, kannte ich zufällig sehr genau; mit jemandem, der dort wohnte, hatte Ilka mal eine Affäre gehabt. Deshalb wusste ich noch: wenn ich rechtsrum wollte und die Ampel gerade rot wurde, konnte ich immer noch vor den großen Supermarkt fahren, über dessen Parkplatz flitzen, um die Ecke fahren und auf der anderen Auffahrt wieder raus – unter Umgehung der Ampel. Das war ich so gewöhnt, dass ich's einfach machte, ohne groß zu überlegen.

Diesmal jedenfalls guckte Eike mich entsprechend an. »Woher wusstest du, dass das möglich ist?«

»Ich dachte, ich versuch's einfach mal«, zwitscherte ich.

Mein Ausflug mit Boris lag bereits einige Tage zurück und ich ahnte, dass er sich bald wieder bei mir sehen lassen würde. Allerdings war ich nicht darauf gefasst, dass er ausgerechnet kurz vor Feierabend erschien – praktisch mit Eike zusammen.

Herr Waechter hatte etwas vor und war ein paar Minuten früher gegangen. Ich suchte gerade meine Sachen zusammen, als die Herren das Geschäft betraten. Boris zuerst, der hatte die Klinke noch in der Hand und hielt Eike höflich die Tür auf.

Da standen sie nebeneinander, wie zum Vergleich, fast gleich groß – die berühmten sechs Fuß, die Angelsachsen früher für das Maß aller Männer hielten –, beide schlank und beide auf jeden Fall recht ansehnlich, wenn auch auf unterschiedliche Art. Erfreulich, ganz am Rande, dass Eike heute sein neues taupefarbenes Tweedjackett trug.

Sie guckten erst mich an und dann, als ihnen mein Gesichtsausdruck auffiel, sich gegenseitig.

»Herr Harders, darf ich Ihnen meinen Mann vorstellen – Liebes, das ist unser Firmenanwalt, der Mann meiner Chefin.«

Ich hatte noch nie Liebes zu Eike gesagt und er schien zu verstehen, dass dies nicht der richtige Moment war, gegen die Behauptung zu protestieren, er sei noch mein Mann.

Also trat er, nachdem er mit Boris eine kurze gemurmelte Begrüßung getauscht hatte, forsch auf mich zu, umarmte mich und küsste mich fest auf den Mund, nicht gerade filmreif, aber durchaus engagiert für sieben Jahre Ehe. Dann lächelte er mit polierten Augen. »Können wir los?«

Ich lächelte geradezu zärtlich zurück. »Gerne, Liebes! – Sie schließen ab, Herr Harders?«, und hakte mich bei Eike ein.

Was für ein Glück, dass er gerade an diesem Abend kam, um mich abzuholen! Ohne Herrn Waechter (mir war noch nie die Symbolik dieses Namens aufgegangen) hätte ich Probleme bekommen, Boris auszuweichen. Wer weiß, was ihm wieder eingefallen war, um mich dazu zu bewegen, mit ihm auszuwandern.

Ich schaute ganz schnell und unauffällig über die Schulter zurück und sah, dass Boris dicht hinter der Tür stand und uns durch das Glas düster nachstarrte. Offensichtlich schien Eike ihn doch vor ein größeres Problem zu stellen, als er vermutet hatte.

Eike wirkte ausgesprochen vergnügt. »Na, *Liebes*«, sagte er mit seinem netten kleinen Grinsen, »wie war dein Tag?«

Im 18. Kapitel

wallen schwesterliche Gefühle –
bekommt Jensi eine größere Chance –
wird den Marschkühen noch mehr geboten –
während Udo behauptet, dass er Beweise besitzt

Sie sollen gleich mal im Haupthaus anrufen«, rief mir Herr Waechter eines Morgens entgegen. »Man hat schon versucht, Sie zu Hause zu erreichen, aber leider zu spät.«

»Was ist passiert?!«

»Ich glaube, der Chefin geht's nicht so gut.«

Ich rief in Halstenbek an und erfuhr, dass Annika heute nicht anwesend sei und darum gebeten hatte, man möge mich rüberholen. Und das, nachdem ich kaum einen Monat für sie arbeitete! Hoffentlich machte das die Kollegen nicht ärgerlich. Es war die Verkaufsleiterin, Frau Jeschke, die mir das mitteilte. Natürlich kannte ich sie bestens aus meiner vergangenen Existenz und wusste daher glücklicherweise, wie ich mich verhalten musste, damit sie mich trotzdem noch einigermaßen nett fand.

»Um Himmels willen, da traut mir Frau Harders aber viel zu. Liebe Frau Jeschke, Sie müssen mir bitte helfen, soweit Sie Zeit finden, damit ich alles richtig mache …«

Die Frau war immens tüchtig und zuverlässig, litt jedoch an einem grimmigen Unterbiss und mangelndem Charme, womit sie häufig Kunden verschreckte. Annika konnte das ausgleichen. Ich begriff vollkommen, weshalb sie mich gern daneben haben wollte, wenn sie selbst verhindert war.

Ich erklärte Herrn Waechter die Sachlage. »Ich muss Sie leider alleine lassen, vielleicht für mehrere Tage. Wissen Sie, was Frau Harders hat?«

»Heute Nacht war wieder der Notarzt da, sagt Mechstein. Die Chefin hatte schlimme Magenkrämpfe. Junge, Junge, Junge, ich meine, die Harders haben jetzt bestimmt schon den vierten Arzt konsultiert und keiner findet wirklich raus, was los ist.«

Ich dachte bei mir, Kollege Mechstein profilierte sich gerade sehr wenig als Muster an Diskretion. Im Übrigen machte ich mir solche Sorgen, dass mir selbst ganz übel wurde.

Bevor ich nach Halstenbek fuhr, rief ich heimlich vom Klo aus in Sasel an – ich dachte, es würde meinen Kollegen doch sehr befremden, wenn ich mich persönlich nach Annikas Befinden erkundigte.

Immerhin nahm sie selbst den Hörer ab, ich hatte schon bezweifelt, dass sie dazu in der Lage sein würde. »Entschuldigen Sie, Frau Harders, vielleicht ist das furchtbar aufdringlich, aber ich wollte einfach mal fragen …«

»Wie lieb von Ihnen. Haben Sie eventuell Zeit, heute Abend kurz vorbeizukommen?«, fragte Annika – ganz, wie ich gehofft hatte. Einmal, weil ich sie gern sehen wollte. Und dann, um ihr genau zu berichten, wie der Laden ohne sie lief. Irgendwie kam es mir immer noch so vor, als gehöre ein Teil des Möbelhauses mir.

Ich brachte Annika abends einen großen Blumenstrauß mit, zartlila Astern hatte sie immer gern gehabt. Boris stellte den Strauß für seine Frau in eine Vase und neben ihr Bett. (Sie hatten getrennte Schlafzimmer.)!

Davon abgesehen ließ er uns allein. Er guckte mich nicht mal besonders an. Zwickte ihn sein Gewissen, sofern er überhaupt eins besaß? Hatte er Angst um Annika?

Sehr zart und bleich sah sie aus, aber sie freute sich über meine Schilderung der Zustände in Halstenbek.

»Phänomenal, Frau Sievert, wie Sie das nach einem einzigen Tag alles richtig überschauen und beurteilen. Könnte ich selbst nicht besser. Es ist so selten, dass Angestellte ihren Job wirklich bewusst zu ihrer Sache machen. Wissen Sie, in der Beziehung fehlt mir meine Schwester besonders, die war mir immer eine tüchtige Stütze.«

Nun, immerhin. Auf diese anerkennenden Worte hatte ich ungefähr zehn Jahre lang vergeblich gewartet.

Annika nahm meine Hand. »Manchmal gibt es das, man begegnet jemandem und glaubt, man kennt ihn sein ganzes Leben lang.«

»Ja, das gibt es wirklich.«

Wenn auch nicht immer aus so triftigen Gründen.

Annika musste an diesem Tag ihr Herz putzen: »Ich habe Ilka nicht immer so behandelt, wie sie es verdiente. Ich war eifersüchtig. Das bereue ich jetzt sehr. Und weil es mir irgendwie vorkommt, als wären Sie, Frau Sievert, – ja, wie soll ich sagen – an ihrer Stelle in meinem Leben aufgetaucht, möchte ich es diesmal besser machen.«

Wir blickten uns ganz ergriffen an. Ich war kurz davor, ihr auseinanderzusetzen, weshalb ich ihre schwesterlichen Gefühle so in Wallung brachte. Mir fiel gerade noch rechtzeitig ein, dass ihre Sympathie auf der Stelle schrumpfen würde, sobald sie erfuhr, wer in mir steckte.

Lieber fragte ich sie nach ihrem Symptomen und interessierte mich dafür, was die Ärzte denn wohl meinten. Die meinten wenig, ahnten kaum was und widersprachen sich gegenseitig, das jedoch energisch.

»Das Schlimme ist, ich hab sowieso ganz wenig Vertrauen, seit ich mitbekomme, wie falsch mein Schwiegervater von denen beurteilt worden ist«, gab Annika zu.

Sie selbst dachte immer noch, was sie quälte, wären die Nerven.

»Diese Krämpfe und dann ein Erbrechen wie von klarem Wasser, das begreift sowieso niemand. Ich hatte so was übrigens schon mal, vor fünfzehn oder sechzehn Jahren, da wusste auch kein Mensch, was los war. Das ging dann von selber wieder weg nach einigen Monaten. Damals hat meine Tante Annette sogar behauptet, ich wäre vergiftet worden. Die hat sich immer eingebildet, sie hätte Ahnung von Naturheilkunde und Kräutern und so weiter.«

Annika lachte. Ich lachte mit, jedoch nicht sehr laut.

Vergiftet?

Aber das war zu absurd.

»Danke noch mal, dass Sie mich darin bestärkt haben, meinen Schwiegervater aus dem Haus zu geben. Zuerst hat mein Mann sich noch sehr gesträubt, aber dann, vor einigen Tagen, wäre fast ein schlimmer Unfall passiert, Onkel Martin stürzte mit seinem Rollstuhl die Treppe runter, fiel auf halbem Weg natürlich raus. Das hätte noch viel böser ausgehen können! Er hat sich nur das

Handgelenk gebrochen. Am nächsten Tag wurde er eingewiesen und da ist er jetzt bestimmt besser aufgehoben. Ich hab mit unserer Franziska hinterher sein Zimmer aufgeräumt, du meine Güte, sah es da aus! Er wollte ja nie, dass man an seine Sachen geht. Wissen Sie, was ich unter anderem gefunden habe? Elf Briefe, die meine Schwester aus Amerika geschickt hat vor vielen Jahren, alle an meine Mutter adressiert, alle ungeöffnet! Die muss mein Schwiegervater abgefangen und meiner Mutter vorenthalten haben. Warum, frage ich Sie? Bestimmt aus reiner Bosheit.«

»Haben Sie die Briefe gelesen?«

»Nein. Ich dachte, die gehen mich nichts an. Ich hab sie verbrannt.«

Die gute, stets gewissenhafte Annika.

Heiteres erzählte sie auch: »Meine Tochter hat sich ja sehr mit Ihrem Stiefsohn angefreundet, der war kürzlich schon mal zum Abendbrot bei uns. Ein ganz süßer Kerl, muss ich sagen. Der Fabian hat einen wunderbaren Einfluss auf Adele, in dieser kurzen Zeit, die sich die beiden erst kennen, sie fängt an, mehr zu essen und gibt …« – Annika kicherte – »…sie gibt ihrem Vater jetzt manchmal Widerworte. Entschuldigung, wie hört sich das jetzt an – ich dachte nur hin und wieder, das Kind kommt nie in die Trotzphase. Sie war meistens melancholisch, wie übrigens ich auch in diesem Alter. Und jetzt ist sie teilweise richtig frech und vergnügt! Sehen Sie, und das kommt ebenfalls über Sie, Frau Sievert. Sie sind ein Segen für unsere Familie.«

Das musste ich Frau Dr. Kluge erzählen.

Annika nahm schon wieder meine Hand, zog mich dichter zu sich heran und sprach so leise, als hinge jemand vor der Tür mit dem Ohr am Schlüsselloch. Was ja immerhin sein mochte. »Sie sind seit Mitte Juli geschieden, nicht wahr?«

»Woher wissen Sie das?«

»Ich hatte heute Morgen bei Ihnen zu Hause angerufen, um Sie zu bitten, nach Halstenbek zu fahren, da waren Sie schon weg und eine Frau Sievert nahm ab, das war aber Ihre Schwiegermutter. Also, Ihre ehemalige Schwiegermutter. Die hat mich darüber aufgeklärt. Ich dachte, da Sie nicht darüber sprechen … Vielleicht möchten Sie nicht, dass es gleich bekannt wird.«

»Das ist vollkommen richtig. Mein Mann und ich hatten vor dem Unfall die Scheidung eingereicht und den Termin dann auch wahrgenommen. Aber irgendwie …«

Wie sollte ich das jetzt erklären?

Annika nickte. »Sie tragen Ihren Ring ja auch noch. Und Sie wohnen noch dort. Verstehen Sie sich jetzt wieder besser?«

Ich nickte.

»Das ist doch schön. Ja, meine eigene Ehe …« Sie stieß einen tiefen Seufzer aus. »Sie möchten wohl nicht, dass über Ihre Scheidung gesprochen wird, einstweilen?«

Ich nickte wieder.

»Auf mich können Sie sich verlassen, Frau Sievert.«

Davon war ich überzeugt. Und sehr erleichtert.

Annika schaute mich wehmütig an. »Ich hab so das Bedürfnis, Du zu Ihnen zu sagen, das ist sonst gar nicht meine Art, so schnell. Aber ich glaube, es würde einen eigentümlichen Eindruck machen …«

»Bloß nicht!«, stimmte ich erschrocken zu. »Nicht gleich. Das verkraftet Frau Jeschke nie. Vielleicht in ein paar Jahren.«

Meine Schwester lächelte. »Das freut mich, dass Sie das sagen, Frau Sievert. Das klingt so, als würden wir uns noch lange kennen. Ja, in ein paar Jahren sagen wir dann Du zueinander …«

Mir ging nicht aus dem Sinn, dass meine kluge Tante geargwöhnt hatte, Annika sei vergiftet worden. Abwechselnd schob ich den Gedanken beiseite und zog ihn wieder hervor.

Hatte Onkel Hugo im Altenheim nicht etwas von Giftmord erwähnt?

Als Eike abends in seinem Arbeitszimmer am Computer saß, klopfte ich an die Tür: »Darf ich dich kurz stören?«

Er tippelte zu Ende und schaute mich an. »Klar. Was ist los?«

»Im Internet steht doch alles, was jemals passiert ist – beinah.«

Eike schmunzelte ein wenig. »Beinah. Was suchst du denn?«

»Etwas über einen Mann, einen Rechtsanwalt. Gerhard Robrein. Der muss vor einigen Jahren …«

Während ich noch sprach, arbeitete Eike an der Tastatur. »Angeklagt wegen Beihilfe zum Giftmord? Das ist dreißig Jahre her.

Bekannter Jurist, ehrgeiziger junger Mann, Absichten, in die Politik zu gehen … Plötzliches Ende einer vielversprechenden Karriere – akute Bleivergiftung des Mannes seiner Mandantin … Doktor Gerhard Robrein, der seinen Bruder, einen Apotheker, mit einbezog … eventuell Aufnahme von Bleiacetat … Bleizucker … Konnte nicht bewiesen werden … Thalliumvergiftung … Die Ärzte standen vor einem Rätsel … Hier, guck selbst, ich mach mir inzwischen einen Tee. Willst du auch einen?«

»Danke, ich möchte gleich schlafen.«

»Wenn du dir die anderen Berichte ansehen willst, musst du mit dem Mauspfeil hier draufgehen und einmal klicken – dann ist dieser Artikel weg – und dann klickst du mit dem Pfeil auf den nächsten, da, wo diese Linie ist …«

Er verließ seinen Schreibtischstuhl, ich setzte mich und las. Dr. Robrein war nicht, wie Hugo Farkel glaubte, wegen Giftmord im Gefängnis gelandet. Angeklagt zwar, doch wegen Mangels an Beweisen freigesprochen, weil keiner rauskriegte, durch welche Chemikalien das Opfer um die Ecke gebracht wurde. Der Verteidiger behauptete damals, der Mann sei einfach an Herzversagen gestorben. Ein Rudel Ärzte stritt sich um die wirkliche Todesursache, ohne jedoch zu einem gemeinsamen Schluss zu gelangen.

In Haft, übrigens, saß Gerhard Robrein seit acht Jahren nun doch, lebenslänglich und wegen Mordes. Dieses Mal hatte ihm die Geduld für das Verabreichen von Gift gefehlt. Oder nur der Apothekerbruder? Jedenfalls griff er zu einem Schießeisen, das er sich auf der Reeperbahn gekauft hatte, und legte den, der ihn störte, einfach um. Ungeschickterweise direkt unter einer Überwachungskamera.

Eike kam mit einem Becher Tee aus der Küche zurück. »Hast du alles gefunden?«

»Ja, danke«, sagte ich abwesend und rutschte von seinem Stuhl.

Er sah mich neugierig an, fragte jedoch nicht, was mich an diesem Giftmischer interessierte. Wofür ich dankbar war; mir fehlten zurzeit die Erklärungen.

Natürlich wäre es sträflich gewesen, den armen Boris zu verdächtigen. Was bestand schon für ein Zusammenhang zwischen ihm und diesem Killer?

Mir gingen Annikas Worte nicht aus dem Kopf: dass ich ein Segen für ihre Familie sei.

Blieb die Frage: War es ein Segen, ihre Ehe *nicht* zu zerstören? Oder tat ich ihr den größeren Gefallen, wenn ich den gefährlichen Eichhörnchenprinzen so schnell wie möglich aus ihrer Umgebung entfernte?

»Ich will es nun mal mit Jensi versuchen«, erläuterte Janne, als ich sie in ihrer kleinen Wohnung besuchte. »Er wohnt neuerdings bei mir.«

»Janne! Du lässt einen Frauenversteher bei dir wohnen?«

»Ach, hör auf. So gut versteht er mich gar nicht. Gestern hat er mir richtig unrecht getan, sehr sexy. Also, falls du gerade geplant hast, jetzt doch bei mir einzuziehen, bekommen wir ein Problem.«

Sie sah gut aus, leicht gebräunt und entspannt, ihre Brillengläser funkelten vergnügt.

»Nein, solange ich noch in Deutschland bleibe, will ich nicht mehr umziehen. Ich fühl mich inzwischen ausgesprochen wohl in Pandersen«, beruhigte ich sie.

Janne goss plätschernd Tee aus einer kleinen Tonkanne in kleine Tonbecher. Die Hälfte sprühte aufs Tischtuch.

»Das heißt, du fühlst dich wohl mit Betonauge. Wie ist das möglich?«

»Zunächst mal finde ich inzwischen, er hat ganz lebendige Augen.«

»Das spricht dafür, dass er dich anders anguckt. Wobei – was findest du an dem?«

»Diese Frage«, sagte ich, während ich mir den Mund am Tee und die Finger am henkellosen Becher verbrannte, »wird dauernd gestellt und ist furchtbar dumm und anmaßend. Abgesehen davon hast du sie selbst schon mal beantwortet. Man ist beschwipst durch Hormoncocktails und alles dient der Fortpflanzung.«

»Hast du in dieser Richtung Absichten?«, fragte Janne mit einem Ausdruck, den ich zunächst nicht deuten konnte.

»Nein, nein. Du weißt, dass ich über kurz oder lang verschwinde.«

»Das heißt, du wolltest mich nicht sprechen, weil du ein Zimmer suchst. Warum dann?«

Ich beugte mich vor, obwohl wir allein waren: »Ich brauche dich in deiner Eigenschaft als Mitwisserin.«

»O nein, o nein. Was ist denn nun schon wieder passiert?«

»Boris will mit mir durchbrennen. Und ich hab den Verdacht, dass er Annika irgendwas gibt, das sie krank macht. Vielleicht nur, um sie zeitweise aus dem Weg zu haben, damit er in Ruhe die Firmenkonten manipulieren kann. Weil wir Geld brauchen für unseren Neuanfang im Ausland.«

Jannes Fischmäulchen schnappte nach Luft. »Du hast schon wieder was mit deinem Schwager angefangen?«

»Jetzt ist er doch gar nicht mehr mein Schwager. Und nein, noch hab ich nicht wieder was mit ihm angefangen. Ich möchte eigentlich auch nicht.«

»Und der vergiftet inzwischen …? Kannst du das bitte alles noch einmal wiederholen, nur etwas ausführlicher?«

Also wurde ich ausführlicher.

Janne putzte energisch ihre vollkommen saubere Brille. »Was du alles erlebst, so was sieht unsereiner nur im Fernsehen. Na, kein Wunder, du hast immer noch mit diesem dämonischen Mann zu tun. Wobei ich sagen muss, er sieht toll aus. Nein, es kann nicht sein, dass der mit Gift rummacht. Das glaub ich einfach nicht.«

»Danke. Das wollte ich hören. Ich kann's mir ja auch nicht wirklich vorstellen.«

»Wobei, zuzutrauen wär's ihm …«

»Janne!«

»Am besten trauen wir's ihm einfach nicht zu«, beschloss sie. Es klang aber nicht sehr überzeugt. »Lass uns nicht daran denken. Lass uns von was anderem reden.«

»In Ordnung. Ähm … Ich hab mit meiner klugen alten Tante über die angeblichen Kondensstreifen geredet. Die wusste auch davon, schon lange. Sie sagt, dieses Zeug, was da versprüht wird, ist Medizin für die Erde. Genauso, wie Ärzte Chemikalien benutzen, um Symptome zu beseitigen, statt den Menschen zu heilen, werden Symptome der kranken Erde überdeckt. Dauernd künstliche Wolken, wenn eigentlich die Sonne scheinen würde.

Dadurch denken viele, mit der Erderwärmung ist es nicht so schlimm. Und das Wetter wird völlig unberechenbar und die Erde immer kränker.«

Janne runzelte die Stirn. »Wirklich? Also, Jensi kann erklären, wieso das alles Blödsinn ist mit dieser Weltverschwörung. Er ist nämlich ein sehr rationaler Mensch. Er sagt, Flugzeuge bewegen sich natürlich in unterschiedlichen Höhen, ganz klar, das kann man von unten eben nicht beurteilen. In manchen Luftschichten ist es kälter und in manchen wärmer. Da, wo es kälter ist, bilden sich durch den Kondensausstoß Eiskristalle, das gibt die sichtbaren Streifen. Und dann gibt es zwischendrin auch so Gürtel mit unterschiedlicher Temperatur. Deshalb sehen die Streifen manchmal aus wie aufgehört und wieder angefangen. So ist das. Ich muss sagen, ich bin sehr beruhigt, seit ich das weiß. Es gibt für alles eine rationale Erklärung. Deshalb kann es auch nicht sein, dass dieser Boris seine Frau killen will.«

Nun war zwar schon hier und da ein Mord ganz rational nachgewiesen worden, aber ich verstand, was Janne meinte: So was passierte nicht im Umfeld normaler Menschen.

Am Ende meines Besuchs, als ich schon im Treppenhaus stand, rief Janne leise hinter mir her: »Also dann, bis bald! Ach, was ich noch sagen wollte, du hattest vorhin von Fortpflanzung geredet, also wir kriegen ein Baby, so wie's aussieht.«

Ich drehte mich um. »Du und Jensi?«

»Ja. So wie's aussieht.«

Jetzt kam ich noch mal zu ihr zurück, ich drängte sie richtig in ihre Wohnung hinein: »Wirklich? Janne, tu mir einen Gefallen, es ist so wichtig: Sei bitte ganz lieb zu deinem Kind.«

»Wieso das? Ich hatte eigentlich vor, es zu verhauen und ihm nichts zu essen zu geben«, meinte sie beleidigt.

»Ich meine ja nur, mir ist klar geworden, von was für einer Wichtigkeit das ist. Wenn alle Eltern wirklich lieb zu ihren Kindern wären, dann wäre die Menschheit als solche netter, glaub ich. Boris ist so kaputt, weil er als Kind nicht genug geliebt wurde. Ständig hat sein Vater nur an ihm rumgemeckert. Und Eike ist so heil, weil seine Eltern ihn prima finden und ihn sein lassen, wie er ist. Deshalb …«

Janne lächelte. »Okay. Bin ich halt lieb zu ihm. Wobei: das hatte ich eigentlich sowieso vor …«

Ende August war Annika manchmal krank und manchmal etwas weniger krank, was bedeutete: Ich arbeitete mal im kleinen und mal im großen Geschäft. Beides machte mir Spaß, weil ich es perfekt beherrschte. Frau Jeschke freute sich richtig, wenn ich auftauchte, Herr Waechter liebte mich sowieso. Zwar sprach es niemand direkt aus – jedenfalls nicht mir gegenüber –, aber ich empfand deutlich, dass ich ein Segen war für das Möbelhaus Harders.

An einem diesigen, schon herbstlich duftenden Abend kam ich gerade nach Hause, als das Telefon klingelte. Eike und seine Eltern warteten im Garten auf mich, ich konnte sie durch das Fenster sehen, während ich den Hörer abhob und mich meldete.

»Beatrix? Komm her. Ich bin da, wo wir neulich gesessen haben. Vergiss nicht, Wanderschuhe anzuziehen …«, sagte Boris leise. Dann klickte es.

Das Dumme war, bei ihm wusste man nie genau, was er tun würde, wenn man seinen Anruf einfach ignorierte.

Ich sah ein, dass ich ihn um seine Handynummer bitten musste. Einerseits wollte ich die nicht haben. Andererseits wäre es in Situationen wie dieser hier recht angenehm, einfach zurückzurufen und zu behaupten: Das ist jetzt ganz unmöglich, ich sitze bis zum Hals in einem teuren Schlammbad, das zwei Stunden lang einwirken muss – oder was auch immer.

Ich zog mir seufzend meine neue rotbraune Gudrun-Sjøden-Hose an, darüber einen naturfarbenen Kittel und rotbraune Mokassins. Schlüssel und Handy stopfte ich in die Hosentaschen. Dann kämmte ich mich, puderte meine Nase und schminkte mir die Lippen.

Ich sah kurz in den Garten: »Ich muss leider noch mal los, fangt bitte ohne mich an, ich hoffe, es dauert nicht lange!« – denn eigentlich wollten wir alle zusammen *Siedler von Catan* spielen.

»Wo will Trixchen denn hin?«, hörte ich Klaas in meinem Rücken, erstaunt.

Und Hilke, giftig: »Wieder diese Breckers wohl, wer sonst?«

Ärgerlich sprang ich in mein Auto und ließ den Motor an.

Ich parkte nicht exakt an derselben Stelle wie vor einer Woche, sondern fuhr den Feldweg entlang bis wenige Meter vor dem Mann, der am Wegrand saß.

Der Himmel schimmerte diesmal nicht rot, sondern violett. Dicht über den Wiesen hingen zarte weiße Nebelschleier, wie niedrig gehängte Wäsche, einige Kühe standen mittendrin. Es duftete intensiv nach Laubfeuer.

Boris war heute vernünftiger gekleidet, mit einer dunkelroten Jeans und einem rot-schwarzen Pullover. Außerdem saß er auf einer Decke. Natürlich rauchte er.

»Schön, dass du kommen konntest.«

Weil ich Angst hatte, mich im Geschäft zu verplappern, wollte ich lieber beim »Sie« bleiben. Ich ließ mich neben ihn auf die Decke plumpsen und kreuzte die Beine. »Was hätten Sie getan, wenn ich nicht gekommen wäre, Herr Harders?«

»Ich wäre traurig gewesen und irgendwann nach Hause gefahren«, behauptete er sanftmütig. »Was hattest du denn befürchtet? Du sollst nichts tun, weil du Angst vor mir hast.«

Er zog eine bildschöne, flache, in sich gebogene silberne Taschenflasche aus der hinteren Hosentasche, schraubte den Deckel ab, der ein kleiner Becher war, und goss eine goldene Flüssigkeit ein. »Möchtest du etwas Sherry? Mir war vorhin so nach Sherry, als ich losfuhr, da hab ich welchen mitgenommen.«

»Trockenen?«, fragte ich automatisch – den mochten wir beide immer am liebsten.

»Natürlich trockenen«, antwortete er lächelnd.

Ich nahm ihm den Becher aus der Hand und schnupperte daran. »Riecht gut, aber – nein, danke. So was bekommt mir nicht.«

Fast hätte ich gesagt: nicht *mehr.*

Boris trank den Becher aus. Er hatte mich noch kein einziges Mal direkt angesehen.

»Wie geht es Ihrer Frau heute Abend?«

Er brauchte lange für die Antwort, schraubte umständlich die Flasche wieder zu und steckte sie weg, die Zigarette solange in den Mundwinkel geklemmt. »Annika? Der geht's ganz gut, glaube ich.«

Er zog die Zigarette aus dem Mund, blies eine Rauchwolke in Richtung Kuhweide und drehte sich endlich voll zu mir um. Leider sah er entsetzlich gut aus in seinem blöden rot-schwarzen Rhomben-Pullover in der lila Dämmerung.

Wir blickten uns stumm an, bis eine der zusehenden Kühe es nicht mehr aushielt und ein dumpfes Gebrüll ausstieß.

Da schnipste Boris die Zigarette auf den Feldweg, griff mit beiden Händen in mein Haar und fing an, mich zu küssen.

Ich dachte darüber nach, was er wohl vorhatte und dass dies hier ziemlich romantisch war, auch wenn es mir nicht in den Kram passte, und dass Boris wirklich exzellent küssen konnte, was er Ilka praktisch ihr Leben lang verheimlicht hatte, und dass ich nun doch noch eine Spur von dem Sherry abbekam, und dann hörte ich für eine Weile auf mit Denken, bis er meinen Kopf an seine Schulter zog.

»Hast du darüber nachgedacht, was ich gesagt habe? Kommst du mit mir?«

»Ich weiß nicht«, flüsterte ich.

Ich bekam die vielen Für- und Widerargumente nicht so recht auf die Reihe. »Im Prinzip nicht. Eigentlich auf keinen Fall. Aber vielleicht doch. Unter bestimmten Voraussetzungen …«

»Zum Beispiel?«

»Ich hab schon gesagt, ich will Ihrer Frau auf keinen Fall wehtun. Das hat oberste Priorität. Ich muss wissen, dass es ihr gut geht. Deshalb darfst du sie auch nicht schädigen, finanziell. Außerdem muss Annika wirklich gesund sein, bevor wir abhauen. Richtig gesund. Das sollten Sie sich einprägen, das ist meine Bedingung, alles andere kannst du vergessen.«

»Ich werde es mir merken. Ich bin zwar kein Arzt, aber … Mal sehen, was ich tun kann. Nur, etwas Geld muss ich abzweigen, das geht nicht anders. Und das steht mir auch wirklich zu.«

Ich sah über Boris' Schulter, wie der Mond rötlich schimmernd am Horizont auftauchte.

»Sieh mal, da!«

Er drehte sich um. »Ja.«

»Ist es nicht wunderschön hier? Ich liebe die Marsch. Ich geh ungern von hier weg«, sagte ich leise. Das war mittlerweile die reine Wahrheit.

Ich fügte hinzu: »Ich bin hier aufgewachsen.« Das war nur die halbe Wahrheit.

»Hm. Ich mach mir nicht so viel aus Norddeutschland. Ich werde dich in ein märchenhaft schönes Land bringen, darüber vergisst du diese Gegend hier.«

Ich richtete mich auf. »Wie sind Sie eigentlich hergekommen? Wieder mit einem Taxi?«

»Ein Freund hat mich abgesetzt.«

Sofort sah ich Udo Butendiek vor mir.

»Du hast Freunde hier in der Nähe?«

Boris lächelte schief und einschmeichelnd. »Ich hab überall Freunde. Was diesen angeht, der wohnt nicht hier, der hatte nur zufällig in der Gegend zu tun. Wenn ich ihn anrufe, holt er mich wieder ab.«

Das brachte mich darauf, ihn um seine Handynummer zu bitten. Er strahlte, als hätte ich ihm eine Liebeserklärung gemacht, und gab sie mir.

Sie war erstaunlich leicht zu merken.

»Ich muss zurück, Herr Harders, meine Familie wartet auf mich.«

Er stand mit mir zusammen auf. »Also, ist es jetzt abgemacht, Beatrix? Soll ich – kann ich alles in die Wege leiten?«

Ich trat einen Schritt zurück. »Nein. Ich weiß nicht. Nein, noch nicht. Ich muss mir das noch überlegen …«

Sein Gesicht verdunkelte sich. »Du kannst doch keine Sekunde daran denken, in dieser Einöde bei diesem Allerweltsmenschen zu versauern.«

»Eike ist kein Allerweltsmensch.«

»Eike ist kein Allerweltsmensch!«, machte er mich nach. »Zur Hölle, Beatrix, wenn du nicht einsiehst, was gut für dich ist, muss man dich wohl zur Witwe machen.«

Ich war schon ein Stückchen in Richtung meines Wagens gegangen. Jetzt kehrte ich wieder um. »Was haben Sie da gerade gesagt?« Ich sah sicher ziemlich erschreckend aus, denn er zog sich etwas zurück und lächelte unangenehm berührt.

»Das war scherzhaft gemeint.«

Ich war so außer mir, dass ich, statt zu schreien, ganz leise und sehr langsam sprach: »Völlig egal, wie Sie das gemeint haben, Herr Harders, ich rate Ihnen, es nie wieder zu sagen!«

Ich ging schnell zu meinem Auto, ohne mich umzudrehen, stieg ein und fuhr so schnell wie möglich los. Ich wollte ihn gern in einer Staubwolke stehen lassen, aber leider war es zu feucht dafür an diesem Abend.

Bald darauf machten Klaas und Hilke Sievert ihre jährliche Hochzeitsreise. Was bedeutete: Jedes Jahr um ihren Hochzeitstag herum gönnten sie sich ein nettes Wochenende in einer Pension irgendwo, um gut zu essen, spazieren zu gehen und Händchen zu halten. Finchen durfte auch mit.

Am Freitagabend ging ich mit meiner Chefin ins Kino. Annika fühlte sich seit einigen Tagen deutlich besser. Das machte mir zu schaffen.

Einerseits freute es mich natürlich.

Andererseits fragte ich mich, ob sie sich rein zufällig erholte, seit ich das Boris gegenüber zur Bedingung gemacht hatte – oder ob er aufhörte, sie zu vergiften.

Aus dieser Perspektive betrachtet, machte mich ihre spontane Besserung eher nervös. Tatsächlich war ich so angespannt und in Gedanken, dass ich keine Ahnung hatte, welchen Film wir uns eigentlich anschauten. Das Einzige, was mir auffiel, war, dass es wohl doch schon vor mehreren Jahrhunderten *Chemtrails* gegeben haben musste, was dafür sprach, dass sie nichts mit Kondensstreifen zu tun hatten. Denn obwohl der Film in einer Zeit spielte, in der (außer Leonardo da Vinci) kein Mensch etwas von Flugzeugen ahnte, standen im Hintergrund dauernd diese zerfasernden weißen Striche am Himmel.

Als Annika allerdings mit mir über die Liebesverwicklungen der Handlung reden wollte, gab ich einen miserablen Gesprächspartner ab.

Ihrer bösen kleinen Schwester hätte Annika in so einem Fall eine Szene gemacht. Der wundervollen Beatrix nahm sie es nicht übel, sie war grenzenlos geduldig und bat nur, ich solle doch noch mit nach Sasel kommen, sie hätte ein Häppchen vorbereitet.

Das Häppchen bestand aus Pellkartoffeln in dicken Scheiben, Crème fraîche, Zitronenhälften und Beluga.

Annika, sonst eher der genügsame Typ, öffnete dazu routiniert und mit damenhaft gedämpftem Plopp eine Flasche Veuve Clicquot und schenkte zwei von Mamis Biedermeierkelchen voll. Dann fing sie kichernd an, mir vom Flirt mit einem Kunden zu erzählen. Offensichtlich freute sie sich, dass es jetzt eine Freundin gab, der sie so was erzählen konnte. Und sie freute sich, dass ihr Magen ihr wieder Kaviar erlaubte.

Boris trieb sich zu meiner Erleichterung sonst wo herum, Adele saß auf dem Sofa, guckte sich im Fernsehen einen Krimi an, verzog das Gesicht beim Angebot mitzuessen: »Bäh, bloß nicht, danke«, futterte jedoch Chips aus einer Tüte. Zwar sahen ihre Arme und Beine so mager aus wie immer, aber über dem Magen schien sie ein Polster anzusetzen.

In diesem Augenblick dudelte Beatrix' Handy in meiner Handtasche los. Ich hatte es endlich aufgeladen und trug es bei mir, seit ich nicht mehr befürchtete, Chris Brecker würde auf einer letzten SMS Anmerkungen über meine Libidoschwäche machen.

Im Krimi neben mir tobte eine Verfolgungsjagd mit mehreren ineinanderfahrenden Autos, Annika tobte plötzlich auch, weil sie genau jetzt einen Ring im Bauchnabel ihrer Tochter entdeckt hatte: »Das lass Papi sehen! Der dreht durch!« – und ich verstand nur undeutlich eine fremde Männerstimme: »Wo ist bloß das Aspirin? Ich muss doch nach Flensburg!«

Falsch verbunden, dachte ich.

»Wen wollten Sie denn sprechen, bitte?«

»Trixi«, sagte die Stimme und klang entfernt wie Eike Sievert, Eike Sievert, dem jemand auf dem Gesicht stand oder irgendwer die Nase zuhielt. »Trixi, haben wir kein Aspirin mehr?«

Ich sprang auf, lief in den Flur und lauschte angestrengt: »Eike? Was ist los mit dir?«

Er musste erst tief Luft holen und antwortete dann mühsam: »Ich bin ein bisschen erkältet, glaub ich. Mir tut der Hals weh. Nicht schlimm.«

»Hast du Fieber?«

»Weiß nicht.«

»Ist dir heiß?«

Eike schien das zu überprüfen und berichtete dann: »Eigentlich schon. Ziemlich. Aber hier ist doch auch geheizt?« Dann fügte er sehr traurig hinzu: »Ich glaube, wir haben kein Aspirin mehr!«

»Leg dich irgendwo ruhig hin, ich komm so schnell wie möglich zu dir. Kann allerdings etwas dauern, ich bin in Sasel.«

»Bringst du mir Aspirin mit?«, fragte Eike mit dieser kaputten Stimme. »Ich muss Montag gesund sein, da fängt meine Fortbildungswoche in Flensburg an.«

»Ich mach dich gesund, versprochen!«, sagte ich.

Dann rannte ich zurück ins Wohnzimmer, wo Annika gerade versuchte, Adele den Ring aus dem Bauch zu knöpfen.

»Entschuldigung, ich muss leider sofort nach Hause, mein Mann ist krank, wird krank, und er muss Montag gesund sein – haben Sie zufällig Aspirin im Haus, Frau Harders? Ach ja, und ich brauche Fliederbeersaft oder Fliederbeertee oder beides. Und Natron – haben Sie Natron?«

Annika klapperte ein paarmal mit den Augenlidern. »Soll ich ihnen was sagen, Frau Sievert? Also hundertprozentig auf diese Art hat immer unsere Tante Nettchen eine Erkältung bekämpft. Heiß baden mit Natron, nicht? Und Fliederbeer … Warten Sie mal, müssten wir noch alles dahaben …«

Ich wusste genau, wo es sich befand, und hoffte, Annika würde sich entweder erinnern oder mich auf eigne Faust suchen lassen. Ich konnte es ganz schnell finden.

Adele zog ihr geknöpftes Leibchen hastig über den Bauchnabel und rief: »Ich hol Fliederbeersaft aus dem Keller!«

Richtig. Da hätte ich ihn auch hergeholt. Der Fliederbeertee befand sich im rechten Küchenschrank, ganz hinten, und das Paket mit Natron neben dem Herd, beim Backpulver. Aspirin bekam ich auch noch. Annika wickelte mir bereits Pellkartoffeln, Crème fraîche und ein Töpfchen mit Beluga ein: »Das ist doch ein Jammer, hier, nehmen Sie den Champagner mit, der gehört dazu, keine Widerrede!«

Annika umarmte mich, Adele umarmte mich, beide wünschten gute Besserung und ich sollte Samstag mal anrufen und berichten, wie es meinem Mann ging. Beim Rausgehen rannte ich fast

Boris über den Haufen, der mir bedauernd hinterherguckte: »Ist das Absicht, dass Sie verschwinden, wenn ich komme?«

Seine Frauen würden ihn darüber aufklären, dass ich meinem Mann, diesem Allerweltsmenschen in der Einöde, zu Hilfe eilte.

Eike saß vor seinem Computer, schniefte leise und behauptete heiser, es gehe ihm schon viel, viel besser. Seine Stirn glühte, seine Augen waren praktisch zugequollen. Komisch, dass er auf dem Monitor noch was erkannte.

»Hast du Asp…«

»Du musst baden, Eike!«, unterbrach ich ihn.

»Wieso denn das?«, fragte er empört.

»Um zu schwitzen. Pass auf: Heute Morgen warst du noch gesund, richtig? Das heißt, die Erkältung ist noch ganz frisch. Da kann man sie noch vertreiben, wegschwitzen. Bitte, vertrau mir! Du willst doch Montag nach Flensburg?«

Er nickte und schniefte.

Ich ließ heißes Wasser in die Wanne laufen, rannte in die schwiegerelterliche Wohnung unten und suchte erst im Badezimmer – vergeblich – und dann im Schlafzimmerschrank – erfolgreich – nach Badelaken und Duschtüchern. Beide Arme vollgeladen, kam ich wieder nach oben. Eike blinzelte erstaunt aus seinen zugeschwollenen Augen. »So was haben wir selber.«

»Aber nicht genug!«

Ich legte unser schmales Ehebett mehrschichtig mit Frottee aus und packte den Rest, auch aus unserem eigenen Bestand, daneben: der war zum Zudecken.

Eike lehnte an der Wand und guckte zu. »Soll ich hier liegen? Und wo schläfst du?«

Ich hetzte ins Bad zurück, prüfte die Temperatur und schüttete drei Tütchen Natron ins Wasser. »Leg dich bitte in die Wanne. Und wenn du kannst, entspann dich …«

Eike zeigte den gequälten Rest seines kleinen Grinsens und begann, sich auszuziehen.

Ich rannte in die Küche, stellte einen Topf auf den Herd, in dem ich den Fliederbeersaft erhitzt und schaltete den Wasserkocher an, um Fliederbeertee zu kochen. Der musste zehn Minuten ziehen und mit Honig gesüßt werden. Ich stellte die fertigen Getränke – die Teekanne auf einem Stövchen – neben das Bett, riss die Schranktür auf und zerrte Eikes Bademantel vom Bügel.

Damit trabte ich ins Bad: »Wie geht's dir?«

Der Raum war voller Dampf, der Spiegel und das Fenster völlig beschlagen. Eikes Haare lockten sich in der Stirn, sein Gesicht glänzte feucht. Ohne die Augen zu öffnen, sagte er: »Ich glaube, ich bin bald gar.«

»Dann komm bitte raus aus dem Wasser.«

Er stand auf und ich zog ihm seinen Bademantel über.

»Setz dich auf den Wannenrand, ja? Ich trockne schnell deine Beine und Füße ab und dann legst du dich ins Bett.«

Eike gehorchte ganz brav. Ich deckte den Rest der Badetücher über ihn und packte unsere Bettdecken obendrauf. Dann ließ ich ihn erst den heißen Fliederbeersaft und danach den Tee trinken.

Zwischendurch protestierte er schwach: »Aber ich schwitze doch schon. Ich schwitze wie verrückt!«

Endlich war alles ausgetrunken. Ich warf mich auf den Sessel neben dem kleinen Schminktisch. »So. Willst du jetzt noch Aspirin?«

Er schüttelte den Kopf. »Nein, danke.« Und nach einer Pause: »Soll ich dir was sagen, Trixi? Ich fühl mich wirklich schon besser ...«

»Glaub ich dir. Ging mir auch immer so. Schlaf jetzt bitte. Und gute Besserung.«

Ich ließ die Tür hinter mir angelehnt, weil ich hin und wieder nach ihm sehen wollte.

Anschließend putzte ich oberflächlich das Bad, hauptsächlich ließ ich Dampf ab, indem ich endlich den Wannenstöpsel zog und für eine Weile das Fenster öffnete. Danach räumte ich die Küche auf und verleibte mir den gesamten Kaviar ein samt Pellkartoffeln. Dazu trank ich – Annika hatte recht, das gehörte einfach dazu – zwei Gläser Champagner. Die machten mich so müde, dass ich es gerade noch auf das Behelfsbett im Arbeitszimmer schaffte, bevor ich einschlief.

In der Nacht wachte ich jedoch mehrmals auf (wahrscheinlich weckte mich mein neuer Ich-bin-ein-Segen-Instinkt), um nach

Eike zu sehen. Undeutlich kam mir zu Bewusstsein, dass ich mich aufführte, als hätte er mindestens die Lungenpest. Vielleicht steckte mir Boris' Witwendrohung so in den Knochen.

Um zwei schlief Eike, lautlos wie immer, tief und fest, schwitzte gewaltig und roch dabei sogar ganz angenehm.

Ich wischte mir mit einem Wattebausch das Make-up vom Gesicht und legte mich wieder hin.

Um Viertel nach drei schwitzte er etwas weniger und ich zog endlich meine Kleider aus. Weil mein Nachthemd irgendwo im Schlafzimmer auf dem Boden lag, holte ich mir stattdessen Beatrix' schreckliches pinkfarbenes Morgenmäntelchen aus dem Bad.

Morgens gegen halb fünf schreckte ich zum letzten Mal hoch, da war Eikes Stirn beinah kühl und ziemlich trocken und er hatte die meisten Decken und Handtücher weggestrampelt.

Er wachte davon auf, dass ich mich über ihn beugte, und hielt meine Hand fest. »Hallo!«, sagte er leise.

»Hallo. Wie fühlst du dich?«

»Großartig. Nahezu gesund«, antwortete er und hielt meine Hand weiter fest. »Woher weißt du das alles? Und wieso hast du bis nach der Scheidung gewartet, bevor du's mir verraten hast?«

Ich kniete sehr unbequem auf dem schmalen Bett neben ihm und konnte mich nur mit einer Hand abstützen. Dann zog er mir diese zweite Hand auch noch weg, wodurch ich auf ihn plumpste.

»Und wie fühlst du dich so?«, murmelte er, ganz dicht an meinem Ohr.

»Mhm. Auch gut.«

Unsere Bademäntel zu öffnen war ganz einfach. Sie hatten ja nicht mal Knöpfe. Ich küsste Eikes Hals und sein Kinn und sein Gesicht und tat möglichst unbefangen, aber ich hatte gewaltiges Lampenfieber. Auf diesem Gelände hatte ich meinen neuen Körper noch nicht erprobt, wer weiß, wie es laufen würde.

Am Anfang kam es mir vor, als säße ich mit einem untauglichen Paddel in einem schwerfälligen kleinen Boot und versuchte ungeduldig und gereizt, ins richtige Fahrwasser zu kommen. Zeitweise wirkte es beinah, als ob Eike eher störte – als wäre es ohne ihn besser gegangen. Aber irgendwann, ganz wie von selbst, begann sich mein Schiffchen in die richtige Richtung zu bewegen und beschleunigte, ich warf das Paddel von mir und konnte nichts mehr tun, als auf den Wasserfall zuzutreiben und in die dröhnende Tiefe zu stürzen.

Nach einer Weile hob Eike mein Gesicht und sah mir in die Augen. Seine eigenen waren wieder ganz abgeschwollen und blickten groß, klar und sehr hell.

»Sag mal, wer bist du?«, fragte er. »Und was hast du mit Beatrix Sievert gemacht?«

Natürlich war das ein Scherz.

Ich merkte selbst, dass ich etwas zu spät lachte und etwas zu schrill.

»Hühnersuppe!«, erklärte ich. »Eigentlich müsstest du heute und vielleicht morgen Hühnersuppe essen. Dann würdest du noch schneller gesund werden.«

»Ich glaube, ich bin fast gesund. Aber ich liebe Hühnersuppe. Kannst du die denn schon kochen?«, fragte Eike hoffnungsvoll.

»Nö. Bis jetzt kann ich Pilz-Rührei auf Toast und Tomatensuppe und Zanderfilet in Meerrettichsauce. Ach, und Kartoffelpüree, man muss unter allen Umständen mehligkochende Kartoffeln nehmen, dann wird das Püree sahnig. Mit festkochenden wird es kleisterig. Aber ich könnte Frau Grosskurt anrufen und fragen. Sie sagt mir bestimmt, was ich alles brauche, und sie assistiert mir beim Kochen.«

»Ich werde inzwischen die Hühner füttern …«

»O nein, du bleibst liegen! Wo ist das Hühnerfutter? Im Schuppen?«

Die Hühner gackerten erfreut und pickten eifrig, nur der neurotische Hahn ließ die schönen Maiskörner unbeachtet und versuchte stattdessen, mir in die Waden zu hacken. Ich schlug mit der leeren Futterschüssel nach ihm, da flatterte er beiseite.

»Weißt du eigentlich, dass es bei uns heute Hühnersuppe geben soll?«, fragte ich ihn drohend.

Er krähte Verwünschungen hinter mir her.

Statt ihm den Hals umzudrehen, fuhr ich zum Geflügelhof Neumann, noch bevor die Samstag-Mittag-Sirene heulte, und kaufte ein kleines Brathähnchen, weil Frau Grosskurt gemeint hatte, das sei zarter als ein Suppenhuhn. Die übrigen Zutaten besorgte ich auch, dazu zwei schöne Ciabattabrote und Basmatireis, und dann kochte ich Hühnersuppe, den Hörer am Ohr.

In aller Bescheidenheit bemerkt: Die Suppe wurde ein Traum. Was natürlich mehr an meiner Telefon-Assistentin lag als an mir.

Mein Geschiedener und ich verbrachten ein schönes und entspanntes Wochenende. Wir schauten uns alle drei Indiana-Jones-Filme hintereinander an und spielten ein wirklich faszinierendes Computerspiel, in dem ein zartes außerirdisches Wesen mit einer weißen Zipfelmütze in einer Würstchendose durch das Weltall reiste. Nachmittags fuhr ich los und kaufte uns Eis. Am Sonntag gingen wir etwas spazieren, aber Eike musste einen Schal umbinden.

Die meiste Zeit lagen wir auf dem Sofa und unterhielten uns.

Fabian hatte seinen Vater ganz schön ruhig genannt, Werner Fürst meinte, er sei verschlossen, und Carmen beschrieb Eike als eiskalt und langweilig. Tatsächlich redeten wir jetzt stundenlang miteinander, über alles Mögliche.

Ich erklärte beispielsweise ausführlich, wie ich die Einrichtung unserer Wohnung ändern wollte. Das meiste, wie Raffrollos, eine gesteppte Tagesdecke und Sofa-Hussen, konnte ich selbst machen. Einige Möbel von Harders würde ich billiger bekommen. Eike fand die Ideen gut, fragte jedoch: »Wie sollen wir das bezahlen?«

Fast hätte ich erklärt, ich hätte ein wenig zusammengespart in den letzten Jahren. Aber mir fiel gerade noch rechtzeitig ein, dass Beatrix alle Welt angepumpt hatte. Also meinte ich nur, Väterchen würde mir zum Geburtstag im Oktober bestimmt etwas Geld schenken, das sollte reichen.

Eike erzählte, dass er im Herbst zwei Wochen Urlaub hätte. Er wollte gern an die Nordsee.

»Ich hatte überlegt, ob ich Finchen mitnehme. Und nach diesem Wochenende bin ich drauf und dran, dich auch einzupacken. Hättest du Lust dazu?«

Ich nickte. Und dachte: wenn ich dann noch hier bin …

Am Montagmorgen verabschiedeten wir uns vor dem Haus. Undeutlich glaubte ich zu hören, dass ein Auto neben uns hielt, dass Autotüren klappten. Als wir aufsahen, standen wirklich Eikes Eltern samt Finchen neben uns und guckten gerührt.

»Na guck mal. Sieh so. Das ist ja interessant!«, sagte Hilke. Sie wirkte nicht unzufrieden.

Sieverts waren zeitig zurückgekommen, in der Hoffnung, ihren Sohn noch verabschieden zu können. Das klappte ja nun auch.

Dann sprangen Eike und ich in unsere Wagen und fuhren hintereinander her zur Autobahn und Richtung Hamburg. In Eidelstedt bog Eike ab, um auf die A 7 zu kommen. Ich fuhr weiter in die City, weil ich davon ausging, dass Annika gesund genug war, um in Halstenbek zu arbeiten.

Als wir am Samstag telefoniert hatten, ging es ihr sehr gut und das blieb die ganze Woche über so.

Ich freute mich darüber und gruselte mich zugleich. Konnte es sein, dass alle Ärzte es übersahen, wenn ein Mensch vergiftet wurde?

Im Internet hatte ja gestanden, dass sie sogar in einem Fall, in dem es speziell darum ging, die Giftart herauszufinden, gescheitert waren. Wie viel mehr konnte das passieren, wenn kein Arzt auf die Idee kam, der Patientin würde etwas Schädliches eingegeben? Wenn sie alle nur nach einer normalen organischen Ursache suchten?

Eike rief mich in dieser Woche jeden Abend an, Boris am Montag und am Donnerstag.

Der Erste wollte wissen, ob es mir gut ging, und erzählte ein wenig von seinem Seminar. Der Zweite fragte, wie ich mich nun entschieden hätte.

»Eilt es denn so?«, fragte ich nervös.

»Es passt gerade ausgezeichnet«, antwortete Boris. »Ich hab alles geregelt. Wir könnten am Sonntagvormittag unser Leben hier endgültig hinter uns lassen und losfliegen in ein Paradies. Du wirst es lieben. Palmen und Sand und Wärme, ohne jeden Massentourismus!«

Wollte er mit mir nach Molokai?

Das war ja ganz nett mit den Palmen und dem Sand, ich hatte bloß keine Lust dazu, ausgerechnet mit diesem Mann zu reisen, weder jetzt noch später. Ich traute mich nur nicht, das so entschieden zu formulieren, weil ich fürchtete, Annika könnte dann in kürzester Zeit zum Zwieback zurückkehren müssen. Insofern beließ ich es bei vagen Wenns und Abers.

Auch so reagierte Boris missvergnügt und meinte, ich sollte mir nicht zu lange Zeit lassen. »Der Countdown läuft«, sagte er. Das klang drohend.

Ich überlegte, Annika zu erzählen, was ihr Mann vorhatte. Aber ich kannte sie gut genug, um zu wissen: Das war ihr bestimmt zu viel, das wollte sie nicht wissen und würde sie nie glauben. Außerdem machte es einfach keinen guten Eindruck, dass ich mich mit Boris ein paarmal heimlich getroffen hatte. Das hätte ich nicht tun dürfen – oder ich hätte es sofort melden müssen.

Eine andere Überlegung war, Boris in seinem Verdacht zu bestärken, dass ich Ilka gekannt hatte, und damit zu drohen, alle seine Geheimnisse zu verraten.

Leider wusste ich jedoch beileibe nicht über alle seine Geheimnisse Bescheid, viele waren mir einfach ein Rätsel. Darüber hinaus gehörte Erpressung bestimmt nicht zu den segensreichen Tugenden.

Jetzt war schon Freitag, in zwei Tagen ging der Flieger ins Paradies, der Countdown lief. Bedeutete das, Boris würde notfalls alleine verschwinden? Das bezweifelte ich.

Am Freitag nach Feierabend wollte Annika mich schon wieder bei sich zu Hause haben. »Mein Mann ist in Belgien über Nacht und Adele fährt reiten, da sind wir ungestört.«

Dass Boris sich im Ausland aufhielt, hörte ich gern. Ich fuhr nach Sasel, immer noch grübelnd, wie ich aus dieser Sackgasse herausfand.

Wie schön, dachte ich wütend, in Anlehnung an Tante Nettchens Kuhschwanzgeschichten, wie schön könnte das Leben sein, wenn Gott keine Borisse gemacht hätte!

Adele wartete im Garten, das Haar zum Zopf geflochten, in hellen Reithosen und schwarzen Stiefeln, den samtbezogenen Helm neben sich. Sie erzählte mir: »Fabian kommt gleich mit seinem Stiefdad und holt mich ab.«

Darüber freute ich mich. Obwohl ich ihn ja nicht sehr gut kannte, hatte ich das deutliche Gefühl, Fabian Sievert könnte für Adele heilsam sein.

Der Abend war milde und windstill. Annika ging mit der Rosenschere in den Garten, um die zum zweiten Mal blühenden rot-weißen Rosen abzuschneiden und im Haus in eine Vase zu stellen. Ich setzte mich auf einen Terrassenstuhl und sah ihr zu.

Im Haus klingelte das Telefon und Adele lief hin und nahm den Hörer ab: »Adele Harders.«

Und nach einer kleinen Pause: »Meine Mutter ist im Garten, Herr – wie? Herr Butendiek. Ich hol sie mal …«

Herr Butendiek?

Was hatte Annika mit Udo, dem Autoschrauber, zu schaffen?

Adele marschierte auf ihren Stiefeln Richtung Terrasse, als es an der Tür klingelte. Sie blieb stehen.

Ich stand schnell auf, warf ihr den schwarzen Helm zu und sagte: »Geh ruhig, ich hol deine Mutter ans Telefon!«

Das Mädchen strahlte, drehte sich um und eilte zur Tür.

Annika war am Ende des Gartens auf die Knie gesunken, vielleicht, um sich mit einer Blattlaus zu streiten.

Ich ging langsam und unschlüssig zum Telefon, nahm dann den Hörer auf und sagte in Annikas trockenem, etwas schroffem Ton: »Ja? Harders.«

Und hörte die Stimme des großen Blonden: »Hallöchen, Frau Harders. Sie kennen mich nicht, aber das macht gar nichts. Ich hab Ihnen verschiedene wichtige Dinge zu sagen. Und ich kann alles beweisen. Wenn ich das an die Zeitungen liefere, dann gibt das 'n Riesenskandal. Vielleicht schadet das nur Ihrem Möbelhaus. Vielleicht schadet es Ihnen aber auch gesellschaftlich. Weiß ich nicht. Müssen Sie entscheiden.«

»Worum geht es denn, bitte?«

»Um Ihren Mann natürlich. Boris ist 'n alter Freund von mir. Kenn den noch aus der Zeit, als der Woltermann hieß. Weiß viel über den. So viel, dass ich ihn fast fürchte …« Udo lachte und geriet schleimig ins Husten. »Egal. Ich will Ihnen das alles verklickern. Und ich hab Beweise. Die kann ich an die Presse geben oder an die Polizei oder an Sie, Frau Harders. Mir ist das egal.«

»Wofür denn Beweise, Mann? Was soll Boris getan haben?«, zischte ich ungeduldig, den Blick auf meine Schwester gerichtet, die mit verträumtem Gesicht gemächlich Rosen abschnitt.

»Na, also zum ein hat er ihre Schwester abgemurkst. Er brauchte damals dringend Knete, deshalb hat er mich angeheuert, dass ich Ihre Schwester erpressen soll. Und als die bei mir war, hat er im Nebenzimmer mitgehört, dass die Ilka sich gerade bei Ihnen angemeldet hat, Frau Harders, um Ihnen alles zu erzählen über ihr Verhältnis mit ihm. Die beiden hatten nämlich jahrlang was mitnander, da hab ich auch noch 'n Foto, das sagt alles. Und er wollte partout nicht, dass Sie das erfahren, deshalb hat er mich kurz auf Handy angerufen und gefragt, was er mit Ilka ihrem Auto machen soll, das auf meinem Hof stand … Bin ich ins Nebenzimmer und hab ihm das erzählt. Das war ja simpel, das kann man in 'n paar Minuten, wenn man weiß, wie. Also, der hat Ihre Schwester aufm Gewissen, so viel dazu. Und soviel ich weiß, ist er jetzt gerade drauf und dran, mit irgendner Frau abzuhauen. Am Wochenende. Flugtickets hat er nämlich schon. Wer die Frau ist, krieg ich auch noch raus. Ihr Mann, Frau Harders, der hat mich so gelinkt … Und er hat kürzlich so einige Gelder aus Ihre Firma rausgezogen, da kracht Ihnen alles um die Ohren nach 'ne Weile, wenn er weg ist. Ich hab für alles Beweise, Frau Harders. Haben Sie Interesse?«

Annika kam über den Gartenweg zum Haus geschlendert. Von dort konnte sie mich nicht sehen.

»Ja, hab ich.«

Und wie! Wenn ich Boris' Geheimnisse endlich alle kannte und dann auch noch Beweise dafür hatte …

»Soll ich denn zu Ihnen kommen morgen Vormittag?«

»Nein, nicht nach Sasel. Passen Sie auf, Herr Butendiek, ich komme zu Ihnen. Sagen Sie mir bitte Ihre Adresse.«

Er erklärte umständlich, wo sich seine Werkstatt befand.

Annika stand schon auf der Terrasse.

»Wie viel Uhr, Frau Harders?«

»Halb eins!«, sagte ich hastig, legte auf und machte einen Sprung zu der Kommode mit den Familienfotos.

»Ja, da sind wir alle als Kinder und als Teenies. Ilka sah immer hübsch aus, nicht wahr? Das hier ist sie als Erwachsene, kurz bevor sie nach Amerika ging«, sagte Annika, den Arm voller rot-weißer Rosen. »So, jetzt brauche ich eine Vase. Was meinen Sie, Frau Sievert, wollen wir auf der Terrasse sitzen bleiben? Ich finde, heute ist es warm genug. Unsere Franziska hat ein bisschen Tomaten mit Mozzarella und Basilikum vorbereitet, haben Sie darauf Appetit? Ich kann so was alles endlich wieder essen. Sehen Sie, ich hab doch immer gesagt, diese ganze putzige Krankheit geht von selber weg …«

Ich saß auf der Terrasse, aß Tomaten und ließ mir von Annika erzählen, sie hätten eine Postkarte vom Bodensee von Celine bekommen, ihrem ehemaligen Au-pair-Mädchen, das so plötzlich und unerklärlich verschwunden sei. Nun hatten sie die Erklärung, plötzliche Liebe und schließliche Hochzeit auf der Insel Mainau, wie romantisch.

Adele, stellte sich nun heraus, wusste die ganze Zeit Bescheid, Celine hatte sie kurz vor ihrer Abreise eingeweiht.

Normalerweise hätte mich das sehr interessiert.

Jetzt konnte ich die ganze Zeit nur daran denken, dass es also Boris gewesen war, der mich umgebracht hatte.

Das 19. Kapitel

zeigt, dass es gefährlich ist, Beweise zu besitzen – dass Edelmut nicht immer Sympathie erregt – dass selbst Kühe bei schlechtem Wetter aufs Zugucken verzichten – und was in der friedlichsten Gegend passieren kann

Als ich Freitagabend endlich nach Hause kam, fühlte ich mich richtig krank.

Ich wurde einfach nicht mit dem Gedanken fertig, dass Boris mich ermorden wollte. Nein, es ja sogar getan hatte.

Dass *er* es war, der Udo Butendiek anstiftete, mich zu erpressen!

Sofern der die Wahrheit sagte.

Vielleicht war das alles gelogen.

Wie mochten seine Beweise aussehen? Und was wollte er dafür haben?

Wenn ich Glück hatte, reichten meine hunderttausend aus. Notfalls müsste ich mit ihm handeln.

Schade, ich hätte von dem Geld so gern unsere Wohnung renoviert.

Immerhin, wenn ich Butendiek seine Beweise abkaufen konnte, dann hatte ich ein Druckmittel gegen Boris in der Hand. Dann konnte ich ihn daran hindern, mich oder andere zu bedrohen, ihn vielleicht dazu bringen, alleine nach Molokai oder wohin auch immer abzuhauen.

Dann würde ich, schlimmstenfalls auch unrenoviert, in Pandersen und bei den Sieverts bleiben. Ich hatte mich so an Finchen gewöhnt …

Samstagmorgen rief ich Janne an: »Ich brauche deine Hilfe!«
Sie konnte kaum sprechen, offenbar pflegte sie normalerweise samstags etwas länger zu schlafen als bis halb acht.

Ich schilderte ihr den Anruf von Butendiek. Das machte sie wacher.

»Ich fasse es nicht! Dein Schwager, dieser schöne Mensch – was für ein Dämon, Ilkatrix! Hättest du gedacht, dass der dich umbringen würde?

»Nein, wirklich nicht. Ich hab ihm viel zugetraut, aber das nicht. Na, bis jetzt ist es nur eine Behauptung, Janne. Wenn wir bei Butendiek waren, wenn wir die Beweise gesehen haben, wissen wir mehr.«

»Entschuldige bitte, hast du gerade wir gesagt?«

»Deshalb ruf ich ja an. Du musst bitte mitkommen. Ich will nicht noch mal mit diesem Kerl alleine sein.«

»Das ist natürlich vernünftig. Wobei …«

»Vielleicht ist es keine Vernunft, sondern Angst. Beatrix war ein furchtsamer Mensch, viel ängstlicher als Ilka. Mir scheint, ich hab doch Anteile davon übernommen. Wer weiß, ob das nicht gesünder ist. Ich werde mir auch vorsichtshalber diesmal ein Messer mitnehmen, Eike hat ein Butterfly-Messer, das borg ich mir.«

»Ein Butterfly? Das ist aber verboten!«

»Ich weiß. Eike hat's vor fast zwanzig Jahren mal gekauft, da war das erlaubt.«

»Wie kriminell wird das denn noch? Erst hast du den Autoschrauber gegabelt und jetzt kommst du ihm mit einem Messer.«

»Das ist doch nur konsequent.«

»Und was soll ich dabei? Ich meine, wie willst du meine Anwesenheit erklären?«

»Ich muss vor allem meine eigene Anwesenheit erklären. Udo kennt bestimmt Fotos von meiner Schwester, der weiß, wie die richtige Annika Harders aussieht. Am Telefon konnte ich den täuschen, wenn ich ihm gegenüberstehe, kann ich das nicht aufrechterhalten. Ich werde ganz lässig sagen, ich bin die Bevollmächtigte von Frau Harders und die Sache sei nur über mich abzuwickeln. Und du bist dann gewissermaßen die Hilfsbevollmächtigte.«

»Aha.«

»Kann ihm doch egal sein, solange er Geld bekommt. Wir lassen uns die Beweise zeigen, das ist das Wichtigste. Udo bildet sich ja ein, Frau Harders will vermeiden, dass alles öffentlich wird. Das ist mir im Prinzip egal. Ich möchte vor allem was gegen Boris in der Hand haben, damit er Annika in Ruhe lässt und damit ich nicht mit ihm mitkommen muss. Verstehst du?«

»Ja. Aber ich mach mir in die Hosen, wenn ich zu diesem Kerl soll. Ich bin auch ein furchtsamer Mensch. Und dann auch noch schwanger. Wenn der mir was tut?«

»Warum sollte er? Ich hoffe, schon dass wir zu zweit sind, wird ihn zügeln. Eigentlich ist der feige.«

»Hoffentlich. Ich kann dich da wirklich nicht alleine hinlassen, das seh ich ein. Soll ich gleich losfahren? Jensi ist auch schon wach, der macht gerade Frühstück.«

Wir einigten uns darauf, dass Janne mit der S-Bahn nach Bookstedt fuhr und mich anrief, kurz bevor sie ankam. Ich würde sie dann mit dem Wagen abholen. Je nachdem, wie spät es wäre, würden wir sofort zu Udos Werkstatt fahren oder noch etwas warten.

Ich zog mein schottisches Kostüm an und steckte mir das Haar hoch. Schließlich sah ich so aus, wie ich mir eine Erpressungsbevollmächtigte vorstellte.

Dann jaulte die Samstag-Mittag-Sirene über die Marsch, merkwürdig unheilvoll für meine Ohren. Sofort darauf, fast gleichzeitig, hörte ich andere Sirenen, Unfallwagen oder Feuerwehr. Ich schaute aus dem Fenster, doch natürlich fuhren sie nicht durch Pandersen, sondern über die Hauptstraße.

Am blauen Himmel hingen breite weiße Striche, die mich an meine Schulzeit erinnerten; meine Biologielehrerin liebte es, die Kreide mit der langen Seite über die Tafel zu ziehen, um ganz dicke Linien zu fabrizieren. Ich erinnerte mich schaudernd an das Geräusch dabei.

Janne musste längst in der Nähe von Pinneberg sein. Aber ich hörte nichts von ihr.

Schon zwanzig nach zwölf: Ich würde in jedem Fall zu spät kommen. Jetzt wählte ich Jannes Handy an. Sie meldete sich sofort: »Ich wollte dich gerade anrufen, ich kann nichts dafür, der Zug hält hier die ganze Zeit, seit einigen Ewigkeiten, auf freier Strecke. Keiner weiß, wieso.«

»Dann hat das irgendeinen Sinn. Ich fahr alleine zu Udo. Drück mir die Daumen«, bat ich sie.

Schon aus einiger Entfernung sah ich schwarze Wolken und zwei Feuerwehren, mit Löschen beschäftigt.

Ich fragte einen Mann, der mit offenem Mund in der Gegend herumstand, was passiert sei, und er meinte, das sehe man doch, die Butendiek-Werkstatt sei abgebrannt.

Meine schönen Beweise!

»Ist jemand zu Schaden gekommen?«

Das wusste der interessiert Herumstehende nicht.

Ich fuhr niedergeschlagen zurück nach Hause. Auch hier mangelte es an Wochenendfrieden: Finchen hatte den Hahn gemeuchelt, der sie in letzter Zeit gern von hinten anzufallen pflegte, um nach ihrem lockigen Stummelschwänzchen zu hacken.

Blut und schmuddelweiße Federn lagen im Garten, Finchen bekam von Hilke eine furchtbare Strafpredigt. Wenn meine Schwiegermutter den Hund Josefine Sievert nannte, dann ähnelte das arme Tier einer Robbe, mit vorquellenden Augen, weil es die Ohren so straff anlegte.

»Sie hat bestimmt nur aus Reflex gehandelt, das war Notwehr«, verteidigte ich Finchen. Und zu Hilke: »Gibt es jetzt Frikassee?«

Aber Hilke meinte, der König des Gartens und Herr über fünf Hennen sei viel zu alt und zu zäh, um noch genießbar zu sein. Den würde sie hinter dem Kompost verbuddeln und einen neuen anschaffen. »Mit grüne Schwanzfedern, was hältst davon?«

Im Übrigen konnte sie mir schreckliche Neuigkeiten erzählen, eine Bekannte hatte sie gerade angerufen und gewusst: Es ist schon wieder jemand vor die Bahn gesprungen! (Offenbar passierte das mit einer gewissen Regelmäßigkeit.)

»Nicht an der Schranke, sondern auf der Strecke, so ausm Gestrüpp irgendwo hat der sich auf die Schien geschmissen.«

»Ach, deshalb ist die Strecke blockiert. Eine Freundin wollte mich besuchen und steckt fest«, sagte ich auf dem Weg ins Haus.

»Dass' jedes Mal so. Fast immer sind sie sofort tot. Der hier auch. Der große dicke Butendiek ist das gewesen …«, berichtete Hilke.

Ich drehte um und kam zurück. »Wer?«

»Butendiek. Der hat 'ne Autowerkstatt in Groß Moorgraben.«

»Ich weiß. Die ist gerade eben abgebrannt.«

»Die Werkstatt hat er angesteckt? Ach, das warn die Wolken und die Wehren. Der war wohl kurz vor der Pleite und wollte für seine Angehörigen noch Versicherungsgeld zusammbrenn«, vermutete Hilke.

Weil ich plötzlich das Gefühl bekam zu ersticken, ging ich nicht in unsere Wohnung, sondern ums Haus herum, die Straße hinauf, zwischen den Wiesen hindurch.

Inzwischen hatten sie den blauen Himmel zugemalt und gebleicht: Über mir wölbte sich eine opalisierende weiße Kuppel, als stünde ich im Inneren einer riesigen Perle.

Also, wie war das: Udo Butendiek warf sich in selbstmörderischer Absicht vor eine Bahn und zündete seine Werkstatt an, um seinen Angehörigen – besaß er überhaupt welche? – durch die Versicherung Geld zukommen zu lassen. Aber doch nicht einige Minuten bevor er seine neueste Erpressungsaktion startete!

Wer hatte Interesse daran, Udo und seine Beweise aus dem Weg zu räumen?

Wo bist du?, rief ich in Gedanken. Ich brauche deine Hilfe. Ich weiß nicht weiter.

Hier bei dir, dachte es direkt neben mir. Hier bin ich doch immer. Du weißt nicht weiter? Fängst du jetzt an zu jammern? Das wolltest du nie wieder, erinnerst du dich? Du hast dich gefreut auf die Lektionen und Probleme, du wolltest sie doch ganz einfach lösen.

Vielleicht, dachte ich, hatte ich mehr Allerweltsprobleme erwartet, weniger Mord und Totschlag.

Wir konntest du das erwarten? Du bist durch Gewalt gestorben. Diese Gewalt ist immer noch in deinem Umfeld. Du hast sie nicht gemieden.

Du hast recht. Ich bin wieder in den Sog der Menschen geraten, mit denen ich es früher zu tun hatte. Hätte ich das vermeiden können?

Ja. Aber es bleibt die Frage, ob du es hättest vermeiden sollen. Dies ist deine Aufgabe. Löse sie mit Verantwortungsbewusstsein, mit Liebe und mit Abstand.

Um den Abstand zu verdeutlichen, nahm mich mein Gefährte

für einige Momente mit. Ganz steil nach oben, bis an die Grenze des Himmels, wo es seitlich schon dunkel wurde und ich Sterne sehen konnte. Weit unter mir lagen die Wiesen und Weiden und Windanlagen, die kleinen Wäldchen und Häuser und die Elbe, gewunden und matt glitzernd wie Stanniolpapier.

Als ich wieder auf dem Boden war, setzte ich mich mit zittrigen Knien auf die grobe Holzbank in der Marsch. Mit Liebe und Abstand, vor allem mit Verantwortungsbewusstsein sollte ich also vorgehen. Zu einer Lösung kam ich trotzdem nicht. Außerdem konnte ich vor Müdigkeit kaum noch gucken, meine Augen tränten und taten weh.

Ich zuckte zusammen und wachte auf, weil neben mir im Gras ein Tier raschelte.

Ich hatte irgendwo in der freien Natur mit Boris gekämpft, wir prügelten uns so herzhaft wie damals als Kinder. Er begann, mich mit beiden Händen zu würgen, und ich suchte im Gras nach einer Waffe, stieß jedoch nur auf eine bröckelnde Kante, die mir zeigte, dass wir uns auf einem Hochplateau befanden. Hier, dicht neben mir, fiel der Abgrund steil nach unten. Ich sah Boris' Gesicht über mir, halb wütend, halb verzweifelt, nahm mit den Beinen Schwung und rollte uns über die Kante. Wir stürzten beide, in entsetzlicher Geschwindigkeit – und dann war ich aufgewacht.

Langsam kramte ich das Mobiltelefon aus meiner Jackentasche und wählte Boris' Handynummer. Es klingelte fünf Mal, dann meldete sich die Stimme seines Anrufbeantworters.

Ich sagte: »Hier ist Beatrix. Ich bin einverstanden, ich werde gleich eine Tasche packen. Bitte, melden Sie sich noch bei mir, damit ich weiß, wann ich morgen am Flughafen sein soll.«

Zwar versuchte ich, heiter zu klingen. Aber ich fürchte, meine Stimme war tonlos und freudlos.

Ungefähr eine Stunde später kam Janne endlich am S-Bahnhof von Bookstedt an.

Ich holte sie ab, kaufte unterwegs noch Kuchen und erzählte, was inzwischen passiert war: »Dass du stecken geblieben bist, lag ausgerechnet an Udo Butendiek.«

»Wieso denn das?«

»Er ist von der Bahn überfahren worden.«

Janne weinte plötzlich los und entschuldigte sich: »Das sind die Hormone zurzeit, ich kann nichts dafür. O nein. O nein. Der Erpresser, den wir treffen wollten? Der ist jetzt tot? Und warum hat der sich umgebracht? Hat sein Gewissen doch noch geschlagen?«

»Dann muss es gewaltig geschlagen haben. Seine Werkstatt und die Wohnung oben drüber mit den Beweisen, die er uns zeigen wollte, sind nämlich etwa zur gleichen Zeit abgebrannt.«

Janne schwieg, während wir durch den Bahntunnel fuhren. Dann straffte sie ihr Fischmündchen. »Wobei, es liegt doch nahe, Ilkatrix, dass es dein Schwager war, der den Kerl vor die Bahn geschubst und vorher oder nachher seine Werkstatt angezündet hat, um die Beweise zu vernichten.«

»Eher vorher. Ja, ich finde auch, das liegt nahe. Ich begreife zwar nicht ganz, wie ein schmaler, mittelgroßer, wenig sportlicher Mensch es geschafft haben soll, diesen Brocken von Autoschrauber im richtigen Augenblick auf die Schienen zu manövrieren, noch dazu am hellen Vormittag. Sicherlich hat er ihn genau richtig betäubt, nicht zu viel und nicht zu wenig, sodass Udo nur noch in der Lage war, rumzuschlurfen, und nicht mehr zu denken. Boris' Spezialität sind Schlafpillen, die er einem ins Getränk mogelt. Hat er mit mir auch mal gemacht.«

»Sollten wir nicht die Polizei informieren?«

»Schwierig. Janne, ich hab's mir von allen Seiten überlegt, alles, was ich denen erzählen kann, klingt absurd, angefangen mit dem Anruf bei Annika, den ich als Frau Harders entgegengenommen hab.«

»Du hast ja auch Nerven, so was zu behaupten am Telefon deiner Schwester … Nein, noch schlimmer: am Telefon deiner Chefin!«

»Ich musste doch wissen, was sie ausgerechnet mit Udo Butendiek zu tun hatte.«

Während wir auf der Landstraße zwischen Bookstedt und Groß Moorgraben an der Stelle vorbeibrausten, an der wir damals verunglückten, meine beiden Ichs und der Treckerfahrer, beklagte sich meine Freundin: »Ich versteh das alles immer noch nicht so ganz. Wer wollte denn nun letztlich wen erpressen? Und weshalb?«

»Meinst du im April? Oder jetzt eben? Ich glaube, allmählich hab ich es durchschaut. Anfang des Jahres hat Boris mich – also Ilka – unverblümt angepumpt. Ob nun wirklich für Spielschulden oder was auch immer, er brauchte mindestens fünfzigtausend Euro. Nachdem ich nicht eindeutig zugesagt hab, ihm das Geld schnell zu besorgen, und nachdem er auf meinen Kontoauszügen, als er sie durchgeschnüffelt hat, nichts dergleichen fand, hat er seinen alten Freund Udo mobilgemacht, den er noch aus der Zeit vor seiner Ehe kannte. Kannst du dir das vorstellen, die Freundschaft gab es seit mindestens vierzehn Jahren und er hat's die ganze Zeit geschafft, den Kerl vor mir geheim zu halten!«

»Du sagst ja selbst, der Mensch ist ein einziges Geheimnis«, erinnerte Janne mich weise.

»Wohl wahr. Dass wir dem Automechaniker an der Elbe begegnet sind, war natürlich abgemacht, ebenso, dass ich erpressungswürdig in die Kamera gehalten wurde.«

»Diese beiden Ferkel. Wie gemein. Wie abgrundtief gemein! Und dann wollten sie auch noch das Doppelte, hundert- statt fünfzigtausend.«

»Leuchtet doch ein. Inzwischen waren sie ja zu zweit. Nach meinem Tod hat Boris die Kontoauszüge in meinem Schrank entdeckt und rausgefunden, dass ich Celine Kunze den Erlös meiner Aktien überwiesen hatte. Hat die ein Glück gehabt, romantischerweise genau passend zum Bodensee abzuhauen! Wer weiß, was Boris mit ihr angestellt hätte, um rauszukriegen, wo das Geld steckt. Für ihn musste es so wirken, als wäre sie wirklich mit der Beute abgereist, irgendwie im Einverständnis mit Ilka.«

Janne lächelte, als wir den Kreisel umfuhren. »Wobei es mich wahnsinnig freut, dass du das Geld in dein neues Leben retten konntest. Das haben sie jedenfalls nicht gekriegt.«

Ich nickte. »Inzwischen scheint Boris Möglichkeiten gefunden zu haben, Kapital aus dem Betrieb abzuzapfen, auf eine Art, die Annika nicht so schnell bemerkt. Ich glaube, deswegen will er sehen, dass er wegkommt, bevor alles auffliegt. Also nicht nur Aussteigen, um seiner freudlosen Ehe zu entkommen und endlich entspannt unter Palmen zu leben, wie er mir das weismachen will, sondern eine Flucht vor der Aufdeckung seiner kriminellen Einfälle.«

»Und hat er seine Frau nun vergiftet, um sich die Scheidung zu sparen oder um sie daran zu hindern, zu viel Einblick in seine Finanzakrobatik zu nehmen?«

Ich bog vor dem kleinen Ortsschild »Pandersen« nach links ein und fuhr langsamer. »Hat er sie überhaupt vergiftet?«

»Sieht doch wohl so aus, oder?«

»Beweise dafür haben wir nicht. Ich würde lieber glauben, dass es sich da um einen Irrtum handelt.« Ich hielt vor dem Haus der Sieverts an und holte das Kuchenpaket vom Rücksitz.

»Weil du den Gedanken zu schrecklich findest?«

»Weil ich Boris auf sein Handy gesprochen hab, dass ich mitkomme. Sonntag fliegen wir weg, mittags irgendwann.«

Janne weinte schon wieder los. »O Ilkatrix, warum tust du das? Bei nächster Gelegenheit killt er dich.«

»Warum sollte er?«

»Weil ein Mörder nun mal mordet, wie der Name schon sagt.«

Wir gingen ins Haus. Ich kochte in unserer Küche Tee, packte den Kuchen aus und stellte alles auf ein Tablett, das ich ins Wohnzimmer trug. »Setz dich. Guck mal, ist der Ausblick nicht gigantisch? Da ganz hinten könnte man die Elbe sehen, wenn die Erde nicht rund wäre. Hier haben wir die wahnsinnigsten Sonnenuntergänge, Abend für Abend, völlig gratis. Na ja, einige sind ziemlich gestreift ...«

Janne schaute gar nicht hin. Sie wischte sich Augen und Nase und weinte weiter. »Ich finde deinen Boris ja auch total hübsch, aber mit dem zusammen zu sein ist einfach nur gefährlich.«

Ich goss Tee in ihre Tasse, sah, dass er noch zu blass war, und kippte ihn in die Kanne zurück. »Ich mach das nicht, weil er hübsch ist, Janne. Ich mach das, weil ich glaube, er ist meine Aufgabe oder mein Schicksal oder, wie soll ich sagen, mein Kreuz. Weißt du, ich bin vielleicht der einzige Mensch, der mit ihm fertig wird. Schlimmstenfalls, indem ich mich selbst vernichte und ihn mit.«

»Du meinst, wie ein Selbstmordattentat?«

»In gewisser Weise ja.«

Janne nahm sich ein Stück Kuchen, Bienenstich, und fing nachdenklich an, die glasierten Mandeln mit den Fingernägeln abzupulen und sich in den Mund zu stecken. »Ich denke, du bist neuerdings furchtsam? Hast du denn keine Angst vorm Sterben? Keinen Respekt?«

»Ich hab vorhin selbst gründlich darüber nachgedacht. Angst hab ich vor Schmerzen, vor Gewalt. Das hatte ich früher nicht, Ilka hat ja selbst Prügeleien angezettelt. Angst vorm Sterben? Nein. Ich war kürzlich tot. Ich bin wieder da und kann mich daran erinnern. Ich weiß, dass da was ist. Ich weiß, dass ich immer noch irgendwie da bin – wenn auch nicht hier. Nur das macht mich traurig: dass ich so viel Schönes hinter mir lassen muss. Bis vor Kurzem wollte ich ja noch freiwillig von hier abreisen.«

»Ja, stimmt«, gab sie zu, »du hast ja wirklich … Also du bist der lebendige Beweis, dass du tot warst – ich meine …«

»Ich weiß, was du sagen willst. Man kann nun mal nicht hier sein, ohne geboren zu werden, das ist bestimmt auch kein Spaß, vielleicht noch schrecklicher als ein normaler Tod und deshalb viel bewusstloser erlebt. Und man kann eben nicht zurückkommen, ohne zu sterben.«

»Hast du eigentlich – ich hab dich das nie gefragt – sind dir deine toten Eltern entgegengeschwebt oder Engel und so? Hast du wunderbares Licht gesehen und diesen berühmten Tunnel?«

»Nein. Aber das soll nicht heißen, dass es nicht da war. Ich glaube, weil ich gewaltsam gestorben bin, durch diesen Aufprall, hab ich für eine Weile ganz und gar das Bewusstsein verloren. Ich erinnere mich nur, dass ich da war, ganz anders als hier, irgendwie ohne mein Ich. Sehr schwer zu erklären. Aber es war schön dort. Und es ist ein gutes Gefühl, dass ich eines Tages wieder dahin zurückkehre – wie nach Hause zu kommen.«

Meine Vertraute hatte den Deckel des Bienenstichs abgegrast und lehnte sich zurück. »Und warum bist du zurückgekommen?«

»Ich hatte hier noch was zu erledigen. Oder anders ausgedrückt, ich hatte Appetit auf Schwierigkeiten.«

»Wie krank ist das denn?«

»Was heißt, wie krank? Du löst doch so gerne Sudokus, je komplizierter, desto lieber. Das beantwortet die Frage.«

Jetzt war der Tee dunkel und aromatisch, ich zog das Sieb heraus und goss unsere Tassen voll.

Janne starrte sinnend vor sich hin und legte dabei eine Hand auf ihren flachen Bauch, als spüre sie bereits Kindsbewegungen. »Ich glaub, ich verstehe. Du hast neue Herausforderungen gesucht. Mein Vater hat immer gesagt: Nichts ist schwerer zu ertragen als eine Reihe von guten Tagen.«

»Ach, dein Vater war das? Ich dachte, das war Goethe. Na egal, ich wollte wohl wieder Probleme zum Lösen haben. Vielleicht kommen wir alle deshalb hierher. Wir wählen vorher die Aufgaben aus, einige suchen sich die ganz raffinierten und gemeinen, vielleicht weil sie die schon beim letzten Mal nicht geknackt haben. Und dann schaffen wir uns Handicaps an wie verstärkte Bockigkeit oder besondere Feigheit. Oder solche wie böse Eltern und ärmliche Umstände. Dann stellen wir uns ganz dumm und vergessen, dass es ein Spiel ist. Und sitzen da und jammern und meckern, statt die Probleme zu lösen und das Spiel zu gewinnen.«

Ich dachte, dass ich Frau Dr. Kluge diese Überlegungen mitteilen sollte. Vielleicht würde ihr das weiterhelfen.

»Was war denn deine Aufgabe dieses Mal?«

»Liebe und Verantwortungsgefühl zu zeigen, glaub ich. Das Dumme ist, aus einiger Entfernung siehst du es ziemlich klar, aber dicht davor oder mittendrin ist kaum was zu erkennen. Mach ich es jetzt richtig? Ich kann's nur hoffen.«

Janne drehte den Deckel von einem Mohrenkopf und holte den Pudding mit ihrem Teelöffel heraus. »Du willst dich opfern!«

»In gewisser Weise ja«, gab ich zu. Dann fiel mir ein: »Das ist typisch christlich. Wir Christen neigen zum Opfern.«

Ob es nun der Begriff Opfer war oder das Wort Christen – es brachte meine Freundin wieder zum Weinen, und zwar sehr laut.

»Bitte nicht, wenn meine Schwiegermutter das hört, macht sie sich Sorgen.«

Von da ab hielt sie sich ein Papiertaschentuch vor den Mund, durch das sie schluchzte: »Du bist so *edel*!«

»Finde ich auch. Wenn ich mit ihm abreise, verhindere ich jedenfalls, dass Boris Annika kränker macht oder Eike was tut. Ach komm, wer weiß, vielleicht wird es richtig schön. Er ist auf eine Art durchaus nett, er kann witzig sein. Er ist ein gewiefter Liebhaber, obwohl ich … Ich werde mich ziemlich überwinden müssen komischerweise. Aber das schaff ich auch. Er ist ja sehr verknallt in Beatrix, vielleicht behandelt er sie einfach nur lieb, kann doch sein.«

Janne sah mich aus schwimmenden Augen an, während sie sämtliche Streusel von einem Streuselkuchen naschte. »Hat er Ilka lieb behandelt?«

»Zeitweise ja. Aber das war auch etwas anderes, weil wir uns als Kinder begegnet sind.«

»Schreibst du mir?«

»Auf jeden Fall, versprochen. Vielleicht ruf ich dich auch mal an, um dir zu erzählen, wie's mir geht.«

»Das würde mich sehr beruhigen.«

Wir tranken unseren Tee. Janne behauptete, keinen Appetit zu verspüren, deshalb verschlang ich die verwüsteten Kuchenreste. Ich hatte inzwischen riesigen Hunger.

Am späten Nachmittag brachte ich meine Freundin zurück zum Bahnhof. Wir umarmten uns, als wär's das letzte Mal – was es wohl auch war.

»Du warst eine wundervolle Mitwisserin. Ich danke dir!«, sagte ich – ich dachte, ein bisschen Pomp könnten wir uns leisten.

Aber nach diesen Worten heulte Janne so laut, dass die anderen Leute auf dem Bahnsteig sich zu uns umdrehten.

Aus dem Zug winkte sie mir mit einem nassen Papiertaschentuch zu.

Als ich nach Hause fuhr, begann es zu nieseln. Von Westen her zog dunkles Gewölk auf. Ich versuchte, an Palmen und Sonne zu denken, fand den Gedanken jedoch völlig reizlos.

Wieder zu Hause duschte ich, wusch mein Haar und packte eine kleine Reisetasche (nur mit meinen neuen Sachen, versteht sich, Beatrix' Plunder ließ ich im Schrank).

Das Sonntagsessen am nächsten Tag bei Frau Grosskurt sagte ich telefonisch ab, indem ich behauptete, Hilke und Klaas wollten mich so gern bei sich haben.

An Eike und Väterchen schrieb ich Briefe – das war schwer.

Ich erklärte so kurz wie möglich, dass mich leider Umstände, die ich nicht näher erklären könne, zwingen würden, auf der Stelle abzureisen. Natürlich wünschte ich ihnen alles Gute und bedankte mich für ihre Liebe. Während ich das schrieb, wurde ich immer deprimierter. Auf einmal kam es mir vor, als hätte ich kläglich versagt.

Was sie wohl von mir dachten, wenn die Skandalblase platzte?

Wenn rauskam, dass ich mich mit dem Mann meiner Chefin vom Acker machte, nachdem er das Familienunternehmen geschädigt hatte. Einen so schlimmen Ruf, wie ich ihn dann haben würde, konnte nicht mal Ilka Harders vorweisen.

Ich machte mehrere Versuche, auch Annika zu schreiben, aber ich schaffte es einfach nicht. Arme Annika, zum ersten Mal im Leben eine Freundin, der sie vertraute – und dann das!

Dabei wollte ich doch ein Segen sein.

Herrn Waechter würden vor Erschütterung die Bäckchen wackeln.

Man würde sagen: Hätten Sie ihr das zugetraut? Sie tat immer so lieb und unschuldig.

An Väterchens Gesicht durfte ich gar nicht denken. Wenn er sich nun noch mal was antun wollte! Hoffentlich versagte das alte Schießeisen wieder.

Eike und meinem Vater wollte ich gern je zur Hälfte meine hunderttausend Euro hinterlassen, weil ich dachte, das würde sie eventuell etwas trösten und für den ganzen Ärger mit mir entschädigen. Ich erklärte das in dem Brief an Eike und legte alle Unterlagen bei, auch eine Vollmacht.

Wie gut, dass er so ehrlich und zuverlässig war.

Aber vielleicht lehnten sie es auch beide ab, weil sie von jemandem wie mir nichts annehmen wollten?

Ich schrieb noch ein P.S. unter den Brief und bat darum, das Geld in diesem Fall für irgendeine wohltätige Einrichtung zu spenden.

Das fand ich auch sehr christlich und edel von mir.

Eigentlich störte mich am meisten, dass ich mich hier zum Wohle aller aufopferte, während das niemand begreifen würde und ich als absolutes Charakterschwein dastand.

Aber vielleicht war ja genau das der Gipfel edelmütiger Hingebung?

Die einzigen Menschen, an die ich in diesem Zusammenhang mit einem gewissen Vergnügen denken konnte, waren die Breckers. Wenn mir Carmen einfiel, die mich in einer Maiglöckchenwolke warnte, die Harders wollten mich nur ausnutzen, und wenn ich mir Chris' Gesicht vorstellte, als er Boris bewundernd anguckte: die hätten es mir auch nie zugetraut. Aber auf andere Weise.

Abends rief Eike an, sagte fröhlich, jetzt sei es nur noch ein Tag, Sonntagabend käme er zurück und er freue sich auf mich.

Ich bemühte mich um eine ähnlich unverfängliche Fröhlichkeit.

Gegen elf meldete sich endlich Boris.

»Beatrix? Ich bin es.«

Seine Stimme klang eigenartig, nicht gerade froh über die Nachricht, dass ich nun also tatsächlich mit ihm kommen wollte.

»Hallo. Wann soll ich morgen am Flughafen sein?«

»Das sage ich dir nachher. Ich möchte … Ich muss dich vorher noch mal sprechen.«

»Ja?«

»Nein, nicht am Telefon.«

»Worum geht es denn?«

Er zögerte. »Du warst gestern in Sasel?«

»Ja, war ich.«

»Adele hat meine Frau ebengerade gefragt, was dieser Mann wollte, Butendiek oder so. Der hat offenbar gestern Abend bei uns angerufen, Adele nahm das Gespräch an – aber sie hat dir den Hörer überlassen, damit du Annika zum Telefon rufst. Und die wusste gar nichts davon.«

Fiel denn Adele nichts Wichtigeres ein, worüber sie reden konnte?

Ich brachte vor Entsetzen kaum ein Wort heraus, dabei kam es gerade jetzt darauf an, ganz gelassen zu klingen. »Ja, und?«

Boris Stimme war seidenweich und ziemlich gefährlich: »Beatrix, was hast du mit Udo Butendiek besprochen?«

»Wer ist das überhaupt?«

»Du weißt sehr genau, wer das ist. Wir haben verschiedentlich über ihn geredet.«

»Ich kann mich nicht erinnern. In welchem Zusammenhang? Ist das ein Möbellieferant?«

»Nein, das war kein Möbellieferant. Butendiek war ein Automechaniker bei euch in der Gegend. Du hattest angeblich Ilkas Wagen vor dem Unfall bei ihm stehen sehen, erinnerst du dich?«

»Ach, der! Ich wusste den Namen nicht mehr.«

»Ja, der. Also, was hast du mit dem besprochen?«

»Gar nichts. Er hat mich gefragt, ob ich Frau Harders bin und ich hab gesagt, nein, die ist im Garten und ich will sie rufen, da hat er schon aufgelegt. Ich wollte es Annika erzählen, aber sie hat gleich angefangen zu reden, als sie wieder ins Haus kam, und da hab ich es vergessen. War das denn so wichtig?«

Ich fand, das hörte sich ganz plausibel und ziemlich ehrlich an.

Boris schwieg geraume Zeit, dann sagte er: »Nein, vielleicht war's nicht so wichtig. Wahrscheinlich nicht.«

Mir wurde vor Erleichterung ganz schwindelig, da fügte er hinzu: »Also, ich bin in etwa einer Dreiviertelstunde bei dir. An unserer Stelle.«

»Da ist es jetzt sehr dunkel.«

»Ich hab eine Taschenlampe.«

»Warum treffen wir uns nicht woanders? In einem Restaurant? Oder du kommst direkt zu uns, Eike ist verreist bis Sonntagabend.«

»Du hast doch gesagt, du wohnst bei deinen Schwiegereltern im Haus? Warum sollen die uns sehen? Nein, komm zu den Kühen, Beatrix. Bitte.«

»Ja. Bis gleich«, sagte ich ergeben.

Es ist eben schwierig, mit einem Mörder über den Tatort zu verhandeln.

Erst jippelte er wochenlang rum, ich solle mit ihm auf und davon gehen. Jetzt, nach meiner Zusage, sollte er doch eigentlich seufzen: Beatrix, du Seligmachende, du machst mich zum glücklichsten aller Sterblichen, morgen fliegen wir gemeinsam in unser Paradies – oder so ähnlich.

Aber nö, jetzt musste ich ihn im Stockfinstern in der Marsch treffen, so einsam wie möglich, damit er mich ungestört massakrieren konnte.

Ich hatte einen großen Fehler gemacht, das wurde mir jetzt klar – zu spät. Als Boris von Udo Butendiek in der Vergangenheitsform sprach, hatte ich nicht protestiert oder nachgefragt. Er wusste, dass ich wusste: Udo war tot. Woher auch immer ich die Information hatte, für Boris machte es mich verdächtig.

Ich hätte mir gern eingeredet, dass er irgendetwas Sachliches mit mir besprechen wollte. Dass er mich zu sehr mochte, um mir gewaltsam trockenen Sherry mit reingerührten Schlafpillen einzuflößen und mich wer weiß wo hinein- oder hinunterzustürzen.

Seinen Freund Udo hatte er vor Kurzem sicher auch noch gern gehabt. So was konnte sich bei ihm schnell ändern.

Und wenn ich runterging zu Hilke und Klaas und ihnen alles erzählte?

Nur, wo sollte ich beim Alleserzählen anfangen und wo aufhören? Leider klang das meiste so entsetzlich verrückt.

Wie Janne mal gesagt hatte: Es gibt für alles eine rationale Erklärung. Menschen, die wir persönlich kennen, sind doch keine Mörder. Und Verschwörungstheorien sind sowieso blöde.

Sicher würde Klaas mich hilfsbereit begleiten, wenn auch leicht befremdet (Hilke wäre sowieso entsetzt) – doch was dann? Boris fiel im richtigen Moment immer die richtige Harmlosigkeit ein, er konnte bestimmt irgendwie entflutschen. Um sich dadurch zu rächen, dass er Annika oder Eike oder mir oder uns allen etwas antat?

Noch weniger Chancen sah ich, wenn ich mich an die Polizei wandte. Polizisten sind von Natur aus skeptisch.

Auf der Kommode im Flur, sah ich jetzt, lag unsere Post. Die musste Hilke dorthin gelegt haben. Werbung und ein dicker Brief aus Haffkrug, Fotos von Ömchens Geburtstag, die Gesche uns geschickt hatte.

Ich blätterte sie durch. Auf einem sah Eike ganz besonders liebenswert aus, seine Tante hatte es geschafft, ihn genau im kurzen Augenblick seines kleinen Grinsens zu knipsen.

Warum durfte ich nicht einfach bei diesem Allerweltsmenschen in der Einöde bleiben, ein ganz uninteressantes Leben in Geborgenheit führen, Raffrollos für unser Schlafzimmer nähen und weiter bei Frau Grosskurt kochen lernen?

Ein Blick aus dem Fenster zeigte nichts als Finsternis, es schien jetzt intensiver zu regnen, jedenfalls klang es so.

Ich steckte mein Handy ein und eine Taschenlampe und zog Beatrix' alten Dufflecoat an, die Kapuze über den Kopf gezogen. Ich steckte auch Eikes verbotenes Messer wieder in die Tasche. Zwar konnte ich mir kaum vorstellen, dass es Beatrix gelingen würde, Boris zu erstechen. (Fraglich, ob Ilka die Nerven dafür gehabt hätte, von der Kraft mal abgesehen.) Aber ich wollte jedenfalls nicht wie ein Lamm zur Schlachtbank stolpern.

Die Marsch war finster wie ein Schacht, sie verschluckte selbst das Fernlicht meiner Scheinwerfer.

Ich wartete lange auf der Stelle, an der wir uns zweimal getroffen hatten, und sah nichts und niemanden. Ich saß im Auto, zitterte, starrte in die Dunkelheit und zog Bilanz.

Nicht einmal fünf ganze Monate steckte ich in meiner neuen Haut und war schon wieder mindestens so schlimm dran wie vorher.

Weshalb schien es eine kosmische Notwendigkeit zu sein, dass Boris mich umbrachte, egal, in welcher Person ich mich gerade befand? Andererseits, wenn es eine Notwendigkeit war, dann musste es wohl geschehen. Wer weiß, was daraus Gutes entstand.

Schade, diesmal würde es mir kaum gelingen, so schnell zurückzukommen.

Ich würde den normalen Weg nehmen müssen über Embryostadium, Geburt, Zahnen, Laufen- und Sprechenlernen. Noch mal Schule, Pubertät und mühsame Selbstfindung. Das nächste Mal sicherlich auch ohne Erinnerung. Vielleicht war das sogar besser. Interessanterweise hatte mein Wissen um das, was geschehen war, mich nicht davor bewahren können, in exakt denselben Abgrund zu schlittern. Gelernt ist gelernt.

Nach einer Weile stieg ich mit der Taschenlampe aus und wanderte auf dem Fleck umher, auf dem wir gesessen hatten. Da lagen einige platt getretene, inzwischen aufgeweichte Zigarettenkippen – von neulich oder von heute? Schwer zu sagen.

Ich leuchtete die Weide ab und sah nicht mal eine Kuh. Die vernünftigen Tiere befanden sich vermutlich im Stall.

Kurz vor halb eins rief ich Boris' Handy an – da meldete sich nur der Anrufbeantworter, und ich traute mich nicht, eine Nachricht zu hinterlassen. Schließlich weinte ich ein wenig und murmelte vor mich hin, wie Janne: »Das sind nur die Hormone.«

Gegen eins gab ich auf und fuhr zurück nach Hause.

Keine Meldung auf unserem Anrufbeantworter.

Sollte ich etwa um diese Zeit in Sasel anrufen und Annika erklären, dass ich dringend ihren Mann sprechen musste, weil wir uns im Dunkeln verfehlt hatten?

Wohl eher nicht.

Am Sonntagvormittag – ich hatte mich stundenlang zurückgehalten, bis mir die Zeit endlich akzeptabel vorkam, also kurz vor elf – rief ich bei Annika an und fragte, ob ich Freitagabend in ihrem Haus zufällig einen kleinen grünen Ohrring verloren hätte.

Gefunden hatte sie keinen, sie suchte ein bisschen, ohne ihn zu entdecken (kein Wunder, sie lagen alle beide bei mir im Badezimmer).

Kein Wort über ihren Mann, der vielleicht neben ihr stand, vielleicht noch im Bett lag, in seinem eigenen oder irgendeinem anderen, der vielleicht jedoch auch gerade im Flughafen eincheckte, eindeutig ohne mich.

Annika fühlte sich auf jeden Fall gesundheitlich besser als seit Langem, erzählte sie. Das freute mich aufrichtig.

Ich sollte deshalb natürlich Montag in der City-Filiale arbeiten.

Nach diesem Gespräch packte ich meine Reisetasche wieder aus und zerriss die Briefe an Eike und Väterchen.

Mittags machte ich mir ein Brot, weil ich mich ja bei Frau Grosskurt ausgeladen hatte. Ich kaute ohne jeden Appetit daran herum und starrte aus dem Küchenfenster in schwarze Wolken und wilde Regenschauer.

Ich begriff nichts.

Warum wollte Boris mir mitten in der finsteren Marschnacht begegnen, mich vielleicht abmurksen – und überlegte es sich dann anders? Was plante er jetzt wieder? Und inwieweit war ich in seine Pläne einbezogen?

Auf jeden Fall verging der Tag, ohne dass ich etwas von ihm hörte.

Abends kam Eike zurück. Obwohl ich ihm nichts erzählen konnte, so gern ich es getan hätte, wirkte seine Gegenwart entspannend.

Während es stürmte und regnete wie verrückt, saßen wir auf unserem Sofa und er erzählte von seiner Fortbildungswoche. Um ehrlich zu sein: Ich hörte nicht besonders aufmerksam hin. Ich war glücklich, dass er bei mir war, dass er den Arm um mich legte, dass er sich freute, mich zu sehen, obwohl er anmerkte: »Du siehst ein bisschen kaputt aus. Viel Stress für dich diese Woche mit Harders?«

Das konnte ich ohne Weiteres bestätigen.

Gestern hatte ich noch gedacht, ich würde Eike nie wiedersehen. Vor lauter Entzücken über diesen Irrtum hing ich ihm ständig am Arm oder am Hals. Es schien ihn nicht zu stören.

Ich fuhr bloß hektisch zusammen, als das Telefon dudelte. Was, wenn Boris sich jetzt doch noch meldete, kurz erklärte, was ihn veranlasst hatte, unser nächtliches Rendezvous zu versäumen, und darauf bestand, dass ich den nächsten Flug mit ihm antrat?

Aber es gab an diesem Abend nur einen Anruf von Frau Grosskurt, die fragen wollte, wann unser nächster Kochkurs stattfinden würde.

Montag früh fuhr ich also in die City-Filiale.

Inzwischen steigerte sich der Regen, in den Nachrichten wurde er als unwetterartig eingestuft. Die blauen Plastikschafe vor dem Gartencenter trugen gelbe Wachssüdwester.

Ich fuhr ganz langsam und vorsichtig über die Autobahn wie über einen Strom. Die Scheibenwischer schafften es kaum, das viele Wasser beiseitezuwuchten.

Trotzdem gab es interessierte Kunden. Ich verkaufte ein chinesisches Schränkchen, dazu die zweite chinesische Bodenvase, was Herr Waechter für einen Geniestreich hielt: »Alle Achtung, so etwas hat vor Ihnen nur die verstorbene Frau Harders geschafft, Frau Sievert!«, und drei mit englischem Leinen bezogene Sessel plus einen Hocker, weil ich den auf eigene Verantwortung etwas billiger abgab.

Den ganzen Tag passierte nichts weiter, nur meine Nerven flatterten.

Jedes Mal, wenn die Tür aufging, erwartete ich, Boris eintreten zu sehen. Ich erkannte ihn ein Dutzend Mal auf der Straße, unter Schirmen, mit hochgeschlagenem Kragen und im Restaurant. Die Welt wimmelte plötzlich von schwarzhaarigen, mittelgroßen, eleganten Männern, die ihre Schultern auf ähnliche Art bewegten und sogar schief lächelten.

Ich bekam Angst, den Verstand zu verlieren.

Oder hatte ich ihn längst verloren?

Ich versuchte, Janne anzurufen, um mir das Gegenteil bestätigen zu lassen. Leider war ihr Anschluss ständig besetzt.

Und dann, spät am Abend, meldete sich Annika.

Sie wirkte keineswegs außer sich, nur etwas beunruhigt: »Entschuldigen Sie die Störung, einem Menschen muss ich das sagen, Frau Sievert, ich kann nicht mal mit Adele drüber sprechen, damit die sich keine Sorgen macht. Also kurz und gut, mein Mann ist irgendwie verschwunden seit Samstagabend. Hat gegen elf telefoniert und gesagt, er müsste leider noch mal dringend weg. Das war noch nicht mal ungewöhnlich, so was kam ab und zu vor. Ich hab mir auch keine Sorgen gemacht, dass er über Nacht wegblieb – das haben wir auch schon mal gehabt im Lauf unserer Ehe, wenn auch eher selten. Gut, aber dann hat er sich den ganzen Sonntag nicht gemeldet, ist wieder nachts weg gewesen und ich habe seitdem nichts von ihm gehört. Den gesamten Montag nicht! Boris ist jetzt seit – warten Sie mal – seit fast achtundvierzig Stunden verschwunden. Merkwürdig, finden Sie nicht? Also, ich hoffe bloß, ihm ist nichts passiert.«

Ich meinte, ich könne dazu wenig sagen, zumal ich Herrn Harders ja kaum kenne, und ich hoffe auch, alles werde sich bald irgendwie aufklären.

Der Mittwoch brachte die Aufklärung, in jeder Beziehung.
Als ich morgens aus dem Fenster guckte, sah ich keine einzige Wolke, nur Sonnenschein. Sogar Kühe gab es wieder, auf einer Weide schräg gegenüber der Straße.

Tagsüber erreichte ich endlich Janne, die es geradezu bestürzend fand, dass ich noch nicht mit meinem dämonischen Liebhaber auf irgendeiner exotischen Insel hockte. Und die sich auch nicht vorstellen konnte, wo er geblieben war: »Vielleicht doch alleine ausgewandert, Ilkatrix? Weil er dir nicht mehr vertraut hat?«

»Glaubst du, er ist ein für alle Mal weg und bleibt auch weg und kommt nie wieder?«, fragte ich gierig.

Janne überlegte. »Nein, eher nicht. Also, solche Leute – nein, leider. Im Kino denkt man auch immer, das Monster ist endlich kaputt und dann kommt es doch noch mal angekrochen, wenn man es am wenigsten erwartet«, munterte sie mich auf.

Als ich abends nach Hause kam, rief mich Hilke in den Hintergarten, um mir den neuen Hahn vorzustellen.

Der besaß wirklich wunderschöne grün schillernde Schwanzfedern und verschmitzte goldene Augen. Außerdem hackte er nicht nach mir. Und er ließ Finchen an sich schnüffeln, mit gebührendem Abstand, versteht sich. Ein sympathisches Tier.

»Oh, wie ist das friedlich, ne?«, sagte Hilke zu mir und zu der Marsch, die sich mit rosagoldenen Abendwolken schmückte. »Man mach nicht glauben, was hier so alles Schlimmes passiert.«

»Was denn so?«

»Weißt das nicht?«, fragte sie vorwurfsvoll.

»Doch, ja, der Automechaniker, der unter den Zug gekommen ist, oder?«

Hilke nestelte an ihrer Frisur. »Ja, und nicht nur das. An selben Tag wohl ist einer hier ganz inne Nähe in 'n Loch auf der Weide gestürzt. So 'ne Art Gully, ich weiß nicht, wie ich das nennen soll. Die hatten noch 'n Fähnchen beiseitegesteckt, damit ein das sieht, aber der Mann war wohl in Dunkeln unterwegs. Fragst dich auch, was der da wohl will an Wochenende und in feine Kledasche.«

Ich packte Hilkes Arm. »Erzähl mal!«

»Du magst ja nie die *Pottschrapelner Nachrichten* lesen, sonst wüsstest du so was auch. Ja, was noch? Der ist da kopfüber reingestürzt und ertrunken. Das Ding ist ja nicht tief, keine zwei Meter. Da musst du großes Pech haben, um da genau reinzufalln und nicht wieder hochzukommen. Dabei sind seine Beine draußen geblieben, deshalb ham sie die Leiche überhaupt entdeckt. Ob das nu Selbstmord war …? Raubmord glauben sie nicht, weil sein Geld war wohl weg, aber seine Rolex hatter am Arm gehabt, zuunterst im Schacht, die's ja fix was wert. Also schrecklich. Noch 'n junger Mann, wie's scheint, keine vierzig. 'n Hamburger, glaub ich. Was los, Beatrix? Komm, setz dich. Ist dir schlecht? Wiss 'n Schnaps?«

Im 20. Kapitel

macht sich bei aller Tragik eine gewisse Erleichterung bemerkbar

Montagnacht war Boris aus dem Loch gefischt worden, am Dienstag hatte man Annika informiert. Zuerst sickerte in den Möbelhäusern nichts durch, meine Schwester war ja diskret.

Mittwoch stand es dann in den Zeitungen.

Tragischer Unglücksfall

Boris Harders (38), Hausanwalt und Ehemann der Möbelhausbesitzerin Annika Harders (39), ist am Wochenende auf einer Weide bei Pandersen im Landkreis Pinneberg in einen Wasserabfluss gestürzt und ertrunken.

Vor knapp einem halben Jahr erlitt bereits die jüngere Schwester der Unternehmerin, Ilka Harders († 37), nur wenige Kilometer entfernt von dieser Stelle auf der Landstraße nach Bookstedt, in ihrem Wagen einen tödlichen Unfall.

Ruht ein Fluch auf der Möbel-Familie Harders?

Oder handelt es sich um ein geheimnisvolles Verbrechen, das mit der Gegend um Pandersen zusammenhängt?

Eike zeigte mir, dass im Internet auch was darüber stand, mit Fotos von Annika und mir – also Ilka – und von Boris und Annika und mir. Natürlich auch das grässliche Bild von Boris und Ilka im spanischen Restaurant.

Das Wort tragisch kam ständig vor, zum Beispiel wurde auf den tragischen Umstand hingewiesen, dass die Taschenlampe, die neben dem Toten im Gras gefunden wurde (ein sehr teures Fabrikat) defekt gewesen sei.

Typisch Boris: Hauptsache, der Markenname stimmte. Ob das Ding auch funktionierte, war nicht so wichtig.

Donnerstag kam meine Schwester abends in die City-Filiale, bereits in Schwarz. (Kein besonderes Kunststück, sie trug einfach die Sachen, die sie bei meiner Beerdigung angehabt hatte.)

Herr Waechter und ich kondolierten verlegen.

Es ist schon zweierlei, ob der Mann der Chefin an einer vernünftigen Krankheit oder einem Verkehrsunfall stirbt oder ob er nachts in ein mysteriöses Wiesenloch kippt.

Annika wirkte gefasst, aber sehr ernst. Sie fragte, ob es möglich wäre, dass ich spontan mit ihr essen ginge.

Was für einen Zweck hatte es, wenn ich mich drückte? Ich rief nur schnell Eike an und erklärte, dass ich später nach Hause käme. Etwas daran berührte mich angenehm. Noch vor zwei Wochen wäre ich einfach über Nacht weggeblieben, ohne ihn zu informieren, weil wir uns nichts schuldig waren. Das hatte sich geändert.

Im Restaurant berichtete Annika, dass Boris' Leiche ohne Brieftasche, das heißt, ohne Papiere gefunden wurde. (Und dadurch wohl auch ohne die beiden Flugtickets, von denen sowohl er selbst als auch Udo, der Erpresser, gesprochen hatten.)

Trotzdem konnte er aus zwei Gründen sehr schnell identifiziert werden: Erstens hatte Annika ihn am Dienstag als vermisst gemeldet und zweitens wurde seine schwarze Corvette gefunden, die stand seit Samstagnacht im Parkverbot in Elmshorn.

»Inzwischen hat sich ein Taxifahrer gemeldet, der Boris von dort irgendwo ins Moor oder so gebracht hat. Frau Sievert, die Unglücksstelle – Sie haben ja bestimmt auch davon gelesen, vor allem in Ihrer Lokalpresse, nehme ich an – die Unglückstelle befindet sich doch in einiger Nähe Ihres Wohnortes?«

In einiger Nähe war eine Untertreibung.

Wenn das Wetter nicht so grauenhaft gewesen wäre, hätte ich beim Blick aus unserem Wohnzimmerfenster womöglich Boris' Füße aus der Wiese ragen sehen.

»Ja, das stimmt, Frau Harders.«

Ich wartete darauf, dass Annika mich fragte, ob ich mit ihrem Mann ein Verhältnis gehabt hätte. Die Frage lag so auf der Hand – wie war denn sonst zu erklären, dass er sich da samstagnachts herumtrieb, keine hundert Meter von meiner Wohnung entfernt? Dass er praktisch in meinem Vorgarten ersoffen war?

Sie nickte vor sich hin, als sei ihr jetzt alles klar.

»Sagt Ihnen der Name Butendiek etwas? Udo Butendiek?«

Ach du lieber Himmel.

»Also, er kommt mir irgendwie bekannt vor.«

»Ja, das dachte ich mir. Er kommt Ihnen bekannt vor, so als hätten Sie ihn ab und zu gehört, aber Sie wissen nicht, in welchem Zusammenhang, nicht wahr?«

»Äh … ja, so ähnlich …«

»Passen Sie auf, Frau Sievert! Butendiek ist oder vielmehr war eine Autoreparaturwerkstatt in Groß Moorgraben.«

»Ach natürlich, jetzt weiß ich. Die ist am letzten Wochenende ausgebrannt und er selbst zu Schaden gekommen, glaube ich.«

»Er ist tot, aber nicht verbrannt, sondern er hat sich angeblich vor die Regionalbahn geworfen. Wussten Sie das nicht?«

»Nein, tut mir leid. Meine Schwiegermutter beklagt sich auch immer, dass ich nicht die *Pottschrapelner Nachrichten* lese … Ich kannte Herrn Butendiek nicht persönlich, soweit ich mich erinnern kann, aber ich hatte den Wagen Ihrer Schwester vor dem Unfall bei ihm stehen sehen.«

Annika nickte immer zufriedener. »Ja. Genau. Das hat mir die Polizei gestern gesagt. Das wurde auch nachgeprüft, aber Butendiek hatte geleugnet, Ilka gekannt zu haben. Erinnern Sie sich, Frau Sievert, dass am Freitagabend, als Sie bei uns waren, jemand anrief – Adele nahm das Gespräch an …«

»Ach richtig. Ich muss Sie um Entschuldigung bitten, Frau Harders, ich hatte ganz vergessen, Ihnen davon zu erzählen. Ich hab den Hörer genommen, um dem Anrufer zu sagen, Sie kämen gerade ins Haus, da hat er schon aufgelegt.«

»Das macht nichts. Fraglich, ob dieser Mensch überhaupt mit mir sprechen wollte oder eher mit meinem Mann. Es bleiben überhaupt viele Geheimnisse. Einige Fakten jedoch sind völlig klar. Erstens: Meine Schwester kannte diesen Mann. Ich denke, sie hatte ein Verhältnis mit ihm. Die Polizei hat mir Fotos gezeigt, der sah sehr gut aus, bullig, etwas primitiv, so was mochte Ilka.«

»Ach, wirklich?« (Sonderbar, was einem alles unterstellt wird, wenn man tot ist und sich nicht mehr wehren kann.)

»Ja, eigentümlich. Also: Ilkas Auto stand kurz vor dem Unfall vor seiner Werkstatt. Das Auto ist von jemandem, der Bescheid wusste, manipuliert worden. Butendiek selbst hatte ein Alibi, der war beim Arzt, es muss ein Komplize gewesen sein. Und ohne Frage hatte auch Boris Kontakt zu Butendiek.«

»Glauben Sie?«

»Allerdings! Wissen Sie, wie ich darauf komme? Adele hatte sich nämlich diesen Namen gemerkt, und als sie Samstagabend von dem Anruf am Freitag erzählte, da wurde Boris ganz nervös. Er hat telefoniert und gesagt, er müsse noch mal weg. Er wusste wohl nicht, dass dieser Automechaniker da schon tot war. Ja, und dann …« Annika beugte sich über den Tisch und sprach viel leiser weiter: »Frau Sievert, mein Mann hatte so einiges an krimineller Energie. Darauf war er sogar richtig stolz. Vielleicht müssen Rechtsanwälte und Staatsanwälte und solche Leute so sein, um sich in die Gegenpartei hineinversetzen zu können, ich weiß es nicht. Ich fürchte, Ilka und Boris sind in schlechte Gesellschaft geraten. Sie waren ja manchmal gemeinsam unterwegs. Und alle Fäden laufen über Butendiek zusammen. Einer der Polizisten hat mir anvertraut, sie bezweifeln, dass der Selbstmord begangen hat. Eher hat ihn jemand vor den Zug gestoßen. Nun bitte ich Sie! Der Wagen meiner Schwester manipuliert vor wenigen Monaten, Butendiek vor den Zug gestoßen, sein Haus angezündet – und am selben Abend wird mein Mann in einen Brunnen oder so was geworfen. Wenn Sie mal auf der Karte gucken, alles in einem Umkreis, den können Sie bequem zu Fuß zurücklegen, in Stöckelschuhen!«

Wieso bildeten sich diese Stadtleute eigentlich ständig ein, man könnte bei uns in der Marsch in Pumps rumlaufen?

Annika lehnte sich wieder zurück. »Ich weiß noch mehr. Boris hatte eine größere Summe aus der Firma gezogen. Vielleicht haben diese Verbrecher ihn erpresst. Das Positive daran ist, das lag noch auf einem Konto, auf das Möbel-Harders Zugriff hat.

Ilka verkaufte übrigens ebenfalls kurz vor ihrem Tod Aktien. Wo das Geld geblieben ist, weiß leider niemand. Man soll sich nicht mit solchen finsteren Kreisen einlassen, und wenn es noch so interessant ist. Nun, die Polizei ermittelt. Ich bin ganz zuversichtlich, dass sie die Mörderbande finden wird.«

»Bestimmt«, sagte ich.

Oder hätte ich einwenden sollen, dass ihre Vermutungen von vorn bis hinten auf den Müll gehörten?

Ich sollte mich im Gegenteil freuen, dass ich plötzlich wie ein Unschuldslämmchen dastand, weit von jedem Verdacht entfernt.

»Wie werden Sie denn mit der ganzen Sache fertig, Frau Harders?«, erkundigte ich mich.

»Um ehrlich zu sein: besser als mit dem Tod meiner Schwester. Ich weiß selbst nicht, warum. Doch, ich weiß. Ihr gegenüber hatte ich ein schlechtes Gewissen, das habe ich ihm gegenüber nicht. Ich glaube, ich war ihm eine gute Frau, ich hab mir nichts vorzuwerfen. Und er war schwierig, Frau Sievert, sehr anstrengend. Wie oft hat er die Adele drangsaliert, launenhaft und ungerecht wie sein eigener Vater! Treu war er mir bestimmt nicht, das hab ich nie geglaubt und eigentlich auch nie erwartet.«

(Da war sie klüger gewesen als ich.)

»Na, und was seine Tätigkeit als Firmenanwalt anging … Also, ich habe gerade mit Herrn Farkel, einem Notar und alten Freund der Familie, den Schaden aufgelistet. Onkel Hugo wird mir helfen, das Netz wieder zu flicken, das Boris zerfetzt und verknotet hat, wenn ich das mal so sagen darf.«

»Und Ihre Tochter, wie geht es der?«

»Adele ist natürlich sehr traurig. Andererseits – wäre Boris nur einige Wochen früher verunglückt oder ermordet worden, vielleicht hätte mein Kind die Tragödie nicht verkraftet. Das ist ja inzwischen durch diesen gesegneten jungen Mann, den Fabian, alles ganz anders. Adeles unglückliche und einseitige Verehrung für ihren Vater hat sich relativiert, ist gesünder geworden, mehr ins Gleichgewicht gekommen. Kurz und gut, sie wird bestimmt damit fertig.« Annika nahm mit Genuss einen Schluck Bier und tupfte sich mit einem von Mamis alten Taschentüchern den Schaum von der Oberlippe. »Ja, eigentümlich. Ich weiß, eigentlich müsste ich vor Verzweiflung ganz außer mir sein. Es ist selbstverständlich schrecklich, zumal diese ganzen kläglichen Umstände … keine Frage. Ausgerechnet mein Mann, der immer so viel Wert auf Gepflegtheit legte, der immer so eigen war – er hat sich zweimal am Tag rasiert, zum Beispiel – ausgerechnet der steckte tagelang im Regen überkopf …« Sie verzog krampfhaft den Mund. »Er war wirklich nur noch am Mantel zu erkennen und an seinem schwarzen Haar. Grauenhaft. Und doch, irgendwie …« Sie beugte sich wieder zu mir vor: »Auf eine Art, verstehen Sie mich bitte nicht falsch, ist es auch eine Erleichterung.«

»Das ist die erste Beerdigung, zu der ich gern gehe«, verkündete Tante Nettchen pietätlos.

Ich schob ihren Rollstuhl an einem Alsterkanal entlang. Ab und zu umwehte uns schon das eine oder andere bunte Blatt.

»Tantchen! Wie roh!«

»Ach, dummes Zeug, Möppel. Ich hab diese Woltermanns nie ausstehen können. Glaubst du auch, was Annika denkt: dass jemand Boris in das Loch gestopft hat?«

»Nein. Ich bin sicher, dass er dort aus Versehen reingestolpert ist. Ich kenne den Gully oder was das ist. Im Sommer ist mal der kleine Hund meiner Schwiegereltern drin stecken geblieben. Was ich nicht begreife, ist, weshalb Boris im Finstern quer über diese Wiese laufen konnte. Sie führt von der Stelle, wo wir uns immer getroffen haben und wo wir auch verabredet waren, direkt auf unser Haus zu. Was wollte er da? Hat er befürchtet, ich würde nicht kommen? Hatte ihn das Taxi an der falschen Stelle abgesetzt? Hat er sich im Dunkeln nicht zurechtgefunden – gegossen hat es auch noch – und ist auf die Lichter zugelaufen? Völlig rätselhaft. Dagegen ist ganz verständlich, wie er in die Öffnung fallen konnte. Die ist nicht sehr groß und von Gras umwachsen und hat so einen gemauerten Rand, über den ist gut stolpern. Eine kleine Fahne steht daneben, die sieht man wohl nur bei Tageslicht. Was bedeutet: Man sollte nie nachts über eine dunkle Wiese stromern, die man nicht kennt.«

Ich rollerte die Tante über einen Zebrastreifen zurück zum Altenheim.

»Seine Papiere haben ihm gefehlt, sagt deine Schwester? Wie erklärt sich das?«

»Du bringst mich in Verlegenheit, Tante Nettchen. Ich persönlich würde ja denken, jemand hat ihn da stecken sehen, am nächsten oder übernächsten Tag im Regen, und ihm jedenfalls so viel Erleichterung verschafft, dass er ihm die Brieftasche weggenommen hat. Aber Hilke meint, das sei völlig unmöglich. Kein Mensch in Groß Moorgraben oder Pottschrapels oder Bookstedt oder Elmshorn oder Pinneberg würde so was machen.«

»Die sind alle lieb da bei euch?«

»Sieht so aus. Klaas hat neulich gesagt, der liebe Gott ist natürlich überall, aber in der Marsch ist er ganz besonders.«

»Warum gerade da?«

»Weil es bei uns mehr Himmel gibt als irgendwo sonst.«

»Muss das eine himmlische Gegend sein.«

»Ist es auch. Ich hol dich demnächst mal dort hin, du musst mit uns Kaffee trinken und unsern neuen Hahn kennen lernen. Der heißt Wotan.«

»Wie hieß denn der alte?«

»Der hieß gar nicht.«

»So, Möppchen, und wie ist dir denn jetzt zumute, nachdem dein Ziehbruder und heimlicher Liebhaber und Mörder tot ist?«, fragte die Tante und drehte sich im Rollstuhl etwas um, als könnte sie mich sehen.

»Zuerst war ich entsetzt – aber auch erleichtert, weil ich ja dachte, er kommt, um mich noch mal zu töten. Was vielleicht der Fall war, es liegt nahe, ich werde es nie erfahren. Aber inzwischen bin ich auch traurig. Boris hatte kein sehr schönes Leben und einen besonders hässlichen Tod. Er sah als Erwachsener aufsehenerregend gut aus und hat ja auch so was wie Erfolg gehabt, aber ich weiß, dass es ihm nie reichte, dass er ständig unzufrieden war und meinte, es fehle was. Ich hätte ihm vielleicht helfen können, alles anders zu machen, wenn ich es früher besser verstanden hätte.«

Vor dem Altenheim stand eine stämmige kleine Dame mit ohrläppchenkurzem, strähnigem grauem Haar, einem zu langen braunen Trenchcoat und einem Strauß orangefarbener Chrysanthemen, von dem sie gerade das Papier abfummelte.

»Frau Doktor Kluge?«

Sie fuhr herum und lächelte. »Ach, da sind Sie. Da hab ich ja Glück gehabt. Guten Tag, Kluge.« Sie streckte meiner Tante die Hand hin. »Sie müssen die Tante Sievert sein? Ich meine, Sie heißen doch wahrscheinlich so, von väterlicher Seite und nie verheiratet, wenn ich gut aufgepasst hab?«

»Haben Sie. Aber ich bin trotzdem die Tante Harders.«

Frau Doktor schlug sich mit der Hand gegen die Stirn. »Ich bitte tausendmal um Vergebung! Natürlich. Sie stammen noch aus der letzten Inkarnation Ihrer Nichte.«

Wir fuhren mit dem Fahrstuhl zusammen hoch und begaben uns in das räucherstäbchenduftende Zimmer der Tante.

Ich kochte superdünnen Kaffee, weil Tante Nettchen das so liebte, obwohl Frau Dr. Kluge einigermaßen erstaunt in ihre Tasse blickte. Gleichzeitig versuchte ich, der Ärztin meine letzten Erkenntnisse über Leben und Tod nahezubringen, die ich schon vor Janne ausgebreitet hatte.

»Ja, schön und gut, Frau Sievert, so ähnlich hatten Sie mir das ja bereits nach meiner ersten Anfrage von Ihrer Frau Tante ausgerichtet. Das klingt für mich zu sehr nach Karma und Brahma und der Eigengesetzlichkeit des Kosmos und der Menschen. Ich sehe ja ein, dass wir lernen müssen, darum geht es nicht. Aber wo steckt denn der sogenannte liebe Gott als Pausenaufsicht? Warum hält Er sich andauernd raus und lässt uns in die Irre gehen, ohne uns mal energisch am Nackenfell zu nehmen und an den richtigen Platz zu setzen? Ich frage immer wieder dasselbe: Warum, wenn es Ihn gibt, lässt Er all das Böse zu, das wir tun?«

Sie hatte zu mir gesprochen, aber jetzt sah sie die Tante aus ihren sympathischen rötlichen Affenaugen an und die schien es zu merken.

Tante Nettchen nahm einen zierlichen Schluck vom zartbraunen Kaffee, ließ ihn genießerisch auf der Zunge zergehen und antwortete lächelnd: »Weil Seine Geduld mit uns unendlich ist.«

Bei nächster Gelegenheit fuhr ich nach Pottschrapels zu *gib STOFF* und schaffte bedruckte Baumwolle an, um Raffrollos zu nähen und eine Patchwork-Überdecke für unser neues, unendlich breites Bett, das demnächst von Möbel-Harders geliefert werden würde: nur ein Untergestell ohne Kopfteil. Ich wollte aus demselben Stoff flache Kissen anfertigen und sie über unseren Köpfen an der Wand befestigen.

Nach dem tagelangen Regen hatte sich das Wetter beruhigt, es wurde noch mal geradezu sommerlich warm. Hinzu kam die süße herbstliche Diesigkeit, die über alles einen Weichzeichner legte.

Eike und ich wollten nach Feierabend endlich mal wieder ein wenig Rad fahren. Finchen, die sich mächtig freute, als sie uns in Freizeitkleidung nach unten kommen sah, hörte auf zu wedeln, sobald wir den Schuppen aufschlossen. Sie legte sich unter die Schaukelbank und leckte sich emsig die Vorderpfoten, um zu demonstrieren, dass sie für uns sowieso keine Zeit gehabt hätte.

Die meisten Felder sahen gelb und stoppelig aus, auf einigen lagen saubere Strohballen, bei manchen war der fette Marschboden zu großen Schollen aufgebrochen, als strecke er uns seinen braunen, schuppigen Bauch entgegen. An den Bäumen hingen rote Birnen und Äpfel.

»Jetzt wird es abends deutlich früher dunkel«, sagte Eike. »Nicht mehr lange, dann ist Laternengehzeit. Und Kartoffelfeuerzeit.«

»Und Herbstmodenanschaffzeit«, fügte ich hinzu.

Wir hielten neben einem kleinen Wäldchen am Rand einer Wiese, pflückten ein paar der harten, aromatischen Birnen und setzten uns hin. Eike warf seinen Pullover auf den Boden, weil ihm warm geworden war, und setzte sich darauf. Ich legte meinen Kopf auf seine Beine und biss in eine der Birnen.

»Wie schön, alles in allem, dass du da bist, Trixi. Und wie schön, darüber hinaus, dass du hier bist, bei mir.«

»Finde ich auch.«

»Mir ist aufgefallen, dass ich neuerdings die Zeit einteile in vor deinem Unfall und nach deinem Unfall, und zwar auch, wenn es dich nicht betrifft.«

»Tatsächlich?« Ich blickte von unten in sein Gesicht. Erstaunlich, dass es mir auch aus dieser Perspektive gefiel. »Was mich angeht, ich hab meine Unbefangenheit der Zeit gegenüber verloren. Ich bin mir so bewusst, da zu sein – ich nehme alles viel deutlicher wahr. Und ständig weiß ich, irgendwie parallel, was gestern war und was morgen sein wird. Ständig weiß ich, dass gerade heute ist – und wie schnell heute vorbei sein wird. Wenn ich in den Spiegel schaue und mein heiles Gesicht und mein wachsendes Haar sehe, kann ich mich gleichzeitig vollkommen in die Zeit vor vier Monaten versetzen, als ich umwickelt und geschwollen ausgesehen hab … Es ist nicht nur eine Erinnerung, es ist, als wäre ich wieder im Mai, ich rieche das Krankenhaus, ich hör die Geräusche auf dem Gang, ich fühl die Schmerzen in meinem Arm und in den Rippen beim Atmen. Für einen Augenblick ist das so wirklich, dass mir das Heute vorkommt wie ein unerlaubter Blick in die Zukunft, der gleich wieder zurück genommen wird. Ich sehe, wie die Bäume bunt werden, und für einen Augenblick bin ich wieder im Juni, alle Blätter sind grün und ich kenn dich kaum. Genauso bin ich immer schon ein bisschen mit einem Bein in der Zukunft. Als ob ich sie auch riechen und fühlen könnte, als ob ich weiß, wie das ist, wenn wir alt sind und uns ansehen und uns erinnern. Wenn wir an damals denken werden – und damals, das ist jetzt. Verstehst du, was ich meine? Das ist immer da, die ganze Zeit. Dadurch bin ich immer ein bisschen glücklich, weil ich weiß, wie wichtig es ist, jetzt glücklich zu sein, denn das Jetzt ist einmalig und kommt nie wieder. Und ich bin auch immer ein bisschen traurig, weil das Jetzt heute Abend schon eine Erinnerung ist …«

Eike sagte nichts und ich richtete mich auf, weil ich fürchtete, ich hätte zu viel geschwafelt und ihn gelangweilt. Er warf das Kerngehäuse seiner Birne in den Graben und blickte ganz weit in die Ferne.

»Eike?«

»Ja. Inzwischen bin ich's ja gewöhnt. Aber wenn du so was vor deinem Unfall mal plötzlich zu mir gesagt hättest, dann wäre ich zu Tode erschrocken.«

Ich bedauerte, dass ich ihm nicht verraten konnte, woher es kam, dass ich jetzt so ganz andere Gedanken im Kopf beherbergte als früher.

Nein, Annika einzuweihen hielt ich für unklug und überflüssig. Wir könnten viel bessere Freunde sein, wenn sie ahnungslos blieb.

Und auch Väterchen wäre nicht damit gedient, wenn ich ihn darüber aufklärte, was in seinem geliebten Goldkind steckte.

Aber wenn ich mit Eike zusammenblieb – mit etwas Glück und Achtsamkeit nicht nur Monate oder Jahre, sondern länger –, dann wollte ich gern ehrlich mit ihm über alles sprechen können. Ob das nicht möglich wäre?

Zwei Möwen, die darauf aufmerksam machten, dass die Elbe in der Nähe lag, flogen über ein Stoppelfeld und balgten sich kreischend um einen Happen. Nachdem die eine ihn der anderen abgejagt hatte, ließ sie ihn jedoch achtlos fallen, weil es ihr jetzt wichtiger war, ihrem Partner noch einige Bemerkungen über seinen Charakter in den Schädel zu hacken.

Die Szene schien Eike an irgendetwas zu erinnern, denn er murmelte versonnen: »In der letzten Zeit ist unsere Ehe viel netter als früher.«

»In der letzten Zeit sind wir überhaupt nicht mehr verheiratet«, beruhigte ich ihn.

Schließlich stiegen wir wieder auf die Räder und fuhren langsam weiter.

Ein Eichhörnchen machte sich unter einer Eiche zu schaffen und rannte, als es uns erblickte, mit gestrecktem Puschelschwanz senkrecht den Baum hinauf.

Ich dachte: Ich werde lernen, so nett wie möglich an Boris zu denken. Er hatte auch ganz reizende Seiten. Er war in vieler Hinsicht liebenswert. Ich sollte die Erinnerung an das Positive pflegen. Letztendlich gibt es keine Beweise für seine Schuld. Das sind alles nur Vermutungen, durchsetzt von Zweifeln. Und es heißt schließlich: Im Zweifel für den Angeklagten.

Ich strampelte ein bisschen schneller, um neben Eike fahren zu können.

»Du hast mich neulich gefragt, wer ich bin und was ich mit Beatrix gemacht hab, erinnerst du dich?«

»Klar. Das war, nachdem du so ungestüm über mich hergefallen bist.«

»Was? Na hör mal – ich bin höchstens über dich *hin*gefallen, weil du mir die Hand weggezogen hast! Also … ich würde es dir gern erklären. Nur … Es klingt so verrückt und unglaublich und …«

Eike sprang ab und hielt meinen Lenker fest, damit ich auch stehen blieb.

»Pass auf. Wenn du mir jetzt erzählst, du kommst von einem anderen Planeten oder aus der Zukunft oder aus einem Paralleluniversum – das glaub ich dir sofort und damit kann ich leben. Das Einzige, was ich dir auf keinen Fall abkaufe, ist, wenn du behauptest, du wärst die Frau, die ich mal geheiratet hab.«